绿宝石
Fall into your light

解甲

大结局 ㊤

八条看雪◎著

北京联合出版公司
Beijing United Publishing Co.,Ltd.

目录

第五卷 谶书

这世间本无预言，有的只是虚妄无常与人心之丑恶。

第一百一十三章

【出口成谶】

圣驾归城的第二日，阙城便下起了小雨。

这是开年的第一场雨，空气变得湿冷，整座都城笼罩在一片雨雾之中。

雨连下三日未停，城中池塘水面上涨，将整个冬天的落叶枯枝冲出河道，像要清理掉这座古城积存的一些陈年秘密。

凌晨时分，天依旧阴沉着，湿气令人困乏，街上行人寥寥，个个都打不起精神。

望尘楼后院侧门吱呀一声打开，走出一个披蓑戴笠的小厮，他将一个包着油布的木箱抱上牛车，随后便熟门熟路地赶着车向后巷驶去。

牛车晃晃悠悠地走街串巷，在各种狭窄的小路上抄着近道，最后停在一座安静大宅的后门口。

小厮跳下车，上前叩响门环。

当当当，不多不少，正好三声。

过了片刻工夫，那院门便开了半扇，一名束发、穿着男装的女子探出头来。

小厮将那个油布包着的箱子恭敬地递过去："这是最新的赤喉珠，一共四两三钱，应当够用到夏天，多余的倒没有了。"

肖南回用袖子小心抹了抹那油布上的水，由衷地感激道："有劳了，烦请代我给你家掌柜捎上一句，就说我改日得空带些吃食去看他。"

那小厮嘿嘿一笑，从衣襟内掏出一张皱巴巴的纸递了过去。

肖南回接过一看，瞬间认出那一行行的蝇头小楷出自谁手。

"我家掌柜知道肖姑娘为人仗义疏财，不愿欠人情分，便已经拟好了单子，姑娘只须照着单子采买便可，不用再费心自己琢磨了。"

打头第一行便是一两十金的貉绒鬼菇子，肖南回微笑着将那张破纸收好，方才那点儿感激之情已经散得一点儿不剩。

“姚掌柜当真是周到。”

“好说好说。”小厮利落地翻上牛车，掉转车头，向着来时的方向行去，“肖姑娘，后会有期。”

牛车吱吱呀呀地走远，消失在巷口拐角处。肖南回原地立了一会儿，小心抱起那个箱子，退回门内。

连日的雨将屋瓦打得湿滑，平日里尚可一翻的墙头如今却难以落脚，更遑论她手里还提着一样贵重东西。

肖南回费了番工夫才回到偏院。

她如今只要是在府上，便都赖在黛姨的院子里，因为只有在这里，她才不会经常跟肖准遇上。

昔日总是按时在秋千上等她的女子，眼下却不见倩影。院子里积了些水，映出墙头的枯草，瞧着竟比冬日里还要萧索些。

肖南回叹口气，走到一旁的小灶前。那个灶上此时热着一小罐汤药，药罐子外已经沁出一层白霜，一看便是熬了许久。

她将手中的小箱子从油布中拆出，打开，露出里面用软绸固定住的三只瓷瓶。她小心取出一只，用手心的温热化掉了瓶口的封蜡，又将里面的青白色粉末倒入药罐。

空气中散开一股腥甜、温暖的气味，指尖蘸了一点儿粉末，肖南回放进嘴里尝了尝，苦得很。

那是浅水赤喉珠的味道。

赤喉珠是黛姨用了三年的药，其实是一种贻贝壳中分泌物晒干后的粉末，多数采自南部海城附近，有镇痛、祛风寒的奇效，是古时海边人防伤寒透骨的良药，内陆一带如今已甚少有商贾贩卖，产自溪流之中的浅水赤喉珠更是一金难求。

多年前的那场横祸给黛姨的身体留下了无法逆转的伤害，除了肌肤表面的可怕疤痕，身体内那些曾经被搅碎斩断的血肉筋骨还是会时不时地疼痛，而这痛症每年入冬后最是难熬，雨雪天尤甚。

自从在军中有了俸禄，肖南回便开始托姚易帮她搜寻各种药引药方，这些年也算积累了不少经验，其中要数赤喉珠最为对症，只是有些难寻，每次都要在姚易那里欠下一笔人情债。

重新用漆骨蜡丸将药罐封好，肖南回抱起箱子向主屋走去。

她推开门，左脚刚落地，便察觉这屋里多了一个人。

有人捷足先登，占了屋内唯一的一把椅子，正捧着一碟柿饼吃得不亦乐乎。

肖南回面无表情地走上前，一把抢回那个碟子："这是我拿给黛姨的，落到你肚子里算怎么回事？"

"这玩意儿吃多了上火，我这是好心。"偷吃者两腮鼓鼓囊囊，手指上还沾着些糖霜，胡乱在衣襟上抹了抹，反过来控诉道，"你都回来几日了，竟还躲着我，莫不是做了什么亏心事？"

肖南回头也没回，将手上的碟子放到一旁，又将那个箱子小心放在角落。

下一刻，伯劳的大脸便出现在她眼前："你有点儿不对劲啊。"

肖南回冷哼一声，瞥一眼睡在里间的黛姨，转头去给火盆添新炭。

她料定伯劳这实心的大脑袋根本没那么灵光，更不会知道她这几日的心路历程。

果不其然，伯劳沉吟片刻，故作高深地一笑："是不是夙平川那小子又跟你有了什么过节？我看你要不还是求皇帝将你调回肃北算了，左右你与许束那厮斗了许多年，攒下的经验已经可以著书了。"

肖南回不语，握着火钳的手不自觉地用力，指节泛白。如果说从前提到许束，她只是厌弃，现在便当真掺着些恨意了。

"以后你在外面闲逛的时候，遇到他家人都避着点儿。"

伯劳不明所以，腆着肚子扎了个马步："小爷我还怕他？便是十个许束也不在话下。"

可这世间输赢对抗当真不是都由拳头说了算的，远还有比看得见的拳头更可怕的敌人。

"你前脚将他打一顿，后脚他便会来找我的麻烦。多一事不如少一事，你就收敛些吧。"

"有我在，怕他做甚？看在我保护你多年的分上——"伯劳手一伸，圆脸瞬间显出几分厚实，"你答应过我的雪梅饼呢？"

肖南回盯着那只肥厚的爪子，有种倒了八辈子血霉的感觉。她看看伯劳，又想到兜里那张列好的“清单”，不明白自己为何要交两个“祖宗”做朋友，逢年过节就得上供。

雪梅饼是听风楼的特产，是用渍了糖的梅子肉裹上细软糕粉做成的，每年只有几天可以吃到，还不是可以买到的，而是作为赠礼送与落座鲈鱼宴的客人的。

而听风楼上发生的事，伯劳是不知道的。

肖南回头也没抬，压根儿没心情搭理对方：“忘了。”

“忘了？！”惊诧中带着几分愤怒的嗓门破了音，透露着声音主人那不可思议的心情，“你居然想用‘忘了’就把我打发了？肖南回，你一人在外吃香喝辣也就算了，到头来却连口剩饭都不想着留给我——”

肖南回依旧没什么回应，扒拉着炭盆里的几块炭，不知在想什么。

伯劳自说自话地盘算着自己的损失，想着怎么也得讨回些甜头：“作为补偿，你那张长弓借我玩两天。我前几日在南边又发现了个骑射的好地方，视野空旷，还有一小片林子，野鸟多得很——”

肖南回手指微动，她突然间开口打断道：“我不喜欢射箭了。那张弓，你若喜欢，便拿去吧。”

伯劳愣住，圆脸上是难以掩饰的费解的表情：“怎么说不喜欢就不喜欢了？你以前不是对这种事最来劲了嘛，院子里那假山都要让你射穿了——”

肩上还未愈合的伤口开始隐隐作痛，肖南回啪的一声将手里的火钳子撂在炭盆里：“就是不喜欢了。”

几簇火星冒出来，空气中安静了几秒。

伯劳这才真的察觉出不对劲，短胖的手指下意识地摸了摸发髻，就连那两道蚕豆般的粗眉毛都显得小心翼翼起来：“你这是柿饼吃多，上火了？”

肖南回两眼一眨不眨地盯着那盆炭火，突然开口问道：“他日我若离府，你是跟着侯爷还是跟着我？”

这话听在别人耳中有些严重，落在伯劳耳朵里却是听得多到能生出老茧。

小时候她们两人总是打架。起先伯劳自然是占上风，可日子久了，肖南回便学会了抓她的小辫子，她那点儿拳脚功夫派不上什么用场了，最后只得搬出肖准来震慑对方。每到这时，肖南回便会问伯劳，到底是跟着侯爷还是跟着她。

而伯劳的回答每次都是一样的：“这不是废话嘛，当然是跟着侯爷。我是侯爷领回来的，吃他的、用他的，自然一心向着他。若非他安排，我才不会迫不得已委身于你。你可要时刻清醒些，万万不能自我膨胀，以为得了我的身就能霸占我的心——”

若是以往听到她这般说辞，肖南回定会火冒三丈，骂她是个不认主的矮冬瓜，可今日，肖南回只是若有所思地沉默片刻，随即便点点头：“也好。”

伯劳更加确信眼前这人确实是有点儿不对劲，但奈何她想象力有限，实在猜不到点子上：“你是不是在外面逞英雄，惹了什么仇家，人家现在要来府上寻仇，你㞞了，这才想着要卷铺盖逃命去？”

肖南回没说话，看着眼前的人一副自以为是的样子，心下有七分好笑、三分嫌弃。

这落在伯劳眼中，似乎证实了她的猜测。“你倒是不必多虑。”她两手叉在那小桶般的腰上，仰起脖子，尽力做出一副伟岸的姿态，“有我在，又有哪个敢欺负你？”

肖南回默然，突然出手如电，两根手指狠狠掐住对方腰带上方的几寸肥肉。那手感又比半个月前厚实了不少。她缓缓抬头，和那浓眉下的一双大眼对上：“你这腰身可是坐胎五个月了？就是不知是男是女——”

伯劳一张圆脸由白转红，又由红转黑，她一吸气，收回陷在对方手里的肥肉，又恢复了焦躁的样子：“我是瞧你可怜，这才好心说两句。你不要到了穷途末路再来求我，我是断断不会因为心软答应你的——”

肖南回听得心烦，顺手将手里吃了半拉的柿饼塞进那张嘴里，世界终于清静了。她就多余起这头问这个问题。

“你们怎么又吵架了？”一个女子有些虚弱的声音响起。

肖南回一惊，回过头，却见黛姨不知何时已起身，正赤着脚倚在纱帐旁看着她与伯劳。

她连忙走上前将黛姨扶住，不由分说地往软榻上拉：“地上湿冷得厉害，黛姨还是快快回到榻上去吧。”

“可我今日的带子还没织完——”

“明天织也是一样的。”

她连哄带骗，将黛姨扶回软榻上，又转头示意伯劳去将火上的汤药端来。

“我叫杜鹃姐再拿两盆炭过来——”

“不忙。”黛姨有些微凉却柔软的手覆上她的面颊，她不由自主地顿住，

“这才几日不见，我瞧着你却好似长了好多岁。”

心中一滞，肖南回几乎有些掩饰不住脸上的神色。她自以为掩饰得很好，是以伯劳、杜鹃和陈叔都未看出端倪。可谁又能想到，偏偏是在这已经半疯的人眼前轻易露了馅？

她故作轻松，笑嘻嘻道：“黛姨怎么忘了，我们不是昨日才见吗？”

黛姨一副似嗔似笑的表情，一时竟让人分不出是真心还是玩笑：“你知道我说的不是这个，偏要当我是个三岁娃娃哄。”

许是那表情牵动了脸上的经脉，黛姨眉头又皱了起来，连带着脸上的那道伤疤也跟着扭曲在一起。那道伤疤如今已经微微泛白，但令人心惊的感觉依旧不减。当时落刀的人必是迎面而来，带着几乎要将这颗美丽头颅一削为二的力道，才有可能留下这样的伤痕。究竟是什么人会下如此狠手？当真是谋反被察觉、狗急跳墙的白家人吗？

那夜，白允在听风楼上对肖南回说过的话犹在耳边。她不相信白允，却搞不明白白允告诉她那些话的原因。

如今白允已下狱，她既不可能将白允说过的话告知肖准，更不可能去向皇帝求证那番说辞。她只能自己想办法去求证。

窗外隐隐传来伯劳的抱怨声，她似乎在和那只滚烫的药罐做斗争。

肖南回犹豫了片刻，还是挽起衣袖，将腕间的铁环露出来：“黛姨可曾见过这样东西，或是……这上面的记号？”

黛姨睁开含了烟雨的双眸，半是慵懒半是疑惑地望向她腕间的东西，许久才开口道：“瞧着甚是奇怪，可是什么防身的物件？”

肖南回暗暗松口气，又将袖子放下来：“算不上，只是觉得稀奇，便想给你瞧瞧。”

那铁环是皇帝赐予她的，上面刻着的符号应当是皇家近卫的标志或密令。黛姨当年或许见过行凶者身上的标记，但可能并未留意到，不管怎么说，她当下的反应都是令人心安的。

或许不是天家。肖南回如是想。毕竟她想不出皇室要灭肖家的任何理由，亦想不通灭口之后徒留肖准一人的原因。可如果不是白家，也不是皇室中人，又会是谁呢？

心思流转间，她的眉头不由自主地皱起，下一刻，黛姨便握住了她的手：

"不要一副闷闷不乐的样子，我讲故事给你听，好不好？"

她与黛姨相处十余年，黛姨经常会在她发呆或闷闷不乐的时候讲故事给她听。尽管多数时候都是旧时戏折子里那几个故事翻来覆去地讲，但她还是不会表现出任何不耐烦，总是从头听到尾。

肖南回点点头。

黛姨那双美丽的眼睛中便有了些光彩，她说："我要说的是出口成谶的故事。"

肖南回下意识一顿，心中生出异样的感觉。黛姨从没讲过这个故事，她也没在其他戏折子里见过叫这个名字的戏本。

黛姨显然没有留意到肖南回的反应，她沉浸在回忆中，就连先前有些滞涩的语感也渐渐变得流畅起来："话说从前，有一个大户人家喜欢造园子。家中人人都精于此道，有人会雕石头，有人会培花草，有人会修土木，各司其职，配合无间。有一日，神仙路过他家庭院，觉得甚是精美、玄妙，便将那位家主叫出来，说愿意赐予他一样福报，问他想要什么。

"家主便说，自己总是苦恼于不知几时刮风、几时下雨，时常因此耽搁园子中的活计。神明会意，便赐予那人可预知天象的能力。

"从此以后，家主发现，每当他在睡梦中时，总能梦到次日天象如何，这些梦第二天便会应验，无一例外。日子久了，城中其他人家有时便会前来打听第二天的天气，家主总是有求必应，一一作答。

"然而众口难调，人心难测，赶车的希望天晴，卖伞的却希望落雨。久而久之，总有人对家主的预言感到不满，甚至对他口中所说的一切都感到怀疑。开始有流言说，神明赐予家主的是一种可以左右天象的巫术，而所谓预言不过是幌子罢了。"

说到这里，黛姨顿了顿。她额头上冒出些汗珠，不知是痛症犯了还是那新添的炭火提高了屋内的温度。

肖南回莫名有些紧张，她帮黛姨擦了擦额头上的汗珠，低声问道："然后呢？"

"终于有一日，城中人集结起来将大户人家的园子围了起来，要烧死他们一家。家主向上天祈求，希望神明可以收回这道神赐。神明却再没有回应。最后，家主为了保全一家人的性命，当众割下了自己的舌头。次日，一家人便都从城中消失了。”

一种怪异的感觉袭上肖南回的心头，她依稀觉得这个故事中的某些细节似曾相识，却又想不起那种熟悉感究竟从何而来：“黛姨，这个故事是从何处听来的？”

“自然是有人讲给我听的。”

“是何人？”

“何人？”迷茫渐渐涌上美人的眼底，她又恢复先前那种有些病恹恹的状态，“许是某个相熟的朋友吧。”

门被推开，伯劳毛手毛脚地端着那碗汤药走了进来，冲着肖南回道：“陈叔在外面，说宫里来人了，正找你呢。”

第一百一十四章

静波楼

自打从焦松县回来，肖南回就已经做好了重归清闲生活的准备。

光要与肃北两营职责不同，是以兵卒官职也有所不同，但就营卫来说，恐怕与她从前队正的身份差不了多少官阶。这样的位置，非战时，即便是在营里也没什么活计，更不要说是宫里的差事，怎么着也不会轮到她头上。除非是……

肖南回心跳得有些不稳，下意识便想逃。可她知道自己开罪不起宫里来的任何人，只能换上营卫的布甲，重新梳了头发，硬着头皮去了前厅。

前厅正中站着两人。一人朱衣乌帽，手腕上挎着玉牌。那是皇帝身边的近侍才会佩的东西。另一人玄衣玉冠，却是皇帝身边的单姓内侍官单将飞。

她上一次见他的时候是在焦松行宫，她与他那金贵的主子独处一室，还将对方的手戳了个血窟窿出来。她可真是有出息、本领大，能把皇帝身边的两个人得罪干净。

肖南回哀叹一声，原地纠结了一番才走上前去。

这一走出去，她便后悔了。她如今被贬了官，规制上与以往又有所不同，单将飞地位不比寻常内侍，她还不知该如何行礼，那两人却已听得动静转过身来。

几日不见，那单将飞依旧是一副笑眯眯的样子，似乎早已将行宫发生过的事抛在脑后，肖南回却觉得那笑容中多了些别的什么东西。

还没等她琢磨出那多出来的东西究竟是什么，对方已经率先开了口："肖营卫无须多礼，我等前来只是为了替陛下传个话，顺便转交一样东西。"他说罢，示意一旁的朱衣内侍将一个漆盒捧上前来，"陛下提醒肖营卫，莫要忘了自己的誓言。”

肖南回愣住了，顿了顿，才上前接过那个沉甸甸的盒子。

紫红色的方正漆盒，上面既无螺钿装饰也无花纹，但那光滑如镜的表面和质地，一看至少是祭祀用的档次。

她微微用力，推开盒盖，盒子里赫然是那日祭典上她摔碎的班剑。

肖南回一时又错愕又觉得好笑。她当日随口胡诌要找个上好工匠用金银重新将这把玉剑镶起来，谁承想今日居然被人拎着脖颈要求兑现诺言。

她亦从来不知，一个每日有无数奏章简牍要批阅、有大小繁杂事要处理决断的人，竟然还有闲心来管这等闲事。

说到底是她自己说出口的话，怪也怪不得别人。她硬着头皮合上盖子，垂首闷声道：“臣必当谨守诺言，以表忠心。”

“如此甚好。”单将飞笑得圆满，眼角的笑纹都快飞入鬓角，他随后不着痕迹地招了招手，“还有一件小事。肖营卫可否近前些来？”

肖南回不明所以，只得凑近些。

对方立掌于口旁，声音也压低了些：“今年三月的上巳节，陛下想要重开春猎呢。而新晋武官的考核也就在那前后几天，是以各营校尉都忙得很，只得抽调资质纯良、又有经验的武官前往宫中帮忙筹备。”

所以呢？肖南回眨眨眼，又看一眼那个神神秘秘的内侍官。

单将飞轻咳一声，声音压得更低：“光要营中不少人都推举你前去，陛下向来喜欢举贤任能，倒不是十分看重官大官小，因此肖营卫你便得了这差事。”

等一下，这怎么就成了她的差事？！

她调入光要营不过大半年时间，其间，又几乎有半年时间都孤身一人在岭西，光要营中除了夙平川，怕是连能叫出她名字的人都没有几个，究竟是哪个人推举她的？！而且，这能算小事？只怕不是什么好事。

肖南回神色复杂，只差将“推辞”二字写在脸上：“这个……许是营中兄弟客套地夸赞了几句，陛下万万不可当真啊。何况在下力薄人微，又刚被革了官职，乃是戴罪之身，恐不能担此重任，万一有负陛下所托，岂不是——”

“欸！”单将飞换上一副恨铁不成钢的样子，“肖营卫怎么如此不灵光？！正因为你掉了官帽，武选的事，你便躲了清闲，这新差事才会落在你头上。须知这武选年年暗流涌动，春猎却是闲差。所谓祸尽福至、否极泰来，你可要把握好机会啊。”

对方这套话术很是高级，一面打着为她好的招牌，字字说得恳切、真诚，苦口婆心，另一面却也摆出了立场，倘若她再推脱拒绝，倒像她不识好歹、心有不诚。

肖南回勉强露出一个微笑，只得以退为进：“不知这所谓的筹备之事须在哪里当差，又都要做些什么？”

“好说好说。围猎之事已有多年不曾兴办，是以诸多细节须得随时跟陛下沟通、向他汇报，这当差自然是在城中。至于差事具体是什么，小的一个外行，说不大明白，大抵就是些马匹弓箭、围场走兽的事宜，肖营卫实在无须多虑。”

对方越是让她不要多虑，她心底的焦虑就越发明显。她一想到在那焦松行宫内的种种，战栗和不安便袭上背脊。直觉告诉她，前方平静无波的水面下有一个漆黑不见底的漩涡，她若向前，不知何时便会陷入其中，坠入深渊，永远不能见天日。可如今的她已经没有退路，肖府已不再是她的避风港。如果不向前，她又能去哪里呢？

“那便等我将手边事宜处理一下，便去报到。”

“光要营那边都已经通报妥当了，这筹备的地方不大好找，肖营卫不如当下就随小的前去认认门，熟悉一下情况。”

这是一早就算好她会过去，连下一步都准备好了。她还想最后再挣扎一番：“我还有一些细碎的东西需要准备一下——”

“春猎事关皇家，一应用度都由宫中直接安排，才好不落人话柄。肖营卫若还有其他什么特殊需求，也可直接跟小的言明，不用费心思自己操办。”

她能有什么特殊需求？不过是觉得此事蹊跷，一时想赖着不走罢了。可对方这几句话便是摆明了当下就要带她走，她便是再有一万套说辞，也会被顶回来。

“那便有劳带路了。”

肖南回离开肖府的时候，并不知道单将飞说的“在城中”是指在军营中，更不知道是在黑羽军营里。

黑羽营在阙城共有四个营地。其中，城中有两个，一个在北城门附近，另一个在皇宫西南角，便是眼下这个。

黑羽营人员精干，营地规模并不大，却占据着整个皇城守备的制高点。营地入口就设在西钟鼓楼下，隐秘而狭窄，内部却别有洞天，校场、兵营、武库一应俱全。

单将飞带着肖南回一路深入，凭借的是跟肖南回手腕上相同的铁环。

黑羽营守备依旧张弛有度、外松内紧，焦松县发生的事似乎并没有对营中的人造成任何影响，所有人依旧是那副雷打不动、训练有素的模样。单将飞出示手环后便再无人多看肖南回一眼，所有人都在忙各自的事，就连最普通的兵卒都显得分外体面又十足有尊严。

想起以前在肃北营从一个小兵卒做起的种种遭遇，肖南回心里有点儿酸楚，转念想到自己如今的处境，又生出几分悲哀。她本以为做队正熬了多年终于算熬出了头，可一切不过是梦幻泡影。或许她生来就只是做队正伍长的命，所谓命轻福薄，再多的权与贵，她便受不住了。

她沉浸在自我审视中，并没有细想单将飞凭手环进入营中意味着什么。

“肖营卫，快到地方了。”单将飞的声音在校场后窄巷的尽头响起。

她回过神来快步跟上，这才发现尽头是条死路，数丈高的围墙后是绵延不断的深色松柏，嶙峋的青石砖墙看起来已经有些斑驳，在接连三日雨水的浸泡下生出一层绿苔。

这便到地方了？肖南回心生疑惑。

单将飞低头不语，并没有抬头去瞧她的脸色。他从怀里掏出一块玉牌横着插入那青苔之中的砖缝里，一阵沉闷的咔嗒声从墙的深处传来，紧接着那片石砖便向内凹进一丈左右，随后是无边的黑暗。

一个深邃不见前路的入口显现出来，湿冷的气息从其中钻出，拂过肖南回惊愕的脸。

“小的便送到这儿了，肖营卫可从此处拾级而上。此处有规定，不可燃烛火，还请肖营卫小心脚下。”

肖南回咽了咽口水，突然腿肚子有些发软。她不是怕黑，更不是怕鬼，而是怕那黑暗中可能会见到的人。

从前，她在那邹老爷家的地窖里与那人在黑暗中见过，彼时他坐在一堆烂白菜上，偶尔笑起来的样子有些高深莫测，但她未曾将对方放在心上过。谁会对一个可能只是萍水相逢的人寄予太多关注与情感呢？

可人与人之间的因缘冥冥中已有定数。她本以为将会持续一生的羁绊轻易便断了，她以为只是匆匆而过的缘分却仿佛蛛丝细雨一般，任她如何挥舞利刃也无法斩断。

叹口气，肖南回抬脚迈入了那无边的黑暗。

入口后的石阶狭窄而陡峭，旋转着向上，不见尽头。

黑暗裹挟着湿冷的空气将她包围、吞没，身后亮光渐远，她渐渐只能听到自己短促的呼吸声在石壁间回响。

黑暗和寂静使得她失去了对空间和时间的判断，短短一盏茶的工夫却仿佛过了一生。

模模糊糊中，她有种奇怪的错觉，似乎在过往的某个时刻，她曾经到过这样一个有着旋转石阶又暗无天日的地方。但她又清楚自己并未来过这样的地方。或许，是在梦里吧。

不知过了多久，黑暗终于到了尽头。先是一阵清风拂过发梢，随后她感到一道变幻流淌的光照在脸上。

久在黑暗中的双眼过了片刻才适应四周的光亮，肖南回这才发现那道会动的光是平滑如镜的湖水。

密道的尽头是一个开阔的平台，平台上方是连日阴雨后放晴的天空，清清冷冷的淡灰色上空挂着一轮有些苍白的太阳。一队北归的灰雁飞过，羽翅拍打的声音搅碎了四周的安静。

肖南回不自觉地向前走了几步。她发现自己身在一座高楼上，而高楼正前方便是那湖水，方方正正、光秃秃的，连半片莲叶都看不到。兴许是周围遮蔽物较多的缘故，水面静得吓人，平整得犹如一面镜子。

好奇怪的湖。

肖南回低头，借着那如镜子般湖面的映照，她瞧见自己所在的这座高楼上的牌匾，依稀上书三个大字——“静波楼”。

高楼水榭向来是只有皇亲贵族才可以享用的规制，宫墙之外寥寥可数，她从未听说过有一座名为“静波楼”的高楼。

这里究竟是哪里？为何会在黑羽营地的深处？单将飞又为何要带她到此处？……

“瞧够了没有？”

一个男子的声音在背后响起，她如今竟然已经对夙未的声音熟悉到可以以音辨之了。

肖南回突然生出一种想要从这楼上纵身跳下的冲动。冲动归冲动，她还是得转身行礼："微臣叩见陛下。"

她始终低着头，没有看他，他也没有动静。两人一时都没有说话，风吹动檐角的青铜铃铛，铃铛发出细碎的声响，带来雨后的凉意。

天气宜人，四周又视野开阔，若非眼下这般情形，这算得上登高远望的一桩美事。

夙未懒懒地看一眼垂首沉默的女子："近前来。"

肖南回微微抬头，见夙未斜倚在高台旁探出的栏杆上，身上披着件厚重的披风，手臂都隐在下面。

她犹豫了一下，还是没动。

他瞥她一眼，微微侧身，换了个姿势斜倚着，左手似要支撑身体，却触动伤处，咝地吸一口冷气，身形一个不稳。等他再抬起头，肖南回已经飞快上前，半伸出的手想要扶他，却在快要碰触前停住，怯怯地收了回去。

夙未瞧在眼里，脸上却不动声色："孤和你共处一室，若是有个差池，便是你护驾不周。"

肖南回愣住，知道眼前的人在威胁自己，只觉得自己刚刚心头那点儿担心和愧疚都是多余的，心一横，嘴上又口不择言起来："臣披甲而来，甲衣粗粝，恐伤龙体。"

烂借口。夙未眼帘微合："然。"

她暗暗松口气。

座上那位声音又响起："卿且解甲，再上前来。"

肖南回瞪大眼睛，抬起头来。

第一百一十五章

三个问题

对寻常军卒来说，布甲同轻巧、坚固的光要甲最大的不同之处在于，光要甲下可以如常穿着武服，而厚重、粗糙的布甲下往往只能穿些透气的里衣，再多穿就行动不便、难以作战了。

一副将军级别的光要甲造价千两银子，可抵挡百步开外的流矢，近可防卫刀剑挥砍，一整套穿脱下来须得一刻半。

一副普通军卒的布甲造价七两六钱银子，夏不避暑，冬不御寒，就连眼下那道灼热的视线都阻挡不住，穿脱只需要一瞬间。

肖南回脑中乱作一团，热意顺着她的背脊向上蔓延，汗瞬间湿透了里衣。

“臣……臣畏寒——”她的声音细如蚊蚋，只怕再轻些就要被风吹散了。

许久，那道声音才不紧不慢地响起：“也罢。”

肖南回长舒一口气，却不敢再掉以轻心。

她抬头，突然发现他面前的小案上放着一只紫釉瓷碗，碗中盛着些汤药，瞧着已经冷掉了。她头一次如此感激自己情急之中的观察力，当下飞快地说道：“这汤药似乎凉了，臣去叫人来热一下。”说罢，她便要上前去端那只药碗。

她的手才伸出一半，对方的声音又响起：“这药就是要放凉了才刚好。何况……此处并无旁人，何必多此一举？”

她的双手尴尬地停在半空，一时进也不是，退也不是：“那陛下服药吧，臣能否先行告退——”

她这厢话音未落，那边夙未手指一松，手中的瓷勺便应声跌落进那只碗中：“孤右手不便。”

这是什么意思？摆明要她上前伺候吗？

肖南回盯着那只瓷白的汤匙，恨得牙痒痒。

对面那人像毫无察觉：“怎么？不会伺候人吗？听说大将军的义女最是能干了，将军每次在战场上负伤，都是肖营卫帮忙在旁打理呢。”

肖南回把怒意憋了回去，面无表情地开口道：“义父向来军纪严明、以身作则，行军中作息、待遇与军卒无异，寻常军卒如何治伤，他便如何治。”

“哦？”对方眼里突然亮起光，声音也多了几分趣味，“此话当真？”

她几乎要控制不住面上的冷笑：“当真。”

夙未的心情却似乎突然好了起来，他左手拿起那把汤匙，终于不再烦她。

肖南回方才松口气，却见那人将左手伸到她眼前：“孤的手因你而伤，你若还有几分将功赎罪的心，孤也可不嫌你技艺粗糙。”

行宫里发生的事难道不是这人自作自受吗？怎么到头来倒成了她的错？

肖南回只觉得胸腹之中已被愤懑填充，她瞥一眼始作俑者那只白皙的手。那只手看着比那只白瓷勺子还要白几分，处处透着纯良、无害。可此时若有刀切开那只纯白的手，便会发现其中的骨血都是黑的。

她一把抓起放在一旁的伤药，心一横，上前一步，跪坐在那张小案前：“陛下万金之躯，切莫怪罪臣手脚粗笨才好。”

（“哼，你面厚心黑，就别怪我手下无情。”）

不知哪里来的胆子，她竟生出“公报私仇”的冲动，三两下将那人手上的布条扯开，正准备粗暴地施法，目光落在那伤口处时却停住了。

几日过去了，记忆中那道猩红飞溅的伤口在上等伤药的滋养下并没有愈合，反而显得更加狰狞了，仿佛有什么可怕的东西要从那白皙的皮肤下破体而出。

似乎是感觉到她许久没有动作，夙未缓缓抬眼：“怎么？吓到了？”

征战数载，伤痛无数次，她见过的血腥场面没有千万也有数百，刀枪无眼，轻则皮开肉绽，重则肚破肠流，区区一点儿手掌间的刀伤实在算不得什么，她却觉得刺目，连多看一眼都无法忍受。

那只手修长白皙，骨肉匀称，握笔、抚琴都会十分好看，应当远离刀光剑影、艰难困苦，如今却生生被损伤，再难完满。

她不想再细看，那道伤疤却像刻在她眼底一般抹不去。再一瞥，她便注意到了那道伤口下方的一点儿旧伤印痕，那是紧紧握过平弦之后留下的痕迹。

“《圯桥进履》，你是听不到了。你大可嘲笑孤，说史书言辞过甚，孤徒有虚名。”他当真心思恶毒，明知她已心生愧疚，偏要说破说尽，瞧她理亏、狼狈。

肖南回心底的愤懑转而变为委屈。明明她才是下场最凄惨的人，怎么如今好像是她对不起他？

“微臣不敢。”

他冷哼：“你有何不敢？孤看你胆子大得很，方才要施药时也是气势十足。”

意图被拆穿，“肖大胆”更加萎靡，就连动作都慢了下来：“臣以往给自己包扎时粗鲁惯了，手下没个轻重，陛下说好不怪罪的。”

“天成各营都配备了随军医者，你若手脚不利落，找人代劳即可，何必折磨自己？”

肖南回撇撇嘴，心底对这不知世间疾苦的皇帝陛下有些嫌弃：“战况激烈是常态，一个行伍便是七八个医者也不够用，若是出战时被困某处，数月不回营也是常有的事，干粮都无，哪儿来的医者、伤药？即便是休战时期在营中，磕磕碰碰也是难免，总不能次次都要劳烦旁人，若是被人私下找麻烦，更是不能声张——”

她本来是要说许束从前在肃北找碴儿的糟心事，话到嘴边才发现说了太多，连忙一个急停打住话头，可似乎已经晚了。

“许廷尉的次子。”

“嗯？”肖南回的脑子一时没转过弯来。

“那找你麻烦的可是许治的次子许束？”

“是——”

等等，他怎么知道？肖南回猛地抬头，正对上夙未意料之中的眼神。

“朝中文官武将交好交恶的名单，孤手中自然有一份，不然你以为如何？”

她以为他是因为在意过她的处境，所以才……

肖南回将自嘲的笑隐去。

想当初她不过是个小小队正，如何能引得他注意？不过是侯府的缘故，她的一举一动才会受到关注。可他明知许家与侯府有过节，那日在行宫大殿上还顺着对方的恶意行事，难道对他来说当真只有制衡利弊，全无半点儿君臣情谊或是……别的什么？

方才压下去的苦涩又涌上心头，她的指尖无意识地一缩，手中的纱布跟着缠紧，伤口蓦地渗出血来。

帝王倒抽一口冷气，漆黑的眉挑起："肖营卫第一个包扎的人，坟头草可有三尺高了？"

肖南回猛然回神，低头一看，吓得差点儿将手里的半截纱布扔到皇帝脑袋上："陛下恕罪！臣方才有些走神了。要不还是叫单总管过来——"

"他忙得很，你当所有人都像你这般清闲吗？"

夙未懒懒地收回手，似乎根本不太在意伤口如何，单手将脱落的纱布打了个结，手法利落得令肖南回目瞪口呆。

若非知晓眼前这人的心性，她几乎要怀疑这人已将戏耍她当作人生一大乐趣。

那人没有理会她的反应，伸出另一只手掀开小案上摆着的那只红铜大肚的小香炉炉盖，炉底是一块香篆，已经燃尽大半，瞧不出本来的模样了。

肖南回正抬眼看着，肚子突然不争气地发出一阵肠鸣。她今日为了等黛姨的药，起得比往常都要早些，没吃几口东西，现下觉得饿也是正常。

若是她站在大街闹市上，这点儿动静或许不算什么，但在这四下安静得连风声都听得一清二楚的地方，这声响就颇有点儿平地惊雷的架势了。她垂下头去，第二次想要从这高楼的栏杆旁一跃而下。

她看不见对面人的表情，只听见他的声音："时辰尚早，空一空肚子对你有好处。"

好处？什么好处？她头一回听说饿肚子还能有好处。

"将飞想必已将那把班剑送到府上，看在你诚心兑现承诺的分上，孤今日准你问三个问题。"

沉香的气息飘进鼻间，消解了一点儿饥饿带来的心慌。肖南回定了定神，重新振作起来："什么问题都可以吗？"

"当然。"帝王狡猾地停顿了片刻，"不过是否回答、如何回答在于孤。"

她努力克制住自己翻白眼的冲动，思忖着如何才能借着这次机会讨回点儿便宜。她并不傻，她确实有很多疑问——关于秘玺的、关于肖家血案的、关于仆呼那的，可她知道未必能够从他这里讨到答案。

她本想问今天为何叫她来，可话到嘴边，她觉得这实在是个蠢问题。因为皇帝如果想告诉她，一会儿自然便会揭晓；他若不想告诉她，她便是问了也没什么用。

想到这儿，她突然就觉得这三个问题有点儿无趣，再没了细细思索的心思，干脆问了个最不着边际的问题："此处到底是什么地方？"

夙未望向远处，眼中分明有些情绪在涌动，声音却一如既往地平静、冷淡："此楼名为静波楼，是孤母妃生前居所。"

果然，若非皇室中人，断不可能在离宫墙如此近的地方建起一座亭台水榭，更不可能让培养皇室近卫的黑羽营为其掩护。可帝王后妃难道不该身在宫中吗？为何要住在宫墙外？

夙未已收回视线，轻轻瞥过身前发呆的女子。她实在太过容易被看透，情绪、想法都写在脸上。

她没有追问，他却突然想说："母妃出阁前的名讳中带一个'镜'字，父王为讨她一笑，不惜将天下最美的铜镜都收集来，母妃却连一眼也不愿多看，仍旧日日寡欢，不展笑颜。最终，父王命人为母妃修了这座四面无风的楼台，又在其间生生开出一片湖泊，湖中什么也没有，只有平静无波的水面，此楼遂被赐名静波楼。"

夙未已经很久没有提起以前的事情了，本打算永远不再提起。可今日不知为何，这些往事仿佛有了自己的意识，从他口中流淌而出，像一眼堵不住的热泉，从不为人知的角落中溢了出来。

"静波楼名义上是母妃的静修之所，实则是软禁之地。她登上这座高楼后，便再没能离开过。孤自七岁那年便离开了她，再见她时——"他说到这里突然顿住，再开口时声音依旧平静，"再见她时已是阴阳相隔。"

他似乎能以这种语气在任何情景下讲出任何话语，如此一来，便再没有人能从他的悲喜之中揣摩出什么，也再没有人可以感知他的悲喜。

"陛下可曾思念过自己的母亲？"她下意识地问出口。

夙未的目光转到她脸上，两个漆黑的瞳仁锁住她的眼睛，像要看到她的灵魂深处："这便是你的第二个问题吗？"

她点点头，没有回避突如其来的对视："是。陛下若不想答，可以不答。"

夙未安静了一会儿，似乎在认真思考这个问题，许久才给出答案："起先或许有过，但后来便甚少念起。"

怎么会呢？肖南回几乎是下意识地不相信这个答案。怎会有人不思念自己的亲人？即便是像她这样的孤儿，也时常会幻想自己从未谋过面的父母。

她不信，他看出来了，却并不在意："孤幼时离宫，与人接触甚少，却经常做梦。梦中各色人等总是如潮水般涌来，惊慌时是母妃护在孤身前，挥一挥衣袖便将那些人赶走了。那时孤常分不清现实与梦境，以为母妃仍在身边。自她离世那天起，孤不再做梦，慢慢地便也不再想起那些梦中的情形，自然也不再念起她。"

一阵雁鸣声从远处传来，太阳从云层后探出一点儿金边，那点儿金色穿过斗拱下的雕花阑额，投在两人中间的那片空隙里，将夙未的脸照亮了一瞬间。

肖南回呆呆地看着，不知是被那张脸还是那束光而吸引。

不知为何，她就是觉得他方才的那番话十分重要，重要到她连同此刻周遭的景色也都一并印入脑海深处，想要偷偷藏起来，却又不知该藏在何处。

从前她便觉得他身上笼罩着一片驱不散的雾，好似极北高原上常年被云雾笼罩的雪山。如今那雾似乎散开了些，她突然发现，原来山就在眼前，近到她心生怯意，不敢去丈量。

"孤的母族复姓钟离，但自母妃离世后，这世间便无钟离族人。你可知是为何？"

她茫然地摇了摇头，随即突然反应过来一件事。钟离竟，钟离镜，这个名字似乎正是他母妃的名字。

"因为父王在迎娶母妃后便杀尽了她的族人，连尚在襁褓中的婴儿也没有放过。"

世人只道皇帝生母是个美丽却不祥的疯子，却没有人提及她为何而疯。肖南回难掩震惊，碰倒了手肘旁放着的药瓶，又手忙脚乱地将它扶起。

对面的夙未没有动，只定定地瞧着她，口中似是发问又似是自言自语："你说，这样的母妃是否还会真心爱父王？"

"当然不会。"一个声音从她心底脱口而出。

没有人会爱上屠戮自己亲人的仇人，这是世间常理。可是，这世间唯有一样东西不可用所谓常理去衡量，那便是人情。

她想起那杀害肖家满门的白氏，即便隔着血海深仇，肖准依旧无法对白允痛下杀手。她又想起那日在行宫大殿上的自己，彷徨、屈辱，受尽折磨。而夙未就端坐在王座上，明知许家父子有意从中挑拨，仍旧借势而为，将她逼上绝路。因为他的一道口谕，她此生无法再握起弓箭。按理说，她该恨他、厌弃他、见面便想要杀了他，可她没有。她内心复杂的情愫交织在一起，就如她第一次见他时的印象那般矛盾，久久不能理清。

“陛下还欠我最后一个问题。”她深吸一口气，低下头去，心跳声却在耳内回荡，“那日在天沐河天堑崖壁上，陛下为何要救我？”

周围安静了片刻，他不答反问：“那日在焦松行宫大殿上，你为何要将罪责揽下？”

“那是因为——”

那是因为她无法对肖准见死不救，即便她知道他的心不在她身上，她也无法眼睁睁看他受折磨，被打落尘埃。

她的声音哽在喉咙深处，无论如何，她都说不下去。尽管已经过去许多日，肩上的伤已经结痂，她还是无法面对那种情绪。

“你不必开口回答，只须明白一件事。”他的声音又近了些，气息拂过她的眼睫，像有什么东西飘落，“你的答案便是我的答案。”

这一句，他没有以帝王自称，这显得他的语气比以往轻不少，可那话语中的深意似有千斤重。

她仿佛看到眼前的那座高山以倾颓之势向她压来，她避无可避，退无可退，终将被埋在那迅速扩大的阴影下，与之融为一体，直至千百年以后天崩地裂，方得自由。

一阵风吹过，炉中最后一点儿香燃尽，青烟却未断，像那理不清的情丝缠绕着两人。

就在她快要承受不住心头的压抑、彷徨时，他终于起身：“时辰到了。走吧，去个地方。”

第一百一十六章

洽尸

传闻在极北格勒特高原的风雪之城中有一座天下奇楼，名唤径荫楼。此楼广纳天下能工巧匠，许多传世之作皆出自其手。楼主每三年便会大宴天下，宴席中会有一名勇士胜出，得以进入这座楼深处，一览楼主庞杂的玉石巧玩。径荫楼名如其楼，处处暗藏玄机，只有楼主知晓曲径通幽之法，以至楼中珍宝无数，却无人能轻易窥其一二。

曾有一位有幸入楼的玉痴在描绘楼中奇景时如是写道："台四方，阁六座，廊廿四道，门七十又二扇，坐东西南北天地，曲折相通而互不相见。"

顾名思义，这说的便是楼中各处看似独立却又能以隐秘的方式相互连接。

眼下的静波楼也是如此。

肖南回又回到那条密道中，走的却不是来时的那条路。她跟在夙未身后，在黑暗中七拐八拐地前行了一阵子，发现自己不知何时已经转到这座楼台的北面。

先前面对湖泊的那一面视野空旷，四处皆无遮挡，一眺可见数百步之外，如今这一面却对着一堵高墙。

那墙与这楼台探出的栏杆只隔一丈。静波楼少说也有数十丈高，而那堵墙竟比静波楼还要高出一截。细看，其上遍布新旧修补夯土的痕迹，巨大的石砖看起来古老而沧桑，覆着一层长年累月积蓄的厚苔，灰白与青绿相间，生死交替已有百年。

"那边是宫墙，你若探头探脑，小心被一箭射穿。"

心思被拆穿，肖南回脸上有些挂不住，轻咳一声，将脑袋缩了回来。原来那便是宫墙。想当初她立于那宿东田家的墙根时，还觉得宫墙不过尔尔，如今看来却是她太缺少见识了。

气氛一时尴尬，她试图转移一下话题："此楼与宫墙只一丈之隔，陛下难道不怕有人利用此处混进宫中？"

"那你可知为何静波楼的入口要设在黑羽营内？进来容易出去难的道理应当不算难懂。"夙未回答得有几分漫不经心，似乎凸显了她这问题的"愚蠢"。且不说外人要如何知晓此处，便是黑羽营这一道屏障便够寻常贼人喝一壶了。

她不甘心，故作高深地补上一句："陛下也须晓得家贼难防。"

走在前面的身影顿了顿，突然转过身，意味深长地看了她一眼："确实。"

这是什么意思？看她做什么？她又不是贼！

肖南回有些生气，生气之余又莫名有些心虚。对方瞧她，莫不是因为她进了静波楼，也算得上半个自己人了……

就在此时，一阵车马行路的声响从下方传来。

她不自觉地向下看去，便见一辆马车从那宫墙与楼台之间的窄巷一端驶来，又在巷子尽头缓缓停住。车上跳下来一个人，正是丁未翔。

但肖南回的目光仍停在那辆马车上。那辆马车看上去平平无奇，就像阙城寻常大户人家出门用的那种马车，可她就是莫名觉得眼熟。

夙未察觉到她疑惑、探究的视线："你确实坐过那辆车。"

肖南回呆了呆，随即反应过来，那是他们从霍州回来时坐过的马车。她当时被算计，丢了玉玺，转头想去找人算账时，对方却连同那辆马车一起人间蒸发了。如今看来，那马车到了一个她此前从未到过的地方，她找不到也正常。不过，这宫里的车驾何时这么不讲究了？

"这是……宫里的车？"

"不是。"夙未顿了顿，眼前似乎浮现出老丞相那张气急败坏的脸，随后不甚在意地挥了挥衣袖，"一个老朋友的，借来用，忘记还了。"

也对，宫里的车驾太过显眼，只怕还没驶出这条街，坊间便会传遍。肖南回没去细究皇帝口中的这位老朋友是谁，更没细想究竟是何人能让皇帝用到"借"这个字。

也就片刻工夫，丁未翔的身影便出现在楼台上，肖南回甚至没看清他究竟是从哪条密道走出来的。

这静波楼与皇宫只有一墙之隔，她突然有些好奇这楼中还有多少条漆黑不见尽头的密道，是否其中有一条正好通往皇宫深处……

“见过陛下，见过肖姑娘。”

咦？这狗腿子何时变得对她这么客气了？

肖南回看向丁未翔的眼神变得多了几分警惕，然而对方显然没心思和她进行眼神较量，径自取出两幅颇有厚度的面纱递了过来，自己戴上了一幅。

夙未接过，将其中一幅递给肖南回：“这是提前熏过苏合香的，你最好戴上。”

熏香？为何要熏香？她身上有什么奇怪的气味吗？她有些纳闷地接过来：“我们是要去见什么人吗？”

“算是吧。”

半盏茶的工夫后，她便明白为何要戴这面纱了。

前方一片黑暗，她似乎走进了一个没有窗户、四面都是石壁的空房间。一阵什么东西腐烂的恶臭自黑暗中迎面而来，即便戴着厚厚的面纱，依然无法阻止那股气味钻进鼻腔。

肖南回被熏得几乎一个踉跄，下一瞬，后背撞上夙未的胸膛。

温热透过几层布料传来，心脏贴着她的背隐隐震动，她猛地想起在行宫偏殿那一晚他为她涂药的情景，连忙想要退开，突然一只微凉的手将她的手臂抓住，又将她拉回他身边。

“离孤近些，对你有好处。”

那股若有若无的清冷气息将她包围，驱散了周遭那令人恶心、眩晕的气味。

肖南回没动，任由那只手轻轻牵着她向前走去。她不明白为何那人的手是凉的，却令她四肢百骸都热了起来。

“到了。”丁未翔掏出火引，点亮了墙壁上的火把，四周终于有了些亮光。

四四方方的密室正中只有一张窄而长的台子，台子上盖着一层白布，白布下隐约是一具尸体。

肖南回知道那股气味从何而来了。

丁未翔走到那张台子前，将那层白布一把掀开。

白布下是一具穿着宫人内侍服的尸体，面部已经浮肿难辨，露在外面的皮肤变成灰紫色，两只瞳孔却已泛白，舌头肿胀，嘴半张着，空落落的袖管上放着一截被砍断的手臂。

她终于明白方才皇帝为何说肚子空些有好处。就眼下这番情形，如果她肚子里有东西，恐怕顷刻间就得吐个干净。

“离近些，仔细瞧瞧，这人你可见过？”

她定了定神，随即屏住呼吸凑近几步，努力辨认那张已经面目全非的脸。

说来也是奇怪，按理说，已经腐烂到这种地步的尸体是很难辨认的，但她还是一眼就认出这张脸正是那晚在行宫袭击她的宫人的。月色下那张诡异的笑脸，她不会忘记。

“回陛下，此人应当就是那晚与我在行宫交手的人。”

夙未轻轻点了点头，随即又问道：“那晚之前，可曾见过？”

肖南回十足肯定地摇摇头：“未曾。”

夙未将目光转向丁未翔：“可是从宫外混进来的？”

“臣此前也做此推断，因此查错方向，随后才发现并不是。”丁未翔边说边上前一步，将一份记录宫内人员名录的简牍递到夙未手中，“此人名唤许睿，是皇宫内殿的一名寝官，入内务司已经六个年头，平日里做事还算规矩，焦松祭典之时他随驾同行。”

“内殿的人为何会出现在外院？”

“事发那日，因祭典人手不够，便抽调他在外院当差一晚。”

肖南回想起行刑那一晚的情形，肩膀又开始隐隐作痛。行刑结束时，她因为疼痛而精神恍惚，但隐约还记得一些情形：“我记得他当时在行刑处候着，行刑的讯吏指派了一个人引我去宫门处，他便站了出来，说是带我去宫门处，可是路线不对。”

“他在攻击你前可曾说些什么？”

“他说……”肖南回眯起眼，努力回忆在曼陀罗花圃中那一晚，“他好像说跟我见过，但我没有任何印象。”

“那你可知他为何要杀你？”

肖南回摇摇头。她回想起夙未先前在岭西审问安律的手段，觉得有点儿说不通：“既然都抓到人了，难道就没问出什么？”

丁未翔听出她话中意味，看了她一眼才开口道：“我当时留了手，只砍断了他的手臂，未想过要取他性命，但他当场便没了气息。”

“死因可曾查明？”

“仵作说血淤于心脉，似是死于心疾。”

心疾发作，当场毙命，似乎说得过去。毕竟就算是再穷凶极恶的人，见识过那晚丁未翔的一刀斩也难说不会心悸腿软。

肖南回瞥一眼这相貌平平无奇的带刀侍卫，十分庆幸自己没有做他的敌人。

丁未翔并未留意肖南回的目光，他此刻的脸色不知为何变得有些古怪：“还有一事未禀明陛下，属下不知是否当讲。”

“要么只字不提，既已提起，便讲明白。”

丁未翔被噎了一句，顿了片刻，方才开口：“这具尸体运至阙城时距离身亡那日已过去整整七日，但因为天气尚未转暖，按理说，尸身腐败程度应当还算轻微，只是验尸时仵作却有十足把握称，此人死去至少已半月有余。”

“什么？”肖南回的不可思议跃然脸上，视线又落回到那具已经开始腐烂的尸体上，“可他明明——”她说不下去了。

寻常尸体在如今的气温下存放七日，当真会腐烂到这个地步吗？可如果他并非死于七日前，她那日见到的会走会停、会说话又会行凶的人又是怎么一回事？

夙未的脸上依旧没什么表情，只是流转的眼神间显露出一点儿沉思：“此人半个月前的行踪可曾核实过？”

“属下都一一核实过了。据那几日当值的内侍总管所言，许睿半个月前仍照常在宫内当值，与差簿上的记载也无出入。”

“其间可曾外出？”

“未曾离开过皇宫，只在正月廿三那日告假半日，说是身体略有不适。”

“尸体运送途中可有旁人经手？”

“属下全程负责押运，旁人既不知晓，也无从经手。”

空气陷入短暂的凝滞，似乎无人可以打破蛰伏在黑暗中的谜团。

肖南回的思绪却在这一瞬间飘远。如果……她是说“如果”，如果许睿那一晚确实已经死了呢？

她突然回想起那晚的一些细节。她跟在那盏摇曳的宫灯后，似乎鼻间总是闻到一股若有似无的腐臭味。当时她以为是自己的错觉，毕竟帝王行宫怎么可能有腐败之物？眼下想起，却突然有了不可思议的答案。她那日根本不是跟在一个活人身后，而是跟在一具已经死去数日的尸体背后。

思及此处，她瞬间涌上一种战栗和恶心的感觉。疑虑像落入水中的墨迹一般扩散开来，她感觉到自己对这个世界的某种认知又一次被打破。

就在此时，夙未的声音再次响起：“除去你斩其手臂留下的痕迹，这具尸体上可还有别的外伤？”

“倒是有一处，不知算不算。陛下须得离近些才能看清。”

丁未翔端起烛台靠近那具尸体另一侧的手臂。烛火下，一根肿胀的手指尖赫然有一个不起眼的黑点，瞧着像不小心扎进手指的一根刺。

“这是什么？”

“属下不知，那验尸的仵作也说不清。兴许是某种毒物或是蛊留下的痕迹，属下已遍请宫中精通此道之人查看过，但无人可以道出一二，遍查典籍，也无相关记载。”

“等一下。”肖南回突然出声，随即看向身边的丁未翔，“我记得那日长宓台祭典时，有个站在人群中摇铃铛的人，那人的画像，你现下还留着吗？”

丁未翔立在原地，一时没有动作。

“还有一张。”

“你可曾拿给陛下看过？”

“刺杀之事尚未有定论，那画像不过是路边的一个算命先生随手画下的——”

“拿出来。”肖南回急声打断，一时顾不上丁未翔的反应，“拿出来给他看看。”

一种说不清道不明的直觉将她脑海中的碎片连接起来，隐约勾勒出这背后真相的轮廓，她想要看得再仔细些，却又无从下手，只能凭感觉抓住其中一二去验证。

丁未翔的目光与她相对，他似乎在考量她话中那份急迫的缘由，一旁的夙未却已开口道：“无妨，一张画像而已，便拿来看看。”

主子发话，他只得掏出那张皱巴巴的通缉画像递了过去：“属下曾拿此画像在焦松县城内外百里展开搜捕，最终却一无所获，故以为此画像可能同那凶徒有出入，便没有第一时间呈给陛下。”

夙未没有开口，只沉默地接过那张画像。薄薄的一张纸被他捏在手中，烛火映照出的光在其上跳跃，连带着上面勾勒的人像似鬼影一般扭曲起来。

肖南回紧张地看着他面上的反应，然而此人从来都是一副不为所动的样子，她实在看不出什么。

丁未翔在一旁已经有些不耐烦，但被肖南回一把按住，她再抬头时，夙未已将画像放下，说："画得确实有些潦草，但也算传神。"

她连忙追问："那陛下……是否见过此人？"

夙未停顿了片刻，随即吐出一个名字："邹思防。"

轻飘飘的三个字却似巨人的手腕将她内心的一块巨石复位。

一人认错，两人认错，总不至于第三人仍然认错。她的推断没有错，那日混迹于长宓台下人群中的那个影子就是邹思防。

丁未翔忍不住出声提醒："但是那日在白耀关的沼泽中，邹思防已经死了。"

"可许睿也死了。"她的声音渐渐笃定，她鼓足勇气将心底的推测说了出来，"如果邹思防跟许睿一样死而复生了呢？"

这个大胆而可怕的推断令整间密室再次陷入短暂的沉默。

生死有命，究竟是谁想要逆天改命？又或者是那仆呼那口中的神明作祟，操弄鬼神、颠倒人魂？

"人死不能复生，鬼神亦无办法。"夙未的声音在她耳畔沉沉响起，"不过，此事确有蹊跷，孤记得在霍州的时候，是那瞿家小子治好邹思防的。"

丁未翔点点头："正是。"

"传孤密令，速往晚城瞿家寻瞿墨前来，就说是……"帝王顿了顿，随即说出了一个对方无法拒绝的理由，"就说是秘玺出了岔子，要他前来查看。"

"是。"丁未翔俯首领命。

帝王随即再次叮嘱道："此事须得隐秘，不得惊扰他人。"

苏合香的气味混合着腥臭在鼻间形成一股诡异的气味，像有什么可怕的真相就快要遮掩不住，一股脑地冲出来。

一阵阴风吹过，墙壁上的火光扭曲地抖动起来，肖南回跟着打了个哆嗦。

在四周晦暗的光线下，她有种错觉，那根垂在白布外、已经发黑的手指似乎动了动，而那暮春之时身在穆尔赫的回忆也因为这一根手指而幻化出一个她不曾亲眼所见的情景。

或许那日他们走出那片蛮荒之地后，在他们身后的某个角落，在那潮湿阴冷的沼泽地中，有什么东西打破了死一般的寂静，吞噬生灵后重新恢复平整的泥地中突然伸出一只青白的手，本应腐烂的人体破土而出，以一种诡异的姿态爬回了人间……

第一百一十七章

【荆棘公主】

肖南回踏出静波楼的时候才发现日头已经西斜了。真是一座让人忘记时间流逝的怪楼。

其实她已经很久没有好好看过阙城的日落了。这里是都城，街道繁华，楼台林立，夕阳在这座城池停留的时间总是短暂的，匆忙的人往往还没留意到它的身影，最后一缕阳光便已经退去。有时候只有恰到好处的一瞥，才能望见这一瞬间的美好。

她停在原地看了一会儿，几步外，丁未翔有所察觉地停住，回过头看向她："怎么了？"

她回过神来，摇了摇头："没什么。"

不知从什么时候开始，她学会了话说三分留七分。要知道，她从前可不是这样的。

她这副欲言又止的样子在丁未翔眼里，又成了另一种说法："焦松县发生的事已令你牵涉其中，所以陛下才允许你参与调查，但这不代表你就可以像以往那样不按规矩做事。"

肖南回看着丁未翔那张严肃中透着古板的脸，突然有点儿想笑，又突然有些理解。跟在那样一个人身边，确实得是个忠直难折且没什么歪心思的人。

她故作生气，将头扭到一旁："我当你是想让我来帮忙，未承想却是把我当成麻烦。"

果然，对方听她这么一说，被误解的焦急便显露出来："规矩就是规矩，我又不是针对你一人——"

这倒是实话。她点点头，转过身望向对方的眼睛，慢慢开口道："听风楼上那一箭当真不是我射的。”

丁未翔愣住，似乎没料到她会在此时提起这件事。他木讷的脸上有一瞬间的纠结，随后又恢复如常。

“我信你。”顿了顿，他由衷地补充道，“你的箭法没有那么好。”

肖南回心头方才生出的一点儿感动瞬间消散：“还有事吗？没事的话，我先走了。”

丁未翔面无表情地掏出一块腰牌递给她：“这是黑羽营的腰牌，须与你手腕上的铁环一同出示，方能在营里通行。为了不引起无关人等的注意，如今你仍保留光要营营卫一职，但私下规制、调度按照黑羽暗卫施行，方便行事。腰牌在人在，腰牌若丢了，军法处置。”

肖南回接过腰牌，欣喜、稀奇的神色遮掩不住，左右上下地看着。这可是黑羽营暗卫的腰牌，整个天成没有几块。

“春猎之前这段时间，如有需要，你便会频繁出入于此地。在此期间，你不得将任何关于此案的文案卷宗带出或泄露，在外提及亦不允许。如有违背，军法处置。”

左一个军法处置，右一个军法处置，究竟让不让人干活儿了？肖南回盯着手里的腰牌，突然就觉得这块牌子没那么好看了。

当初她孤身一人前往霍州追查秘玺一事，身边能够信任的帮手只有伯劳。但彼时她并不觉得孤单，也并未觉得前方的希望其实是很渺茫的。如今她能得到普天之下最得力的助手，却觉得前路艰辛，未来陷在一片雾气弥漫的夜色中。她要从何查起呢？

想着想着，她本已离开的脚步突然顿住。

“丁未翔。”她很少叫他名字，一开口便觉得别扭，可一想到接下来要说的话，她便更别扭了。

丁未翔转过身来，她抬起手摸了摸耳朵：“那个……眼下就有件事想请你帮忙。”

“何事？”

“白允如今被关在何处？我能否见她一面——”她说这话的时候没敢抬头，担心一抬头便会迎面被拒绝。

然而，事实是，即便她不抬头，这拒绝来得也很快。“不行。”丁未翔的回答斩钉截铁，“你不知道吗？我只听主子一人吩咐。”

尽管知道自己要求的事十有八九会被拒绝，但她并不想看那狗腿子欠揍的表情，她咬紧牙根，勉强挥了挥手：“算了，当我没说。”

“未翔。”一道声音自高楼上飘下，断断续续却不容动摇，“肖营卫不是外人，别忘了先前叮嘱你的话。”

丁未翔的脸色变换起来。肖南回从来不知，这人竟还能做出如此丰富的表情。

“可是主子——”

“孤乏了，先回去了。宫里有阿飞跟着，你把事情办妥了再回来吧。”说完，不等丁未翔有所反应，那声音已消失。

肖南回抬头望去，亦不见高楼上有人影。

她看向丁未翔，对方也在看着她。许久，她轻咳一声，尽量让自己看起来泰然自若一些：“冤有头债有主，丁中尉莫要将怨气撒在我身上，还是快快带路吧。”

肖南回怎么也没想到，自己又回到静波楼中。她在黑暗中深一脚浅一脚地走着，对前面带路的人抱怨道：“陛下是没地方关人了吗？怎的非要选在这离皇宫如此近的地方，就不怕被人一窝端了——”

“肖营卫，注意你的言辞。”前面的人没回头，声音有点儿闷闷的，“所有与白氏有关的信息都集中在此楼中，白氏本人当然也不例外。”

“既然就在此处，方才为何不肯带我前来？”

“白氏身份如今何等敏感、招风，你还赶着这时候去见，是嫌侯府在这件事上陷得不够深吗？”

肖南回一顿，突然意识到自己险些忘了那日在行宫大殿上的凶险。天子身边难做事，在岭西的时候，她可没这么懈怠，如今不过短短几个月，她竟然变得松懈了。

她收敛神色，沉声道：“我寻她是有正事要问，你若不放心，就在旁边看着。”

“到了。”丁未翔停下脚步，转过头看她一眼，“莫要仗着陛下维护便飘起来，真到了讲生死大义的时候，陛下不会偏袒你。”

什么生死大义？肖南回觉得有些好笑。若依她言，那人最瞧不上的恐怕就是所谓的生死大义了。

她伸出手在眼前晃了晃，皱起眉头：“好暗。”

“陛下吩咐过，此处不可以点灯。”

丁未翔伸出手在一旁的石壁上叩了几下，一阵脚步声伴随着火光从另一侧渐近。

“丁中尉，这边请。”来人确认了丁未翔的腰牌，用火把照亮前路。

这是一间跟先前那停尸房间十分相似的石室，只是当中被一道通天接地的铁笼隔开，火把照不进那牢笼深处，似乎那黑暗中并没有人。

“可容我跟她单独说两句话？”

守卫没有动作，声音中透着一种不容商量的意味：“陛下吩咐过，任何人不得同白氏女单独相处。”

肖南回只得退一步：“我不进去，就隔着栏杆问几句话，最多半炷香的时间，也不行吗？”

那守卫看向丁未翔，丁未翔脸上再次浮现出她熟悉的纠结和欲言又止的表情，半晌才闷声道：“就半炷香的时间，多一会儿都不行。”

肖南回面露感激：“多谢丁中尉。”

那守卫不再多言，只留下一支火把，便同丁未翔一起消失在入口处。

肖南回等了一会儿，听得那脚步声远去，才拿起火把靠近石室内唯一的那间牢房。

“犯了谋逆弑君之罪，竟还能手脚健全地走到我面前，看来他确实喜欢你。”她还未照见那个人，对方的声音已经响起。

从迈进牢房那一刻，肖南回便做足了心理准备，不管对方说什么来动摇她、攻击她，她都要沉着应对，可这第一句便将她的心扰乱了。

她不善于此道，白允显然知道这一点：“皇帝不会派你来审我，是你自己要来的？”

“是。”她决定直接一点儿，“我今天不是来跟你废话的，我只问你几句话。”

“我若不答呢？”

“问在我，答在你。”

黑暗中传来一阵笑声，随即是铁链在地上拖行的声音。

一个披头散发、浑身血污的人出现在光亮中，白允的脸看起来比先前更加苍白了，像完全失去了生气，晦暗无光的眼睛使劲闭了闭才睁开。那是长时间待在黑暗中的人才会有的反应。

"在我回答你的问题前，我要你帮我做件事。"

"什么事？"

一阵窸窸窣窣的摸索声响起，那只苍白瘦弱的手拾起一盏灯油快要凝住的油灯，隔着玄铁栏杆递到肖南回眼前。

"点亮它。"

肖南回犹豫了一下，移动火把，点亮了那盏油灯。

油灯亮起豆子大小的火苗，微弱得像下一刻就要消失。白允却将它小心护在手心，似乎那一点点火光便能带来一丝温暖。

热起的灯油变得烫手，她也毫不在意，火光将她的脸勾勒出明暗两面，少了先前的柔弱感，多了几分鬼祟："想知道什么？"

肖南回将火把放低，以便火光能照亮白允的脸，她需要判断对方给出的答案是不是谎言："许睿是不是你的人？"

白允叹气，气息吹动火苗，又像在低声咳嗽："很多时候，人们宁可相信自己心中的推测，也不愿相信百般周折求来的事实。"

"回答我的问题。"

白允摇了摇头，慢悠悠道："我不认识他，他也不认识我。"

不知为何，肖南回觉得这回答竟有几分真。深吸一口气，她问出另一个问题："你那日在听风楼所说是确有其事还是仅仅为了行刺杀之事而故意来分我的神？"

"我若说是真的，你就会信吗？"

"我会自己去求证。"

披头散发的白允用手指梳理着自己的头发，又借着亮光清理手指甲里的污泥，像这牢房中只她一人："那我的答案便不重要。何况有些事就连我也只知一二，你若不怕死，便去查吧。"

她答非所问，肖南回却听到了不一样的信号。她一定知道一些事情。

"当年肖府被灭满门是不是因秘玺而起？秘玺的事，你究竟知道多少？仆呼那是否与你白氏有关——"

白允咯咯笑起来，先前的抽离感退去，她眼神中的偏执渐渐浮现出来。这具美丽皮囊的深处住着一个被折磨到疯狂的灵魂。

"你的这些问题都好生无聊，跟我每日被问的话没什么两样。他们对我用刑、将我关在这黑暗之中，我都没有说，我连死都不怕，为何现在要告诉你呢？”

“那你最好将你知道的一五一十地说出来。”肖南回的眼神变得冷酷，“以我对陛下的了解，在得到满意的答案之前，他恐怕不会让你死。”

那笑声变为冷笑。

“是啊，他要留着我的命，妄想这样便可以引得我父亲前来。”

“他迟早会来的。”

“他不会。”白允的声音冷冷的，像数九寒天里被冻透的河面，“不论是为我还是为阿岂，他都不会来！这世上真正在乎我性命的人或许根本不存在。”

“你错了！”肖南回的声音几乎控制不住地高起来。

白允错了。可错在何处？她说不出口。

半晌，冲到胸口的愤怒终于慢慢平息，肖南回发现，她已经可以比想象中更加冷静地去面对眼前这个人了。她死死盯着牢房中的白允，一字一句地问道：“你说出这样的话，可还对义父有几分真心？”

白允的声音低落起来，她像在喃喃自语：“有又如何？没有又如何？”

“他费尽心思想要救你，如今看来，并不值得。”说完这句话，肖南回已准备转身离开。

“等等。”

她停住脚步，随后慢慢转过身看向铁笼里的白允。

白允依然坐在地上，面上的表情却变了，带着一点儿卑怯，却又试图用麻木的声音来掩饰：“他们……他们将阿岂关在何处？他现下怎么样了，是否吃得好、睡得下？他有没有——”

“我不知道。”肖南回如实回答。

“那些被俘的碧疆人都如何了？”

“你是天成人，应当知道天成向来不杀无辜百姓，但若有人反抗，也绝不会姑息。”

那双瘦弱的肩抖了抖，又垮了下来。

“你可不可以……替我求求皇帝——”

“白姑娘，”肖南回打断了对方破碎的声音，“我那日在大殿上救你是因为义父，我不忍让他经受煎熬、左右为难。我也从不后悔自己做出的选择。可你不是他，我没有迁就你的意愿。”

呜咽声断断续续传来，令人心碎。

“是我不好，我可以去死，没有关系。但阿岂是无辜的，他什么都不知道——”

“这世上哪里有绝对无辜之人？”肖南回的声音中第一次带了些怜悯，“他曾经因这个身份在碧疆生活得多自在，如今便要忍受得多辛苦。”

白允疯狂往前挪动着身体，身上的铁链绷直，铮铮作响：“不论是阿岂还是那些碧疆的将士，他们都是有血有肉的人，他们有亲人、朋友、爱人，你将心比心，怎会忍心他们落得如此下场？！”

白允的话总是七分虚三分实，即便有时她泪眼看人，但那眼泪之后的眼睛和那人一样无情。然而眼下的情况截然相反，此刻的白允透出少有的诚恳。

可最令肖南回无法接受的恰恰就是那种真情。她无法理解，一个人为何会对自己的敌人流露出真情实感？

“听闻你不仅教他们读书写字，还教他们制作铁器的方法。碧疆各部首领将你尊为神女，私下叫你‘依合般遮丽’。”

依合般遮丽，南羌人的语言，译成天成话，意思是“荆棘公主”。

脚踩荆棘的公主，出身高贵却注定受尽折磨，一如眼前女子的命运。

白允那双迷蒙的眼中涌出泪水，脸上是一种摇摇欲坠的脆弱：“那片土地本来就是常年被战争洗礼，但他们是向往和平与自由的族群。他们不愿意使用弓箭与长枪，他们视铁器为传播战争的瘟疫。可他们不明白，战争从来都是由人传播的，如果不学会自保，便只有被践踏的份。”

“可你是天成人。”肖南回的声音冷冷的，“你教会了你的敌人如何拿起刀挥砍天成的手足同胞。你每救一个碧疆将士，一个天成将士便会死去。”

“他们追杀我白氏一族的时候，我就已经不是天成人了。”白允眼中的泪水落下，手中的油灯跟着摇晃起来，“你呢？你是天成人吗？你生于岭西，却将自己的情感深植于脚下这片土地。而我的家族被自己效忠的天家深深背叛……要知道，原本我也可以像你一样生活。”

“白小姐不用演了。”肖南回突然出声，打断了对方饱含深情的话语。

美人微微惊讶，睫毛上沾了泪，如露水打湿蒿草，轻颤欲坠。即便处在如此狼狈的境地，她依旧可以看上去惹人怜爱。

“我是如何生活的，你根本一无所知。”肖南回低下头，不去看那牢笼中的人，“你说的那些，我其实不太明白。你有父母、兄弟、族亲，有白氏一族的清誉、荣光，有割舍不断的忠义、情爱，你说的这些，我都没有，你的感受，我体会不了。”

白允面色一白。

肖南回的声音低了下去：“我只有义父。但他的心里只有你。他等你许多年了，日后若还能相见，你便带他走吧。”她说罢转过身去。她怕自己下一刻便会后悔。

她没有看到，在她转过身那一瞬间，囚牢中的女子柔弱、凄美的面具上出现了一丝裂痕。

白允的嘴角嘲讽地勾起，又被悲伤深深坠了下去。

在这个晦暗不见天日的牢笼中，在这块浸满罪恶之人鲜血的石板上，在这盏下一瞬间便会枯竭的油灯前，她竟然想起了很多年前将军家的少年来寻她时的情景。

雪满枝头，梅香初绽，天地之间那么安静，他撑着伞立在黑马旁，听到她帛屐点地的声响，慢慢转过身来。

那双盛着希望、真诚和满满爱意的眼睛，她此生再也见不到了。眼眶的泪已经枯竭，那颗本该已经死去的心却沁出泪水来。

“黑木郡。”

肖南回本已要离开的脚步猛地顿住：“什么？”

白允有些沙哑的声音低低传来：“你若想查肖府当年的案子，便去查当年从黑木郡寄出的那封书信。”她说得又轻又快，像再慢一点儿，她便会后悔开了口，“当年父亲与朔亲王交好，那封信是父亲出使霍州时亲自带回并转交给朔亲王的。父亲从来不知信上写了什么，却明白那就是一切悲剧的开端。”

半炷香的时间就要到了，守卫的脚步声已在门外响起，肖南回急切地向前走了几步：“什么书信？你说清楚，为何那书信的内容会要人性命？”

“我言尽于此，下次你我再见之时，便不会是眼下这般情景了。”那声音顿了顿，最后吐出一句话，“如果还有下次。”

下一瞬，渐近的脚步声在门口停住，丁未翔和守卫的身影已出现在门口。

“肖姑娘，时辰到了。”

第一百一十八章

春花的烦恼（上）

踏出静波楼的暗牢很多天后，肖南回依然无法忘记白允说过的话。

霍州，黑木郡，一封私信。

很早以前，她便查到御史台记录的那行文字。这件事，她没有跟任何人说过，白允自然不会知晓，却说出了几乎一模一样的信息。也就是说，她曾经离真相很近很近。

彼时她便应该想到，为何御史台明明已经注意到那封不同寻常的书信，却没有记载其中内容，究竟是信函已经遗失，不可追寻，还是被什么人蓄意抹去了呢？

肖南回感觉自己被这秘密交织的旋涡困在原地。

她要如何查起？又是否该寻求皇帝的帮助？这背后还有一道她不敢触碰的禁忌之门，那便是天家在当年的事件中究竟扮演了怎样的角色。

思虑之下，她决定暂时将此事按下。如果春猎之前还不能在赤州查到有用的信息，她便只能在大沨渡冰破河开之日再亲自往霍州走一趟。

她每日仍协助丁未翔追查仆呼那和邹思防的踪迹，闲下来时便找机会翻进昱坤街的朔亲王旧府，开始在堆放旧物的几个厢房翻找、整理。

据陈叔所说，肖准建府搬离的时候，没有动旧府的一针一线，如今大将军府上的所有东西都是建府时新置的。肖准将关于过往的记忆全部封存在那长满荒草的院子里，自离开那日起便从未再碰过分毫。

其情感，肖南回岂会不知？因此她不敢惊动旁人。

在那无数纷杂的书信手稿中，她偶尔会窥见朔亲王肖青的一些往事。

这位军功赫赫、颇有传奇色彩的异姓亲王，是当时肖家的长子，除了几个个性张扬的弟弟，就只得一位妹妹。那位集父兄宠爱于一身、二十五岁才出阁的女子便是肖准的姑姑肖黛，也就是如今的黛姨。

黛姨的生母早亡，族谱中几乎没有记载，黛姨是十几岁的时候才搬回王府的。她的夫家亦非皇城贵胄，而是外乡的一个丝绸商人。黛姨出嫁后只得一子，取名予奂，不似肖准等孩子接受王府的严谨教养，生得十分可爱，一家人很是知足、和美。

黛姨常思念娘家，每逢过节必携子回阙城省亲。那一年春猎前后，正值朔亲王四十岁生辰宴，黛姨思虑一番还是带着予奂赶来为哥哥庆生。

她这一来便被改写了一生。十几年前的那场血洗将这个女子的一切都摧毁了，如果她还记得发生过的一切，那她便是比亡者还要痛苦的生者。

除去黛姨与朔亲王的书信往来，肖南回还试图搜寻往日肖家与白家的往来痕迹，然而不知是否因为当年事发后，身为廷尉的许治曾派人前来搜查过，她几乎没有找到太多有用的信息。

在白允提及那件事前，她曾根据肖准与白允的交好情况推测过两家的亲疏，但从没想过白鹤留与朔亲王竟是至交。那封信究竟是谁寄出的？为何白家要亲自代为转交？

那封信里一定藏着一个惊天的秘密。而她要做的就是揭开那个秘密。

人与人之间最能拉近关系的时刻是什么呢？是分享秘密的时刻。

姚易总是跟她讲："每个人都有秘密。有些浅显，容易暴露，而有些会被小心掩藏起来，终生难被窥见。而你只有知道一个人心底最深处的秘密时，才算真正了解那个人。"

如此说来，那些拥有更多秘密的人实则手握着掌控关系亲疏的权力，比如夙未。

她回想起过往数月的经历，发现自己与他靠近的开端便是他分享第一个秘密的时候。

他的秘密多得令她应接不暇，叹为观止，就像常年笼罩在云雾之中的高山、平静却深不见底的湖泊、受风吹雨打千年仍沉默不语的石佛，永远高深莫测，不露丝毫破绽。

他的秘密带给她一种前所未有的奇妙感受，像迈进一个未曾踏足过的世界，开启了一段旁人插不进嘴的对话，跌进一个一无所知的怀抱。他用他的秘密占据了她的心。

而对肖南回来说，她只有一个秘密。曾经对肖准的喜欢就是她唯一的秘密。

可为何她将这个秘密分享给对方的时候，他反而离她更远了呢？这当中一定有什么不一样的地方，但她一时想不明白。

对于想不明白的问题、解决不了的人情债，甚至是无法面对的变故，她已经习惯去逃避。每到这种时候，越是亲近的人，她便越是躲着。

在焦松县发生的事，她尽量不去提，已不能挽弓的事也未曾和周围人讲起过。伯劳是个心浅的人，装不住太沉重的事情，更无法理解她的许多情感。而姚易又太过精明，很多事根本瞒不过，她已经伤痕累累，不想再被问东问西、冷嘲热讽。郝白倒或许是个人选，只可惜他跟皇帝走得太近了些，委实有些令人却步。伍小六就更不用提了，那就是个只知道一日三餐的胖子。

思来想去，她最终只私下联系了夙平川，托他帮忙打探阙城最好的铁匠，她想要重新打一把枪，可试来试去都不满意。

她用惯了平弦，就像她已经习惯了肖准。

生命中存在数载的东西和人就这样一夕抽离，肖南回不可避免地难受了一阵子，直到她突然想起了莫春花送来的那封信。

她如今官职低微，营里的事情比以往少了许多。除去往返黑羽营和昱坤街，她仍有些空闲，登门拜访一下莫春花应当不算难事。

颜将军府邸就在昱坤街隔壁不远的地方，修得颇为气派、讲究，倒是和雁翅营出身、向来不拘小节的颜广不大相配，兴许是与那正统命妇出身、祖上三代从官的正房夫人有关。

肖南回料到莫春花见到她应当会挺高兴，但没料到莫春花会那么高兴。莫春花纠缠着要她兑现承诺，今日要学花枪，明日要学陌刀，转头又对板斧感兴趣了。

肖南回闲来无事，便一一满足对方的要求，一方面消磨着自己难熬的时光，另一方面也借着出入颜府为自己私下调查的事打掩护。

可一晃六七日过去，她渐渐发觉自己一入颜府便会被众人行“注目礼”。起先她以为是自己的错觉，可渐渐地，就连府上门房家那斜眼的傻儿子都用一种奇怪的目光打量她。

肖南回终于忍无可忍，在第十次光顾颜府时，一把抓住试图逃跑的内院丫鬟："我都还没开口说话，你跑什么？"

小丫鬟十五六岁的年纪，又是从小在高门大院里长大，哪里见过肖南回这么气势汹汹、中气十足地问话，当场便挤出几滴眼泪来。

"大人饶了奴婢吧，奴婢只是个洗漱丫鬟，什么都不知道啊。"对方一边求饶一边坐在地上，一副腿软的样子。

肖南回瞧不下去，一把将她提起来："你起来说话——"话说到一半，她这才发现这丫鬟手腕上有一块青紫，语气不由得放缓了些，"谁打你了吗？"

小丫鬟在地上抖作一团："奴婢……奴婢不敢说。"

"哦。"肖南回松了手，一边挑眉，一边弹了弹衣袖，"不敢说那便不说吧。"

说罢，她转身毫不留恋地作势要走，地上的人果然瞬间想通了。

"大人！"那个小丫鬟两只手死死抱住她的腿，嗫嚅转作哭诉，"求大人给奴婢做主！"

肖南回虽是个容易心软的人，却不甚喜欢女子动不动就做小伏低的样子，看见这阵势莫名心烦："我一不是什么大人，二也做不了你的主，你若想说便说，不想说，我就当没问过你，再问旁人便是。"说罢，她便要抽出腿来。

那个小丫鬟见状，心知绕不了弯弯，又是一副痛苦的模样："都是……都是那四小姐痛下杀手，欺压奴婢啊！"

颜府新晋四小姐、岭西来的南羌霸王花，莫春花是也。不，如今她应该是颜春花了。

肖南回鼻间一哼，突然觉得这事十足有趣。

"自打四小姐从您这儿学了些拳脚功夫，动辄便拿院内的丫鬟、婆子们出气，有时就连小厮都不放过。奴婢离得近，总是被抓来出气，这日子实在是没法过了啊！"那个小丫鬟越说越激动，一副要哭断气的样子。

肖南回瞧不下去，又觉得这样吵闹早晚会引来人，于是给了对方一些碎银让她退下，便直奔莫春花的院子。

面对她的求证，当事人颜家四小姐供认不讳，一边砸着拳头大小的大青核桃，一边滔滔不绝地讲述自己的"丰功伟绩"。

肖南回这才知道，自打她开始教莫春花拳脚功夫，这疯婆子便两天一遁地、三天一揭瓦，院子里的丫鬟、婆子被她打了个遍，还美其名曰"初试拳脚"。

那张带有岭西口音的嘴巴还不肯罢休，肖南回终于忍无可忍，一掌拍碎了桌上剩余三个核桃："有能耐，你去军营里单挑，在这儿欺负小姑娘、老妈子算什么好汉？"

莫春花一呆，随即尖叫一声，去抢救那已经碎成渣渣的核桃。

核桃仁已经碎作一团，莫春花怒视肖南回。

"我不是好汉！我是女的！"她龇牙咧嘴，一副野性难驯的模样，"还有，我为什么要去军营？军营里又没人欺负我，我又不是吃饱了撑的没事做！"

肖南回挑眉，一脸不信："谁欺负你了？"

莫春花伸出两只爪子开始掰手指头："前院大夫人那儿的绿梅、碧蕊，隔壁二夫人院里的番红儿、玉色和福贵，我三姐那儿的小桃、苏杏，大姐串通的乳母丁嬷嬷，二姐买通的门房老郭和他那个总管姨婶婶……反正就是所有那些我打过的人呗。"

府上人丁加起来总共只有五个人的肖南回，被这一串人名深深震撼到了："你才进府多久，怎么结了这么多仇？！方才我在院子里碰见的那个什么洗漱丫鬟——"

莫春花冷哼一声："她是二夫人院子里的人，一个主子的贴身丫鬟总在我窗根底下转悠、偷听，被我泼了两回洗脚水仍不长记性，挨上几顿揍已经算便宜她了。"

"这颜府里难道人人都看你不顺眼？还有没有不是你仇家的人？"

莫春花剔了剔牙，仔细思考了一番："后院厨房养的那只黄狗勉强算得上站在我这边。"

肖南回一时无语，既觉得这内院的争斗荒唐得很，又觉得莫春花这以牙还牙的手段令人哭笑不得。她本以为短短月余未见，莫春花在颜府混得可谓风生水起，每日叮嘱小厨房做尽好吃食，新衣、新首饰也满了好几个小箱子。如今看来，颜府后院的这七八个"善男信女"没少暗地里给她难堪。

然而莫春花似乎浑然不在乎。她该吃吃、该喝喝，学得些拳脚功夫，便不管三七二十一地招呼那些找碴儿的人，一点儿也不在乎后果。

相比之下，她虽说是个见过些世面又自诩清闲的正牌武将，这些年私下里却总要顾及许多，简直不要活得太窝囊。

她有些不甘，试图苦口婆心地说教两句："你倒是心大，不怕动手之后落人话柄？何况日后若是真论起来，你这无凭无据，怕是得不了便宜。等颜将军回来了，这一群碎嘴子左一言右一语，哪里还有你的容身之处？”

莫春花咧嘴笑笑，语气却十足认真：“我有准备，老颜若不罩着我，我大不了再回岭西。我是野惯了的，可以受冻挨饿，但就是不能受委屈。我娘虽然不识字，又没啥大本事，但从不让我受委屈。”

肖南回愣住，突然便若有所思。

顶着后院的压力，将一个外族女奴的孩子接回自己府上，颜广对莫春花无疑是有感情的。但他们生活的世界原本就是两个世界，即便有解不开的羁绊、斩不断的情谊，这种差异带来的沟壑也不会被填平。

这不由得令她想起另一个常在她身旁出现、她却总觉得触不可及的人。有时她也会想，如果那日在永业寺她没有求那支签，她与他是否永远也不会有任何交集。

他身上衣裳的布料是繁复、昂贵的，举手投足间透着的是庙堂之高的气度，就连周身萦绕的气味都是神坛上的气息。

但她不一样，她布衣草鞋，才出江湖，又入凡尘。她和他的距离原本就比莫春花与颜家的距离还要远。

她想起那个怀抱，想起那个吻，想起他牵起自己的手……

如果，她是说“如果”，如果有一天，她要离开自己熟知的世界，决心到他的身边，是否会像如今的莫春花一样，离开了那片熟知的故土，困在一个人心凉薄的院子里，从来的那日起便做好要离开的准备呢？

皇宫的墙比颜府的墙高许多，皇宫里的女人比颜府里的女人美许多，皇帝的心比颜将军的心复杂许多。莫春花可以挨饿受冻但不能受委屈，而她可以孤身一人但不能没有自由。如果那一天真的到来了，她需要的勇气定是比莫春花要多许多。

“今日的拳还教不教了？昨日你只教到一半。”见她许久不说话，莫春花有些纳闷，随后又想到什么，“你若是怕她们闲言碎语，我可以去你那儿找你。”

她若是能在肖府安生待着，还用得着天天到颜府来打发时间？

肖南回摆了摆手表示谢绝，不知怎的突然便泄了气，说话都有些没劲：“我看我这点儿拳脚功夫，你也派不上用场，改天给你介绍个新师父，他打人的功夫不错，算计人的水准也极高，包你满意。”

“只要不是鹿松平那个阴人，谁都可以。”莫春花不知想到什么，从牙缝里挤出一声冷笑，“上次在宿岩敌军来袭的时候，他把我塞进拉粮草的辎重车里，颠了三天三夜，才放我出来。”

“是吗？”肖南回心虚地笑笑，有些庆幸方才没有将鹿松平的名字说出来。

突然，院子里传来些动静，依稀夹杂着女子的说话声，由远及近。

第一百一十九章
春花的烦恼（下）

在习武的人中，肖南回的耳力不算出众，但她对听过的声音总是更加敏感一些。在那团由远及近的嘈杂人声中，她分明听到一个方才听过不久的声音。

“夫人莫要再向前了，四小姐下手没个轻重，您要是有个好歹，奴婢就是有一万条命也不够抵的啊——”

好嘛，这是前脚刚在她这儿告了状，后脚又去擂别家衙门的冤鼓了。

肖南回生平最恨遭人利用，见了这出戏，顿时无名火起，却听得一道陌生女声沉沉地响起：“我倒要看看何人小小年纪就如此嚣张，竟不把人当人看。日后若是得了便宜，岂非要骑到咱们头上去？”

她靠近窗棂向外望去，只见院子里站着七八个人，都是女子，当中有颜府的两位小姐和一位偏房夫人，除去两个侍女和方才哭诉的那洗漱丫鬟，便只剩下两人瞧着眼生。

这两人中有一人已有白发，发髻倒是梳得溜光水滑，瞧着像宫里那些教习规矩的嬷嬷。而旁边那个人只露了半个身子，头上簪了一支金步摇，瞧衣服甚是端庄、考究，颜色也深，像在显摆某种不言而喻的地位差别。

“这又是哪两位？我怎么之前没在府上见过？”

“外面来的。”

莫春花言辞有些闪烁，肖南回的注意力却都集中在门缝外的那几个人身上，并没有留意：“外面来的？外面来的也敢插手别人家后院的事，面子抻得倒宽，手伸得也长，忒不讲规矩了。”

莫春花讪讪地笑了两声，声音更低了：“让她在那儿坐着吧，等日头落了，她自然就回去了。”

肖南回终于察觉到身后的人透露出一股㞞气，有些奇怪地回过头来：“这才晌午，离昏时少说也得两个时辰。人家都杀到家门口指着你的鼻子破口大骂了，先前拳头都敢抡，眼下怎的都不敢驳几句？”

莫春花避开肖南回的视线，用两根手指捏着前额的碎发捻啊捻：“这事倒不是敢不敢的问题，只是有些时候没必要去惹那一身臊。”

肖南回眼瞧着身边方才还张牙舞爪、一脸死猪不怕开水烫的表情的人转头突然变得老成、中庸，竟有些不适应：“我寻思着你来阙城这么久都没什么长进，眼下是突然开窍了吗？”

“我倒是无所谓，只是担心我娘。”莫春花脸上浮现出几分坦然的神色，声音却低低的，“毕竟老颜靠不住，又没旁人可以帮我。”

肖南回瞬间有些说不出话来。

“果真是个没爹娘教养的东西、欺软怕硬的主，打人的时候可不是这番光景，眼下倒是㞞得厉害——”

院子里陆续传来女人们刻薄的言辞。肖南回看着眼前沉默的莫春花，她的皮肤还是那蜜一样的颜色，头发在常年的风吹日晒下褪了色，手指也因为粗重的活计而粗糙、变形，那镶着宝石的扳指卡在上面，有种说不出的臃肿、窒息感。

即便住进雕龙画凤的屋瓦之下、披上绸缎、戴上玉镯，莫春花几乎还是一瞬间又变回那个穿粗布衣裳的南羌姑娘。

那些只存在于杜鹃闲话中的钩心斗角，肖南回是第一次亲眼见识，只觉得令人寒心。

莫春花好歹也是颜府小姐，只是因为出身不好，便要被各种敲打、试探、恶意揣测，如今但凡有个差错，多的是看热闹的看客，真心肯护她的人一个也没有。

莫名地，肖南回又想到了自己。她从记事起就没见过她那薄情寡义的爹娘，遇到肖准前，能保护她的人只有她自己。

尽管小时候的她并不知道什么是爹娘，但是起码知道那些过得好的小孩子都是有爹娘的。在无数个挨饿受冻的夜晚，她也乞求过上天给她一个爹或者一个娘。她觉得，只要有爹娘，就能不受欺负。

如今看来，她还是太天真了。若是摊上如莫春花一般的本家，也跟当初死爹死娘、举目无亲的她自己没什么两样。

凭什么她们要受到这样的对待？凭什么？别人不管，她管。

仿佛知道她在想什么，莫春花连忙开口道："这事，你别管——"

这厢话刚说了半句，她再一转头，肖南回已经不在原地了。

院子里，一众女人正叽叽喳喳地声讨着什么，只听哐当一声响传来，一名束腕短打的高个儿女子拍门而出，三步两步便走到跟前。

"青怀侯府肖南回，见过各位。"

一礼行罢，肖南回直起腰来，正对上那华服金钗的女子。

一瞥之下，她才发现，对方的年岁看着并没有她想象中的大，瞧着还不及黛姨，眉宇间颇秀美，只是做了妇人装扮，衣饰过于厚重、古板，偏偏头上那支金步摇又太过华贵、招摇，平白生出一股俗气。

"在下已报上名讳，还不知这位是哪家夫人，因何在我朋友门前如此喧嚣。"

那位夫人没说话，似在打量她。倒是她身旁那位嬷嬷先开了口，语气中透出一种来者不善的意味："我们家夫人的名讳，你不必知晓，此事也与侯府无关，且将那不懂规矩的丫头叫出来，我们家夫人有话问她。"

对方说这话的时候拿出了几分威压，然而这些威慑力在混过行伍、上过战场的人面前实在有些拿不出手。更何况，若论阴阳怪气压人一头，谁比得过当今圣上呢？皇帝，她都不怕，还怕一个不知从哪里蹦出来的恶仆？

"此事若与侯府无关，怕是也与二位无关。"肖南回冷哼一声，言语间不再客气，"在下不才，早些年也是与颜将军有过交情的。春花是颜家千金，亦是我的朋友。论位分，嬷嬷当尊她一声'四小姐'，行礼倒是可以免了。"

那嬷嬷没料到会冒出这么个硬茬儿，心下显然有些恼怒，面上却是多年修炼出的二皮脸，愣是没显露出一星半点来。

就在这当口，莫春花硬着头皮从里屋走了出来。

她那几房小娘见正主来了，简直要压不住话语中瞧热闹的兴奋劲了："这位是薄夫人，就算是肖姑娘，说话也要客气些，免得再给你们侯府添了乱子。你说，是不是？"

薄夫人？哪个薄夫人？顾不上这话里的挤对之意，甚少混这都城贵人圈的肖南回内心一阵疑问，面上还要装作无事。

莫春花却没白混这些日子，已然小声给她递了答案："烜远王府的侧室。"

肖南回愕然。这人竟是……夙平川那传说中就要母凭子贵的小娘？难怪就连身边的一个嬷嬷也敢如此呼来喝去，莫春花都要忌她几分。

肖南回的心情不知为何变得有些古怪，她似乎一瞬间便明白了夙平川的处境，又生出些不值钱的同情。

想想梅若骨，再看看眼前人，肖南回觉得，烜远王当初怕是瞎了眼。

“你就是川儿提起过的那个右将军？”那薄夫人悠悠地开了口，声音又轻又软，像没什么力气说话似的，听得人抓心挠肺地难受。

好歹是烜远王府的，肖南回努力压下心头的不适，谨慎地回道：“见过薄夫人。右将军一职已是昨日之事，如今就不必再提了。”

这只是一句简单的回话，那薄夫人却好似听到什么有趣的事一般，咯咯笑起来，她一笑，头上的金步摇便跟着一阵摇晃，刺目的光直晃得肖南回心烦意乱。

“川儿还从未在家里人面前提起过谁家女子，你是头一个。”笑声顿了顿，薄夫人红唇微抿，然后道，“不知会不会是最后一个。”

她这话说得既暧昧又令人恶心，在场其余几个妇人却都听懂了，低低的笑声夹杂着刺探的目光渐渐将肖南回包围。

她左一个“川儿”，右一个“川儿”，不知夙平川如果此刻在场，会不会想用他那把上好的宝剑将他这便宜小娘一剑穿个透心凉。肖南回恶狠狠地想着。

对面的女人却又发话了：“肖姑娘的名字听着倒不像寻常女子姓名，不知是哪个南、哪个回？”

“东南西北的南，雁字回时的回。”

“好一个‘雁字回时’。听闻青怀侯对他的义女甚是亲信，就连名字都是煞费心血，如今一瞧，果真如此。只是……南回，难回，这名字的谐音听着像不大吉利。”

薄夫人一副欲言又止的样子停住话头，肖南回的拳头已然握紧。

下一刻，薄夫人身旁的嬷嬷突然开口道：“今日初见时便觉得肖姑娘有些面熟，就方才那一瞬间的神情，总算让老奴想起是哪位故人了。”

薄夫人微斜视线，瞧见自己那忠仆递来的眼神，面上笑意更大：“你这双老眼倒没花，经你这么一说，我倒觉得，是有那么几分像若骨，兴许川儿也是瞧中这一点呢。”

若骨，梅若骨，烜远王正妻，死于三目关一战的飞廉将军，夙平川的生母。妄议一个已逝之人，关起门来嚼几句也就罢了，偏偏要捅到别人家院子里来，当真是又蠢又恶，摆明了怀着一股恶意。

肖南回冷声道："飞廉将军沙场报国，战功赫赫，就连各营将领都要尊她一声飞廉将军，不敢直呼其名讳。"

言外之意，梅若骨的名字也是你能叫的？

那个嬷嬷却仿佛听不出，露出一副大惊小怪的样子："哟，就这说话的语气，真真像极了。大娘子生前那是何等风光啊，严语威辞的，我们这些下人都不敢直视她。只可惜，是个短命的——"

一直沉默不语的莫春花眼睛一瞪，先前的顾忌丢到了九霄云外，粗野的岭西话脱口而出："你说谁短命呢？！"

莫春花的一声怒吼像戳破了那层看不见的彩纸，那些昭然若揭的恶意再也遮掩不住，一瞬间便倾泻了出来。

"哟，这不是四小姐嘛，一开口便了不得，生怕别人不知你从哪儿来，非要将那腌臜、绕口的话说出口，倒不怕人笑话。"

莫春花气得发抖，正要上前，肖南回眼明手快一把将她拉住，又定定地看向那个挑衅者："岭西方言是纪州一带的官话，驻守过那一带的将士多少都要会讲一些。听闻颜广将军当初便是以一口地道的岭西话博得陛下赏识，封了上将。这位嬷嬷，话可不要乱说。"

肖南回这番话驳得又快又狠，颇有些姚易的风范，但她自己心里明白是得了谁的真传。

那个嬷嬷没料到会被扣上一顶大帽子，顿时有些萎靡起来："夫人——"

薄夫人眼瞧这一局没立住，抬手止住了老仆委屈的自白："我这老婆子出身低贱，见识也短浅，比不得大将军南征北伐、见多识广，只望肖姑娘不要怪罪我们这些墙里生墙里长的妇人，就当听了个笑话吧。"

她这一通东拉西扯，仿佛又成了肖南回得理不饶人。

肖南回脑门上的青筋直跳，偏偏对方压她一头，她又不能当场将其揍一顿。这哪是什么偶遇，分明是瞅准机会找碴儿来了，就是不知道是冲着莫春花来的还是冲着她来的。

姚易兵法第一章，对不怀好意者，嘴遁之。"在下军务在身，就不叨扰了，这便告辞。"她边说边拉起一旁的莫春花，"各位不必相送，就全由四小姐代劳吧。”说罢，她头也不回，拉上莫春花便快步离开了院子。

那一众颜府女眷见没热闹可看了，都有些悻悻然。

“说来便来，说走便走，真是没规矩。”

那个一直跪在地上的洗漱丫鬟突然回过神来，怯怯地抬眼望向身旁那双金线红花绣鞋的主人：“夫人，那奴婢的事——”

啪，一记响亮的耳光狠狠地扇在小丫鬟的脸上，直将她那还未来得及收回去的眼泪打出了眼眶。

“闭嘴。”薄夫人殷红的唇绷成一条线，过了一会儿才恢复微笑的模样，“今儿个时辰也不早了，我就先回去了。”

她迤迤然起身，在那嬷嬷的搀扶下，仪态端庄、步履徐徐地向外走去。

一众颜府女眷见状，前呼后拥地跟了上去，只留那个小丫鬟仍捂着脸瘫在原地，自始至终都没有人多瞧她一眼。

一出院子，肖南回便松开了手，莫春花却着了魔似的抓着她的手臂不放。

已经到了后门，莫春花依旧两眼放光，像连干了三坛云叶鲜：“我方才那一下子表现得如何？”

肖南回顿了顿，一五一十道：“你还不如不开口。”

莫春花有些不甘心，气哼哼道：“你们赤州话怎么说来着？你这叫……过河拆桥！若不是你主动招惹那烜远王府的人，我也犯不着出马。我倒是觉得自己还有点儿这方面的天赋，这斗来斗去倒也有些乐子。改天你再来一趟试试——”

试个头！肖南回觉得自己在鸡同鸭讲，摆摆手，溜出门去，临走前再三叮嘱：“今日的事，怕是要落下话柄。我不便来得勤了，你也务必小心些——”

莫春花最听不进这些唠叨，已经砰的一声将门关上了。

盯着颜府后门上的铜钉看了一会儿，肖南回摸了摸鼻子，转身离开。

以往拜访颜家，她都是光明正大地来、光明正大地走，从没从后门走过。眼下迈出那道门槛，踏上后门正对的那条街巷，她突然发现这个地方有些眼熟。

犹豫了片刻，她挪动脚步向着巷口走去。

也就数十步远，她便看见了一棵树。这是一棵老茶梅，已经数不清栽下多少年头了。粗壮的主干上错落地挂着些伤疤，今年的新绿却已经顶出树梢，在寒风中露出一点儿芽尖。

再有月余，便是她的生辰了。她的生辰其实并不是她出生的日子，而是她初来阙城那一日。

彼时她比阙城城门前那饱经风霜的石墩高不了多少，小小的一个人，却有着一张饱经风霜的脸，整个身体裹在厚厚的布巾里，只露出两只有些怯懦的眼睛。

她被从马上抱下来，牢牢牵着那少年的手，听他用最温柔的声音讲起这座城的故事，跟着他穿过如流水般的车马行人，穿过繁华喧闹的坊间铺子，穿过在那一刻凝结的时空。

其实那时她还不会讲赤州话，当然也听不太懂他讲的故事，但只要听到他的声音，她便觉得安心。

少年拉着她在长而宽的街道尽头停住了。那里有一个随意堆砌的花坛，花坛中央有一棵开满金黄色花朵的老树，一些小贩围在那树下做着糖糕生意，偶尔有一两抹金色飘落树梢，便掉在那糖糕上，金灿灿的一点，煞是好看。

她盯着那些糖糕瞧，少年却仰头望着那棵树，突然转身对她笑了笑：“不如就将今日定做你的生辰好了。”

她笑着点点头。不管他说什么，她都会笑着点头。

少年利落地跳起，起落间手中已多了样东西。然后，他将从那繁茂的茶梅树上摘下的金色茶梅别在她耳后。

她呆呆地立着，一动也不敢动，半晌才闻到一点儿甜蜜、清新的气味。

是花香。而长在干涸沙土地上的她在那之前从未闻过花的香味。

“这是金茶梅，只有这个时节才能看到。”

这一回，她茫然地看着他，似乎被鼻间那股奇特却引人向往的气味迷昏了头。

少年笑了，随后俯身，伸出手，轻轻在她耳畔点了点：“金茶梅。”

“金茶梅——”她喃喃地重复着那个词。

这是她继“吃饭”和“睡觉”后学会的第一个词。

从那日以后，每年到金茶梅快要开放的时候，她便知道自己的生辰就要到了。她的生辰要吃辣子面，要同肖准去永业寺赏花，要回到府上喝酒赏月。

但她从来不知肖准的生辰。

自从肖家出事，肖准便从不提起自己的生辰，也不许杜鹃和陈叔提起或庆祝。肖南回只隐约知道那个日子是在秋天。

每到秋叶飘落的时候，她便会见到肖准立在院子中，抬头望着那些快要变得光秃秃的树枝。她至今仍能偶尔记起肖准孤身站在落叶满园的庭院中间直到最后一片秋叶辞别枝头的样子。

从家门被血洗那一天起，日复一日，年复一年，岁月的流逝对他来说或许只是一种折磨。可对肖南回来说，自她离开岭西、来到肖府那一天起，她的每一个生辰都是对新生的感恩和期盼。

就像春与秋相隔甚远，她苦恼于这种不同，却自始至终都无法改变什么。

肖南回望了望身后颜府的方向，突然有些羡慕莫春花的烦恼。那种烦恼是留在当下的，而她的烦恼已延续了十几个春夏秋冬。

在那些关于生辰的遥远记忆中，在不知不觉的岁月流淌中，那一朵朵春末绽放的花原来都曾带着点点忧愁。

而春花的烦恼，秋叶是不会知道的。

第一百二十章

未启之书

三月的阙城烟雨蒙蒙。带着水汽的云朵从国境之南飘来，一路在赤州上挤落片片雨水。

河道将充沛的活水送至平原深处，大地开始了新一轮的吐纳。枯枝长出新芽，在屋瓦坊间生长，绽出一团团鹅黄新绿，阙城也因此变了颜色。

杜鹃将沉了一冬的酱菜与酒酿搬入后院，又忙着将装布料的箱子封好油布，以免受了潮气。

吉祥的屁股有一块掉了毛，肖南回以为是天气原因得了癣。路过的伯劳却不打自招地声称，那是换季脱毛所致。

肖南回心知其中有鬼，便蹲了几夜马厩，果然发现对方偷偷骑着吉祥出门。吉祥屁股上的毛是被薅下来的。它脾气差，只有被揪住屁股毛的时候才会老实一些。

肖南回对此十分恼火。郝白早就差人将花虬还了回来，她不明白为何伯劳放着花虬不骑，非要去欺负吉祥。

伯劳自然是什么都不肯说，随便找了些不入流的借口来搪塞她。

这种事从前不是没出现过。上一次谢黎代表安道院来阙城面圣的时候，伯劳也是如眼下这般躁动。吉祥的脚程比花虬快许多，即便是在不情愿的情况下，也足以在几天之内将她逃跑的路线勘测周全。

是以肖南回推测，许是谢黎又要来了。可安道院若有这么大的动静，丁未翔那边似乎不该全无反应。

她心中多了些疑问，但到底觉得安道院的事应当跟自己没太大关系，最终便作罢了。她还有迫在眉睫的事需要操心。

这日帮杜鹃清理完院子里积了一冬的叶子，她便独自去了望尘楼。

姚易的小偏院如今又开始堆满花束。现下时令的鲜花是新桃、水仙和结香，花香浓郁，弄得她喷嚏连连。

望尘楼的头号掌柜十年如一日地趴在案子后面扒拉着算盘，仿佛这屋子里再没有第二个人。他的正前方立着一只半人高的罐子，罐口封着新泥，扎着一张粉红色的胭脂纸。

肖南回轻咳一声，从罐子后探出半个脑袋："这是杜鹃去年秋天新酿的橘子蜜，拿来给你尝尝。"

杜鹃最是瞧不上姚易这奸商，那橘子蜜当然不可能是本尊授意送来的。肖南回摸了摸鼻子，暗自祈祷杜鹃不要察觉她那十几坛蜜平白少了一坛。

姚易依旧不语，低头在账簿上奋笔疾书。

他忙碌的时候，脸色便是如此冷淡，和平日里对着金主们那副笑脸相迎的样子简直是云泥之别。然而今日，他瞧着比往日还要刻薄、无情些。

吱呀，门开了，伍小六拎着个小铜壶走了进来。

月余未见，他比先前还胖了不少，那双贼兮兮的小眼睛如今越发像姚易了，就只眉宇间的那种刻薄、不屑还差了些。

似乎是隔了阵子不见，伍小六见了肖南回显得有些忸怩，捏着铜壶的胖手因为紧张而紧绷。

"伍小六，"肖南回唤那胖子的名字，"你怎的不敢抬头看我？"

伍小六耷拉着胖脸，一双眼珠子滴溜溜地乱转："哪有，你看错了。"

肖南回低头看了看自己的杯子，皱起眉头："为何是清水？"

伍小六突然拎起壶夺门而逃，一直沉默的姚易终于从案子后面抬起头来，一双小眼透出凶光："你送来的人半个月吃掉我几十两银子，你这个前主子还有脸来问为何？有口热水喝就不错了，还想怎样？"

伍小六可能有点儿"命中克主"，肖南回在岩西的时候就知道了。但她没想过他还有可能是个"赔钱货"。

讪笑两声，她臊眉耷眼起来。她伸出两根手指捏起那杯子小口啜着，嘴里有一搭没一搭地嘀咕着："我下月要去趟雨安，据说那里的特产子母蕈，过阵子正是肥美的时候，我多带些回来——"

姚易突然开口打断道："你去雨安做什么？"

肖南回一愣，随即反应过来对方还不知道春猎的事，顿时后悔自己嘴快，下意识便想粉饰太平："春猎而已，不是什么大事。"

然而姚易不是那么好糊弄的："不是已经十余年没开过春猎了，怎么今年突然想起来了？而且你如今又无官职在身，为何要一同前去？"

"我又不是皇帝，我怎么知道？"

肖南回显得有些烦躁，姚易却反常地没有计较，只淡淡下了结论："他撤了你的官，倒是好事，你就别往前凑了。"

不可能了，因为她拿了黑羽营的腰牌，又掺和进调査仆呼那的事。这些事，她一直没有跟周围人讲过，姚易自然是不知情的。

肖南回有些心虚，打着哈哈："这些日子，他们人手吃紧，估摸着到时候是轮不到我的。"她顿了顿，生硬地转开话题，"那个……你知道我今天来是为了信的事，莫要拖着我。"

是了，她今天来是为了收那邹家的回信。

先前在焦松县寄出那封信的时候，她便留了个心眼，将回信的地址标作望尘楼。一来望尘楼每日进出信笺众多，人多眼杂反而不易引人注目，二来若是日后当真因为她的私自探究而惹上什么祸端，也好将侯府择个干净。

姚易在人堆里修炼多年，怎会不知她这点儿小算盘，先前便任她干坐了半炷香的时辰，就是冷笑不语。

如今他不咸不淡地看一眼肖南回，语气已开始不由自主地尖酸起来："你倒是对我信任得很。那邹家如今可是宫里重点排查对象，你就不怕我转头拿着信到许治那里参上你一本，说你里应外合、通报敌情？"

"姚兄说笑了。"肖南回表情憨厚，语气中透着一股认真，"我寻思着你这抠门儿掌柜的身份早就尽人皆知了，内史年年查你的账，莫说去廷尉府，就算找个县衙去鸣鼓，人怕是刚进衙门街口就要被抓走问话了。"

几个月不见，她挤对人的功夫明显见长。

姚易额角暴出一根青筋，费了好大一番工夫才平息。他从一旁杂乱的账簿中翻出一封薄薄的信，丢到肖南回脸上："自己瞧。"

"欸？"她从脸上将那封信拿起来，扫了一眼，神情渐渐变了，"这信怎么——"

"信没有送到地方，被从霍州退回来了。"

肖南回一愣，随即将那封信翻过来，仔细查看。这确实是她上个月寄给邹家的那封信，信的封口还是原样，没有被拆开过。

“怎么回事？是送错了地方还是——”

“我差人去驿站问过了，说是你要送书信的那户人家已经搬走了。”

肖南回难掩惊愕：“搬走了？什么时候的事？”

“刚出正月的那阵子吧，也有月余了。”

怎么这么巧？她前脚盯上邹家，后脚整个邹府的人居然都消失了。

邹家好歹也算得上一方富甲，绝非什么小门小户，那曲折繁复的院内少说也得有百十来号人，怎的会说不见就不见了？

她突然想起先前吴醒说过的话，邹家那座老宅的上一任主人好像姓扈，也是一夜之间便消失不见，只留下一座空宅子。

谁做的？皇帝做的？皇帝一边追查邹思防，一边却把邹府上下偷偷转移走了？这是故布迷障还是吃饱了撑的呢？可如果不是皇帝，又有谁有这样的本事呢？

肖南回眉头紧锁，已然不是方才刚到这里时那么轻松了：“先前教你帮忙查的那件事情有眉目了吗？”

姚易的脸色变得不好看起来，他盯着案上的算盘，手指胡乱地将算珠归了零：“你当我有什么通天的本事？先前只是打探点儿旁门左道的东西，现在竟然刺探起官家秘辛来。我看你是嫌命太长了。”

“一件尽人皆知的悬案，算哪门子秘辛？！”肖南回有点儿急了，语气也跟着急促起来，“那封从黑木郡来的书信，御史台的文书上明明记载过，如今却查不到了，定是有人做了手脚，许是宫中也说不定——”

“肖南回！”姚易几乎是尖着嗓子打断了她的话，“你知道你在说什么吗？肖准到底给你下了什么咒，值得你如此昏头、豁出命似的替他做这些事？！”

姚易的质问在偏院的围墙内回荡，震落几根花枝。

肖南回的心也仿佛跟着周围的空气颤了颤。

姚易的质问没有错，可他只说对了一半。如今她查肖家的案子已经不再是为了肖准。她真正忧心的是白允口中的始作俑者。她曾经一直追寻那个答案，如今知晓答案后又要拼了命一般去证明那不是真的。这样荒唐的事，她怎能说出口？

可如果事实的真相真如白允所说，她不要是最后一个知晓的人。

许久，肖南回终于恢复了平静，掩饰般地笑了笑："你若不愿帮我，我不为难你。说到底是侯府的事，不该把你卷进来。这事就当我没提过。"

浓郁的花香飘过鼻间，她连打几个喷嚏，随后准备爬起来。

哐当，肖南回扭头，只见姚易将一个布袋子扔在那坛橘子蜜旁。

第一百二十一章

一条带子

肖南回盯着桌上的布袋子，又看向姚易：“这是——”

姚易没有看她，声音中透出一种自我厌弃来：“十五年前青怀侯建府时，曾找城西的曾荣记打过钥匙。依备录所记，新府加旧府共打了铜锁钥一十四把、银锁钥三把，还有一把铁钥匙，都在这里了。”

肖南回拿起那个布袋子，握在手心，感受着那沉甸甸的重量，眼前突然变得有些模糊。她这辈子能有几个真心相待的朋友不容易。旁人不知姚易的心性，或许觉得这不算什么，但她是知道的。

成长在望尘楼这样人心复杂又被人嫌弃下等腌臜的地方，姚易其实是个很自私的人。这种自私中的一丁点儿温情都是难能可贵的，而她何德何能，总是受他的照拂。

眼见面前的人不知怎的突然就要掉下眼泪，姚易的脸色瞬间变了变，整个人扭麻花似的转向背后的墙：“你莫要在我面前摆出这副恶心的姿态，教人看了心里添堵。”

深吸一口气，肖南回将已经流到一半的鼻涕吸了回去。

姚易缓了缓神，有些别扭地开口道：“既然是查侯府的事，为何不直接去问肖准？虽说你们闹僵了——”

因为肖准并不知道白允对她说过的话，如果他知道，只怕侯府与皇帝的关系将会在一夕之间变得紧张而微妙。

肖南回怅然叹气：“你不懂。”

眼瞧着面前的人露出那副熟悉、色令智昏的表情，姚易心头的那股无名火噌噌地冒了出来，声音中也带了几分冷意：“是我不懂还是你不懂？聪明人应当知道什么事可以明白，什么事该装糊涂。一年前你向我打探秘玺之事时，我便告诫过你，有些事非你一人之力可以为之，小心弄巧成拙，平白将自己搭进去。”

肖南回将那个装钥匙的袋子胡乱塞好，笑嘻嘻地起身："我向来不是个聪明人，你是知道的。但我这人命大，这么多年都挺过来了，不差这一回。”

姚易死死盯着眼前这女人的脸，像要将她的脑子敲开一探究竟："榆木脑袋。有你后悔的一天。”

话音未落，肖南回已经拍着屁股跨出门去，嘴里还哼着变了调的小曲。

那脚步声渐渐远去，姚易将视线投向窗外。夜色降临，新月挂在树梢。黑暗中有什么东西一闪而过，似乎是睡了整个白日的夜枭准备狩猎。

姚易收回目光，起身将那扇对着后院的窗关好。暖暖的灯火亮起，望尘楼的后院偏房再次响起噼里啪啦的算盘声。

华灯初上，燕扶街的夜刚刚开始沸腾。

十数条街外的宫墙却寂静、冰冷，层层夯土，铁甲守卫着看不见的王座，百步长的光明甬道一望见底，白日里百官林立的元明殿空无一人。

大殿后只有一盏宫灯移动着。疾行而来的内侍官脚下悄无声息，垂首穿过长而深邃的宫廊，在元和殿前闪身而入。

摇曳的烛火透过重重纱帐在高挑的殿门上投下跃动的影子，年轻帝王的身形就在其中，半明半灭的样子。

“陛下。”内侍官轻声唤道。

纱帐后的人影顿了顿，抬起头来："人走了？”

内侍官颔首："方才离开，约莫酉正三刻出楼的。”

之后，大殿内便陷入短暂的沉寂。内侍官显然早已习惯这样的光景，径自为屋内的掐丝铜炉换上新香。

纱帐后的人自始至终都没有离开面前的案子，那张简朴的桌案上堆积着如山一般的卷牍。他批完一卷又开一卷，速度之快犹如生风，即便是左手握笔，也未见丝毫滞缓。

又过了一会儿，帝王似是想起了什么，再次开口问道："瞿墨还未到吗？”

“回陛下，前日驿站才来的消息，说是这回瞿家老家主亲自来了。家主如今已年近期颐，更是十年未曾离开过晚城，是以多准备了些，出行的车马也比寻常慢许多，估摸着再有十日应当能到。”

夙未一时没有说话，随手拿起一旁玉匣内的文牒翻看。那是礼官最新呈上的春猎事宜详细安排，包括何日起程以及抵达雨安之后的诸多安排。

单将飞察言观色，谨慎地问道：“陛下可要推迟出发的日子，等到瞿家人到了之后再起程？”

“不必，一切照旧。”夙未将那文牒放回玉匣，又拿起朱笔。

“还有一事——”

“讲。”

“劭丰关来报，说是三日前宗先生已过关，往阙城来了。”

捏着朱笔的手顿了顿，笔尖饱满的朱砂滴落在案上，留下一个如血一般刺眼的圆点。

“他来做什么？”

“说是烜远王府新得了小王爷，要办满月酒。”

“倒是个好借口。”他轻笑，笑意不达眼底，“自父王西去，他已离开阙城十数年，如今偏偏选了这个时候回来。”

“陛下的意思是……”

夙未垂下眼帘，抬手轻轻将案上的朱砂渍抹去：“且由他去。待过些时日，自会见分晓。”

子时刚过，肖府后院，一道人影正鬼祟地移动着。

肖南回擦了擦额头的汗，在偏院止住脚步。她实在是很不喜欢这种做贼的感觉，奈何却总是陷入这种处境。

肖准今天没有回府，伯劳在外面折腾了一日，睡得格外死沉。杜鹃和陈叔耳力远不如习武者，只要她多加小心，便不会惊动任何人。

排查完昱坤街的旧府，她终究还是要回侯府再翻一翻。肖家昔日府邸的旧物大都堆在黛姨居住的偏院厢房里，那边最是偏僻少人，是比较稳妥的地方。

摸着怀里已经焐得有几分热度的一袋子钥匙，肖南回有些激动，手都微微发起抖来。

姚易给的钥匙依据样式可以大致分辨出锁的形态，她排除过后一一试了下，很快便打开了厢房的门。

陈年的灰尘夹杂着一股霉味扑面而来。她基本可以肯定，过往十几年里，即便是杜鹃，也从未踏足这里。

想了想，她将方才放在门口的油灯提起来，随后独自进入那敞开的木门。

薄薄的月色下是一排排积满灰尘的巨大木箱，那些箱子上还打着封条，看起来从被扔进来的那一刻起就再没被打开过。想想也能理解，所谓睹物思人，又有谁会愿意想起那段往事呢？

肖准离开旧府的时候遗弃了很多东西，决定搬入新府的想必是有些不同寻常意义的。

肖南回没有急着翻箱倒柜，而是仔细观察了一番，最终将视线落在角落里一只扁平的漆盒上。那盒子落了锁，是这房间里唯一带锁的物件。

冥冥中，她感受到了些许的不同，犹豫了片刻，还是走了过去。

那铜锁是最普通的样式，但也是最不好撬开的一种。她想了想，从姚易给的那些钥匙中挑出那唯一的一把铁钥匙，小心探进锁眼中。只听得一声细微的咔嗒声，铜锁应声弹开，落在地上。

她小心拂去那盒子上的灰，稳了稳心神，打开了盖子。

出乎她意料的是，盒子里的东西看起来并没什么特别的，只有几件女子的钗环，都是颇为简朴的样式，下面还压着一件绿色罗衫。她抓住那件衣裳，两手向上一提，那抹绿色便抖了开来。

一瞬间，肖南回倒抽一口冷气。那罗衫的背面几乎一片污黑，那是被血浸透后长年累月形成的污迹，血迹上是一道几乎将衣裳斩成两半的破损，即便多年过去，仍可见当日的凶险。

丝绸的凉意透过指尖慢慢传递到她的身体上，早春的夜来风竟将她吹出一身冷汗。她心底突然冒出一个答案，她知道眼前的盒子里装的究竟是什么了。是黛姨的衣服，在她人生中最恐怖的那天她穿的那身衣服。

就在此时，一个细长的东西从衣衫中掉出来，落在地上。肖南回的视线慢慢下移，直到看到那条带子。她将它捡了起来，拿在手中，仔细看了看。那是一条手工编织的普普通通的素色麻带。

等等。她眼前突然闪过一些片段。在过往的这么多年里，黛姨为什么要每天执着于编带子呢？

她曾以为，肖府出事那天黛姨可能是在为小辈们编带子，而黛姨的记忆停留在了那天，所以才会重复地做着同样的事，可是……如果并非如此呢？如果关于带子的记忆实则埋在黛姨记忆的更深处，所以在神志昏聩后，织带子才成为她唯一的执念了呢？

眼下她手中的这条带子没有一根彩线，寡淡、粗糙得像办丧事时用的孝带。黛姨的品味，她是知道的，黛姨从不会编这样的带子。黛姨喜欢花花绿绿的东西，所用丝线都是明亮的彩色。

或许这不是黛姨的带子。一个声音从肖南回心底冒出，连她自己也吓了一跳。

如果这不是黛姨的东西，那便还有一种可能，这是杀她的人留下的东西。

在那个飘雨的春夜，有人用肖家人的血染红了这件罗衫。黛姨在跌入绝望、痛苦的深渊前，发疯般地抓住了那个行凶者身上的一样东西。她险险地捡回一条命，却受了刺激，忘记了很多事，唯独没有忘记她落入井中前瞧见的最后一样东西。她把它刻在脑海深处，一遍又一遍地回忆，期盼着有朝一日再遇见那个人，便能一眼将其认出来。可惜，她早已忘记了自己的初衷。

黛姨瞧见的究竟是谁呢？肖准留下了这些物件，代表他当年或许追查过此事，然而结果显而易见。

肖南回呆呆地望着手中那条带子，陷入一种摸不着边际的恐慌。

丑时三刻，阙城城南的圜门已经关闭。

旷野之中，百虫还未苏醒，巨大的火把在城门上燃烧着，滴落的松油在黑暗中噼啪作响。除此之外，天地间一片宁静。

守城的老郭方才续上一壶茶，正准备将媳妇塞给他的两个烧饼热一热，突然听得一阵响动。他顿住，狐疑地竖起耳朵听了一会儿，确定这响动是有人在拍城门。

什么人这么晚了还想入城？怕不是个醉鬼？然而转念想起最近频繁进出的那些黑羽营军爷，老郭又不得不提起几分警惕。

一同守夜的老刘去门营处交接了，而换岗的时辰还未到，老郭摸起墙边放着的烧火钳，一个人小心地凑近城门旁的侧门。

将侧门上的铁窗拉开些，他往外望了望，便见一位身形有些佝偻的老者正立在城门外。外面光线晦暗，他只能看到对方披着一件厚重及地的褐色斗篷，质地粗糙的斗篷下隐隐透出银色的须发。

欸，怎么偏偏是个老人家？

“今日城门已经关了，您在附近找家驿站休整一晚，明早再进城吧。”老郭清了清嗓子，心下开始盘算要如何将这人好生劝走。

“好。”那个褐衣老汉从善如流，转身便一瘸一拐地离开了，似乎一点儿都没有因为没能进城而生出不满和沮丧。

老郭愣住了。要知道离城最近的驿站也要打马走一炷香的时间，而此时天色黑得如一团墨一般，即便是官道也不好走。

转身关上铁窗，老郭不由得生出些不忍。

他在城南的圉门守城已有些年岁了，阙城毕竟是都城，他什么样的人没见过？对方若是一副胡搅蛮缠、仗势欺人的嘴脸，他此刻心里定是要多痛快有多痛快。可对方偏偏上了年纪，瞧着又是一副逆来顺受的老实模样，这令他难免生出些同情，又觉得都是穷苦百姓，何苦相互为难。

下定决心，老郭再次拉开铁窗想要叫住那个褐衣老汉。可他一眼望去，城门外黑漆漆的空地上哪里还有半个人影呢？

百步之外的都城城墙上，一道披着斗篷的黑影悄无声息地移动着。他的动作很慢，却违反常理——阙城陡峭的城墙几乎与地面垂直，他竟迈动双腿行走其上，犹如闲庭信步。他数十步行至高墙上，复数十步落脚于高墙之内。十数丈高的都城城墙，在他面前仿佛成了笑话。

深夜的大街上空无一人，无人见证这诡异的一幕。

褐衣老汉轻掸衣摆，像方才不过是下了几级台阶，又蹒跚、佝偻着向前走去。

晚风吹起他宽大的斗篷，露出其下隐秘的一角，或粗或细、或长或短、或新或旧的无数条素麻编织成的带子，犹如有生命力的树木根茎一般，缠绕纠结在一起。

第一百二十二章

春日宴

通宵在自家“溜门撬锁”之后的第二天，肖南回不出意外地睡过了头。她昨夜意外窥见的那件血衣入了她的梦，在梦中仿佛活过来，张牙舞爪地追着她跑。

她有些没精神，又得强打起精神来。再有一阵子她便要跟随圣驾前往雨安，留在阙城调查的时间不多了。可那些支离破碎的线索留给她的依旧是一头雾水。

想起昨夜那条带子，她又起了心思，本想趁着天光再瞧一瞧，可一出自己的院子便被杜鹃堵在了门口。

她做贼心虚，以为自己行迹败露，正准备坦白从宽，不料对方却主动拎出两只烧鹅放在石桌上。

杜鹃的厨艺是极好的，若要肖南回来评判，甚至不输阙城大半的酒楼。是以府上除了新鲜菜蔬、禽蛋，甚少出现从外面买来的现成吃食。

就拿这新恒记的烧鹅来说，工艺确实考究，味道更是十年如一日地地道，杜鹃却将其视作对自己厨艺的挑衅，最见不得这烧鹅出现在府中。只有一种情况例外，那便是杜鹃有了棘手事的时候。上一次杜鹃主动请她吃烧鹅的时候，她被迫为了一匹限量花色的缎子，在仙罗布庄外排了一天一夜。

肖南回盯着桌上那贴着红纸的两包烧鹅，只觉得嘴里干巴巴的，突然就没了胃口：“杜鹃姐，上次那匹料子，你不是还没用完吗——”

“什么料子不料子的？”杜鹃那双大眼睛眨了眨，似乎已全然忘了布庄的事，“我要跟你说的是件正经事。”

好吧，看来一只烧鹅只是帮忙跑腿买些布料的小事，这两只烧鹅便是要她办些正经事了。

不远处，伯劳已循着味道找了过来，正两眼放光地拆着那烧鹅上的油纸。

肖南回开始显出几分愁容。从前她不觉得，如今她终于开始有些羡慕这头大无脑之人。没头脑，少烦恼，姚易姚大师诚不欺她。

“这事吧，说大也大，说小也小，对你来说也就是跑跑腿的事。”杜鹃低下头去，一边低头做着针线活儿，一边装作不太在意地提起。

然而她越是如此，肖南回便越是感觉不妙，这感觉就好像头顶悬着一块已经松动的巨石，却不知道那巨石什么时候才会掉下来。

果然，下一瞬，对方便将“巨石”抛给了她。

“烜远王府新添了位小王爷，正要办满月宴。礼我都备好了，一会儿你便带上，代表侯府走一趟。”杜鹃轻描淡写地说着这件事，仿佛要去拜访的并不是什么皇族王爷，而是丁禹路上那家卖大饼的烧饼摊。

可“烜远王府”“小王爷”“满月宴”几个关键词一入耳朵，肖南回当场便似被雷劈了一般动弹不得。

从前她一直以为小孩子的记忆总是没那么牢固的。可当杜鹃提起那几个字眼的时候，她眼前几乎一瞬间便出现了当年立在烜远王府后花园中一个弓步出拳打掉夙平川一颗牙的情形。

“不不不。”她连连退缩，只觉得自己的舌头都大了起来，“我是什么身份？出席这种场合不大合适，还是不要去了——”

她才退了半步，杜鹃一双魔爪已经伸出，不客气地将她拽了回来：“你的身份刚刚好。你是不知道，那种场合多的是不长眼又碎嘴的内眷，侯爷如今身份敏感，本来就是要避着点儿这种事，千万不能让人钻了空子。”

想到那日在颜府遇到的一众人等，肖南回有些不由自主地点点头，随后又觉得哪里有些不对头。等等，既然都是些不长眼的碎嘴之人，凭什么就认为她应付得来呢？

她突然想起那日在颜府遇到的那个薄夫人，整个人都萎靡起来：“杜鹃姐，我觉得这事还是得——”

她虚弱的后半句话被对方强势堵了回来：“就这么定了，你带上伯劳，两人也算有个伴，还能互相照应。”

肖南回瞄一眼不远处一边流着口水一边比较两只烧鹅哪只肥哪只瘦的某

人，对杜鹃的说法生出巨大的疑问。

“也就半天的工夫，最多晚膳后便回来了。你一个上过战场的人，还怕进王府？”

她宁可再上十次战场，也不想进一趟王府。

肖南回欲哭无泪，闷了半天只能悲愤地起身上前，将属于自己的那只烧鹅抢了回来。横竖都要“上刑场”，她得吃饱了再上路。

半个时辰后，肖南回已经站在烜远王府的大门前。她看着那道比她小腿还要高的门槛，内心的悔意简直快要溢出来。

若是换作旁人，怕是给她百两黄金，她也不愿意来，然而杜鹃只用一只烧鹅便将她打发了。不公平，实在太不公平了。

迎她进府的管事看着倒是十分利落，一人坐镇，分管全场，但或许就是因为太过能干，恭敬收了她的请帖后转头就不见了人影。

这倒不能怪对方怠慢客人，实在是肖南回甚少参与这种事，疏于此道罢了。除了侯府和颜府，她连其他高门大院的内庭都很少进，烜远王府仿佛一瞬间在她面前放大，四处茫茫，不见边际。

那些跟她前后脚入府的男子瞬间便找到了地方互相寒暄，面不改色地将妻女抛到了脑后。而女眷们对这种事似乎早已习惯，个个轻车熟路。虽然各家之间不一定全都彼此见过，但只要聊上两句晴翠阁的首饰或是宝月斋的胭脂，一两个来回便能熟稔得好似亲姐妹。

肖南回就这么立在门口观望了许久，仍然进也不是，退也不是。她既无法融入那装腔作势、摆茶论道的官爷群，又不可能钻进那娇艳绵软的胭脂堆。

各色人等在她眼前晃来晃去，她却仿佛置身孤岛。

伯劳早就不见了踪影，许是闻着味道去觅食了。

肖南回揉了揉有些发酸的手腕，只得认命地拎着两只大盒子往前走去，试图先找个王府的人将这劳什子满月礼接过去。

她沿着廊庭胡乱走了一阵子，终于见到两个人影，其中一个做王府下人装扮，正是她要找的人：“劳驾这位小哥——”

她话一出口，那小厮还没反应，他对面的人却转过身来，正是夙平川。

肖南回一愣，她想过今日若是来了烜远王府，兴许会碰见夙平川，但没想到这么快便会遇上：“见过左将军。”

夙平川扭头一见是她，脸色当即就有些不好看了。

一旁的小厮察言观色，将满月礼接过来，迅速退了下去。

等那小厮走远，夙平川才闷声道："怎么是你来了？"

肖南回有些不快，觉得这话问得有些讨人嫌。为什么不能是她来？她就这么登不上台面，连一个小娃娃的满月酒席都不能露脸？可她转念想到眼前这人脸皮很薄，自尊心也强，他该不会是怕先前掉牙掉裤子的事被抖出来丢了面子？

她越想越觉得是这么回事，左手立于嘴边，故意压低嗓音道："平川弟且放心，人总要学会向前看。咱俩之间那点儿旧日恩怨，我定是一个字也不会提起。"

她说这话的时候声音很小，自然便要离夙平川近些。

她说完许久没听见动静，扭头一看，正对上一片红透的耳根。他今日穿的是件白底绣了银线的对襟深衣，银色本来跟他那过分白皙的肤色很是和谐，此刻却将他脸上那抹红色衬得格外亮眼。

肖南回瞬间愣怔，还未来得及去琢磨眼前这一幕背后的意味，夙平川的目光便正好落在她眉间，与她视线对上的一刹那便像被烫到一般别开了脸。他退后几步，原地立了片刻，又背过身去："这些日子……可还好？"

欸，这死心眼的大少爷什么时候学会嘘寒问暖了？

"还好还好。"这些日子她当然不好，可她暂时不想提那些糟心事，只得打了个哈哈，"恭贺平川弟新添手足——"场面话说到一半，她突然有些说不下去了。

没见过薄夫人时，她或许还能说服自己，夙平川年轻气盛，有些事想来是偏激了些，可自打见过了薄夫人，她突然对夙平川便有了理解和同情。他一点儿都不偏激，他真该再偏激点儿才好。

没说出口的话在舌尖打了个转，肖南回拍了拍眼前人的肩膀："不管怎样，你如今也算大哥了。想着今后多个可以呼来唤去的小弟，其实也是不错的。"

说完，她干笑两声。她向来不太擅长安慰人，每次安慰完人自己都要后悔一阵。

果然，夙平川许久没有说话，再开口的时候，声音又恢复了那种孤傲中透着别扭的语气："我先前的意思是……我没说你不能来，只是不该今天来。本以为以你的性子应当不喜欢这种事，怎么偏偏选了今日来凑热闹？"

肖南回瞧着眼前人说话的样子有些好笑，突然觉得这小子其实和皇帝有几分相似，骨子里有几分高高在上，偏生又对尘埃里的事感到好奇。不过说来倒无可厚非，毕竟这两人也算得上亲戚……

亲戚？何时轮到她来论皇帝的亲戚了？也就一瞬间，她突然一个激灵回过神来。最近她总是想到皇帝，这可不是什么好兆头。

她清了清嗓子，主动接过话题："今天不就是个满月酒嘛，虽说你家规矩多些，但我就在一旁看着，总出不了什么大错。"

"你不知道吗？"夙平川显然对肖南回的反应有些奇怪，"夙氏一族流传下来的规矩，皇室中只要有新诞的血脉，必须要由帝陵宗庙的守陵贤长前来祝福，到时候在场的所有人都要一同受礼。"

胃里的那只烧鹅此刻仿佛在引颈高歌，肖南回觉得那是她这辈子吃过的最不值的烧鹅。

她正要追问那劳什子受礼到底是个什么东西的时候，一道人影不知何时突然出现在回廊前："我还寻思川儿不像会不分轻重误了事的人，却原来是跟美人说笑，忘记了时辰。"

薄夫人浅笑盈盈，径直向夙平川走来："宗先生就要到了，王爷正在祠堂候着，川儿快些过去吧。"

夙平川自始至终都没有看薄夫人一眼，只临走前在肖南回耳边小声道了句"小心些"，随后便板着脸离开了。

随着夙平川离开，薄夫人脸上的笑瞬间便淡了些，她望向肖南回，慢悠悠道："今日确实不太适合舞刀弄棒，倒教肖姑娘有些无用武之地了。不过，我在偏院设了射覆的台子，虽说只是姑娘们之间打发时间的小玩意儿，倒也聊胜于无。肖姑娘若不嫌弃的话，便一起过去瞧个热闹吧。"

这话说的，她哪里敢嫌弃王府？她只是……她只是嫌弃眼前这个人。

肖南回脸上的笑简直比哭还难看："那……那便瞧瞧吧。"

薄夫人早就料到她不会拒绝，迤迤然转身走在前面，肖南回只得跟上。

对方的步子迈得小，走得自然也慢，肖南回不习惯这种步伐，有些局促地换着脚，好不容易走出长廊，入眼便是一个小花园。

她走得无聊，便抬头多看了几眼，这一抬头便教她瞧见了那棵树。

那是一棵梅树，瞧着有些年岁了，如今因为长满了绿色的枝叶而与周遭融为一体，但不知为何，肖南回还是一眼就认出了它。

下一瞬，薄夫人的声音便在前方响起：“你眼力不错，那棵便是映水重楼。”

若说先前她因梅若骨而对这娇贵的梅花还有些许憧憬，如今经历了白允的事，她对它便半点儿好感都无了。她没作声，摆明了不想接这茬儿。

薄夫人却假意没有察觉，只作闲谈间想起什么趣事一般，非要将这话继续聊下去：“先前川儿吩咐过府上的人今年不要修剪枝条，他要亲自做这事。想来是要留下几枝开得最美的亲自送给什么人。”她的声音顿了顿，再响起时便带了几分惋惜，“只可惜，他出手晚了些，这花却等不及，一夜之间便落了大半。或许这便是那些大师常说的……少了些机缘。”

她的声音依旧柔柔的，却好似黏黏的蛛丝一般令人不适。

然而一回生二回熟，前有白允，后有薄夫人，肖南回已经有些看清这些女子拿捏人的手段，心下反而平静了许多。

她深吸一口气，沉声应道：“夫人多虑了。这梅树新芽满簇，绿意甚浓，瞧着还能再活百年，比你我都要长寿得多，又何必为这一季的盛败太过伤情呢？”

薄夫人的身形一顿，随即她像没听见这一句，迈着小碎步继续向前走去。

第一百二十三章

藏钩戏

春日是鲜花锦簇的季节，也是肖南回最为头疼的季节。

女子们小声嬉闹的声音夹杂着浓重的花粉味迎面而来，她重重地打了个喷嚏，抬头打量四周。

此处说是偏院，实则是烜远王府的后花园。

整个后花园差不多有半个侯府那么大，此时正值春盛，那些一看便是投了许多银子的名贵花朵个个开得娇艳，曲水小桥在假山间蜿蜒点缀，似乎就连小径旁一块块垫脚的石头都是精挑细选出来的。

到底是王府，该有的气派还是有的。

只是不知为何，她想起曾拜访过的梅府。梅府园中只有那叫阿楸的老奴一人打理，远没有此处这般面面俱到，那一园梅树却静美中透出一股热烈的生机，更能让人感受到家主对其倾注的心血与热爱。

眼前这番美景美则美矣，却因为样样都好而显得面目模糊。

“这园子平日都是我差人打理，先前荒了许久，我也是费了一番功夫才让它有了今天的模样。”薄夫人望着满眼的花团锦簇，有种由衷的骄傲。

肖南回不动声色地瞥了一眼对方那双肥润白厚、找不到一点儿泥巴的手，勉强附和道：“夫人真是费心了。”

薄夫人显然对她的反应并不在意，继续往前走着，绕过一片绣球花丛，便见到那十数名穿粉着绿的妙龄女子。

那些女子大都不过双十，正是如花一般的好年纪，一个个或站或斜倚地立在那碧水中的花台上，射覆用的绫罗绸缎纠缠在一副副年轻丰满的身体中间，穿着金丝细履的足尖轻快地跳跃着，一不小心打翻了那些亮晶晶的银盘瓷瓶，鲜艳水灵的果子滚了出来，兑了蜜露的花酒泼洒一地，在春日的阳光下蒸腾出令人微醺的气息。

这片春日艳色之中又有一人格外显眼。金红相间的纱衣、雪缎坠珠的抹胸，那腰勒得分外紧，胸也托得分外突出，头顶那繁复的发髻好似堆砌的一座宝山一般缀满了发饰，当中一支足金点翠凤头钗格外显眼，好似平地上竖起的一座丰碑。这一脑袋零零碎碎加在一起不知有没有十斤重。

肖南回有些走神，等到反应过来时，才发现花台上的那些美人已停了下来，正好奇地望向她。

她连忙收回目光，尽量蜷缩在角落。

而那个着金红纱衣的女子缓缓转过身来，女子一眼瞧见薄夫人，便从那花台上快步走来："姨母来得正好，射覆实在无趣，我正与她们商议换作藏钩。姨母同我一组，快来快来——"

红衣女子唤薄夫人姨母，看来她们是亲戚，只是这性子差得倒是远了些。

薄夫人纹丝未动，脸上依旧挂着笑："绾绾，外人面前，不要失了礼数。"

"是，夫人。"那个叫绾绾的女子换上悻悻的表情，转头间才发现薄夫人身后跟着的人。

也不怪她先前没有察觉，肖南回今日出门匆忙，选了套素色常服，到了地方才发现颜色好巧不巧跟王府中下人衣裳的颜色一模一样。

"她是……"

薄夫人笑不露齿，声音却比先前要响亮些："这位是青怀侯义女肖南回肖姑娘，一会儿也要加入大家。"

前一刻还嬉笑声不断的园子里突然出现了片刻的安静。

无数道好奇、探究的目光都落在一处。焦松祭典上发生的事，这些官宦内眷多多少少都有耳闻，众人好奇的不是肖南回是否当真卷入了前朝的那些是是非非，而是那些关于她与青怀侯种种爱恨情仇的传闻。

肖南回立在原处，进也不是，退也不是。她祈求此刻能有个人突然出现，将她从这煎熬中解救出去，然而这个人终究没有出现。

靠谁都不如靠自己。左右当下离不了场，她深吸一口气，主动上前一步："在下初来乍到，先前未玩过这些，有劳各位姑娘赐教了。"

薄夫人瞥她一眼，似乎对她如此快便调整好状态有些惊讶，但随即便恢复如常了："来者是客，绾绾，不如就让肖姑娘入你的组，可好？"

不好不好。肖南回内心疯狂地摇头，而那个被唤作绾绾的女子显然也并不喜欢她："回夫人，我们七人一组，人数刚刚好，加不下旁人了。"

肖南回内心一阵狂喜，借坡下驴的话都到了嘴边，薄夫人却又开了口："不是还可做飞鸟吗？"

射覆猜物，分作二曹。除此之外，人数为奇时余出的那一人可游附二曹之间，便唤作"飞鸟"。当然，这些细节，从没玩过射覆、藏钩之戏的肖南回是不知道的。

鼓声一响，她便像一只误入樊笼的麻雀，被这些高贵、聒噪的金丝鸟推来推去。

两个侍女在一旁敲着手鼓，鼓声起，众人便开始衣袖相连，嬉笑打闹起来，借此掩盖传钩的动作；鼓声停，上曹便不能再动，由下曹说出那物什藏在何人手中。规则看似简单，在久居高门深院的女子眼中却是难得可以稍稍放松姿态的消遣。

肖南回瞧了一会儿才大概看明白，又觉得那些女子不故作姿态讲话时也有些娇憨、可爱之处，便乐呵呵地跟在一旁做个绿叶。

她目力不同常人，要看清那些衣袖下的小动作简直易如反掌。但她再木讷、不通人情，也知道不能在此刻出风头，于是接连三局轮到她时，她都没有猜中。

那绾绾本就是上曹组的头领，连赢几回已很是心满意足，飞入鬓角的眉梢似乎又高了不少，整个人都神清气爽。这一局方结束，她便走到中央，扫视全场："这么玩没什么意思，我们藏些有彩头的东西，好不好？"

几个年轻的小姑娘已经心动，小声谈论着究竟能有什么彩头。

肖南回却是隔夜觉找上门来，已是哈欠连连，她跟着一片娇声软语随意附和着。下一瞬，她便见绾绾抬手摸了摸头上那支夺目的金钗。

"不如就藏这金钗如何？"

众女子瞬间兴奋起来，肖南回虽不大懂行，却能从周围人的反应中判断出那支金钗应当很是金贵、难得。

如此宝贝的东西，她当真舍得拿出来当彩头？肖南回心头的疑惑还没有得到答案，那厢众人已兴高采烈地新开局面，准备大展身手了。

肖南回被挤在一群兴奋的年轻姑娘中间，鼻间是各式香粉的气味。她有些分神，注意力都在鼻间酝酿着的那个喷嚏上。

不知过了多久，她终于阿嚏一声打了出来，耳边的手鼓声也跟着戛然而止。

那绾绾随即猛地指向还在发呆的她："在你手里！"

肖南回茫然地摇头："不在我这里。"

谁知下一刻她身旁的另一名女子突然出声道："绾绾姑娘猜对了呀，我方才确实传给……传给肖姑娘了。"

一时间，在场所有人目光唰地聚集在肖南回身上。

肖南回眨眨眼，因为缺觉而出窍的三魂六魄此刻终于归位，整个人瞬间清醒过来。

夙平川千叮咛万嘱咐要她小心，她还是大意了。这不能怪她，在她的认知中，能够伤人的只有刀枪剑戟，谁能想到这温香软玉之中会藏着针呢？

薄夫人就在不远处看着，有意等了片刻才开口问道："肖姑娘，东西可在你手里？"

肖南回继续摇头："不在。"

又不知是谁小声在旁提点着，似乎是出于好心："肖姑娘若是喜欢那金钗，直说便是，切莫因小失大。"

肖南回不喜欢钗环首饰。不论它是金的银的还是什么九天神石做的，她都不喜欢。可在场不会有人相信。在她们看来，她只是个出身卑苦、劣根难改的孤女罢了，本质上同莫春花没什么分别。

肖南回抬头，望向那些将她围住的身影。

那一张张还有些稚嫩的脸上满满都是无辜与柔弱，任谁也别想在这粉黛之中挑出一点儿肮脏的颜色，可偏偏其中就藏着。

这是藏钩吗？这分明是包藏祸心。

肖南回叹口气，径直走向一名站在角落的女子："姑娘的后腰可觉得有些硌得慌？"

那个女子脸上一红，显然被说中了什么，但仍不打算轻易妥协："你在说什么——"

肖南回不再多言，只上前一步，长臂一绕，便贴着那个女子身后，不等对方有所反应，已经将那个招惹是非的东西拿到手中："姑娘把东西藏在腰封里，想来是忘记拿出来了。”

明晃晃的金钗在阳光下折射着耀眼的黄色，像在无声地嘲讽。

那缩缩修为远不及她姨母，脸色已然有些挂不住。肖南回却已向她走去，抬手便将那支金钗插回那小山一样的发髻中：“这物件如此金贵，姑娘自己可要看好了。”

一直沉默地看戏的薄夫人终于开口，却是冲着自己的外甥女，语气中带着几分瞧不出虚实的责备：“这支钗，你既戴了出来，便要好好照管。就你这丢三落四的性子，若是弄丢了御赐之物，看你当如何。还不快谢过肖姑娘？”

那缩缩一听薄夫人提及自己那金钗的来历，又生出些欣喜，偏偏面上要装作一副委屈的样子，故意摸了摸那钗头点着的翠羽：“我先前只是觉得这好看的东西总是要出来见见风才好，旁的也没想那么多。依我看——”她的目光转了个圈，落在肖南回身上，“肖妹妹方才也算猜中了，这支钗瞧着跟你很配，不如就送你如何？”

这是栽赃不成又来哪着儿？肖南回的内心在咆哮，脸上已有些把持不住，心想：“你哪只眼瞧见那金光闪闪的钗子跟我相配？在场怕是随便拎个人出来都比我要配。”

她回绝的话还没说出口，薄夫人已然接过话茬：“你倒是直性子，却不知这金钗乃是御赐之物，轻易不得转送他人。肖姑娘虽出身侯府，却也是受不住的。”

这是说给她听的吗？可是，说给她听做什么呢？肖南回耐心已尽，只觉荒谬，瞧着两人这一来一回的架势，心头那股厌倦已经快要漫过嗓子眼。左右她陪了这么久，似乎到可以告辞的时候了。

“先前听闻左将军提起光要营的事，有些细节还未谈妥，在下还是去前厅候着，就不在此叨扰各位了。”她这话故意说得飞快，摆明了只是推托之词，压根儿不想给对方一些得寸进尺的机会。

薄夫人此刻却突然瞧不出眉眼高低了一般，不等她退出半步便开了口：“慢着。”她的声音依旧软软的，眼也弯着，“先前在颜府见过的时候，我便留心过，今儿既然又碰上了，我这个做长辈的便替后辈张罗张罗。青怀侯出身显赫，只是这些年府上清冷了些，只你一个女孩子家，恐怕多有不便，也当早日寻个好人家才是。我也算得上认识不少这阙城才俊，哪日你来府上找我，我为你念叨念叨，若觉得哪个还不错，便教人摆个庚帖、卜筮一番——”

这位还真是不肯放过她，先前是编派她短命、机缘差，眼下又媒婆上身，非要给她坐实一段姻缘，究竟是想怎样呢？肖南回可不信眼前这人是同杜鹃一般出于好心，一个视飞廉将军为莽妇的人，又怎会从心底瞧得上她的出身？

眼见肖南回不接话，绾绾瞬间便伶俐地为她那好姨母贴起金身来：“夫人心善，不嫌这些琐事耗心思，还愿意亲自张罗，这些小辈当真是有福了。”

这等福气，谁愿意来领就自便吧，反正她消受不了。鼻间那股胭脂花粉的气味似乎更加刺鼻，肖南回还是尽量将语气放淡：“多谢夫人美意，只是我出身行伍，性子莽直，做事也粗陋惯了，怕是没什么才俊愿意余生与我为伴，我也不好去祸害人家。”

“这说的是什么话？”绾绾掩口轻笑，言语间似带着一种故作亲昵的嗔怪，“哪有女子不嫁人的？便是没有心仪的男子，也可寻得适配的人家，总不能到老还孤身一人，到时候可是哪个正经人家的公子都不愿意下聘了——”

咚的一声，有什么东西越过一众人的头顶，沿着一道抛物线不偏不倚地落在那绾绾分外突出的胸上，打断了她的滔滔不绝。

绾绾视线缓缓下移，只见一枚沾了些许口水的桃核正十分牢固地沾在她那非常金贵的雪缎料子上，缓慢地洇开一片桃红色的水渍。她脸上的笑渐渐僵住，五指全张都无法遮住她嘴角的抽动：“大……大胆——”

“她说不想嫁，那便不嫁。”一个矮小敦实的身影起落间便站在肖南回身前，满月般的大脸上还挂着一道未干透的桃汁。伯劳叉着腰扫视全场，气沉丹田，竟有宫中教习嬷嬷的架势：“又不是望尘楼的姑娘，难道没了男人就活不了了？”

此话一出，满座皆惊。

瞧这粗鄙的行为、放荡的言辞，在场的众人怕是有十数年没见识过这等场面了。

“大胆贱婢！”那绾绾嘴里的话终于捋通顺了，先前一直微抿的樱桃小口眼下张得有脸盆那么大，“哪里来的野鹌鹑！贱蹄子！在王府地界也敢口出狂言？也不瞧瞧这里是什么场合，就凭你个没有灶台高的臭丫头也配站在这里同我讲话？！”

就最后这一句话，肖南回就知道坏事了，她说什么不好，非要说人家矮。

肖南回只觉得眼前缓缓升起一颗大头，那头上原本梳得溜光水滑的圆髻眼下因为愤怒而奓起几根毛来。

“配不配，只有拳头说了算！”

话音未落，一阵风自诸位佳人面前一卷而过，眨眼间便杀到了那片红纱前。

那绾绾兴许是见过不少矮子的，但哪里见过如此凶神恶煞的矮子，当场吓得腿一软、眼一闭，跌坐在地上。预想中的面门一击却没有到来，她颤巍巍地睁开眼，却见一截又粗又壮、小藕般的小臂正横在她头顶。

伯劳那一掌没有直击面门，却正对她头顶的发髻。掌心隔空仍留半寸，掌风却已凌厉地破出。

可怜那绾绾只觉得头皮一紧、头顶一凉，那梳得有半副对联那么高的发髻轰然倒塌，花片、假发、珠翠随着那个发髻的崩盘四散开来，那支她最得意的御赐金钗嗖的一声飞了出去，惊得周围一众女眷惊叫连连，东倒西歪。

眼见花台上乱作一团，鸡飞狗跳，肖南回一时呆住，随后实在没忍住，扑哧一声笑了出来。

也就在此时，一个声音在她身后数十步远的地方响了起来：“小姐。”然后也就一瞬间，那声音又在她身后一步远的地方响起，“你的钗子掉了。”

肖南回的笑僵在嘴角。什么人竟能瞬息之间移动数十步的距离，而她身为习武之人竟毫无察觉？她一定是见鬼了。

肖南回缓缓回头，那声音的主人却已跟她擦身而过，越过她继续向前。她只瞥见一只捏着金钗的苍老的手，而后是一片褐色的衣摆悄无声息地飘过。

第一百二十四章

赐福酒

“多谢宗先生。”

薄夫人的声音在不远处响起，肖南回猛地回过神来。

宗先生？能让王府家眷尊称一声“先生”的人，除了帝师，便是宗族祭司。只是她从未听闻都城中有姓宗的帝师，更不知道哪位祭司出席皇室赐福仪式会穿这如破布一般的斗篷。还有，何时江湖中出了一位宗姓武学大家，她却闻所未闻？

“夫人不必多礼。”那褐色斗篷下佝偻的人影再次开口，声音却恢复了低沉、苍老，与寻常老者没有半点儿不同。

显然，方才他瞧见了伯劳出手，是以故意运功传声，令声音隔空入耳，以示警告。

虽然不知对方身份，但肖南回直觉认为此人不能得罪，她正要上前，冷不丁却被身后的人一把拉住。她转过头去，正对上伯劳那张有些灰败的脸。这是她有生之年第一次见到伯劳因惊惧而发抖。她跟伯劳虽不是从出生时便腻在一起，但也算得上半路做伴，经历过许多事情。伯劳人如其名，本性单纯，但确实刚烈难驯，甚少服人，更不甘居人之下。若遇强敌，伯劳不会退缩，反而会越战越勇。从先前的蛛丝马迹，她已能知晓那老者身手不凡，但能令伯劳如今日这般不战而退，甚至心生怯意，是她没有预料到的。

或许还有一种可能，那便是伯劳先前便同此人交过手，他们是认识的。

“别过去——”伯劳的声音低低的，眼睛却死死盯着不远处那褐衣老者，“他是安道院的人。”

安道院中人，除去院长谢黎，出师者皆有侍主，而未出师者不得踏出院门半步。此人孤身而来，年纪几乎与谢黎相仿，怎会是安道院的人？而且，安道院中人为捍卫正道而生，即便同门之间多有摩擦，也不至于处得这么差吧？

肖南回内心的疑虑更重，但伯劳显然没有时机再说更多。

那厢薄夫人正低声跟那老者说了些什么，下一瞬，那人的目光便直直向肖南回投来："原来是大将军府上的人。"

肖南回被点名，再无法站在原地不动，只得轻轻拍了拍伯劳的手背以示安抚，随后便向那人走去："见过宗先生。"

她已经离对方很近，却依然听不到任何呼吸吐纳的声音，足以见得此人功力深不可测，不知是否会在肖准之上。

许久，那道声音在她头顶响起："你认识我？"

肖南回抬眼，只看到一双有些混浊的眼睛，岁月在这副身体上留下了无法磨灭的印记，却不能抹去其内在的某种气息。那双眼仿佛能隔空将人穿透，那是常年习武之人才有的凌厉杀气。

肖南回呼吸一窒，随即垂下眼去："不认识，只是听夫人这样称呼便自作主张了。若有不妥之处，还请先生莫怪。"

那人的目光似乎就盘旋在她头顶，许久才移开："今日到访宾客都要在懿园接受赐福，切莫忘记了。"

这话不知是跟她说的还是跟那薄夫人说的。而后者显然对这位宗先生非常恭敬，已然飞快接过话头："请宗先生放心，肖姑娘同我等一起，定然不会缺席。"

老者对此没有回应，却径直走向方才射覆用的花台。

花台上残留着一地绫罗绸缎、银盏玉器、鲜果，有几枚杏被踩扁，溅了几滴嫩黄的汁水，在地上洇出一片水渍。

老者就盯着那块台子看了一会儿，突然挥袖拂出，那一地狼藉便似被狂风吹拂一般，顷刻间滚落花台，落入一池湖水。

一直立在旁边的女眷们不禁惊呼出声，神色惶恐，无人再敢私声细语，整个偏院转瞬间寂静无声，只闻那些杯盏玉器沉湖时发出的声响。

老者缓缓收回衣袖，藏于斗篷之下，弯着腰重重地咳了两声，有些蹒跚地走到惊疑不定的薄夫人面前："自古射覆与藏钩令人生离，夫人还是应当克己守礼，少些游戏之举，也能令王府后院多生安宁喜乐。"

薄夫人闻言脸上一白，竟少见地没有多言，只原地立了片刻，便转身低声呵斥花台上的几名侍女，让她们带着各家小姐匆匆撤了下去。那绾绾显然还有些不甘，临走前狠狠瞪了一眼伯劳，提着裙角，气哼哼地离开了。

目睹一切的肖南回不知为何竟心生几分幸灾乐祸，对那老者的身份却更加好奇。即便身为皇室祭司，应该也不敢在王府地界如此放肆行事，而且，如果只是一名祭司，是不需要这么好的身手和功力的。她带着几分好奇想要再探究一二，可一转身，那人已经如同来时一般悄无声息地离开了。

薄夫人仍站在花台前，背影依旧端庄、挺直，看不出丝毫异样。

肖南回心知自己今日的这场“刑罚”算到头了，轻声告退后，便拉着伯劳离开了偏院。

方才还莺声燕语、喧嚣吵闹的花园一时只有满园鲜花依旧光鲜繁华。

薄夫人环视四周，面上突然显出几分难以掩饰的嫌恶。她不喜欢这些花草，她喜欢的是玉器金饰。这些花草每年花去她近一半的用度，最终还是会化作一捧污泥，什么也留不下。可她又需要这些花草。她知道王爷喜欢这些不能吃不能用的玩意儿，当中最喜欢的便是那棵价值连城的梅树。而她不用多想也知道其中缘由。她时常静静地盯着那棵梅树瞧，内心已将它伐倒了千百回，又将伐倒的树干当作柴烧了千万回。可她知道自己不能那样做。所以她需要最鲜艳的花、最烈的香气，她要用尽一切办法去掩盖那棵梅树的存在。

“小姐。”

薄夫人略微回神，抬眼便见自己的贴身嬷嬷正疾步走来。

王府的女主人又恢复了温软端庄的姿态，紧抿着唇，盯着脚下一枚被碾碎成烂泥的杏：“怎么样了？”

嬷嬷待离得很近后，才低声开口道：“宫里来的那几位都还在宗祠呢。”

“怎的耽搁了这么久？”

“王爷他——”嬷嬷的脸上显出几分犹疑的神色。

薄夫人嘴角勾起冷笑：“说。”

“王爷似乎是想在宗祠为那梅氏设立牌位——”嬷嬷的声音微弱下去，直至无声。

偏院里再次安静下来，又突然响起薄夫人有些走调的声音：“自古便没有女子可以入皇室宗祠，她梅若骨还能翻了天不成？！”她说这话时已是恨极，待到话音落地才察觉失态，深吸一口气，她有些扭曲的面皮再次恢复了平整、光滑，“不提这事了。你方才来的时候，可瞧见那肖家的养女了？”

嬷嬷连忙点头：“瞧见了，同先前见着时一般跋扈，瞧着是把绾绾小姐气得一时缓不过劲来，怕是要念叨几日了。”

薄夫人轻嗤一声：“她是当过几天官的，绾绾不是她的对手。不知一个舞枪弄棒的下贱种能使出什么迷魂药，竟教夙平川那小子念念不忘。”

嬷嬷飞快瞥了一眼今日有些不顺心的主子，心一横，低声道：“依奴婢所见，再刚烈好战，到底是女子，若要摧毁其心智，便要从她的身子下手。”

薄夫人仍是一动不动，眼珠却转向身旁的人：“你这刁奴，又想了什么下贱招数？”

那嬷嬷闻言狠狠抽了自己一个嘴巴子，又急声道：“奴婢该死，奴婢只是心系小姐，不忍心眼睁睁瞧着这院子又要有个跋扈娇艳的主母住进来，到时候小姐的日子又要不好过了。”

薄夫人默了片刻，脸上的神情变得有些飘忽不定，声音却又恢复了那种又细又软的腔调：“你这法子虽说下贱，倒确实是当下最有效的法子。不过，今日人多眼杂——”

一听主子话有转机，先前还有些委顿的老奴瞬间便来了精神，就连抽嘴巴子也不觉得痛了：“小姐放心，这件事由奴婢去做，绝不会有人察觉。”

薄夫人满意地颔首，又伸出细白的手指打量起自己方才修整浸染过的指甲来：“绾绾今年是否已年过二八？也到该许配人家的年纪了。”

“正是。小姐的意思是……”

“川儿年纪尚轻，正是血气方刚的时候，有些事啊，就是身不由己发生的。可咱们是大户人家，不能做那吃干抹净又不承认的勾当，若赶上对家也是不错的门第，就更欺辱不得，只能将这丑事化作美事，也算成就一段露水姻缘了。你说，是不是啊？”

嬷嬷脸上显出几分喜色，连声道好：“绾绾同小姐上下一条心，日后必能成为这府中助力。还是小姐想得周到，奴婢这便去办。”

“至于那肖家的养女……”薄夫人意味深长地停顿了片刻，才轻声继续道，“即便有侯府撑腰，她的出身也是断断攀不得王府这高枝的。她对此似乎还是有自知之明的，只是川儿却不会轻易放手，咱们这些做长辈的便要多费些心，教他们早日看清现实，免得他日酿下苦果，追悔不及。”

嬷嬷心领神会，立刻献上良策：“奴婢记得，那北地氏人给的赤血乌还剩下一些，今日或许正好用得上。”

“嗯，这倒是刚刚好，也算得上不伤及她性命的两全之法。”

“小姐心善，奴婢这便去办。”

嬷嬷躬身退下，薄夫人望着满园春色发出一声喟叹：“川儿啊川儿，我这个做姨娘的比不得你那生母神通广大，只能送你这一个礼物，你就不必推辞，好好收下吧。”

“懿园”这个名字对肖南回来说是陌生的。可到了地方才发现，她很久以前便来过这里，因为许多年前夙平川的生辰宴便是在这里办的。彼时她比园子里的石桌高不了多少，如今抬头便能触碰到缀满花苞的枝条了；彼时她敢当庭痛打王府小王爷，如今却连何去何从都身不由己，只能疲于察言观色。她究竟是长进了还是退步了呢？

肖南回陷入一种难以名状的迷茫，她曾经耗尽全身力气想要融入的世界如今正向她敞开大门，她却开始犹豫。或许她并不了解门那边的风景，她曾以为那个可以给她一个“家”的世界其实自始至终只存在于她的幻想中。

“礼成，赐酒！”

礼官的吟唱声终于告一段落，宾众一字排成两列，立于懿园正中的香炉鼎两侧，待钟声鸣响一十四声后齐齐躬身行礼，恭迎祭司赐酒。

原来这便是夙平川所说的“受礼”。

那新诞的小王爷被奶娘抱在襁褓之中，位列第一，肖南回则立在队尾。伯劳跟在她身后，安静得好似一只鹌鹑，从方才遇见那褐衣老者开始便一直如此。

周围有无数道难以察觉的目光在肖南回身上徘徊，她不得不打起精神应对，一时找不到可以单独询问伯劳的机会，只得暂时学着众人的样子行礼，眼睛却不自觉地瞥向那褐衣老者。

对方的动作迟缓，甚至连沾酒的手指都如上了年纪般颤抖，他的身后跟着两人，一人便是随行斟酒的薄夫人，另一人是个四五十岁、做礼官装扮的中年男子，手中执一柄犀角如意，面上带着几分没什么感情的微笑。他是一名堪舆师。

赐福仪式实则依照的是古代祭祀之法，祭司要同堪舆师一同前来，明面上是为新诞血脉赐福，实际上则是勘察府中正气是否有阻、风水是否安宁，若有邪祟相加，则要借赐福仪式驱杀一二，有时甚至见血。

自古穷人与奴隶的命算不得人命，有时只消一句“灾煞附会，有碍家主”，便可轻易夺去一名小厮或丫鬟的性命。

那柄如意是否就是为了敲碎人头骨而准备的呢？

肖南回压下内心深处的不适，强迫自己融入四周吉祥喜庆的氛围。约莫过了一炷香的时间，那片褐色终于来到她面前。

褐衣老者低声念着不知是何种语言的祝词，随后将手指深入角兽兕觥之中蘸了酒液，轻轻洒向她的头顶。

微凉的酒液落了几滴在她的额角，缓慢流淌时便带来一丝痒意。她想抬手去擦，却因为礼未成而不能动，只能煎熬地听着那大段大段的祝词。

等到礼毕终于可以起身，一只青铜长尾爵已递到她的面前。

肖南回没有用爵喝过酒，那是贵族才可以使用的酒器，先前她连见都没见过。顺着那只托着酒器的细白手望去，她的目光同薄夫人不期而遇。对方仍旧是那张端庄贤良的脸，只是不知为何，她总觉得那目光中有些狡黠的光一闪而过。

赐酒的过程须得流畅、紧凑，任何犹疑都会被看作不敬。就只短短一瞬间的犹疑，那名堪舆师的目光已落在肖南回身上。

肖南回暗暗叹口气，正要抬手接过，不料斜里却伸出一只手，将她那杯酒夺了过去。

肖南回抬眼，便见那杯酒被夙平川捏在手里。

啪，青铜爵被原样放回托盘上，始作俑者黑亮的眼睛死死盯着年轻继母的脸，眼底全是讥讽与冷笑。

薄夫人的脸色有些难以掩饰的难看，只声音还能维系着原本的柔腻：“川儿这是做什么？宗先生还在这里，不要失了规矩——”

“你倒的酒，她不能喝。”夙平川的声音很轻，语气却很坚定。

不少宾客听到动静都看了过来。

薄夫人显然注意到了，语气中开始流露出一种忍气吞声的委屈：“川儿这是不信任我？”

这帽子说大不大，说小却也不小。

按理说，夙平川好歹是王府如今唯一的嫡出子嗣，同偏房的继母顶撞几句只能算烜远王府的家事，可今日情境不同，又逢礼典祭祀，这番举动便有不服礼制、逆反顽劣之嫌，是可以依天成例律治罪的。

那褐衣老者还未开口说话，但肖南回不能再等，她一把夺过那已经洒了半杯的酒一饮而尽。

赐福的酒是祭祀用的屠苏酒，当中掺了防风、花椒与乌头，喝起来辛辣无比，直冲鼻腔，但她顾不上许多，一口气灌入嗓子眼。

“左将军方才说的只是玩笑话，夫人切莫当真，伤了和气。”她说这话的时候，眼睛始终盯着薄夫人的脸。

事到如今，她与烜远王府后院的梁子是结下了。她并不惧怕对方，却隐隐担忧自己会害了夙平川。自从知道他是梅若骨的儿子，她便对他有些难以克制的怜惜与偏心。

薄夫人的目光直直地迎向她，她檀口轻启，竟能挤出几声笑：“肖姑娘如此得体大方，平日定是少不了世家公子的青睐，想来日后也是个有福气的主儿呢。”

这调侃的话已显得有些轻浮，但对方已然撕破了脸，便是成心如此说话来恶心人。

“你——”夙平川的怒气一瞬间便涌上了脸，他却碍于周遭情形无处宣泄。他要顾及父亲颜面，更要顾及王府颜面，他不能当众给这女人难堪。

“平川。”一道声音在园中响起。

肖南回转头，便见烜远王夙彻立在不远处的檐廊下，面容隐在阴影中，瞧不清神色。

“先前交代你的事情办妥了吗？还愣在那里做什么？”

夙平川的不甘写在脸上，此时却不得不退下。

临走前，他深深望了肖南回一眼，似乎有千言万语藏在其中。但那到底只是一个眼神罢了，肖南回终究没有看懂其中的意味。

“肖姑娘，凡尘已净，礼成了。”褐衣老者的声音再次响起。

肖南回回过神来，突然感觉头顶有什么东西一闪而过。她向上看去，只来得及捕捉到一点儿逝去的影子。

那是一条白色的旌幡，细弱的旌骨上缠绕着无数条细长的白色旌旗，素麻质地，新旧不一。而就在不久前，她见过一条质地、样式都与之十分相似的带子。彼时，她以为那只是一条系衣服用的带子。

她瞪大了眼，几乎无法掩饰此刻脸上的表情。

也就一眨眼的工夫，那旌幡已经拂过她的头顶，随后又回到那巨大的褐色斗篷下，不见踪影。

肖南回无法回神，险些以为自己方才所见是幻觉。

最后一杯酒已经斟出，赐福仪式告一段落，无数侍女从园侧拥入园中，将仪式所用礼器一一撤出。攒动的人影中，肖南回只能眼睁睁望着那个褐色的身影消失在通往懿园外的檐廊尽头。

待到好不容易脱身，她急着去追人，却被人从身后一把拽住。

“你做什么？”伯劳的眼睛瞪得如铜铃一般，晃一晃，仿佛都能发出声响。

“我就跟过去瞧瞧。”肖南回心思不在这大头娃娃身上，一心求证自己方才一瞥之下见到的东西。

“你疯了？！”伯劳的声音少见地尖细起来，“我都跟你说了，那是个很可怕的人，你为何还要去？”

肖南回哑然，她不知该如何用短短几句话解释清楚其中的缘由。眼见那道身影已经快要无迹可寻，她已顾不上许多，抽出身来，飞快地拍了拍那颗大头：“这样吧，我们分头行动。你现在赶回府上，一个时辰之后，我若还未回府，记得带人来捞我。”

“什么分头行动？我带谁来捞你？！”伯劳的头看起来比往日还要大一圈，“喂，肖南回！你给我回来！我还没有答应你，我可不会管你！你……你个疯婆子！”

矮墩墩的身影在原地气急败坏地跺脚，然而不远处的肖南回已经一溜烟地不见了踪迹。

第一百二十五章

廊中灯

一离开众人视线，肖南回便开始发力狂奔。

她从没有在战场以外的地方如此用尽力气奔跑过，眼前明明是一片不见人影的虚空，她却觉得其中有她追寻已久的结果。

宾客的喧嚣很快便被她抛在了身后，长长的檐廊先是笔直地向前，随后在转过一个弯后便陡然变成通往三个方向的分支。

肖南回喘着气，站在分岔口环顾，每一条檐廊都曲折蜿蜒，不见尽头。四周天色渐渐暗下来，那些白日里轮廓分明的假山景观开始因为模糊而放大，看似毫无规律交织在一起的矮墙影壁眼下突然连成了片，宛如一座精致的牢笼将她困在其中。树深草长，围墙层层，不见出路。

高门深院的传统园林设计在烜远王府被展现得淋漓尽致。

肖南回俯身，贴在地面上观察地上的印记。

方才的赐福仪式上，那堪舆师烧过不少纸符，离得近的人身上多多少少会沾上一些纸灰，尽管量少，但并非完全无迹可寻。

她观察了一会儿，起身向着最左边的那条檐廊走去。

上一次，她也是走了左边的路。

肖南回脚下一顿，被自己脑海中突然出现的想法吓了一跳。

上一次是在焦松县帝王行宫那次。她强迫自己不要分神，可越是强迫越是做不到。光怪陆离的碎片如蜂群一般涌入她的脑海，比如在曼陀罗花圃闻到的尸臭与异香，静波楼内那具安静地躺在石台上的尸体，还有那些关于死而复生的推断……

不远处，草丛中有几只夜归的雀鸟扑棱棱地飞起。肖南回汗毛微立，背后竟渗出冷汗来。

日落时分，晚风带着一点儿凉意拂过她脸上细小的绒毛，她只觉得每个毛孔的感知都在这一刻被放大，只消一点儿风吹草动就能触发一场风暴。

咔，左后方突然传来一声响动，她猛地回身，下意识便要抽出腰间的匕首。可她忘了，进王府按例是不可以佩带兵器的，她的匕首被留在了门房。

晦暗中，她紧张地望向发出声音的方向："谁？"

她眯起眼，便见一个梳着双髻的小丫鬟从不远处的廊柱后面走了出来，怀里抱着一束新采的花，手腕上挂着一盏油灯，正怯怯地望着自己。

肖南回暗暗松口气，四处张望了一番："请问，这里是什么地方？我有些迷路了。"

那个小丫鬟犹豫了片刻，才小声道："再往前便是祠堂，外人不能进。"

祠堂？王府祠堂不是向来设在主屋附近吗？怎么会在这种地方？

肖南回顿了顿，继续问道："请问，你方才是否看见有人从这里路过？他穿着一件褐色的斗篷——"

"姑娘说的是宗先生吧？"那个小丫鬟腼腆地笑了笑，手上捧着的花枝跟着一颤一颤的，"赐福仪式结束后，祭司要回祠堂供香，要很久才会出来。"

"很久是多久？"肖南回有些着急，语速都快了起来，"我有事想要请教他，可不可以请你帮忙通禀一声？如果不方便，我就在这里等他。"

"奴婢只是后院的人，不清楚这些。"小丫鬟低下头去，拨弄了几下手里油灯的灯芯，那灯闪了闪，终于亮起来，"不过，这里平日是不会让外人停留的，奴婢带姑娘换个地方等吧。"

肖南回犹豫了一下，还是点了点头："好。"

长长的檐廊中，两道人影一前一后地移动着。

吱呀吱呀，一盏摇曳的油灯随着那两道人影晃啊晃，在地面上照出晃动的光亮。

肖南回在心底默默记着路，目光不敢离开前面那道梳着双髻的背影。

此时，暮色渐浓，她看不清檐廊之外的任何景致，更看不清廊柱上雕着的图案，只能记住岔路的先后顺序。

这烜远王府竟如此抠门，入夜后连灯也不掌吗？

她正在心底暗骂，冷不丁前面走着的人突然放缓了脚步，说："到地方了。"

肖南回又往前走了几步，鼻间飘过一股若有若无的花香。她重重地打了个喷嚏，视线落在那个小丫鬟手里的花枝上。

那是一捧浅白带些嫩黄的小花，看着就像普通的连翘、迎春，按理说，香味应该比姚易那儿的栀子、牡丹小得多，怎么会这么呛人呢？兴许是她方才在薄夫人那个偏院吸多了花粉，现下才有些上头。

肖南回揉了揉鼻子，打量起檐廊尽头的这个院子。院子四四方方，干净整洁，似乎没什么特别之处。

"这里是……"

小丫鬟推开正中房间的门扉，示意肖南回进屋："是先前二少爷奶娘住过的地方，已经腾空很久了。从祠堂出来必定会经过这里，姑娘不会错过要等的人的。"

肖南回望了望黑漆漆的屋子，还是点头致谢道："谢谢你。"

"姑娘客气了。没什么事的话，奴婢就先退下了。"小丫鬟第一次抬头望向她，浅浅一笑，露出两颗尖尖的虎牙，"屋里黑，这盏灯就留给姑娘吧。"

对方说罢，将手腕上的油灯放在屋内的桌子上，然后便退出屋去，随手将房门带上。

吱呀一声过后，房间突然安静下来。这种安静不同以往，竟是连半点儿风声都听不见。

肖南回原地站了一会儿，便随手拿起桌上的那盏油灯四处照了照。

这是一个简简单单的内外套间，外间是个小花厅，内间有一张床，床围是厚厚的帷帐，看起来已经许久没有人翻动过了。从陈设来讲，这间屋子确实十分朴素，只是隔音似乎太好了。奶娘住在这样的屋子里，真的能时刻听到外院的动静吗？

她有些疑惑，想起什么便径直走到窗户旁。先前在外面的时候，她没有看清，眼下才觉得这屋子的雕花窗棂做工格外细致。她下意识伸手摸了摸，便突然顿住了。手指下是一片平滑、冷硬、坚实的触感。这是一扇画在墙上的假窗。

她不死心，又快步走到另一扇窗前。一样的精描细画，一样的假窗。

肖南回贴着四面墙查看一圈之后，额头上已经冒出一层汗。

这是一间没有窗户的屋子，唯一能和外界相通的地方就是她进来时的那扇门。可等她去拉那门扉时才发现，那扇门已经被人从外面锁住了。

肖南回后退几步，一屁股坐在正对着门的那套软垫瓷凳上。

这番折腾搞得她莫名地精疲力竭。按照以往，如果她发现自己被关在屋里，一定会抬腿踹门。可这里是王府，破门而出的行为实在太出格了，而且她今日是代表侯府来的，更不能出半点儿差错。那带她来此处的小丫鬟显然没那么简单，但对方究竟意欲何为，她一点儿头绪也摸不着。

就这一犹豫的工夫，她头晕目眩的感觉更加厉害了。不知是不是因为这房间没有窗户，密不透风，她只觉得口干舌燥、呼吸困难，方才在门外时闻到的那股花香似乎跟着她走进了这间屋子，眼下正往她的鼻腔深处钻。

她的视线在房间内搜寻一番，便落在手旁那张檀木小桌上。桌上放着一只酒壶和两只瓷杯，瓷质的酒壶肚子上蒙着一层水雾，像装着夏日里冰镇过的冰凉甜酒。

肖南回几乎是下意识地做出了吞咽的动作，随后走上前，拿起了那只酒壶。壶身沉甸甸的，果然是微凉的。

她急切地倒出一杯，就要送进嘴里。

砰砰砰，一阵急促的敲门声响起。

肖南回手中的杯子停在嘴唇前。

砰砰砰，敲门声不停，门外的人似乎分外着急。

也许是那急促的声音打断了她方才那股莫名的渴意，她放下了杯子，挣扎着起身走向那扇门。

“谁——”这一开口，她才发现自己的声音已经沙哑、变调，好似八旬老妪一般。她有些慌乱，试图再次发声，却无论如何也说不出话了。

下一瞬，眼前的门被人从外面猛地推开，微凉的晚风灌进屋里，肖南回仿佛一条终于得水的鱼，深深吸了一口气。

夜色中，一个人影伴着晚风迎面而来，瞬间侵占了她的视野。

熟悉的气息将她包围，她愣怔地抬眼，对上那张熟悉的脸：“陛下？”尽管有些沙哑，但她的声音开始慢慢恢复了。

夙未没有说话，眼睛一眨不眨地看着她。他的发丝有些凌乱，呼吸也比平日急促些，只有声音依旧没什么变化，又快又简短地直奔主题：“喝了吗？”

“什么？”肖南回一时反应不过来。

夙未干脆越过她，向桌案走去。修长的手指拂过杯沿，随后收回两根手指捻了捻，没有水迹。她没有喝。

帝王的表情瞬间松弛下来，神情恢复了往日的淡泊、自持。他关上身后的门，视线一一扫过房间内的每一样物品，最终落在那盏油灯上：“给你灯的人呢？”

“已经离开了。”她脸上的神情更加迷惑了，“陛下为何会出现在这里？”

帝王没有回答，只是抬手拿起那已经烧得有些烫人的灯罩，轻轻一口气吹灭了油灯。

没了唯一的亮光，四周转瞬间一片漆黑。

肖南回又有些慌乱。这种慌乱同先前的不大一样，她说不好那是一种什么样的情绪，似乎是一种夹杂着忐忑的预感，是她的心对即将发生的事有了某种预感。

黑暗中，她感觉到他一步步地靠近，微凉的气息在她的额头前徘徊，轻轻撩动了她额角的碎发。有什么柔软的东西在她的额头一点而过，随后她陷入了一个带着压迫感的怀抱。

怦，怦，怦，那是她的心跳声，也是他的心跳声。原来人和人之间可以贴得这样近，就连心跳都混在一起，渐渐以同一种频率跳动。

她从未被人如此用力地拥在怀中过。两人之间近得塞不下一张薄纸，挤不进一丝游风。

他的外裳还带着早春的凉意，衣裳下的身躯却透出一种绵延不绝的热意。那种热穿透了她那件素色常服，又穿透了她的躯壳，还在往更深处蔓延……

“还好，已经没事了。”

第一百二十六章

断头路

烜远王府内有三里檐廊，其中一条的后半段是条断头路，而这半里断头路的地面是石砖铺就的。

石砖是闽州特制的，坚硬耐磨，上面刻着很深的花纹，人若是穿着软底鞋在上面走，走不了几步便会硌得难受。那是一种变相的提醒，提醒想要通过它的人，这府中的主人并不希望有人去这条檐廊的尽头。

薄夫人已经有很多年没有走过这条檐廊了。自从那个女人死了，这里便不许她踏足了。

停了片刻，她轻轻抬起自己那双绣着白色牡丹花、坠着海珠的细软青丝履，轻巧地迈了过去。

她的身后跟着十数来号人，其中有她这些年在府中养的亲信，也有同她交好、此次前来赴宴的别家女眷。好戏开场，她怎能不招呼些看客?

她低头看了看挂在手腕上的香囊，球状香球方才燃尽，时辰刚刚好。如果赶巧，说不定还能接连看上两场。

薄夫人的心情突然拨云见日般愉悦起来。她已经很久没有过如此愉悦的感觉了，上一次似乎是听闻那女人死讯的时候。

“夫人，前面是画居，您不能过去。”

薄夫人的愉悦思绪被打断了。她缓缓抬头，便见一个身着朴素青衣的小厮正躬身立在路中，不知是什么时候出现的。

惯常来说，没有哪个小厮敢拦在各院主子面前，即便对方其实只是个姨娘。但他不同，他是王爷身边的人。虽说他是个下人，但说出的话还是有些分量的。

一个下人，不过是仗着了解主子的几分心意，便能在她面前狐假虎威、装腔作势。薄夫人的指甲狠狠地掐进肉里。但她不能出手教训这个不知高低贵贱的奴才，她还有更重要的事要做。

她停住了脚步，笑眯眯的眼弯了弯："我听下人禀报，说有人鬼鬼祟祟在这后院中出没，担心惊扰了祠堂的宗先生，这才带人前来查看一二。"

"夫人可曾告知王爷要来画居？"

薄夫人顿了顿，轻声道："事出突然，怕是来不及通禀王爷——"

"那便请夫人回去吧。"

空气短暂地安静，薄夫人吸了口气，随后笑意更浓："今日来客个个尊贵非常，平安无事当然最好，可若真是有贼人混进来伤了谁，你可要替王府担下这罪责？"

那小厮沉默片刻，终究还是道："小的不敢。"

薄夫人慢悠悠地迈开腿继续向前走去，经过那小厮时用极低的声音斥道："还不快滚？！"

如今谁是这院里当家的主母？她本想问出这句话，可话到嘴边又觉得，她眼下的作为已经足以说明这个问题。她最喜欢的就是这种不言而喻和不容置疑，别有一种上位者的悠闲。她的苦日子早就到头了。总有一日，她会差人起了这硌痛她脚底板的石砖，将那些令她不快的过往通通砸碎，扔出府去。

青丝履在石砖路的尽头停住，薄夫人作势环顾四周："你方才说瞧见有人进出这些房间，可曾瞧清楚是哪一间？"

她身后跟着的丫鬟立刻垂首应道："正中这一间。"

这些话一字不落地进了肖南回的耳朵。隔着一扇薄薄的门板，她大气也不敢出，因为太过紧张而瞬间忘记了自己当下的处境。

然后，那两条缠在她身上的手臂便紧了紧，耳畔的声音不咸不淡地响起："怎么办？来人了。"

耳根一烫，她突然有种奸情就要被人撞破的窘迫，脸噌的一下便红透了，唇舌也麻痹了一般说不出话来。怎么办？她也想知道怎么办！

似乎是太久没有听到她的回应，夙未微微垂下头，轻轻贴上了她滚烫的脸颊，感受到那不同寻常的温度后，轻笑一声退开，像一条餍足的蟒蛇一般，缓缓松开桎梏，离开了他的猎物。

空气重新回到肖南回的肺腑之中，她觉得自己终于又可以呼吸了。

门外的脚步声越来越近，直到几道人影映在雕花门扉上。

“这锁被人动过了。”

是薄夫人的声音。这事果然和她脱不开关系。可是……他在这里，也是薄夫人设计的吗？

“手。”夙未的声音再次在黑暗中响起。

肖南回望着伸向自己的那只手，吞了吞口水，努力调动着自己的舌头：“陛……陛下，这外面好多人，我们这样在大庭广众之下行此举是否有些欠考量——”

许久，她未听见回应，抬头又因为光线看不清对方的神色，心底开始有些打鼓。该不会……他是要……他是要……

“你在想什么？”帝王的声音异常平和，好似一空法师在为红尘中俗不可耐的施主念经加持一般，“你惹了不该惹的人，待在孤身边最安全。”

所以……所以不是因为他要当众宣示他们二人之间什么不可告人的关系？

肖南回突然为自己自作多情的遐想感到难堪，脸上好不容易褪下去的红色又蔓延到了脖子根。她溢出体表的尴尬还没消化完，手已被人一把握住。

“先前不是做过许多回了，紧张什么？”

什么做过很多回？肖南回腿肚子打战。

她应该很有气势地一把甩开对方，然后伸出一根手指指着对方的鼻子，厉声呵斥让他把话说清楚。但是她不敢。这不敢中又带着一丝悸动。从前她不明白那种悸动背后的含意，可如今她已越发明白。她不是不敢，是不想罢了，不想抽回手，不想拒绝他，不想离开他。

他的手有些凉，像月光一样没有温度。但这一刻在王府这座巨大且黑暗的樊笼中，他是皓月一般唯一可以令她感到安心的人。今晚的天空有月亮吗？是有的吧。一定是有的。一定是因为今晚的月光太美了，所以就让她再沉浸一会儿，一会儿就好。

吱呀，面前的那扇门被人从外推开了。没有月光照进，有的只是许多盏提灯杂乱刺目的光。

灯火中，十数攒动的人头连成一片黑影，他们个个面目模糊，情绪却又呼之欲出，指点着，窃语着，不遗余力地揣测着。

要命，简直是要命。

肖南回僵硬地站在原地，低头看着自己的脚尖，仿佛这样便不用面对那满院子震惊又探究的目光。

今日出门前，她真的没有想到事情会发展成现在这个样子。她并没有做错什么。但那又如何？很多时候，人们会立于危境，受到伤害，并不是因为他们做错了什么。

薄夫人的目光在肖南回身上来来回回地扫视了一番，最终落在两人交握的手上。可除此之外，她既没发现什么可疑的痕迹，也没发现半颗松动的扣子。

是来早了吗？来早了更好，一会儿说不定能看现成的。她清了清嗓子，用一种略显严厉的声音开口问道："肖姑娘，你可知这里是什么地方？"

肖南回如实答道："方才听府中一位采花的小丫鬟说，此处曾是二公子奶娘的住处。"

此言一出，薄夫人面上瞬间做出又惊又怒的神情，而她身后那一群老老少少也都齐刷刷地做出了相同的神情。

"什么奶娘？这是已逝先夫人的故居，怎可如此出言诋毁？"

什么？这简陋狭小、没有窗子的屋子是梅若骨的故居？肖南回终于有些摸清今晚这盘棋的走向，可又觉得事情不会那么简单。

果然，对方见她不语，神色更加笃定："莫说是个小丫鬟，就算是我，平日也不能踏入画居半步，不知肖姑娘见到的又是何人。况且我如今非但没见到什么小丫鬟，反而见你跟一个外男拉拉扯扯——"

薄夫人边说边将目光转向一旁的男子，将将看清那人的脸时突然愣了愣。这好像不是她安排的那边郡黄太守家的四公子。

算了，管他是谁家公子，总之，是个男的。她吸足一口气，拿出当家主母的气势，喝出自己有生以来最气沉丹田的两句话："你又是何人？胆敢私闯王府后院！"

肖南回瞬间惊呆了。这感觉好似看着平日十里八乡有名的聪明人突然冲进茅房吃屎。

薄夫人对此毫无察觉，她身后那一众人也毫无察觉。

"我知道这孤男寡女的事情传出去难听了些，只是你若再不报上名来，我便只能差人将你押送去官府，到时候不论你家是哪门哪户，脸上都不会好看。

阙城天子脚下，此处又是王府地界，今日家宴贵客众多，形势不比以往，你莫要怪我苛刻，要怪就怪你不该在此时出现在这里——”

“将飞，”一直沉默不语的皇帝终于开口了，他的声音少见地透出一股厌烦，像夏日里被蚊蚋扰了清闲一般，“什么声音如此聒噪，替孤瞧一瞧。”

薄夫人那向来坚挺的颧骨险些因为那一句话而挂不住脸上的肉。聒噪？她的理智被这侮辱性的字眼摧毁了，她丝毫没有留意到那男子的自称。

然而还没等她再开口，一名紫衣内侍官已从檐下阴影中走出来，细白的面庞一团和气。他低着头小步走到薄夫人面前，离得只有半步距离时才停住，随后抬起头，仔细盯着那张表情有些扭曲的脸瞧了瞧：“回陛下，方才是烜远王侧室萧山薄夫人在说话。”

“陛下”。薄夫人终于听清了，就这两个字已经足以让她明白今日这盘棋的结局，她甚至不会知晓输赢结果，因为她的棋盘已被人掀翻在地，黑白子都溃散了。今日之事是如何被撞破的？皇帝为何会在这里？那肖家的低贱种究竟跟皇帝是什么关系？这些问题都不会有答案了。

“妾叩见陛下。妾不知陛下身份，出言不逊，还请陛下恕罪！”她姿态柔弱地匍匐在地，尽量伸展着自己的腰肢。但她已经很多年不行这样的大礼了，腰肢也早就因为养尊处优而显得僵硬。

“皇叔来了。”

王爷？薄夫人心下一阵狂喜，面上却显出几分凄苦，转头望向自家夫君的面容上写满了凄惨和委屈。

平日里谦和有礼、对她从来温言细语的那个人却连看都没有看她一眼，只皱着眉立在檐廊下。

烜远王夙彻的目光微微扫视全场，他几乎一瞬间便明白了什么：“臣参见陛下。不知陛下前来赴宴，未能远迎——”

“是孤心血来潮，想要与肖营卫在此密会——”皇帝的声音似无意般顿了顿，随后他才慢条斯理地继续道，“谈论军机要务，担心隔墙有耳，便自作主张借此房间一用。皇叔可会恼我？”

“臣不敢。”

“皇叔何必生疏？我们多年未聚，正好借此机会聊几句家常。”

对方话一出口，夙彻便已明白其中深意。这是要清场准备算账。皇家颜面不能不顾，但该惩罚的，他绝不会轻易放过。他从来都是这样的性子。

夙彻没有多言，只给了一个眼神，那一院子不知从哪里来的看客呼啦一下子便散了个干净。但凡有点儿脑子的人都知道，这院子里接下来要发生的事，恐怕不是谁都能旁观的。

薄夫人自然也是知道的，但她不信。烜远王还在场，就算是皇帝，难道还能在她儿子满月酒这一日当着王府主人的面将她杖杀不成？

“陛下，今日之事须得明察，眼下天色已晚——”

果然，她的夫君要帮她说话了。

薄夫人内心欢喜，已徐徐起身，那毫无情绪起伏的声音却似乎知道她所想一般再次响起：“既已入夜，上灯便可，通明之下，是非可辨。”

屋内那盏油灯不知何时出现在夙未手中，他的手指轻轻钩起那提手，另一只手从单将飞手中取过火折，将那萎缩在灯油中的灯芯点燃。

火光亮起来，片刻工夫后，一股类似花香的浓郁气息便四散开。

肖南回一闻到那熟悉的气味，瞬间便明白了什么，目光落在那盏油灯上。

那盏油灯被夙未轻轻放在地上，照亮了其下那块地砖。

肖南回这才发现，那块石砖上刻着一朵周正的梅花。

“跪下。”帝王的声音淡得听不出任何情绪，却比任何怒斥、辱骂都要可怕。

薄夫人咬紧了下唇，似乎还想挣扎片刻，膝盖却率先出卖了她，牢牢叩在那块石砖前。她的眼死死盯着地面上的那朵梅花。石头上的梅花无声地开放着，虽然没有香气，但永远不会凋谢。

今夜吹的是东南风，她跪在下风口处，满鼻满口都是油灯中飘出的那股香味。她太熟悉那股香味了，只闻到一点儿便开始焦虑、心烦。她试着屏气，可无法一直不呼吸，脖子因为用力而暴出几根青筋。也罢，只是香气的话，吸几口也无妨，只要不……

“薄夫人，你可知你为何要跪？”

薄夫人换上惶惑的神情，声音中带上几分啜泣：“妾……妾不知错在何处，妾只是听下人禀报，担忧府中女眷是否安好，担心宗先生，情急之下未来得及查明实情，更不知圣驾在此。妾对天发誓，绝无半分逾矩之心，更没有无端生事之意！”

“至情至理，令人动容。”帝王点点头，颇为认同的样子，“然而孤要你跪并不是因为你做错了什么。”

这一次，薄夫人是真的惶惑了：“那是为何——”

“薄夫人不也算世家出身，怎的不知妾室应跪当家主母的规矩？”

这一句仿佛当头棒喝，瞬间将薄夫人方才维系得不错的完美外壳击碎。

杀人诛心，刀不见血地杀人诛心。曾经她用过同样的招数去对付旁人。在这府中没有人是她的对手，而她也以为不会有男子懂得其中精妙。可眼前的人分明懂得，不仅懂得，而且下手比她狠毒。

“正如孤所言，夫人并无罪责，大可不必心惊。”夙未的声音放得更加轻缓，他仿佛真的是在一场家宴中聊起家常，“今日本就是府上大宴，合该美酒助兴。孤一时兴起就空手来了，方才正巧在房中见到桌上还有佳酿，现下便借花献佛，还请夫人不要推辞。”

如果说先前的种种只能算得上一种刺痛，听到这一句，薄夫人才彻底明白什么叫凌迟之苦。先前的每时每刻都是煎熬，然而帝王说完那句话后，时间又好像抓不住似的流动起来。

也就转瞬间，帝王白皙的手已捏着那杯刚刚斟好的酒举到了她面前。

单将飞的声音在一旁响起，依旧带着几分客气的笑意：“薄夫人，接赏吧。”

薄夫人的眼死死盯着那杯酒，两只眼珠子因为太过用力而居中对上了。她精心修饰过的鬓角起了皱，唇上的口脂被那两排打战的牙齿吞掉一半。

“妾担心酒后失态，不敢在陛下面前饮酒。妾愿意自罚禁足三个月，反思今日之过——”

“孤已经说过，夫人并无过错。何况一杯酒而已，又何必推辞？”他的声音依旧平和，无人能从中挑出一丝恶意，“还是说，夫人对这屋子先前的主人不满，成心要在这地界做出宁死不从的姿态，抑或……是对孤不满？”

薄夫人的腰彻底支撑不住身体，整个人抖如筛糠：“妾……妾不敢——”

目睹一切的烜远王夙彻几番想要出言求情，终究还是无法开口。他没有求情的立场，因为帝王并未降罪。可为何地上的人会惊惧至此，他已然明了。如果她没有在那酒中动过心思，眼下的一切不过就是一场再平常不过的赐酒而已。

那只捏着酒杯的手是那样稳如磐石，一动不动，似乎没有什么可以将它动摇。

“喝是不喝？”

薄夫人压抑的呜咽声断断续续地飘出。

“喝是不喝？”他又问一句，语气、轻重、音调都与先前无丝毫分别，但就是这种没有起伏、平淡得令人觉察不出任何情绪的声音，最是令人毛骨悚然。

四周檐廊四通八达，她却偏偏走上了这条断头路，进不得退不得，左也不得右也不得，上天入地都不得。

许久，薄夫人终于颤抖着手接过那只小巧玲珑的瓷杯。

她面前的帝王终于笑了，声音中添了几分慈悲：“夫人可要拿稳了。这酒洒一滴到地上，你都要舔干净。”

第一百二十七章

【剑里卦】

那北地氐人献上那一小盒红色膏脂时是这样说的："赤血乌，不溶于水却溶于脂，烧灼之后有奇香，能酥人筋骨、沸其血脉，煎服入口，其效温和，入香焚之反而猛烈。"

赤血乌虽在赤州不常见，却并非绝世稀品，城中多有权贵世家收藏此药，为的是在闺帷之事上多些乐子，并不会伤及根本。

可少有人知，这赤血乌忌与辛物入酒同服。酒液会加快心脉流转的速度，辛物难发于表而聚燥热之气于丹田，便会使得赤血乌原本的药效变得极为可怕，轻则盗汗失语、耳鸣心慌，重则神志昏聩、屎溺失常。

薄夫人将空酒杯放下，指尖仍在颤抖。

那掺了赤血乌的灯油膏是她亲手添上的，仙灵脾、蛇床子入味的黄酒是她亲自烹调的，没有人比她更清楚吸入那股香气再饮下那杯酒后会是什么下场。所以那一杯酒就含在她唇舌之间，说什么也不肯咽下。只要对方就此放过她，她便可以……

然而，面前的人显然不会这么轻易地放过她。

"薄夫人，这酒如何？"帝王好整以暇地望着她，像真的在等待一句评价一样。

薄夫人僵在原地，辛辣的酒液在她口中盘桓，味道直冲天灵盖。

她每走一步，他都知晓她的落处，步步紧逼，步步围堵，她想要弃子认输，却已无法离开棋局。她抬了抬舌根，终究吞下了那杯苦酒："甚好。妾多谢陛下赐酒——"

"夫人好酒量。此番良辰美景，合该美酒配佳人。薄夫人可不要浪费了。"

薄夫人眼睁睁地瞧着那只手将那只空酒杯拿了过去，又抬起那只酒壶，倒出酒液。好不容易腾空的杯子，转眼间便又满了。

“夫人，请吧。”

薄夫人一直震颤的瞳仁不动了，像将死之人一般渐渐放大。那瞳仁中映照出的仿佛不是一只酒杯，而是今夜向她敞开的地狱之门。

一杯，一杯，又一杯。夙未倒得很慢，却一滴都没有浪费，直将那大肚壶里的最后一滴酒都倒尽了方才停手，神态间竟有些淡淡的遗憾：“这美酒果真是不禁喝。夫人说，是也不是？”

薄夫人已经回答不了这个问题了。她瘫软在地上，两条腿抖作一团，脸上是不正常的绯红，嘴中已开始嘟嘟囔囔些不知所谓的话，两只手不停地撕扯着身上的衣服。

先前一直跟着她的嬷嬷实在不忍心，压抑着喉咙中的啜泣去拉瘫在地上的主子。

这一拉不要紧，只听哗啦啦一阵水声，一股细流顺着薄夫人的襦裙流出，湿透了她那绣着白牡丹、坠着海珠的青丝软履，在地上积起一小摊水。

帝王终于垂下眼帘，轻轻叹口气，道：“薄夫人不胜酒力，看来是要折腾这一宿了。皇叔受累，将她安排下去好生照看，莫要再出了丑态，令皇室蒙羞。”

炟远王夙彻不语，面色已难看到了极点。他看一眼那嬷嬷，后者便脸色灰败地将自家主子拖了下去，再不敢多说半个字。

也就一瞬间的工夫，方才还暗流翻涌、好戏接连不断的庭院便又静了下来。

晚风又起，那盏油灯似乎正好燃尽，晃了晃便熄灭了。

画居前，王爷与皇帝各自隐匿在阴影之中，瞧不清彼此的神色。

“陛下此行难道就是为插手臣的家事而来？”

“皇叔此言差矣，卿士府中尚不能以家事论之，何况你我身处天子之家，哪里有绝对的家事？”

眼见两人话里藏锋，已有出鞘之势，蜷缩在角落的肖南回简直是站立不安，恨不能找个地缝进去躲一躲。眼下这屋里站着的两个人，她谁也惹不起，偏偏今日之事是因她而起。

她局促地搓了搓手，只脚尖向后撤了一点儿，她身前那人便蓦地察觉了。

帝王离开了今晚的主位，稍稍做出了让步，话锋一转：“左将军可还好？”

肖南回的耳朵立了起来，心中生出一股疑惑。夙平川？夙平川怎么了？难道今晚遭殃的还有夙平川？

那厢烜远王神情一顿，已然明白皇帝的用意。他终于也放缓姿态，拱手行礼道："多谢陛下及时提点，川儿他并无大碍。"

夙未对这声道谢显然并没有当真，转而走向那画着精美窗棂的墙壁："听闻昔日飞廉将军行军常常日夜颠倒，日久便养成贪睡，不愿早起的习惯，曾抱怨王府中窗明瓦亮，晨起时光线甚是刺眼，院子中总是吵闹，于是皇叔才教人封了这屋子朝南的窗子，改画墙上。如今一见，果然是情真意切，令人感动。"

原来这才是这画居的真实来历。

肖南回轻瞥一眼几步之外的烜远王。那中年男子有着和夙未五六分相似的长相，虽是一营之主，却并不似寻常带兵打仗之人，反倒带着几分书卷气。这样的男子年轻时也是有许多美人倾心的，能够不顾天子猜忌迎娶将门之后，其中又必然是有几番曲折故事的。只是两人有着这般过往情谊，如今的烜远王府不也照样新人入主，换了旧颜？

"都是些陈年旧事，陛下不必放在心上。"

夙未身形未动，只伸出手摩挲着墙上的油彩："孤觉得，这画居甚好，只是地方不大，容不下太多人。分清何人能在屋内、何人须在屋外，这样才不会出现方才那样令人遗憾的事。皇叔以为如何？"

结合方才薄夫人所做的腌臜事，此番提点本也无可厚非。只是眼前这人向来言浅意深，行一步而谋千里之外。思绪流转间，烜远王眼中浮上隐忧，声音略有几分急促："陛下可是要重召梅家后人归朝效力？梅老将军年事已高，膝下如今只有二子，两位先生武学修为虽高，却已不问朝事多年——"

"在皇叔眼里，孤就这么不通人情？"帝王声音凉凉的，毫不留情地出言打断，"碧疆之战后，天成或将数年无战事，朝中必有重文轻武之势。各营兵马却不可能一日缩减，若从此刻便传出人走茶凉之言，日后将门一派又将如何自处？昔为同心，今可为戮首矣。厚此而薄彼，异心乃生。"

昔闻帝有平乱世、治太平之策，肖南回今日才得以窥见一二。

收复碧疆不过一年之期，却前有多年铺垫、后有数载善后，如是这般，才能稳住如今的天成盛世。这样的道理，肖南回明白，烜远王自然深知。

"陛下心意，臣已铭记于心，他日定不会令众将寒心。"言毕，烜远王瞥一眼缩在角落的女子，忽然便转开了话题，“宗先生应当还在祠堂中，陛下或可前去一叙。”

帝王微微挑起眉，脸上显出几分恰到好处的惊讶：“宗先生不是一直身在闽州，何时来了阙城？”

烜远王笑而不语，抬眼望向帝王，四目相对间，心中已各有来回。

皇帝率先收回目光，转身踏入画居：“这居室位置清幽，晚风也正舒适。皇叔不如去送一送那些宾客，孤也正好在这里透透气，一会儿自会离开。”

“如此也好。”烜远王从善如流，当真像方才结束了一场家常闲谈，转身悠然离开。

单将飞不知何时已离开庭院，肖南回这才发现整个小院竟只剩下她与皇帝。这是，压根儿没把她放在眼里吗？

她哭笑不得地原地站了片刻，跟着对方踏入屋内。回想起方才那两人说过的话，她几乎是下意识地问道：“夙平川怎么了？”

前方的身影一顿，随即转过身，眉头轻蹙：“你竟然还有心思关心他？”

不知为何，瞧见那张有些不悦的脸，她突然便觉得矮了一截，有些语塞：“我……我只是听陛下方才提起，这才——”

“你若真的为他着想，日后便离他远些吧。”

肖南回愣住了。她已经习惯了这人说话绕来绕去、云里雾里，眼下这般直截了当，她不适应之余竟还有些委屈：“为何？他那后母确实难缠，但我自认问心无愧——”

“问题不在你，而在他。他现下还没有能力全心全意做自己想做之事，偏又生在王府，离他近一分，你便险一分。莫要忘了方才自己所见，你若喝了那酒，便同薄夫人一般情形。”

此话一出，肖南回方才亲眼所见便一一浮现在她眼前。如果说彼时她还没有时间细想此事，眼下想起，除了对那薄夫人“恶有恶报”的快感，竟多了几分战栗。

“为何不说话？”

因为她不知道该说什么。

她讨厌薄夫人，讨厌她高高在上，轻易便瞧不起旁人的样子，讨厌她同样身为女子却要通过挤压其他女子来获得属于自己的地位。但方才那一幕令她莫名难受。对有些人来说，死亡并不是最可怕的事情，失去尊严才是。薄夫人是如此，她也是如此。

他可以那样毫不手软地对一个地位远低于他的人诛心至此，未来是否会用同样的手段对付她呢？只要对方这样做，她是没有任何反抗的余地的。她远不如薄夫人。她无父兄，无母族，唯一的依靠便是侯府，可义父自身难保，又如何能分心来护她？她真的能依赖那一点儿来自孤月的光亮吗？那是黑夜里温暖她的光还是只是无情夜空中亘古不变的一种存在？归根结底，是她不敢赌他那一点儿真心罢了。

许久没有听到她的回应，夙未垂下了眼帘："让孤来猜猜看。你觉得孤残忍？"

肖南回哑然。她的心思，他都知道。她在他面前从来无从遁形。

"世人赞美真言、憎恶欺骗，到头来却常常宁可相信谎言。你以为的种种情非得已只是粉饰太平，而孤只是将一切的真实样子放在你面前。"他的声音在画居里回响，字字掷地有声，"这杯酒是如此，你以为的残忍亦是如此。"

他说话向来是柔和而曲折的，眼下却似刚磨好的刀子一般，锋芒直指她心底薄弱之处。

从过往种种到如今她同肖准的关系，一切都是早已注定、她却不忍拆穿的真相。可她已与这些真相相安无事多年，为何他一出现就将一切搅得天翻地覆？便是她当真盲目、蠢钝，自作自受，他就没有从中搅弄风云、兴风作浪吗？

肖南回的心又开始狂跳，一股气憋在胸口不吐不快："薄夫人作茧自缚、罪有应得，只是今日本是王府喜事，此事又因我而起，这番闹大实在令人惶恐。侯府已立危墙之下，恳请陛下网开一面，莫要再将我架在火上烤。"

她一提起侯府，夙未的神情便瞬间冷了下来："你言下之意，是孤利用了你？"

肖南回依旧沉默，她的沉默中透出一种执拗。她不明白这种没来由的执拗因何而起，只觉得自己变得有几分自欺欺人，又或者她其实从来都是如此。

烜远王如今手握光要营数十万精兵，出身天家，朝中威望又高，便是先帝在时都免不了对他几分猜忌，何况如今。

或许皇帝只是借她的事敲打对方，而那薄夫人正好撞到刀口之下，成了祭品罢了。或许他做这些并不是因为她。

按理来说，这是很正常的。可不知为何，她心中竟会有些酸楚，以至几乎迫不及待地将这推测说出口，以求能等来对方的否认。

握紧的拳松开又握紧，她望向花桌旁神色冰冷的夙未，强迫自己要理智：“那且容臣一问，陛下今日究竟为何会出现在这里？”

夙未的神情前所未有地冷硬，他吐出的每一个字都像要刻在石碑上一般顿挫：“守陵祭司宗先生当年奉旨离都，按律至死不得踏入都城半步。孤对他有所猜忌，便不请自来。”

果然，他对这宴席中的一举一动都了如指掌，并不是因为她可能会身处险境，而是因为这宴席中有他要探究之人。

“怎么？你失望了吗？”他的目光自晦暗中向她投来，带着锐不可当的审视，直直要将她穿透一般，“可人心就是如此，既担心瞧得不够真切，又惧怕瞧得太过真切，便要令人失望透顶、厌恶作呕。”

如果说先前被说中心中所想，她还只是内心有些惊愕，眼下被毫不留情地点明心思，她却有种火辣辣的羞耻感。

而更令人羞耻的是，她确实失望了，而之所以会有失望，是因为她对某些东西产生了期盼。

“陛下玲珑心窍，善取人心，我怎会是对手？”

此话一出，便是变相承认了她的失望。可没有期望，哪里来的失望呢？

面对她的讥讽，夙未并没有动怒，神色反而在一瞬间柔软下来，声音也轻缓许多，一时令人分不清他是在说与旁人听还是自言自语：“孤并非因你而来，却因你而动杀意。要知道，喜怒哀乐于孤而言已是很遥远的事情了。”

他的声音很轻，落在肖南回心里却如石入深潭，泛起涟漪。

生而为人，怎会没有喜怒哀乐？佛法有言，有所牵挂、有所在乎，心绪为情牵动，才会有爱恨痴嗔、生死离别。她会是那个牵动他情丝的人吗？

终于，她决定主动出击、刨根问底：“敢问陛下杀意为何？”

对方不答反问：“你可知你只身去追的那褐衣老者是何人？”

“我只知他是祭司，其余的——”她下意识地一顿，最终还是将那带子的事吞回肚子里，“其余的一概不知。”

夙未的手指轻轻叩在桌上，有节奏地敲击着，他似在回想什么：“你还记得在天沐河古道悬崖之上晦日祭典长宓台前出现过的紫衣剑客吗？”

“记得。”肖南回点点头，“可这与他又有什么关系？”

“与他无关，与他手中之剑有关。”他的手指顿住，敲击声也随之停止，“传闻曾有占卜者将天地间最为重要的一卦封在铸剑中，并言，时机到了，卦象自然会现世而救天下。此剑赤金铸就，锋长三尺一寸，格宽三寸半指，一体而成，无纹无铭，唯锷处有一点儿赤色，便是动爻之剑。”

肖南回越听越觉得匪夷所思，但更匪夷所思的事还在后面。

“此剑铸成之后辗转落入安道院保管，院中喻此剑为斩尽世间谗言妄语之剑，是为清君侧而生。其最后一任主人将它归还安道院后便消失于世人视野之中。”

“你是说，那燕紫是安道院的人？”

话一出口，肖南回又觉得不对。动爻剑若是被赐予新主，离开安道院，为何会无人识得那燕紫身份？

“孤说过，紫衣人手中乃是窃来的剑。动爻剑原本的主人确实出身安道院，他与谢黎同年入安道院，两人修为相近，不惑之年已位列宗师，谢黎最终留守安道院，而他则选择入世，成为先帝生前近卫。此人姓宗名颢，便是你口中的宗先生。”

肖南回定定地立在原地，只觉得浑身血液仿佛凝滞，而先前破败的思绪却在缓缓地拼合。有什么真相就要呼之欲出，而她竟不敢直视。

“陛下为何……为何要将此事告知我？”

夙未竟然笑了，笑意中带着几分举重若轻：“主动将这一切告知你，总好过你头破血流、费尽心力去查。”

她倒抽一口气，头一回对他那种满不在乎的语气感到困惑：“你就不怕我——”不怕她就这么将实情告知肖准，不怕她就这么揭开真相，不怕他们可能从此之后便落得仇人相见的场面……

“你会吗？”他的笑意停在嘴角，眼底一片沉寂。

就在这画居四壁之间，方才还一室旖旎，眼下似乎又泛起初春的寒气。正如眼下这番情形，令人分不清究竟是情人间斗气还是押上生死存亡的赌局。

冷不丁，单将飞的声音在屋外响起：“陛下，青怀侯求见，就在院子外头候着呢。”

帝王收回目光，再抬眼时已恢复了平静：“让他进来。”

他泰然自若，肖南回反而有些手足无措。她当然知道肖准为何会来，是她个把时辰前教伯劳去叫的。侯府中，能在她出事时来救场的只有肖准。

急促的脚步声拾级而上，隐隐夹杂着甲衣摩擦之声。他还穿着甲衣，想来是方从军营回府，便教伯劳火急火燎地催过来了。

肖南回心底已经忍不住开始后悔，眼下这光景简直比她真的出了事还要令人煎熬。

肖准的身影极有分寸地停在门外三步远的位置，他除弁行礼道："臣肖准，叩见陛下。"

过了片刻，帝王的声音才徐徐响起："青怀侯不必多礼，只是不知今日前来所为何事？"

"臣今日有军务在身，故托义女向炟远王贺喜，听闻席间她认错了人，担心她一时莽撞闯下祸端，特意赶来。不知陛下在此，不周之处，还望陛下恕罪。"

"你消息倒是灵通。不过是些许风波，眼下已经平息了。"

"无事便好。既然如此，臣便带义女先行回府了。"肖准自然而然地看向肖南回，像过往无数次那样对她点了点头："南回，过来这边。"

肖南回的身体往前倾了倾，脚步却不知为何没有马上迈动。

下一瞬，身旁的人蓦地抓住了她的手。他并没有看向她，身形依旧向前，只绣着暗纹的衣袖与她那素色袖口叠在一起，遮挡之下也看不出丝毫端倪。但这一次，他攥得很紧，再不是轻轻一握。她能感受到他掌心粗糙不平。那是她留在他身上的那道伤疤。

有一瞬间，她以为他会那么一直攥住，不松手，就这么到时间的尽头。最终，他还是移开了视线，手指也慢慢松开。

望着那只因用力而有些泛白的手，她突然有一种无法抑制的冲动。而不等她的思绪反应过来，她的身体已经做出了反应，她伸出手回握了那只离开的手。因为仓皇，她只是轻轻地捏住了他的指尖，但她还是能察觉到从那指尖传来的一瞬间的震颤。

"陛下，春猎见。"她又轻又快地留下这句话，再不敢耽搁，飞快地收回手，逃一般地夺门而出。

些许凌乱的脚步声远去，画居静如幽潭，似乎就连晚风穿过庭院的声响也消失不见。

过了很久，内侍官去而复返，帝王的手仍停在空气中，仿佛那里还有她残留的一点儿温度，而他还在原地不舍地徘徊。

单将飞心中暗叹。他的陛下何时成了这副样子？

终于，夙未敛衣起身，向外走去：“宗颢那边如何了？”

内侍官很快便收敛神色，紧随其后：“方才已经离府了。陛下放心，有丁中尉在，他就算想要行事也要忌惮三分。”

“后日起程之时，为他多备一辆车马。”

单将飞一顿，随即明白帝王的用意，低声应下。

既然横竖躲不过，那最好便是放在明处。不过，此举怕更多还是为了那人，宗颢不是个好惹的角色，他是怕那人暗中探查会吃亏。

思及此处，单将飞终于忍不住，开口道：“陛下方才为何不直接告诉肖姑娘，这般心狠是因为要做给宗先生看——”

“已经不必了。”因为他已经知晓那个答案了。

不知何时，月亮从云后探出半个头，皎洁如日光。

夙未的声音慵懒中带着几分惬意，转眼间，他已步入满庭月色之中：“月色甚美，孤心甚慰。”

第一百二十八章

付与百川流（上）

天成灵微十六年三月廿四，季春之末孟夏未启之时，帝携诸卿士百千余往雨安，行春蒐之事也。

蒐，蒐畋兼备，既是帝王围猎、骑射之乐，也是检阅车马、砺戈点将。

往年春猎，本质也是皇帝对文臣武将的一种褒赏，允许其带府中亲眷一同前往。可自从那一年肖家出了事，很多人都避讳。如今的春猎，倒是少有人愿意携家带口地前往了。剩下的便是不得不去的。

除了肖南回，青怀侯府春猎之行的名单上自然还有肖准。

得知又要重返噩梦之地，他会是怎样的心情呢？他是否想过要将过往血淋淋的真相彻底揭开？还是已在多年疼痛的折磨下看透了一切，只想独自舔舐伤口，度过余生呢？这一切，肖南回都不会知道了。她已经很久没有见肖准回府用晚膳了。他经常宿在肃北大营中，抑或是在夜巡的路上。可如今战事已趋于平息，夜巡向来不是大将军的分内之事。

从前侯府人丁稀少，却自有暖意，而如今的侯府才真正现出几分凋敝之感。

每每入夜前去为廊间那盏长明灯添油的时候，肖南回都会恍惚觉得，她所身处的这个寂寥空旷的院子似乎也要油尽灯枯了，有什么东西被从中抽离，使得最后这一点儿光和热也要消散在风中。

她想，她应该能够猜到那是什么。白允仍被关在静波楼的最深处，而一同被关入那黑暗的或许还有肖准的心——那颗她从未能靠近也从未看透的心。

从前，她可以凭借肃北的腰牌进入营中看看他，即便那时她多数时候只是远远地站着，站在一个能看到他的地方，为一个可以上前说句话的理由原地思索犹豫很久。如今她已不是肃北营的一员，再没有说出那些冠冕堂皇的借口的机会。

是不是未来终会有一日，她连在夜晚为他点亮一盏长明灯的机会也会消失？

肖南回觉得，这个答案是肯定的。

时光流逝，山峦可平，河海生尘，区区人情冷暖，不过稍纵即逝，就像奔流而去的百川之水，终究无法挽留。

从前她向来不会思考这些事情，总觉得许多问题都不会有答案，过往数月中，那些不曾追逐过的答案却接二连三地蹦出来。

面对那些曾经在意过的人和事，她终于能够生出些许释然和坦荡。

左右她是不得不去春猎的，而雨安又是当年事发之地，此行或可名正言顺地探寻一二，说不定对她眼下在查的事情多有助益，何不欣然前往？

想通之后，肖南回第一时间便去问杜鹃，春猎随行的车马空位多出来许多，愿不愿意同她一起出去走走散散心。

杜鹃生在阙城、长在阙城，这辈子踏过最多的门槛便是侯府的西便门和兴隆街的茶铺、布庄，去过最远的地方是西城门外的大成寺，但那也是好几年前的事了。杜鹃不是没想过出去看看，她本就是爱热闹的性子。肖南回从前也总是提起，有朝一日要带杜鹃去纪州看看那里的沙子，看看她出生的地方。每当那时，杜鹃就会笑着骂肖南回没出息，不带她去看山清水秀，偏要看什么沙子，可一边嫌弃，一边又会忍不住地问沙子是否真的有那么多、沙子中又是否真的有许多骆驼。

肖南回觉得，杜鹃还是想去外面看看的，虽然雨安离阙城不是很远，但毕竟有着这里没有的广袤林地和草原。

杜鹃心动了，她从没出过远门，不知要带些什么，便将压箱底的褂子、袄子都翻了出来，合不拢嘴地比画了三天三夜，却在第四天突然改口说，还是不去了。

肖南回纳闷，可看到杜鹃出入黛姨的院子比往日频繁后就渐渐明白了。

往年天气转暖的时候，黛姨便能一个人在院子里晒晒太阳荡荡秋千了，可今年不知是怎的，过了谷雨，她还是没能起床，连用两剂的赤喉珠也失了功效。

杜鹃仍旧是一副泼辣、干练的样子，一边骂姚易那奸商许是送了假药，一边将一切都收拾得井井有条。

但偶尔杜鹃眼神中也透出忧愁。黛姨的身子一日不如一日了，许是能熬过这个春夏，就是不知还能不能有下个秋冬。

若是黛姨病得再重些，少不了是要人贴身伺候的，陈叔一个男子毕竟不方便，招个外人进来又怕不放心。杜鹃放不下黛姨，最终还是决定守在家里。

临行那日，杜鹃又塞了个巨大的包裹到肖南回手中，里面照例是一些衣物和吃喝用度，甚至有够她用半年的伤药与补药。肖南回觉得，那包裹里可能包着两个人的份。

可杜鹃不知道，自那日烜远王府的事后，伯劳便再也没出现在府中，更没跟肖南回碰过面。肖南回觉得可能是因为她要躲着宗颢。

左右春猎不过半个月之期，伯劳跟着似乎倒没什么必要。

临行前，肖南回又绕道去了一趟燕扶街，一方面是要将杜娟给的东西"卸"在望尘楼，另一方面是顺道看一眼姚易和伍小六。这是她多年来养成的习惯，出征或远行前必探望三两好友，有事无事都要与他们聊几句，最后再郑重地喝杯酒道个别，就算自己此行一去不复返，心中也不留遗憾。

起初，大家都是真情实感，情到深处经常鼻涕一把泪一把，好似当真是场生离死别，时间久了，这程序走了太多遍，各自便都敷衍得很。

三月末正是春深之时，人们春情躁动，望尘楼的生意也是如火如荼。姚易埋首于算盘账簿当中，压根儿不想搭理肖南回，只叫出伍小六来应和了几句，在肖南回临走前，又差人拿了个塞得满满当当的小麻布袋给她。肖南回笑嘻嘻地接过，挂在马鞍一侧。吉祥欢脱地打了个响鼻，往城东鼎门行去。它认识那个小麻袋，里面装的全是北郅出产的蕈子干。

随军马匹吃得不差，但不过是些晒干的麦草，远没有在侯府时"伙食"到位。肖南回此行虽不再有右将军的头衔，倒没因此受委屈。皇帝没有收回她黑羽营的牌子，又没头没尾地给她安了个骖乘即车右的职位。

车右，顾名思义，古来是守卫于帝王车马之右的武士，与车左相对。左为尊，她眼下的身份只能居于车右，当真是，绕来绕去都逃不过这个"右"字。

思索琢磨一番，肖南回觉得这算不得坏事。毕竟车右与帝王同行，吃喝待遇都会好不少，而且离车驾近，她便可以常常见到他的身影，不知这是否也是他如此安排的用意。

许是那日烜远王府的事太过曲折，她已连着做了两日乱七八糟的梦。梦里，她时而华服高座，金光万丈，时而筚路蓝缕，愁云惨淡，不变的是其中都有他的面容，时而拈花浅笑、僧首佛面，时而眉眼含霜、魔行鬼道。她着了他的道，就连梦中也在编织同他在一起的故事。而分开层层人山人海，他又于现实中向她走来。

帝王出行，非征伐之事，都会走城东的鼎门。鼎门甬道宽且直，百姓可于一街之外围看，而文武百官须得列队门下，恭送圣驾。

时辰一到，皇帝便会从华盖遮顶、扇翣做屏的步辇中走出，踏过一丈远的锦罽长毯，进入王驾之中。从步辇到车驾只有短短十步的距离，而肖南回作为车右，恰好就在离他最近的地方。

知他是钟离竟的时候，她没心思好好端详他的相貌；知他是皇帝后，她便不敢放肆地盯着他的脸瞧。这一次，混迹在无数仰望的目光中，她终于得以名正言顺地好好瞧一瞧那张脸。

他照例戴了冕旒，五色玉石缀成的十二股旒将其主人的面孔掩藏其后，却在晃动击鸣的一瞬间显出真容来。

那是如殿宇中供奉的佛像一般流畅、柔和的轮廓，如玉的面容上无一丝局促，无一丝赘余，眉宇漆黑俊秀，带一点儿引人探究的弧度，唇色总是很淡，却莫名给人一种艳光内敛之感。最妙的还是那双狭长的眼，平日里常常是半合着的，似乎带着几分慵懒和醉意，某个瞬间轻启，望向你的时候，你便能瞧见那漆黑瞳仁中无声开启的深渊。

就在这一刻，他身上那种高山远景、寒潭如镜的气度被无限放大，令人目不敢视，又心生向往。

他可真好看。肖南回痴痴地想着，又回想起自己当初第一次见他时的情形。

大沨渡旁的跃原镇，风雨交加的夜晚，他跟在丁未翔身后，徐徐跨入那家破败的客栈，风带入细雨，落在他身后，湿了一半烟色的长衫。那时她只觉得对方跟自己熟知的男子模样差得太远，她甚至有些厌弃他那比寻常女子还要白皙几分的肤色。

如今想来，或许是她一早便带了偏见，从未好好瞧过那张面孔。

人生中大段回忆终会变得模模糊糊，只有少数几个瞬间可以铭记一生。就像眼下这一刻，虽只是短短一抬眸的时间，她却已然深刻于心底，很多很多年后都不曾忘记。

第一百二十九章

付与百川流（下）

礼官队列开始高唱号音，一眼望不到尽头的车马队列终于开始缓缓前行。

肖南回利落地翻身上马，纵着吉祥紧贴着皇帝的车驾，偷偷往车里瞄。

整个帝王车辇只有一名御者，青衣长刀，表情寡淡，丁未翔是也。

丁未翔目不斜视，余光却似长了钩子一般：“肖骖乘，你离得太近了些。”

肖南回撇撇嘴，只得又走远些。

就在此时，车厢厚重的锦帘后传出些动静，随后便被人从内撩开一道细缝。夙未凑近丁未翔，低声说了些什么。

肖南回一乐，正要凑上前去，随即瞧见车厢内夙未身旁坐着的人，脸上的笑几乎转瞬间便挂不住了。她就说，一个人怎么会坐这么大一辆马车。衣香鬓影，黛眉朱唇，夙未旁边坐着的可不就是那先前救驾有功、获封淑媛的崔星遥吗?

这边还没难受完，方才一直没瞧见人影的车左骑马赶上来，肖南回的脸色就更难看了。

她千算万算也没算到，皇帝竟然将许束调来做了车左。她不信皇帝没想到她与许束之间的恩怨纠葛，只认定对方是故意的，内心将他骂了一百八十回。她再想到前几日自己还抓着对方的小手，肉麻兮兮地说“再见”之类的话，方才竟还对着那张脸颇为心动地神往了一番，就恨不能将自己那不听使唤、胡乱指挥的脑袋剁下来。她总是忘了对方是皇帝，以为他喜欢她，她也喜欢他，事情便能向着令人愉悦的方向发展。然而现实狠狠地给了她一巴掌。

许束的脸色也不好看。他知道车驾里坐在皇帝身边的人是谁。自从崔星遥被选入宫，他就每日都盼着皇帝忘记有这么个人。

其实，若是按照以往，皇帝最多留人在宫中待个十天半个月便会遣出，崔星遥出宫只是早晚的事。可谁知事情的发展早就超出了他的预期，自焦松祭典之后，崔星遥似乎甚得恩宠，已住进离元和殿最近的成昭宫，眼下又跟着圣驾前往春猎，瞧着似有一举栖梧成凰的架势。

肖南回自然瞧见了许束的脸色，余光掠过车帘后的那道倩影，突然想起来这档子事。她在这头眼巴巴地想着车里坐着的皇帝，许束则在另一头想着车里坐着的崔星遥。总之，谁也别好过。这么一想，肖南回的心突然又平衡了。她腿下夹紧，吉祥便快步往前奔去，与许束错开几个身位。吉祥不喜欢许束屁股底下那匹白马，觉得它那清一色的毛丑得很。

方出城行了数里，远处天色便阴沉下来。

暮春之时多雨。眼下天边那片阴云瞧着有半边天那么大。空气中开始浮起一种闷热、潮湿的气息，当中又夹杂着土腥味，让人有些喘不过气。

远处的地平线变得有些灰蒙蒙的，一道骑马的身影由远及近，直奔行路中的车队而来。

丁未翔敏锐地察觉到，眯起眼瞧了瞧，又松了神态，对蛰伏在暗中的黑羽营打了个暗号，那拧紧弓弦的声音蓦地消失了。

约莫半盏茶的工夫，那道身影才行至近前。肖南回惊讶地发现，对方有些面熟，竟是那日她前往梅府拜访时遇见的家仆。

阿楸显然是直奔她而来，碍于礼节只等在数十步开外的地方。

肖南回心下明了，便驱马前去。还没等她客气地询问，对方已言简意赅地开口道："肖姑娘，我家小少爷要我带句话。他在前方三里处的离望亭等你。"

肖南回愣了片刻才反应过来对方所说的小少爷正是夙平川。这倒是有些出乎她的意料。

离望亭就在车队经过的官道旁不远处，来回花不了多少时间。然而，这车队不可能因为她一人掉队而停下等她。

"敢问先生是何事如此着急？我在当值，时间紧，最多也就能抽出一盏茶的工夫。"

"足够了。"阿楸在马背上深深一揖，"多谢姑娘，我这便去回话。"

言罢，阿楸便利落地掉转马头离开了。

肖南回纠结片刻，还是磨磨蹭蹭地凑到那辆马车旁。

丁未翔斜斜地瞥她一眼，重重地咳嗽了一声。

她装作没听见，厚着脸皮直接向车里那位禀报道："陛下，左将军说有要事要同臣——"

她话还没说完，马车里的人便给了回应："去吧。"他说话本来就不带什么情绪，偏偏又只有两个字，教她无论如何也听不出来那语气中是否有些不快或是别的。

他倒是答应得痛快，反倒害她多想。肖南回内心暗骂一声，哼哼唧唧地回道："那臣速去速回。"

她掉转马头，轻叱一声，吉祥便离开车队，向着不远处那道灰蒙蒙的土坡行去。

一直目视前方的丁未翔余光瞥了眼那道身影，眉头微微皱起："陛下，行军途中擅离车队不合规矩。"

车厢里皇帝的声音依旧慢悠悠的："无妨，让她去。"

丁未翔显然对此并不认同："陛下为何不问明她此去所为何事、究竟何事非要此刻一叙、这一叙又要叙多久？"

很快，车厢内便传来皇帝的声音："烜远王府近来琐事众多，左将军想必日后也未必见得有空闲之时，既然再见未有期，又何必吝于眼下这一点儿光景呢？"

丁未翔终于安静下来。

不远处那道身影已经越来越远，模模糊糊的，似乎就要消失在那昏黄的地平线上。

离望亭是昔日守望烽火的瞭望处，经久风吹雨淋，四柱砖石已经斑驳，两侧墙垣也已残败，只留孤零零一座石亭立在土坡上，一入畿辅，抬眼便能望见。

肖南回策马沿着小路一路向前，马蹄扬起的尘土在她身后腾起细烟。远处的那片乌云更近了，空气里最后一缕风也消失不见，四周是骤雨前的寂静。

她一口气奔到亭下，翻身下马，便见夙平川背对着她立在亭中，似乎已经站了很久。他今日没有穿甲，只穿着再普通不过的薄布长衫。

她看惯了他穿着厚重光要甲的样子，眼下见他站在那里才发觉他还是少年身量。风吹起他身上的衣裳，勾勒出的轮廓清瘦得很。

清了清嗓子以示存在，肖南回缓步上前："平川弟找我何事？过一会儿陛下车驾就要走远了，咱们还是长话短说吧。"

夙平川没有回头，依旧站在那里，背挺得很直，头却一直低着："那日你跟我说战后共饮，却一直没有兑现，如今可还算话？"

肖南回恍惚了片刻，这才模模糊糊地想起来，自己似乎在碧疆遇上白允那次突袭前跟他说过类似的话。当时她平弦方断，又才知道白允的存在，事情接二连三地袭来，她哪有什么心思跟他喝酒？往事不过逝去数月，她却觉得仿佛已经过了多年。抿抿嘴角，她点点头："算话。"

夙平川终于抬起头，转过身来，指了指亭中那张石桌旁的石椅，示意她一同坐下。

肖南回这才发现，距离那日家宴不过才几日，他似乎瘦了许多，脸色也不大对劲。

夙平川盯着那石桌上唯一的酒壶，一时无话。

四周的空气潮湿而凝重，像一块打湿的毯子蒙在人身上，令人连呼吸都备受压迫。

肖南回叹口气，猜到对方在为何事难开口："你若是为了薄夫人的事，大可不必自责。以我对你的了解，当然知道那件事跟你无关。况且我并无碍，你当放宽心。"

她知道他的难处，本想再多说几句宽慰的话，可话到嘴边又想起那日皇帝所言，自觉没什么立场去同情一个王府出身的少爷，只能自嘲般笑笑。

夙平川的脸色却一反常态地肃穆。

肖南回从没见过他这样的表情，布满血丝的双眼一瞬不瞬地看着她，眉宇间似有痛和怨，那向来高傲地扬着的下颌长出一层淡青色的胡楂，给这张原本年轻的脸蒙上一层憔悴与愁绪。

"你知道吗？她是我娘过身前便被父王接进府中的。"

她？薄夫人？

"她能进府必然是有些手段的。我娘生性豁达，知她那点儿心思，几乎从不与她有过多来往。但我那时还小，对许多事情都不明白，一度与她走得很近。娘知道了，却从未责怪我，只是自己神伤忧愁，在外人面前也绝不显露一二。那是她的骄傲，也是她被人拿捏、欺辱的把柄。"

肖南回默然。

即便先行的人是梅若骨，薄夫人终究还是输了。肖南回不觉得梅若骨一生凄凉，反而有些羡慕梅若骨。

有关梅若骨的往事，她都是从旁人处听来的，但她愿意相信那个活在旁人记忆中的女子最真实的模样。她已经走了很久，但人们仍对她念念不忘，就如映水重楼一般，即使已经离开枝头很久，香气却依旧萦绕在空气中，没有消散。

“我曾发过誓，定不会要我未来的妻子承受如我母亲一般的忧愁和悲伤。那时候我总是觉得，只要誓言发得够狠，那便一定可以遵守，可长大后才明白，一切不过都是说给自己听的慰藉之言罢了。”夙平川的语气是如此郑重，眼中流露出的情绪更是令她不敢承受。

她并不傻，听得出这话里话外的意思。到了此时此刻，她并不想装傻。

“其实我……并没有怪你。”舔了舔嘴唇，肖南回嘿嘿笑了两声，“要不你就当我还了债？当初在岭西的时候，我还扒过你衣服呢，咱俩算扯平了。”

一提到过去，夙平川的脸上便闪现出短暂的暖色。

那是深秋的碧疆，他出征被俘，困在那茅草搭成的简易牢房里，嘴里塞着两个脏馒头，因为肖南回扒开他的衣襟而气红了眼眶。她让他好好活着，说人活着比什么都重要。那句话，他之后想了很久，最终支撑着他走出了碧疆，或许未来也会支撑着他走到更远的地方。

人的记忆其实是会发生扭曲和改变的吧？不然为何那明明是个寒冷、饥饿的夜晚，他如今想起却总觉得温暖而满足呢？

夙平川的目光落在肖南回手腕上露出一半的铁环上，那抹停在嘴角的笑终究慢慢淡了下去。

她和他之间的回忆可能也就这些了，从今往后，到老到死，他只能靠着这些回忆度日。

那日父亲差人将他关在画居隔壁的院子，直到她离开府上才将他放出来，当时他便知道，他和她之间不会有结果了。便是今日他要与她见这最后一面，也是央求外祖父帮衬，他才得以出府。

他不知道自己为何错过，却已意识到自己错过了什么。

雷声隐隐从遥远的天边传来，跟他沉重的心跳声混作一团，带着一种闷痛。

昔闻离别意，许做天涯客。今知离别苦，难寻梦里人。

夙平川最后深望一眼肖南回的脸庞，一字一顿开口道：“我娘说过，人这一辈子，总要有几句话是当真的，说过便不能轻易反悔。”

肖南回愕然，半晌张了张嘴："你要……跟我说什么？"

"跟你说，我喜欢你。跟你说，我会好好待你，做我的妻可好？"但这些话终究不能说出口，因为他终究做不到。

夙平川拿起桌上的酒壶，缓缓斟上两杯酒。清澈的云叶鲜洒出几滴，似乎是因为那斟酒的手有些颤抖，又兴许只是因为那杯酒斟得太满。

"从今日起，夙平川跟肖南回便是战友、同僚。你若还是右将军，你我便并肩作战；你若入那宫墙之内，你我便遵君臣之礼。"这是说给她的，也是说给他自己的。语毕，他拿起其中一杯酒一饮而尽，放下酒杯的瞬间已然起身，视线离开了她的脸，再没有勇气抬头多看一眼，"以后莫要唤我'平川'了，像最初时那样，叫我'左将军'吧。"

他话音落地的瞬间，第一滴雨水落在这片混沌的大地上。然后是第二滴、第三滴……点落成线，线连成幕，雨水转瞬间便密集起来，在天地间响成一片，诉说着百川之水都从天上来。

夙平川的话音已湮没在嘈嘈雨声中，说完那一句，他便转身急匆匆地冲入雨幕中。

马蹄声渐远，雷声滚滚而来。

肖南回坐在亭子中央，呆呆地望着那个背影离开的方向，许久才木然起身。

吉祥在雨水中不安地刨着地，她走上前牵住它，这才突然发现马鞍上别着一根深绿的梅枝。现在这个季节不会有梅花，有的只是与普通草木无二的绿叶。

夙平川说过要亲自摘映水重楼给肖南回。他永远记得自己的承诺。可承诺许下的时候，梅花已经落了，而等到来年梅花再开的时候，她不会在他身边了。

君心今犹在，付与百川流。

第一百三十章

【雨安】

出了畿辅，一路向西不到百里，便是群山环抱、层峦叠翠的雨安县。

春末的这场雨来得很急，淅淅沥沥，忽大忽小，下了整整三日三夜才渐渐转为牛毛般的细雨。

这是雨安特有的天气，从每年入春到正式入冬，那些南来北往含着水汽的云都会被困在这里，久而久之，这里草木茂盛，森林绵延，所见之飞鸟走兽无不珍奇，吐纳之间无不是灵秀之气。

便是这样一块柔雨细风滋养的土地，如今却已凋敝成墟，昔日城郭被绿苔遮蔽，已窥不见往日繁荣之一二。

雨安，寓为雨水丰沛、长治久安之地。但自十数年前那场叛军之乱过后，雨安已名存实亡，除了比别处更加严密的驻军把守，便只留下那些四季连绵不绝的雨水，还在无声地洗刷着浸透这片土地的血腥。

被雨水浸透的泥土容不下更多的水，官道上积起浅浅的水洼，前行车马轧过，那水洼便成了一道道泥沟，若非官道上掺了鹅卵石，恐怕后行的车轮便要深陷其中。

吉祥的脾气又变得糟糕起来。它讨厌蹄子陷在泥水中的感觉，这令它想起那年前往霍州路上那场冰冷的春雨。

尽管前行的队伍中都是好马好车，雨水也令所有人都落了些脚程。

四周的景致变得模糊起来，前方的天自始至终都是一片望不到尽头的灰色。

自从踏入雨安第一晚，肖南回便从睡梦中疼醒了。起先她以为是梦魇，可喘上几口气后才发现，那疼痛非但没有消散，反而随着她的苏醒更加清晰明了。她的两条腿像被人用木棒痛击过一样，双脚脚踝的关节疼得发冷，那块带着伤疤的皮肤看上去没什么异样，内里却翻搅着疼，一刻不停地折磨着她。那是一种从骨头里透出来的痛，绵绵密密，如影随形，白日行军尚且可以忍受，到了夜半无人的时候，便难以忍受，就连呼吸都会牵动。

那是在碧疆的时候留下的伤。郝白医好了她的筋骨，却医不好那些留在筋骨深处的痛，只要湿气弥漫，便会牵出旧伤。

肖南回明白，这痛可能会伴随她一生。每到阴雨绵绵的季节，它便会找上她，变相地提醒她，那些飘荡在荒蛮之地上空的魂魄并非虚无，埋于百万顷沙土下的尸骨也永不会消失。她终究被改变了，无论是内心还是身体。

她从吉祥背上翻出一只半瘪的酒袋，几口黄酒下肚，腿上的疼这才退了些。她又昏昏沉沉地睡过去，次日破晓时警惕性果然差了些，待到许束那厮都站到跟前才醒过来。

许束的靴子踩在她的衣摆上，靴底还沾着新鲜的马粪。见肖南回抬眼看他，他露出一个故作惊讶的表情："欸，没瞧见肖骖乘在此，实在是不好意思。"

肖南回顿了顿，微微屈起有些疼痛的右腿，猛地一使力，衣摆便从那只靴子下面被抽了出来，一道褐色的印子从官服正中碾过。

好在这骖乘的官服出于骑射奔波的考量，用的是深色耐磨的料子，不离近些，那印子倒不算十分显眼。随手掸了掸上面的泥，肖南回瞥一眼许束那副冷嘲热讽的嘴脸，一声不吭地爬起来。

若是以往，她定要使出扫堂腿，再追加一套拳法，伺候这个讨人嫌的臭小子，可今日许是她精神头差了些，突然就不想搭理对方了。

许束虽然讨厌，但就只是讨厌罢了，比起那要人命的燕紫、阴魂不散的仆呼那、杀人不见血的白允，那可真是……差得远了。

肖南回目不斜视地走到营地旁的小溪前，将那张由讥讽变为意外的脸晾在原地。

许束预想过很多种肖南回可能会有的反应，唯独没有想过会是眼下这一种。他判断眼前的女人可能是在隐忍，于是牵着马跟到了溪流旁。

肖南回蹲在溪流边洗漱，许束就放马在她的上游戏水。她当作看不见，继续吭哧吭哧地洗着脸，依旧半句话也不想跟对方说。

又过了一会儿，许束的声音终于轻飘飘地落下："车右向来是勇力之士，听闻肖骖乘之前受过髑刑，这肩臂恐怕是不中用了，既不能骑射，又如何担得起这职责呢？”

“狗改不了吃屎，许束改不了犯贱。”一句总结性陈词突然飘过脑海，肖南回有点儿想笑，然后当真就笑了出来。

这一笑，彻底激怒了许束。他挑了挑眉，眉角的那道疤跟着扬起，带着一种挑衅的意味：“听闻前几日你在烜远王府又闹出了事端，害得王府二公子被禁了足。原来焦松的事竟还没让你长记性，还是你那好义父攀上旧情人后已经不想管你，任你自生自灭了呢？”

许束从来都知道如何刺痛肖南回的内心。可这一次，他失算了。

肖南回面沉如镜，心如止水，甚至抽空走了神，思索了一番那半袋子黄酒还够她饮几日。

她跟许束斗了这么多年，竟在一夕之间便想明白了许多事。

许束并不恨她，只是瞧不起她。他瞧不起她的出身，瞧不起她的官位，瞧不起她身为女子却要混在行伍之中。

从前她会因为他的寥寥数语而气急败坏，是因为她在心底觉得自己确实不如他，总是急于去证明什么。如今她已不需要，只一个眼神的交错，她便明白，他不过是她穿过三目关时落在身后的一粒沙子罢了。

擦干净脸上的最后一滴水珠，肖南回准备转身离开。

许束还要再多说什么，肖南回突然望向他身后，作势行礼道：“参见崔淑媛。”

许束果然浑身一僵，待他有些忐忑地转过身去，这才发现身后半个鬼影都没有。

常年以此招数捉弄对方的许束没有想到，自己有朝一日竟会被“还治其人之身”。他望着不远处肖南回已经上马离开的潇洒背影，一时竟有些愣怔。她似乎跟从前不大一样了，可又似乎还是老样子。真是令人恼火的一天。

队伍再次起程时，左骖乘的脸色依旧难看，右骖乘却明快了不少，甚至哼起一支小曲。

那曲调是她经常哼起的玄门岭一带的民歌，偏生她只记得一句，便反反复复地哼着，直将许束烦得拍马远离。

午时初刻，行进的队伍终于抵达雨安旧城。

帝王落脚的地方并不在城中，而是选在新建的羽林别苑。此处曾是昔日岳泽军的军营所在，一应建制规划都与军中营地相似，只修葺了几座亭台楼阁、添了些花草山石缓和其冷硬的氛围。

这样的地方，便是对比焦松行宫也多有不足。而肖南回并不认为这一切是安排春猎的官员准备不周的缘故。直到真的踏入羽林别苑的地界，她才明白王驾落脚此处的原因。

羽林别苑并无明显的围墙边界，因此占地甚广，光是周围散落的营地便有十数处之多，攻防设施因常年驻守重兵而甚是牢靠，点连成线、线连成面便是一道无形的围墙，远比目标明显的旧城墙坚固得多。

除此之外，别苑选址也可谓占尽地利之便。雨安本就三面环山，易守难攻，羽林别苑所在之处地势最复杂，偏偏占尽溪流上游，拥有良田万顷，不仅保证了水源安全，还可自给自足，减少物资运输。

这一切都依仗当年岳泽军的选址。

天成四军各有所长，肃北善骑，光要善甲，雁翅善刀，黑羽善射。而曾经的天成原本是有第五军的。“岳泽”二字足以概括这支曾经的隐秘军队，起战时善勘山河地脉，选天险关要作为据点，休战时则善兴水利土木，可以朝夕之间起城池、产粮草，是一支人数不多却至关重要的队伍。这样一支军队却在当年白氏叛乱之时悉数反叛，带着无上荣光的“岳泽”二字自此蒙尘。

第二日傍晚时分，春猎的队伍正式抵达别苑中心地带。

雨水不断，天色阴沉，黄昏时便已不见天光，别苑特有的石头墙在暮色中变得如同远山一般模糊。

赶路大半日，肖南回的腿又开始隐隐作痛。她如今有些摸清这疼痛袭来的规律了，大抵是白日好些，夜晚加重，逢阴雨天气便发作得厉害。

过门阙的时候，按规矩，所有人必须下马。肖南回下马的时候，不听使唤的脚踝令她踉跄了一下。她赶紧偷偷四处张望，见似乎无人注意到自己才微微松口气。

骖乘下马险些摔倒，这等丢脸的事要是传回军中，她便是哪个营也待不下去了。然而就在她调整好姿态的下一瞬，皇帝的声音便在身后响起：“雨天路滑，肖骖乘的靴子不大顶用，晚些时候来院里换一双吧。”

肖南回调整好姿势转过头去，便看见他已离开马车，坐上步辇，跟崔星遥一起走远。

她眨眨眼，实在搞不清对方是真的要她去换靴子还是只是打趣了她一句。她想追上去为自己找补两句，抬脚便踩进一摊稀泥，转头又对上丁未翔那无处不在的目光，心烦之下最终只得作罢。

沾了泥的靴子变得很重，她每走一步都坠得腿更痛。或许老天都在提醒她，记得自己站在泥水中的命运，莫要贪图不属于自己的东西。

肖南回狠狠地跺了两下脚，那摊烂泥却像长在她脚上一样纹丝不动。她怒从中来，不等许束凑上来奚落，干脆解了绑腿，一把将那只靴子拽了下来，不管许束那不加掩饰的目光，赤着一只脚，一瘸一拐地向前走去。

队列中文臣武将加在一起不到百人，大都轻装简行，无人敢在此时撑排场。可肖南回留意过这长长的车队，除去王驾四周的布排，随行的车马似乎有千百之多。先前驻站休整的时候，那些人似乎从不走出马车，等到了雨安，又一起消失在羽林别苑中。

羽林别苑一眼望不到尽头，像一个口深不见底的布袋子，不论多少人进入其中，都能转瞬间隐去踪迹。

别苑各院形制如同“回”字，无偏正之别，无前后左右之分，无数个“回”字院又以“品”字相接，四方通达又相互遮应。

随行的文臣武将及随从被分散在别苑各处，以亲疏、文武、官阶、于春猎中所扮演的角色等作为划分原则，数十内侍带领数百宫人分头行动，足足花了两三个时辰才将这一干人等安排妥当。

院子里最后一盏烛火熄灭的时候已是子夜时分。换了一双轻软的布鞋，肖南回摸黑出了院子。

临出发前一晚，她回侯府特意路经黑羽营暗营的时候遇到了鹿松平。春猎之行，鹿松平作为黑羽营领头人，必定会负责行进队伍以及雨安别苑的安全问题，而她若想知道随行队伍中有没有她要找的那个人，最好的接触对象就是鹿松平。

鹿松平不是个好糊弄的人，她本已做好了十足的准备去应对，他却几乎没说几句便告知了她想要的答案。

是的，宗颙会随王驾车队一同前往雨安。得知这个消息的一刻，肖南回心底突然生出一种预感，她一直以来追寻的那个答案就要在雨安有个了结。

出发后，她一路上都在寻找机会。白日里，她身为骖乘，不宜离开王驾附近太久，只得先寻机会在各路车马的车辙上用白灰做印记，等到入驻别苑，夜深人静后再溜出去。

拖着有些疼痛的双腿，肖南回勉强翻出青苔滑腻的院墙。她摸索着先前留下标记的车辙印记“挨门挨户”地去找，希望能在天亮前找到宗颢所在的院子。

夜晚的雨安空气中有种奇妙的气味，像混合了上百种花果的香气，又掺杂了无数死亡昆虫、草木的腐朽味。肖南回的鼻子又开始有些痒痒，她将颈巾拉高些，遮住口鼻，沿着湿滑的石阶向远处摸去。

阴雨天气，月隐星稀，那些古老的石头房子随着温度的降低而变得冰冷，羽林别苑中起了雾。此处地势平坦，略有起伏，雾气游走间，令人恍然不知身在何处，就连四周的石头院墙也都一模一样，分不出前后左右。

肖南回又探了半炷香的时间便不敢再走，心下不禁暗叹岳泽布阵之高明。莫说她眼下害怕暴露而没有点灯，就算点了灯，恐怕在这迷魂阵当中也讨不了什么好处。

就在她要转身沿着来时的路打道回府的时候，一阵响动从她右前方不远处的那团雾气中传来。

肖南回有些紧张，担心自己“夜游”一事教人发觉。可她细细一分辨，那响动又有些不同寻常，前后一共四下，都是同样轻重，不像人走动发出的声响，倒像牛马之类的四蹄牲畜移动的声音。是哪位将军的坐骑没拴好，跑出来了吗?

牺牲了睡觉的时间，又拖着两条病腿，肖南回其实并不想管这档子闲事。但转而想到若是吉祥跑丢了，她恐怕要担心得坐不住，于是又掉转方向，向着声响传来的方向走去。

她走了数十步，眼前的雾稀薄了些，露出一小块柔软的草甸。几个模模糊糊的影子在其上踱着步，偶尔夹杂着几声鼻息。是鹿群。

肖南回松了口气。可紧接着，她便意识到了什么，有些不可思议地顺着鹿群的方向朝前望去。

鹿群正中站着一个人。他依旧是那身褐衣，因为立在那里一动不动，好似一棵枯败的老木，与那些不知生长了几百年的古树融为一体。两只身体雪白、冠羽赤红色的凤鸟正立在他肩上，他手中抱着两捆青麦，几只幼鹿争相抢着吃食，欢快地摇着尾巴。好一幅饲羽放鹿图。

谁又能想到眼前的人会是昔日先帝身边手段狠辣的影子侍卫呢?

第一百三十一章

天绶

习武者大都周身自带压迫感。杀数人者，眉眼带煞。杀百人者，百步之外，无人敢近身。又有武集大成者，杀气内敛，气质与常人无异，却能在顷刻间教人毙命。

宗颢无疑属于那第三类。

就像此刻，肖南回完全感受不到那日她在烜远王府后院见识到的那股杀气，仿佛眼前站着的就是一名普通老者。他看上去那么衰老、脆弱、平和无害，就连最胆小的幼鹿、最难给予信任的凤鸟都愿意与他亲近。

她向前迈了一步，靴底压断新草柔软的腰身，发出细微的咯吱声。

那几只幼鹿惊觉，立起耳朵，竖起脑袋，转身逃入漆黑的灌木丛，那两只凤鸟也振羽而飞，两个白点转瞬便被夜色吞没。

"鸟兽皆有灵性，肖姑娘可也以为如此？"他说话的时候并没有转身，却已识得来人的身份。

肖南回有些犹豫要如何开场，但很快便决定收起自己打了无数版本的腹稿，单刀直入，开门见山。他既已知她身份，如若当年那件事真的跟他有关，他又岂会不知她为何而来？

"扰了先生清净，还请先生见谅。"她恭谨行礼，姿态放得很低，"晚辈有一事不解，想在先生这里寻个答案。"

宗颢不语，只低头将散落的青麦一一拾起。他佝偻着身子，动作也有些滞缓，手在地上摸索一阵，才拾起一小束。

那青麦是新出的，又细又软，混在草丛里，便是在白日里也不好一根一根挑出来。这是要捡到猴年马月去呢？

肖南回叹口气，下意识上前帮手，拾了几根才发现，老者正死死盯着她。她有些尴尬地顿了顿，还是将手中的那一小捆青麦交到对方手上。

“这儿黑，我怕先生眼神不够用——”她话说到一半，突然觉得欠妥，又赶紧收住话头，有些手足无措地立在那里。

半晌，宗颢突然咧嘴笑了笑。这是他这么久以来第一次露出这种表情。但那笑转瞬即逝，随即变成一种略带嘲讽又讳莫如深的样子。

“原来这便是你能在他身边的缘故。”

肖南回以为自己听错了，待要再追问什么的时候，对方却先她一步开口：“我问你一个问题，你若答得出，我便回答你的问题。若是答不出，你便永远不得再问。”

肖南回沉吟片刻，觉得自己并没有讨价还价的余地，于是点点头：“好。”

“青麦脆嫩，而苹草干涩，这原野中的鹿群今夜尝过青麦的滋味，可还会为苹草多停留半刻？”

这问题问得古怪，肖南回却在认真思考，半晌坚定道：“会。”

老者目光如炬，声音沉稳：“为何？”

“因为鹿群有求生的本能。荒原中，青麦寥寥，苹草却众多。青麦味好不假，苹草却能果腹。便是一日不食、两日不食，到了第三日，也会为苹草驻足。”

宗颢点点头，眼神中却无半分赞许之意：“姑娘所言甚是通透，只望今后也如今夜这般警醒。”

对方话里有话，肖南回却不想深究：“虽然不知先生言下何意，但我自幼习武，习武之人向来警醒。这一点，先生再清楚不过。”

面对她的“反击”，宗颢倒是没有露出不悦的神色，语气中多了些无悲无喜的劝诫之意：“身在局外时的警醒，身在局中便难维系。苹草之于鹿群而言，不过是因老夫的出现而带来的一场虚妄罢了，久久不忘便是深陷泥潭。正如有些人对姑娘而言，也只是因缘际会下的一场大梦，耽于其中便是作茧自缚。你可知晓？”

如果说先前还有些云里雾里，听到他的这番话，肖南回便有些明白了。宗颢说的“有些人”或许是指皇帝。可不知为何，意识到这一点的那一刻，她并没有多么心虚或害怕。相反，她还有些想乐。想她孤女出身、无官无名，竟能让宗颢这般人物对自己说出这番话，或许她的存在感并没有自己想象中的那么低。

"先生的话，我记下了。现在换我问先生。"她顿了顿，尽量平静道，"敢问先生手中旌幡上的带子……是何来历？"

宗颢的神情变了，他仍在细细梳理着手中的麦草，整个人却仿佛那日出现在王府后院时那般令人不敢靠近。

就在肖南回以为自己不会得到想要的答案时，对方终于开口了："这不是普通的带子，而是古时卜筮天象时用来记载预言的织锦。经天纬地，天机化作经、纬二线编织成锦，留作他日应验之考，非其宗族中人不得解读。而其中最重要的一则预言会被系在国玺上，名唤天绶。"他停顿片刻，声音渐渐沉下来，"老夫行走半生，天下预言，尽收于此，唯有一条，不知所终。"

肖南回的心咯噔一声重重地跳了跳。她觉得她知道那一条织锦在哪儿。勉强稳住心神，她尽量不暴露自己当下的情绪，又追问道："先生为何要收尽这天下预言？"

这一回，对方没有正面回答她："这是第二个问题了。"宗颢的目光透过深沉的夜色向她投来，带着令人几乎无法承受的压迫感。

但肖南回没有退缩，她突然有了一种不怕死的劲头。那个答案可能就在她面前，她不能退缩。因为这一退，她便可能再无机会知晓答案，因而后悔一生。舔了舔干燥的嘴唇，她轻声道："先生刚刚也问了我两个问题。"

空气有一瞬间的凝滞，晚风在这一刻停歇，夜枭敛羽，百虫屏息。

半晌，对方终于轻笑一声，那笑声空洞、乏力，在没有边际的雾气中扩散开来："因为这世间本无预言，有的只是虚妄无常与人心之丑恶。"

肖南回握紧的掌心沁出汗来："既是妄言，又何必顾及？待时机到了，妄言自破。"

"预言道，山中有猛虎，群情慑然，为防虎患，彻夜击铁做杵，金鸣声敲山震虎，虎入村中食人。敢问姑娘，究竟是预言成谶还是预言指引一切走向了其将发展的方向呢？"

肖南回哑然。这是一道无解的问题，无人能给出答案，无人能证实答案。

"姑娘不答，那老夫就再多一问，你对这带子如此感兴趣，可是曾经在哪里见过？"

来了，她一直回避的事情还是来了。肖南回轻轻摇头，将在内心排练过无数次的话说出口："未曾。那日在王府接受赐福时是第一次见呢。"她不善说谎，几乎是说完的一瞬间心便加速跳动起来。

他蹒跚着向她走近几步，她几乎能看到他银色的发须在无风自动。

“赐福礼不过一个起落的工夫，肖姑娘倒是记得清楚。”

听闻武功造诣达到一定高度的人，可以在十数步之外听见一个人的心跳声、看清一个人瞳孔的缩放，更可依此来判断一个人是否说谎、是否慌张。

宗颢的脚步停住了，随即，整个人周身的气场都变得不同起来。空气中像由他为圆心，张开了一张无形的网，而她就在这张网下，即将无所遁形，无处可逃。额角的汗滑下，她不敢去擦。莫说她现在只有靴筒里的一把匕首，便是平弦仍在，她也不是眼前人的对手。她不该估计自己有几分胜算，而该估计自己有几分活命的机会。

她该开口说点儿什么，可那股迫人的压迫感令她的嘴仿佛被粘上一般，怎么也张不开。

咯，一声咳嗽从两人身后的雾气中传来，带着几分不加掩饰的疲惫。

“肖骖乘。”

听闻这三个字，肖南回狂跳不止的心突然就平静下来。随之，那股骇人的杀气也消失不见，难觅踪迹。

“教你来院中换靴，为何不来？”

皇帝的声音又近了些，因为他不是习武之人，就连脚步一深一浅地起落，她都听得一清二楚。宗颢再如何怀疑她，总不至于当着皇帝的面让她血溅当场吧？

肖南回终于慢慢将视线移开，转过头去的瞬间便见到皇帝穿过雾气向她走来。他似乎是临时起意，出来得有些匆忙，披风下隐约只着了件薄衫，冠也没有戴。

“臣参见陛下，不知陛下在此，多有冒犯。臣是夜长梦多，睡不着出来闲逛，不想竟在此处碰上——”

她说到一半，用余光瞥向一旁，却突然发现周围早已光秃秃一片，哪里还有那褐衣老者的影子？人呢？

“怎么，此处方才还有别人？”

这么说，她跟宗颢方才的那番话，他没听到？

“没……没有。”她下意识便想否认，“就臣一个人。臣是说，没想到竟会在此处碰上陛下。”她如今这随机应变的能力大有长进，竟能将这胡话扯得这样圆满。

“肖卿说谎的样子甚是蹩脚。”

这人怎么净拆她的台？肖南回脸色滞了滞，嘴角也塌了下去：“是宗先生，不知怎的，突然就又不见了。”

夙未嘴角微微勾起，竟有几分嘲讽的意味：“他欠了债，自然没脸见孤。”

言罢，他便转身离开。肖南回见状连忙跟了上去。她可不想留在原地等着宗颢去而复返。

她再次踏上湿滑的石阶，方才的雾气似乎稀薄了些。各院檐角点缀着的琉璃灯在四周照出一团一团的光斑。

夙未在前，肖南回在后。他走得不快，她也不敢越过前行。

他对这里的布局似乎很熟悉，遇到岔路几乎毫不犹豫便能择路而行。她有些好奇：“陛下先前来过这里？”

“没有。”

“那这路……怎么这样熟悉？”

“走过一遍，自然记得。”

走过一遍就能记得？肖南回有些咋舌，即使说这话的是眼前人，也教她从心底生出几分不信。

“这里的石墙石阶都是一个模样，院落规制也都一般大小，陛下又是如何分辨的？”

“观察。”他顿了顿，突然停住脚步，转过身来，“即便是同一样事物，仔细观察便会发现，它每日每夜、每时每刻，哪怕每个瞬间，都是不同的。”

对方这突然一停，她脚下便有些慌乱。已被水汽打湿的鞋底湿滑不堪，加上她不大中用的腿，竟让向来下盘稳健的她一个踉跄，栽在他背上。她的手下意识地一抓，正好抓在他的腰带上。然而还没等她从这令人尴尬的姿势中回过神来，他的声音又好死不死地响了起来：“就拿肖骖乘来说，今晚许是吃了半斤切饼、饮了二两黄酒。”

意识到对方话里的意味，肖南回脸一红，连忙捂着嘴直起身子，对方却是一副无事发生的样子指了指正对的院子：“到了。”

她顾不得多看两眼，连忙行了个礼：“夜已深，臣就先退下了。”

说完，她不敢看他的脸色，火急火燎地快走几步，到那院门前用力一推。

欸？怎么推不动？她离开的时候发觉那院墙太过湿滑，明明留了门，难不成是哪个起夜的不长眼，将这门又给锁上了？

输什么也不能输气势。肖南回转头露出一个“尽在掌握”的微笑，随即提起一口气走到一旁，撸胳膊挽袖子，准备爬墙。

“你就这么迫不及待，要爬孤的墙头吗？”

肖南回的动作停住，她浑身僵硬地收回已经抬高一半的腿。咽了咽口水，她仔细瞅了瞅那院门和院墙。这院子跟她住的院子一模一样，可墙上并没有她离开时做的标记。

这确实不是她的院子。这当然不是她的院子，因为这是他住的地方。

原来皇帝住的院子从外面看也跟其他院落没有分别，若是真有人想要行刺杀之举，恐怕也不是易事。只是……这么大个院子，里面究竟住了几个人呢？从前他住的地方只有丁未翔和单将飞，可眼下这身边多了一位美人相伴，不好说是不是会相伴长夜呢。

这问题一冒头，她瞬间便止不住地又生出好些问题。他们是睡在两间屋子里还是一间屋子里呢？是睡在两张床上还是一张床上呢？是会睡觉呢，还是……

肖南回打了个嗝。消化不良的切饼混合着黄酒的味道冲出鼻腔，令她自己都嫌弃自己。

就这么一瞬间，她身上一直绷着的劲突然松了，大腿外侧连着膝盖一起不听使唤地抖起来。几口黄酒再压不住，那种透骨的疼终于翻腾上来。她疼得厉害，偏生还要忍着，做出一副泰然自若的样子。她可不能让那崔星遥隔着墙看了笑话，说她混过三个大营却是个连站都站不稳的软脚虾。

“臣方才只是试试这墙牢不牢靠。陛下的院子里想必还有旁人等着，良辰美景在前，臣就不叨扰了——”

“院中有何人？又有何良辰美景？”

皇帝明知故问，难道还要她厚着脸皮说出“春宵一刻值千金”这种违心话？

她吭哧了一会儿，还没等她想好怎么接这令人难堪的话茬，对方的声音又响了起来：“墙都爬过了，现在想走，晚了。”

第一百三十二章

温存

雨安没有风，风到了这里便平缓下来，化作一声叹息，消散在雨雾中。

没有风，便送不走那些挤出雨水的云团。细雨夹杂着雾气在这里越积越多，越积越浓，直到将一切都吞没在虚无之中。

自古以来，爱侍弄花草的人都愿意定居在雨安，无数奇珍异草的种子在这里落地生根，哪怕是最娇弱的花朵、最细软的兰草，也能被这里的水土轻柔地呵护着生长。

晨起时，爱花的人会坐在院子里沏上一壶新茶，边嗅花香茶香边听雾气凝结成的水珠自叶尖滴落的声音。

若有一个院子中没有花朵，那一定不是雨安的院子。

可眼下这个院子偏偏就是如此，这里没有一朵花、一棵树、一座假山、一处造景，只有无处不在的石子和无边无际的竹海。

肖南回知道为什么。石子细碎铺于足下，竹叶粗糙，沙沙作响，便是再细小的动作、再轻微的一阵扰动，也难逃顶尖弓箭手的耳朵。

肖南回望着这光秃秃、空落落的院子，百思不得其解。那传说中的黑羽暗卫究竟都藏身在何处，此时此刻又是否正目不转睛地看着她和皇帝，并打算这一夜就这么看下去？

她站在古旧的影壁前，廊间烛火将她的影子投在饰有曼陀罗枝蔓的珠帘上，毫无真实感。她仍不能接受自己竟然真的进了这院子。

她只记得他们两个僵持在院门口，然后皇帝说了“夜已深，各院都有禁制，出来容易回去难”之类冠冕堂皇的话，她还没来得及给出个有力驳斥的理由，便被他牵着进来了。

她这双手可是能拽动一头犁地黄牛、两匹高原烈马、三五披甲勇士的，就这么被他轻轻一牵，随意带去哪里都由不得她。她不愿意承认自己的柔顺，只拼命说服自己，只是腿疼得厉害，不想再翻墙罢了。可眼下站在他就寝的屋子前，她才觉得，她还是应该回去翻墙。

"你还要在那里站多久？"

她茫然地抬头，正对上他有些不满的眼神。紧接着，手上传来一股拉力，就这么被轻轻一拽，她又往前跨了一步，迈进了那间屋子。

屋子里没有人，既没有丁未翔，也没有崔星遥。肖南回深深地松了一口气。

眼下已是深春，晚间若是无风，便连厚些的被子也盖不住，这间屋子却有一丝阴气，大抵是那石头垒成的四壁吸收了太多阴寒湿气的缘故。

曼陀罗缠枝状的宫灯光亮微弱而暧昧，像龙宫里的夜明珠，只照亮了四角生着火的铜丝炭盆。那炭盆是为驱除湿气摆着的，此刻散发的热度跟四周那股阴气交替涌来，教人平白生出一种躁动不安。

因为先前在外的一番走动，她那双薄底的软鞋已经湿透了，身上的衣服也因为细雨而半潮。方才她还没什么感觉，眼下四周温度升起来，她便觉得周身都湿腻难受起来，恨不能立刻脱个痛快。

她是如此想的，这屋子的主人也是如此想的。她一愣神的工夫，他已经除了靴、解了腰带、宽了外裳、散了长发，一口气吹熄了最大的两盏宫灯。

肖南回大惊失色。

"陛……陛下……"她有些结巴地求证着，"不是说好了只是换双靴子——"

"什么靴子？"他失忆了？

"就……就湿了的靴子。"

"靴子？"他轻轻从鼻间哼出一个音，意味深长地望向她，"孤觉得，你似乎不只是湿了一双靴子。"

这话听着怎么有点儿耍无赖的意味？湿了鞋还可以换一双，湿了衣服难道要在这里换衣服不成？她的脚趾不自觉地蜷缩，在鞋底抓出一摊水，她抬眼怯怯地望了望那道珠帘后的人影。

昏暗的光线下，那张平日里寡淡得毫无情绪的脸突然便活色生香起来。他坐在那张过于宽敞的床榻前，慵懒地向她招了招手："近前来。"

肖南回没动，口中却不自觉地吞了吞口水。她觉得自己像闯入了志怪小说的穷书生，眼下正对着一只化了人形的什么精怪，内心上演着理智与欲望的天人交战。

那“精怪”见她不为所动，突然便从床边站了起来，向她走来。

这一下才真教肖南回如临大敌。

这是什么精怪，竟能修出半妖半仙的气质？

他除了冠、散了发，看起来比平日里年轻许多。他披着那件朴素的毫无装饰的丝麻中衣，赤着脚向她走来，像化身为那高山云深处的采药少年，平日里总带着几分久不见人的疏离，一闻人声，眼底便又透出些炘热的光。

墨玉珠帘被撩动，发出细碎的敲击声。

肖南回挪着自己的脚后跟，想要远离这个令自己“心摇摇如悬旌”的人。可还没等她在地上踩出几个后退的湿脚印，他已经到了她面前：“原来是不愿自己走过去吗？”

什么？她不愿什么？肖南回的思绪断在这一刻，下一瞬他一手揽上她的腰窝，一手横在她腿弯前，再往上一用力，她整个人便跌在他的怀抱里。

感受到清冷的气息、温暖的身体，一瞬间，她仿佛回到了那一夜的雪迷殿。

他转身，雕花宫灯映出的光影便在她头顶旋转、绽放，像那一夜雪迷殿上盛开的兰花。

她开始有些熟悉这种感觉，熟悉之后，便又生出依恋。

几步之后，他便将她放在床上。

她还有些晕晕乎乎，可屁股一挨床，她瞬间便清醒了几分，顾不得姿势难看，她手脚并用连滚带爬就要翻下床去。

见她一副“壮士断腕、烈女投江”的架势，他没有阻拦，只伸出两根手指，准确无误地捏住她后腰草草系着的结扣。

一阵布料摩擦的声响传来，肖南回只觉得腰间一松，随即那件湿答答的外衣便不受控制地坠落在地上，只剩两根摇摇欲坠的系带还在帮她维持着最后的体面。

“你是想就这么出去，赌一赌这三更半夜的是否会有人起夜撞见什么奇怪的景象，还是乖乖回到这张床上，让孤看一看你的腿？”

论行事不要脸的程度，她向来是比不过他的。

她的两只手和一条腿已经着地，只有半条腿还搭在床上，她愣是凭借多年锻炼出的一副好身体，在地面和床榻间维持着这诡异的平衡。她感觉自己好像一只踩球踩歪了的石狮子，姿态不雅又动弹不得。

终于，一只手扶上她的后腰，大发慈悲地将她捞回了床上。

她不敢抬头看他，只搜肠刮肚地想着怎样才能于方寸之地制敌却不伤敌。可还没等她摆出什么高明的阵法，对方的声音便悠悠响起：“肖卿再动，孤便当你是在学那些欲拒还迎的小把戏。”

说话间，他的手已握住了她的小腿。

她本能地挣了两下，对方指下微微用力，她便疼得浑身一抖。饶是如此，她也没有发出一点儿声响，腿上别着一股劲，一副视死如归的样子同他对峙着，也不知是在坚持什么。

他终究不忍心，松了力道：“这么个疼法，光喝酒可是不管用的。”

腿上的压迫感一离开，肖南回半边身子就瘫软下来，整个人缩成一团。

那人似乎暂且饶过了她，拿起一旁的紫陶手炉，将上面一直温着的瓷钵扭开，用指腹蘸起一团莹白的药膏。

她趁着这空当喘口气，终于缓过神来，突然觉得有些丢脸。她以为自己一路掩藏得还不错，骗得过敌人，也骗得过自己人，至少许束没有察觉，肖准也没有察觉。

“陛下是怎么知道——”她话说了一半，便被腿上传来的感觉打断了。他的手方才离开暖炉，带着烫人的温度，蘸了药膏贴在她脚踝的皮肤上，令她说不出来地舒服。

“郝白医术是不错的，但到底还是年轻些，只知医症，不知医人。伏骨针用得出神入化，却连一服驱寒固本的药都没给你用过。”

伏骨针？肖南回愕然。他怎么会知道郝白医她腿的事？对其中细节甚至比她还清楚。

眼前浮现出当日那江湖郎中受尽委屈、有苦说不出的样子，她突然明白过来。难道说……

“当时郝白会出现在碧疆是陛下的意思？”

“孤去了也没用，不如让他走一趟。”他低垂的眉眼近在咫尺，一片坦然，“伏骨针性寒，多多少少会加剧骨痛。但不用伏骨针，你这腿八成会废掉。”

在霍州的时候，她记得郝白是如何处置那偷走伏骨针的家贼的。那般珍贵的东西，他竟舍得用在她身上，想来也是迫于某人的淫威。比起不能走、不能跑、不能跳，她突然觉得这种痛没那么难以忍受了。

“反正下雨天才会疼，倒不算太坏。”她咧嘴笑了笑。

对面人的表情却淡了下去：“你倒是能忍。孤废了你的手臂，你也是这样忍过来的吗？”

肖南回僵住，视线不自觉地挪开。她不知对方好端端的为何突然提起之前的糟心事，又进而发现不过短短数月，她竟然已经将那件事模糊处理，填埋在心底。

“你可以恨孤。”他的声音又近了些，带着惑人的气息逼近，“如果爱令你止步不前，那我们就从恨开始吧。”

那声音还未落地，炽热便落在她的额间。传闻中，神明便是以这样的姿态亲近它的子民的。

额间的吻应当是不带任何情欲色彩、神圣而虔诚的，此时此刻，眼前的人却将这一切都颠覆了。

他的气息很热，气味却很冷，动作很慢，却极尽缠绵。从额间到鼻梁、耳畔、颈边，他像要用唇尖上那点儿血肉将她碾碎、吞噬，她甚至能感受到自己颈间跳动奔涌的血流随着他的动作而变得轰隆作响，直冲头顶。

最后，他的唇停留在她的唇边，因摩擦而升温的皮肤紧贴着彼此，等她反应过来时才发现，自己已经和他交颈而卧，抱作一团。

她的里衣散了一半，他身上却依旧整齐。他定定地望着她，许久才垂下眼帘，慢条斯理地解开自己的衣襟。

肖南回刚刚平复些许的呼吸再次急促起来。她突然发现，自己已任他摆布了很久，甚至不由自主地回应着。她中了一种说不清道不明的蛊，不论他做什么，她都不会反抗。她心跳如擂鼓地看着他的动作，直到他的双手轻轻握住她的脚踝，将它们交叠着放在心口。

“孤的手向来偏冷，就只有心口算是热的。这身子也不及你们习武人强健，你若不想摊上弑君的罪名，最好不要乱动。”

肖南回的思绪停滞了，过了片刻，她才有些回过神来，回神之后想起的第一件事却是，他说得没错。他的手不温暖，心口却是热的。

足下传来源源不断的热度，而他的心就在其中跳动。她这踏过天成无数黄沙泥土的双足，眼下就踏在天成帝王的心口。

他微微合拢衣襟，将她的双腿都裹在其中：“靴子的事确实只是借口，不过是想让你睡得踏实些罢了。”

不知是那药膏抑或是那份温热起了作用，她双腿上的隐痛渐渐平复，她的心跳也随之放缓，眼眶却不由自主地酸涩起来。

过往无数个被伤痛折磨的深夜里，她不是没有幻想过能拥有一个可以依偎温存的怀抱，但她从来都只是想想罢了。

不要奢求太多，是她快乐的法则。一旦打破这个法则，她便会坠入渴求而不得的深渊，永世不得翻身。

宗颢的话就在耳边回响，可她已经听不进去了，她此刻已在深渊之中。

不敢让眼前的人察觉自己的情绪，她强忍了一会儿鼻酸，没有发出一点儿声响。随即，她缩了缩身子，整个人便靠在他怀里。

不知过了多久，他的手轻轻抚着她的背：“睡吧，睡着了就不疼了。”

轻轻合上眼的那一刻，她忍了很久的泪还是落了下来。

第一百三十三章

夜话

自古文人墨客都喜欢描绘时间流逝的声音——草枯荣、月盈缺、雁子南去、大江东流。这些词句，肖南回以前从未放在心上过，但此时此刻，她突然觉得这些词句是那样生动与贴切。

大半个时辰过去了，窗外的雨停了，月亮出来了一会儿又隐入阴云里，她一直睁着眼，几乎一动未动。

她侧卧在织有满地云纹的偌大床榻上，视线的近处是他微微起伏的胸口，远处是边际模糊的黑暗。耳边是他清浅的呼吸，夹杂着房间中炭盆燃烧的声响，反而将夜衬托得很静、很长。如果时间的流逝真的有声响，那便是如此了。

被压在身下的手臂有些酸麻，她也不敢动。她束发的簪子不知去了哪里，散了的发尾同皇帝枕边的青丝纠缠在一起，给人分也分不开、理也理不清的感觉。

皮肤上传来的热度有种令人心安的力量，腿上的疼痛感退去，从阙城出发后一路奔袭的疲惫感又涌上来。但她根本睡不着，她不困，她不想闭上眼睛。她不愿意浪费躺在他身边的一时一刻，哪怕一个瞬间，她也不想错过。可惜，他睡觉的样子实在太过端正，常人即便是清醒着也很难维持一个姿势这么久。怎么会有人连睡觉都是一副挑不出错的样子呢？

肖南回眯起眼又仔细打量了一番，终于在他的额角发现了一根偷跑出来的发丝。

她悄悄腾出一只手，她的手指蠢蠢欲动地靠近，方才要碰到那根头发的时候，那人却突然开了口："不睡吗？"

她吓了一跳，拿出了平生最快的速度将手缩了回来，又此地无银三百两地将手藏到脑袋下面。

她不知道他是什么时候醒的，甚至不确定方才他是不是睡着了。忐忑地观察了一会儿，她还是老实答道："睡不着。"

他似乎在黑暗中笑了笑，声音很轻："两个时辰过后，想睡便没那么容易了。"

两个时辰后，天一亮，天子囿开，春猎便要正式开始了。而依照皇家制度，春猎一旦开始，便要持续两天一夜，负责围猎的驺虞会彻夜驱赶囿中猎物，并于次日太阳下山前清点各方所获，胜者可得帝王亲赏，赏金是实打实的金子。

欸，多好的赚钱机会。她此时本应该好好养精蓄锐，明天多猎几只獐子，而不是在这里耽于美色、虚耗时光。她挤出一个笑，笑中有几分勉强："没事，我不困。"

"是吗？"那人语气中似乎有些真实的疑惑，随即他又沉吟一番，"肖卿精力如此旺盛，只是睡觉确实有些可惜。"

嗯？肖南回的脑海中突然出现了一些奇怪的画面。她一边暗骂姚易那色坯从小便给她些乱七八糟的书荼毒她的思想，一边拼命回想白日里许束那张欠揍的脸和他那匹非常能拉屎的马。终于，她狂跳的心平复了下来，就差念上一句佛号来终结杂念。

那人见她许久没有回话，又开口问道："怎么，不愿同孤秉烛夜谈吗？"

原来……只是聊天。肖南回尴尬地往被子里缩了缩。

夙未撑起一条胳膊，手指轻轻支着额角，半垂下眼帘看着她："还是……你想做点儿别的？"

不！当然不是！她瞬间陷入一种慌不择路的状态，眼神瞥过那人手腕上的东西，终于抓住救命稻草一般飞快地开口道："那个……陛下手上的佛珠是何来历？"

她太着急了，以至语气急促而奔放，哪里像在跟皇帝讲话？她还叫他陛下，但他们之间的君臣之礼早就被丢到九霄云外了。

空气安静了一会儿，他的声音才响起："你可知一空师承何人？"

肖南回摇摇头，面露疑惑："他还有师父？不是传闻他是从泊玉海中踏水而来的奇人吗？"

夙未嘴角勾起嘲讽的弧度，脑海中闪过那和尚要香火钱时卖力的样子，再看看眼前的女子认真中透出几分单纯的脸，他还是决定将那和尚的恶劣行径先放一放："一空师承无皿，而无皿曾是孤的老师。真要论起来，一空与孤算佛门中的师兄弟。无皿大师圆寂前赠予孤十八枚舍利子，分别来自十八名得道高僧，加上他圆寂后的三枚，总共是二十一枚佛骨舍利。"

她没想到他会答她，更没想到他会答得如此详细。

那串舍利子一看便非常珍贵，来历必然不同凡响。而先前在别梦窟的遭遇也使得她隐隐猜到，那佛珠对他而言意义非常。只是……

"为何……要送舍利子呢？"

他停顿了片刻，不答反问："依你推断，这佛珠有何用意？"

咽了咽口水，她老老实实地回道："其实，我先前一直以为……以为陛下是活佛转世……"她的声音越来越小，整张脸深深埋了下去，只露出头顶。

他盯着那新长出几簇杂毛的头顶瞧了一会儿，突然笑出了声。

她被他笑得不自在，有些忐忑又有些恼怒："有……有甚好笑？"

他终于收了笑，但尾音仍带一点儿笑意："经历过别梦窟里的事，是佛是魔，孤以为你应该早有定论了。"

见到他那般模样仍没有逃开的人，除了无皿，她便是唯一一个。

"当时的陛下不是陛下。"她语气中带着几分自说自话的固执，神情却是认真的。

她总是这样，认定了便很难回头。可他偏偏忍不住要去试探，试探她的心是否坚固。

"你怎知那时的孤不是孤本来的样子呢？"他的声音恢复了冷静自持，像言语中所提及的人并不是自己一般，"无皿是云游僧，入灭前行走天下，除一只铜碗外，身边再无他物。他本已身在世外，竟能费尽心思、苦苦求索，最终凑出这一串佛珠，你以为他只是为了成全与孤的师徒情谊吗？"

肖南回哑然。所以，是为了什么呢？她不是没有猜测过那串佛珠的真实用处，大抵是因为那串佛珠中蕴含的某种力量与他血脉中的力量相制衡，才能在他失控时起到压制的作用。如果那日在别梦窟中，她最终没能将这串佛珠戴回他手上，后果又会如何？

那一颗颗舍利子已被磨得圆润，是漫长岁月留下的痕迹，暗藏着一份不可分割、出生入死的契约。它的主人戴上它时是否出于己愿呢？

舔了舔嘴唇，她凑近那串佛珠仔细瞧了瞧："这玩意儿戴在身上会痛吗？"

她问出这句话便有些后悔了，因为这个问题听起来十足愚蠢。怎会有人因为佩戴一串佛珠而感到疼痛呢？

长久的静默。许久，他才缓缓吐出两个字：“不会。”

她松口气，不知是为答案本身还是别的什么。

“佛法压制的是心性，如若心中平静，无悲无喜，自然安好，如若因外界事物心绪起伏，才会有凶险。”

他说这话的时候，她就凑在他眼前，盯着他手上的佛珠专注地看着，毛茸茸的头在他的下颌蹭来蹭去，丝毫没有身为“凶险”的自觉。

看了一会儿，她终于退开。

她忽然想起更早些时候，丁未翔前往天沐河北岸执行任务前对自己那番婆婆妈妈的叮嘱。彼时她仍在疑惑，为何他成长于帝王之家，却连基本的骑射都未曾学过。如今看来，答案已经很明显了。丁未翔不是怕他因练武而受伤，而是怕他失控带来凶险。于他来说是凶险，于他身边的人来说也是一样。可是行走世间，即便肉体上不曾受到过伤害，灵魂却很难始终平静。

“人生而有情，如何能做到无悲无喜？”

他看着她的眼睛，一字一句道：“只须反复练习，日久便可熟能生巧。”

她不信，又追问：“如何练习？”

他不语，突然轻轻扯过一旁的薄毯盖在她脸上：“便是眼下这般。”

肖南回眼前一黑，连忙将毯子胡乱地抓扯下来，有些气哼哼的：“不愿说便算了，何必戏耍我？”

他嘴角还带着一点儿浅笑，闻言又转瞬消散，只伸出手指理了理她凌乱的发顶：“一空每月会为孤诵经。此经文名唤《藏棺经卷》，是南海莲印一派的产物，取自佛陀讲经时藏身于金棺之中三日三夜之典故，以闭六识而著。传闻，若从孩童时期便开始诵读，可自成长为无情无欲之人，专供培育修习佛法之人。只是这种后天打磨的方式太过残忍，与佛法本愿相悖，之后便很少有僧人传诵了。”

她听得认真，转念又想起什么：“所以那日在岭西的小帐中，陛下其实是在诵经？”

他勾起手指，她的发丝便在他指间缠绕、游走：“偶尔遇到些状况，做些补救的措施罢了。”

"啊——"想起那日所作所为，她有些尴尬地低下头去，"原来如此。"

空气有一瞬间的凝滞，又过了一会儿，她有些忐忑地开口问道："这些事，陛下可曾对旁人说过？"

"未曾提起过，但知情者也有二三。"

"那你为何要告诉我这些？"这个问题，她问不出口。她对那个答案没有信心。

暗暗叹气，她将问题化作别的话："宗先生知道这些吗？他似乎……有些惧怕陛下。"

"宗颢其人，不信天命，却信因果，自甘为一切因果轮回付出代价。他幼时被人弃在山野之中，是一只牡鹿将他养大，此后走到何处便都饲鹿偿还。后来，他在我母妃一族造下业障，是以如今对孤避让三分。"

好一个因果报应。可如果这世上真的有因果报应，那杀害肖家满门的罪魁祸首为何仍旧没有现身伏诛？她有些不甘心，但更多的是一种惶恐。

那日在烜远王府后院未能参透的疑团眼下又浮上心头，反复折磨着她。话就纠缠在她的舌尖，半晌，她才艰难地吐出："陛下对宗先生的事很了解吗？"

"你以为孤知道什么？"

她自以为已经把试探藏得很好，在他面前却几乎无所遁形。她低下头去："陛下心里都有什么，我怎么会知道？"

这一回，静默才真的降临。

他不再说话，她也执拗地保持着沉默。翻了个身，她面向另一边，盯着眼前一段绣得精美的银丝线，直到晨起的微光将它照亮。

笃笃笃，三声敲门声响起。

肖南回转了转眼珠，全身不自觉地绷紧了。

过了一会儿，单将飞的声音在门外响起："陛下，时辰到了。"

肖南回依旧没有动作，连大气也不敢出。她听到背后传来布料摩擦离开床榻的声响，然后是他的声音："知道了。"

她立着耳朵，直到门外单将飞的脚步声远去，才松了一口气。

"孤的床这么舒服吗？"

她几乎是一个鲤鱼打挺便从床上蹦了下来，腿还没迈开，便被他从身后一把拉住了。

“衣裳不要了？”

她动作一僵，随即飞快地转过身，点头如捣蒜：“要的要的要的……”

一双眼四处乱瞄，肖南回却没发现昨晚脱掉的那件外裳。欸？她的衣服呢？

她还没有头绪，他的身影已经从背后靠了过来。他轻轻托起她一边手臂，指尖滑过，半只小菱纹锦做缘的衣袖便已经穿进她的胳膊。她再一恍神的工夫，他已绕到身前帮她系好领口的结扣，又开始摆弄腰间的带子。他做这一切的时候动作自然、流畅，丝毫没有半点儿生疏与滞缓。

天成的皇帝都会伺候别人穿衣服吗？

肖南回盯着腰间那个死结看了看，颤抖着说出了那个方才就憋在心里的结论：“这不是我的衣裳。”

“嗯。”他点点头，轻描淡写道，“是孤的衣裳。”

言毕，他又退开几步打量了一番，总结道：“差得不多，算合身。”

合身？哪里合身？！肖南回揪着领口那丝线钩成的盘龙扣左盯右瞧，一时既弄不明白那扣子是如何扣上去的，也弄不明白要如何解开。

“这是少府赘衣前阵子新制的缁衣，弄坏了，便去督管处赔银子吧。”

她正在较劲的手指一抖，瞬间蔫巴下来，脸上一片苦涩：“陛下，骖乘免不了骑乘跋涉，若是不小心弄污弄坏——”

“那便多小心些。”他说这话的时候目沉如水，似是警告又似是叮嘱，末了，移开视线，从那晨光照不见的黑暗中取出一样东西，“对了，有样东西要交给你。”

瞧清楚他手里托着的东西，肖南回整个人一愣，瞬间便清醒了。

东西沉甸甸的，掌心般大小，金色镂空花饰，当中有一抹翠色随着她的动作而摇摆流转。是玲珑龛。她便是再健忘也不会不记得这里面装的是什么东西。

“陛下为何要……为何要给我这个？”

他故作不解，竟还有心调侃：“你先前不是一直想要？听闻被孤摆了一道后还在丞相府门前蹲了一夜。”

肖南回笑不出来：“陛下是在跟我开玩笑吗？”

他收敛了神色，声音却很轻：“先前在碧疆的时候，孤见你英勇得很，眼下怎么㞞了？”

这不是㞞不㞞的问题啊。碧疆一事，即便失手也不过落得她一人身死、岭西多个孤魂野鬼罢了，可若是秘玺有何闪失，她便是死千百回也还不上这笔债。

她实在不明所以，更不敢就此接下：“陛下身边有黑羽营，还有丁中尉，才是这世上最安全的地方，不是吗？”

“你说得不错，但孤暂时不能将它带在身边。”他语气平缓，一字一句道，“尽管如此，它却如孤的性命一般重要，须得托付给全心全意信任之人才行。肖南回，你愿意做这个人吗？”

玲珑龛在晨光中反射出一道金光，将周遭那还未燃尽的灯火都盖过了。

肖南回又想起昨夜那美妙的光景，令她回味良久的那种温存突然就凉了很多。他是为了让她做这件事，所以先前才对她那么好吗？他没有主动说起这样做的缘由，那她不问便是。

“臣愿意。”说罢，她伸手就要接过那玲珑龛。

谁知那人的手却往回缩了一寸，目光审视般望向她的眼睛：“带着它，可能会有难以预料的危险，你可想好了？”

肖南回的手只顿了片刻，她随即上前一把拿过那东西，胡乱塞进腰间的袋子里。

“陛下又不是第一次派给我这样棘手的任务，碧疆何其凶险，我不照样活着回来了？”她一副不大在意的样子，低头摸了摸鼻子，“下次再有这种事，陛下还是直接托付我便好，用不着绕这么大一个圈子，还搭上一晚上的时间。其实就算——”（“就算你什么都不做，就算你不是皇帝，只要你开口，我也是愿意的。”她说不出口。）

他是这天下棋盘的主人，那双手杀伐落子。她以为，她这样的棋子，他未必看得上。

“营里还有事，臣先告退了。”

头发还半散着，她一脚踏进昨晚那双鞋子，顾不得鞋底还有些湿冷，趿拉着便向外疾走，匆忙得不敢回头。

第一百三十四章

鹿影萍踪

肖南回几乎是一路狂奔回自己的院子，好在天已经亮了，摸索着找路比昨晚要顺利得多。一路上，她东躲西藏，也算没有跟谁正面碰上。

回到房内，她第一件事便是关好门，检查自己身上的那件缁衣。不知那人用了什么方法打结，便是腰间那条带子，她无论如何都解不开，既不敢用力撕扯，又找不到下手的地方，抠弄了半天，手指酸痛，却是半点儿进展也无。

这可如何是好？总不能一会儿要她如此招摇地穿着皇帝的衣服去参加春猎吧？

这番急火攻心，额头上的汗又冒了出来，她想抬手去擦，这才反应过来自己的头发还半散着。

眼看参猎的时辰便要到了，肖南回心一横，决定先解决自己的头发问题。都怪方才的情形太过诡异，她才会败得不明不白，几乎是落荒而逃，连簪头发的簪子都忘了找回。

算一算，这是她落在他那儿的第二支簪子了。上一次，少府右监还赔了她不少银子呢。若是这次也能如此，是不是要不了多久，她便可以灵活运用此道发家致富了？

飘飘然想了想，她一抬脚，脚底板那双泡了一夜的鞋子刺啦一声裂了个口子，露出一个充满嘲讽意味的洞。

肖南回悲愤地将脚上的鞋子甩到一旁，又看一眼角落里沾满泥水、孤零零的靴子，干脆光着脚走到桌旁。

她住的房间是按照官阶分配的，许是因为骖乘一职多是男子担任，竟连一面可以照出模样的铜镜都没有，她只能端来洗漱用的铜盆，借着水面倒映出的影子摆弄头发。

小时候她跟着肖准跑习武场的时候便有丢三落四的习惯，大多数时候摔打时掉了发簪，自己都没有察觉。杜鹃看到了，便手把手地教她如何不用簪子也能将头发固定住。那会儿她做得十分利落，后来长大了，不再总是弄丢发簪，她便很久没有这样做过了。方法，她依稀还记得，手法却有些跟不上，塞进这边的头发，那边又漏出来，那边的刚梳利落，这边又掉下一缕。

咚咚，敲门声响起。

真是怕什么来什么。肖南回一僵，连忙拿起一旁的武弁纱帽，粗暴地将头发塞进去后，快步走去开门。

门外站着的人却是肖准。他手里拎着个大包袱，见她开门，便快速说道："杜鹃托我为你带了些东西，今早收拾的时候看见，就顺道拿了过来——"他的声音顿住。

肖南回刚松口气，突然便觉得头上一轻，伸出手摸索一番，赫然发现自己的脑袋上多了两条"须子"。许是她开门的动作太急，她那本就脆弱、不堪一击的发髻便原形毕露了，偏偏一半留在官帽里，一半又狂放不羁地掉了出来，看起来还不如彻底披头散发来得好。

肖准目不转睛地看着眼前那颗奇怪的脑袋，脑袋的主人也一时一动不动地望着他。两人一人在门里，一人在门外，就这么僵持了一会儿。

半晌，肖准的表情突然变得有些古怪，他伸出手指拈起肖南回的两缕头发："你这头发——"他的目光往下挪了挪，见到那件缁衣又是一顿，"这衣服——"

肖南回连忙干笑两声，将自己的两撇"须子"从对方手里抽了回来："昨晚起夜，把簪子弄丢了，想着自己处理一下，奈何手艺不精，失策失策。"

听她这般说，肖准似乎想起什么，提起手上的大包袱晃了晃："这是杜鹃帮忙准备的行李，说不定里面就放了簪子。"

肖南回瞪着那个巨大的包袱看了看，几乎能够想象到杜鹃将它塞满时的气势与决心。

开什么玩笑？她可是骑马过来的，哪里有地方塞这样一个大包？再者，放这样一件行李在马背上，她会被整个光要营的人行注目礼。她不着痕迹地后退半步，礼貌地摆手："这个，杜鹃姐一片苦心，一定是特意为义父准备的，南回怎么好意思收下呢？”

肖准锲而不舍地再进半步，手里的包袱又逼近几分：“这样的包袱，我那儿还有十个，不差这一个。”

肖南回傻眼了。半晌过后，她笑出声来。她原本以为杜鹃只对自己“特别照顾”，没想到对肖准也是如此。一想到肖准来的时候连拖带拽地扛了十大包的东西，她当真有些乐不可支。

她压低嗓音，表情凝重道：“义父可是觉得，这包袱沉重无比，比那百八十斤的青龙大陌刀要难上手许多？”

肖准嘴角勾起，眉宇间却故作沉痛：“诚如南回所讲，实在是令人烦忧。不知可有何妙法能解？”

肖南回沉吟一番，道：“若有下次，义父记得道出府上银钱不够的隐忧，杜鹃姐兴许会收敛一二吧。如今嘛——”她顿了顿，伸手将那沉重无比的包袱接了过来，“就当我舍生取义，生受了这一遭吧。”

肖准笑了，作势行了个礼：“如此，便有劳了。”

肖南回短暂地愣怔。

她已经很久没见过肖准笑了。过往一年发生的事情无不带着翻覆过往的力量，令她一度以为很多东西已经不复存在了。可就在方才，一个普通晚春的清晨，那种长久以来的沉默与疏远轻易被打破了，陪伴多年的温情渐渐发力，透出热度。

肖南回明白，肖准会是她生命中十分重要的人，不仅仅是因为她曾经喜欢过他。

人生能有几个十数年？转眼便是迟暮死别。而她人生中的第一个十数年便都是跟眼前人一起度过的。他们是同门的师徒、没有血缘的亲人、彼此支撑着走出悲伤岁月的朋友。是的，肖准是肖南回的朋友，一位带她走出大漠、赋予她新生的朋友。其实他不欠她什么，他们只是从同路走到了需要分道扬镳的时候。

肖南回深吸一口气，她想为先前的疏远道歉，也想将这段时间憋在心底的秘密和盘托出：“义父，其实有件事，我——”

就在她犹豫是先说她与皇帝的事还是先说宗颢与那绶带的事时，礼官的声音将一切都打断了：“见过青怀侯。大人原来在此处，真叫小的好找。”那礼官喘着气，一看便是一路疾走而来，“春猎礼就要开始了，所有参猎的将军都要提前半个时辰准备，肃北位列第二，怕是耽搁不得。”

肖准点点头，又看一眼肖南回。她立刻会意：“既然如此，义父便快去吧。”

那礼官仿佛这才看见她，不咸不淡地行了个礼：“见过肖骖乘。”他抬起头来的时候，目光定格在肖南回诡异而凌乱的头发上，脸色有一瞬间的愣怔，随即愣怔变为惶恐，又从惶恐变为迷茫。

肖南回面不改色地拈起自己的两缕头发甩到肩后：“昨夜练功练得晚了些，今早来不及收拾，见笑见笑。”

那礼官默了默，将急切的眼神投向肖准，言下之意便是要速速离开此地。

肖准却看向肖南回：“你方才要说的事……”

余光瞥见那礼官一脸急色、抓耳挠腮的样子，她笑着摆摆手：“没什么，等春猎结束，我再细细说给义父听。”

肖准点点头，临走前又指了指她的头，示意她一定要处理好头发再走出院子，然后才跟着那礼官离开。

院子里再次安静下来。

官小便是这点好，再大的事也闹不到她头上来。即便是春猎这样大的动静，多她一个少她一个根本无伤大雅。

她低头在那个包袱里面翻了一会儿，不出意外地找到了四五支簪子，还有备用的两套靴子。知她者，杜鹃也。

三两下绾了个最简单的发髻，她匆匆将鞋袜换好，思索一番后，将光要甲套在那身缁衣的外面。好在光要营没有将这副甲收回去，现下做个掩护倒是刚刚好。

清点完毕准备离开时，她突然一瞬间有个奇怪想法，那便是骑上吉祥快马追出门去，赶紧将方才没有说完的话跟肖准说明白。顿了顿，她觉得这种冲动毫无来由，实在是没有必要。

利落地关门，牵上吉祥，她向着天子围猎场行去。

没说便没说吧。这事说来话长，她正好可以趁此时间好好寻思一下到时候要从何说起。

天成的春猎与秋猎从前是同春祭与秋祭放在一起的。

春祭又名青阳祭，早年兴于晚城，后来逐渐进入民间与江湖，内容和形式都已与早年大不同。而秋祭又名白藏祭，是从上古时流传下来的，其中秘要礼制已不可考究，即便是天家，也只知其一不知其二，后来干脆不再举行。春、秋二猎也化简为一，只于每年谷雨前后兴办，秣马厉兵为重，祭天地山川为辅。

即便如此，每逢大战告捷，天成的春猎总是显得格外隆重，便是开囿进山的仪式也耗费足足个把时辰，其间，由天成礼官大祝与大卜主持流程，羽林别苑令从旁辅助，各方司要排布执行，据说光是行祭天礼、清点围猎所获的伏兽台都是根据祭典内容提前半个月连夜打造的。

当然，这一切，肖南回都是一眼没瞧上的。

天成大军列队严格遵照各营将士的阶位排列，营级以下无军功者更是连参与围猎的资格都没有。

对肖南回来说，她此时此刻本该风风光光地站在进发的前沿，一边欣赏着远山壮阔的景色，一边静观这传说中的春猎祭典。前提是，她还没有被革去右将军一职。眼下她虽然手握二营的腰牌，却只是个骖乘。若是没有先前碧疆一战立下的汗马功劳，此刻怕是连站在这里的资格都没有。

她被挤在众多将军、骠骑、骁骑、校尉、中尉的屁股后面，莫说什么巫女、祭司的身影，便连那伏兽台在她眼中也犹如指甲盖大小，行礼大宗的吟唱好似天外之音，听得她昏昏欲睡。

不知过了多久，前方突然传来礼官鸣鞭的脆响，四周瞬间骚动起来。

战马的嘶鸣夹杂着各路骑手的低叱声，混作一团，一阵尘土飞起，等到肖南回回过神来时，只能看到那群健硕的马远去的背影。

吉祥慢悠悠地原地转了个圈，四只蹄子在那一地马粪上踩来踩去。

所谓狼多肉少、僧多粥少，看今日这架势，明日太阳落山前，她能猎到一只兔子就算不错了。

叹口气，肖南回纵着吉祥，向着与大部队相反的方向行去。

春末夏初的山林静中取动，雨季方至，南风未起，就连微雨也是无声，反倒衬得鸟兽的声音清晰而嘈杂。

雨安的蕈子虽不如北郅，但向来产量大，吉祥一踏进林子，脑袋便没离开过地面，左闻闻右啃啃，渐渐便往山林深处行去。

肖南回不管它，就这么漫无目的地晃悠着。四周林深影浓，虫鸣鸟啼声不绝，她倒是感到几分惬意。

晨起、黄昏两时是鸟兽喜爱出没的时刻，其他时间往往不能窥其一二，寻踪觅迹也十有九失，费力不讨好。

时辰尚早，找了个临溪的空旷地，她干脆将吉祥放开，让它去找蘑菇吃，自己则爬上一棵千年古榕，三两下编就一张简易的藤蔓床，整个人窝进去，惬意地望起天来。

今日天瞧着比昨日还要灰败，虚弱的阳光透不出那云层，只见如烟似雾的水汽安静地流动。

看了一会儿，她突然想起什么，伸手在腰间一摸，将那个袋子里的玲珑龛摸了出来。

今早匆忙，她还没有闲心仔细看，眼下把玩一番更加确定，这玩意儿比她身上这件缁衣复杂百倍，便是十个她来解，也是解不开的。哼，皇帝打得一手好算盘，既让她保管这烫手山芋，又笃定以她的手艺无论如何也不可能私自将里面的东西取出来。

昨夜未眠，困顿袭上来，她将东西重新放好，解了身上沉重的外甲，翻了个身，小憩起来。

不知睡了多久，一阵细微的响动从树下传来，肖南回迅速睁开了眼。她本能地没有动作，只转动眼珠，瞥向那声音的来源。

透过层层深绿色的枝叶，她先是看见一双细长的蹄子，随后是一身金灿灿的皮毛，又过了片刻，那皮毛的主人才露出头来。它有着毛茸茸的大耳朵、秀气带白斑的嘴，楔形的脑袋上嵌着一双警觉的黑眼睛。是一只金麂。

肖南回瞪大了眼。

春猎行赏，依照惯例一等金是熊犰猊貔，二等金是虎豹豺狼，三等金是狐貉獾豕，四等金才是獐鹿麝豻。除此之外，为了增加一些趣味性，负责打理山林鸟兽的驺虞总会在其中做些花样。今年的花样便是金色麂。猎得金色麂者，可直接胜出。

麂生性胆小，非常灵敏，千里之外有个风吹草动，它便会眨眼间消失不见，即便是在深山中，也少有人能见其首尾，寻常狩猎有马蹄声与弓弦声惊扰，更是连麂的一根毛也瞧不见。

肖南回轻手轻脚地从树上翻了个身，换了个低一点儿的角度观察她的猎物。

那是一只雌麂，头上无角，只微微隆起，眼下两道黑白相间的斑纹像两道泪痕。它寻着溪水声而来，在岸边的石头上寻着鲜嫩的荇草入口，尾巴摇得正欢。

肖南回从后背取下一张臂弩，准备勾弦上弓。

她已经拉不动弓了，近战还可以用刀剑顶一顶，狩猎却吃了大亏，只能向莫春花讨了这张防身用的弩。

弩本来比寻常长弓轻便，可谁知那金麂竟比她想象中还要机敏，她指尖方一用力钩动，弓弦上的细微声响便将其惊动。

金色身影一顿，转身便快速逃开。

肖南回暗骂一声，顾不得穿好甲衣，翻身从树上跳下，口中一个呼哨，吉祥便跃起，将她接住，追向那逃走的身影。

林间纵马最忌疾行，只因其中树根交错，光线晦暗，稍有不慎，便会马失前蹄。但吉祥不是一般的马，它早年随着肖南回走南闯北，有赶路的经验。加上它脾气倔，自认没有追不上的四脚动物，吭哧吭哧一口气便追出了几里地。

等到肖南回抬头看四周的时候，才发现自己已经离大山深处很近了。围猎以林地为据、山麓做缘，她已经到了羽林别苑的边界。

不远处，那只金麂好似被逼入绝处，三跳五跃地钻进两山交接处。那里山体陡峭，马匹不能通过，肖南回见状，连忙翻身下马追去。转过几丛山榉后，整个人的脚步突然慢了下来。

壁立高耸，夹缝通幽，怪石遮天，苔色蔽目。是一线天。

肖南回走过不少深山老林、山峦陡峭之处，这样狭窄的地方见过不少。兵者诡诈，善用险要。这样的一线天向来是埋伏击杀的绝佳地点，只需要一点儿弓箭手与步兵，便能让千人铁骑有去无还。是以长久以来，她走高不走低，每每遇到一线天都能避则避。那意味着危险。

眼前的景象却令她本能地觉得跟之前所见都有所不同。这处一线天只有十数步远可见，再往深处，其上岩石便交会封闭，其下地面也由细草变为乱石，那些巨大的石头交错在一起，石头间的缝隙亦深不见底，好似其下百丈皆是如此，一直通往地心最深处。

那裂缝深处太过安静了，好像就连风也吹不进去。其间纠缠的枝蔓、湿厚的青苔传递出的都是岁月堆积出的凝重。

肖南回体会到一种原始而古老的压迫感，腐朽、沉重，仿佛再多看一眼那缝隙深处，便会被吸入其中，再不见天光，就像那只麂一样。

她要追吗？脚下有片刻的犹豫，就在她要举步向前的时候，一道尖厉的声音在她身后响起：“肖南回！”

她猛地回过神来，转头一看，一个矮胖敦实的身影就立在她身后不远处的一截断木上，那截断木因为受到重压，正发出一阵低沉的呻吟。竟是多日不见的伯劳。她有些气急败坏，脸色也显得不如前阵子泩润了：“叫了你三声你才回过头来，中邪了吗？”

什么？伯劳方才叫了她三声吗？肖南回有些恍惚，但已掉转脚步走向伯劳：“你怎么在这儿？之前死哪儿去了？我以为你不想跟过来了呢。”

伯劳的脸色滞了滞，她少见地没有立刻反击，只是说：“说来话长。我们先离开这里。”

肖南回皱眉：“离开这儿？离开这儿去哪儿？”

她还惦记着那只麂，总想着若能换上一笔赏金，日后在皇帝面前腰杆子能硬气几分，虽然那赏金也是他的银子。

可下一刻，她看清伯劳拿出的那样东西后便再不做此想了。那是一串锈迹斑斑的铁锁匙，正在伯劳短胖的指尖哗啦作响。

“雨安旧城，肖家别馆。”

一线天深处，昏暗不见天光之地，那只金麂在黑暗中四处嗅着，于乱石间小心踱着步子。

突然，一只枯瘦干瘪的手凭空从黑暗中伸出来，一把掐住了它的脖子。

金麂拼命挣扎着，哀号声从口中溢出，它的四蹄徒劳地刨着地，两眼突出，瞳孔渐渐涣散，四肢也僵硬下来。

那只枯瘦的手终于慢慢松开，随后在那美丽的金色皮毛上摸了摸。

“真是可惜，逃了一个。”

第一百三十五章

腥风未散

雨安旧城始建于涅泫古国时期，旧称晦木，以产出扶禊时的禊木而得名。

扶禊，扶乩也。扶，架也；乩，谓卜以问疑。

上古扶乩，须卜者舍身以为鸾生，邀所求之神降临其身，以身布法，明通天机。及至天成，少有人通晓其妙意，唯古书记载寥寥，戏说纷纭，概称之为降神。

禊木，多用桃桑。桃木驱邪祓祟，桑木引路鬼神，一正一反，一阳一阴，缺一不可。

而昔日古国，无不尚巫蛊卜筮之术，是以曾经的晦木古城桃林遍野，桑结连城。鼎盛时，涅泫皇室亲引其独立成郡，城中户籍千金难求，人人道“晦木藏金”，可谓风光一时。

然而约莫百年前，天象大变，北方格勒特高原温度骤降，每年从南海而来的温热之气无法横渡雨安北侧的山脉，便聚集在这片群山环抱的平原上空。曾经温暖干燥的晦木开始阴雨连绵，雨水在土壤中积蓄不散，最怕水涝的桃树开始烂根枯死。

短短三年时间，漫山的桃林纷纷死去，化作枯枝，远远望去好似一座座静默的墓碑。桃树死去，桑树却活了下来，时间久了，便有术士进言称，晦木阴盛阳衰，城中风水早已失衡，须将桑木尽数伐去，方得安定。

当权者一声令下，全城桑树一夜间被连根拔起，焚烧殆尽。

晦木古城的阴阳平衡了，但“晦木藏金”的辉煌已成历史，再也无人提起。

那些死去的桃木、于烈火中化作灰烬的桑树，最终化作深厚的黑色淤泥，成为如今雨安城的肥料，滋养着一批又一批花草树木在其上繁衍生息。

阿嚏，肖南回重重地打了一个喷嚏。春季的雨安对她来说实在是太不友好了。空气中弥漫着各种不知名的花香，驱也驱不散，躲也躲不开。

伯劳也不喜欢这种气味。她只喜欢闻丁禹街上新恒记烧鹅的味道。

吉祥的蹄子踩着枯枝与苔藓交错的地面，发出咯吱咯吱的声响，像整座雨安旧城正在她们脚下呻吟。

这里曾是这座城池中最为繁华的中央大街。然而如今，整个雨安已被茂盛的草木吞噬，文明的痕迹已经为自然所湮没。

夜色中，废弃的屋舍被钻出的树木贯穿，碗口粗的藤蔓从窗栏门板后钻出，鲜花争相在每一个缝隙中开放，等待着来年让种子再次占领这片没有人烟的土地。

肖南回收回目光，看向与她同乘一骑、坐在马上的伯劳："你从什么时候跟过来的？"

伯劳哼了哼，在马上换了个姿势："从你离开阙城那一刻。"

想到自己昨夜在那迷宫般的别苑里转圈圈，肖南回皱起眉来："羽林别苑出来容易进去难，你是怎么混进去的？"

伯劳又哼了哼，头上梳得光滑的髻里跳出几根骄傲的毛："瞧不起我？我好歹是江湖榜上有名的刀客，若是连这一点都做不到，还混什么江湖？"

肖南回斜她一眼，不紧不慢道："既然一早便想来，为何不一起出发，非要费这一番周折？"

这一句确实问到了点子上。

伯劳搔了搔脑袋，神色有几分不自然："你们的车队里有我不想见的人。"

肖南回想了想，心中有了七八分肯定："你是说宗先生？"

伯劳脸色一僵，随即故作镇定道："他是安道院的人，你知道，我讨厌那个地方，便是谢老头，我也躲了好几年。"

这回答乍听之下没什么问题，可即便迟钝如肖南回，只要一回想起来那日在烜远王府后院时伯劳的脸色，便觉得事情没那么简单："你躲谢黎的时候，可没将我一人扔在原地，自己逃命去。"

先前犯尿的历史被翻出，伯劳有些恼羞成怒："谁逃命去了？！我那是权宜之计！"她自知理亏，连忙又找补几句，"下次不会了！下次不会了还不成吗？！"

肖南回偷笑，倒并不想将她逼得太难堪，于是话题一转，说起别的事情：“你手上的钥匙是谁给你的？”

她之所以这么问，是因为她默认那串钥匙应当是江湖中的什么人用非常手段拿到手的，毕竟她已将侯府上下都翻了个遍，再没有她遗落的角落。

说到这个，伯劳的脸上瞬间显出几分难以掩饰的嘚瑟：“你们离开后，我又去了趟昱坤街。”

肖南回一愣，随即一脸不信：“昱坤街，我可是去了不下十趟，就连厨房里的磨盘都被我翻过了，你又是从哪里找到钥匙的？”

“旧府的一间厢房。可能你做贼心虚，不如我踏实、认真。那些钥匙和房间，你当真都一一试过、找过了？”

肖南回有些迷茫了。当真是她遗漏了？她还记得自己埋头于书信与灰尘的海洋一点儿一点儿筛选信息的情景，或许是她太过专注于那封来自黑木郡的书信，真的遗漏了什么。

然而，她还是有些疑惑的地方：“你当时又是如何确定这就是雨安肖家别馆的钥匙呢？”

伯劳奇怪地看她一眼：“自然是因为装它的盒子上写着呀。”

肖南回还想再追问什么，伯劳却已翻身下马：“到了。”

肖南回勒马向前一看，一扇被风雨侵蚀的黑色府门就正对着街口。

府门对大街，这风水可是不太好啊。

将吉祥拴好，肖南回跟着伯劳走近那扇大门，已经生了铜绿的锁几乎快和门钉融为一体，再有些年月恐怕就连锁芯都要锈死，巨大的封条已有些破碎，却依然坚固地吸附在那些黑色的木头上。

伯劳所说是否靠谱，就看那串钥匙是否能够打开这把锁了。不过……

肖南回转头看了看这肖家别馆的院墙：“这墙不算高，为何不直接翻进去？”

伯劳没回头，低头吹着那铜锁锁眼里的灰尘：“看见墙头上那层瓦了吗？”

肖南回顺着伯劳所说望去，这围墙上的确有一层薄薄的琉璃瓦，经久无人打理，已经变成灰蒙蒙的一片。这种瓦表面光滑，若是再修得有些坡度，那么寻常小贼恐怕是不好落脚的。但对于轻功好些的习武之人，倒算不得什么过不去的障碍。

“看到了，所以呢？”

伯劳吹干净那铜锁，俯身随意从地上捡起一块指甲盖大小的石子，在手上掂了掂：“看好了。”

她轻轻一丢，那石子飞出，直直落在围墙的瓦片上。下一瞬，一片火光从那石子落下的地方爆出，伴随着一声脆响，那块被石子击中的琉璃瓦顷刻间化成碎片，四散开来。

肖南回连忙躲避，一回头才发现那丢石子的始作俑者早就躲到一旁看热闹了。她有些恼火，拍了拍头上的碎瓦：“有机关直接说不就完了？弄出这么大动静，小心一会儿惊动守军。”

“见你之前，我已经在猎场外围转了好几圈，从春猎开始那一刻起，所有守军的注意力都会在别苑附近，没人会在意老城区是不是少了几片瓦。”伯劳语气轻快，早些年跑江湖的机灵劲突然就上来了，话也多了起来，“这是雨安一带用于防蛇防盗的琉璃响瓦，鸟雀一类较轻，落在上面不会触发，但若重些，便会触动其中埋藏着的火油，驱赶入侵者的同时向主人示警——”

咔嗒，伯劳正说到一半，手中的铜锁已经弹开。她转头看向肖南回，肖南回则望着那扇露出缝隙的大门。

漆黑的木门深处是更加漆黑的未知。良久，肖南回深吸了一口气：“我们进去吧。”

春猎开始前，负责装备补给的别苑令为每一个参与春猎的人都准备了一些必要的物资，其中便有两支过夜用的火把。浸过上等松油的火把安静地燃烧，热烈而明亮，将无边的夜色撕开一个大口。

火光掠过四周如鬼影一般的野草丛，那块坠地后被荒草掩埋的匾额上依稀可辨四个大字“四宜康乐”。

四宜皆不宜，康乐无康乐。

肖府故居别馆连同这座府苑曾经的名字，如今已跟那些被植物吞噬的屋舍一般下场，无人理会，无人知晓。

肖南回伸出手轻轻抚上那面被藤蔓遮蔽的府墙，跳动的光线下，墙壁的灰砖上依稀可见短而深刻的刀痕，有些刀痕的缝隙里嵌着些许细碎的白渣。那是人的骨渣。

刀剑刺穿人体、行经血肉、砍断筋骨，最后狠狠钉在墙上。这些墙上还残存着肖家人的一部分。

夜里的风吹过，肖南回突然觉得那风里夹杂的不是花香，而是隐隐的血腥气。那股刮了十几年的腥风根本还未散去，它盘踞在这片土地上，向过往的生灵诉说着这里的血色过往。

下意识屏住呼吸，肖南回收回手，向这院子的深处望了望："不知道那口井……还在不在。"

那口井就是发现黛姨的井。

从墙上的刻痕来看，杀戮者应当不止一人，且个个都是精于夺人性命的好手。

皇帝告诉过她，宗颢曾是动爻剑的主人，而她碰巧见过动爻剑。

这世间凡是神兵利器，其主人必有过人之处。因其手中兵器留下的痕迹往往有着某种特定的规律，而寻仇者可根据这种规律断定杀人者为谁。只有能摆平前赴后继寻仇者的人，才能拥有所谓的神兵利器。她有一种预感，那口井旁或许就有宗颢是否是杀人凶手的证据。

沉思间，两人已走到偏院。

偏院不像正庭铺的是大青石砖，所以荒草长得格外茂盛，肖南回费了一番工夫才找到那口井。那已经算不上一口井了，一棵榕树从井口中长了出来，四处蔓延的根系几乎将那井口撑破。

两人对视一眼，肖南回率先开了口："带工具了吗？"

伯劳摇头。

肖南回视线下移，停在那胖妞的腰间："你的短刀呢？"

伯劳怒气上脸，两腮颤抖："那是我的兵器！你要用我的宝刀来砍这劳什子破木头？！肖南回，你还有没有良心？！"

没良心的某人已经撸起袖子，叉腰俯视道："你是自己来还是要我上手？"

若是以往，伯劳是绝不会买账的。就是平弦还在的时候，肖南回也打不过她。但如今嘛……谁不知道肖家的养女为了眼下这一刻付出过多少心血，她若不应，肖南回不会轻易罢休。

伯劳垂着脑袋走到井口旁："我自己来。"

一双短刀出鞘，左右开弓，在那乱藤上招呼着。

肖南回望着那敦实的背影，又望了望周遭的环境，回忆起自己踏入这府中之后的点滴细节，一一剖析。

从墙上的痕迹来看，闯入者应当不止一人。如果行凶者是宗颢一人，那寻找那条失落的天绶或许是他的目的。可如果行凶者是一群人，他们的目的又会是什么呢？突然，有什么在她脑海中一闪而过。她顿了顿，开口问道：“你说，咱们进来前，这里是否有人来修缮过？”

伯劳没回头，蹲在井口旁，吭哧吭哧地挥着两把刀：“你看，这周围像有人修缮过吗？”

确实不像，可是……

肖南回回忆起方才进门时瞥见的那完好无损的铜锁与门闩。那根上了漆的门闩上面既没有被刀剑砍过的痕迹，也没有被外力冲撞后的裂痕。

围墙上的琉璃响瓦没有被破坏，门闩也是完好的，这只能说明一种情况。那一晚，行凶者来到肖家，并非强行闯入，而是大摇大摆地从正门走进院子的。也就是说，肖家人认识行凶者，甚至主动为那批深夜到访的客人开了门。

这些痕迹，当年肖准很可能也留意过。白家与肖家交好，那年春猎也是结伴而来，相处甚密，这些都与史书上白家窃兵符、屠杀镇守肃北军首领、意图逆反的记载不谋而合。可似乎还是有哪里不太对劲。

肖南回自己便是行伍出身，从过往经验来看，十匹以上军马当街走过的声响便与寻常出行车马的声响不同，其中微妙的差异，旁人或许不好分辨，但军中之人都会有所警醒，不会半点儿戒备都无。

如果白家当初来到肖府的时候已经窃符谋反，岳泽十数万大军便是千分之一进入雨安城，肖家都不会毫无察觉。如果彼时白家还并未窃符，而是选择先来找肖家人策反，意图未成便起杀意，肖家上下将门之后，白鹤留文臣出身，便是养了些府兵，恐怕也没那么容易得手，肖家怎会被杀得连还手的余地都无？

她这样一想，似乎哪种情况都有些说不通。可如果，还有第三种可能呢？

那群人个个都是以一敌百的暗卫高手，由当时天成武功最高强之人带领，手中还持有什么东西，令肖家不得不服从命令打开府门。

想到宗颢昔日的身份，还有那条沾了黛姨鲜血的带子，肖南回的心一点点凉了下去。

究竟是谁在说谎？白允，还是……

腰间口袋里的那样东西突然变得沉重起来。她觉得自己像一个叛徒，一个手持屠刀、站在亲友尸骨上的叛徒。

姚易的话在她脑海中浮现。已经十余年没开过春猎了，怎么皇帝今年突然想起来了？

碧疆一战，对天家来说，真的只是收复失地这么简单的事吗？还是说，这一切不过是为了将那件尘封的往事画上句点的一场大戏罢了？

肖南回一激灵回过神来，脑子里似是一片混乱，又似是已经清明。她快走几步，上前一把抓住伯劳的肩膀。

矮个子刀客怪叫一声，狠狠地把刀插在那被砍了一半的树干上："刀也借你砍柴用了，人也听你使唤了，你还想怎样？"

肖南回没时间顾及对方的神色，急急地开口问道："你说你去了昱坤街，为何突然想起去昱坤街？"

伯劳揉了揉肩，有些不耐烦地看着她："不是你留下了那串铜钥匙，托我去那里再探察一番吗？"

肖南回心下一沉，连忙追问："我何时留了钥匙给你？信呢？可曾留下书信？"

伯劳嘟嘟囔囔地在身上翻找一番，从袖子里掏出半张皱巴巴的信纸，递了过去。

肖南回接过一看，便知自己着了别人的道。那信纸上根本不是她的字，她从未写过这样一张字条。

先前的担忧几乎就要化作现实血淋淋地浮出水面，昔日地狱般惨烈的景象叠加在她眼前，令她几乎快要站立不稳。

他要杀肖准吗？他会杀肖准吗？

夜色静谧，虫声唧唧，好一番晚春暖景、生机盎然。

肖南回终究站稳了，后背上的冷汗流下，眼中却是前所未有的坚定与冷静："我们得赶快回去。"

"回去？！"伯劳的嗓门提高了几个调，"我费了多大的劲才拿到这儿的钥匙，赶了一天的路才到了这里，献出我的宝刀给你砍树，树才砍了一半，你却和我说要回去？！"

肖南回将手里的半张信纸狠狠地拍在那喋喋不休的大头上："你仔细想想，你我主仆多年，我什么时候传信给你过？！"

伯劳愣住，单手托腮思考了一会儿，回过神来："好像确实没有。"

"有人利用你，将我调离了猎场。羽林别苑要有大事发生。"肖南回舔了舔干裂的嘴唇，脑海中飞快计划着下一步的动作，“我们现下快马加鞭赶回去要花多久？”

“雨安城郊的官道已经荒弃多年，来的时候你也瞧见了，夜路更加不好走，若是按原路返回，时间只多不少。”

今日她是黄昏时分从羽林别苑出发的，将近子夜才到达雨安旧城。按伯劳的说法，她即便再使出全力，也难在天亮前赶回猎场。

“若是不走原路呢？”

伯劳顿了顿，伸出两根手指头：“不走原路，有两种可能。一种可能，我们依照星斗辨别方位一路向东，穿过小松林，借道阙城以西的斗辰岭，兴许能在破晓前抵达猎场。还有一种可能——”

她说到一半便停住了。肖南回心急如焚，快要失去耐心：“快说。”

伯劳晃了晃大脑袋，指了指天上：“还有一种可能，便是今夜不走运，后半夜乌云遮月，不见星斗，小松林中难辨方位，我们便在其中绕来绕去、绕来绕去——”

“好了，别说了。”肖南回开口打断了对方的话，声音沉沉，“我们走小松林，借道斗辰岭。”

第一百三十六章

风林火山

明月升起，高挂中天。今夜的雨安少见地放了晴。月光在无边的森林间流淌、蔓延，最后在天际前止步，安静地化作一道笔直的银线。

山林静谧，偶有兽鸣将夜栖的鸟群惊起，许是猎手追击正酣。

伏兽台前百丈，羽林别苑枢纽处，矗立着一座四面临风、五层重壁的高台。每层以台做基，十步为一廊柱，柱间设若干小帐，丝绦做顶，纱幔做帷，便是有一丝凉风从这里经过，也会留在帐中，拨动，流转。

小帐乃是供行猎者随行家眷与仆从休息过夜的地方，帐与帐之间有木质回廊相连，百丈长的栏杆上星火点点，长明的宫灯在夜色中闪烁，远看仿佛一片山火余烬，又似荒野蜃楼。困倦的人们各自在帐中小憩，只有守夜的宫人还在廊间走动，手持巨大的纨扇驱赶蚊虫。

若干小帐之中，只有一顶帐前无人靠近。就连那些飞蛾小虫似乎都惧怕那里的什么气味，一只也不敢靠近，只在那帐外徘徊。

木板长廊之上，一身玄衣的内侍官手捧一本漆封小册趋步前来。他在那帐前停顿片刻，有节奏地在地面叩响七声，随后才躬身进入纱幔中。

浅青色的幔帐后，帝王盘坐于正中石榻之上，似在闭目养神。

“陛下，丑时的风林册到了，拆还是不拆？”

年轻帝王依旧合着眼：“拆。”

单将飞拿过一旁小桌上的玉刀，将手中小册上的漆封拆开。册子展开，只有三折，上面却是密密麻麻的字。他挑亮帐中唯一一盏灯的灯芯，就着火光，低声念起册上的文字：“雁翅营西南将领甘辛，艮位三宫，动，以西南为向，入林中。肃北营典武将军孙灼，离位九宫，动，以正东为向，出石滩。雁翅营镇西将军颜广，离位四宫，守，居东南高地，未见动向。光要营卫将军夙远修，乾位七宫……”

内侍官的声音不急不缓地在帐内响起，约莫半炷香的时间，他才将那册上最后一行字念完。

风林册，最早是黑羽营做守备工作时用来记录敌人方位动态的特殊军报，以宫位记录着各营将领的位置，每次出册都会变换宫位图，上面由黑羽特制的鸩羽书写，笔画极细，书成之后立刻封册则墨痕不容易干，启封后以食指轻抹便可验明是否有人中途开启过。

帝王沉吟片刻，终于睁开眼：“肖骖乘仍不在猎场内？”

“回陛下，人是申时正离开的，现在仍未返回。”

“好，继续盯着，若有动静，再来回报。”

“是。”

单将飞的身形顿住，目光渐渐转向帷帐入口的方向。

帐外十步远的地方，一道倩影立在廊柱前的阴影中，两名手执宫灯的宫人在前引路，就要踏入那木廊之中。

嗖，细若黑线的影子一闪而过，一支通体漆黑的箭已钉在那宫人脚尖前半寸的位置，将她吓得惊叫一声跌在地上，手中的宫灯也落了地，滚了两圈，光亮便灭了。

“何人喧嚣？”

阴影中的人连忙上前几步，微微福身：“星遥深夜不请前来，不知是否打扰到陛下——”

“原来是崔淑媛。”单将飞露出一个恰到好处的微笑，身体却没有让开，更没有让对方起身的意思，“陛下昨夜批阅奏章到深夜，眼下已有些困乏了。”

崔星遥的脸色瞬间有些尴尬，她手中还捧着个托盘，盘中放着一只莹白的汤盅，因为有些沉重，令她微微弯了手臂。

片刻过后，小帐内的帝王慢声道：“让她进来吧。”

单将飞颔首，上前接过崔星遥手中的托盘：“崔淑媛，里面请。”

那两名宫人还要上前，却被单将飞拦下：“二位请回吧，小的会差人将崔淑媛送回去。”

两名宫人偷偷交换了一下神色，轻声应下后退入黑暗中。

崔星遥望了望灯火迷离的纱幔深处，躬身走进帐中。

帐内只得一盏宫灯，内侍官拿起一旁的琉璃灯罩，扣在烛火上，四周的光线便更晦暗了。

烛光似乎比外面的月光还要暗些，帝王的脸隐在这半明半暗的光线下，看似表情飘忽不定，令人难以捉摸。

崔星遥敛下目光，恭敬地跪坐在绣着兰花缠枝纹的毯子上："听单常侍说，昨夜陛下彻夜批阅奏章，想必很是辛劳。星遥自作主张，熬了些凝神补气的补汤给陛下送来。"

"彻夜批阅奏章？"年轻皇帝斜眼看了看立在一旁的内侍官，内侍官面上的微笑滞了滞。

此番举动落在崔星遥眼中却成了另一番意味。她敏感地低垂着头，白皙的面上因为着急而涌上几分薄红，教人看了心生怜惜："是星遥唐突了，陛下莫要怪罪单常侍，星遥这便退下——"

"不必了，你留下，将飞去教人再添些驱蚊的药香。"

单将飞的身形顿了顿，余光在四周转了转，整个帐内莫说蚊蚋，就连半只小虫都瞧不见："是。那这汤——"

夙未手指轻点："汤也留下。"

内侍官顺从地退下，离开前将小帐最外层的垂地帐幔放了下来。

厚重的帐幔隔绝了内外，就连空气的流转都瞬间停滞，帐内两人的呼吸声变得格外分明，反衬得那安静令人不安。

崔星遥在心中默数片刻，终于调整好脸上的微笑，将腰间的香囊取下，放在一旁，又轻卷袖口，露出一截皓腕，她轻轻捧起那只汤盅，徐徐走到帝王面前："陛下，汤还热着。"她的声音十分轻软，轻软之余又有些羞怯，分寸把握得极好。

半晌，帝王修长的手指将汤盅接过，她手上一轻、心中一颤，下一瞬，那只手便将汤盅放到了一旁："今夜暖得很，还是放凉了再喝吧。"

她咬紧了嘴唇，面上的神情掠过一瞬间的复杂，她终究还是顺从地退到一旁。

帐内再次陷入了长久的沉寂。

黑夜之所以比白日更加难熬，是因为夜的沉寂，黑暗、安静、无事可做往往可以将时间拉伸得无限长。

崔星遥从小跟随父亲和宗族家长，祭祀、守陵的仪式没少参与，守夜是常有的事，但她从来没想过，这两天一夜的狩猎竟然也是要守夜的。

“崔淑媛，可是有些乏了？”

“承蒙陛下挂心，妾一切安好。”

“那便好，不然一会儿的好戏可就要错过了。”

好戏？崔星遥的心突地提到了嗓子眼：“陛下可是安排了傩戏？还是——”

“莫急，时辰到了，你自然会知晓。”

羽林别苑外几十里，密林深处，无常道上，两人一马正飞快移动着。

小松林实在不该担这个“小”字，整个赤州再也找不到比这里更大的林子了。漆黑、笔直的树干通天蔽月，在荒野中赶路的人只能透过那片叶之间的缝隙去窥当晚的天象。

每次抬头望月观星的时候，肖南回都觉得自己的脖子快断了。她摸黑赶路，又不熟悉地形，生怕一走神便入歧途，她这一路上伤神伤得厉害，比当年跟着日行百里的急行军还要劳累：“你确定是这个方向吗？”

矮个子的狗头军师哈欠连天，敷衍地摆摆手：“绕是绕了点儿，大方向一定是对的。”

肖南回一听这话就有些着急：“不是捷径吗？怎么还绕路了？”

伯劳指了指西北方向那座在夜色中静默的大山：“除非弃马步行，想骑马进斗辰岭，绕点儿路再正常不过，总比栽进山坳里强些。只要方向对，天亮前应该可以——”

她的声音戛然而止，整个人气息一变，眼神瞬间凌厉起来。

嗒，嗒，嗒，缓慢的马蹄声从前方密林深处传来，片刻间已至近前，一人一马显现出来，银色的剑鞘与弓弦在月光下闪着冷光。

“肖骖乘，夜深了，前方路窄难行，不如等天亮再做定夺。”

见到鹿松平那一刻，肖南回心中暗暗松了口气。还好，不是她最怕的那群人。她横过马身，将吉祥壮硕的腰身对着来人：“鹿中尉为何要阻拦我？”

“奉羽林司之令，在此守卫猎场边界。春猎猎场，许出不许进，肖骖乘应当熟读过礼章。”

放屁。这么大个林子，难不成所有关隘都派人把守？那莫说一个黑羽营，就是十个黑羽营也不够这么使唤。那可是皇帝身边的精兵强将，一个个都被派来守这鬼大的林子，谁守皇帝啊？想她拼了命地赶路，吉祥的马屁股上都是汗，眼下却要在这儿平白耽误工夫吗？肖南回沉了脸色，干脆单刀直入："皇帝教你来的吧？"

知道她在追查什么并且可能握有雨安肖府大门的锁匙，又能神不知鬼不觉地将东西藏入昱坤街的人，寥寥无几。而最重要的是，愿意费尽心思设计这出调虎离山之计，又能调动鹿松平亲自来拦截她的人，只可能是皇帝。

"肖骖乘何出此言？在下怎么有些听不明白？"

肖南回冷哼一声，心想，装，接着装。

两方僵持不下，伯劳轻咳，压低了嗓音："那个，我看，要不算了——"

算了？肖南回嗖地抽出臂弩，恶狠狠地上了弦："路就这一条，不从这里过从哪里过？"

杀气溢出，一场恶战在所难免。

鹿松平缓缓地抽出腰间那把银色软剑，气息之沉稳，竟不输丁未翔。

肖南回不敢妄动，飞快地盘算着自己能有几分胜算。她还记得那一晚在康王行宫她与这人交手时的情形。彼时她有平弦在手，对阵鹿松平的软剑还是有些优势的，可眼下……

鹿松平见她沉默，心中也知晓她为何沉默："便是昔日你兵器未离手的时候也未必是我的对手，眼下又要拿什么跟我较量？"

面对他近乎傲慢的挑衅，肖南回没吭声，只转过身去，对一直龟缩在马上的某人沉声道："该你上了。"

伯劳瞪大眼睛，短粗的眉毛在脑门上跳啊跳："怎么就该我上了？！又不是我要回去！"

"你是谁的人？让你上你就上！"

两人在马上推拉起来，恨不能过几套掌法，远远看去，好一副主仆情深的模样。

鹿松平在黑暗中眯起眼，顿了顿，终于认出那张气急败坏、满月般圆润的大脸："你是吃我葡萄的那位吧？"

伯劳坚定地摇头："不是，你认错人了。"

肖南回不管不顾地拆台："你才吃他几串葡萄，又吃过我几串葡萄？你还有没有良心？"

伯劳撇了撇嘴，屈辱地低下头去。

鹿松平看一眼那大头，慢悠悠道："安道院从来都为天家正道做事，你我没有必要为敌，你说，是也不是？"

他话音未落，肖南回双眼已经刀子般横向身旁的人："都说安道院中人终身只效忠一人，你说，是不是？"

伯劳抱住自己的大头，痛苦地摇摆："不就是几串葡萄？要不你俩把我交给谢黎算了——"她的声音突然顿住，"什么声音？"

肖南回翻个白眼："不要以为打岔就可以——"

然而下一瞬，鹿松平也收敛了神色。

随即，肖南回也听到了。细微的声响由远及近，嘈杂纷乱，像上百只尖锐的爪子刮挠发出的声音。她猛地回头，向密林的西南方向望去。月色晴朗的天边，一小片诡异的黑色正由远处飞来，飞快地逼近。

"是——"

"是夜蝠。"鹿松平的声音沉到谷底，他说话间已从身后抽出一支破云箭，飞快地搭上弓弦。然而四周林木遮天，视野与射击角度都远不如那日在碧疆荒原上，更分辨不出其中究竟哪只才是携带密信的"蝠王"。即便如此，他们也不能就此放过。鹿松平凝气敛神，准备等那蝠群掠过三人头顶正上方时射出破云箭。

然而几乎是转瞬间，那蝠群仿佛商量好了，突然分作几团，向着三个不同的方向飞去。

三人一时间都愣住了。

伯劳瞪大了眼："这玩意儿……难道还识数吗？"

"它们学聪明了。"鹿松平已经飞快地收起弓箭，勒紧缰绳，"来不及了，我们兵分三路去追，务必查明敌人来意。"

肖南回没有动作，两眼死死地盯着那条通往羽林别苑的路。

鹿松平留意到她的眼神，语气淡淡的，说出口的话却有千斤重："你若执意要闯，我便只能奉命拦你。但希望你记得身为一名天成将士的职责。"

肖南回握紧了拳头。

那次夜蝠出现的时候，若非鹿松平将信报拦下，不知碧疆一战又会生出怎样的变数。此次夜蝠再现，背后势必隐藏着更大的阴谋。可肖准呢？肖准怎么办？她的预感不会出错，今夜即将发生的事一定与肖家有关。皇帝会怎样做呢？她应当只相信自己，还是应当相信他不是那样残忍、冷酷的人？

脑海中的过往翻涌，蝠群的声音即将远去，肖南回的脸色前所未有地凝重。片刻，她终于松开了拳头："我们三个人，马只有两匹。我往西南，你往东南，伯劳轻功最好，走西北斗辰岭。"

"好。"鹿松平答得简洁。

只有伯劳还在无声地抗议。

肖南回一把将她拉过来，快准狠地交代道："我跟莫春花说好了，等到今年入秋，她那儿的葡萄就都归你了。"

前一刻还有些灰败的大脸瞬间便有了神采，尽管嘴还噘得老高，脚下却已经利落地动起来："看在你如此诚心的分上，勉强再让你使唤一回。"

肖南回勒紧手中的缰绳，吉祥嘶鸣一声，高高扬起前蹄。

"今夜过后，希望诸事平安。"

马蹄重重地落下，三道身影已如箭一般飞出，追随着半空中那三团飞速移动的阴影，向着三个不同的方向前去。

重壁高台，无人声、无虫语的昏暗小帐内，崔星遥依旧维持着半个时辰前的姿态。

石榻上，年轻帝王侧身而卧，似乎是累极，陷入沉睡。不知过了多久，他均匀的呼吸声仍未改变。

"陛下？"

许久无人应答，一直安静地跪坐在软毯上的女子身影终于动了。

她今日穿的是最柔软的纱织衫，头上只戴了一支银钗，耳上去了流苏坠子，各自留了一颗圆润的宝珠。她的动作很轻，举动间一点儿珠翠相击、衣料相磨的声音都未发出。她每落一步之前都会用足尖轻轻试探落脚的那块木板，确认那块木板不会吱嘎作响，才轻轻迈出一步。

她自幼习过铃铛舞，论狠论快，她比不过刺客或武者，但论轻论稳，没人比得上她。她先走到正中的神龛前，仔细查看龛笼后的礼器供品，指节轻轻叩击每一块木板，确认其中是否有隔层。片刻过后，她将一切复原，小心退开。

环视整个小帐内的陈设，她的目光落在皇帝休憩的石榻旁。那里有一张高脚条案，条案上工整地码放着近日来的奏章文书，还有一只精巧的铜角木箱，箱上落了锁。

崔星遥慢慢靠近那只箱子，纤细的手指托起那箱上的锁，细细端详了一会儿，随即从发间取下那支银钗，插入锁眼轻轻拨弄。

许久，那锁终于发出一声细微的响声。

原本干燥服帖的鬓角被汗浸湿，她抽出帕子轻轻擦了擦，屏住呼吸，缓缓打开了那只箱子。

箱子里空荡荡的，只正中摆着一张烧了一半的信纸，信纸上依稀可见几个秀气的小字，眼熟得令人心惊肉跳。

“找到你要的东西了吗？”

崔星遥一惊，指尖突地一松，箱子盖啪的一声便合上了。但她反应很快，几乎是立刻便将银钗握在手中藏在衣袖下，随即俯身行礼：“妾罪该万死，惊扰到陛下——”

皇帝的声音从石榻上传来，平静得听不出任何端倪：“你何罪之有？”

手中握紧银钗，崔星遥的声音染上几分颤抖：“妾的舅父仗着陛下对妾的恩宠，屡次进言谈及拔擢加禄之事，妾不想陛下因此疏远了情分，这才想私自将奏疏拿走——”

帝王的身影映在纱帐上，他轻缓地摇了摇头：“你亲手写下的密文暗书就在那箱子里。你的情分根本一文不值。”

崔星遥的头深深低垂，瞧不清神色，那颤抖的双肩却泄露了什么。

帝王的衣摆在她面前的地面滑过，半晌，一只清瘦的手将她一早放在地上的香囊捡起，轻轻晃了晃。

“你很聪明，也懂得把握时机。只可惜，你要找的东西如今并不在孤身上。”

第一百三十七章

〖月隐星稀〗

崔星遥的人生是在那一天被改变的。她还记得自己坐在轿辇中第一次进入那三重宫墙时的情形。她穿着出生以来穿过的最华贵的衣裳，云髻高高梳起，上面簪的东西是她母家一族几世的财力所供。层层绫罗绸缎包裹着她，丝毫不差，分厘不偏，然而临跨过那道门槛前，为她更衣的姑姑将她后颈的衣服往下拉了一寸，说她的脖子生得好看，而陛下前些年曾多看过一眼脖颈好看的采女。她的身体没有动，心底是厌恶的。

父王已死，余氏一族也早就破败、腐朽，昔日养在康王行宫、罗袜都要束到小腿的明珠，如今却要如同青楼娼妓一般让人挑选、赏玩。

月栖湖畔，皇帝坐在九层纱帐之后，只现出一道清瘦的影子。

他的声音有些低哑，语气令她捉摸不透。他留下了她，至于原因，她大抵是知晓的。她是康王之女，是安抚藩国的一颗棋子，是寄托家族希望的最后一枚棋子。

初见匆匆一瞥，她再次见他已是半年之后。他终于从那层层纱帐之后走出，一步步向她走来。

他比她想象中年轻太多了，不仅年轻，还很好看。他说话时从不疾言厉色，眉宇间的表情、眼神平淡得不像一个身居高位的帝王。

他清雅、得体，跟她在一起的时候总是柔和得如春风一般。他说一不二，平定碧疆战事时杀伐果断。他从不利用她的身份多做文章，除了偶尔约她在月栖湖畔隔着那道纱帐观星赏月，他们几乎很少见面。

可就在月栖湖畔那荡漾的水光中，她动摇了。这种她曾经厌恶唾弃的生活如今渐渐变成了她的依靠，变成了她存续在这世间的意义。

他从来不唤她的名字，只客气地称呼她的名位。但那又如何？毕竟如今她是唯一可以光明正大地坐在他身侧的女子。她从未在他身旁见过其他女子，或许，她就是那个离他最近的人。

她和他的命运是相同的，所以她了解他的苦衷——那种被困于帝位之上、宫墙之内的苦衷。她会是那个唯一了解他的人。或许她注定会来到他身边，他们注定会陪伴彼此，在这深宫中一同老去。

夜深的时候，她常常从那白头到老的轻甜美梦中醒来，看着一地惨淡的月光，逐渐想起属于她的冰冷现实。她的母族倾尽全力将她送到这里，给她的指令是如此干瘪且没有回旋的余地——杀了皇帝，夺回秘玺。她常以为这任务难在行凶杀人，又或是难在窃取宝物，从未想过最终会难在她不能自已地动了心。她不忍心杀他，但他若不死，余家又该何去何从？可她又何其无辜？以家族之名将她送到这宫墙之内的那些人又何曾想过她要何去何从？

命运抉择的那天终究到来，来找他的这一晚，她备下了汤盅和香囊。汤里是穿肠毒，香囊里是迷魂散。

家族将命运交于她手，而她将命运交于老天。如果他选了那盅汤，那么她将屈服于自己的宿命，将这一切画上句点。可如果他没有动那盅汤呢？长久以来的念想在她的心底蠢蠢欲动，就要破土而出，或许她可以改写这一切，拥有属于自己的结局。那些对她来说夜夜入梦、遥远如星星一般的东西，或许有一日可以真真切切地属于她自己。

她料想了两种结局，将最残忍的画面在脑海中反复勾勒，可唯独没有想过眼下这一种。他早就知晓一切，并对她说，她的情分一文不值。

“你要找的东西不在这里。”他的表情依旧清雅、淡然，像过往每次跟她说话时一样，“孤把它交给了最信任的人。”

谁是最信任的人？单将飞，还是……她的思绪一片混乱。眼前的人既熟悉又陌生，她看不透他的情绪：“妾不知道陛下所指为何，甚感惶恐——”

“崔淑媛，你与孤都是清醒的人，事到如今又何必佯装大梦未醒？”他边说边将手中的香囊打开，里面燃尽的香灰扑簌簌掉落，腾起一股细烟，“还是这迷香令你昏了头，竟忘了自己本来的样子？”

局面已破，再难平复。崔星遥的心狂跳起来。她不善应对这样的局面，她向来都该是从容、美丽、进退有度、优雅得体的，而不该是如此狼狈、穷途末路的模样。

“这一路走来，孤一直将你带在身旁，也算给了你不少机会，你倒是沉得住气，一直等到今日才动手。”

究竟是哪里出了问题？崔星遥百思不得其解：“陛下是从何时开始怀疑我的？”

“从你入阙城那一刻。”

原来从一开始，他便没有信任过她。

“是因为舅父——”

“余右威？”他看她的眼神有些惊讶，似乎对她的问题感到奇怪，“他是他，你是你。不过，若你不是余右威的甥女，孤确实不会见你。”

这答案与其说是伤人，不如说令人难堪。她自以为的撕心裂肺、悲苦情殇通通是错觉，留下的只有一把钝刀子在她心口划来划去。她不服，她不甘，她不能相信这一切都只是她的错觉。

也许……也许是他故意如此说，好让她死心。她倔强地抬起头来，直视帝王的眼睛：“陛下既然一早便怀疑我，为何还要夜夜约我在月栖湖畔观星？”

然而皇帝的眼中一片清明，许是因为太过清明而令人无从探究什么，像一面镜子，只映得出她自己的影子。

“夜夜观星？你可看清了，跟你观星的当真是孤吗？”

崔星遥呆住了，眼中的光渐渐暗淡。她回想起过往短暂的几个月中那一个个春风吹拂的夜晚。她沉醉于那些温柔与善意，竟未曾想过一个问题——皇帝为何每次见她时都要隔着纱帐呢？

“可是……你的声音——”

“眼见尚且不能为实，何况耳听呢？”

崔星遥的身体僵硬起来，她始终保持着跪坐在地上的姿势。

他从未对她动过心，甚至不曾在她的世界停留过。而她已经在那一个个深夜的长梦中走完了跟他的岁岁年年。

她突然想起昨夜破晓前，她再次辗转难眠，起身走到窗前时，曾无意中听见他院中隐隐传来女子的声音。彼时她以为是别苑宫人的声音，可眼下想起才察觉异样，他的身边何时有过女官近前伺候呢？

好像梦游之人突然惊醒一般，崔星遥喃喃地开口问道：“是因为昨夜陛下院子里的人吗？”

就在她说出这句话的一刻，年轻帝王脸上的神情变了，似是长久以来的面具顷刻间碎裂，或许是眉梢轻轻扬起一个弧度，又或许是眼瞳中轻微颤动。她这才明白，自己一直以来见到的那张脸不过是佛祖面对众生时化作的千篇一律的石像罢了。

“你注意到她了？”他笑了，眼神深处有藏不住的寒意，“孤用靴子当借口将她骗来，不过留了她一晚而已，就教不相干的人察觉到了端倪。”

靴子？眼前闪过马车旁那个一身灰尘、立在泥泞中的倔强身影，崔星遥的心底浮上一层不解与疯狂。怎么会是她？怎么可能是她？！

“她怎能和我相提并论？！她武将出身，心思粗陋，做起事来又十足地肤浅——”

“孤以为爱本就是肤浅的。”帝王眼底的寒光渐渐散去，只留下一点儿没有温度的微笑，“她可以为孤去死，你可以吗？”

崔星遥犹如抓住最后一根稻草，扬起雪白的脖颈，不加掩饰地控诉道：“星遥曾在玥河上为陛下挡过一箭，陛下难道不记得了吗？”

“哦，是吗？”他轻轻歪了歪头，似乎当真在回忆那一天的事，“孤怎么记得那一箭本就是射向你的呢？”

饶是先前数次被拆皮抽骨、反复鞭笞，崔星遥也没有想到这件事会如此轻易就从对方的嘴里说出来。即便是她本人，也是花了很长的时间才接受这个事实。

“白家女少年早慧，善拨弄人心，棋高一着。她知道孤身边有绝顶高手相护，即便那燕紫出手也未必有十成把握，又怎会在祭典如此大的场面中孤身行刺杀之事？”

崔星遥的泪停在脸上，渐渐从温热变得冰凉。她想捂住耳朵，不听那犹如恶鬼低语的声音，那声音却不肯停止。

“祭典最后一日，你以代父观礼为由求孤带你出席，并坐在孤的身边，等的就是这一刻。”

他拿起那盅已经冷掉的汤，掀开盖子，拿起瓷勺在其中搅弄，玉与瓷相击的清脆声响伴随着汤汁滴落的水声在帐内回响。

“她那一箭是为了将你送到孤的身边来。”

皇帝手腕一转，汤盅里蜜色的汤汁倾泻而下，打湿了地上的锦毯，然而下一刻，那毯上腾起一股青烟，伴随着一股刺鼻的气味，将整片丝毯灼烧出一片漆黑的焦煳。

“只可惜，孤的身边已经有旁人了。”

丝毯上的黑洞越烧越大，直到那发黑发臭的边缘停止扩散，崔星遥终于笑了。命运之所以被称为命运，便是因为它是那样难以撼动，不可改变。她的人生其实从未被改变过。

“我也不想如此。康王一脉已断，余家也根基尽毁，这次……这次是最后的机会，如若能成，我母家一族将有东山再起的机会，如若不成——”

崔星遥突然抽出先前一直捏在手里的银钗，狠狠刺向自己的颈间。那是她一早为自己准备的，她要为自己留最后一份体面。

啪，她的手顿住，视线缓缓下移，她只看见断了的钗头光秃秃地停在她自己的颈间，除此之外，还有两截被削断的指甲。她甚至没有看清是什么将她的钗子削作两截，更没有看清是何人出手，迟来的锐痛席卷而来，令她长久以来维系的体面顷刻间碎裂。

呻吟、惨叫声溢出，年轻女子的面容因疼痛而扭曲起来。

青衣侍卫看她一眼，转身复命道：“事出紧急，下手偏了些，还请陛下恕罪。”

皇帝没有回话，只走到崔星遥身前：“有些事还未问清楚，你还不能死。当然，一切都结束之后，你若想死，孤不会再拦。”

帐外，听闻动静的内侍官撩开帷幔走进来，见到眼前情形便垂下眼，拍了拍手。几名深红宫服的内侍走进来，将地上的狼藉一扫而空，最后将崔星遥拉起来，抬了下去。

单将飞捡起地上那被削掉的钗尖，小心将那淬了毒的部分用帕子包起来收好，末了，看了看立在一旁的刀客：“丁中尉，好久不见。”

丁未翔看一眼那眉目和善的内侍官，只轻轻哼了一声。

单将飞没在意他的傲慢无礼，转身看向帝王：“陛下，离天亮还有一个时辰左右。是否——”他的话说到一半，突然便被帐外的声音打断。

那是一种清脆的金石击鸣声，并不像鼓声那般沉重，却比鼓声传得更远。

春猎始终，以柷敔之声为号，启时击柷，合时敲敔。而猎时启合之期，又以日升日落为界。日未升而鸣敔，是为有异。

“报！”一道影子立在帐外，似乎是转瞬间便出现在那里的，“黑羽壬字营来报，艮位四宫、巽位八宫有侵，千人位。”

“报！”又一道影子接踵而来，低声急促道，“黑羽辛字营来报，兑位七宫、坎位一宫、坎位三宫、坤位九宫有侵，万人位。”

“报！”

“不必报了。”帐内帝王抬眼，漆黑的瞳仁中毫无波澜，“传令黑羽各营，按先前计划，一切照旧。”

“是。”三道声音在帐外齐齐应下，声音未落，帐外已空无一人。

长刀侍卫下意识望向帝王，帝王正将那汤盅放在一旁的高脚条案上，随手滑过那一摞摞奏章和那只被开启过的铜箱。

“未翔，将飞。”

两人异口同声恭敬地应道：“在。”

“你们以为今夜可是良辰吉日？”

丁未翔不假思索道：“陛下说它是吉日，便是吉日。”

夙未的声音有些喑哑：“吉日、忌日，不过一字之差啊。”

丁未翔一顿，还没想好如何开口，单将飞已轻声接道：“陛下从未输过，既是多年筹谋，今日必能了结一切。今日过后，再无牵挂，陛下应当高兴才是。”

“再无牵挂吗？希望如此。”帝王的面上显出少见的迷茫，但那迷茫稍纵即逝，他很快便恢复了古井无波的模样，“黑羽甲字营单将飞听令。”

“臣在。”单将飞转瞬间便收起了那副伺候人的嘴脸，身形利落得哪里像常年在宫中行走的内侍。

“今夜恐多生变数，无论发生何事都要待命王座附近，切不可让人乘虚而入。”

“是。”

“黑羽暗卫总领丁未翔听令。”

丁未翔上前一步，屈膝行礼，神情肃穆：“臣在。”

“摆阵伏兽台，传令各营，死守方位。”

“是。”

“先前教你备的东西都备好了吗？”

“一切就绪，全等陛下号令。”

“好。”帝王转身，长袖一挥，纱帐向两侧大开，露出东方那一片虚空的黑夜，“白鹤留，孤等你很久了。”

肖南回已策马在密林中奔走了小半个时辰，耳边持续的嘈杂声令她的听觉变得迟钝，那尖细的摩擦声已经响起片刻，她才意识到那并不是她耳鸣。

起先，她以为那是另一群夜蝠接近的声音，可随即便觉察到了不对劲，因为那声音有些许不规律，时轻时重，时急时缓，时而停顿，时而又起。

也就是几个起落的工夫，一直位于她前方的那群夜蝠突然便溃散开来，原本的一团黑色化作零星几个黑点，迅速便消失在夜色中，令人无从寻觅其踪迹。

肖南回不死心，双脚踩上马鞍，从吉祥背上一跃而起，抓住一截粗壮的松枝，借力而上，三两下攀爬至树冠。从枝叶间探出头的一刻，她感觉到久违的微风从空旷的上空吹来，夹杂着潮湿的气味，清清冷冷。

四周是茂密不见边界的树顶，树顶之上便是浩瀚的夜空。今夜为她指明方向的皓月变得有些模糊，星斗也随之隐耀，稀薄的水汽随风从南边而来，云雾开始在星月之间缠绕。雨安的雨又要来了。

肖南回明白，自己的时间不多了。一旦云层彻底将夜空遮蔽，她便会在这无边的山岭密林中失去方向。而眼下唯一的线索便是方才她捕捉到的那点儿声响。

深吸一口气，肖南回凝神向四周望去，精神高度集中，用尽平生的专注力，去观察四周静谧无边的树冠。

一定……一定会有什么蛛丝马迹，抖动的枝梢、惊起的夜鸟，又或者是最微弱、转瞬即逝的光影？

突然，有什么细小的光亮滑过她的余光。她连忙掉转视线向右后方望去，只来得及捕捉到一点儿消散的影子。有什么在那树冠之间跃起又落下，月光一般的颜色，细细的，亮亮的。

肖南回睁大了眼，几乎不敢相信自己所见。随即，本能将她的记忆唤醒，她终于回想起此前在何处听过那声音。在那北地沼泽熊家老宅中，在那碧疆色丘光怪陆离的洞窟中，她都曾听过那声响。是飞线。肖南回的目光紧紧锁定那已经恢复平静的远方，而有什么东西藏在这片风平浪静的密林中。

山林交界深处，无数夜蝠呼啸而过。它们遇到了难缠的猎手，似乎有些慌不择路，一头扎进这大山深处。

眼下鹿松平的箭袋中只剩下一支箭，他停顿了片刻，便果断地将它抽出，瞄准那群躁动的黑点中最有力的那只。

擒贼先擒王。他观察了一路，虽然那只夜蝠身上不一定带有情报，却可能是这群夜蝠中的首领。

嗖，破云箭飞出，直取那机敏飞兽颌下要害。只听一声嘶鸣，那只夜蝠身形一晃，便要坠落。鹿松平驱使坐骑快进几步，却见那坠落的身影瞬间又死而复生一般，重新回到蝠群之中。随即，那蝠群仿佛受到什么感召，呼啦啦地拥入一侧山体之中，转眼便消失得一干二净，半点儿痕迹也没留下。

鹿松平翻身下马，慢慢靠近蝠群消失的地方，随即发现，那山体之中藏着一座深不见底的裂谷。

蝠群嘈杂的声响从深处传来，渐渐归为一片死寂。蝙蝠本就喜欢以黑暗狭窄的洞穴作为藏身之处，加之他方才接连射箭相逼，它们逃入这山体中倒也算符合常理。可不知为何，他总觉得这四周哪里怪怪的。这洞口太过干净了，一丝蝙蝠粪便的痕迹也没有，足以说明这里并非生灵经常活动的地界。

他缓缓抽出腰间的银色软剑，月色在这一刻突然暗淡下来，他借着剑身最后一点儿亮光望向那深渊深处。

西北斗辰岭，草木荒芜、山石陡峭的南坡峭壁上，一条蜿蜒细窄的石栈断断续续盘旋而上。

斗辰岭中有无数条山路，而能行马走车的只有一条。那是早年进山开采矿石的官府开凿的，然而山中矿石已尽，石栈早已荒废，杂草将路面掩盖，雨水冲下来的山石将其冲塌成几段，再没有人敢冒险从中通过。

而眼下，在那狭窄破败、摇摇欲坠的半山石栈上竟停着一辆马车。没人知道这辆马车究竟是怎样驶到这宛如绝壁的山路上的，更没人知道这辆马车在这里停了多久。

若非这辆马车前还有两匹马，真要教人怀疑，这是不是多年前被人遗弃在这儿的。那拉车的马被人用黑布蒙了眼，以防受惊，驾车的人显然有备而来，不是第一次走这样的路。

伯劳趴在一棵秋枣木后，目光投向那紧闭着的车厢，那里静悄悄的，听不见一丝一毫的呼吸声。

滴答，滴答，淅淅沥沥的雨水落下，在四周的荒草丛中激起细碎的敲击声。

不知过了多久，在她终于决定上前探究一二的时候，吱呀一声，马车的车窗被拉开一道缝，半截紫色的衣袖从那窗子中伸出来，接着是一只男子的手。那手手心朝上，接了几滴雨水后在指尖捻了捻。

“果真下雨了。”

第一百三十八章

犬与狼的时间（上）

停了一昼夜的雨，又下了起来。雨安的天气就是如此。如今是这样，十几年前也是这样。

十数年的时间足以让一棵幼苗成长为参天大树。

铁甲将军肖准立于万顷山林前，身下坐骑不安地踱着步。这是一匹久经沙场的战马，它的嗅觉比寻常人家的马更加敏锐，总能分辨出这寂静之下隐藏的杀机。将军轻轻拍了拍黑马的鬃毛以示安抚。他也察觉到了正在逼近的敌人，然而不知为何，他难以集中精神于这场一触即发的对战，反而有些不同寻常的涣散。

一定是因为脚下的这片土地渗透着他故人的鲜血，否则他怎会在这昏昏沉沉、夜雨连绵的黑暗中突然回想起那段曾经阳光普照、不染纤尘的往事？

十二岁那年，因为肖家一族的辉煌过往，他无一日不在幻想着戎马沙场、建功立业的日子，眼前的其乐融融、岁月静好，他全然没有放在眼里过。那时的他还不知道，因杀戮而麻木的人生将是他余生日日难逃的诅咒，而昱坤街上温馨、热闹的那座将军府只能在梦里才能重温。

他鸡鸣时晨起练枪，天亮后便随父兄入骁骑营练习骑射，直至太阳落山才能回府，用过晚膳后又要学习兵法与治军之术。母亲心疼他，以“兴武不可废文”为由，将他塞进都城王侯子弟念书的书院，他训练之余，总要分些时间出来同书院先生混一混。

他行文造句的水准一直不及兄长，倒也能够写一二诗句。但他不喜欢写诗，总觉得从那些风月里捞出来的辞藻绵软、脆弱，跟他想要做的事情南辕北辙。他那时熟识的朋友大都是父亲挚友之子，大家的兴趣都在摔跤骑射上，闲暇时赛马游猎都不尽兴，怎可能聚在一起吟诗作赋呢？

盛夏时节，书院里分外燥热，枯坐读书的时间太过难熬，他有时便会同三两好友偷偷溜出城去，在城郊清冽的小河旁纵马戏水。每当这时，他都会央求白家两位兄长帮他做书院“内应”应付夫子，反正他们二人功课都很好，夫子便是吹胡子瞪眼气半日，最终也就不了了之了。而作为答谢，他会献上阙城最鲜美的时令河鲜给两位挚友，书院外墙、白府后门成了几个少年最常接头的地点，偶有失手，大家便轮番“顶罪”，开赴夫子书房挨手板子时的神情一片凛然。

校场尘土，书院午后，桂花载酒，系马高楼……他的少年时光就是那样的，时时憧憬着不平凡的人生，却在平凡中安静地流淌。他要走的路是那条往来军营与城门之间校准过的笔直大道，大道两旁是遮天的绿荫，即便斜视也看不见其他风景。他本该在这样的大道上一直走下去，然而他终究窥见了不一样的风景——在那飞速后退的景色中的一点儿白色。

他记得那是夏末初秋的黄昏，一碧如洗的蓝天被夕阳染作金黄，他与伙伴三三两两从城外校营打马归来，一入城中甲子大街便被奔走围观的人群堵住了去路。

不知过了多久，一列车队才缓缓从大街尽头驶来，香车宝马，鲜花铺路。

他从路人口中听闻，原来是梅家女风光大嫁与烜远王，是以小半个时辰前整条甲子街上便都是围观的人了。彼时他少年心性，自命清高，故意不去瞧这热闹，只向同伴抱怨走错了路，平白被水泄不通的人群堵在道上。

人群中不断传来热切的议论声和惊呼，十车嫁妆的最后一车上放着一只巨大的红漆木箱。那箱子里没有金银珠宝、绫罗绸缎，竟是一棵树——一棵枝繁叶茂的梅树。

同行的伙伴感叹，那是梅老将军送与爱女的最贵重的一样嫁妆，名唤映水重楼，是世间仅存的三棵重瓣绿蕊梅树中的一棵。他却皱着眉看了许久，也没看出那因为年岁而干枯、狰狞的树枝有甚珍贵。

然后，他就看到了她。她穿着简单样式的浅色衣裳，乌发绾作男子发髻的模样，侧脸在夕阳金灿灿的光下勾勒出一道明媚的轮廓，虽然只有半张脸的笑与喜悦，却比他见过的任何美丽的事物都要完整和珍贵。

所有人的目光都落在那棵梅树上，他的目光却落在那个看梅树的少女身上。他没有意识到那一刻自己的心境，只是觉得，从前打心眼里瞧不上的那些风月诗句，突然在这一刻有了画面和寄托。

当晚他做了一个长长的梦，梦里他们牵着手，瞧着对方一直笑着。

他从没接触过那些温柔，对于温柔的想象自然也十分贫瘠，可他那时并不觉得，时常为那些梦而感到欣喜，又回味许久，醒来后常常回到那条街上，希望再次看到那道身影，可那道身影再没有出现过。

但他没有忘记她。他在漫长岁月中频频想起那道侧影，于是他动笔写下诗句，又将写下诗句的宣纸裁下，小心地贴身藏好。毕竟，他是要做将军的，将军怎么能写情诗呢？

终于有一日，他在回城的路上照例牵马在溪边饮水，一时兴起便挽弓射向岸边的芦苇，起身时突然发现一直藏在靴子里的那张字条不见了。

他心一跳，但面上还是镇定的，心想，许是落在这不见人烟的哪个角落了。直到他看到那张字条出现在一个少女的指尖。

他没想到会在城郊再次遇见她，毕竟阙城有名望的人家绝不会让女眷只身出城，更别说在这荒野小溪旁晃荡。他的错愕写在脸上，而她手中拈着那张字条，嘴角是令人玩味的笑。

他从那笑中看出了些许揶揄的意味，瞬间更加慌乱了："有甚好笑？"

她摇摇头，故作严肃地将字条塞回他手中："不好笑。只是没想到，还会有人将自己写的诗句贴身带着，随时观赏。"

他的耳根瞬间便红了，不知是气恼还是羞愤，他说："你怎知是我写的？我那是……我那是帮旁人收下，随手放的——"

她又笑起来，却没有拆穿他蹩脚的谎言，转身拿起他放在一旁的弓来："你这箭射得不对。"

没料到她会顾左右而言他，他有些意外，随即骄傲与自尊心便开始作祟。他长这么大，还从未有人说过他骑射不精。他以为，在他这个年纪，没有人能做得比他好，更何况说这话的还是个女孩子。

"哪里不对？"脸皮薄的少年郎有些着恼，但还是摆出一副沉稳的样子。

"你觉得我在故意挑衅？"

原来她不仅眼神灵动，心思也很细腻。他想表现得坦荡些，于是干脆应道："是又如何？难道你能射得比我好？"

“若我说，你的身法不错、力度也好，只是准度有差，你可会生气？”

“知道我会生气，你还问？！”他早就生气了，却依旧努力板着脸，心底那股不服又噌噌噌地冒了上来，“你说准度有差是指这箭不行、这弓不行还是我不行？”

她瞧着他脸上瞬息万变的神情，不仅没有退缩，反而笑意更深，随即转身指了指小溪对岸的一块褐色石头：“不服气的话，我们打个赌，如何？若我能将箭射进那石眼之中，你便认同我说的话，还要答应我一件事。”

他转身顺着她指的方向望去，便见那块褐色巨石正中有一个天然形成的细不可见的缝隙。那样的缝隙，便是拿着箭羽上前比画，也不一定能顺利通过吧。

以往在校场，他们也会练习骑射，但军中射箭多以迅猛为主，如何能在短时间内以穿甲的力度射中飞快移动的目标才是要点。

他觉得她在胡闹：“赌就赌。”

她向他伸出手来：“可有匕首借我一用？”

他从腰间解下匕首，她抬手接过，利落地抽出一支箭，将箭羽修了修。她下手很狠，没几下便将尾羽修得极窄。他在一旁看着，只觉得那支箭瞧着比自己先前见过的旋羽箭还要奇怪。

这样的箭真的能射到百米开外吗？他越发不信了。下一刻，匕首已被塞回他手中。

“你不信？”

他当然不信。此箭投入使用已有数年，军中也不乏兵器老手，倘若当真如对方做得那般轻巧，又怎会多年未有精进？

她没有再说话，只捏住那支箭，利落地搭弦拉弓射出。她稚嫩的手臂因为用力而有些颤抖，但射出的箭十分沉稳。

那支纤细的箭在半空中划过一道流畅的弧度，最终毫厘不差地没入那石眼之中，干净利落得未传出一点儿金石摩擦的声响。

他呆呆地立在原地，只觉得那箭不是穿透了那块石头，而是从他的心尖贯穿而过。

“你可承认我说的是对的？”

他平静下来，点点头，随即心中迅速产生了一个想法。他又恢复了往常的样子，面上看不出什么，只有握着匕首、不安攥动的手暴露了些许情感。

“你射箭准头不错，但力度差些。”他顿了顿，终于说出那句话，“我教你如何？”

“好，但是在这之前，你要先兑现你的承诺。”她定定地望着他的眼睛，羽睫下仿佛有另一泓溪水在荡漾，“我要那新开的映水重楼。你会拿来给我吧？”

他笑了，但他看不见自己此刻的表情，他以为自己还是矜持的：“一言为定。”

今年不行了，但明年一定可以。他不仅会为她拿来她爱的花，还会献上他最赤诚的心。

彼时少年意气风发，他凭借一手精湛的枪法博得皇帝赏识，得以跟随圣驾前往猎场。他已经想好了，参与春猎的高手个个身手不凡，他愿代表肖家上场，不求能在其中胜出，拔得头筹，只求以少年之姿博个出彩，他便有机会面谢圣恩。他不要金山银山、不要兵权官职，只是要一枝梅花，皇帝一定能够应允他。然而他求来的不是一枝红梅，而是一片血海。

皇家狩猎，接连两日方能出围。他昼伏夜出，因追逐一只牡鹿，在第一日傍晚时分从围场偏僻处的山道走出，无意中离开了猎场。途经岳泽大营，他座下黑马不安地躁动着，他这才发现守军皆不知去向。雨安城门大敞，安顿肖家上下的别院中血海泥泞，尸横满地。

他踉跄着四处查看，想要在那无数血肉模糊的躯体中分辨出昔日族亲的模样，却又害怕真的认出一二。

最后，他不再去看那些人的模样，只一一去探他们的鼻息，只想确认是否有人还活着。可探了七十九具身体，七十九具身体都无半点儿气息，直到他在后院的一口枯井中发现几乎被砍成血人的姑姑肖黛。

肖黛还有一口气在，却已跟死人没什么分别。他此生从未见过那样的伤口，明明凶器已经离身，却似有剑气仍留在伤者血脉之中，所到之处筋脉尽断，皮肉分离。

他颤抖着将姑姑从井中拉出来，强迫自己不去看那张支离破碎的脸，用水井中两根拴水桶的绳子将昏死过去的姑姑绑在身后，试图在附近求得救助。他知道，那些凶徒或许还没走远，他不能相信任何人，他必须在他们发现他之前离开雨安城。

他仗着自小跟父亲在北部山林狩猎的本能，策马在斗辰岭的山道上飞奔。

远处雷声阵阵，由远及近，渐渐会聚在他身后。不是雷声，是马蹄声。他们有数十人之多，个个训练有素，从他身后逼来。

他仗着山路曲折，心道，只要对方不能近身，他便仍有胜算。可他毕竟身后负着一人，身下黑马脚力已到极限，便是他用手中的鞭子抽出了血，也仍逃不开身后越来越近的马蹄声。

突然，夜色中有另一种声音破空而来，尖锐而嘈杂，像某种细小的兽群嘶鸣的声响。

他身后的马蹄声混乱起来，金鸣相击的声音如疾风暴雨一般越来越密集，搅动着山谷中的风，将血腥气送到他鼻间。

父亲生前曾教导过他，行军者切忌回头，回头意味着犹豫，意味着瞻前顾后，意味着求果心切，意味着将要功亏一篑。可那此起彼伏的尖啸声越来越近，人体被切割的顿挫声仿佛就在耳旁，他几乎快要感受到血泼洒在他脑后的热度。

他还是没忍住，只微微侧了侧脸。暴雨来临前的黑夜中，他看见漫天银线交织而成的网在他身后变换着，那群黑衣黑马的刺客被困在其中，仍以拼死的力气向他杀来……

就这回眸的一瞬，他感觉左肩有什么东西飞快地划过，紧接着肩胛便是一阵剧痛。视野晃动中，他隐约觉得那贯穿他左肩的东西是一支黑色的箭。

群鸦夜啼。山林中突然一阵骚动，是受惊后起飞的鸟群。

往事如烟般散去，肖准睁开眼，正见部下快步向他走来。

“禀报将军，正东方向有一支千人左右的伏杀队，许是白氏残部，是否要——”

果然，该来的还是来了。

“主帐可有传令下来？”

“说是要各营死守方位，其他的……没有了。”

肖准望向远方平原上的那点儿火光。那是伏兽台所在，也是王帐所在。整个伏兽台四周是毫无遮挡的平原，平原四周则是一望无尽的林海与山岭。这使得那一小块依山而成的平原好似一个有来无回的口袋，而口袋口正对着新开春猎的天子囿。

好一出春猎重开、旧账新算的好戏。

春猎时是王座离开都城的时刻，也是白氏最后的机会。皇帝不会不知道这一点，更不会毫无准备。早在出发前，各营大将都已接到密令，以春猎为由深入羽林别苑猎场各处，以守为攻，静待敌人走入圈套。

一切设计都不过是请君入瓮中。所谓“春猎”，猎的不是什么飞鸟走兽，而是在暗处蛰伏已久的旧患。

“暂时按兵不动，让守卫提高警惕，静观其变。”

“是。”部下领令退下，临行前不禁多看了将军一眼。

已过而立之年的青怀侯原本看起来就比同龄人肃穆一些，今晚他显得尤其沉重，那道身影就立在凸起的山石之上，仿佛已经同脚下大地融为一体，在风雨中化作一座石像。

第一百三十九章

犬与狼的时间（中）

重壁台前灯火星星点点地亮起来，宫人们的脚步越发急促，低低的人声在其间交错，人们已经察觉到了有什么正在逼近，正为那不知何时才会到来的黎明而担忧。

大地隐隐震颤，似有百兽要从那黑漆漆的树林里冲出。而重壁台上那顶最安静的帐子依旧保持静默。

夜色中的伏兽台被雨水打得晶亮，它以四四方方的古烽火台遗址为基，却足足扩建出原址三倍的大小。其上没有过多装饰，只有一层厚重的方石砖，砖石之间留有半指的缝隙，好让雨水和兽血能够下渗不积。正中的一块石砖格外方正宽大，原本是为陈列春猎中胜出者的猎物，眼下却立着一面巨大的青铜屏风。

屏风有两三丈高，从百步外望去仿若一堵拔地而起的城墙，其上铸着密密麻麻的铜钉，每枚铜钉内里是空心的，敲击发出的声响可传百里。

一个佝偻的身影缓缓拾级而上，来到伏兽台的正中央。那是一名穿着素麻白衣的年迈礼官，须发尽白，捧着厚厚竹簿的双手皱纹深刻，犹如枯枝。细雨打湿了他的双肩，他也浑然不觉，脚步依旧不紧不慢，最终在正中的石砖前颤巍巍地席地而坐。他已经很久没有这样打坐过了，但年轻的时候，他们经常百人一起坐在大殿上，彻夜颂念祭文。

他方坐好，另一名同样年迈的白衣礼官也从石阶爬上来。两人眼神短暂交会片刻又移开，他们颤巍巍地点头致意，后来者便挨着先到者身侧坐下。石阶前又出现了第三人。三人、四人、五人……十数人，数十人，一百人，百人组成的礼官队列端坐于伏兽台上，白衣白发，在夜色中连成一片光亮。

天地间仿佛瞬间静滞，就连落下的雨水也变得缓慢起来。

然后，重甲长戈的士兵犹如洪水从树林边缘的黑暗中倾泻而出，一双双杀红的眼睛死死盯着伏兽台后的重壁台，杀声震天，杀意遍野。

那端坐于正中石砖上的礼官终于动了。他似乎已经眼瞎耳聋，既瞧不见四面八方急速逼近的敌军，也听不见喊杀震天、大地颤抖的声响，他苍老的手缓慢地翻开那竹簿的第一卷，细长的竹简已经发黄，有了虫蛀，上面的字如蝇头一般细小。然后，他那昏花的眼聚焦在那小字上，胡须下的嘴嚅动着念道：“密阁卷二十二，丁部，甲一。昆州汴城三桃里徐氏，女，年六十九，军户，成丁无，未成丁一人，耕田三亩，瓦屋半间，落名籍于阙城，户契取勘明白，以凭稽考。”

他的声音方落地，身后百名礼官齐齐开口，身怀多年唱颂祭文的功底，个个声如洪钟。苍老的和声被巨大的青铜屏风聚拢，又以伏兽台为中心向外扩散开来，如风起之后湖面上的波浪般层层激荡，向远方送去。

与此同时，沉重的低鸣声响起，正来自伏兽台的正下方。左右各三名辎重士兵将齿轮咬紧，转动摇臂，伏兽台下沉重的石板被从内推开，竟是一道石门。门枢吱呀作响，露出门后巨大而幽深的空间。

礼官吟诵声停止那一刻，第一个人影走出了伏兽台下的那道门。那是一名身着朴素襦裙的老妇，手中端着一盏油灯，脸上仍带着些听到自己户籍信息时的迷茫，她迟疑着迈出脚步，向着黑暗的前方走去。

“密阁卷二十二，丁部，甲三。闽州漳城青衣庄张氏，男，年七十三，匠户，成丁一人，未成丁三人，瓦舍二间，通明街铁铺一间，落名籍于阙城，户契取勘明白，以凭稽考。”

随着百人吟唱，第二个人从伏兽台的石门后走出，是名虬髯斑白的老汉，他手中也只得一盏油灯，仓皇四顾时，一只眼泛白，似乎已经瞎了很久。

绵延不绝的报户籍声在平原上回荡，一道道人影从伏兽台下走出，竟有千人之多，或老幼，或妇孺，他们的脸上挂着迷茫，迎向黑暗中即将杀至眼前的野兽们时，身影显得那样单薄而脆弱。

然而就是这样毫无杀伤力的一支队伍令那些下定决心背水一战的屠戮者慢下了脚步。支撑他们前进的杀气与凶煞慢慢离开了他们的身体，被无声地瓦解在细雨柔风中。

遥远的家乡、亲人的名字，无不令他们想起很久很久以前的事情，在热闹的街巷、在铺满青石瓦当的屋檐下、在城郊炊烟袅袅的小村庄、在种满沉甸甸谷穗的田野之中，他们曾经拥有过那样平静而富足的生活。在今夜之前，他们已经忘记了自己在流浪，以为此生将不得安息于故土。可当那一张张熟悉的脸在黑夜中向他们靠近时，那些根植于血液中的归属感再次觉醒，令他们握紧兵器的手不自觉地颤抖。

细雨如丝，丝结成网，无处不在，无孔不入。有什么无形的力量牵绊住了黑暗中的野兽，而猎人收割的刀才刚刚举起。

重壁台木栈上，玄衣内侍官闪身进入纱帐中。纱帐内，皇帝长身而立，已经褪去帝王衣冠，只穿着再普通不过的长衫，看起来好似误入繁华的平凡书生。

内侍官的眼底有难以掩饰的惊愕："陛下这是……要外出？"

皇帝不置可否："先前不是让你做准备了吗？"

单将飞哑口无言。他是被告知要做好准备，可没被告知要现在就准备。虽说在以往，皇帝也是想走便走，从不交代第二遍，可眼下这情况，不是能说走就走的吧？他有些欲哭无泪："纵是有丁中尉在，陛下还是再等一等吧。外面眼下到底算不上太平。"

何止算不上太平，那可是在打仗啊。

"哦。"皇帝轻轻点了点头，似乎这才想起询问局势，"外面现在如何了？"

内侍官终于可以禀报："一切都如陛下所料，白氏叛军中的岳泽旧部近八成已经降了。剩下的——"

"教黑羽营动手吧。"皇帝语气轻缓，伸出一根手指撩开纱帐一角，望向不远处黑漆漆的伏兽台，"那些老家伙可还撑得住？"

眼前闪过那一众白胡子老头儿上台前焚香沐浴、净手漱口、精神抖擞的样子，单将飞保守道："大人们为这一天准备了很久，从上台前的状态来看，撑到天亮不成问题。"

"白领了那么多年的薪俸，如今也算派上了用场。"皇帝轻笑，随即叮嘱道，"切记盯好那些被放出去的岳泽亲眷，莫要有人伤亡，也莫要有人走失。清点过后按户籍所在安顿好，等柏兆予做后续安排。"

"是。"

皇帝命人将昔日岳泽军的亲眷户籍全部清点出来，一一核查，上到老父老母，下到妻女儿孙，只要还有明目可查又尚在人世的，便通通带到雨安。那便是来时车队如此长的原因。

岳泽本就是天成兵马，其中不乏奇人能者，一概斩杀的话实在可惜。若想兵不血刃，重收叛离的旧部，仅仅有计谋是不够的，还要有真真切切能打动人心的东西。而走这一步棋，绝非短短数月时间可以完成。一个人若为做成一件事耗一下午的时间不算什么，可若他能为做成一件事潜心布局数年之久，那便令人心生畏惧了。

内侍官垂下眼帘。他并不畏惧眼前的人，只是突然有些心疼他的主子。主子太累了，这种累并非身体上的劳累，而是长期保证对大局把控力的同时还要在漫长的岁月中等待最终结果的倦意。好在，一切就快要结束了。

“陛下，还有一事。”

“说。”

“半刻钟前外面便开始吵闹了，应当是楼内有人察觉到了叛军的动向。若有哪位大人怕死要走，可要拦下来？”

“有谁要走，便脱下官服，除去羽冠，留下官印。既然做局，便要有些诚意。孤都亲自坐镇，他们有何脸面独善其身？”

“是，小的这便差人去传话。”

“未翔那边可有白鹤留的动向？”

“黑羽前哨来报，叛军首领白鹤留突袭不成，带领一队人马向东南方向去了。”

夙未突然瞬间静默，即便布下百余枚棋子，他也清楚地记得每一枚棋子的位置：“东南，守军可是肃北？”

单将飞颔首：“正是肃北营肖准。”

夙未预估过这种情况，却最不希望这种情况发生：“让离得最近的将领带人速去断其退路，如若发生变数——”他的声音顿住了。

单将飞微微抬头看了看蹙眉的皇帝。他很少蹙眉，因为很少有事能令他为难。

“只要陛下以兵符传令，光要营的几名守将皆可出动，必……不留后患。”内侍官用了“后患”两个字，因为这两个字既可以指白鹤留，也可以指代别人。很多事，他没有资格说破，只能说到这份上。

“不。”皇帝舒展眉梢，恢复了淡漠，语气却十分坚定，“切忌紧逼。不到万不得已，不可刀剑相向。”

单将飞的心悬了起来："可是，陛下，肃北乃骁骑营，拥重甲骑兵三十万，如若事态紧急，不先下手为强的话，恐怕——"

布衣帝王轻轻看了他一眼："怎么？觉得孤神志昏聩了？"

单将飞的担忧令他越了界，他连忙低头："小的不敢。"

"如若真到了那个地步，斩肃北旗以断其令，违逆者概杀之，至于青怀侯——"帝王的声音顿了顿，他似是在考量一个最终的抉择，"务必留青怀侯性命，不得擅自斩杀。"

挣扎的神色在单将飞脸上一闪而过，他最终还是应下："是。"

"等一下。"皇帝叫住了正要退下的内侍官，似乎突然想起了什么，"宗先生是否还在自己的帐子里？"

单将飞一愣，随即飞快地回道："半刻钟前教人去送茶，人还在。"

年轻帝王将长衫的袖口整理平整，扣紧最后一颗玉扣："调甲子营最好的弓箭手去看着他，只要他敢离开帐子半步——"虽然是他主动发难，抱着一击必杀的心，但那依旧是个很难对付的角色。思索一番，他终究还是迈动脚步向帐外走去："算了，孤亲自走一趟吧。"

羽林别苑东南方，沉默的大山之下，无数道蜿蜒向前的黑影在那些千年古木间若隐若现，好似上古巨蛇复活后的影子。

前方就是羽林别苑与斗辰岭山麓交会处，这里植被不如林中高大，地面也从落满青苔松针的腐土变为碎石交加。石缝间的沙土在雨水的浸润下渐渐变得泥泞，令行走其间的人脚步变得异样沉重。寻常行人尚且如此，重甲骑兵更是不必说。

雨声能够掩盖些许行进时发出的声响，却藏不住地上行军过后的痕迹。

密林行军本是大忌，以静制动方为上策。那些早就以"春猎"之名散布各处的天成将领正有条不紊地将"猎物"赶上绝路。

斗辰形如斗拱，易进难出，若想另寻出路，只能弃马步行，从险峻处翻山而过。这对一支军队来说是不可能做到的。

数十万肃北大军就这样在黑暗中严阵以待，直到山林的边缘出现那支如影子一般的军队。万名铁骑分作两列，铁蹄整齐踏下，声震山谷。

骑着黑马的将军从队列中缓缓而出，手中的长枪在雨水中亮如流光，胄甲下的一双眼睛被铁器寒光照亮，肃杀中又透出几丝悲悯。

“放下兵器，自愿缴械投降者，可保性命。余者杀无赦！”

肖准的声音在阵前回荡，直至消散，四周再次只闻雨滴落入泥水、击打在寒铁上的声响。然而对面那支千余人的队伍无人解甲，无人弃兵。

曾经的岳泽军是由天成各营精锐组成，其中自然也有从肃北大营走出的将卒。只是那时他们中又有谁能料到有朝一日竟会面对这样自相残杀的局面？但那又如何？从他们踏上这条路那一刻起，就已经没有回头的余地了。

一人一马走上前来，马上的人甲衣染血，须发苍苍。

白鹤留笑了笑，伸出手抹了一把脸上的雨水。他的眼睛依稀还透着当年的儒雅，只是眉间嘴角深刻的皱纹带着杀气，他再也不是执笔摇扇、纠察百僚的白衣中丞：“白某自知已是末路。本以为若能占尽天时地利，千军未必难敌万马，谁知最后还是棋输一着。然而纵是秋末之蝉也要竭力嘶鸣，你说，是不是？”

沙哑的声音落地，便再不能收回口中，就像万千雨滴落下，再难回云间。局面早已经注定，乾坤终将无法扭转。

“众将士听令。”肖准手中的长枪笔直向前，寒光破开渐渐浓密的雨雾，势不可当，“随我杀敌！”

一道山岭之隔的斗辰南麓，山间那辆孤零零的马车仍停在原处。然而那原本拴在车前的马缩成了一团，一匹挤在另一匹身侧，拼了命地原地挣扎着。它们头上的蒙巾并未掉落，它们之所以如此恐惧，是作为生灵对杀气本能的反应。

紫衣剑客立于马车车厢的棚顶，手中剑未出鞘，剑鞘上却已有三道整整齐齐的切痕。他用大拇指摩挲着那痕迹，脸上是毫不掩饰的心疼。

“别又摸又看了，你就是把它盘出油，它也长不成原来的样子。”伯劳蹲在距离那马车十步远的半截树桩上，两条胖腿在一旁晃啊晃。

在这半山道上交手，总是要留些余地的，否则一不留神，那便连落脚的地方都没有了。她空手而来，只须站稳脚跟，而对方要守住那辆马车，显然受制更多。即便如此，他也没有落下风，何况他的剑还没有出鞘。

燕紫望向她，那张单纯中透出几分偏执的脸皱起眉来：“你是谁？”

“是你祖宗。”伯劳嘿嘿笑了两声，冷雨打湿了她的手掌，她在衣摆上随意抹了两下，再次握上短刀。

她早年闯荡江湖的时候，交过手的刀客剑客没有近千，也有上百。武者交手，最怕的不是碰上所谓相生相克的招式、兵器，而是遇上同宗同门的对手。因为修行到了一定程度，都懂得灵活变通、见招拆招的道理，便是此处有缺憾，落了下乘，也总有机会在别处找回来些，结果如何未必是定论。可若是自己的一招一式，对方都了如指掌，那便只剩下绝对实力的比拼。实力较强的那一方无论如何都会获胜，结局分晓不过是时间问题。

伯劳的心思转了几个来回，对面那紫衣男子仍在惋惜他的剑鞘，似乎并不跟她在一个世界。良久，他终于放下剑鞘："我不认识你，但我应该没有你这个年纪的祖宗。"

伯劳笑了，满月似的大脸上两腮鼓起，将那浓重的眉眼挤得向上了些："她和我讲起在岭西的遭遇时，我便想到可能是你，果然如传说中一般是个痴人。"

燕紫终于仔细打量起那大头娃娃："你认得我？"

伯劳点点头："你就是当年唯一被谢黎逐出师门的那个人。"

"谢黎？"紫衣剑客双眼中有一闪而过的迷茫，他随即似乎终于想起那些陈年往事，轻轻点了点头，"算是吧。他背弃了要传授我刀法的诺言，不过，我也没吃亏，走的时候捞了件趁手的兵器。"

伯劳的目光落在那被她连砍三刀的剑鞘上，她又想起前阵子让她心神不宁的不速之客，突然有些后悔那几日自己吓唬自己，平白折腾许久，还挨了吉祥几蹄子："宗颢那阴魂不散的老家伙突然出现，我还以为是我做错了事。现在看来，他倒不是冲我来的。"

谁知下一瞬，燕紫的脸上扬起一个大大的笑，他像发现了什么令他感到乐趣无穷的事一般："你怕安道院的人？"

这一句话正踩在伯劳的痛处。她最恨被人压制，可偏偏今生都逃不开安道院这座大山。谢黎安排她出师的时候，她曾发誓，即便冒着余生都被追杀的风险，她也不会服从任何人。如果有必要，她会亲手杀了她那还未谋面的主子。如果不是……如果不是遇见了肖南回——她没把肖南回当过主子，肖南回也没把她当过下人。

小小身影弯下的腰背突然挺直，整个人的气势瞬间便不一样了："怕？笑话。安道院的怪人，出我一个就够了。你只能算个败类。"

"我喜欢你说话的样子，看起来特……"对方顿了顿，似乎在想该用什么词才比较恰当，“特别不怕死。”

伯劳轻嗤一声：“怎么，碍你眼了？”

面对这不客气的挑衅，燕紫没有半分不悦，反而隐隐有了一丝忧伤：“你这样身材矮小的刀客，如今应当很少了，杀了实在可惜。不如你告诉我你想要什么，或许我们可以——”

伯劳抖了抖湿漉漉的大头，大言不惭道：“方才不是有只臭蝙蝠飞到你的马车里吗？你把从它身上取下来的东西给我看看，我就饶你一命。”

“这个不行。”燕紫深深叹了一口气，“他交代过了，这个不行。”

伯劳晃荡的胖腿停住，雪亮的刀尖从袖口钻出，不屑的声音随之响起：“那还等什么？别婆婆妈妈了。”

第一百四十章

犬与狼的时间（下）

从发现仆呼那的人到追出去的那一刻，肖南回是没有考虑过一些后果的。比如，这些人是去做什么的？夜蝠传递的消息是否和他们的行动有关？再比如，就算追上了，以她现在的实力，是否真的能够以一敌众，不落下风？这些令人头疼却似乎永远不会因思考而获得答案的问题，眼下就在她的脑袋里冲撞。但她知道她不能停下来，这一切，只有追逐并走到尽头那一刻才能看清真相。

细雨阻碍了视线，月亮与星星的光芒隐去，天地间一片死气沉沉的漆黑。她须得狂奔一阵便停下脚步，细细分辨声音的方向，然后再策马急追。

飞线的声音本来并没有那般刺耳，但她能在百余步之外听得分明，这说明前方正在飞速前进的杀手少说也有数十人。

不论是先前在穆尔赫熊家老宅，抑或是在色丘那个光怪陆离的岩洞，她遭遇的仆呼那都没有如此规模。这或许意味着，这一次，这些人的目标更重要，比数月前在碧疆击杀皇帝还要重要。

连续奔波，吉祥的后颈开始发烫，肖南回正要伸手安抚，突然前方蹿出一道黑影，她连忙勒紧缰绳掉转马头，勉强与那黑影擦身而过。她转头匆匆一瞥，发现似乎是一只受了惊的獐子。

她还没来得及细细寻思是否前方出了什么变故，突然觉得落在身上的细雨骤停，随即一阵嘈杂声从上空掠来，顷刻而至。

起先她以为是夜蝠去而复返，可抬头一看，半空中的黑影远非夜蝠群可比。成千上万只飞禽组成的鸟群好似一张网，遮天蔽日地从她头顶上空飞过，野鹿、山鼠等三三两两迎面而过，皆是奔逃的姿态。

林间震动，山兽夜逃。

然后她听到了那个声音。有什么沉重、嘈杂的声音与这些声响混成一团，在整个斗辰岭山麓一带徘徊，不仔细辨别，还会以为那是雷声。

但肖南回对那声音再熟悉不过。那是两军交战的声音，金铁击鸣，竭力嘶喊，当中亦有马蹄乱踏、箭羽呼啸的声音。这样的规模，只可能是肃北、黑羽两营同时出动，而在此紧要关头能够同时引得两营出手的只可能是白氏叛军。

联想到今夜的种种所见所闻，肖南回终于开始明白所谓“春猎”的真实含意。

飞线破空的刺耳声将她惊醒，她望向那数十黑点消失的方向，低叱一声，纵着吉祥向着不远处那黑漆漆的山麓行去。

十里之外的斗辰岭，山与平地之间已被数十万大军踏成一片泥泞，泥泞中血海翻涌，断剑残肢满目。

被踏起的泥水黑得发亮，那是被鲜血浸润过的土地才会有的颜色。汗与雨混在一起，交杂在泥泞中。铁与血的腥气混杂在一起，在潮湿中氤氲开来。

死去的士兵交叠在坑洼处，敌友从他们身上踏过，尸体上的铁甲与军马蹄下的马掌相击，发出沉闷而令人心碎的声响。

四周已杀成地狱般的景象，昔日同袍剑戟相向。

杀了他们……军令如山，诛杀叛军是他们的职责。

杀了他们……士为君死，即使被俘，也洗不去身上罪人的烙印，或许战死在这里就是他们最好的归宿。

利刃割喉，铁槊穿膛，都抵不过人情诛心。如果灵魂也有修罗场，这里便是魔鬼的乐土。

不过半个时辰，白氏已成颓势，却仍拼死作战，被砍断四肢便用胄甲撞向肃北骑兵的马腿，被削掉半边脑袋仍拄剑立在雨中，雨水冲刷着鲜血，流进那一双双闭不上的眼睛里，暗淡放大的瞳孔中映出一片残局。局中那支只剩百余人的骑兵，在这如铁桶一般的围剿中硬生生撕开一道口子，向着斗辰岭的山路行去。

锵，长枪与铁剑相击，又在巨大的作用力下两相弹开。肖准一个转手，手中的长枪横扫而过，带起猎猎的风声。白鹤留险险避过，却被截住去路。

山路上，大批重骑一时间难以全部追上，即便追上也难施展阵形。但若遇悍将，则如羊入虎口，更难挣脱。

白鹤留手下近卫见状，疯了般向肖准扑去，但紧随主将而来的肃北铁骑顷刻已至，两方陷入缠斗，激烈厮杀间，被雨水冲刷疏松的两侧山石开始滚落。

山间小路，哪里禁得住重甲铁骑？一旦酿成山石塌方，山麓附近的敌我两军恐怕会全军覆没，到时候又不知会生出什么乱子。

肖准心知，此战必得速战速决。他轻喝一声，座下黑马如有灵性一般跃起，他借着这股力在马背上一踩，长枪拄地一撑，整个人从马上飞起，顶膝直取对方胸甲。

白鹤留被巨大的冲力撞下马背，勉强在崖边稳住身形，一口血沫喷出，沾在灰败的胡须上，一片星星点点。

肖准提枪而上，白鹤留勉力抽剑相抗。一枪一剑再次死死抵在一起，金铁互咬摩擦的呻吟声从耳鼓划过，两人都不约而同地眯起眼来。

握剑的手上血污、滑腻，不知是其主人的血还是敌人的血。枪杆后的那双眼睛中是少有的不忍，不知是为这利刃之下沧桑的老者还是为那在记忆中扭曲了的故人。

枪对剑，剑本就是没有优势的。但持枪者留了余地，持剑者又有着拼死的决心，两者竟陷入胶着。

雨水顺着枪杆上的花纹流淌，滑落，肖准几不可闻地叹气："世伯，败局已定，收手吧。"

四周厮杀声震天，隐隐夹杂着山石滚动发出的巨大声响，但白鹤留还是看清了将军唇间吐出的字眼。他那双被血污迷了的眼有一瞬间的愣怔，随即定定地望向眼前的人："你……叫我什么？"

肖准狠狠闭上双眼，手中的长枪一震，对方便连连后退三步。

"世伯，收手吧！"

白鹤留盯着面前那张沉默中透出痛楚的脸，突然放声大笑："好！好！好！"他的笑音渐渐隐去，手中的长剑应声落地，"是成是败，老天来断！"

四周厮杀声突然变小，肖准用余光看去，只见夜色中有一片黑压压的东西正铺天盖地而来，带着沉重的风声，顷刻间便落下。是黑羽营的箭。这意味着他们的时间不多了。

白鹤留的脸上显现出一种极度激动过后的苍白，苍白中又仿佛有光透出来，像将死之人划亮最后一根火柴，虔诚而狂热。

“阿准，世伯……世伯对不住你。”他说得很艰难，眼神却很坚定，“从小到大，你每年生辰，世伯都会送你东西哄你开心，如今你我多年未见，世伯便送你最后一个礼物，如何？”

沉重的箭啸声又起，漆黑的箭镞成片飞起，落下时仿佛一场黑色的大雨。肖准下意识地反手挥动长枪挡开流矢。

白鹤留的语气变得急促起来：“你听好了。有一把剑，剑锋长三尺一寸，格宽三寸半指，一体而成，锋利无比。可用剑之人不以锋利而闻，却以破坏为用，剑锋行过之处，剑气四溢，行经草木则草木茎叶寸断，行经砂石则砂石碎如米糠，行经血肉之躯则血肉横绽。中其剑者，皮损可医，而经脉难愈，终身须得用上好的赤喉珠吊命镇痛——”

肖准握枪的手突地一颤。如果说一开始他尚且能够保持理智清醒，听对方讲出这番话，可听到这最后一句，他实在无法维系平静：“你说什么？你怎会知道赤喉珠——”

“我知道，是因为那是我试过千百种药草之后得出的结论。”白鹤留语毕，突然后退半步，他右手摸上肩头甲衣锁扣，两片胸甲应声落地，随即他两手抓住自己的衣襟，猛地向两边撕扯开来。

清脆的裂帛声响湮没在周遭的厮杀声中，一道蜿蜒扭曲的旧伤疤好似恶龙盘踞在他的身上。他深吸一口气，用尽平生气力在越发震耳的喧嚣中咆哮道：“你看仔细了，这便是动爻之剑与安道剑法留下的伤，世间再找不出两样来！你明白了吗？你明白了吗——”

嗖，肖准近乎呆滞的眼瞳颤了颤，有什么东西擦着他的左肩飞过。颜色、速度、声音、气流扰动的频率乃至箭飞过时带来的些许玄铁腥气，都与十数年前穿肩而过的那一支如此相同。

而恍若当年的情形又何止这一支箭。白鹤留身上的伤疤是那样刺目却熟悉，是他当初在姑姑身上只看过一眼便夜夜难忘的。他的瞳孔渐渐紧缩，而与此同时，白鹤留的声音戛然而止。黑色箭羽穿膛而过，挺立的箭尖上鲜血如线，将那道陈年伤疤淹没。

昔日御史中丞那双并没有多少薄茧的手缓缓抚上肖准的肩头，就像很多年前，他拍一拍那少年的发顶，让其快快长高一样：“答应我，照顾小女——”

嗖，又是一支飞箭。随即，三支连珠接踵而来，无一不在要害，无一不穿肠透骨。白鹤留的身躯向后倒去，如一棵枝干枯死的老松，轰然倒地。

重壁台西南角，灯火阑珊处，玄色衣衫的影卫在栈道上站成两列，几乎与那一根根梁柱融为一体。那顶单独辟出、四处设防、八方监控的帐子眼下气氛紧张。

皇帝负手立于帐中，脸上依旧看不出喜怒。

黑羽甲字营的将领额间冷汗涔涔，低声汇报着眼下的情况："那昏过去的宫人，方才教人泼醒了。她缓了一会儿才交代，宗先生称腿脚不便，要她帮忙钩帘取物，之后的事，她就不知道了。"

皇帝轻哼一声表示知晓，再无别的表示。

将领更加忐忑，连声将那汇报的后半部分如实道来："暗卫听到有重物落地的声音，便离开把守方位，入内查看。其间，也就一个起落的工夫，帐内不见人影，帐顶被撕开一个大洞，追出已落下一截。黑羽军以箭拦截，然而对方身法太好，我们半点儿声音也听不到，夜里下雨，视线又受阻，最终还是让他逃掉了。"

最后一个字说完，帐内陷入长久的安静。

细雨落在帐外的栈道上，发出如虫蚁啮噬木头一般的声响，更催得人抓心挠肺一般难受。那将领终于承受不住，跪地请罚："属下办事不力，请陛下责罚。"

皇帝轻叹，显然并无责罚之意："他若有心，你便拦不住他。起来吧。"

"报！"一道影子自雨中急急赶来，墨色衣衫已经被浸透，显然是赶了很长一段路，"鹿中尉——"

皇帝回眸，眼神中的闲散顷刻褪去："鹿松平回来了？一个人吗？"

"不是。"那前来汇报的影子顿了顿，似乎有点儿难以开口，"是鹿中尉的马回来了。"

皇帝的脸色瞬间阴沉下来，眼底翻涌的情绪令人不敢直视："人呢？"

"人不知去向，只有马回来了。属下已派人去寻，但不知天亮前能否寻得，或许可以等——"

"不等了。"皇帝沉声打断了那影子的汇报，低声唤道："丁未翔。"

青衣刀客自那帐顶的破洞一跃而入，悄无声息地出现在皇帝身后："陛下有何吩咐？”

“备车马，去斗辰岭。单将飞。”

“在。”低哑的声音在纱帘后响起，着帝王衣冠的身影闪动，哪里还有半分玄衣内侍官的影子。那一直半弯着的腰身直了起来，双肩撑起瘦削的身形，五官虽然有差，却在纱帐的模糊光线下难辨真假，就连举手投足间的克制、自持都拿捏得刚刚好。

皇帝隔着纱帐看了看，而纱帐后的人也在望向他，烛火掩映下，竟一时分不清那纱帐后的人是另一个人还是一道与皇帝无比相似的影子。

片刻过后，皇帝淡淡一笑，像过往无数回那样挥了挥衣袖，姿态洒脱、肆意，好似只是这山间一名躲雨后匆匆离去的过客：“这里就交给你了，孤去去就回。”

单将飞静默片刻，然后郑重地行礼：“陛下放心。还请陛下万万保重。”

他再次起身时，皇帝与青衣侍卫的身影都已不在帐内。

斗辰岭西麓山间密林中，一道灰蒙蒙的影子正穿林分叶而过，脚下轻如落雨，发出的声响也跟雨声一般细微。

眼前湿漉漉的树叶逐渐稀疏，隐约透出其下蜿蜒的山间小道和攒动的人影。脚下山体震动，不断有细碎的山石滑落，褐衣老者宗颢轻轻避开，视线却始终没有离开过前方。他终究老了，尽管身手依然敏捷，耳目却远不如年轻时。

从前，他能借着一缕星辉视物，黑夜于他如同白昼，天地间没什么逃得过他的眼睛。杀意最盛的那几年，他甚至觉得自己可以看到那些被他夺去性命的人灵魂离开肉体时的样子。

江湖传说，死于刀剑下的魂魄会附在刀剑上，令其更快、更锋利。而他常在心底冷哂，因为他知道，能夺人性命的并非刀剑，而是握住刀剑的手。他就是这样的刀剑——锋利无比、锐不可当的刀剑，只是那只曾握住他的手已经不在了。如今他依然锋利，却已不再具备取人性命的杀意。

停下脚步，他让自己的心跳平复了一会儿，好不扰乱他的听觉，随后屏息而立，去分辨震颤的空气中传递的讯息。

铁甲、重骑、黑羽，一触即发的厮杀和突如其来的夜雨，一切都是那样熟悉，一切都是那样令人恍惚。恍惚间，他的白发变作青丝，跛腿变得矫健，褐色粗布斗篷落下，换作黑羽暗卫头领的玄兽服，脚下是避水长靴，腰间的动爻剑藏于披风下，一如他的影子般肃杀内敛，藏锋不露。

他走入那幽深王室的最深处，在那金玉打造的王座上找到了他的主人——帝王夙印。

帝王的双颊已经深深凹陷，额间隐有青色，乌色的薄唇向下耷拉着，已窥不见当年风华的万分之一，那是常年被病痛折磨的人才会有的面相。那样一副病容上却嵌着一双沉静、明亮的眼睛，那是精于谋略的人才会有的双眼。他的主子有着全天下最玲珑的心窍和看透万物本质的天赋，然而再卓尔不群的灵魂终究要为肉身所束缚。

油尽灯枯的帝王重重地咳了几声，声音空洞得好似下一瞬便会消散在空中："怎么样了？东西找到了吗？"

宗颢敛神，尽量控制自己含着痛楚的目光，单膝跪下请罪："属下无能，没能找到天绶。"顿了顿，他又低声道，"除此之外，肖家还疏漏了一人。"

"哦？是何人？"

"朔亲王次子肖准。他参与了围猎，又阴错阳差躲过暗卫刺杀，撞破了事情。"见帝王许久未说话，他握紧了手中的剑鞘，"如今事发不过一日，他不熟悉山路，至少还要再耽搁半日。若要回城，必经离望古亭，属下只须稍加埋伏，便能解决此事。"

老迈的帝王眼珠滚动，眼下的青黑色将他的眼神衬得阴鸷而深远："朔亲王次子——春猎最年轻的猎手，今年可是十六七岁的年纪？"

"正是。但听闻他已在军中摸爬滚打了几年，骑射虽不及其父，却也有将门之风，假以时日，恐怕——"

"好一个将门出身的少年郎，假以时日，必成将才。"夙印轻笑，眉宇一瞬间的舒展使得他恢复了些许年轻时的神韵，"跟着他，莫要让旁人接近他，也莫要取他性命。他若能活着回到阙城，便教他来见孤。"

宗颢不解，不顾僭越之嫌，急声劝道："主子，肖准留不得。斩草不除根，日后必是祸患。"

帝王没有立刻回应他，片刻过后，只淡淡问道："朝中局势，你可知晓？"

身为帝王亲卫，他虽不当值，却也知朝中一二。文官老臣当道，武将年迈，没有话语权，日后若是边境起兵，天成必有难以排解的忧患。

帝王长叹，气息微弱："幼狼失母，伴犬而饲，岁岁年年，安知自己是狼还是犬啊。"

宗颢默然，这才明白主子的心思。扶植肖准作为新力量对抗朝中局势，势必能搅乱这一潭死水。由肖准开始，天成武将势必崛起，天成将以此制衡朝中涌动多年的几股力量。

"仇恨有时亦不是坏事，它能给予人无穷的力量。我将肖准留给未儿，日后若是有那么一天，狼归山野，你可知要如何做？"

宗颢望向那双沉静的眼，声音坚定如磐石："属下明白。只要属下一日不死，主子担心的事便不会发生。"

半个月后，帝王驾崩。

宗颢发誓要效忠一生的主子先他一步离开了这个世间。他带着那最后一道无第三人知晓的命令离开了阙城，等待需要他兑现自己承诺的一天。

他以为他就要带着这个承诺进入坟墓，可十数年过去了，这一天还是来了。

宗颢睁开眼，望向百丈之外悬崖前那个跪坐在白鹤留尸身前的身影。那天在下着雨的斗辰岭山道，他就该杀了肖准。无妨，就让他用这双当年写下开端的手了结如今的一切。

第一百四十一章

劳燕分飞（上）

南风吹拂，层云会聚。雨水由稀疏变得稠密，离天明还有半个时辰，四周却依旧如永夜一般漆黑。

山道悬崖旁，紫衣剑客将剑静置于雨滴之下，让雨水冲刷剑身上的血污。他已经很久没有这样狼狈过了。身上的衣服破了，他数了数，总共有七处伤口。三处在股，两处在臂，一处在腰，但都算不得致命一击，只是划破皮肉。最凶险的一处在肋间，短刀从斜里插入，再有半寸便能穿透胸廓，直插心脉。

然而伯劳差了半寸。或许她再长高一些，便能够深入那半寸，取了他的性命。但是她已经没有机会了，既没有长高一些的机会，也没有再击一次的机会。

高手之间过招便是如此残酷，而紫衣剑客常常沉迷于这种残酷，就连身上的刀伤带来的痛都令他着迷。

他对于周遭事物的感觉总是迟钝的，如今他却体会到了前所未有的存在感，就连时间的流逝都变得如有实质一般。

小的时候，他便常常端坐在石坎上，一坐就是一整个日夜。

他的白日是安静而乏味的，夜晚却是炽热而喧嚣的。

他那痴迷于陨铁矿石的祖父总在夜晚为刀剑淬火，因为夜的纯黑能令人眼辨析出烧红铜铁的色泽，在最适合的时机进行淬炼。

击打剑身的声音彻夜鸣响，他却从不觉得单调乏味，他知道，那是利刃铸成的声音。成为这世间最锋利、刚强之物，本就需要这样日复一日年复一年的锤炼。那些铜铁耐得住的寂寞，他也能够泰然处之。

很多时候，他的内心都空无一物。他生来如此，从前如此，以后也是如此。

不到八岁的时候，他的手已经摸遍这世间最锋利的刀尖剑锋，他对极致的渴求也越来越难满足。他跟那些来取刀剑的江湖客切磋，从洞悉套路到一招致命，往往用不了一炷香的时间。

赞赏与褒奖由多变少，渐渐地，他从那些惊愕的面孔中读到了恐惧与厌恶。他知道，他想要的东西，他们已经给不起。他要去更高更险的地方，才能窥得那关于极致的终极。

铸剑的时候，铜铁中的杂质越少，退火过后的剑身越是精纯，这是他祖父教会他的道理。握起刀剑的时候，心中杂念越少，刀剑便越快，这是他自己悟出的真理。

他入安道院那天，是伯劳从安道院离开那天。那时他并不知道她是谁。他看到那个矮胖的身影气急败坏地被拖出院门，一步三回头地骂着谢黎，末了，狠狠啐了一口，便被塞进了马车。他想，那一定是个根骨奇差、学艺不精的废物。安道院果然名不虚传，绝不收留弱者。

弱肉强食，胜者为王。而他从来不会输，所以他在这样的世界从来都是得心应手的。他很满意自己的选择。

他入院当夜，院长谢黎在翰灵阁为新弟子赐名。

所谓赐名，其实是翻牌，安道院自创院以来所有弟子的名字都源于第一任院长殷氏所留。传闻殷氏喜羽喙之流，集天下千万尾羽于阁中，阁中弟子皆得名于此，非被逐出师院不得除名，非天家钦点不得更名。

现任院长谢黎本名谢鹂，就任院长之后才改了名字。

赐名时，入院的弟子们会在摆放羽名的池中自行挑选密封好的竹皿，皿中存放的尾羽代表他们将获得的名字。

而他的皿中是一根灰紫色的尾羽。那是燕子的羽毛，他的名字便是“燕”。他不喜欢这个字，燕是飞入寻常百姓家的家鸟，而他是望峰仍不能息心的鸢鸮。无妨，就让他在这不足三丈高的四方围墙内暂落片刻，待他习得了那传说中的刀法便会离开。

他以为，以他的资质，窦氏刀法早晚会是他的。然而三四个春夏秋冬过去，谢黎依旧没有提起传授刀法之事。

“兵者无贵贱，武学无高低，何必执着于哪一把刀，抑或是哪一套刀法？”这是他去问谢黎后得到的回答。他认为，这并不是一个答案，只是一句敷衍罢了。

后来他听人说，谢黎将刀法传给了一名叫作青庄的弟子。他思索了很久，仍想不起来那人的面孔，只隐约记得好像是个喜欢穿青衣的沉默男子，平凡得让人一看即忘。那得了刀法的人是谁已经不重要了，重要的是那个人不是他。

生铁铸成刀剑是炼魂的过程，这是他从小便目睹过无数次的真理。这世间不会有一模一样的兵器，刀剑从被锻造出来那一日起就决定了它的锋锐之气是否足够。顶尖武者亦是生来便决定了他能否走上武学的巅峰。他生来就注定要配这世间最锋利的刀剑、最强大的刀剑之法。

凡入安道院者，至死都是安道院中人，若无院长首肯，不得离开院门。但他若想走，这世间没人拦得住他。

临走之前，他潜入翰灵阁深处，为自己挑选了一把锋锐无比的长剑。他会证明安道院的决定是错误的。

不入流的短刀不配与剑相争，不入流的刀客不配与他相争。

剑锋竖直，寒光内敛，他甚至可以看到雨滴垂直落下时被那锋刃切成两半的样子。这确实是一把好剑。

最后一滴血污被冲刷殆尽，燕紫手腕微震，将水珠抖落剑身。收剑入鞘的前一刻，他的手突然顿住。

燕紫低下头细细看去，眼底浮现出难得一见的讶异。原本平整、刚直的剑身出现了一丝不流畅，赤色的锷处竟然生出裂纹。

一道山岭相隔的斗辰山麓战场，空气中弥漫着死亡的气息。一支火箭划过夜空，落下时顷刻间爆出一片火光，将整片战场照得亮如白昼。

为了增亮视野，黑羽营带来了蘸满火油的箭镞。这些箭镞呈环状射出，将整片山麓圈在其中，经由方才那支燃烧箭点燃，犹如天火降临人间，照亮地狱之景。

四周尸甲遍野，箭镞横立，尽管地上一片潮湿、泥泞，但火油还是让火焰燃得更旺，噼啪燃烧的声响中夹杂着将死未死之人的呻吟。死一般的静止中偶有一两处蠕动，黑色的箭便好似长了眼睛一般扑杀而至，转瞬间勾走挣扎之人的灵魂。

雁翅庚字营将领颜广此刻就站在火光之外百步远的地方。今天开始围猎之前，他料想过会有一场恶战，但从未想过事态会发展成当下这副模样。他率领据守方位的数营之一赶来支援时，发现战局已定，并无他的用武之地。白氏亲兵无人归降算不得意料之外，黑羽与肃北两营对峙的局面却是他始料未及的。

白氏已经伏诛，肃北重骑却并无鸣金收兵之意。这等局面只有一种可能，便是两方将领并未下令收兵。

有什么看不见的力量在角力，而方才经历过动荡的战局此刻犹如一杆摇摇晃晃、勉力维系平衡的秤，一点儿风吹草动便会将平静打破，一切都将在顷刻间土崩瓦解。

天明之前，气温回升，雨落山间，化作雾气。也就半刻钟的工夫，晨雾便在整个斗辰山麓弥漫开来，将局面渲染得更加扑朔迷离。火焰在雾气中安静地燃烧着，像忘川彼岸的鬼火。

颜广握着缰绳的手心沁出汗来。他从未见过这般诡异的战况，寂静无声却煞气冲天。

终于，有人率先打破了这死一般的寂静。一道琴音自黑羽蛰伏的密林中传出，悠然而至，在雾气中激荡开来。细碎的脚步声从各个方位传来，弓弦拧紧的声音却整齐划一。

直至这一刻，颜广内心那种不祥的预感才化作现实。他虽不是黑羽营的人，并不了解其阵形细节，但商音阵形制特殊，便是只见识过一次也很难忘记。

商，秋声也。肃杀之气，摧败零落，百草折伏。这是决定彻底剿杀敌人时才会用的阵法，阵中只要有一名敌人尚存，阵便不会散开，直至最后一人死于箭下。

只是眼下黑羽箭对准的已无白氏叛军，有的只是肃北骑兵。

黑羽阵营中一人一骑缓步而出，手中高举令旗，步入两军对阵的阵中："陛下有令，鸣金收兵！"

迷雾深处的肃北铁骑依旧毫无反应。火油渐渐燃烧殆尽，大雨之中，两方军队在烟雾弥漫的战场前沉默地对峙。

"青怀侯听令，速速——"那传令旗的骑手声音戛然而止，随后整个人拦腰化作两截，缓缓自马背坠落，尸体落地，发出沉闷的回响。

一切都发生在转瞬间，颜广瞪大了眼睛，只觉得事情即将向着不可控制的方向发展。

是箭吗？不，并没有箭鸣，也没有箭，好像有一把看不见的刀切开了那浓得化不开的雾气，径直将那个士兵从马上腰斩。

摇摇欲坠的秤杆终于不可逆转地向着一侧倾斜，黑羽阵营中琴声骤变，急转而下。

与此同时，肃北阵中亦是震动。

就在这令人错愕、来不及反应的瞬间，一阵忽来的南风将雾气吹开片刻，只见肃北信幡高耸的悬崖上，一道褐色暗影从密林中飞出，宛若一只夜狩的鹗，直奔幡下的主将。

铁骑察觉杀意，迅速掉转阵形，将肖准围在当中：“诸将士听令，誓死守卫将军！”

武学造诣深不可测的大祭司痛下杀手，而已经杀红眼的肃北军则为保卫主帅奋力抗争，山麓悬崖上下顷刻间乱作一团。

“青怀侯已反！斩肃北信幡，控制局面！”

颜广惊愕地回头，只见许束不知何时已带着人马从另一道赶来。他想起先前肖府出事时许家人的态度，心中已知一二，对这等落井下石的事生出几分不忿：“陛下有令，即便事出有异，也不得对肃北军紧逼。”

许束看一眼颜广，缓缓抽出腰间的佩剑：“颜将军若是怕了，自可留在原地，我亲自前去斩旗。”

“你敢！”一个女子怒气冲冲的声音在后方响起。

许束身形一顿，只听得风声从耳后袭来，连忙下腰闪避，匕首的利刃便贴着他的脸划过。

肖南回一击未成，屈腿狠狠踢在对方座下鞍侧，吉祥借力驮着她灵巧地转了个圈，挡在许束面前。

“你哪只眼睛瞧见我义父造反？！再胡说，仔细我割了你的舌头！”

许束冷哼一声，抬手指向一里开外混乱不堪的战场：“肖南回，你睁大眼睛看清楚了。他方才宁可按兵不动也不愿交出令旗，此乃违逆军令，论罪当斩！”

肖南回自然不肯退让，一字一句仿佛从牙缝中挤出：“明明是宗颢要杀他，他若不反抗，难道坐以待毙吗？！”

两人僵持不下，随即一阵异响凭空而来，细密、尖锐的呼啸声从密林中冲出，数十个身影纵线飞驰，直奔山崖上信幡主将所在的方位。数十名飞线杀手扑向宗颢，飞舞的银线穿梭交互，将其困在其中。

肖南回被眼前发生的一幕惊呆了。

许束却似乎毫不意外，嘴角勾起嘲讽的笑："颜将军可看清楚了？青怀侯若是没有与白氏勾结，那些杀手怎会在他性命攸关之时出手相救？"

颜广沉默。他余光瞥向一旁马上的肖南回，有一瞬间的犹豫和不忍。

肖南回因为没穿盔甲而显得分外单薄，双眼怔怔地望着不远处立在风雨中的肃北大旗，像已经预料到了什么，突然抽了一旁雁翅营兵卒的佩刀，夹紧马肚，猛地冲入阵中。

"肖骖乘，不要过去——"颜广的呼喊从她身后传来，转瞬间便被她落在身后。

琴音破空而来，三音合奏，横扫千军。商音阵动，杀意难抑，万千箭镞呼啸腾空，飞向悬崖上的肃北大军。

"义父！"她近乎声嘶力竭地喊着，但她的声音顷刻间便被四周巨大的噪声吞没了。

她反手持佩刀，奋力挥开周围的流矢，每一步都走得如此艰难。

刀被如雨般的箭阵击打出豁口，她终究招架不住，几个疏漏，便有箭落在她后肩，瞬间震得她腑间翻涌，喉间腥甜。可奇怪的是，她并没有感觉到箭穿透身体的锐痛。她顾不得细究，丢掉那不中用的佩刀，勉力驱使吉祥避入山道，紧贴山坡滚落的碎石泥沙向大旗所在方位逼近。五百步、三百步、一百步，她终于看见了那纠缠在飞线中的身影。

心脉因接二连三的奔袭搏击而剧烈跳动着，她感觉自己的视野在随着周遭的一切震颤着。

一阵轰隆声从脚下大地深处传出，那道几经践踏的悬壁再也支撑不住，从山麓底部断裂开来，数百骑兵连同将旗一起坠落山崖。肖准的身形于阵中露出，已经须发尽散、血染全身的褐衣老者暴起而上，左右手抽出散落在两旁的枪戟，接连掷出。

不！她的声音卡在喉咙深处，还未脱口而出，下一瞬，她便见那仅存的五六名飞线杀手身形一晃，一人挡在肖准身侧，转瞬便被贯穿，其余数人飞快地将肖准围住，在脚下最后一块山石塌落前一刻，纵线而起，逃入崖壁上的密林。

山体剧烈震动之下，吉祥几乎站立不稳，肖南回只得提起缰绳勒马后退几步。

待一切稍稍平息，尘烟滚滚之中，既不见宗颢的身影，亦不见肖准的去向。

飞驰的黑羽箭因视线受阻，休止了一瞬间，她趁着这喘息的工夫，连忙轻喝一声，吉祥心领神会，跃入南坡草木深处。

坍塌的山体化作泥石沙流，几乎将树木连根拔起。肖南回在一片狼藉中艰难地向高处躲避，终于在一棵三人合抱的大树前找到了一个相对平坦的地方。

不远处的山路几乎坍塌，她望了望另一侧杂草丛生、不见落脚之处的陡峭山壁，果断地翻身下马。

吉祥的屁股上挨了一箭，伤口因为接连奔袭而变得皮开肉绽，肖南回看得心都揪了起来，犹豫片刻之后，她拍了拍吉祥的脑袋：“去。”

以往她也经常如此，这花斑杂毛的畜生总是欢快地走远，自顾自去寻蘑菇吃。然而这一回，吉祥没有动。

“义父不见了，我得去把他找回来。”

它依旧固执地站在原地，任她如何推它、拍它都一动不动。可她一走，它便用嘴去扯她的衣服。

肖南回顿了顿，勉强笑道：“你这成了精的畜生，我又不是不要你了，演什么生离死别的大戏给我看？”

吉祥重重地哼出一口气，像在控诉她用词不当，四只蹄子仍立在原处。

马随主人脾性，当真不假，吉祥倔得像头驴一样，哪有一点儿战马的样子？

时间不多了。肖南回想了想，将先前一直挂在马鞍侧面的麻布口袋解下来，敞开口，放在一旁的树根处，又将缰绳打了个结，套在一旁的枝杈上：“你留在原地等我，这些吃完了，我就回来了。”

吉祥低下头嗅了嗅那袋子里姚易“进贡”的蕈子干，却没有吃，又抬起头看肖南回。

这一回，她不再看它，深吸一口气，纵身跃入茂密的山林。

第一百四十二章

劳燕分飞（下）

夜间入山，险中又险。

脚下是湿滑的山石草甸，头顶是不见星斗的无边黑暗，恍惚中，肖南回似乎又回到了静波楼，回到那条寂静无声、漆黑阴冷的石道中。只是这一次黑暗的尽头不会是光亮与微风，更不会有那个人坐在湖光春色中等她近前。此刻的黑暗中，她能依靠的人只有自己。

但长夜总会过去，黎明总会到来，不是吗？肖南回咬牙挥动手中的匕首，插入乱石中，用尽全力翻过了这道山梁。

寂静的山顶只有稀薄的雾气随着云雨浮动。

然后，她便看到了山脊下一条快被泥石掩埋的山路旁坐在石头上的那个熟悉的敦厚身影。那背影微微佝偻着，一动不动。

她心中一喜，试探着叫了一声："伯劳？"

那道身影却依旧未动。

她心里着急肖准的去向，以为伯劳又故意捉弄自己，心下有些不耐烦，只得费劲地爬下山脊。

脚落在那条山路上那一刻，肖南回就察觉到了不对劲。这条路上有着许多深浅不一的沟壑，一旁的山崖塌了一半，处处都是激烈打斗过的痕迹。

她又往前走了几步，脚下踩到什么硬物，发出一阵刺耳的声响。她移开靴子，发现半截深深插入土中的刀刃。她的心突地一跳，脚步快起来，她三两步到了那石头前，急急将伯劳的身子扳过来。

伯劳大脸上那两撇短粗的眉毛皱着，过了一会儿，那眉毛下的眼睛才缓缓睁开："你怎么来了？"

肖南回松了口气，又急急问道："怎么回事？你可曾看到义父他——"她的声音戛然而止，随即她呆呆地低下头，视线落在自己的左手上。

起先，她以为那种湿润的感觉是雨水的缘故，但雨水不会如此温热、黏稠。深红沾满她的掌心，被夜色浸染得像墨一般。

那佝偻着的身影终于动了动，但只是将身子勉强侧过来一些："侯爷他被那个穿紫衣服的王八蛋带走了，你快去追，兴许还来得及——"

"闭嘴！"肖南回的声音前所未有地恶狠狠，她想用手去撕身上这件缁衣的衣摆，可不知是因为这劳什子衣料太过结实还是因为她的手抖得厉害，竟怎么撕也撕不开。

"别费劲了，要是缠点儿破布就管用，还要郎中做什么呢？"伯劳说着说着吐出一口鲜血，神情前所未有地倦怠，"那王八蛋下手真是狠啊。我若有他一半狠，当年说不定就是你的主子了。"

肖南回的脸苍白如纸，她强迫自己用发软的手臂架起那具矮胖的身体："走，我们去找郎中——"

"算了。"伯劳将手臂抽了回来，随意在头发上摸了摸，她的发髻还在，依旧圆圆的，"我最讨厌闻那股药味，黛姨的药不都是你煎的吗？"

肖南回咬紧牙关，她想用愤怒的语气说话，可一开口，声音中带着一丝哭腔："你是不是……是不是脑子不灵光？！我让你追来看看，又没让你来送死！"

"小点儿声，吵死了。"伯劳的声音越来越低，"我又不是为了你。我是看在葡萄的分上——"

温热的雨落在她脸上，令人困倦又舒坦。

"肖南回，别为我报仇。你打不过他。"她抬起沾了泥的短粗手指，在那张悲伤的脸上留下几个指印，她叹了口气，看了看指尖的水痕，"你哭什么呢？死心眼是安道院的传统。你又不是第一天知道——"

肖南回的指甲深深插入面前那片湿润的沙土。她觉得喉咙间仿佛被一块又酸又热的东西堵住了，费了好大的力气才开口说出话来："你不算他们的人，你可以不听他们的。你听我的就成。别死，不许死，你不许死——"

伯劳突然笑了："那你求我——"

肖南回的嘴唇颤抖着，破碎的声音从喉咙深处传出，沙哑得像别人的声音："我求你，我求求你，我求求你——"

伯劳的笑停在嘴边，眼却缓缓闭上："那我考虑考虑——"

春末夏初的雨落下，肖南回感受到手中那具躯体最终凉下去了，却仍保持着那个姿势，嘴中重复着那句话："我求求你、求求你……"

然而她的哀求没有人听得到。她想象下一瞬怀里的人会睁开一只眼偷看她，再有些得意地转身把屁股朝着她，趾高气扬地仰着那颗大头，说什么"看在你求我的分上，我便如何如何"。然而这一切终究没有发生，不论她再等多久，这一切都不会发生了。

一道闪电划过天边，照亮她手中的匕首和不远处散落的断刀。

她仰起头，睁眼望向从天坠落的雨滴。雨落入她的眼中，又混着她的泪水滚落下来，流下炽热的一片。

乌云盖顶的斗辰岭漆黑得不见天地轮廓，只有一盏孤灯在山间摇曳，近瞧却是一辆在山路间行进的马车。

车前坐着的赶车人慢慢悠悠，车轮在悬崖边上轧过，仿佛下一瞬便要跌下山崖。突然，他勒停了那两匹被蒙着眼拉车的马，静静等待着什么。

不一会儿，一阵细微的破空声由远及近，从左侧山崖下方一跃而上，化作三道黑影立在崖边。

飞线如蛛丝一般收回的瞬间，肖准脚下落地，反客为主，手中的长枪穿过雨幕，直直奔向坐在马车上的人。这一枪去势凌厉，而枪法最博大精深的地方便在于所谓"后着"。后着是躲过一招，还有下一招，招式接招式，直至对手露出破绽。

燕紫明白眼下他并不宜与对方多做纠缠，干脆抽出长剑，硬接下了这一枪。

巨大的金铁击鸣声在山间响起，剑客与将军各自站定，掌间虎口微麻，对彼此的身手有了新的评估。

燕紫横剑立在车辕上，语气冷冷的："我等救你性命，你却刀刃相向，实在是无礼得很啊。"

肖准余光瞥向身后，那几名飞线杀手已不知去向。他试图让自己的思绪清明，不要陷在这诡异扭曲的情景中："为何救我？"

马车上的燕紫顿了顿，似乎在思考如何严谨地回答这个问题："你是问这一次还是十几年前那一次？”

肖准的脸色微变：“当年的事，你们也有份。”

“是，也不是。”燕紫点点头，随后又摇摇头，“要杀你的人不是我们，这一点，你想必已经知晓。至于更多的，我现下还不能告诉你。不过，你随我回去——”

将军神色渐冷：“我若不去呢？”

“你确定吗？”燕紫慢悠悠地退开半步，抬手轻轻掀起半边车帘。

肖准的瞳孔一缩，呼吸也变得沉重起来：“姑姑？”

车帘后的肖黛病容苍白，那道刀疤刻在她的脸上，令她像一只出现裂纹的瓷瓶，仿佛下一瞬就会破碎。

肖黛会出现在这里，只有可能是被从肖府中掳来的。如果肖府被劫，那么……

肖准焦急地低呼：“姑姑，杜鹃和陈偲呢？”

黛姨的眼神依旧是呆滞的，她似乎既听不见肖准的话，也瞧不见眼前的人，不知是受到了惊吓还是被下了迷药。

“你说的是那两个下人吗？”一直沉默不语的紫衣剑客突然开口，像想起了什么。

肖准手心握紧，声音越发低沉：“你把他们……怎么了？”

“杀了。”燕紫眨了眨眼，像一个不小心打翻油瓶的孩子，懊恼中透出几分无辜，“他们无用，又死命拦在我面前，赶也赶不走，只能杀了。”

“什么？”

“我说我把他们——”他话还未说完，只觉得面前银光一闪。他本能地后撤，旋身躲避，那银光却突然转了方向，横扫而来，击中他方才伤了的肋下，将他整个人掀翻。

肖准手中不停，握枪回刺，方才那被击中的身影竟灵巧地翻转，飞快地落在马车车厢顶上。

他肋下的伤口因为方才那一击开始淌血，面色却丝毫不见痛苦，反而有几分兴奋：“肖家的枪法果真有趣，你我理应好好对上几回合。”他似乎想起什么，脸上又有些懊恼，“可惜今天不行，今天还要赶路。”

他话音还未落地，对面的肖准便怒声道：“你杀了我府上的人，还指望我能跟你一道？做梦！”

“你会跟我走的。”他擦了擦嘴角的血，转头对着那车厢道：“出来。”

马车里没有动静。

燕紫叹口气，左手一击便穿透了那马车车顶，车内瞬间传出女子的惊叫。

一听闻那声音，肖准瞬间变了脸色。

燕紫五指如爪，在那个新破开的窟窿里狠狠一抓，一道身穿白色囚衣的女子身影出现在他眼前，白允乌发披散，神情狼狈。他抓着白允的头发，几乎是将她一把从马车内拽了出来。

“方才忘记说，我还多带了一人出城。为了寻她，可是费了我一番工夫。不过，白鹤留不争气，白家如今已经无用，留着是个麻烦。你若是不来，我便杀了她。”他边说边手下发力，直直将那颗美丽的头颅提了起来，白允却自始至终都倔强地不肯出声。

肖准的动作迟疑了，眼神中的愤怒渐渐涣散。他眼前闪过的不是方才白鹤留那张布满血污的脸，而是很久很久以前，他站在阙城的大道旁，梅树过街，喧闹夕阳下那个少女的侧脸。不知过了多久，他终究放低了枪头：“我跟你走。”

紫衣剑客满意地点点头，终于松开了手中女子的头发：“如此甚好。”

随着白允重重落地的声响，肖准快步上前，探身进了马车车厢。白允已然昏死过去，任他如何低声呼唤都没有反应。

燕紫从车厢顶翩然落下，正要转身去探前路，突然，斜后方的崖底传来动静。起先，他以为那是去而复返的同伴，随后便很快意识到了不对劲。

沾了泥污的手扒上山道，随即一道身影犹如山间恶鬼逼近。雨滴落下的声音遮盖了肖南回的脚步声和喘息，却掩饰不住她的杀意。

一道闪电划过夜空，照亮了那道漆黑的影子。

肖南回束起的长发散了一半，被雨水打湿，如破絮般贴在脸上。她的手中只有一把匕首，因为一路在长满荆棘的碎石悬崖间奔走，手臂、头颈被划出大小不一的血痕，嘴唇上有一道裂开的口子，许是在哪里跌落后磕伤的。然而这一切的狼狈都无法消减那双眼睛中的怒火，她的眼因为许久没有合过而透出血丝，那是仇恨与愤怒的颜色。

“你是——”燕紫轻轻蹙眉，终于回想起来什么，“你是皇帝身边的人？”

肖南回不语，她不想跟他多说半个字。她的心底只有一个声音——“杀了他，杀了他，杀了他！”

她脚下用力，右手袖间的弓弩暗箭瞄着他的要害而去，左手同时反握匕首，直奔他肋下的血迹。

她丢弃了招式、功法，更丢弃了攻人守己的原则，眼下驱使这具疲惫身体的只有仇恨与愤怒。

叮的一声脆响，那支飞出的弩箭已化作两截，燕紫原地未动，剑柄狠狠一沉，正击在肖南回肩骨下三寸处，另一只手鬼魅般探出，精准地捏住了那握有凶器的手的尺骨。

指尖前探出的利刃离燕紫的身体只差半寸，却再也前进不了分毫，肖南回不甘心，不管不顾地生生逆折手腕，顶着尺骨被碾碎的疼痛再次袭向他，他却已掉转剑身，自下而上稳稳地挥出。

肖南回整个人被一股巨大的力量震开，拦腰撞在身后的崖壁上，瞬间喷出一口鲜血。

“传闻胥蚕吐的丝以双经织就，能挡锋锐之气，如今一见，果真名不虚传。”燕紫的目光落在肖南回身上那件已经污作一团的衣裳上，“你身上这件衣服保了你一命，但下一次，我可以直接割断你的喉咙。”

口吐鲜血的肖南回在污泥中支撑着身体爬起来，她身上那件缁衣已经被划开，如破布一般，只有护住脖颈的那几颗盘扣还坚固地待在原位。她不语，眼中是无穷无尽的恨意，那种恨意令她失去了对疼痛的感知、对危险的判断、对生的渴望。她只想杀了眼前的人，为此她可以不计任何代价。她嘶吼着向他扑去，身法、步伐早已丢开，只求能将手中的匕首送入敌人的要害。

燕紫眯起眼，手中的长剑低吟着，剑锋带出的剑气将雨幕生生迫开，剑尖带着星芒，如恶龙一般袭向前方。

锵，肖南回腕间一麻，手中的匕首掉落。与此同时，那把直奔她而来的剑也被挡开，四溢的剑气割断了一截辔绳，两匹拉车的马受了惊，躁动起来。然后，她听到了那个熟悉的声音在她头顶上方不远处响起。

“你不能杀她。”

燕紫看一眼肖准，似乎在衡量眼下这出意外收场需要花费的时间。片刻后，他转身跳上马车，将被斩断的辔绳重新连接起来：“她若再跟来，我便只能杀了她。”

肖准没有再说话，只将目光投向孤零零地立在悬崖旁的肖南回。

“义父——”她嗫嚅着张口，光亮似乎又短暂地回到她的眼眸中。

然而下一瞬，肖准便飞身上了那辆马车。他立在车尾，半转过身看向她，他的面容在黑暗中模糊不清，又似乎是因为污泥与雨水落进了她的眼睛，令她看不清眼前的人。

“回去吧，不要再跟来了。”

她近乎凝滞在原地，察觉到那马车启动就要向前那一刻，她突然疯了一般扑上前，一把抓住那马车的车幡：“义父，跟我回去吧——”她的声音中带着颤抖，更多的是一种近乎卑微的恳求。

燕紫冷眼瞧着，驾着马车向前，车尾的肖南回在地上被拖出一道长长的痕迹。

她执拗地不肯松手，两只眼睛死死地盯着站在车尾的肖准，仿佛这样就能令他回心转意，仿佛这样就能有人告诉她这一刻的绝望和痛苦只是一场噩梦。

终于，那道身影缓缓蹲下，粗糙的掌心轻轻握住她扒住车幡的手，就像很多年前，他纵马而来，在戈壁中拉起她的手，带她来到这座城，给了她一个家一样：“南回，我不能跟你回去了。”

“为什么？为什么不可以？”

为什么，她是知道的。她已经知道了答案，却还是要问他。她多希望能从他口中听到一个不一样的答案，她多希望他告诉她，他只是有事要离开，去去就回。

“从今往后，你一个人多加保重。如若日后再有相见之日——”覆在她手背上的那只手突然用力，将她的手指一根根掰开。

终于，她的掌心一空，整个人跌落在泥泞中。那道站在马车上远去的身影又说了什么，但她已听不见了。

“肖准！”她声嘶力竭地喊着。这是她有生以来第一次这样喊他的名字。她拼尽全力地喊着那两个字，像将从认识他以来的所有亲近、依赖和思念都倾诉其中。

不要走，不要丢下她一个人。她未说出口的话，他听得到吗？他一定听得到。

那道越发模糊的轮廓似乎停顿片刻，可还是随那辆马车远去，再也没有回头。

肖南回就在这山间泥泞中匍匐着，像一座被荒草掩埋的石碑、一只丢了魂的野鬼、一个被人丢弃的孩子。她希望流逝的时间能让她从这至暗的一刻解脱，可不知过了多久，她的心还是像他离开时一样痛。

两个时辰前，月已过中天。今日是四月初九，她的生辰。

一年前的今天，她求签得签。

“遥望山间一盏灯，四下临渊路难见。欲探灯下影中人，却逢风起云遮月。”

她撕碎了签文纸，却躲不过这一劫。今日，便是应劫之日。

她笃信他们之间曾有的羁绊，笃信时间会为她编织出温暖的铠甲，抵挡一切孤独、困苦，却忘了没有哪一场陪伴可以天长地久。人与人相遇就像两只飞鸟交错身，带着相聚时的缘分，也带着注定会分别的命运。

乌云聚顶，天地间令人短暂地窒息。

倾盆大雨泼洒而下，将一切冲刷殆尽。他的背影、他们的过往、那些曾有过的美好与珍贵，顷刻间已同她的泪水一起湮没在大雨中。

第一百四十三章

过路人

斗辰岭东麓，几辆马车正晃晃悠悠地在泥路中前进。

那马车细看很是古朴，雕花虽不繁复，却雅致，车辕的老木不知上了多少遍漆，那漂亮的木纹已沁出油，车顶特意盖了油布，油布四角缀的实心铜人在雨水中闪闪发亮，眼珠子雕得栩栩如生。

打头的马车更宽大些，车头悬着一盏油灯。那油灯不知是什么材质做成的，任风雨如何刁难也没熄掉。拉车的两匹老马鬃毛都有些稀疏了，脚下却十足稳当，遇到深辙印或是泥水坑，早早便懂得避开。

这样一幅质朴、古韵的雨夜行山图中，就只那赶车的小厮看起来有些别扭。他一身白衣不说，脸上似乎还敷了些粉，拉着辔绳的右手翘着尾指，另一只手竟还握着把扇子，扇面闭得紧紧的，显然是怕被雨水打湿了。

车轱辘又咕噜咕噜地转了几圈，总算走出了这条坑坑洼洼的小路。

郝白偷偷松了口气，扇子在手里转了几圈，透出几分悠闲。

雨安一带本就多雨，但今日这般的大雨还是少见的。

天气潮湿，上了年纪的人便容易犯些腿脚不便的老毛病，是以前些日子他为了调理曾祖父的腰和腿又耽搁了几日，眼瞅着就要赶不上今日进城了。拖了又拖、迟了又迟，他只要一想起那人似笑非笑的眼神，脆弱的心就有种说不出来的胆怯。说到底，他只是家族中最小的一个，偏偏每次这种担惊受怕的事都要落在他身上。思索一番，他决定冒险抄近路。瞿家早年历代当家的都要游历天下，四方行医，走过的每道山脉水势都会被记录下来，代代相传。他小时候懒惰了些，读了不过十之一二，勉强算够用。

阙城旁的官道有七八条，山路却不多，这是怕山路修得多了，宽敞了，若有敌军借此渗透便不易察觉。是以斗辰岭的这条路已多年没有修整，走的人也不多。不过，好在到目前为止，除了颠簸些，并无其他事端。算一算，他这前脚刚进城，后脚皇帝春猎的队伍便会回来，这时机可谓掐得正好。

他正悠悠然想着，冷不丁，前方突然蹿出一个黑影。他吓了一跳，连忙勒紧缰绳。

都说路是越走越顺，不常走人的山路难免崎岖，崎岖之余，山兽也更加放肆。据说这斗辰岭曾经有野猪出没，该不会这么不凑巧……郝白紧张地捏了捏手中的扇子，然后探出扇子头，去戳马车前的那盏油灯，想要借个亮。还没等他弄明白这灯要如何摆弄，那黑影竟自顾自地直奔他而来，一口咬在他的袖子上。

可怜的白衣郎中发出一声惨叫，拼命甩着胳膊。他甩了两下才发现有些不对劲，慢慢停下动作，睁开眼瞧了瞧那个“袭击”他的影子。

影子长着一张长脸，鬃毛披散着，遮住了两只眼睛，只有一排整齐的牙齿和两个鼻孔分外醒目。原来是一匹马。他松了一口气，又生出不忿。这年头，连只畜生都欺负到他头上来了。

他愤愤地挣脱衣袖，鼻间冷哼一声：“谁家的坐骑？如此不知礼数。”

仿佛为了印证他的断言，下一瞬，那个杂毛畜生便两个鼻孔愤怒地喷着气，将泥水扬了他一脸。

一道泥汤顺着印堂正中缓缓流下，郝白怒不可遏，两个鼻孔愤怒地偾张着，连握着扇子的手都抖了起来：“大胆畜生！竟敢……竟敢——”他向来不擅长骂街，更没跟一只畜生对骂过，一时有些词穷。

就在这当口，身后厢门被人拉开，一名棕脸膛、美须髯的汉子探出头来：“怎么了？出了何事？”

郝白狼狈地抖了抖身上的泥水，故作镇定道：“无事无事，许是谁家的马走失了，撞到路上来了。”

美须汉子目光落在一旁的马上，左右打量了一番：“鞍鞯上可有什么印记？待我们进城后兴许可以归还主人。”

郝白撇嘴：“瞧这毛躁的样子，又无人管束，想来不是什么大户人家的马。”

说归说，他还是一把抓住那马的辔头，前后左右地看了看。那马的马鞍是最古朴的样式，鞍头已磨得发亮，左侧的马镫似乎断过一次后又被胡乱地接上，看起来短了一截，鞍子两侧挎了些乱七八糟的袋子，障泥与鞍翼饰片上连半点儿刺绣装饰都没有，更不要说什么家徽印记了。

郝白正要收回手，临了觉得手心都是那畜生身上的泥水，有些嫌恶地在那马屁股上抹了两下。那马突然嘶鸣一声扬起后腿，马屁股上的泥巴滑落，一道深可见骨的箭伤露了出来。

郝白动作一顿，目光投向那马屁股上有些熟悉的灰白色杂毛。许久，他突然回想起什么，表情变得有些不可思议："我就说，寻常人家的马怎会脾气这么差。"

那马不知是否听得懂他的自言自语，仍暴躁地横在车前，两只蹄子刨着地上的水坑，将本就泥泞的路面弄得一片狼藉。

美须汉子面上乐呵呵，心下已有几分了然："你认识这马？"

"不认识。"郝白飞快地否认，又扭过脸去，尽量不去看那乌七八糟的马屁股。

"那便是它认识你。"

郝白抬眼望天："雨太大，眯了眼，它认错了人。"

这一回，还没等那美须汉子说什么，一阵笑声便从那车厢内传来，笑着笑着又变成低低的咳嗽声。美须汉子听闻，连忙转身回到车厢内。

不一会儿，那咳嗽声止住了，随即一道苍老的声音响起："这马看起来很有灵性，说不定是主人出事了，它才会如此。"

郝白低下头，神色中多了几分拘谨："那曾祖的意思是我们……跟过去看看？"

"嗯。"那声音的主人沉吟一番，随即又补充道，"是你跟过去看看，不是我们。"

白衣郎中瑟缩着嗫嚅道："可是，曾祖，现下好大的雨。"

"星子。"

美须汉子听见自己的名字，连忙恭敬地应声。

"去给墨儿扯块油布，让他快快上路吧。再耽搁下去，就要赶不上今晚有晴居的烧鹅宴了。"

瞿星子闻言乖顺地去扯油布，一脸友善地将东西递给郝白："贤侄，请吧。"

郝白望着那块油布，五指张开又合上，合上又张开，最终还是咬牙切齿地接过来。

雨越下越大，他低头看了看自己昨日才换上的白靴子，又瞧了瞧两只一尘不染的白袖子，悲愤地咬了咬牙，披上油布，跳下车去。

那马在黑暗中望着他，他也看着那匹马。直到身后的马车和车轮声都渐渐远去，他才认命般走上前，抓住那马鞍的鞍头："我可许久没骑过马了，你休要欺负我。"

大雨嘈嘈，声急如擂鼓。一阵凌乱的马蹄声由远及近，徘徊了一阵，才在雨幕中显出一点儿身影。郝白双手抓着吉祥头上的那撮毛，歪歪扭扭地在马背上挂着。

他本就不爱骑马，更没骑马在如此崎岖的山间行过路。雨水将山石冲刷得分外湿滑，马的蹄子就在陡峭的山崖间打滑，他虽人在马背上，心却一直悬着，只将身家性命都托付在那四只蹄子上。因为紧张和颠簸，他几次险些滑落马背，身上的油布早就不知去了哪里，现下早已浑身湿透。他努力想在飞溅的雨水中睁开眼，却没什么用，只能瞎子般依赖屁股下的那只畜生。因为紧张，他手下力气极大，但平日里便是毛不顺都要发脾气的吉祥居然忍了一路，它在大雨中嗅着那点儿微弱的血腥味，终于找到了地方。

这是一条塌了一半的山间小路，路的尽头消失在一片混沌中，黎明微弱的光清冷地洒在路面上，将一夜积水映出一片诡异的蓝光。

雨还在下着，四下一片白茫茫的水雾。周遭除了雨声，什么也听不见，吉祥停下了脚步，在原地打转，郝白却不敢下马。他有种身为江湖郎中的预感，这里方才一定发生过什么。

"有……有人吗？"他开了口，却发现连自己都听不清自己说的话。

"肖南回？"他提了提嗓音，周遭还是没什么动静。

吉祥打了个响鼻，声音都比他洪亮得多。他察觉到这畜生的嘲讽之意，终于决定豁出去一把，找回些颜面。

"肖南回！"他用尽平生力气在大雨中吼着，那声音似乎被密集的雨水闷在原地，只他一人听得到。

他不死心，深吸一口气又大吼一声："肖南回！你爷爷我来寻你了！没死就出个动静！"

四周依旧只有嘈杂的雨声，他便是再极力去分辨，也听不出任何细小的变化。

郝白的心一点点沉下去，他咬了咬牙，将一直缠在脚上的马镫解开，踉踉跄跄地下马，在昏暗的光线中摸索着。

他不敢走远，数着步子四下查看，迈出十步远便要回头去牵吉祥，总之，十足小心。在这荒凉的山野，能给他安全感的竟然只有一匹马。

如是往复七八回之后，他终于看到了地上那一团模糊的影子。他脚步一顿，随即又加快，临到跟前又顿住。

肖南回趴在泥水中一动不动，后心的衣裳早已碎成几片，其下隐隐透出血污。周遭聚集的雨水积满了她所在的洼地，她的脸就栽在泥水中，只露出一半口鼻。

郝白闭上眼，深吸一口气，再睁开眼的时候，神色镇定了许多。他走上前，小心将她翻过来，拿出手帕清理了一下糊在她脸上的泥巴，探了探她的鼻息。气息全无。

“肖南回！”他一边哆嗦一边去拍她的脸。

地上的人毫无反应，就像睡着了一般。

郝白飞快地取出银针，连落三枚。三枚不行，又落五枚。这五枚银针依次落下，一次比一次力道凶狠。

“肖南回，你个乌龟王八蛋！白白浪费老子两枚伏骨针！还害得老子在那鸟不生蛋的鬼地方坐牢坐了三个月！你若是死了，我就把你的皮扒开取针！你听到了没有？我要扒了你的皮——”

地上的人终于微弱地哼了一声，随即有了微弱的鼻息。

郝白一屁股跌坐在地上，只觉得全身的力气都被耗空了一般：“祖师爷爷明鉴……我只说要医将死之人，可没说过要医已经死了的。”

他收了银针，平复了一会儿，转头去探查对方的伤势。

肖南回身上挨了两下，里衣上有两道边缘锋利的口子，不知是刀伤还是剑伤。从那衣裳布料的破损来看，这两下足以致命，只要挨上其中一下，即便不是肚破肠流，也得筋碎骨断。可她身上的伤并没有那么重，虽说见了血，但绝非不可医治。唯一有些麻烦的是她后颈与腰背上的瘀青。她应当是被人用一股极大的力量扔了出去，在失去身体控制的情况下，毫无缓冲地撞在山石上。若只是瘀血，或许还好说，但若是伤到脊骨，或是摔坏了脑袋……

“真是倒了八辈子血霉，总要救你小命。祖师爷爷在上，保佑我这是最后一次。”郝白站起身，似乎为了说服自己，又叨叨了几遍，“最后一次。对，最后一次——”

他将肖南回身上破碎的衣服用作布条，又捡了些树枝将她的头和四肢勉强固定住，以防一会儿颠簸加重伤势。做完这些，他便要将她送到马背上。吉祥早已摇着尾巴等在一旁，见状乖巧地跪伏下来。即便如此，郝白那常年缺乏锻炼的手脚还是用力到抽筋。

他从前行医的时候也遇到过老天爷要收人、他无能为力的情形，但像处理后事、搬动尸体这种事情，他向来没掺和过。眼下这一上手，他才知道什么叫“死沉”。人一旦失去意识，便跟死人一样重，任他先前如何活蹦乱跳、身轻如燕，眼下和一块碑也没什么两样。

一番大汗淋漓的折腾，他总算能够重新上路了。离开这条山间小道，便又回到深一脚浅一脚的山林中，先前只有一人的重量就已很是艰难，眼下又加一人，实在是难上加难。

马背上的摇晃令人有些昏昏沉沉，不知过了多久，郝白感觉到一直颠簸的马背突然停了下来。他抹了一把脸上的雨水，再抬头望向前方的时候，整个人一愣。

或许是周遭雨落穿林打叶的声音太过嘈杂，又或许是他低着头勉力维系身体的平衡，一时没有察觉周遭情形，他觉得自己只是一恍惚，那辆马车便在那里了。

那马车看上去平平无奇，无一处惹眼，无一处引人深究。马车前坐着的蓑衣人更是平凡得让人一看即忘。可越是如此，越是令人觉得眼下的情形诡异。

这样一辆马车是如何出现在这里的？是原本就在这里还是追踪他的行迹来的？是一场偶遇还是……郝白的额角因为紧张而抽搐，他咬紧牙关，不敢发出一点儿声响。

终于，那个身披蓑衣的车夫动了，他摘下了蓑帽，露出一张平凡却有些熟悉的脸。

郝白额角的抽搐停住了，随即变为嘴角的抖动：“丁……丁——”

还没等他“丁”出个所以然来，丁未翔身后的车厢门便缓缓拉开。

“好久不见，瞿先生。”

郝白一听这称呼，便知眼前的人并非他初见时的钟离公子，而是摆出了另一张面孔。

帝王漆黑的眉眼像经书上描摹的佛陀一般，眼神却宛若一把锋利的刀，直直穿透雨幕，扎在郝白的面门上，令他打了个哆嗦。

这世间怎么会有长成那般眉眼的人，却生出这般神情？

“草……草民瞿墨，参见陛下。”

黑暗中无人回应，细碎的光透过树叶照亮了地上被击打得坑坑洼洼的泥地，随即一声遥远的闷雷在天边炸响。

一股冷意顺着郝白的背脊爬上他的脑袋，哪怕方才面对吉凶未卜的情形，他也没有如此胆怯过。

“未翔，将人带过来。”

丁未翔从马车上一跃而下，几步便走到郝白面前，动作飞快地将马背上的肖南回转移到了马车上。

肖南回被送入车厢的一瞬间，一直神情冷淡的帝王目光便如钩子一般挂在她身上。

他看到一日前那个温存、惬意的早晨他亲手为她扣紧的盘扣眼下已整颗碎裂，那件深色缁衣破碎如败絮，上面点点深色不知是泥水还是血污。他想，他应当现下便出手，去探究那些破碎衣料下的噩梦究竟有多可怕，又或者他应当想尽办法将她唤醒，质问她为何要将自己搞成这副模样。但他犹豫了。一种奇怪的情绪袭扰着他，而从前他不曾有过这样的烦恼。他知道，那种情绪叫作畏惧。他畏惧那些答案，畏惧直面她的苦难。

也就一瞬间，他便收回了目光。

车厢内似乎还有旁人，有些听不真切的低语声传来，帝王的神色变得更加难以捉摸。不知过了多久，低语声停止，帝王平静的声音才再次传来：“你为何会在此处？她又为何会伤成这样？”

被问话的郝白七分委屈，三分哽咽。苍天明鉴，他只是个过路人。不，准确来说，他是个多管闲事的过路人。

郝白强自镇定，他自问无愧于心，也想为身后的家族争些颜面：“草民随族人入赤州，本打算今日入阙城，所以抄了近道。途经斗辰岭时遇到了肖姑娘的坐骑，待找到她的时候已是现下的情形，草民只是施针相救，其余的确实不知。”

帝王没有立刻接话，只淡淡地打量着他。白衣郎中一身狼狈，脸上的白粉被雨水冲洗得七七八八，露出原本棕黑的肤色，倒显得忠厚、诚实了不少。

终于，马车上的人收回了目光：“人，孤带回去了。念在你对她救命的情分上，恕你不敬之罪。”

郝白顿感心头一松，然而紧接着对方又道：“瞿先生，今日你随族人经斗辰岭赶路，因大雨迷了路，寻路的时候撞见肖骖乘失足跌落山崖，便将她救下山去。肖大人伤到脊骨，接骨后不得挪动，所以你暂时将她安置在望尘楼休养，三个月之内不见外人。孤的话，你听明白了吗？”

帝王说话间，一名与肖南回身段相似的女子从马车中走出，身上穿的正是那件深色缁衣，连发髻都梳得与肖南回以往一模一样。她冲着目瞪口呆的郝白略一福身，开口时就连声音也跟肖南回无甚分别：“我伤了脊骨，有劳先生扶我上马。”

郝白半张着嘴呆愣了一会儿，不由自主地照做了，待反应过来时，整片山林中只剩下两人一马。而那辆马车早已悄无声息地消失在雨雾中，就如同它来时一般莫测。

第一百四十四章

坠入

在那些活了很久的老一辈人口中，肖南回听说过不少次这样的事，人将死之际，灵魂在离开躯壳前，会短暂地回溯自己的一生。可她从来都是不信的，小时候不信，长大后依旧不信。她觉得人的一生很漫长，怎么可能在短短一瞬间就走完呢？她以为那些曾走过的路、跨过的河流、经过的野树丛都像一条线一样排列在那里，须得用相同的时间才能重新来过。但她没想到，那些情景会像杜鹃摊的春饼一样，一层层摞在一起。而穿透这些饼只需要一个洞——一个通往过去的深不见底的洞。

她感觉自己好似在黑暗中不断下坠，坠入一口深不见底的枯井、一座九十九层高的古塔、一片没有陆地的天空。

渐渐地，周围的景象清晰了起来。她看到六七岁的自己穿过黄沙漫天的戈壁滩，背后是渐渐消失的宿岩古城轮廓，头顶是盘子大的烈日骄阳，脚下是炽热、龟裂的大地。

她走了好远的路，身上带的薯干已经吃完，水囊也早就空了。炫目的太阳在她头顶晃啊晃，她看到成群的秃鹰在自己身边盘旋，然后有马蹄声传来，天边的尽头出现了一个骑在马上的将军。

将军的半张脸都被盔甲挡住了，露出一双年轻而温柔的眼睛。她紧紧拉着肖准的手不肯松开，直到他将她从地上抱起来，放在高高的马背上。

后来，她看到穿着新衣裳的自己怯生生地跟在肖准身后走进侯府。陈偲立在高大的府门前对她笑着点点头，而杜鹃还梳着姑娘家的双环发髻，侧开身，露出身后那满满一桌热气腾腾的饭菜。

她狼吞虎咽地往嘴里塞着，抬头看到杜鹃伸出手，以为她要训斥自己，连忙又塞了一大口。杜鹃却只是擦了擦她的嘴角，往她的手中塞了一把瓷勺。

再后来，她看到肖准领着一个圆脸、眉毛如蚕豆的“野小子”来到她的屋子，对方一开口，她才发现那其实是个姑娘。肖准一走，那年画娃娃一般的小姑娘突然就变了脸，抢走了她的果盘和吃食。隔天，她用一颗葡萄当作诱饵，将小姑娘扣在簸箕下逮个正着，两人在地上拳打脚踢，滚作一团。

视线一转，她又长高了些，而那粗眉毛的小姑娘还是那么高。两人身穿男装来到一座灯暖酒香的楼里，一手揽美人，一手钩俊男，好不快活。她从后窗看到后院里几个壮汉杂役正在殴打一名小厮，便跳下去揍了那些人一顿。那小厮抬起头，露出一双贼溜溜的小眼睛，怀里还紧紧攥着他第一个月的月银。

她看到自己第一次上战场，平弦砍掉了山匪的半个脑袋。血溅在她脸上，糊得她眼睛都睁不开，手里的枪杆滑腻不堪，她险些握不住，只得在马屁股上胡乱擦手，而她那个花斑杂毛的坐骑误以为她“下令遁走”，扬起蹄子就跑，直到跑出战场外十里地才停下脚步。

她看到自己从一个慌乱不已、总是需要旁人回护的新兵，变成一名沉稳、果断的天成战士。她看到自己从孤身一人到拥有了伙伴与家人。

她看着过去的自己，而过去的自己一直看着肖准。她一直在成长，而他十年如一日，依旧是她初见时的风采。

她看到自己日复一日地在他身后奔跑着，追逐着，希望时间能够等一等她，让她能够追赶上他的脚步。她看到自己夜复一夜地在府中长廊下等待着，期盼着，希望时间能够快些逝去，让她一睁眼就看到他回家的身影。她看到自己忧愁他的忧愁，仇怨他的仇怨，一边想着如何建功立业，一边背着所有人偷偷搜集关于肖家灭门的蛛丝马迹。

她看到二十岁生辰那天的自己正穿过开到荼蘼的金茶梅海，一步步向永业寺的大殿走去。

不，不要过去。不要去求那支签。你不去求那支签，那些可怕的事又怎么会应验？

可她越是挣扎，就越是下坠。她想冲过去阻拦，却终究离那个身影越来越远。似乎有双手死死抓着她、抱着她，将她拖入黑暗中。

“肖南回，醒一醒。你要睡到什么时候？”

是谁？是杜鹃吗？如果她现在睁开眼，就能看到杜鹃嗔怪的脸和拧起来的眉毛吧。

她应当用被子蒙着头，装作还在熟睡，杜鹃会打开房间的小窗，说今日天气很好，再不客气地掀开她的被子。

她应当说自己做了噩梦，梦中发生了很可怕的事情，大家都离她而去，杜鹃就会心软，拍着她的背跟她轻声细语一番。

她应当匆忙穿衣却穿错了鞋袜，料想是自己那个好吃懒做的婢女做了手脚而追出门去，迎面跟端着辣子面的老管家撞个满怀。

时间应当还早，她所拥有的时间应当还有很多很多……

可是为什么？为什么她会知道那本该顺理成章的一切都不会发生了呢？

肖南回睁开眼，入眼是皇帝那张轮廓柔和却过于冷清的脸。他的眼睛幽深得像梦境中那永无尽头的深渊枯井，吸走了周遭的全部光芒，只留下他和她存在的世界。

她张了张嘴，想要说些什么，却一点儿声音也没有发出来。眼角是流泪后的酸胀感，耳鬓旁湿漉漉的一片。她的口鼻呼吸着，心口跳动着。她感觉自己还活着，却又觉得自己已经死了。

都说梦只有醒来那一刻才能让人意识到那是一场梦，而她眼下才发现，她过往二十年的人生才是一场大梦，醒来后，她依旧孤身一人，自始至终从未改变过。

她的表情是麻木的，泪水却不受控制地落下。她又闭上了眼睛："陛下就让臣再睡一会儿吧。"

"好。"她的嘴唇牙齿被微凉的手指撬开，一颗珍珠大小的药丸被塞进口中，"但你要先活下去才行。"

舌尖抵着那颗药丸，感受到苦涩的味道渐渐弥漫开来，她几乎一动不动。她不想要活命的药，她想要可以入梦的药，抑或是能够从梦中醒来的药。她想要睁开眼的时候有人告诉她这一切都是假的，她所经历的一切都只是一场噩梦罢了。

"怎么？不想活了？"他的声音依旧冷冷清清的，听不出什么情绪，却好似冰冷的现实在敲打着她。

他从来都是这样，不论发生任何事，都不能扰动他心绪的一丝一毫。如若是往常，她会觉得委屈，会想要赌气争辩一番，可眼下她的心中只有无穷无尽的疲惫。

“怎么会呢？”她的声音很轻，在这空荡荡的黑暗中跌撞了几番，最终尘埃落定。

良久，他的声音才再次响起：“那你为何要将孤托付给你的东西与你那婢女葬在一起？”

蜷缩在石榻上的背影一僵，随即缩成更小的一团。

肖南回料想他不会轻易放过她，却没想到他会如此迅速地逼近，连一点儿喘息、疗伤的时间都不给她。她终于挣扎着坐了起来，望着那张在黑暗中若隐若现的侧脸，低声道：“她不是婢女。她是我的——”

伯劳是她的亲人，是她的朋友，是她生命中最不起眼却最重要的人。但是伯劳不在了，永远留在斗辰岭那个满是荒草乱石的山坡上，只有她与月光记得伯劳最后的模样。

眼底又有酸涩涌上，她吸了吸鼻子，将它压下，声音有种故作轻快的怪异：“当时情况紧急，我没有自保的把握，陛下托付给我的东西，我不敢带在身上，便留在安全的地方。我埋她的时候做了标记，陛下仁厚，找到东西的同时定不会不管她，我也算能安心了——”

“好一个安心。”他的声音前所未有地冷酷，讥讽之意也毫不掩饰，“可惜孤担不起你口中的‘仁厚’二字，更没有心情去处理一个婢女的尸体。”

她沉默了片刻，随即摇了摇头：“你不会的——”

“你凭什么认为孤不会？”他的声音突然靠近，回音在四壁间碰撞，显得如此急切，“你若死了，你的仇恨、你的牵挂都将寄托在这缥缈虚无的人心之上，而你得知晓，这世上最靠不住的东西就是人心。”

她苦笑，不知是掩饰还是自嘲：“那又如何？陛下的心可比我这个人靠得住。我以为自己可以做很多事，我以为命运是可以扭转的，我以为从我习武握起兵器的那天起就再不会受人欺辱却无力反抗，可结果呢？我连自己最亲近的人都保护不了。”

黑暗中有滚水入器的潺潺响动，然后是陶罐被搁置的声响。

“一个人是否强大，并不取决于其手中是否握有兵器。”

是这样的吗？或许是吧。但那又如何呢？身为孤女，飘摇一世，能够改变命运的方法实在少之又少。如果可以，谁会想要一直用这刀尖舔血的方式在这世间存活下去呢？她生气了，胸腹中长久以来压抑的悲伤和愤怒在此刻倾泻而出：

“陛下生来便立足群山之巅，万里江山都在你脚下，你手中便是只有一串佛珠也无人可以伤你分毫。可我生来平凡，平凡之中的疾苦冷暖，陛下怎么会懂？”

她伤病未愈，动了气便觉得胸口憋闷，眼前一阵阵发黑。

皇帝微凉的手指抚摩她的脸颊，轻轻拭去她额角的虚汗，温柔得看不出丝毫被触怒的痕迹，反而带着情人间的缱绻：“所以你此刻方才明白，这世间一切本就是不对等的、不公平的？所以因为你的命平凡而卑贱，便可以轻易放弃吗？你是如此，你那死去的婢女也是如此吗？”

“你……”她争不过他，辩不过他，只能恶狠狠地握紧拳头，又要缩回那黑暗中她最后的一点儿栖身之地，“我便是不想活了，也不劳陛下费心。”

他依旧不恼，唇齿间抛出击溃她的最后一句：“肖卿死前，不想知道那紫衣刺客的去向吗？”

她果然猛地停住，眼神中的黯淡、麻木都褪了些，可随即又想起什么，看他的眼神带着几分期待、几分怯懦。

他怎会不明白她心中所想，只是故意不去看她。一只白色瓷碗摆在她面前，碗中汤药尚带着一丝恰到好处的温热。

“想知道的话，就把它喝了。”

她拿起那只药碗，眼都不眨地将其中汤药吞了下去，连它是苦是甜都没多留意，随后定定地看着他，等待他兑现自己的承诺。

而他盯着那只瓷碗，半垂的眼帘下是经过千万次掩饰的可怕神情。即便已经到了此刻，他还是无法容忍她因为肖准的事露出如此急迫的神态。

“他向西南去了，暗卫一路跟着他，最后一次觅得踪迹，已是在赤州边界。”

肖南回摇摇晃晃地站起来，一只手扶着石榻的边缘，一只手死死攥住他放在膝头的手：“臣也算陛下的近卫，先前更是跟他交过手。臣愿意前往助力，必要关头——”

他冷哼一声：“怎么，你想说必要关头时你可以豁出性命？”

她不说话，只执拗地抬头望着他。那是一双感情充沛、热情燃烧的眼睛，即便受过伤痛、遭受背叛、被人践踏，也没有变得彻底麻木、死寂。

而他从未有过那样的眼神。人大抵都是如此，越是没有什么，就越是喜欢什么。

他终究不忍继续看她，起身离开石榻：“肖南回，你的性命或许根本无足轻重，因为连你自己都不在意。你以为你的复仇之举十分伟大，但在死亡面前，这些根本毫无意义。”

“死亡”，多么平凡而又沉重的两个字。从前在战场上的时候，她总与它擦身而过，直到如今才明白它的真正含意。

“那什么才有意义？”

机栝运行的沉重声响混着石头相互摩擦的吱嘎声从黑暗深处传来。

“活着，活着才有意义。活着才能感受、才能体会、才能抉择。”

有流动的风迎面吹来，她感觉到自己的发丝在微微拂动：“我义父他——”

“青怀侯肖准已叛逃，那紫衣剑客劫走了白允，肖家已与白氏同流合污。”他的声音再次恢复了平淡，连一丝情绪都难寻觅，“他身为一营将领叛逃，便是天成的敌人。这一点，你应当清楚。”

她清楚，所以她才会痛苦：“但其中一定有什么隐情——”

他没有转身，背影却透出一种无法掩饰的寒意。他应当跟她讲，若是再多提那人半个字，他便教人去杀了那人，可话到了嘴边，最终还是变成另外一句：“你若活着，或许能够看到他的下场。”

话音落地瞬间，石门彻底翻转，沉重的声响停止，周遭再次恢复平静。

肖南回抬头望去，门的那一边是寂静的夜空，星光与月辉倾洒一室，对久处于黑暗中的她来说竟是前所未有的光亮。

她愣怔着站起身，向着那璀璨的夜空走去，随后才发现此处视野如此开阔的原因。这里是静波楼。

她上一次来这里的时候是白日，春和景明，微风吹拂。眼下却是夜深之时，已至夏日。

不远处，整个皇城都在她脚下，长明的灯火映照着东西南北阡陌交通的街道，仿佛大地的脉络正在发光发热，蓬勃跳动。而这些微如树根的细末端尖就安睡着一户又一户平凡而庸碌的人家，他们日复一日见着同样的人，做着同样的事，过着一成不变的日子。

在这样的世界做一个庸碌之人，曾是她毕生的梦想，因为她以为，拥有得不多，就不用体会失去的滋味。

眼眶中的泪已枯竭，她怔怔地望着远方，并未留意皇帝离开的脚步声。

“要死要活，就在这里想清楚吧。”

第一百四十五章

生来孤独（上）

日头西沉，酉时未过，戌时将至，单将飞拎着一个朴素的食盒走上静波楼西侧的楼阁。这是他进入宫墙以后第一次给除皇帝以外的旁人送餐食。

盒子里的东西不多，每次只有两菜一汤及一盘点心，却是这天底下最干净、最安全的饭。

他转过三层石梯，穿过漆黑的石廊，眼前映入夕阳红彤彤的光。

他先是下意识地看向石榻，发现榻上无人，于是将目光转向栏杆的方向。然后他便看到穿着素色绨衣的肖南回站在栏杆上，迎风吹起的衣摆将她的身形勾勒得摇摇欲坠。

单将飞一愣，手中的食盒就这么直愣愣地摔在了地上："肖姑娘！"

肖南回听到响动，有些惊讶地回过头来。

玄衣内侍官的脸上有三分遮掩不住的惶恐，那双和气的眼死死地盯着她，令她忐忑不安。她从栏杆上爬下来，将手掌摊开，神色像个做错事的孩子："单常侍，我在弄这个，没注意到你来了——"

单将飞的目光落在她手上，发现那掌心卧着一只黄嘴角、毛还没长齐的雏鸟。

"就在方才，它从上面掉下来了。我想把它放回去，但有些够不到。"她边说边指了指阑额与檐柱间的鸟窝，那鸟窝口还隐约可见几个毛茸茸的小脑袋，正挤在一起，默不作声。

内侍官的面色终于恢复如常，他走近几步，伸手将那只雏鸟小心翼翼地接了过来，打量了一会儿，轻声说道："是燕子呢。"

肖南回面上有一瞬间的僵硬，随之而来的是难以掩饰的难过。燕子会在屋檐下安家，本是吉祥喜乐的征兆，只可惜有人借了这个名字，却亲手夺走了她的吉祥喜乐。所以她宁可不信那些人附加于其羽上的寄托，反而将它们看作这天地间再普通不过的生灵。过去的三日，她就是这般看见了天地。

她看到鸟在檐牙下筑巢，衔着纤细的草枝往复穿梭，细腻的绒羽在风中轻轻颤动，轻软又坚强。她看到蜉蝣朝生夕死，草木朝露日晞。她看到湖中水波时而漾漾，时而澹澹，晴时碧波清澈，阴时暗淡、混浊。她看到太阳升起又落下的每一寸光线变换，也看到月亮在彩云之后清辉永照。

都说人在经历过生死大限过后会徒生许多疑问。她以为自己要花三五年的时间才能想明白那些问题，才能得到真正的解脱，但等到第三日黄昏，她就从那栏杆旁站起来了，因为她看到那只雏鸟掉了下来。

她本以为自己不会这么快从深渊中走出来，可她的头脑还没有想明白的时候，她的身体已经做好了重新站起来的准备。或许思考并不能带来那些答案，本能却可以。

掌心一阵微微的痒，她低头瞧着在掌心蠕动的幼小生灵，指间有些不知所措的小心与谨慎。

单将飞看在眼里，原本有些提着的心稍稍放下："这鸟就交给小的吧，一会儿差人架了梯子送上去就是。姑娘还是早些用膳，饭菜放凉了，吃着不舒服。"

单将飞从地上捡起那个食盒，将将挪开盖子时才发现，方才那一摔，盒子里的两道菜撒了一半，眼瞅着是不能吃了："小的手笨，不小心将东西糟蹋了。还请姑娘稍等片刻，我这便去再准备一份。"他收拾起食盒，将那只雏鸟放在袖中，便要离开。

肖南回犹豫了片刻，还是出声叫住了他："那个，请问……陛下现在身在何处？"

他顿了顿，如实道："陛下此刻就在静波楼中。"

事实上，陛下这三日都在静波楼中，但她并不知晓，还轻舒一口气，似乎在暗自庆幸自己问得正是时候："晚膳的事，先不忙，劳烦单常侍带路，我有事想要跟陛下商量。"

天知道单将飞等这句话等了多久，他从善如流："请姑娘随我来吧。"

又是长长的走廊、漆黑的隧道，她不知摸着那斑驳的石壁走了多久，前方单将飞的脚步终于停住。

一盏烛火在前一晃，照亮了石室的入口。肖南回眨眨眼，抬脚迈入其中，随后看了看四周。

其实也没什么可看的，这里跟别处一样，一切都是石头做的——石头做的桌案、石头做的椅凳、石头做的灯奴。皇帝就坐在石案后低头批着奏简，面色如石头一般冷硬。

她知道，他估摸着是有些生她的气，但至于他具体气什么，她又有些摸不准。或许她应当像寻常女子那般做出柔软的姿态，上前说些好话，也听他说些好话，两人皆大欢喜。可她知道自己做不到，光是想想那样的情形，她的汗毛就立了起来。

她是有军威、上过战场的人，说好听点儿是把尊严看得比生命还要珍贵，说难听点儿就是倔得跟头驴一样。清醒地认识到自己的真面目，她腰杆也直了，礼也不行了，想要与他商量的本意也忘了，故意不看他在的方向，她道："我想出去走走。"

半晌，那个方向终于传来一个字："好。"

出乎她的意料，皇帝答应得十分痛快，这反而令她有些尴尬了："那……那我走了？"

他都没抬头看她一眼："走吧。"

她原地踟蹰了一会儿，又低头看了看自己身上的衣服、靴子，最终一边不知嘀咕些什么一边走远了。

待那脚步声完全消失，夙未的目光终于从面前那卷摊开的奏简上移开。奏简上一字未批，其上放着一块金蟾造型、光亮圆润的铜铁镇纸，那金蟾圆鼓鼓的肚子可以反射出整个石室各个角落的情形，包括方才肖南回脸上的神情。

皇帝伸出手捏住那只金蟾，将它挪到了一旁，抬笔蘸了朱砂："将飞。"

还未离开的内侍官低声应道："陛下有何吩咐？"

"派人跟着她，别让她出城，别让她去没有人的地方。其余的，都随她。"

"是。"

鲜红的笔尖动得飞快，原本堆在案前的十几份奏简转眼只剩下二三。

"鹿松平可有消息？"

"一直未能找到，人就像凭空蒸发了一般，连尸体也没寻到。"

"派人留意雨安一带的大小要道，再吩咐各州留意他的行踪，一有消息，立刻来报。”

“是。”

内侍官的身影消失在石室入口处，石案上的最后一卷奏简也批复完毕，被工整地堆放在一旁的漆盘上。石案后的身影缓缓起身，走到一旁石墙前，推开一道石门。石门另一边烟气缭绕，乱七八糟的草药、矿石、鸟兽虫蚁堆了满屋。

一身白衣的郎中正守在一排冒着热气的陶炉前，听到动静转过头，一惊：“草民参见——”

“免了。”皇帝随意挥了挥手，找了个放甘草的草筐坐下。

郝白察言观色，身形稍稍放松下来，又拿起一旁描了秀竹的扇子照料火候。火苗将那扇子边烤得有些焦煳，炉子上的气孔溢出些药汤，就像他的心在滴血。他觉得自己压根儿不是在熬药，而是在坐牢。只要那女人一日不好起来，他便一日见不到外面的太阳。

“肖姑娘呢？可曾按时服药？”他问得十足小心。

草筐上的皇帝答得十足潦草：“她出楼了。”

“出去了？”白衣郎中目瞪口呆，“可她……可她前几日不是还要死要活的吗？”

“许是你医术高明，药到病除吧。”

皇帝面不改色地为他戴上一顶高帽子，他却只觉得脖子上的脑袋更加摇摇欲坠了。

他还年轻，还没去过青楼，还没遇到一个付不起药费但愿意对他以身相许的姑娘。然而此时此刻，他的内心已经生成一部名门世家救苦救难最后因为一朝看护不当而被恶霸权贵碾压成尘的狱中绝笔文。

他拿起一旁的凉茶牛饮一口，再开口时声音依然干涩：“俗话说，伤筋动骨一百天。她那几处皮肉伤还好，就怕腰背骨头伤了。那个地方先前在穆尔赫凭霄塔摘花时已有折损，算得上旧伤添新伤。再说，就算这身体上没有病痛，也不代表心中没有病痛。人吧，就怕钻牛角尖——”

“她没那么脆弱。”对方显然知道他要铺垫什么，简单明了地将他没发完的牢骚尽数堵了回去。

思绪戛然而止，郝白一时有些发蒙。他不知眼前人的态度于他而言是件好事还是坏事。

那一排罐子就在此刻呜呜呜地响起来，白汽顶着罐口，四周又是水汽蒙蒙。皇帝的面容就在这雾气里晃动，看不清是喜是怒。

“前日问过你的事情可有定论了？”

想起此次来到阙城的目的，郝白连忙打起十二万分精神：“起先我不敢判断，但交由我外祖详细看过后，基本算有了眉目。”他顿了顿，似乎是想要卖个关子，“陛下可还记得那穆尔赫邹家家主邹思防所中的奇毒？”

“记得。你还诓了孤的一颗舍利子去治病。”

郝白脸上一红，赶紧轻咳两声以掩饰：“那舍利子确实珍贵，不过，在下也是救人心切，况且当初情形，陛下是要他有命在才好——”

“说重点。”

“此毒确实跟秘玺上的机关同出一处，曾经名唤心头刺，起源于何时已不得而知，由何种毒物所制亦不得而知，从有记载开始，便是作为祭祀神明时麻痹牲畜所用，若有人中此毒，症状便如那邹思防一般，尚存着一口气却状如死尸，待一十九日过后才会咽气。”

“咽气之后呢？”

郝白闻言一愣，显然没有料到对方会如此迅速地抓住要害，酝酿了很久的话术没了用处，他只得干巴巴地道出实情：“曾有传闻，中此毒者在咽气之后会有回光返照乃至起死回生的现象，但这些都只是野史记载，从未有人亲眼见过——”

“依你所见，是否可信？”

他掸了掸衣摆上的黑灰，一脸正气道：“在下一介医者，不信鬼神之说，定要实事求是地追究一番，非亲眼所见、亲耳所闻，不得妄下结论。”

“好说。一会儿叫未翔带你去看许睿的尸体。”

“可……可是——”

可是他是个郎中，又不是仵作！

“怎么？瞿先生这是方才离家半个月便思乡情怯了？我寻思着这瞿家几位族中长老眼下都在城中，你应当并无后顾之忧才对。”

这是用他一家老小的性命来做要挟？哼，祖师爷爷诚不欺他，天家果真是大大地坏。一个坏、两个坏，爹坏、儿子也坏，一坏坏几代，一坏坏一窝……

“瞿墨？”皇帝轻柔地唤他名字。

他蔫了吧唧地低下头去："草民遵旨。"

肖南回孤身一人走出了静波楼。

吉祥被安置在黑羽营中混吃混喝，屁股上的伤恐怕要养一阵子。日落前后，大街小巷都渐渐热闹起来，车马并不方便行走，她便直接步行往燕扶街去了。

在路上，她又瞧见了卖甜柑的小贩，想了想，终究没有买，拐了个弯，去了小福居。

小福居的掌柜上了岁数，在条凳上打着瞌睡，惊醒后听肖南回说要将攒了三四年的十坛云叶鲜全部取走，以为自己又睡糊涂了。

掌柜问了她三四遍是否真的都要取走，又再三提醒她云叶鲜要在窖里存着，一旦拿出来，三日不喝便会变质。她只是笑着说"知道了"，拎起酒便走出了小福居。

她总是习惯把好东西存起来，即便偶尔享受也都只是取来一点点，绝不会一次吃空，那样太没有安全感了。但伯劳总是相反，她从来不会将好东西留到最后，有了新鲜的葡萄便要一口气吃得扶墙，走不动路。

她在书院念过几年书，伯劳却是大字不识几个，连"及时行乐"四个字的道理也总结不出，只会说，葡萄架下死，做鬼也风流。所以一直以来，什么瓜果梨桃、琼浆玉液，在府上从来都是留不过夜的。唯一的例外，就是这十坛云叶鲜。这是她辛辛苦苦东躲西藏攒下来的，她本想着等有一天自己老了、走不动道了、上不了战场了、赚不了银子了还能有一口好酒喝。她想过她一人坐拥十坛斗金的好酒是何等风光，也想过到了那时便将酒摆在那及时行乐的傻子面前，无须多言便可自证高明。然而她没有想到，酒她费尽心机地留了下来，人却没能留住。能与她一同对饮的人已经不在了，她也不必等到老去那日了。

肖南回拎着十坛酒孤身走入熙熙攘攘的人群。或许人生在世，相伴总是短暂，孤独才是常态。

夜色渐浓，华灯初上，望尘楼正是最热闹的时候。

今日是浣花节，楼中美人们都簪了鲜花，扎了花灯的天井正中用碎石铺出一道蜿蜒的溪流，溪流中漂着玉杯果盏，四处弥漫着花与酒的香气，夏日的晚风拂过美人们裸露在外的肌肤，带着醉人的温度。

肖南回站在临时用松木搭成的小拱桥边看了一会儿，其间，有几个撑伞路过又香又软的姑娘往她身上凑了凑，发现她是女子后也没有立刻冷下脸，见她拎着十坛酒似乎有心事，反而拉着她的胳膊要跟她一起去饮酒。她笑着拒绝了，突然有些明白人们愿意来这里的原因。这里是最有烟火气的地方，每一个来到这儿的人都会被热情地对待，却又不会被问及来处，更不会被问及要到何处去。

拎着十坛酒的手指有些酸痛，肖南回这才迈着步子往后院走去。她还没转过回廊，迎面便瞧见了那两个熟悉的身影。

姚易簪了朵非常艳俗的仙客来，为了配那红得发黑的花色，又穿了件红底金丝辫线袄，整个人好似一只花斑锦鸡。伍小六也没好到哪里去，头上别着一朵丝瓜花，对襟小褂翠绿翠绿的，像一只成了精的蛤蟆。什么主养什么仆，这俩人倒是越来越像了。

那厢姚易正语速飞快地跟下面人交代着什么，倒是伍小六先瞧见了她，整个人结巴了起来：“肖……肖……”

姚易显然正说到关键地方，见对方面色痴傻的样子十分不耐烦，但一抬头见到她的时候，那双滴溜乱转的小眼少见地愣了愣。

肖南回摸了摸发痒的鼻子，像往常一样正要招呼着往里走，不料对面的人眉梢突然耷拉下来。

“你怎么——”他顿了顿，快步走近，同时压低了嗓音，“你怎么就这么出来晃悠了？”

肖南回摆出一副不在意的样子，伸伸胳膊伸伸腿：“已经大好了，不碍事。”

姚易语塞，盯着她那张肆无忌惮、到处乱晃的脸目不转睛：“又不是问你这个——”

“那是问我哪个？”

望尘楼牙尖嘴利的姚掌柜竟然被问住了，还没等他想明白要如何回答这个问题，前厅便来了贵客，瞧那架势不知又是哪户高门子弟。

肖南回眯着眼还没看仔细，头顶突然一黑，一件带着脂粉味的花布衣裳便劈头盖脸地落在她脑袋上。她大怒，正要发作，姚易那贼兮兮的声音便赶紧压了过来：“别说话！来人了！”她顿住，下意识不想给朋友找麻烦，随即又觉得有些委屈。她可是刚刚大难不死，她如今唯一的朋友竟对她如此冷淡。不，这何止是冷淡，简直是令人发指。

那厢姚易根本不管她如何腹诽，近乎不耐烦地推了推她，她便像一头拉磨的驴一样被他牵进了一个房间。

“你先在这里等我一下，我去把外面那几个人招呼完再来找你。”姚易撂下一句话，转身砰的一下关上了门。

肖南回头上的大花布缓缓滑落，露出她迷茫、困惑的脸。她寻思着从前她来找这抠门掌柜的时候也没见他如此嫌弃，难道当真是这一病卧床太久，令她看起来十分见不得人吗?

她将手里的酒坛子放在桌上，搭着那件花衣裳走到角落的梳妆台前，凑近立在桌上的铜镜左看右看了一会儿，并没有发现脸上有哪里不妥。

那铜镜似乎太久没人打理，已经有些发黑。她抓起一旁的花帕子去擦那镜面，一边擦一边凑得更近，想要看仔细些。

就在这时，她身后的门突然被人打开了。

一道身影飞快地钻进来，又将门关好，背靠着门喘着气。

这姚易动作还挺快。

“回来了？”

肖南回捏着花帕子缓缓回头，便看见夙平川那张震惊不已的脸。

第一百四十六章

生来孤独（下）

夙平川是黄昏时分才寻得一个溜出府的机会。

他已经被关在府上数日，除了每日送水送饭的小厮，旁的人一个也瞧不见。阿楸那日跟他一道出城后便被烜远王府的人挡在了大门外。直至春猎结束，王府仍对外宣称他“偶感风寒，闭门谢客”，实则就是不让外祖再来帮他。而他除了光要营那些抬头不见低头见的同僚，竟连一个敢上门探望他的朋友都没有。

郁郁之中，他又想起在岭西那段沦为阶下囚的短暂时光，又想起肖南回曾对他说过的话，提起精神，决心证明一次自己坚强。

他所求不多，只想确认她平安。他认为自己应当可以做到。然而他总是忘记自己的出身和成长经历，忘记自己空有一身武艺却从未干过翻墙头、走狗洞一类的坏事。

他打晕了送饭的小厮，拿了钥匙，提了宝剑，一个纵身上了院墙，下一瞬便踩碎了三片瓦，然后他那看似儒雅实则小肚鸡肠的父亲便出现在墙根底下。父亲抬头看了他一眼，轻声叫他滚下来。于是他又被关了起来。

这一回，他连送水送饭的小厮也瞧不见了。每餐饭食被从狗洞里递进来，又从狗洞里撤出去，不论他如何高声抗议都无人应他。

就这样又过了两日，他终于学会了隐忍。

他在送出去的餐盘上写下字条，说想要吃烧鸡，当天中午便收到了一只烧鸡。他一口气吃掉了整只鸡，终于找到一根粗细适宜、长度刚好的鸡骨，然后找了块砚台垫在下面轻轻打磨，终于捅开了挂在身上的锁链。

这一回，他不敢再去拿剑，又脱了笨重的靴子，小心翼翼地翻上墙头。在院墙上匍匐着观察了小半个时辰，他才踩着间隙，躲开看守，顺利溜出府去。

他担心要不了多久父亲就会发现他已不在府中，所以十分珍惜眼下的这点儿空闲，几乎是一路狂奔向着燕扶街跑去。

这是他第一次只穿着袜子在大街上奔跑。与他擦身而过的都是神色匆忙的人，没有人注意到他的异样，只有他自己知道当下这一刻的叛逆与疯狂。

或许老天对他有所眷顾，没有让他的勇气白白付出。他就这样一路跑到了望尘楼，打探了一番过后，因为险些被熟人认出来，匆忙之下躲进了就近的房间，而他要找的人就在他面前。

夙平川望着眼前搭着花衣裳、拈着花帕子的人，激动中又透出几分悲痛。几日不见，她竟已沦落到如此境地了吗？

他想问陛下可曾治她的罪、在这里过得好不好、有没有遭受屈辱，可又觉得这种愚蠢的问题根本问不出口，因为她显而易见过得不好。

他还没能将哽塞在喉头的话说出一个字，铜镜前的肖南回已经干巴巴地开了口："你……你为何会在这儿？"

肖南回这话问得含蓄，她其实想问的是"你一个自诩高洁孤傲的王府少爷为何会在这不入流的烟花之地"。好巧不巧，望尘楼特色便是英俊小倌比貌美娘子多。夙平川该不会是因为前阵子受了刺激，突然转了性子，开始对些旁的产生了兴趣吧？

肖南回心中一阵震颤，面上表情也变得有些复杂。见对方许久没有作答，她更是对自己的判断深信了几分。她将手里的帕子团在手心揉了揉，委婉地开了口："平川弟，我也知这'情'之一字最难自已，只是凡事莫要剑走偏锋、钻了牛角尖，虽说这——"她顿了顿，生怕自己这弦外之音拨弄得太过明显，伤了和气，斟酌用词道，"虽说这阳刚之气有时也会相互吸引、欣赏，但说到底你并非生来如此，万万不要因为旁的什么缘由错看了自己。"

话音还未落，她便听见门外两个年轻小倌被三五个膏粱子弟簇拥着，一路调笑，飘上楼去。

说什么来什么，这也太应景了。她瞬间有些后悔，然而已经晚了，对面的小爷早已听懂她的弦外之音，脸唰一下就红了，不知是羞恼还是生气："我来这儿当然……当然是为了见你！"

这回轮到她生气了，生气之余更有些莫名其妙。为了见她？他哪只眼睛瞧见她进了这买春之地，还一待就是三天？！望尘楼可是很贵的。要不是姚易那厮给她放水，莫说待三天，就是一晚上她也待不起。

然而更气人的还在后头。夙平川见她不语，不知心里头又想歪到哪里去，脸上别别扭扭，竟从身上摸出一张银票，啪的一声拍在桌子上：“我有银票，你莫要担心。”

肖南回终于忍无可忍，霍地从那开窗绣墩上站起来，大步走到夙平川面前，一把便薅住了他的后衣领，拉起来便往门外拖，一边拖一边嘴里碎碎叨叨：“真是白瞎了桃止山那冒仙气的好地方，剑客没教出来，倒是教出来个出手阔绰的纨绔子弟——”

可怜那方才历尽千难万险逃出府的少将军，就这样被一个女土匪擒住了后颈，眼看就要被扔出门去，他终于意识到有些不对劲，在魔爪下一边挣扎一边辩白：“我……我只是听说你被关在这里，所以才想办法混进来的！”

搭着花衣裳的肖南回缓缓回过头来：“听谁说的？”

听他那好姨娘念叨之后，又在楼里找了个姑娘花了十两银子打探来的。夙平川吭哧了一会儿，决定省略后半部分：“薄夫人说的。”

薄夫人跟她颇有些不愉快，故意说了些恶心人的话也不一定。肖南回想了想，终于放开对方。她转身回到小桌旁，拿了一坛酒，拍开封泥，连杯子也没用，直接递到夙平川面前：“坐下陪我喝点儿吧，顺便说说到底是怎么一回事。”

夙平川接过那坛酒，强自镇定地猛灌一口：“春猎的事，早就在城内传遍了。青怀侯府上下不知所踪，唯有你是在众目睽睽之下被押回来的，所以自然所有对此事好奇的人都想见到你，希望能探到些消息——”

肖南回越听越觉得脑子有点儿转不过弯来：“我是在众目睽睽之下被押回来的？”

“是啊。”夙平川语气肯定，就仿佛真的是自己亲眼所见，“说是跟瞿家后人一道进城的，进城后马不停蹄便来了望尘楼，这一进来就再也没出去。”

肖南回眼前浮现出郝白那张擦了粉的面孔，随后又浮现出姚易那个奸商的嘴脸，这两人何时勾搭到了一起？她总觉得哪里有些不对劲：“我进望尘楼做什么？”

“他们说你跟望尘楼的掌柜交好，便在楼中养伤，但不论谁来探望，都未曾真的见到你。是以朝中坊间都传，你其实已经被下了狱，只是陛下为平复朝中武将的情绪才出此策，作为幌子，明里暗里不少人都在搜寻你的下落——”

夙平川一字一句地说着，肖南回一口一口地喝着。

皇帝这局中局、帐中帐的手法，她再熟悉不过了。先前她在静波楼的时候，心思都沉溺在悲伤痛苦之中，从未想过外面究竟是怎样天翻地覆，风云变幻，眼下听夙平川提起，她才恍然明白了许多。

半个月前，她还是肖家默默无闻、无足轻重的养女，如今却是顶着肖家姓氏的唯一靶子。肖家虽然凋敝，但曾名赫一时，在朝中既有故旧，便也会有宿敌。肖准出事，她身为肖家人，定是逃不了这场风波。如若将她下狱，那便要落实个罪名，重了是上奏数十，轻了也是上奏数十，末了又是一场朝堂大战，唾沫星子能淹了整个元明殿。可若放着她不管，便是将她置于砧板之上任人鱼肉，借此生事的人恐怕还要多许多。

做七分，留三分，皇帝在望尘楼立了个七分真三分假的靶子，这靶子看起来越是有几分荒诞，不可信，那些挖空心思、揣摩事实的人便越是自以为聪明地坚信着自己的推断。

又拎起一坛酒，肖南回抬手正要跟对面的人再续一轮，等了片刻，发现无人回应，转头一看才发现，那从小到大都没喝过这么多酒的王府少爷已经醉得不省人事了。

门外响起些混乱的脚步声，她起身贴近门缝听了听，似乎是炟远王府的人找上门来。看来今日她是问不成侯府的事了。既然问不成，她便只能亲自去看一看了。

拎起桌上的最后一坛酒，肖南回蹑手蹑脚地走到后窗处，临走之前又返回来，帮那一醉不醒的夙家二公子清理了一下周遭，提了提他那滑了一半的袜子，希望能让他酒醒之后的日子好过一些。她很感激他，是他让她意识到一件事，她并非孤身一人、再无亲友，在她不在的那些日子，还有人愿意赤脚穿过汹涌的人潮寻找她的身影。

回头望了望夙平川那张安静的脸，肖南回转身翻出窗外。

黑暗中，略显宽大沉重的深色衣摆一级一级滑过静波楼狭窄的石阶，少年帝王清瘦的身形在黑暗中缓缓前行。

支开左右随从、躲开父王的眼线，他早已做得得心应手、滴水不漏。只要他愿意，即便去而复返，他也可以不惊动任何一个人。

渐渐地，黑暗到了尽头。昏黄的光线迎面而来，随之是一阵夏日才有的暖风。

“母亲。”他轻轻唤了一声。

那道立在栏杆旁的身影一动未动，若非身后飘扬的衣摆，他简直要以为那其实不过是一尊肖似他母亲的石像罢了。他犹豫了片刻，然后缓缓向那道身影一步步走去。

夕阳的光透过斗拱下的小孔迎面洒在他脸上，他感觉周围的一切，连同母亲的身影，都映照在一片橘红色的光影中。

那道身影回过头，他发现自己期待了八年的重逢，最终等来的不过是一张备受折磨、精神已然涣散的脸。

“你是谁？”

他恭敬地行礼：“母亲，我是未儿。”

“未儿？”她迷蒙的双眼似乎渐渐有了焦点，她口中喃喃道，“原来如此，原来如此……原来这便是我等了许久的那一天。”

“母亲是在……等什么人吗？”

女子的脸庞泛起笑容，终于依稀有了过去的影子：“我在等未儿，等着与未儿见最后一面。”

他感觉心底生出一种怪异的感觉，似是酸痛，又似是不安。可他的表情依旧进退有度，声音也仍然不急不缓：“母亲不必烦忧。今日过后，我会想办法要父王做出改变。我们再也不会分开了。”

女子的面容笼上一层如烟似雾的忧愁，又好像只是天生这样的眉眼：“没有人可以永远陪着另一个人，你总要学会独自一人活下去。”

“母亲不需要时时刻刻陪着我，只需要在我常常能看到的地方就好了。”

“未儿可是害怕孤独？”

害怕孤独？在那座古塔中的日日夜夜，他都与孤独为伴，就是因为参透了孤独，他才能走出那座塔：“孩儿不怕。”

“如此再好不过。阿娘最怕孤单，可怜你却生来孤独。”说完这一句，那个女子眼中的光突然亮了起来，她转身望向远方巨大的红色落日，“夕阳甚好，正该是我离去之时。”

他愣了愣，还未来得及问她要去何处，那道身影便转身轻盈地翻过那道因为倚靠已久而被磨得发亮的栏杆，消失在一片夕阳的光晕中。

他怔在原地，张了张嘴，想要喊叫，随即又立刻噤声，表情也重新整理过。但他的双脚依旧是颤抖的，短短十数步，他走得很慢。

终于，他站在栏杆旁。将头探出去看的前一刻，他突然顿住。方才，他听到的是落水声吗？还是……

他看到平静无波的水面上闪着红彤彤的光，然后是岸边的假山……

哐当，重物落地的声音传来。夙未睁开眼，入眼是柏兆予那张满是褶子的脸。

老丞相正一手撩着胡须，一手去挑那已经有些暗的灯芯，因为老眼昏花，灯芯没挑成，反而弄倒了烛台。纤细藤蔓做缠枝花样的青铜烛台在地上滚出去不远便停了下来，滚烫的蜡油流出，在地上凝成一片红色。

“臣无意惊扰，还请陛下恕罪。”

不过短短一瞬，皇帝已恢复常态，眼底一片清明，看不出半点儿异样：“是孤懈怠了。卿何罪之有？”

柏兆予上前几步，将那倒了的烛台扶起，拿过一旁的火镰，将那烛芯重新点亮：“边军调度的事，陛下可要继续听吗？”

“劳烦丞相。”

柏兆予摊开先前念了一半的摘录，将朝中今日未能参上的奏简一一禀明，有些需要对方定夺的事便会停顿一下。

丞相说一句，帝王便答一句。

朝政之事烦琐，他飞快地对答如常，心口却有些异样的跳动。他方才做噩梦了，这对他来说是一件不可思议的事情。

早从十几年前起，他就很少做梦了。不论是欣喜的梦，抑或是可怕的梦，都很少会在深夜侵扰他。然而方才这黄昏入夜之时，他竟然在片刻的小憩中做了梦。而过往经历千千万万，为何他偏偏梦到的是那一幕的？

柏兆予的手指在摘录上缓缓移动，最终落在最后一行，他说：“青怀侯一案——”

老丞相话还未说完，一道黑影便闪现在石室入口处，见到柏兆予的身影，顿了顿，他得到皇帝示意后方才开口：“陛下，暗卫来报，说肖姑娘从望尘楼的后门溜出，往侯府的方向去了。特来询问陛下，是否要拦下来——”

那暗卫话音未落地，石椅上端坐着的人便突然起身，不顾柏兆予惊愕的眼神，几乎是夺门而出：“最后一项，明日再议。”

不过一眨眼的工夫，年轻帝王已走远，石室中只留下一点儿空落落的回音。

柏兆予长长地叹口气，慢吞吞地收起手中的摘录。他还以为他这辈子都瞧不见皇帝疾走的样子了。从少年天子到如今未及而立之年的年轻帝王，他常常错以为端坐在他面前那把石椅上的人，是跟他一样半截入了土的耄耋老者。

临走前看一眼石桌上码盘精美的小食碟，柏兆予伸手将那山核桃、甜蜜饯一股脑地揽进他那万石官阶才有的大袍子里，面上才有些平衡，晃晃悠悠地出楼了。

占据这阙城内最好的地段，青怀侯府的院墙外仍旧静悄悄的。若非门前的两盏长明灯笼没有点亮，肖南回也说不出这里跟从前有什么不同。

俗话说，酒壮孬人胆。没个十坛八坛的酒，她还真没这个勇气站在这里。眼下她肺腑之间都是火辣辣的热气，连带着心跳也快了起来，手心的汗刚擦干就又冒了出来。

从静波楼出来的时候，她最先想到要去的地方就是侯府。

她知道，她不可能永远不回去看一看，但又生怕短短几日那里已经不是自己记忆中的模样。若真是如此，她往后满怀眷恋唤起的记忆是否也会因此蒙上一层阴霾？

原地站了一会儿，眼瞧着天渐渐黑了个彻底，肖南回终于摸索着来到墙根前。那院墙上有一块略微凹陷、有些缺损的墙砖，从前她身量还不高的时候，就是踩着这块砖翻墙回院里的。

熟悉的起落过后，她一脚踩在院子内。院子里空落落的，一个人也没有。

她不是没想过，为何皇帝一定要将她带去静波楼，为何就连立个幌子都要立在望尘楼，为何吉祥没有被送回府上，而是被黑羽营托管。

其实她早就大概猜到侯府中发生过什么了。但这一回她没有哭，也没有崩溃，只是很平静地走入那熟悉得不用掌灯也能一步都不踏错的黑暗中。

不知过了多久，月亮高高挂起，草丛里的小虫开始叫起来。

一道人影从府门正中走过，直直奔向后院，分开无人修剪的杂乱枝条，转过一座座荒废的湖石假山，发现她就坐在那株开了花的老树藤下，整个人似乎都要融入阴影中，模模糊糊的，看不清轮廓。

“肖南回。”

她听到声音，起身转过头去，便见到皇帝快步穿过后院的院门。树间斑驳的月影投照在他身上，又飞快地流走。

她从前一直不知道，原来后院的院门到老树藤下的这段距离是这么近，近到不过转瞬间，他便来到她面前。老树藤的花香也遮不住他身上清清冷冷的气息，他急促的呼吸声就在她面前，搅动的空气在她耳畔搔痒。

然后，他紧紧抱住了她：“为何要来这里？”

她在他的怀里艰难地抬了抬下巴，举起右手握着的那条素麻带子：“只是回来取样东西。”

他终于缓缓放开她，但又不说话，只立在阴影中。

她看不清他今夜穿了什么样式的衣裳，却能看清他的眼睛，知道他的目光落在自己脸上：“陛下在想什么？”

他在想什么？

她在雨夜中被送进马车里的时候，他在想，她是不是不会醒过来了？她站在静波楼的栏杆旁的时候，他在想，她是不是要跳下去了？她说要出去走走的时候，他在想，她是不是要离开这座城了？他在想，她要离开他了，就像当初母亲离开他一样。他的心又开始异样地跳动了，他想起很多年前母亲问过他的话，而他如今再给不出相同的坚定的答案了。

“你会不会离开我？”他的声音很轻，几乎比四周虫鸣振翅的声音还要轻。

“你会不会离开我？”她以为，这是她经常想要问的问题。每结识一个朋友、收获一点儿亲情、产生一点儿眷恋，她便想要问出这个问题。

她生来便孤身一人，而她常常以为，一个孤独的人是不可能给另一个孤独的人温暖与陪伴的。可是此时此刻，她愿意将那提出问题的人当作自己，也愿意给这个问题一个永恒的答案。

“我不会离开你。”她抬起手，轻轻拍了拍他的背，像说给他听，又像说给自己听，“不论发生任何事，我都不会离开你。”

此前半生，她一直在寻找一个依靠，她从未想过，有朝一日自己会成为另一个人的依靠。

他再次抱住了她，这一次比方才还要用力，还要长久，像溺水之人抓住最后一根稻草：“肖南回，此生此世，你都不可离开我，我亦永远不会离开你。”

第一百四十七章

再上征途

浣花节当天，燕扶街热闹了一整晚。

虽说节日本就热闹，但人多喜庆的热闹和鸡飞狗跳的热闹还是有些区别的。据那夜望尘楼当值的小厮次日一早透露，这一切都是因为望尘楼的一位神秘客人。

那天借着浣花节的名头，望尘楼里来了好些朝中有头有脸的人物，各家车马几乎将燕扶街堵了个水泄不通，不明所以来看热闹的人更是探头探脑，围了个里三层外三层。

有人猜测，那天晚上望尘楼里定是来了个了不得的贵客，这才能引得朝中半数股肱之臣纷纷自降身份来到这烟花地，甚至有人猜测贵客兴许就是宫里那位。

只是谁也没想到，“贵客说”还没传出什么端倪，事态却开始向着不可预测的方向发展。烜远王府的家仆不知为何突然出现在楼里，不由分说非要进楼里去搜人，他人怎么拦也拦不住。俗话说，打狗看主人，虽说对方来的只是几名家仆，却是王府中的家仆，打也打不得，劝也劝不走，最后只得掌柜亲自出来应付。

话说，那望尘楼的掌柜也是个人物，泡在这风月楼中这么些年，见过的人心世故、人情冷暖不比那医馆里的老郎中少。他一眼瞧出来者并非烜远王自己的仆从，而是内院的人，便猜出这背后兴许又是一出深宅暗算，连忙偷偷教人前往王府通知正主儿。

也就一前一后的工夫，烜远王竟亲自带人前来。这一回便是天王老子也拦不住了，不到一盏茶的工夫，烜远王府便从望尘楼后门带走了一个人。据当日目击此事的楼中小厮表示，那人走得很是匆忙，就连靴子都没来得及穿好。

有人说，烜远王带走的不是旁人，正是府上二公子——如今光要营的左将军夙平川。王府少爷与营中另一名武将因爱生恨，受了情殇，竟染上了眠花宿柳的恶习，是以烜远王才会亲自前来提人。

也有人说，那一晚楼里一定还有旁人，烜远王闹的这一出不过是掩人耳目的障眼法罢了。即便真的是家门不幸，如此家丑又怎好当众宣扬？便是要提人也定是暗中操作，断不会让一群外人看到，白白成了茶余饭后的谈资。

还有人说，这一切都是因为那个从始至终都没有露面的贵客。

至于那贵客究竟是谁……

“请听下回分解！”醒木落下，大纸扇子一收，那头顶半秃的说书先生拈着自己稀疏的鼠须，端起茶杯润起嗓子来。

座前围着的一众茶客都有些意犹未尽，碎碎叨叨地丢了些铜板，便摇着头散开，另找乐子去了。

说书先生一杯茶下了肚，正要弯腰去点那铜盘里的赏钱，一只捏着银圆的手突然出现，手指头一松，那白胖可爱的银锭子就落在盘子里。

哐当，这声响和先前那些铜板可差太多了。

说书先生喜上眉梢，抬起头一看，却见那丢银子的是个姑娘。他清了清嗓子，郑重地作了个揖：“多谢姑娘。”

肖南回没吱声，左顾右盼了一会儿，突然迈过那铜盘，凑近些，嗓音也压低了：“先生当真知道那贵客是何人吗？”

说书先生一愣，随即一双小眼珠滴溜乱转。他既觉得眼前站着个财神奶奶，万万不能怠慢，又担心自己编不出花样，一张嘴就把财神奶奶送走了，真真急死个人。

憋了许久，额角的汗珠都冒了出来，说书先生终于哆哆嗦嗦地在肖南回耳畔说了个名字。

肖南回一愣，随即突然笑出声来。

说书先生面露惶惑，肖南回却已经摆摆手，转身离开。

说书先生不死心，吊着嗓门问道：“姑娘明日可还会来听书？”

那道身影已三步并作两步，走出茶馆：“明日有差，就不来了。”不止明日，没个十天半个月，她怕是回不来了。

肖南回踏出丰字号茶馆的大门，抬头望了望日渐毒辣的日头，钻入一旁墙根的阴凉地，遛着墙根向南走去。

姚易的嘴巴最刁，他约人商谈事情总是选在这丰字号茶馆。从前肖南回心思不在这上面，喝进嘴里的只要不是酒，她就很难品出滋味来。今天她终于有了闲心，却仍觉得那坐堂的先生远比那一两千金的雀舌茶有趣得多。

时辰尚早，街道上没什么人。

出了茶馆，正对着便是西街。自西街走到头再往东一拐，便是丞相府的后门。

相府后门旁边十几步远便是那棵跟她十分有缘的树，而她要等的人便会在那棵树下……

肖南回的脚步突然停住了。她眯起眼瞧了瞧那树下的人，掉头就往回走。

即便如此，她还是晚了一步。树下那人早已瞧见她，用隔着两三条街、三四个坊都能听见的声音大喊一声："肖南回！"

她不得不停下来。她知道，如果她不停下来，那人有的是办法将她的行踪宣扬得满城尽知。

叹了口气，她转过身去。

许束已快步走到她面前，上下打量着她。她身上还是惯常穿的那种粗布衣裳，束起的长发上连一支像样的簪子都没有，全身上下最亮的东西就是那双眼睛。他以为他会在那双眼睛里看到死亡带来的阴霾，然而并没有。

"你果然还活着。"

肖南回看了许束一眼，真的就只是看了一眼，她根本懒得打量他："抱歉，让你失望了。"

许束沉默了片刻，再开口时声音依然低低的："光要营说你告了假，不管怎样打探都没有消息。宫中谣传你或许已经死在春猎中，只是皇帝放出来的一个靶子，但我猜测，你定是被人藏起来了。而能在光天化日之下将人藏得如此滴水不漏的——"

她叹口气，打断了对方的话："你我之间实在叙不上旧。有什么话，快些说吧。"

许束牙关紧闭，额角的青筋都暴了出来。许久，他下定决心般突然单膝跪了下来："肖南回，之前的一切都算作我的错，我认输认罚。我知道你如今身份特殊，这件事，除了你，没有别人能办到。你就当成全我，好不好？这对你也有好处啊，她一个没有恩宠的淑媛，即便是被囚在宫里，将来也是碍你的眼，你就去和皇帝说说，让他放了星遥，好不好？她舅父做的那些事，她一个向来不问朝事的弱女子又能知道多少？你就当做件好事，莫要毁了她一生。我不会嫌她，我会一直对她好，只要你能——”

肖南回望着这个曾经不可一世、如今忍辱负重般低垂着脑袋的人，心中有种难以言明的复杂情绪。她觉得自己像一个泅水泅了很久的渡河者，正在岸边晾着湿透的衣衫，转头便见河中央仍在漩涡中挣扎的另一人。

“许束，”肖南回看着眼前沉浸在自己执念中的许束，缓缓开口说道，“原来你一直不明白你我结怨究竟在何处。我们之间不是输赢的问题，而是你自始至终都没有给过我尊重，同样，现在你也没有给崔星遥尊重。你让皇帝放了她，可考虑过她的处境？从她被推出来那一刻，她于她的家族而言就是一颗可以被抛弃的棋子了，但那是她的选择。即便能够活着走出那道宫墙，她也早已失去尊严，她母家的人会如何看她，你家中人会如何看她，她又要如何自处？我觉得她并不需要你的不嫌弃，而我也不需要你认输。”

她从来没有一口气跟许束说过这么多话，这些话一出口，她便觉得自己此生跟眼前这人的缘分已经快到终点。

许束的身影僵在那里，过了很久才缓缓起身：“那都是我的事。你只须告诉我你是否愿意帮我。”

许束能开口求她，定是到了走投无路的地步。她明白那种绝望，但并不觉得自己有必要充当那个救人于水火的角色。

“我愿意成全你们，但做选择的人不是我，而是他，我并不想去左右他的选择。”她说完这一句，便绕开眼前的人，向那棵树走去。

“肖南回，你当真以为自己跟他会有所谓的长久吗？”许束的声音透着一种难以压制的怨愤，她觉得或许接下来的话才是他真心想跟她讲的话，“你们身份、地位悬殊，一个天上一个地下，便是没有如此的世俗天堑，自古能一心一意、相守到老之人又有几何？何况是帝王之家。你便是自欺欺人地做这一场梦，早晚会有梦醒的一天。”

肖南回站定，转过身看着与她隔着一条窄街的许束。如果一个人真的去过地狱，再遇到那些用恶鬼阎罗大放厥词的人时，大抵是会想笑的。

生离死别，一日尝尽。她会去想很多很多年之后的事吗？她不会。如若有一坛美酒，她便会喝光那坛酒，绝不留到明日；如若有相爱之人，她便会握紧他的手，牢牢记住这一刻。

她再次开口，语气前所未有地平静："我的梦早就醒了。我现在清醒得很。"

而她越是平静，许束脸上的表情就越是狰狞："那肖准呢？你当真放下他了吗？我听说他逃走的时候是跟白家的——"

一阵嗒嗒的马蹄声打断了许束的话。随即一辆平平无奇的马车从相府后街驶出，就在他们二人中间停住。车前坐着的人身板挺直，就横在肖南回与许束交锋的视线之间。

丁未翔目不斜视，既没看向她，更没看向许束。而他身后车厢里的人也未露面，只有一道声音隔着那薄薄的车帘传出："许卫士令，你的问题由孤来作答如何？"

许束的脸色白了白，虽然他仍站在那里，但整个人比方才跪在地上时更加低落。

马车内的人声顿了顿，终于再次响起："他们一青一白、一准一允勉强算般配，而孤与她素未配难回、孤王配孤女，才是天作。你听明白了吗？"

这话一出，莫说许束当场退了几步，险些站不住，就连肖南回也是瞠目结舌，一时失语。这话实在是没有半点儿说服力，却透出一种近乎无耻的笃定。谁说当今皇帝知礼守信、言谈有度，这明明就是强词夺理，脸比墙厚。

车旁的肖南回迟迟没有反应，马车上的青衣刀客终于有些不耐烦："肖营卫，还不快快就位？"

春猎结束，肖南回的头衔又从骖乘变回了营卫，约莫比许束的卫士令至少要低三四阶。如果说"营卫"两个字令她在许束面前颜面扫地，那"就位"二字可谓十足糟糕。要知道骖乘或许还能骑在马上，营卫可是要跟在车后面跑的。就位？她去哪儿就位？

车帘被从内撩开一道缝，一只戴着佛珠的手伸出来，皇帝招手的动作仿佛望尘楼里揽客的小娘子："上车。"

还是皇帝上道，比做狗腿子的通透多了。肖南回半点儿也不矜持，撅着屁股就爬上了马车。

进那车厢前，她又回头看了一眼许束。他还站在原地，但不知为何，看起来已经离她十分遥远了。

就在他几乎是要望向她那一刻，她连忙钻进了车厢。她果然还是不够心狠，再多一瞬的停留便会令她动摇。

车厢内有淡淡的清苦味，肖南回深吸一口气，让心绪慢慢平复：“我们要去哪里？”

“北上，霍州。”

她听闻一顿，整个人随即欠起身子来：“北边？不是去追燕紫吗？他们——”

“追总是下策，因为不管你动作如何迅速，都是要落后一步的。若想扳回一局，便要想办法提前一步。”

她一时有些听不进去，语气也急迫起来：“可如何才能提前一步？他们带走肖准，定是有所图谋，那仆呼那又不知何时才会再现身，为何要放弃眼下这唯一的线索？”

“谁说这便是眼下唯一的线索？”皇帝单手挑开一旁的锦盒，锦盒里端正地摆放着一条带子，正是那晚她从府里带出来的那条，“你在肖府发现的这条带子究竟隐藏着什么信息、邹思防府上的人究竟去了何处、那封来自黑木郡的书信到底是何人书写又究竟写了些什么，这一切，你不想知道答案吗？”

紧握的拳头松开，半晌，她终于缓缓靠回那张软垫。她被说服了，但心中仍有很多疑问没有得到答案。她又支起身子，刚想开口询问，一转头却发现皇帝已经合上眼，沉沉睡去。他似乎很是疲惫，手边翻了一半的册子还摊在膝头。

“陛下？”她轻轻唤了一声。

他没有反应，车厢外却传来丁未翔低低的声音：“主子为了尽快出这趟远门，不眠不休地跟各方元老论政三天三夜。”

肖南回不说话了。想了想，她把那卷册子拿起来放到一旁，又抽出一旁叠着的毯子，盖到皇帝身上。

做完这一切，她才突然意识到一件事情，这样的事，她是第一次为旁人做，而从前杜鹃曾为她做过很多次。

鼻子一酸，她险些又要不争气地掉下眼泪，但她终究学会了平息那些情绪。她在心中默念那些已经离她远去的名字，渐渐便感觉到一股温热的力量从心尖流淌出来，最终通达全身。

再次睁开眼，她支起一点儿车窗，向外望去。车子已经驶出城门，外面是阙城城外熟悉的景象，平坦的官路通向远方，路旁已经浓绿的高大杨树在夏日的晨光中沙沙作响。

她曾无数次从这里出发，又无数次回到这里。这一回，她并不知道路的尽头在何方，只知道不论前方等待着她的会是什么，她都要亲手结束这一切。

此前半生，她一直在寻找一个依靠。

只是她从未想过，有朝一日自己会成为另一个人的依靠。

解甲

大结局

下

孤与她素未配难回、孤王配孤女，才是天作。

八条看雪◎著

北京联合出版公司
Beijing United Publishing Co.,Ltd.

绿宝石

Fall into your light

解甲

大结局（下）

八条看雪◎著

北京联合出版公司
Beijing United Publishing Co.,Ltd.

第六卷 解甲

这世间最锋利的兵器名唤解甲，它由相爱之人的执念所化，能够卸下任何人的心防。

第一百四十八章

前朝遗患

六月苦热，赤州境内接连十日未落下一滴雨。

白日里闷热难熬，过了傍晚才能有些凉意，肖南回便常常倚在晃动的马车侧窗旁，一边吹着晚风，一边整理思绪。

有时她思绪放空，便会坐在马车的角落里偷偷观察皇帝。

这十日，他很少说话。他带了足足十个箱子，每个箱子里都是满满一摞文书。其间，总有快马从后面赶上来，有时是夜深人静的子时，有时是烈日当空的正午，每次都是拉来一箱，再取走一箱，每次箱子都装得很满。

肖南回在一旁看着，渐渐从一开始的好奇难耐变得习以为常。

她曾经觉得当皇帝是这天底下最最舒坦的事，出门八抬大轿，脚不沾地，进门金杯玉盏、枕稳衾温，琉璃美人要多少有多少，珍奇巧玩恨不能一朝间都送到眼前；放眼天下，他说一，没人敢说二，而且永远不会有人瞧不起他、欺辱他。

如今，她突然对所谓天家失去了兴趣。她唯一还有所艳羡的，不过是他身上经年累月克己修身而成的某种气度。那是一种令人说不清道不明的气度，像对周遭事物从一而终的淡漠，她勉强能用“从容”二字去形容，而那种气度是她身上绝不会有的。她时常是焦虑的、不安的、蓄势待发的，“从容”对她来说太过奢侈。

除了与那十个箱子做伴，他偶尔也会停下来，估算一下时辰，然后从漆盒中拿出一只瓷瓶递给她。每只瓶子里只有一粒药，服过之后，瓶子便被收进另一个漆盒，如是往复，一日两次。

他说，那是她伤后吃的救命药，为了稳妥起见，他叫郝白又多开了几服。

她没多问，但心下几乎肯定那不是随随便便就能开出几服的东西，因为那药的滋味和郝白在穆尔赫给过她的枳丹很像，只不过闻起来更香，吃下去更温热一点儿。这样的东西，那抠门儿郎中怎舍得像开顺气丸一样，让她一日吃两颗？想到这里，她吃得更开心了。吃着吃着，那晚在斗辰岭的记忆断断续续地浮上心头，她隐约记得郝白那张气急败坏的脸在她头顶晃啊晃，然后骂了些难听话又狠狠给了她几针。

她不想沦为忘恩负义之人，便寻了个机会问起那江湖郎中的下落。

他只淡淡说："给了他些别的事做，并请了个老朋友作陪，过的是清净无忧的日子。"

她半信半疑，因为从离开阙城起她打喷嚏的次数莫名多了起来，耳根子也有些发烫，总隐隐觉得那郎中过的并不是舒坦日子，所以才会三天两头咒骂她，害得她鼻子痒痒。抑或只是因为天气实在干热难耐，所以她的鼻子总是干痒。

终于，第十日傍晚时分，随着一声惊雷落地，雨滴开始吧嗒吧嗒地打在车盖上。几乎与此同时，那运送箱子的人突然不再来了。肖南回猜测，这可能是因为他们进入了霍州。

他终于闲了下来，在太阳落山前调了一味气息甘辛冷冽的香点了，斜斜倚在骤雨敲击的侧窗旁，静静望着她。

马车仍在颠簸，黑暗中只有一点儿香粉燃烧时发出的暗红色的光。而他的目光就这样穿过晃动的黑暗，仿佛穿过悠长的岁月与未知的磨难，轻轻落在她身上："为何不问我？"

她下意识便低下头去："你一直在忙，很多事，我也还未理清——"

"那现在问吧。"他又逼近一步，声音在窗外嘈杂的雨声中显得异常平静。

什么问题呢？其实她可以假装不知道，她选择了沉默。

"你不想知道肖家灭门案我是否知晓实情吗？为何不问？是不想问还是不敢问？"他终究替她问了出来。

潮湿的空气开始透进车厢，混合着焚香的味，有种夏夜不该有的清冷。她在黑暗中轻轻叹气："你明明知道为什么。"

有些问题，如果未曾听到过答案，那即便有着种种推测，也都算不得尘埃落定，可一旦知晓了答案，很多事情便不能回避了。

"但是你已经查到了不少，不是吗？"他顿了顿，声音变得有些遥远，"早在穆尔赫相遇的时候，我便有种预感，你可能会是这么多年来第一个接近真相的人。所以，那时候我曾想过要不要杀了你。”

她心里一紧，下意识地便觉得有些不舒服。可细细回想那时的情形，她便记起自己也曾动过杀心，内心又平衡了些。未来的事，谁说得准呢？那时她只觉得他是侯府的敌人。

“没有杀我，你后悔吗？”

他沉默了一会儿，似乎在认真思考这个问题，半晌才淡淡道：“有些答案要很久之后才能知晓。”

很久之后是多久呢？她觉得这话说得看似深沉，实则空无一物。若是话本中那些相恋的痴男怨女说出这样的词，掏银子买书的人是会骂娘的。有就是有，没有就是没有，哪那么多说辞？她心一横，话里带着赌气的意味：“当初没杀，现在倒也来得及。反正有些事，我还没有告诉过第二个人。”

他却根本不接她的气话，关注点落在别处：“你都查到了什么事？不如说说看。”

若是换作一个月前，她绝对想不到自己能够如此坦诚地跟他面对面说起这件事，如今这一天到来，她却比想象中要清醒、平静。

整理一番思绪，肖南回缓缓道出自己这些日子的思考：“我最早调查肖家疑案的时候，便留意到了御史台记录过的那封书信。那时我人微言轻、势单力薄，不可能挖得更深，只好作罢。但白允出现之后，我得知了一件至关重要的事，那便是白家是被这封书信牵扯进整件事情的。而在此之前，我一直以为白家与此事的纠缠是在雨安之乱那一夜开始的。”

他面上依旧平和，肖南回看不出他是真的心无波澜还是她调查这些事的前前后后其实他早已知晓。

“白允是如何跟你说的？”

静波楼里那一幕浮现在眼前，她是怎么也忘不掉的：“白允说，书信是白鹤留出使霍州时亲自从黑木郡带回的。这话乍听之下并不觉得不妥，但细想便知道有奇怪之处。首先，肖家素来与霍州无往来，怎么突然便多了可以互通书信的故旧？其次，以当时朔亲王的地位，往来霍州这种敏感之地，若无特殊原因，书信往来理应通过官府文书传递，这样即便之后被牵扯进什么事端，也能够说清楚，及时脱身，让共侍朝中且身居高位的朋友带信绝非良策。

"所以我推测，朔亲王当时的举动皆是出于谨慎，又或者他当时亦是身不由己。他若不想让旁人知晓那封书信的内容，便只能托付朋友。白家与其交好，书信在传递过程中不会经由他人之手，避免了泄露内容的风险，同时避开了官府文书的抽查。而那书信的内容若与之后发生的事有关，必定会牵扯两方势力。"

他欠了欠身子，似乎终于有了些兴致，但那兴致更像看热闹时的事不关己，仿佛她接下来要说的话跟他没有半点儿关系："哪两方？"

她看了他一眼："当时的天家，还有仆呼那。"

他紧接着又问："为何不怀疑白氏？"

"我不喜欢白允，但她在这件事上说的话至少有六七分是真的。当初在听风楼上，她对我说肖家的血海深仇与白氏无关的时候，我心中虽然动摇，但并没有完全相信。直到春猎之行到了雨安，我亲自到肖家别馆探查，现场的痕迹已经说明了一切。"

他听得认真，丝毫没有即将触及禁区的警醒与觉悟："哦？说明了什么？"

局中人都不当回事，她也只能尽量平静、不带半点儿感情起伏地讲完最为险恶的一段："说明肖家灭门惨案是一场蓄谋已久的杀戮，为的是彻底除去某个秘密，而白家作为计划之外的知情者，被顺水推舟嫁祸为凶手，裹挟其中。因为对手是天家，如若不反，下场只会跟肖家一样，所以白鹤留带走了岳泽军，避入碧疆，甚至多年来勾结仆呼那，与天成作对，因为他知道这件事没有完结，天家终有一天会完成当年杀戮的最后一环。这便是雨安之乱与收复碧疆的真相。"

将这些话一口气倒出来后，肖南回突然觉得肺腑之间前所未有地通畅。原来有些话就算不说，也早已在她心中扎根，与其等它有朝一日突然被触发、破出，不如当下她自己先剖白。

"最后，还有一件事足以支撑我的推断。"肖南回顿住，没有立刻顺着讲下去，反而抬眼看向他，"我若如实说了，你不许生气，更不许迁怒于我。"

他哼了一声，似乎是在轻笑："你若怕我迁怒，还会说这许多话？"

从前他这么说话的时候，她没觉得怎么样，但眼下这一刻，她看到他那泰然自若的样子突然便有些来气："杀头，我是不怕了，但我怕你生气、难过。"

他收了笑，那双眼睛在黑暗中也透着一种幽暗的光："可我已经生气了，因为我知道你要说什么了。”

肖南回前一瞬还有些膨胀的脾气此刻突然就有些底气不足了。

她要说的最后一件事，就是肖准。以她对肖准的了解，即便有白允的事牵扯其中，他也决计不会在春猎时因与白鹤留对阵而叛逃。他生在将门，乃忠良之后，父兄很早便带他在军中起居生活，肃北军于他而言亲如手足，家国于他而言更是血脉相连。即便白允的出现对他来说是一场意外，他也不会因此轻易抛下信仰了半生的家国情义，除非他知道了什么可怕的事实，而那些事实足以动摇他浴血奋战十数载所捍卫的信仰。

她没说话，黑暗中的皇帝也沉默了很久，久得那盘香粉已经燃尽，如擂鼓般敲击在窗棂上的雨声由急转缓，成了一点儿细碎的杂音。

“肖南回，”他突然唤了她的名字，“你听好了，我接下来要跟你说的话，这世间再无第二人知晓。但不论你今日听到什么、今后又探明了什么，你都要记得那晚在青怀侯府对我许下的承诺。”

不论发生任何事，她都不会离开他吗？她的心越跳越快，但她还是点点头：“好。”

他深深望了她一眼，她还没来得及分辨那一眼包含的意味，他的声音已经沉沉地响起：“一切要从我父王说起。夙氏一族是权臣出身，良策诸多而谋定不足，可到了我父王这辈，一切都不一样了。他是天生的帝王，思虑之深晦如幽阁，无人能知其内心深处所想。然而天命弄人，他半生步步为营、机关算尽，福德却凶星入主，身边之人无一善终，子嗣后代更是命薄。

“父王曾有二子，长子重瞳，次子一目，年不过十便双双夭折。方士入宫行堪舆之术，谓宫墙之内有前朝遗秽，踞于阴气盘绕之地。于是父王下令要将宫内所有湖池全部填了，却唯有一潭烂泥的莲池怎样都填不满，方士使尽浑身解数也不得解决之法，最终只得蓄水以存之。”

听到这里，肖南回突然想起了先前姚易的那门生意：“月栖湖？”

他看了她一眼：“听说过？”

何止听说过啊，她还在宫墙外的土山包上偷窥过他选妃，还因为这事和许束吵了一架，回去的路上挑了夙平川的亵裤呢。她吸了吸鼻子：“就只是听人乱说的。”

他装作看不见她说谎时的小动作，又徐徐道来：“经历莲池一事，父王也觉得那方士大抵只是胡言乱语，于是去请已经归隐的步虚谷瞿家人前来做个定夺。当时的瞿家家主只在宫中停了一日，便断言池水未干并非遗秽，而是前朝气数未尽之兆。此气脉或困于宫墙之中，或隐于旷野之外，已日渐昌盛，非遏其源不可祛除。父王闻言，大惑得解，深以为然，转头便将先前那位方士杀了，转而去寻这前朝气脉。”

听到这里，她不禁有些咋舌。想起郝白那张有些做作的脸，她实在无法想象其余的瞿家人能有多靠得住，竟能让一国君王如此兴师动众地去找寻一条虚无缥缈的气脉。

或许驱使帝王走上此路的并非瞿家人的一句话，而只是一颗为保权势不计代价的野心。

“自我记事起，父王便一直在为彻查此事而忧虑难寐。他像中了邪、着了魔，日复一日地参阅古籍图典，追寻着关于裘氏的只鳞片甲，甚至忘记了这万里山河其实本就已经在他座下。求索而不得挖空了他的心力，思虑与猜忌占据了他的魂魄，他的身体迅速枯竭，宫中御医皆束手无策，而彼时他膝下只余一子，便是已久不在宫中的我。”他讲到这里突然顿了顿，再开口时似乎有意隐瞒了什么，“我与父王素来有些不和睦，直到最后一刻，他仍不甘心将坐了多年的位子就那么白白给我，于是将三道生死难题摆在我面前。他带我到我母亲的灵位前起誓，一旦继位，必须在有生之年完成三件事，这便是我获得新生的代价。如若我不从，他便当场杀了我，另寻宗亲血脉继位。”

这哪里是有些不和睦？分明是有什么深仇大恨，否则为何宁可杀死自己的孩子也要另寻他人之子继位？肖南回知道，有些事，他并没有说出来。但她暂时不打算问，因为她猜测那或许与他母妃有关，而那又是另一段伤心事。

“那……三件事是什么呢？”

“其一是找回秘玺，其二是平叛碧疆，其三便是永绝前朝之患。”

“前朝之患？”她觉得有些不可思议，“难道是指那还未寻到的前朝气脉吗？”

“或许吧。我潜心布局多年，前两件事已有眉目，唯有第三件事始终不得解。起先我以为此事或许就是指秘玺一事，但以我对父王生前的了解，他特意提及此处，必不可能只是重复强调，而是另有他意。当年我本该向父王询问清楚，但他那时已经病重，在雨安之乱半个月后便咽了气。而他身边最亲近的侍卫也因侍君不力而获罪，不日便离开阙城，前往夙氏一族的长眠地守陵。”

“你说的是宗先生吧？”肖南回突然便想起了当初在羽林别苑那晚的情景，“宗颢曾跟我说过，他行走天下半生，尽收那带有预言的织锦，但唯有一条不知所终。难道肖府满门被杀，当真就只是因为那一条带子？那就是天家想要除去的秘密？”

她突然觉得一切变得有些荒诞可笑。一个跟她说预言实乃虚妄的人，最终却因为这不存在的虚妄，夺走了七十九个人的性命。但她知道，宗颢不过只是一把锋利的刀，而那王座上握刀的人才是真正凉薄之人。

她心中一阵翻腾，努力不去想眼前这人身上流淌的血液：“可为何早不动手晚不动手，偏偏要在那时候——”

“或许他先前也不知道，原来他耗费半生都在寻找的东西其实就藏在都城中。”

不对，还是有什么地方不对劲。肖南回搜肠刮肚地拼凑着自己方才知晓的这些信息，却无论如何也找不出缺损的那一角。而眼下她唯一的线索确实只有那条静静躺在锦盒中的带子。

“莫说这只是一条普通的素麻线织成的带子，便是它真有些什么秘密，那秘密是什么，又究竟来自何处？”

“写下预言的人或许已经不在人世，那便只能去找织带子的人了。”

她又燃起些希望：“你认识织这带子的人？”

“不认识。”他答得理所当然，嘴角多了点儿狡黠的笑，像故意想看她吃瘪一般。

她看得愣了愣，突然觉得最近这人的表情似乎多了起来。

他原先可不是这样一张脸，眉眼虽然也是好看的，但脸上总是没什么表情，甚至有种病恹恹的寡淡。要知道，再绝色的美人，若是一直冷着脸，那也是要减色几分的，若是本就生得不错，再神态鲜活些，瞬间便能教人招架不住。

想当初，她脸都笑酸了，也没求动穆尔赫那周外爷给自己安排个单间，这人却只是进去晃悠了一圈，便被相中，想让他去当头牌。人果然都很肤浅，只会喜欢看起来好看的东西。

肖南回往前挪了挪屁股，故作严肃地摆正姿态，实则是为了能更好地看清对方的脸：“既然不认识，那要如何去找？”

“你在侯府找到的那条织锦，麻丝略带黄黑色，这种素麻并非本就如此，而是后天因为接触了某种东西而被熏染成这样的。至于这种东西是什么——”

他话还未说完，马车便突然一顿，缓缓停下来。

丁未翔的声音随即在车门外响起：“主子，前面过不去了。”

“出了何事？”

马车外安静了片刻，随后车厢门被拉开，丁未翔披着蓑衣的身影露出一半：“主子要不要亲自看一下？”

肖南回还在偷瞄身边的人，那人却已轻轻牵起她的手：“那就看一下吧。”

潮湿的空气涌来，带着河水的腥气。肖南回惊讶地抬头望向四周，这才发现不知不觉竟又来到昏河河畔。

上一次入霍州的时候，她与伯劳两人快马加鞭，行了十几日才抵达边境。如今满打满算，他们赶路将将十日，马车更不比快马，竟然已到了跃原镇。

这里还是一样的泥泞、一样的脏乱，各地赶来的车队马队汇集此地，等着登上大沨渡渡口的渡船。

眼下，一大群五颜六色的牛羊正在暮色中缓缓蠕动着，将跃原那本就狭窄、坑坑洼洼的路面堵了个严严实实，不远处几个放牧的人正在吆喝着驱赶畜群，但保守估计，那些牲畜也要小半个时辰才能尽数通过。

“无妨，就宿在这儿一晚吧。”

丁未翔得了指令，就近将马车赶进草棚，取了避雨的斗篷递给两人，随后便打头向着那家熟悉的客栈走去。

咚咚咚，三声敲门声过后，那个面熟的掌柜钻出来，怀里还抱着他的手炉，一双眯眯眼仍是没睡醒的样子，他头也不抬地敷衍道：“抱歉啊，这位公子，小店客满了——”

他正说着，一张纸递到了他面前。熟悉的字条，熟悉的红印。

掌柜惊愕地抬头，待看清雨中的三个人之后，脸上的表情更加变幻莫测了。

“天字号房，劳烦掌柜带路。”

眼见那掌柜哆哆嗦嗦地移开脚步，屁都没敢放一个，肖南回这叫一个解气啊。什么叫一人得道、鸡犬升天，她可算领会了。

一跨进那客栈摇摇欲坠的大门，她便不自觉地用余光瞥了眼四周。

屋内仍是那破烂的五六张桌子，桌子前后左右仍是挤满了人，可奇怪的是，大家都在安静地喝汤吃饼，没有一个人抬头看一看他们这三个抢了上房的住客，更没人因此露出艳羡的目光。

肖南回悻悻的，正要收回视线，可下一瞬又突然顿住。

左前方离她最近的一桌坐着个牧民打扮的汉子，他一只胳膊搭在桌上，将将露出侧脸，莫名地有些眼熟。然而不论她如何回想，死活都想不起来究竟是在哪里见过这号人物。

身后丁未翔已跟那掌柜去拿了钥匙，准备上楼去。肖南回站了一会儿，还是跟了过去。经过那汉子身边时，她心中突地一动，鬼使神差地摸出一枚铜板丢在地上："这位兄台，你的东西落下了。"

那大汉身影一顿，下意识便低头去看。

这一看令他完全露了正脸，而就这短短一瞬间已经足够肖南回想起她究竟在何处见过此人了："你是——"

她话还没说完，前方的丁未翔已然察觉到了什么。

一阵白光在狭小的客栈内亮起，数十把凶器顷刻间出鞘。

而比所有刀客动作更快的是那客栈掌柜肥胖的身体，不知何时，他已经麻溜地钻到了桌子下面："小的只是个生意人，各位大爷——"

肖南回恶向胆边生，朝那露在外面的半个屁股狠狠地踢了一脚："闭嘴。"

第一百四十九章

北方民族

记忆的生成过程总是有些神奇的。

有时候你跟一群不太熟悉的人一起吃茶喝酒七八回，也不见得能在大街上认出其中一两个人来，可你若是被一个完全陌生的人追杀过一回，那么他便是化成灰，你也认得，即使当时的情形是四下皆黑，而你又疲于奔命。

肖南回的记忆就是这么被唤醒的。

在穆尔赫的时候，她曾与伯劳夜探邹府，入府后却遇到府中护卫追杀，费了几番周折才躲过一劫。当时那带头的侍卫很是尽心尽责，狂追了她三四道门、五六座院子。彼时她怎么也不会想到，一年多之后，她竟会在大沨渡一家破旧的客栈中与他再次相遇。

那牧民打扮的大汉显然不知自己究竟是何处露出了马脚，而与他一起埋伏在此的其他人更是不知。他们之所以会拔刀，只是因为那个正准备上楼的青衣刀客拔了刀。

事实上，丁未翔只是拔了刀。如果他想动手，或许眼下根本不会有这番对峙的场面。而他没有选择在第一时间动手，想来也是判断过，这些聚集在客栈中的人里并没有真正的高手。

想到这儿，肖南回不自觉地放松下来。她直直地对上那大汉，开门见山地问道：“你是邹府的人？为何会在这里？其他人呢？”

那大汉没料到自己的底细竟被当场拆穿，面上是一种表情，嘴里却是另一番话：“你在说甚？听不明白。”

肖南回笑了。看来那邹家平日没少做杀人越货的勾当，这护卫头头显然先前不知追杀过多少人了，早已不记得她这号“小贼”。

然而还没等她上前一步自报家门，一旁一直沉默的夙未便开口了："既然要待客，主人因何故还不现身？"

嗯？这话不像说给眼前这些人听的，所以果然有人一早便料到他们会来，甚至知道这家客栈是某人常用的落脚点，所以提前占了这里守株待兔。

客栈内静悄悄的，一阵穿堂风刮过，掀翻了那扇破门板。门板吱嘎吱嘎地在脆弱的门枢上晃动着，冷风夹杂着细雨、灰尘一股脑地灌进来，将所有人都吹得睁不开眼。

可眼下这光景，谁又敢真的把眼睛闭上呢？于是所有人又不得不尽力睁大眼睛，生怕一眨眼便失了先下手为强的机会。

当然，这些人中并不包括夙未。他自始至终都背对着门站着，等了一会儿似乎是没有得到回应，便作势要踏上通往二楼的木楼梯。

就在他将将要迈出那一步的时候，砰的一声，那间熟悉的天字一号房房门被人推开，走出一个面容白皙的少年。

那少年分明是赤州人的样貌，秀气中略带一丝阴郁，身上穿着的衣裳却很是艳丽、古怪。他头顶毡帽，脚蹬长靴，裙裾上五颜六色的绦带点缀着兽牙，腰间系的是一条蛇皮软鞭，鞭梢有一抹殷红，透着一股毒辣。

少年居高临下，细细打量了一番客栈中的三个不速之客，好一番思辨考量，最终将目光落在举着刀的丁未翔身上："你就是阿婆让我等的……那个什么了不得的人物？"

肖南回缓慢地看向丁未翔，丁未翔此时的模样确实是这在场所有人中最有气势的，手里的刀也是在场所有刀剑中最亮眼的。

可怜那被推到风口浪尖的侍卫缓慢地看向自己的主人，可惜他的主人并无开口解除误会的意思，于是他只得硬着头皮继续装下去："不知小郎君在等何人？"

少年手一撑，从二楼的栏杆处直接翻身而下，一双皮靴踏在桌上，震得那酒壶碗筷乒乓作响。

肖南回挑眉，好一身破烂的轻功。

"你问小爷，小爷便要回答你吗？"

扑哧，她实在没忍住，笑出声来。

那被嘲笑的小爷瞬间怒不可遏："有甚好笑？！"

肖南回收敛笑容，故作严肃的表情看起来更加欠揍：“不答便不答，谁稀罕知道？”

她身旁的夙未面上清淡如水，说出的话却是火上浇油：“既然阁下不知在等何人，那不如在此想想清楚，我们几个另寻别处落脚便是。”

言毕，三人默契地转身，看都不看那天字一号房的客人，直奔门外去。

“大……大胆！我话还没说完，你们要去哪儿——”

听得背后一阵风声，肖南回下意识往旁边一闪，一记血红色的鞭击闪电般炸响在她耳侧，离她的脸不到一寸，离夙未的后颈不到半尺。

就在这一瞬间，她注意到那条软鞭的鞭梢并非一水的红色，而是由许多细小密集的古怪文字覆盖，远看好似连成一片。这兵器有什么古怪，她不得而知，她只道自己皮糙肉厚，挨一下或许不会怎么样，可若是打在那人身上……得寸进尺，约莫如此。不等丁未翔发难，她已经一把抓住那鞭梢，再一用力，那少年便被拉到近前。

对方显然有些吃惊，但更多的是一种被踩中痛脚的恼羞成怒：“你放手！”

肖南回冷笑一声，握着鞭子的手更用力了。

身旁的夙未轻声道：“无妨，放手吧。”

她这才放手，那少年较着劲的身体瞬间接连后退几步，一个踉跄坐在一名大汉身上。

没有比自己的主子不堪一击又当着敌人的面出糗更令人觉得羞耻的事了。肖南回觉得现在整个客栈里最尴尬的人就要数那一屋子摆着拔刀造型的大汉了。他们的刀还没有收起来，一时间也不知该看哪里，他们只能恶狠狠地盯着客栈的地板和那桌子底下的胖掌柜。

少年这回是真的生气了，气得浑身上下的兽牙都抖了起来：“你们知道我是谁吗？！”

肖南回掏掏耳朵，还未来得及嘲讽两句，身后突然响起夙未的声音：“知道。”

整家客栈唯一没有佩带兵器的那个人径直走向那个少年。他的脚步很轻，动作很慢，说话时的姿态很柔和，但你若对上他的眼睛，便能知晓那是一双深似幽潭、寒如远星的眼睛。有着这样一双眼睛的人是不需要兵器的。

“天色已晚，多耽搁一刻便多一分困乏，不如早早上路。还是说你们沈家已经破落至此，连艘能载客的船都没有备下？”

沈家？肖南回愣住。眼前这个上蹿下跳、叽叽歪歪的毛头小子竟是霍州沈家的人？

少年也呆住，似乎是在纠结眼前的情形究竟是令他挽回了一些颜面还是更加难堪了。许久，他才站起身，又恢复了出场时的神色，散漫中透出几分不服管教的倔强："见了阿婆，你们若是说些不该说的，我定要把你们投到江里去喂鱼！"

当然，他似乎知道这话实在没什么威慑力，于是不等话音落地，他便已走到客栈外。

外面的雨停了，风还在刮，小半个时辰前便在路上堵着的大群牛羊几乎还在原地未动。那些慵懒、温和的牲畜在雨热之中摇着尾巴昏昏欲睡，有些已经进了马棚在抢槽里的豆子吃。

那少年见状，抬起软鞭，轻轻在空中一挥。只听到一声脆如惊雷的鞭响，那成群的牛羊瞬间惊醒，随即好似被一道无形的墙分开一般，你推我挤地走向两旁，生生让出一条道来。

肖南回看得称奇。这打架的本事不怎么样，放羊的本事倒是很不错。

不远处那几个表情懒散的牧羊人听到鞭声纷纷肃穆地行礼，肖南回这才算彻底看清了今晚这局势。不论是那阻塞道路的牛羊还是客栈内一早就布好的埋伏，都是为了让他们耽搁在跃原镇。今夜的大沨渡根本无船可以离开渡口，若想离开此地，只能踏上他们沈家的甲板。

可转头看到那一地的牛屎羊粪，肖南回又变得神色复杂起来。好好一场请君入瓮的大计，竟让一个头脑不大灵光的小屁孩生生演成了一出闹剧，实在可惜。不远处的少年丝毫未察觉她的想法，他收了鞭子，似乎忘记了先前受过的屈辱，用看那些牛羊的眼神看向他们三人："走是不走，难道等我来请？"

肖南回心知这一趟必走无疑，但嘴上仍是不想饶了对方："你个半大小鬼，究竟要带我们去哪里？"

少年气急败坏地转过头，刚缠回腰上的鞭子又蠢蠢欲动，他挣扎了好一会儿才作罢，只扔下两句话："我姓沈，叫沈林林。至于要去哪里，你们上了船自然会知晓。"

六月的昏河水量充沛，匆匆地向着东边流去，几乎要与绛紫色的天边融为一体。今晚的月亮大得吓人，低低地坠在天幕上，仿佛再重一些，便要落入那滚滚的河水中。

尖尖的船头破开混浊的河水，宛若穿行于冥府中。船上的人个个正襟危坐，面目凝重，好似要去赴一场阎王小鬼的夜宴。

越是没人说话便越是安静，越是安静便越是没人愿意先开口说话，死一般的寂静就是这么来的。

整艘船上论起在安静中装死的功夫，无人能排在皇帝之前。其次便是丁未翔，再其次便是方才客栈里的那群大汉，再再次之或许是那沈家少年郎。再再再次之……

肖南回清了清嗓子。她憋得实在难受，几乎喝光了面前竹几上的一整壶茶，此刻终于有了开口说话的由头："请问，还有茶水吗？"

船上依旧无人应答。

坐在她对面的夙未终于睁开眼，声音依旧是淡淡的："出门在外，有些事就不要计较了，莫要让主人家面子上过不去。"

这话一出口，一直待在船头的少年瞬间就坐不住了："不就一壶破茶？谁说不给你了？茶呢？给她上茶！"

噔噔噔，一阵脚步声从甲板上由远及近，一壶冒着热气的茶瞬间摆在了肖南回眼前。

论起说话戳人心窝子的道行，她果然差得甚远。

肖南回心下暗叹，刚要拿起那茶壶，突然视线停在那送茶的中年妇人脸上。如果说在客栈里遇到一个邹府护卫头领勉强算作凑巧，那此时此刻在船上遇到邹府的当家主母如何也不能说是意外了吧？

赵西梅耷拉着眉眼，哪里还有当初的半分跋扈？她转身退下时那娴熟的样子，当真令肖南回扭着脖子看了好久。

沈林林察觉她的视线，不由得冷哼一声："丧家之犬，有甚好看？"

短短八个字瞬间坐实了她的猜想。邹府一夜间消失，果真是沈氏的手笔。

当初她寄信未得回音，便觉得事有蹊跷。

她若未曾亲自去过穆尔赫，并在那邹府中迷过路，或许能说服自己所谓迁宅一说，可邹家有多大，她是见识过的，这样一户人家，怎会说不见就不见了呢？若是仇家寻来杀了邹家满门，可哪个仇家做事如此周到，杀完人还要清理现场、运出尸体，搞得像无事发生过一般？若是察觉了什么风声举家搬走，看似在情理之中，实则更加匪夷所思。要知道邹府上下少说也有百十来人，即便遣散家仆，只留府中人，光是金银细软也要收拾十天半个月、装个十箱八箱，如何在众目睽睽之下从城中一夜消失？但若有旁人插手，那情形便大不一样。而这插手的人必定权势大于邹家，甚至放眼霍州也是立得住脚的。

“是你们劫走了邹家人？”

“什么叫劫？”少年看了她一眼，似乎对她的用词十分不满，语气中透出一丝鄙夷，“邹、熊两家这些年在穆尔赫没少吸金吞银，不过是太过贪吃的黄羊，养肥了，自然是要宰了的，若是放任不管，整片草原都要被啃秃。”

这些话一出口，沈林林终于有了些许沈家人的模样。

原来这便是沈氏统领北方各郡的手段，若是派出族中人各州各郡地盯着，一来人手未必充足、手段未必有力，二来动静太大，少不了要触到天成的底线，所以他们选择放任地方氏族壮大。其间，明里暗里都在盯着，一旦这地方的势力膨胀到了一定程度，他们便借些机缘将其一刀割喉，除个干净。被盘剥吸血的百姓也好有休养生息的气口，而等不了三五年，便会有新的肥羊冒出头来，如此进入新一轮的循环。

退开一万步来看，坐卧在这肥沃土地上的沈氏何尝不是天家养在北部的一只大肥羊？只是这只肥羊头脑聪明些，懂得不让自己吃得太肥太壮，以免刚肥硕便成了国库越冬的骨肉油脂。

贪愎喜利，灭国杀身之本也。究其根本，不过是天家制衡之术罢了。

肖南回抬眼去瞧眼前皇帝的神色，他显然一早便知道沈氏的这些动作，听得这些消息，面上没有半点儿波澜。又或许，他一早便知沈氏会在此处等他，而那传说中织带子的人就是他们即将要去见的人。

不知过了多久，四周水流声渐缓，船速也慢了下来。

肖南回借着月色向水面望去，这才知晓船只驶入了一片水域开阔地，四周可见大片的滩涂与芦苇荡，一些船身细窄的舢板在其中穿梭往返，看起来简直比白日里的大沨渡码头还要繁忙。

河岸两侧是绵延不断的杉木林，尖而高耸的树影连成一片，好似一头巨熊的兽爪与獠牙。

黑水环绕，杉树成林。肖南回知道这是哪里了。

“到了。”沈林林的声音从船头传来，带着几分急促，“快些下船，莫要耽搁！”

肖南回瞪了那沈林林一眼，方才出发的时候没见他火急火燎，不知眼下他又是在急些什么。

丁未翔第一个下船，左右观察了一番，才将夙未接下来。

肖南回紧跟其后，走到甲板边上才发现，这船与其说是靠岸，不如说是搁浅。

船与岸之间没有艞板，若要下船，便只能一脚踩进泥里，这究竟是无意为之的待客不周还是有意为之的下马威呢？

已经走出数十步的沈林林又在不停地催促，肖南回只得撩起衣摆从船上一跃而下。

脚一落地，她瞬间便感觉到这片滩涂并非寻常河泥那般泥泞，而是松软细腻，像某种砂岩浅滩。月色下隐约可见这片砂岩皆是一片死气沉沉的黑色，跟他们方才经过的那片水域一样。

恍神间，几名纤夫拉着纤绳经过，他们将空了的小舟并排拉到不远处的入河口附近，那里正有一群推着泥橇的大汉将一筐筐黑乎乎的东西装上船。

那些筐约莫半人高，里面装的东西满得冒尖，那些大汉抱起一筐后半只脚都陷在滩涂中，搬运完一筐便要原地喘几口气。

肖南回顿了顿，突然明白脚下混着黑色的石滩以及那筐里的东西究竟是什么了。

原来“黑木”二字并非真的是描述那些古老杉树林的颜色，而是指这里特产的某种资源，跟早前皇帝在马车上讲过的那种夹杂在带子里的黑色物质是同一种东西。那是煤炭。

阳山多赤铜，阴山多石涅。古来煤炭便是冶金锻铁的必备资源，而金、铁则是立军之本。难道这便是沈家得以从前朝延续至今的原因吗？可天成难道不知？为何不加以管束？

她思索间，前方行进的几人突然停住了。

肖南回不解，可当她抬头仔细望了望才发现，前方并非只是一片毫无生气的滩涂。牛马羊群便是再多也称不上奇景，那么眼下这番情形才真算得上难得一见。

她从来没有见过如此多的鹿：赤驼金黛，色彩不一；高矮壮瘦，大小不一；成幼牡牝，形态不一。唯一相同的是，它们都安静地站在滩涂地上，在夜色中直直地望着他们。

成百上千只鹿为何会同一时间看向同一个地方？肖南回惊叹之余，便觉得有些诡异。

吧嗒，吧嗒，吧嗒，一阵蹄子踏水而来的声响中，从鹿群中走出一个格外高大的身影。那是一只体形壮硕的成年牡鹿，巨大的鹿角宛如一棵小树，随着那只鹿的脚步缓缓晃动着，红棕色的皮毛覆盖全身，只有鹿嘴上有一圈白色。

那只鹿缓缓低下头去，没有了鹿角的遮掩，肖南回这才发现那只鹿的背上坐着一个人。

那是个身材娇小的年轻女子，装扮与沈林林几乎一模一样，只是腰间没有缠着鞭子，取而代之的是一只巨大的铜铃铛。

那沈林林上前一步，声音中透出一丝不耐烦："沈央央！人我带来了，快快让路！"

第一百五十章

容器

午夜的滩涂地安静得能听到鹳鸟涉水的声音，沈林林的喊叫声就这样在上空飘荡，许久都无人回应。

肖南回看一眼沈林林有些扭曲的脸色，突然觉得他有些可怜。这世间还会有人回家的时候进不了门？

沈林林自己也想不明白，他抽出那条软鞭，狠狠地抽在地上。鞭梢在浸了水的砂岩地上撩起大块泥巴，那泥巴准确无误地飞向不远处的沈央央。

就在泥巴快要击中沈央央的前一瞬，她身下的鹿突然动了，扬起的鹿角轻轻一拨，便将那团泥巴挡到了一旁。

“真是无礼。”沈央央的声音懒懒的，动作也是懒懒的，两条腿悠闲地跷着，足尖上缀着的夜明珠在黑暗中闪闪发亮，“哪里有做弟弟的如此跟阿姐说话？说话难听也就罢了，竟还动手伤人。”

那个做阿弟的少年脸上显然没有丝毫愧疚，他只恨方才没有将他身旁大汉的佩刀甩过去：“是你发难在先。这是阿婆交代的事，若给耽搁了，你可负得起这责任？”

那个叫沈央央的女子歪头打量了一番滩涂上站着的几个人，换了个姿势倚在鹿背上：“你那样笨，先前带回来的五六个人都不对，现下还想要我给你开门？万一阿婆追究起来，谁担这个责任？”

少年一听这话，便气得脸红脖子粗，顾不得还有外人在场，原地便骂起来：“你这好吃懒做、卑鄙无耻的臭婆娘！阿婆问起来，哪次你不是将功劳揽去、将过错推给我？跃原那个又臭又脏的鬼地方，我足足蹲了半个月，澡都没洗一次，你却一直在这里躲清闲！”

沈央央不气反笑，就连她屁股底下的那只牡鹿似乎也觉得好笑，鼻子连哼两声。

“是你非要出这个风头、揽这烫手的活计，我好心成全了你，你却在这里反咬一口。”

“要不是你总是从中挑唆，我何至于落到如今这步田地？！都怪阿婆上了年纪，竟昏了头，信了你的话，害我至此！若是爹爹还活着，定不会坐视不管！”由于情绪过于激动，沈林林的唾沫星子飞出老远，正落在站在他斜侧方的肖南回眼皮子上。

肖南回面无表情地抬手擦掉，只觉得眼皮上那根因为睡眠不足而蠢蠢欲动的筋跳得更欢快了。想她放弃去追燕紫那个王八蛋，转而千里迢迢地来到霍州寻人，是做出了多大的牺牲，如今三更半夜没觉睡也就罢了，竟还要站在这湿鞋子的滩涂地上听这莫名其妙的姐弟俩吵架斗嘴。

想到这里，她终于忍无可忍，上前一步：“我管你爹娘公婆哥哥姐姐弟弟的！到底是不是你们沈家想要见人？见是不见，给个痛快话！”

那沈央央终于将视线移到其他人身上，但只是轻轻瞥了一眼，似乎并没有真的仔细去瞧：“今夜府中有通祝之事。我答应了阿婆，不放一只苍蝇飞进去。”

她本可以说不放一个人进去，可偏要提到苍蝇。这话不知是说给沈林林听的还是说给肖南回听的，肖南回只是觉得或许眼前这个才是真正的沈家人，即便没有穿着绫罗绸缎、坐着香车宝马，浑身上下依旧带着富贵、权势带来的傲慢。

她突然不那么瞧不上沈林林了，至少他还有寻常少年的影子，虽然再过几年，这些东西就会被磨得不剩多少。

若论打架，在场未必有人是她与丁未翔的对手，可在权势面前，武力只是被奴役的工具，若想要权势低头，只能用更大的权势去压它。

“既然家主不便，那我等只能先行回去了。”她身旁的夙未不急不缓地说道，语气中没有半点儿不恭敬，“在下复姓钟离，还请姑娘事后回禀家主。”

他说完，再没有多看沈央央一眼，轻轻拉起肖南回的手便要转身离开。

“你等一下！”牧鹿少女终于起身，她望着那个令她有些摸不透的年轻男子，似乎在权衡什么，最终还是拍了拍座下那只鹿的脑袋，低声说了几句，随后解下腰间的铃铛，在那只鹿的背上站了起来。

那只牡鹿昂起头发出一声悠长的鸣叫声，与此同时，沈央央手中的铃铛发出一阵喑哑的声响，整个鹿群瞬间收回了凝视，开始骚动起来，成千上万只蹄子在砂岩地上抬起落下，皮毛间细微的摩擦混着鹿鼻中喷出的气息，将空气惊扰得震动起来。

不过顷刻之间，鹿群便分作两队，避让出一条通往杉木林深处的小路，路的尽头是横亘在两座石头山之间的单孔城门，城门上是一座孤零零的烽台，台子四角有些火光，将门上涿弋映出一道道又尖又长的影子。

可肖南回此刻的震惊并非来自眼前这神迹一般的情形，而是一种记忆深处的联想。如果说在跃原初见沈林林驱赶畜群时那种感觉还不甚分明，眼下见到沈央央的举动和其手中的铃铛，她便更加确认内心那隐隐躁动的不安来自何处。

同样的铃铛，她此前遇见过不止一回。一次是在色丘，她独自外出寻找吃食，那名跟安律在一起的仆呼那手腕上便拴着这样一只铃铛。还有一次是在焦松县长宓台，燕紫刺王欲窃秘玺，黑羽众将围剿之时，观礼的人群中便有一阵细微的铃铛声为其指明出路。

如果只是如此，也不至于令她戒备至此，她真正在意的是那只铃铛上刻着的符文密语。

当初，她与皇帝在岭西荒原躲避仆呼那的追杀时遭遇过狼群。那只嗅着血腥味前来的独狼头上便有一道血符，其上文字甚是古怪。甚至更早之前，小雪那日突袭王帐的引子便是夙平川的那匹黑马，那匹黑马头上有着用血书写的符文，而那符文正是相同的文字。

当时她只道那是南羌秘术，眼下想来，她其实从未在碧疆接触过这类术法，更不曾在衣食住行中见过与之类似的文字符号。

铃铛声，还有那古老得不可追溯其源头的文字，无不表明沈家或许与仆呼那有着某种未知的联系。或许，那秘术并非源于南羌，而是来自北方。而那传说中可通走兽飞禽之语的枯衣氏后人实则随着那次滔天的洪水彻底离开了岭西，转而定居北方。

通晓御兽之术，此道说小也小，说大也大。往小了说，不过通畜生法门，远不及搬山移海、扭转乾坤之术；可若往大了说，这天地间除去花草树木，便是生灵最多，但凡有生灵的角落，便有其可搅弄风云的机会。细思之下，实则令人生畏。

五步开外的沈林林自然不知肖南回心中所想，他还沉浸在与阿姐对峙后败下阵来的羞耻感中，正迫不及待地想要寻些由头将受的气发泄在别处。他一脚踹在那来自邹府的护卫身上，又恶狠狠地瞪向赵西梅："愣着做什么？！快些去鹿苑清扫，天亮前若是还做不利落，便教人将你们绑了送给穆尔赫熊家好了。"

此话一出口，赵西梅好似见了鬼，脚下生风，带着那几名大汉一眨眼就没了影。

肖南回在一旁看着，心中不胜感慨。

想当初，邹家便是靠着陵前血这味药材发家的，而那陵前血又不知是从多少野鹿血肉之中掠夺来的。如今邹思防下落不明，邹府上下都为沈家所役，竟被差遣去牧鹿，便连赵西梅这样昔日养尊处优、吆五喝六的当家主母都要俯身去伺候那四只蹄子的畜生。任谁听了此事，不得道一声天道好轮回呢？

深吸一口气，肖南回跟在丁未翔身后，总想寻机会蹭到夙未身旁，将自己方才关于仆呼那的一系列推断说与他听。然而碍于沈央央几乎寸步不离地跟着，她担忧推断不足反而打草惊蛇，只得将重重心事压下来，跟其他人一起沉默地向着那道两山之间的城门行去。

脚下仍旧是湿润的滩涂地，与其说是一条小路，不如说是被围出的具有小路形状的地面。若非鹿群，滩涂地上根本难寻这条路的踪迹。至于那些隐藏在黑暗树丛中的其他小径是否另有凶险，肖南回就不得而知了。

穿过那片杉木林即入城门。门内道路依旧狭窄，左右两侧都是高耸的山壁，山壁间偶有仅供一人通过的狭窄通道，无法判断是山体间天然形成的裂缝还是后天人为雕凿。

左边的半边山体已然被凿空，四处遍布挖掘煤矿留下的巨大黑洞，而右边山体则刀削斧砍一般形成一个巨大的断面。断面常年被雨水冲刷，形成一面寸草不生的陡峭岩壁，岩壁上遍布无数或大或小的洞窟，猛地一看，好似前人用于雕凿佛像的石窟，可细看便会发现，洞窟中并无塑像，只有一些空无一物的石台。

肖南回此前从未见过这样古怪的构造，有意放慢了些脚步，想要看得仔细些。那些石台底部呈瓣状，似乎是莲花的形状，因为年岁久远，上面雕琢的花纹已经磨损，看不出雕工年代。

肖南回目不转睛地看着，直到前方出现了一个巨大的洞窟。

这个深深嵌进山体的洞窟与之前看到的都有些不同，粗略估计可同时容纳数百人。其内壁上有雕凿的符文，密密麻麻地从地面一直延伸到高耸的洞顶，又在洞顶中央汇聚进入一个小洞，那小洞洞口正向下滴着某种黑色的液体，液体落下的地方正是洞窟内唯一的一座石台。

几名灰衣护卫举着火把走过去，火光照亮那洞窟的背墙。肖南回发现，那墙上有一片向四周蔓延的焦黑，似乎并非天然形成，却又不像颜料浸染出来的。

空气中有一股刺鼻的气味，即便今晚刚下过雨，也仍然十分明显。是火油味。

肖南回望向那座圆形的石台，这才看明白那座石台上雕的是什么。那一瓣一瓣的造型并非莲花，而是火焰，火焰与石台中央的沟壑里填着流动的黑色火油，不难想象火星将其引燃之后，这洞窟内会是怎样一番景象。

身旁的夙未似乎察觉到她的目光，用很轻的声音在她耳畔说道："那是北方息慎一族举行焚化礼的地方。"

肖南回愕然。

焚化，即烧尸。

除去寺庙高僧多行焚化礼，民间少有人遵循此礼，更遑论亲王贵胄乃至皇家。不论魂衣还是寿器，都是为了保存人的尸身使其完整，以求能早登极乐，以完整肉身投往来世。如若尸身有缺，甚至不见尸身，则视为大凶。

"息慎族人信奉灵魂不灭，人死之后，魂魄可以成鬼神，或是寄居于天地间的生灵草木之上，守护其生前的亲友与爱人。"

"可是这同焚化礼有何关系？"

"如若人已死，魂魄便已不在，生前肉身仿佛一只被倒空的容器，此时便要尽快将其焚毁，否则便会被其他东西占据。"

其他东西是什么东西？肖南回还想再问，前方的沈央央已停下脚步："我只能带你们过一道门，进二道门必须要见过阿婆才行。"

区区一个地方家族，竟还要设两道府门，真真是好大的做派。

在这荒山之中，再夸张的做派又能立给谁看呢？又或者说，这并非一种财权上的炫耀，而是一种实实在在的戒备模式。

不论是阙城皇宫的那三道宫墙，还是羽林别苑层层叠叠的院落布局，归根结底都是一种防卫手段，至于防范的对象究竟是谁，那便各有各的说法了。

肖南回恍神间，那洞窟中几名举着火把全副武装的灰衣护卫已径直向他们走来。

肖南回的视线落在那些人背后的刀鞘上。那些刀并非寻常护卫惯用的雁翅刀或横刀，而是弯弯的、尖尖的，像晴夜里的新月。

她收回视线，却与丁未翔的目光相碰，两个人的眼神短暂交会了片刻便移开，都装作若无其事的样子。真是冤家路窄。

当初从穆尔赫回赤州的时候，她曾在断桥上与几名弯刀刺客交手。彼时她若没有平弦在手，恐怕此时坟头上的草已有三尺高。

火把的热度逼近，那几名灰衣护卫转瞬间已到他们跟前，几人身后还跟着一个人。

那是一个穿着朴素的银发老妇，猛地一瞧，她跟阙城那些含饴弄孙的老人没什么区别，可待她抬起头来，那张苍老的脸上嵌着两只泛白且混浊的眼珠子，两片薄薄的嘴唇深深凹陷，像老榆树上的一道疤，瞧着有几分骇人。

衰老本是人之常态，可不知为何，时光在这张脸上留下的痕迹却像一种可怕的惩罚。

"见过阿婆。"沈央央恭敬地行礼。

老妇对着那沈央央张开口，两片张开的嘴唇又变成了树干上一个黑黝黝的树洞："几个人？"

沈央央清脆地答道："三个人。"

"当真是三个人？"

肖南回皱眉，实在不明白这个问题究竟有什么探讨的必要。这沈家的人该不会是在这穷山恶水挖煤把脑子挖坏了吧？三个人，又不是三十个、三百个，竟还会数错？

然而沈央央并不这么想，她面上的表情在一瞬间就变得惶恐，骄傲的脖颈都有些弯了："央央学艺不精，还请阿婆责罚。"

老妇没再说话，那双泛白的眼珠转了转，看向肖南回一行人。

她的眼睛不是看不见吗？又或者说，她确实目不能视，却可以看到普通人看不到的一些东西？

肖南回想起朱明祭上那个为她戴上祭马面具的瞎眼祭司，又想起方才那滩涂地上来自鹿群的凝视。

如果天地万物当真只是容器，那么其中究竟住着谁的魂、谁的魄岂非一件不可细想之事？那些望着她的鹿身体中或许住着人的灵魂，而那夜在焦松行宫刺杀她的宫人，还有明明已经死亡却又出现在光天化日之下的邹思防，其躯壳中又是否真的装着人的魂魄呢？

肖南回不由自主地打了个寒战。随即，她便看到老妇伸出干枯的手，在半空中招了招，身后的沈林林不客气地推了她一把：“阿婆叫你们过去。”

第一百五十一章

刍狗

鱼挑鲜的吃，马拣善的骑，柿子找软的捏。明明是叫他们三个过去，为何偏偏要推她？

肖南回心中不满，吭哧迈了半步，脚便钉在地上，说什么也不愿再往前。

按理说，一个半截入土的老妇实在没什么威慑力，但不知为何，肖南回看着那张枯败的脸，莫名就生出一股寒意。人果然对未知事物心怀恐惧。

想到方才经历的种种以及内心深处那令人不安的推测，肖南回咽了咽口水，正想找个说辞避一避风头，身后的夙未却突然上前一步，将她挡在后面："我先来。"

他这么一动，丁未翔便站不住了，上前两步，将他的主子挡在后面："还是我先来。"

沈央央拧着眉毛，瞧着眼前这行为怪异的三人，语气中有种不加掩饰的嫌弃："我阿婆修的是天眼通，不过是看两眼，你们至于吗？"

"当然至于，你说看看便只是看看吗？再说，被看两眼便出了事的大有人在，那阙城城东员外散骑章侍郎不过就是骑马当街而过时多瞥了两眼望尘楼的青青姑娘，从入夏起便没能入自家门半步，上个月还在亲戚家凑合着呢。"肖南回想到这里连连摇头，扯着夙未的腰带便往后撤。她拉了一会儿发现实在拉不动，一抬头便对上对方古怪的目光。

"虽说天色已晚，但你也不必如此着急，毕竟还有这么多人在。"

她脸一红，又有些好心被当成驴肝肺的愤怒，正要骂眼前这人不识好歹，他却突然五指张开，扣住了她的手。

他先前也牵过她的手，但从不是这种牵法。

她瞬间便忘了自己眼下的处境以及那近在咫尺的可怕老妇，刚退下去的红晕又爬上了耳根。祸水，他当真是祸水。

就这一愣神的工夫，那老妇混浊的目光已掠过丁未翔，随即落在其后那个年轻公子身上："敢问公子左手手腕上是何物？"

他左手手腕上戴着佛珠，右手此刻牵着肖南回的手。他的手指还轻轻在她手背上摩挲，面上却一派谦和，仿佛最知礼守礼的书院先生："家中传下来的老物件，不是什么稀罕物，老夫人不必挂怀。"

老妇显然对这个答案并不满意："高僧舍利，得之一二已是难得，怎会谈不上'稀罕'二字？"

夙未的脸上浮现出一丝恰到好处的惊讶："老夫人竟认得此物？我自幼修习佛法，只知这念珠可修心安神，不知所谓稀罕又稀罕在何处？"

有些人便是要装傻，你又能奈他何？

老妇不由得陷入沉默，那干瘪的嘴唇抿得更紧了，许久才沉沉地开口道："公子既心向佛法，可信鬼神之说？"

"未曾亲眼所见，实在谈不上信与不信。"

老妇哼了两声，不知算轻笑还是轻哂："有些东西，即便如今不可见，也未可知过去便不曾存在。公子担着钟离这姓氏，应当明白这个道理。"

她显然知道什么，明知钟离一族早已不在世间，偏生又要提起。

"钟离是我母家姓氏，可惜家母去得早，想来她有许多故事未曾向我提起，老夫人若是故旧，何不指点晚辈一二？在下定感激不尽。"

笑话，他若当真不知"钟离"二字的分量，方才当着那沈央央的面才不会主动报上名来。肖南回在一旁看得既感慨又觉得好笑，继方才的无赖做派之后，天成第一高贵的皇帝陛下又使出了名为无耻的招数。

老妇显然并不知夙未的真实身份，只能在内心狠狠地诅咒这针扎不透、水泼不进的恶劣公子："老身年岁大了，许多事都记不清了。"

老妇终究收回了那虚无的视线，来到肖南回面前。或许她也看出来，眼下这三人中最软的"柿子"是这一个。

眼见方才那一回合，肖南回已不再像初到这里时那样紧张。她想起那日在色丘别梦窟所经历的一切。所谓鬼神，不过尔尔，她已经见识过这世间最可怕的地狱是什么模样了，就算当真有什么，她也受得住。

然而还没等她开口说什么，老妇便从斗篷下伸出一只手来。那只手遒劲有力，仿佛一根老藤，直奔她的脑袋而来。

怎么前面都没上手，到她这儿就改成直接偷袭面门了？这不是欺负人嘛！习武之人的本能令肖南回下意识地往后一缩，然而那老妇的手好似可以伸缩一般，瞬间伸得老长，又准又狠地扣住了她的天灵盖。那是一双干枯、瘦削的手，她几乎能感觉到那些突出的指节和搔过她头皮的老硬指甲。

一股寒意顺着印堂爬向全身，肖南回拼尽全身力气也没有挣开那只手，任它在自己的头顶“肆虐”了一番。

约莫过了一盏茶的工夫，那只手终于离开了她的头顶，一道沙哑的声音在她对面响起：“姑娘好大的头。”

肖南回愣住。这番摸来摸去难道只是为了知道她脖子上长了个多大的脑袋吗？她哭笑不得，对眼下这番情形越来越摸不着头脑：“老夫人这是在做什么？”

老妇没说话，却摆了摆手，示意肖南回伸出一只手，而她自己摸向身后背着的竹篓。

肖南回注意到那竹篓里放着一根棍子，棍子很长，看起来不像斧柄柴刀，倒像拐杖一类的东西，只是那棍子一头被花布盖着，看不到全貌。

竹篓很深，老妇摸索了许久，终于缓缓收回手，手中一颗饴糖轻轻放在她掌心，咧开没有一颗牙齿的嘴，对她笑了笑：“吃糖。”

肖南回一时忘了收手。从小到大，她从没有吃过老人家给的糖。旁人都有阿翁阿婆，她只有杜鹃和伯劳。

她忘了方才的不满，又有点儿受宠若惊，就在她犹豫要不要吃下那颗糖的时候，身旁的人不动声色地将那颗糖收进袖中。

她回头去看夙未，他却并没有看她。

“我们究竟来了几人，老夫人可数明白了？”

老妇半弯着腰，那张令人有些害怕的脸缓缓垂下，半隐入阴影中：“人上了岁数，总是又老又瞎又多疑，很多事都要亲自确认才能放心，还请公子不要见怪。今日天色已晚，几位便请随老身前去厢房休整一下，明日再前往面见家主吧。”

老妇言罢，示意那举着火把的灰衣护卫在前引路，沈央央则在行礼过后安静地退下。

丁未翔随后跟上，而他的主子紧随其后，正要向前，却突然发现身旁的肖南回脚下未动。

他回过头看她，似乎没有察觉丝毫不妥："怎么了？"

肖南回低头看看那只拉着自己的手，又抬头看看那张无辜的脸，很想感叹一句"你从前不是这样子的"，但她最终选择了和平中庸之道："手心有汗。"

然而一开口，她才发现自己的声音竟然可以如此又轻又细，姚易若是听见了，简直要怀疑她是否被哪个女鬼附身了。

走在前面的丁未翔显然也听见了，那背影疾行几步，生生与他们二人拉开一段距离。

眼看那几人都要走远，夙未终于松开了她的手。

肖南回长长地松了一口气，五指张开又攥紧，努力抹去他留在掌心的那点儿凉意："我们快走吧。"

说到快走，其实是走不快的。不光是在沈家，在任何一个高门大户的院子里都不能疾走的。

肖南回从前很少来这种规矩多的人家闲逛，但算上邹府、康王行宫、烜远王府和羽林别苑，她也算对这种曲曲折折、迂回往复的建筑结构有些见识了。

虽然天色晦暗，但她估摸着对方并不打算带他们进沈家内院，也就是说，他们并没有过那第二道门。

那老妇走得很慢，穿出那片山石绝壁，七拐八拐，最后进入一条抄手游廊。

游廊的尽头是一道垂花门，就在他们将将要穿过那道垂花门的时候，一位素衣打扮的年轻女子带着五六个半大娃娃从内庭院走出，见到老妇连忙恭敬地行礼。

那些娃娃个个粉雕玉琢、穿着讲究，只是瞧见生人时有些胆怯、茫然，并不像都城中大户人家的孩子那样活泼、大胆，更不像这个年岁的孩子那样顽皮、吵闹。他们太精致、太安静了，像玉宫门面食铺子里做出的面人娃娃，就连脸蛋上的红晕都是精心描摹过的。

肖南回轻轻皱了皱眉。这大半夜的，要带孩子去哪里呢？

五六个娃娃跟在那个女子身后安静地行礼，突然有个矮胖的身影从拐角处急匆匆地赶来，却是个掉队的女娃娃。这最后一个娃娃胖墩墩的，头上只梳了个单髻，胖手正偷偷往嘴里塞杏，猛地一见生人，吓了一跳，脚下绊蒜，摔了个狗啃泥。

肖南回怔怔地望着那孩子，突然不受控制地上前，将她扶了起来。

那娃娃抬起头来，嘴角被杏的汁水染成了明黄色，眼神很是空洞、迷茫。

肖南回还没来得及细细看一看，那胖娃娃便将手里举着的东西往她手中一塞，扭着屁股转身跑远了。她低头，发现掌心有一只稻草扎成的小马驹。

“拿着它做什么？扔掉吧。”

肖南回起身，发现那老妇不知何时已到了眼前。对方的耳朵当真敏锐，连这点儿细微的声响也能听到。

可肖南回下意识地就是不想丢掉手里的东西。

“小孩子的玩意儿瞧着挺有趣的。”她顿了顿，还是问道，“那些孩子……都是沈家人吗？”

“严格来说，他们确实姓沈，但算不得真正的沈家人。”老妇转动着那双死气沉沉的眼珠子，最终虚无的视线停在她的掌心，“姑娘可知何为刍狗？”

刍狗，草扎的狗——一种古老祭祀中用到的祭品。原来那只稻草扎成的动物不是马驹，而是一只狗。

“结刍为狗，用之祭祀，盛以箧衍，巾以文绣。然而一旦祭祀之事结束，人们便弃而践之。路人踩着它的首脊而过，只有拾柴的伙夫会将它捡走，用于烧火煮饭罢了。

“刍狗之于祭典跟尔等之于神明大抵是一样的，用之即弃，不会有半点儿犹疑与怜惜。这是残忍之处，也是令人折服之处。”

联想到石壁上浇满黑油的祭台，以及方才遇到的那群神情木讷的孩子，肖南回心中陡然生出一种惊愕到深处的愤怒：“你既然笃信人拥有灵魂，又怎会认为人跟刍狗一样，是可以用之即弃的？！”

她的话带着怒气，到了那老妇耳朵里却似惊不起一丝波澜：“听姑娘说话的底气，应当出身行伍。既然从过军，便应当明白行军打仗也是同样的道理。上位者做出杀伐决策之时，何曾考虑过一个卒子的生死存亡呢？”

肖南回被问住了，手中那只稻草扎成的狗被捏得变了形。不远处，夙未站在垂花门下回首看向她，似乎在无声地询问她为何止步不前。

老妇又垂下了脸，似乎从未说过那些可怕的话：“姑娘，莫要耽搁了。”

寅时将过，天光未起，星月不见。阙城畿辅官道东段，几名驻守驿站的光要营守军正将艾草扔入火堆以驱散蚊虫。

天亮前这个时辰是人最困乏的时候。两军交战多选择在此时偷袭。只是如今不是战时，换岗的士兵便多了几分懒散，当着长官的面毫不掩饰地打着哈欠。

今晚当值的是丁字六营的队率赵友山，他做畿辅一带的巡视已有十数载，像这样守夜的差事不知做过多少回，便是只睁着一只眼也没出过岔子。

半干的艾草燃烧，腾起一阵青烟，他就盯着那股烟发呆，不知过了多久，突然伸手拍醒了身旁昏昏欲睡的手下。那困得云里雾里的小兵挣扎着起身，过了片刻，才听到路的尽头隐隐传来马车的声响。

赵友山示意他检查好拒马和栅栏，确保无人能闯过这关口，随后静待对方到来。

不一会儿的工夫，一个黑乎乎的影子自道路尽头显现出来。

那是一辆十分破旧的马车，拉车的马瘦骨嶙峋，马后的车摇摇欲坠。赶车的人戴着一顶围着黑纱的斗笠，露在外面的一双手也戴着粗布手套，这无论如何也不像夏日里赶路的车夫惯有的装扮。

赵友山带着几个老兵上前，右手看似扶着腰带，实则摸着刀鞘："停车。哪里来？哪里去？"

马车方才停稳，那戴着斗笠的车夫便咳了两声，开口时声音嘶哑得像三天没有喝过水一般："回官老爷的话，小的是焦松县外十里村的农户，正要前往大围镇投奔亲戚。"

大围是阙城城东的一个小镇，镇子上人不多，倒是常有外县亲戚走动。

赵友山递了个眼色，手下便将刚蘸了松油的火把递了过来。

"把斗笠摘了，让我瞧瞧。"

那车夫原地僵了一会儿，这才慢慢抬手摘下斗笠。

赵友山举着火把靠近，想要看清楚那人的面容，冷不丁一股恶臭扑面而来，将那几个见惯血腥杀伐的老兵都熏得连退几步。

火光下，只见那车夫面色青黑，很是憔悴，神情中带着一丝凄楚："小老儿家中无田无房，妻女前年过身，就只剩个儿子跟我相依为命。谁知前几日村中富户要了我那当马夫的儿的命，起先不肯告知，尸身都发臭了，瞒报不住才将人送回来。可怜小老儿我家中连口像样的棺材都没有，只得来寻亲戚帮忙，希望能有个葬身的地方。”

赵友山的目光移向那马车后的车板子，板子上确实放着个用木板拼凑的大木箱子，许是因为匆忙，最上面的木板还未钉死，露出一层还未上漆的木芯子。

值夜的另几名士兵早已不愿上前，只赵友山不动声色。他微微退开几步，转到角落，拿出藏在身上的画像细细比对马车上的人。

画像上的人是黑羽营中尉鹿松平，已经失踪数月，不知下落。

分发这缉拿令的曲长特意叮嘱过，说这鹿中尉身手很是了得，莫说生擒，便是想要一击杀之也是一件很困难的事，少不得要做好送死的准备。为此各营都出了赏金，就连最最抠门儿的雁翅营都下狠心出了血，寄希望于每个不知姓名的勇士。

然而赏钱归赏钱，送死归送死，谁都知道这金银常常有命赚没命花，除去那些方入行伍急于立功出头的愣头青，但凡有些官职、在军中混过些日子的老兵油子都是恨不能离这差事越远越好，老远瞧见配兵器的或是骑马的都要隔着五十步问话。

赵友山便是其中之一。他早已打定主意，即便发现不妥，也绝不当场发难，保命要紧，要等那人走了之后再汇报行踪，大不了之后领一顿军棍，也好过脑袋搬家，直接升天。

然而今夜显然还没到这种地步。赵友山轻轻松了一口气，将那缉拿令小心收起，跟自己的手下点头示意。

几名士兵上前将拒马推开，让出道口。

那车夫见状，连声道谢：“多谢官老爷，多谢官老爷。”

赵友山摆摆手，只求他快些将这发臭的车子赶走。

马车驶离许久，夜风才将那股可怕的气味驱散开一些。士兵们又回到了火堆旁，狠狠地添上几捆艾草。

而就在那暂时存放艾草的栅栏旁还贴着一张画像。因为贴的时间久了，画像已经蒙了尘土，边角也缺了不少。可若离近了仔细看一看便会赫然发现，那画像中的人跟方才赶车的那干瘦男人有七八分相似，只是那赶车的男子看起来更加憔悴枯槁、面色黑沉，仿佛已经死了很多日。

夜风吹起，那画像先前被吹得翻折过去的部分又露出来，只见底下写着三个小字——邹思防。

暑热侵袭，夜长难挨，守夜的士兵又开始昏昏欲睡了，赵友山盯着火堆，突然意识到一件事。方才那马车离开的方向好像并不通往大围镇，而是通往城郊枢夕山。乡下人连路都不认得，少不了要折腾一番。当然，这些事，他便操心不着了。每个月领那几块铜板，若是连这些事都要操心，岂非自己给自己找罪受?

赵友山打了个哈欠，一天的困乏遍布身体，他将佩刀横在腰间，靠着栅栏睡着了。

第一百五十二章

异史同贞

肖南回又做噩梦了。人身在梦中的时候，往往并不知晓这是梦境。可奇怪的是，这一回她却无比清醒地意识到自己就是在梦里。

她似乎是站在静波楼上，天边的落日似起了大火一般，脚下阙城的街道上空无一人。檐牙一角的风铃无声地碰撞着。四周很安静，连一丝风的声音都听不到。她想转身离开，却发现这四方楼台上并没有出路。石砖砌成的墙上没有门也没有窗，绵延的栏杆没有尽头，总在拐了四个弯后又回到原地。奇怪，哪里都很奇怪。

她迟疑了一下，想要走近那栏杆去瞧瞧楼下是什么光景，可方才看到那湖水旁的假山一角，便有人从身后又轻又快地拍了她一下。

肖南回停住，回头去看，只见身后几步远的地方站着一个年轻漂亮的女子。

那个女子生得真是好看。只是不知为何，她虽知那是一张好看的脸，却看不清对方梳的是什么发髻、画的是什么眉形、点的是什么唇色。唯有那双眼睛，明镜一般安静、透亮，像那张扑朔迷离的脸上唯一清晰可见的东西，安抚着她，吸引着她，就像一个深不可测的旋涡。

那个漂亮女子打量了她一会儿，随后招了招手，似乎是在叫她到近前。

她犹豫了一下，走近几步，将头凑了过去。

那女子轻轻俯身，在她耳畔说起话来。

什么？她在说什么？肖南回皱起眉头，想再凑近些，想再听清些，可不论如何努力，她就是听不清那短短几个字。

许久，那女子终于退开，望着她的眼神似乎有些遗憾，随后又歪着脑袋想了想，抬起自己的右手指了指左手的掌心。

这一回，肖南回瞬间懂了，伸出手去。

那女子的指尖轻轻落下。两横一竖，一撇一捺。

肖南回瞪大了眼，而那个女子正要再开口对她说些什么的时候，四周景象突然变换。

火红的夕阳变得暗淡无光，不远处的阙城街道开始坍塌，而她脚下的静波楼就好似宿岩戈壁里的流沙坑一样开始下沉、动荡。她又感受到了那股下坠的力量，进入黑暗前的最后一刻，她感觉到那个女子轻轻拢起她的手指，放在她的心口。

黑暗从四面八方涌来，然后有什么东西在这黑暗中亮起。是一盏油灯。

那个梦结束了吗？她已经醒来了吗？

肖南回想去拿那盏油灯，走了两步却发现这地上的砖石是这样熟悉。这是青怀侯府的地砖。她就站在侯府偏院里，她还没有离开梦境。

为什么是偏院？即使是跟伯劳斗智斗勇地藏酒，她也不大会在晚上独自来这里。因为黛姨住在这儿，她总是怕惊扰到黛姨。

油灯里的灯芯已经矮了下去，黑暗中唯一的一点儿光亮越来越微弱。

肖南回盯着那盏油灯，突然想起了什么。

她好像记得这个场景。

那天晚上，她因为私查邹思防一事去拜访了姚易，姚易说信被退回来了，然后给了她一串钥匙。她用这些钥匙去偏院厢房开锁，结果她在一个满是灰尘的漆盒里找到了一件血衣和一条带子。

肖南回低下头去，此时此刻，她的右手手心里就握着那条带子。

一道影子在她身后停住，她一惊，连忙回过头去看，只见黛姨光着脚站在几步之外的地方。她的脸此刻正古怪地扭曲着，眼瞪得仿佛就要脱离眼眶，死死盯着肖南回手里的东西。她的嘴大张着，她似乎是在无声地尖叫。随后，她突然快步向肖南回走来，十指大张，猛地掐住了肖南回的脖子。

一切都发生得太快，肖南回来不及反应，更想不到黛姨会对自己出手。她转动着眼珠，奋力挣扎着。虽然她的意识已经无比清醒，身体却虚弱无力，就连想要发出声音都办不到。她仰着头，头顶是黑漆漆的没有星月的天空。

终于，她听到了一点儿声响——遥远的、模模糊糊的声响。

“醒醒。”他的声音很轻，呼吸落在她耳畔，像一阵风吹过，“你做噩梦了。”

一瞬间，身上那种令她喘不过气的重压突然卸了，她感觉身体再次恢复了控制，五指本能地摸上腰间匕首，猛地将它抽了出来。随后她睁开了眼。

她看见自己被汗湿透的袖口中伸出一只因为用力而暴起青筋的手，手中握着的匕首寒光乍现，而那匕首刀锋的最险处就架在夙未细白修长的脖子上。

她的眼神渐渐恢复清明，手一松，匕首掉落在软垫上："对……对不起……"

他没说话，只握住她有些颤抖的手将她拉近，然后拍了拍她的背。他的动作很轻，落下时带着不确定的犹疑，不像杜鹃的手，总是那样笃定、泼辣。即便如此，对她来说也已经足够了。

肖南回深吸一口气，抬头望向窗外。

晨光微弱，天色雾蒙蒙的。院子里晨起的鸟在聒噪地叫着，丁未翔青色的身影在窗口一晃而过，不知是刚从哪里探察完归来。

颤抖渐渐平复，她终于完全摆脱了那梦境的阴霾，回到现实中。她此刻在霍州黑木郡沈家的地盘上，昨夜刚到，才过了一晚。

可是她隐隐约约觉得方才那样的梦，她先前似乎经历过一回。只是那一次梦境的内容，她已记不清，只留下一点儿模糊的影子。

她有些恍惚地看向眼前的夙未，正要提起梦里出现的那座静波楼时，丁未翔已快步走进屋："主子，人来了。"

夙未随即站起身，挡住了丁未翔的视线："走吧。"

肖南回连忙将软垫上的匕首收起。刚跟着到了院子里，她便见到那道熟悉的身影出现在院门口。

"三位歇息得可还好？"

她原本打算彻夜不眠、警惕守夜的，最后却连做两个噩梦，这算好还是不好呢？

她勉强笑了笑："还好。"

老妇点点头，对身后跟着的三名灰衣护卫示意，那三人便一一走上前，手中各拿着一条蒙眼巾。

"要进内院，须得蒙着眼。三位应当不会介意吧？"

肖南回没说话，不动声色地给身旁的丁未翔递了个眼神。丁未翔显然明白她的意思，却没有太多回应，只率先上前一步接过了那蒙眼巾。

肖南回了然，知晓他跟他那主子应当已经有了对策，便也从善如流："无妨。烦请老夫人引路。”

起先戴上那蒙眼巾，她还会在心底默默记下步数与方向变化，可时间久了，脑子便昏沉起来。她终于理解了望尘楼后院养的那只拉磨盘的驴，黑暗令人困乏，而不见前路的空虚更会令人失去斗志。

就像快要入睡的人常常惊醒一般，她突然警惕起来，强迫自己调动起思绪，开始细细回想踏上黑木郡以后所见的种种。

来时她所坐的船是顺流而下的，到达那滩涂之后，却见到不少暗中运煤的小船选择带货逆流而上，空船而下。这在其他码头是很少见的，但不排除一种可能，那便是昏河对沈家来说是一条绝对安全的运送通道。寻常货船在河道中遇匪是常有的事，即便是煤船也不可避免，可如果整条昏河水路都是沈家把持，那便大大降低了出岔子的可能，算得上绝对稳妥的运送路线，即便多花些时间也是值得的。

沈氏曾经拥有军队，即便一朝改朝换代，但树大根深，不可能一日尽除。可除了那些灰衣护卫，她在附近并没有见到其他有规模的府兵，但或许这支看不见的“军队”就藏在那些穿行在昏河上的小船里，只有到了必要的时候才会现身。

她初来霍州，取得秘玺返回时，郝白走的是更快捷的水路，但皇帝选择了更为险峻的山路，或许背后是同样的原因。

想到这里，她忽然意识到一件事情。从灰衣护卫到船夫、纤夫，再到内院仆从，除了那瞎眼的老妇和赵西梅，她还从未见过任何年长之人。莫说年长者，便是中年男女，她也一个未见。即便是门房、护院抑或是管事嬷嬷这类常常需要些经验的位子上，也通通只见年轻男女。

她想起很早很早之前，姚易曾跟她说起过关于瞿家的传闻。瞿氏一族最兴旺之时也不过十数人，便是因为族中人多难活过二十岁。想来一个世家大族，即便不是四世同堂，也定有长老坐镇，如若只能见到年轻人，那定是有什么难以言说的缘由。

她想着想着，前方那老妇的脚步声终于停住。

随后，眼睛上的蒙眼巾被摘下，肖南回眨眨眼适应了四周的光线，望向前方。

这个院子不大，昨夜的烛火还未熄，将整座院子照得通明。院子里假山众多，花草却寥寥无几，地上是柔软、纤细的干草，几只圆滚滚的兔子在其上走走停停，院子正中有一棵孤零零的老松，老松树枝间挂着几个巨大的鸟笼，鸟笼中都是些颜色鲜艳的小鸟。

那些鸟笼的正下方站着一个女娃娃，她穿得很是庄重，梳着双髻的脑袋上顶着三四支异常华美、贵重的钗子，手中拿着一根苇草，逗弄着笼子里的鸟，听到声音才转过头来。她定定地望着肖南回等人，圆溜溜、黑乎乎的瞳仁里映出的是与年龄不符的老成。

“老身拜见家主。”年近百岁的老妇缓缓俯身行礼。

肖南回难掩震惊。北地沈氏——占着煤矿且拥有自己府兵的地方大族，其家主竟是个不过七八岁的女娃娃？

那老妇行过礼后，便上前轻声说了什么，随后退至门口，不再言语。

“钟离公子，我们终于见面了。”女娃娃负手缓缓走来，脚下步伐很是闲散，“先前出过几件不大愉快的事情，因此外人进府便多了些周折。礼数不周处，还请三位多多包涵。”

这话很是周到，但从这样一个孩子口中说出来，总有种说不出的怪异。

女娃娃在庭院正中站定，示意他们三人落座。

肖南回注意到，那里的石桌旁有一把石椅高出一块，似乎是专为那孩子准备的，是以她即便落座，视线也不会在他们之下。

肖南回和丁未翔面面相觑，唯有夙未面色平静：“家主可是得罪过什么人，抑或是，做过什么得罪人的事？”

女娃娃叹息，在石桌前斟上三杯茶：“我有个仇家，我知道了他太多秘密，他便想来杀我。我与我的族人跟他斗争了许多年，仍未能完全摆脱。只是这些年他有了新的目标，暂且将我放在脑后罢了。”她言语一顿，手下动作却未停，“公子此番前来，不知所为何事？”

“家主摆阵跃原，又是所为何事？”

女娃娃终于放下手中那道具般的茶壶，面上最后一点儿孩子气的笑容也退去，只剩下嘴角一丝略带算计的冷意：“你我早在一年前便暗中争过一回，眼下便不必这般拐弯抹角了吧？”

“家主如果愿意开门见山，自然能省下不少周折。”

“上次算我棋输一着，这次却不一定了。我对送上门的肥羊向来不会手软。”

“听闻霍州沈氏家大业大，家主沈石安有驾风逐浪之气，如今一瞧却是言过其实，对请上门来的客人竟以牲畜相称。”

沈石安并不着恼，两只小巧的肉手垫在下巴下面，歪着头看向面前的夙未：“眼下是你有求于我，便是嘴上讨得些便宜，结果又有什么分别？”

夙未不答，掉转话头：“家主可知，曾有织锦，名为天绶？”

“不过是传说中的东西，即便曾经有过，又能怎样？”

夙未没有立刻接话，他从袖中随意取出了那样东西，轻轻托在手上，陈旧的素色带子盘踞在他掌心，仿佛一条冬眠初醒、随时就要吐出芯子的毒蛇：“如若这次我前来便是要跟家主谈谈这天绶的价钱，家主以为如何？”

沈石安的神情终于变了，但她很快便恢复了平静：“一条带子而已，值不了一块铜板。”

夙未将那带子绕在指尖，似乎是在细细端详：“或许值钱的不是这带子本身，而是织带子的人留下的信息。”

沈石安神色更冷：“那也要能读懂其中信息，才算得上有价值。”

“带子在我手中，我若想去探究便花些时间，不想探究便拿来捆柴烧了也不是不可。”

“你——”沈石安猛地从那石椅上站了起来，但恼怒只在她的脸上一闪而过，随之而来的是比先前更甚几倍的冷硬，“凡事都有代价。要想得到些东西，便要付出些什么。不知为了这织锦中的预言，公子愿意付出怎样的代价？”

“所谓预言，几分真几分假？我怎知家主所言值得我付出怎样的代价？”

沈石安无声地笑了，她随意招了招手，那些兔子便三三两两地向她聚拢过去。她随意拎起一只放在膝上，轻轻抚弄那兔子的皮毛：“息慎一族买卖皮毛货品的时候，喜欢先带客人看货。看货时用油布遮住整张皮毛，只留巴掌大小的洞供客人品鉴。如若喜欢，则重金买下，如若不喜，也不会知晓整张皮毛的样貌，生出别的什么心思，对买家卖家来说都算公平。公子如若不嫌，可花上一盏茶的工夫，听我讲一个故事。”

夙未不语，沈石安便径自开口讲了起来：“远古时候，神明祭祀和巫术占卜在各州都十分盛行。其中有一种较为罕见的卜问手法，是君王在逢极险极难之事或国运颠仆之时才会用到的手段。他们会以举国之力搜寻两名最有声望的卜筮贞人前来，请他们分坐在两个房间中，同时占卜同一件事情。如若两人卜辞大致相同，便合案而录；如若大有出入，便要将这件事的卦象预言各自记录下来，分别保存。此法叫作异史同贞。

“相传一百年前，涅泫王朝风雨飘摇、即将覆灭之时，曾秘密请瞿家人出山，于山穷水尽之地开坛，举行过最后一次异史同贞。当时应召前去的有两个家族，他们都以梦境作为预言之本，一族经纬为画，织就谶书，非其族中人不能解读，另一族烧骨成文，封于器中，非机缘到时不得开启。随后，这两份预言便被当时的天家小心保管起来，避于世人视线之外。

“然而自那次预言之后不久，两个卜官出身的家族先后遭遇了不测。夙氏兵变，维系已久的某种平衡被打破，祭祀巫术与供奉神明的传统随着涅泫古国的覆灭而陨落。烧骨的家族被神明力量蒙蔽了双眼，成为祭坛上轮回不变的牺牲品，渐渐人丁凋敝，度日艰难。织锦的家族则因为改朝换代遭受牵连，有人密报，涅泫的亡国公主曾将遗孤托给其族人，导致其全族上下一夜覆灭——”

肖南回的心随着对方最后几句讲述而狂跳起来，她想起在来霍州的途中夙未向她讲起的那件关于前朝遗患的旧案，几乎是脱口而出地追问道：“你是说裘非羽当初逃往北地的时候还带着一个孩子？”

沈石安手一松，膝盖上的兔子便蹦远了：“姑娘，油布上的洞就那么大，手若想伸到其他地方，还是等钱货两讫后再说吧。”

肖南回被噎住，她望着这个半大女娃娃，突然有些汗毛倒立。或许眼前这个人绝非外表看起来这般年幼。代价，她说的代价到底是什么？

就在此刻，沈石安的目光已然落在夙未手腕间：“听闻高僧舍利可解百毒，是味不可多得的药引。不知公子可愿意割爱，将手上这串佛珠让与我？”

第一百五十三章

神的谎言

“不行！”

夙未还未开口，丁未翔已经急了眼。

可这两个字一出口，肖南回便知道坏事了。丁未翔护主心切，却未想过如此一来，对方便知晓这串佛珠于他们而言有多重的分量了。

两方对弈，最忌先透了棋路。

果不其然，沈石安面上一闪而过一丝了然，经由那个女娃娃的脸做出，有种说不出的诡异：“在下不过说笑而已。这佛珠虽说有些珍贵，但到底是个有价无市的把玩件，当真没有那么宝贝。又或者，其中有什么我不了解的缘由。”

空气安静了片刻，随即夙未低下头去，轻轻摩挲左手上的珠串，神情中有种恰到好处的愁怨：“不瞒家主，此物于我确实意义非常，当真要我割舍，恐怕有些困难。”

没想到他竟如此轻易地承认了。沈石安静静望着眼前的夙未，似乎在思索他说的话中有几分真几分假。许久，她轻轻合上了眼睛：“那便给公子三日时间考量。我今日有些倦了，就先这样吧。”

夙未从善如流：“三日之后，再见家主。”

那幽灵般的老妇再次出现。

蒙着眼走出那院子的时候，肖南回隐约听到一阵细碎的脚步声与她擦身而过。

那是小孩子的脚步声。是昨夜遇到的那些孩子吗？他们也是去见沈石安的吗？沈石安养着这样一群孩子究竟是要做什么？

肖南回捏着瓷匙的手停在嘴边，手一歪，匙里的半勺汤又稀稀拉拉地回到碗中。

吧嗒，坐在她对面的夙未放下了筷子：“在想什么？”

肖南回回过神来，望着桌上的饭菜摇了摇头：“没什么，不是什么要紧事。”相比仆呼那、亡国公主，还有那带子中的预言，几个没有桌子高的小孩子又算得了什么呢？

她说的是实话，可他偏偏能瞧出端倪。他的目光落在她腰间，下一瞬他突然欠起上身，伸出手来。

她身体一僵，没有动，也不知是忘了动还是不敢动。随即，她感觉到他的手指隔着几层布料从她胸口滑落至丹田之上，随后钩开她的腰带，钻入其中。

“光……光天化日……”她想说“光天化日，还有没有王法了”，说到一半觉得不大对劲，和眼前的人讲王法实在是太过愚蠢了。

仿佛为了回应她这磕磕巴巴的半句话，腰带里的手指打了个圈，向下一探，她顿时感觉腰间一痒，正要求饶，那手指却离开了。离开前，他轻轻一抽，便从她的腰封里取出了那只稻草编成的小狗。

夙未将东西轻轻放在桌上，指尖点了点那刍狗的肚子，似乎有些漫不经心：“你喜欢孩子？”

他果然注意到了。心思被拆穿，肖南回有些沮丧。她望着那只稻草编成的小狗，摇了摇头：“不喜欢。”

她不喜欢小孩子，从来就不喜欢。

她小时候在宿岩，那些跟她一样食不果腹、眼神空洞的瘦小身影就像烙印一样刻在她的记忆深处。那时她总想，原来人生在世就是要一日一日地忍受着饥饿和干渴，那她的母亲为何还要将她带来这世上？可是她的疑问从来无人解答，她的苦痛从来无人问津。在那样一个人人挣扎求生的地方，她并不能比其他人分得更多的怜悯与偏爱。而且她太小了，无力去改变这一切。如果那一日她没有走出那座城，那她对这个世界的认知便停留在那一片无尽的饥饿与干渴中，跟身处地狱也没什么分别。

即便后来到了阙城，见过那些无忧无虑、笑容明媚的孩子，她也不能忘却自己年幼时的日子。

昨夜却不同，她之所以会不受控制地去看那孩子，只是因为那个孩子跟她的朋友有说不出来的相似之处。

她内心这般百转千回，面上自然也是变幻莫测，但夙未只瞥了一眼，便淡淡吐出一句话："肖南回，伯劳已经死了。"

她身体猛地一震，手中的瓷匙跌落在碗中。从前她便常常在他面前无所遁形，他就像一面平整光滑、冰冷坚硬的镜子，总是不遗余力地映照出她的不堪与脆弱。而随着关系日渐亲密，这种感觉越发强烈。当他不愿粉饰太平的时候，那些凉薄、平静下的尖锐便会破土而出，深深将她刺痛。

肖南回握紧了拳头："我知道——"

"她就死在你面前，你要牢牢记住这一点。"

"我说我知道了！"她突然发火，猛地站起身来。手边的杯子、筷子被碰倒，骨碌碌地在桌面上打转。

可不论她表现得多么愤怒，他望向她的目光始终坚定、平和："你还不知道。你若是已经清清楚楚地认清这个事实，便不会在一些无谓的人和事上耽搁、纠缠。"

无谓的纠缠？她仅仅是在怀念她的朋友，这样也不可以吗？

"她已经死了，但我的感情还在。"她的声音带着一种难以压抑的悲痛，几乎是在控诉，可又不知道究竟是在控诉什么，"你难道就没有怀念的、想要再见一面的人吗？或许你确实没有。因为没有，所以你才能这么轻易地就说出这样的话！"

说完这些，她跌坐回椅子上，一种无力和厌恶涌上心头。尽管她话说得很大声，态度也很激烈，但相反，她深知自己的表现是脆弱的。直到这一刻她才明白，她根本没有走出那一夜。她或许早已放下了肖准，但她失去的何尝只是肖准。她还没有做好准备跟她失去的东西告别。

碗中的汤彻底冷了，汤汁变得混浊，几片葱叶也沉了底。

许久，他伸出手将那冷了的汤放到一旁，另拿起一只干净的瓷碗去盛新汤："我有。你失去的东西，我也曾拥有过。"

肖南回继续沉默，夙未继续盛汤："那天日落的时候，母亲从静波楼上跳下，我以为她会落入湖中，但是她没有。她跌在湖边的岫山石上，当场便血肉模糊、回天乏术了。"

她继续用沉默去对抗那道声音，梦境中血红的夕阳和陌生女子的身影却不受控制地浮现在她脑海里，与眼前一身月白的夙未重叠，像炽热骄阳与清冷月光互融，诡异却又和谐。

“我也曾想过要借助鬼神的力量再见她一面，不求多长久，一盏茶的时间足矣。一盏茶的时间，兴许够我问她几个问题。比如，为何偏偏要在那日离去？为何要在重逢之日选择再次离开他？是不是她的孩子做得不够好，才无法留住她？如果他能再努力些、再强大一点儿，他的母亲是不是就会愿意留下来陪他？”

他站起身，端着那碗新盛的汤慢慢走到她身旁。

汤碗轻轻落在桌上，热气萦绕在碗口，她的视线一片雾蒙蒙。

“然而我参遍佛经典籍、贝叶卷宗，也没有找到所谓的回魂重生之法。终于有一日我参悟了这一切，明白轮回往生只是一个幌子——一个勉励生者、宣泄遗憾的幌子。”他拉过她握紧拳头的手，一根一根掰开她的手指，将带有一点儿体温的新汤匙放在她手中，“人死不会复生，从死亡那一刻开始，他们就彻彻底底地消失在这世间了。你之后看到的一切似曾相识、恍若隔世，都不过只是神留下的谎言罢了。”

他的话很残忍，动作却极尽温柔。

她能够躲过千钧之力的致命一击，却偏偏躲不过温柔的力量。她盯着手中的新汤匙，那光滑的白瓷上映出的隐约是她压抑悲伤的脸。

死亡的意义远不只是那一刻带来的痛苦，而是很久以后，不论何时，当你再次想起被它夺走的那样东西时才会明白，那些失去的人或事永远不会再回来。

她低着头，仍背脊挺直地坐在那里，好像这样便可以用坚强去对抗一切：“对不起——”

对不起，她不是有意要向他发脾气，她只是对自己感到失望和迷茫。她的声音低低的，许久，她才感觉到他的双臂从身后环住了她，他的气息从身后靠近，停在她的肩膀上、耳根后、跳动的脉搏旁。

“肖南回，我不要你说对不起。我要你即使身在黑暗中也要想办法好好活下去。只有活着，你才能去履行自己许过的承诺。”

她看不见他的脸，却仿佛能够看到那双漆黑瞳仁深处燃烧的情绪。

“已经失去过一次的东西，我不会再让它溜走。你且记着，倘若有一日你选择抛下我，弃我而去，便是阴曹地府、地狱黄泉，我也定会追去。”他的手指轻轻拂过她耳鬓的碎发，轻柔地将它们别到耳后，好似方才说的话，不过是一些无关痛痒的叮嘱。

他越是言浅意深、纸短情长，她越是不知该如何回应。

就在此时，门口传来一阵响动。丁未翔匆匆进屋，转身关好门，刚要开口，瞬间便忘记了自己要说什么。

夙未已经起身，若无其事地走到一旁。

肖南回松了一口气，又掩饰性地招了招手："丁中尉，来，喝汤。"

丁未翔虎目圆睁，如临大敌地瞪着那张桌子和桌子上的汤，恨不能当场使出壁虎游墙，从天窗顶上逃出去："主……主子——"

他的主子权当看不见他的神情，慢悠悠地走到窗边："路可探清楚了？"

丁未翔深吸一口气，板正地立在门旁，依旧离那张桌子远远的："回主子，八九不离十了。三日之后，不论对方有何举动，我们定可以先发制人。"

夙未点点头，抬眼看了看外面的天色："三日太久，不如就今晚吧。"

假装喝汤的肖南回不由得一顿："可是，那沈石安不是说了会给三日时间——"

"她说的话，我一个字都不相信。"夙未的声音冷冷的，跟方才眼神炽热的样子判若两人，"不仅是她的话，就连当初父王说过的话，也不可尽信。"

"我听她所言，至少知晓织锦一事，似乎并非全然都是骗人的鬼话——"

"所谓谎言，若全部凭空捏造，那便漏洞百出，总能教人寻到错处。多数人都会将谎言掺着真相说出，既能取信于人，又能达到自己的目的。听的人即便觉察其中有异，也不能肯定究竟哪些是真、哪些是假。"

"可如此说来，她若抱着欺瞒的心态，那织锦一事又要如何求助于她？"

"除去这条织锦，她对我们一定另有所图。探明她究竟想从我们这里得到什么，或许就能得知所谓的真相，而这远比一条虚无缥缈的预言来得更加准确。沈石安其人心细如发，思虑颇深，当初秘玺现身，整个霍州明里暗里无数双眼睛都在盯着，她在自家地盘上丢了东西，再有第二次必定会慎之又慎。一来，她知道我必定对沈家有顾虑，所以不能派个太机灵的人在跃原坐镇，这才会安排沈林林出现。二来，她故意提出用佛珠作为交换条件，实则也是一种试探。"

可是，试探什么呢？若非亲眼所见，应当不会有人知晓那串佛珠的真正用途吧？然而想起那老妇提起"钟离"这个姓氏时的神色，以及沈家前后两次对那串佛珠的反应，肖南回又不确定了。

丁未翔显然也是这般想的，他方从巨大的尴尬中解脱，又陷入前所未有的忧虑："主子应当不会真的要用佛珠去换那不知真假的预言吧？"

"我不会换，她也不会换。"夙未顿了顿，说出了自己的结论，"因为她想要的应当另有他物。"

而几乎与此同时，肖南回也有了一番猜测："宗先生曾向我提起过，说那天绶是与传国玉玺相配的。如果我们手上这条织锦当真是那记载着重要预言的天绶，那她实则最想要的东西很可能是秘玺。"

或者说，是它们隐藏的那个相同的秘密。可是，既然如此……

"那沈石安为何不直接提出要以秘玺作为交换条件呢？"丁未翔问出了她的疑惑。

夙未却将目光投向窗外正西斜的日头："或许她认为这件东西的价码太过高昂，又或许……她其实知道秘玺此刻并不在我们身上。"

黑木郡之行前路未卜，危机重重，似乎确实没有理由把秘玺这般失而复得的镇国之宝带在身上。

但肖南回察觉到了一丝异样。她记得春猎的时候他曾突然将东西托付给她，她曾以为那是一出一时兴起的空城计，如今看来，或许另有原因："你是故意不将那东西带在身边的？"

夙未仍望着窗外，又似乎是在望着远方的某个地方："我有一个推测，还未能证实，所以那东西暂时还不能放在我身边。不过，我托了两个老朋友帮忙看管。他们都是老实人，定会尽心尽力。"

老实人？这人身边还能有老实人？肖南回对这话充满怀疑，当下只敷衍地点点头。想到晚上还有一场恶战，她暂且将疑虑放到一旁，低头大口吃起饭来。

仲夏之时日长夜短，但在山里，日头比别处落得早些。酉时过半，永业寺的院子里已有些擦黑了。

入夜便没有香客了，寺中烛火用度又都先紧着大殿，偏殿与内院常常都是从日落黑到天亮。时间久了，大家都习惯了，除了当值守夜的僧人会点起油灯，其余人就连起夜也是摸黑去。

晚课过后，僧人们各自领了斋饭回屋，烛鱼单独拎了只碗出来盛满饭菜，向着偏殿后的藏经阁走去。

藏经阁虽还担着藏经的名头，实则没什么宝贵的经书经文了。在永业寺待过几个年头的小僧都知道，寺里最值钱的东西早让住持搬到大殿后面去了。

藏经阁本就是偏僻的地方，一到了晚上连蚊虫都懒得光顾。今天，那殿阁开裂的门扉内却透出些烛光。烛鱼一把推开殿门，绕过脚下凌乱四散的古籍药典，随手拿起木架上的扇子挥了挥，试图驱散四周的水汽与药雾。

殿阁内的木架被挪开，正中摆着张废弃的香案，香案上放着一块方方正正的绿色美玉，玉前坐着个白衣男子，背对着门，不知在忙活些什么。

烛鱼轻咳一声："郝施主，开饭了。"

白衣男子转过身，那双因为饥饿而变得又大又圆的眼睛一眨不眨地盯着小沙弥手里那只碗。他鼻孔微张，鼻翼一阵收缩，那双大睁的眼在看清那碗里的东西后，瞬间便失去了光亮。

烛鱼似乎全然看不见郝白脸上变换的神情，将手里的碗塞给他，还体贴地为他递上一双筷子："这几日雨水足，萝卜和白菜都长得格外好，施主有口福了。"

口福？何时萝卜和白菜也担得起"口福"这两个字了？郝白低头看着手里的碗，只觉得眼前一片绿油油的，再抬头去看那桌子上的东西，也是绿油油的，他瞳孔微缩，内心突然翻涌起一阵憋屈过后的狂躁。他将碗一抛，拍腿而起，一把抓过药簸箕里的锄头举过头顶："今日……今日我必须见到荤腥，否则我便去偷！去抢！抢完之后赖在你们头上！"

烛鱼叹气，对那可怜的郝白手中的锄头视而不见："小僧奉劝郝施主，莫要再打东山头老郭家那几只鸡的主意了，他家可是养了七只黄狗，听闻专爱咬那贼人的屁股。"

白衣郎中胡乱地挥舞着锄头，字字血泪地控诉着："我一没皈依、二没剃度，为何顿顿都是萝卜白菜？！"

"住持说了，天气热，吃荤容易有火气。郝施主自己是行医的，怎么连这点儿道理都不懂？"烛鱼说完，有些嫌弃地摇摇头，转身便向殿外走去。

郝白脚步虚浮地追上几步，两只手扒着殿门前的朱漆柱子，脸色黑里透青，青里透绿："一空在哪里？我要见一空！一空！你个抠门儿和尚、死秃驴——"

已经快步绕出殿门的烛鱼停下脚步，掏了掏耳朵。不知是不是他听错，除去身后那有气无力的咒骂声，山门处似乎隐隐传来几声铃铛响。

若非逢年过节、佛门法事，永业寺的山门向来冷清得很，若有香客或过路人前来寻求帮助，便可自行鸣响山门处的铃铛示意。

近一个月来，雨水将山路冲刷得泥泞不堪，香客都寥寥无几，更莫说过路人。不会又是哪只寻地方落脚的鸟动了那铃铛吧？

但天色已晚，也不好说是不是有人行山路时遇到了麻烦，他想了想，还是点上一盏油灯向山门走去。

傍晚晦暗的光线穿过林间水汽落在青石小径上，提着灯的小沙弥穿梭其间，脚下避让着许久没有清理过的青苔，有种熟练的轻快。也就片刻的工夫，他便来到了山门处，石牌坊下果然停着一辆马车。

烛鱼走近几步，一阵似有若无的腐烂气息混着雨后的土腥味扑面而来。他瞥了一眼那马车后拉着的大木箱子，稳了稳心神，站在上风处不动了："施主可是遇到什么难事？"

马车檐下的那团影子动了动，显出一个戴斗笠的中年男子的身影。

"敢问小师父，此处可是永业寺？"

烛鱼点点头："正是。"

中年男子跳下马车，摘下斗笠，露出一张面色青黑的脸："小老儿途经此地，路过山脚时看到有人吃粥，上前问过，这才知晓山中有寺，于是驱车前来。不知小师父可否多发善心，布施粥米，留我一夜？"

这些年在住持的悉心教诲下，他早已接待过不知多少形形色色的香客。但此刻望着石阶下那张脸，他不由自主地退了半步："留宿一事须问过住持才好定下。不过寺中倒还有些萝卜白菜，施主若不嫌弃，可随我来。"

中年男人忙不迭地点头，表情很是诚恳："如此甚好，甚好。"

沿着来时的路走了几步，烛鱼的脚步突然停下来。他转过身，望向那赶车的中年男子："施主，小僧尚有一事不明。"

中年男子嘿嘿笑了两声，将辔绳胡乱地套在拴马桩上："小师父有何事不妨直说，小老儿一定知无不言。"

油灯被提高了些，照亮了小沙弥那双清澈的眼睛："前些日子住持点灯时闪了腰，是以今日便犯了懒，将施粥的事甩给了大成寺的仁勤大师。永业寺今日无人施粥，施主为何要撒谎说在山脚见到了吃粥的人？"

中年男子的脸上依旧挂着笑：“因为……因为——”他的声音像被什么东西卡在了喉咙一般，脸也似中了风邪，每一块肌肉都抽动着、僵持着，似乎忘记了要如何回到原本的位置，“因为——”

扑通，中年男子面门朝下，直直跌在山门前的石板地上，一动不动了。

小沙弥吓了一跳，正要上前查看，突然，有什么看不见的东西在他面前一闪而过，瞬间将他手中的油灯带灭了。

似乎是一阵晚风。可天气这样闷热，哪儿来的晚风呢？

入夜前最后一缕光线也消失在山间，黑暗中，只听得那马车上的巨大木箱内发出一阵古怪的闷响，咯吱，咯吱。

第一百五十四章

双城梦魇（上）

肖南回眨眨眼，让微湿的露水从眼睫上滴落。

山里的夏夜，仍有微风吹过。山头软草低伏，风行而过时隐隐约约露出三道趴伏的身影。他们已在这山头潜伏了半个时辰，此处视野开阔，从昏河河畔的滩涂地到沈氏盘踞的山坳处都可尽收眼底。

然而夜色再次降临黑木郡的时候，这里的一切似乎都不一样了。鹿群消失在滩涂地，月光下，平整的黑沙上连一只水鸟也瞧不见。

今夜无人出港。河面分外安静，一艘船也没有，纤夫、船工更是不见踪迹。

火焰在那些石窟深处安静地燃烧着，远看群山仿佛长出了红色的眼睛，像那传说中名为祭马的神明就在黑暗中冷漠地俯瞰着人间生灵。

先前身在其中不易察觉，眼下远眺才能发现，那石窟实则处在一片山坳环抱的坑洼处，是一个天然形成的大坑，坑底四通八达，密密麻麻的小路穿梭于山体之间，即使身在高处，也难分清每条路究竟通往何处。而在这坑洼的正中央，有一片红色碎石铺成的圆形广场。广场上黑漆漆的，反倒没有一点儿火光，外人只能借着月光窥得一二。

他们料定沈氏会提前有动作，但没想到竟是这么大的动作。

上百名年轻男女跪坐在广场中央，低声吟诵着他们听不懂的符文，其中最年长的不过十七八岁，所有人踵趾相接，围成一个巨大的圆，而圆圈起始点正对西方觜宿第一宫的首位，那里站着一身素麻衣衫的沈石安。

不知过了多久，沈石安终于动了。她从那圆圈的起点开始，沿着围坐的人群边走边巡视。她走得很慢，视线划过那些年轻面孔时，带着一丝慈祥的笑意，而那些接受这视线洗礼的男女全都低伏着身体，并不敢抬头看她。所有人脸上的表情都如此驯服，他们似乎在虔诚地等待着什么，神情跟去寺庙祈求神明庇护的人一模一样。

肖南回看得啧啧称奇，胳膊肘轻轻戳一戳身旁的夙未，压低嗓音道："你选美人的时候也没有这般阵仗吧？"

她这话问得有些没过脑子，等反应过来才觉察到有些不妥，夙未却已接过她的话头："确实没有。"他的声音轻轻的，带着一点儿不易察觉的笑意，"从前没有，以后也不会有。"

肖南回不说话了，更不敢转头去看趴在她身侧的人，强迫自己将注意力集中在远处的沈石安身上。

终于，沈石安的脚步停住了，她的视线落在人群中那个显得分外圆润的矮胖身影上，她眯起眼细瞧那圆溜溜的脑袋、短胖结实的四肢，还有那一地吃剩的杏核。

肖南回的心瞬间漏跳半拍。是那个孩子。

"抬起头来。"沈石安的语气很是满意。

那个女娃娃却似乎是被吓住了，半晌都没动弹，圆润的身子抖如筛糠。

沈石安皱起眉毛，一直站在身后不远处的老妇见状走上前来。老妇伸出手，摸过那个女娃娃的前额、头顶、后枕，不住地点头："天中饱满，后山平坦。恭喜家主，选中佳品。"

沈石安走上前牵起那个孩子的手，脸上的表情有种孩子气的天真和甜美："害怕吗？"

女娃娃仍是不说话，只是颤抖。

沈石安向那老妇伸出一只手，老妇便从身后那竹篓中摸出一颗糖，放在沈石安手中。

沈石安捏着那颗糖，将其凑近女娃娃的嘴唇，声音中带着几分鼓惑："来，吃糖，吃了糖就不怕了。"

女娃娃犹犹豫豫地张开嘴，糖便进了她口中，那老妇随即一边牵起她的手，一边牵起沈石安，转身向亮着红光的石窟走去，而那一众少男少女紧随其后，进入石窟深处。

肖南回从隐蔽处起身，风将她脖颈的冷汗吹散了些，她斟酌一番，对身旁的人说道："我去探一下。你留在这儿，让丁未翔陪着你。"说到这儿，她还嫌力度不够，又苦口婆心地补充几句，“这沈家处处透着凶险，今早去见那沈石安，她明显对你有所企图，也未尝不可能是故意做这一出戏引你前去。那石窟又是封闭空间，易进难出，若是遇到什么不可预测之事，我一人尚好逃脱——”

她还在喋喋不休地说着什么，夙未已站起身，瞧了瞧面前女子认真的神色，轻飘飘地问道：“你认得路吗？”

肖南回的话戛然而止，丁未翔的笑声随即飘过，那笑声中带着几分不大友善的嘲讽之意，令人颇为恼火。

肖南回追上前去：“你笑什么？”

丁未翔转过头，板正的脸上一丝不苟：“我笑了吗？你听错了吧。”

她还要再追究，夙未也跟上前来。下山的路有些陡峭，气氛渐渐沉静下来。

片刻，她终于忍不住开口问道：“他们……不会真的对那孩子做些什么吧？”

夙未的身影就在前方不远处晃荡着：“若我没猜错的话，那个女娃娃便是沈石安挑选的下一个容器。”

“什么容器？”

“沈家现任家主沈石安，生于涅泫末年，如今当是百岁之身，怎可能是个未及总角之龄的孩童？”

肖南回脚下一顿，瞬间想起那老妇于垂花门下对她说过的话。彼时她以为的刍狗一说不过是像碧疆一些古老村落的活人祭一般原始、野蛮，而此时此刻，她才终于彻底明白那些孩子的真实用途。他们连祭品都不如，只是年老且愚蠢的当权者通往长生之路的傀儡衣衫罢了。

“只是挑选成为侍神容器，为何一定要是孩童？直接挑选长成者岂不是更快更好？”

“息慎族人认为，人的肉身里盛装着灵魂，就像形态各异的容器里装满水一般。一具身体本来只容得下一个灵魂，如果有旁的东西硬要闯入，那便会因为不相容而发生冲突。一个年及弱冠的男子灵魂跟一个不过总角之龄的孩童相比，总是强壮、坚定许多，不容易被撼动，更不容易被驱逐，即便一两次降神成功，也往往不能长久。所以，要想拥有一个长久的不易出岔子的容器，或许便要从其很小的时候开始培养，摧毁他的心智、削弱他的自我感知，使之变成一个完完全全的傀儡。”

仿佛有一条细线在脑海中一穿而过，将先前种种碎片连接起来，肖南回几乎脱口而出："我知道那邹思防是怎么回事了。"她的声音有些急切，语速都比平时快了不少，"之前我一直以为，仆呼那是因为知晓在晦日祭上你会拿出三枚玉玺，所以才扑向焦松县的。可那晚我在行宫中碰到了那个诡异的宫人，那许睿分明是冲着我或是冲着什么东西而去的。如果不是感知到了什么，在发现长宓台上的秘玺是假的之后，他绝不会再冒险潜入行宫。

"如果说仆呼那中只有一人可以感知秘玺的存在，那么这个人一定就是出现在焦松县的那个'邹思防'，或者说，是当时邹思防身体里的那个人。除此之外，那夜我在行宫遇见的那个宫人很可能就是那个人。这一切看似荒唐，实则有着一种微妙的联系，那便是，邹思防和那名叫作许睿的宫人在现身日之前就都已经毙命了。"

人的灵魂离开身体后，如果肉身还在，便会有别的东西占据其中。可是，那东西究竟是什么呢？

前方的身影一顿，夙未侧过脸望向她，神色在夜色中有几分晦暗不明："你所言不错，但还漏了一层联系。邹思防曾因身中奇毒而生命垂危，许睿死前曾是内殿寝官，亦在行凶前数日病重告假。而此二人出现异兆之前，很可能都接触过秘玺。"

对，她想起来了，那许睿的尸身上有一个微小而不易察觉的刺点，只是不知那个点是否就是接触过秘玺后留下的痕迹……

"所以，这就是你没有将那东西带在身边的原因吗？"

夙未还未来得及回答，便被丁未翔打了个手势制止。

原来不知不觉间，他们已接近石窟入口。小心起见，三人便不约而同地噤了声。

然而各个石窟内除了火光，仍不见一人，那些少男少女连同沈石安仿佛走入虚无之中，凭空消失了。

肖南回不死心，在那个最大的主窟四周仔细探寻了一番，最终发现了一个不起眼的洞口。那座被火油环抱的石台正下方竟是空的，黑黢黢的洞口就开在其背后的地面上，洞的深处隐约透出火光，露出一道窄而陡峭的石阶。

丁未翔上前看了看，脸上神情变幻莫测："主子和肖姑娘留在此处，我下去探一探。"

肖南回转了转眼珠，轻飘飘道："你认识路吗？"

让人吃瘪的感觉竟是如此美妙。

丁未翔一窒，肖南回恨不能叉腰仰天大笑三声，但为了接下来一路同行，她还是忍住了："这洞口看着如此狭窄，你的身形怕是不大方便，还是我下去探探吧。"

丁未翔显然不肯，正要开口驳斥，一旁的夙未终于开口："不如你们俩下去，我留在此处等你们——"

"不行！"这一次，肖南回和丁未翔终于统一战线。

夙未摆摆手，下了定论："那便还是三个人一起吧。"

地下的这道石阶比方才的山路还要陡峭，丁未翔打头阵，夙未在中，肖南回殿后，三人再次沉默，就着四周晦暗的光线一路下行。

约莫一盏茶的工夫过后，四周的空间瞬间开阔起来，原来是一个地下石窟。石阶围绕着石窟内壁盘旋而下，像一条蛰伏冬眠的巨蟒，蛇头便直通那传说中的地狱之门。

石阶旁点着许多长明灯，灯火映亮了石壁上赭色的壁画，依旧有许多符文掺杂其中。从颜料褪色的情况来看，这些画的年岁远不如色丘别梦窟中的久远，画技与意境也差了太多，描绘虽然精细，但落笔极为拘谨，用色也很单调，似乎是为了完成某种任务才画下的。

肖南回的视线匆忙掠过那些壁画，因为心系那消失在洞口的沈石安，她本无心去细瞧那画中描绘的内容，但就在她要收回视线时，有什么吸引了她的目光。

那是一幅几乎占据半面石壁的巨大壁画，画上大半被赤红色的火焰覆盖，火焰中似乎有无数人头攒动，火焰的中心站着一个人，双臂平展，双手张开，虽穿着僧袍，面目却狰狞可憎。

但这些都不是令她驻足的原因，她在意的是那丑僧左手手腕上的东西。尽管这世间佛珠大同小异，但她就是觉得那串佛珠很是眼熟，或许是因为那些大小不一的珠子，又或者是因为那种稀少、奇异的色泽……

"那画中人或许是我的师父无皿。"

肖南回愕然抬首，发现夙未也在打量那幅壁画。

"你师父……当真生成这个样子？"

夙未沉吟一番，似乎是在回想往事："我拜他为师时，他已是耄耋老者，但绝非画中的样子。想来是画这画的人对他有些成见吧。"

这何止是有些成见，这得是有不共戴天之仇才能将一介僧人画成这副尊容啊。一种强烈的预感涌上心头，末了，又令她徒生遗憾："他既已是这画中人，想来是知晓不少这沈氏的秘密的。只可惜他已不在，这画中的秘密也无人知晓了。"

"我看，倒未必无人知晓。"夙未的声音冷到了谷底，"到底是这些年捐的香火钱太多了些，令那守着穷山恶水的和尚都学会了说谎。"

永业寺大殿，九千九百九十九盏油灯前，年轻住持狠狠打了个喷嚏，随后吸了吸鼻子。奇怪，如今正是仲夏，按理说，早已过了夜凉侵体的时候，他怎么反倒觉得后颈有些发寒？

他瞧了瞧眼前才燃了一半的油灯，只觉得身上的袈裟越来越沉，拿着油钵的手腕越来越酸。他清了清嗓子："烛鱼？"

大殿外无人应声。

一空瞄一眼殿外的天色，不过酉时刚过，他那懒徒儿贪睡的时辰可是越来越早了。定了定神，他又清了清嗓子："瓶儿？"

大殿外依旧无人应声。

一空盯着眼前的木鱼，拿起一旁金包铜的小锤狠狠地敲了三下："宝伞！"

半晌，一个半高不高、瘦似伞柄的小沙弥踉踉跄跄地出现在殿门前："师……师父，怎么了？"

一空深吸一口气，恢复平和，继续装模作样地摆弄着油灯："方才听见山门处有人摇了铃铛，可派人去看过了？"

宝伞一手抓着有些不合身的裤腰，一手去提趿拉了一半的鞋子，在殿门前扭来扭去："好……好像烛鱼去看了，还……还没回来。"

一空去添灯油的手一顿："去了多久？"

"不……不到半个时辰。"

一阵微风吹过，那盏方才亮着的油灯突地灭了。

搓了搓手指，一空提起袈裟，站起身来："刚想起来，今日似乎是忽彻尔古佛的佛诞日。"

忽彻尔古佛？那是什么佛？怎么从来都没听过？小沙弥偷偷挠着脑袋，担忧自己的无知会被住持看破，住持却再次开口：“今夜晚课停一天吧，去把大家叫到大殿来守夜。殿门关好，天亮才能出去。”

宝伞垮下脸来，以为是自己懒惰挨了罚，可又觉得这惩罚太重了：“师……师父，我……我觉得——”

一空走近他几步，突然伸手敲了敲他的脑袋，不多不少，整整三下：“快去。”

宝伞一愣，不再作声，双手合十地应下，转身跑远了，瞧着比来时矫健了许多。

大殿后两三个院子之外的香积厨，另一道身影正鬼祟地贴着墙根移动着。郝白怀里揣着三个烧饼，前襟兜了四五枚鸡蛋，脚下生风，脸上是收获的喜悦。

他深谙在敌人地盘上暗度陈仓的方法。想当初，他可是在碧疆那土匪窝里待了两三个月，偷过的鸡蛋、薅过的羊毛数不胜数，区区一个荒野破庙，岂能拦住他？

三拐四拐出了堆柴火的后院，他直奔藏经阁去。一想到一会儿可以美滋滋地烤上几个新鲜的蛋饼来吃，他便觉得唇舌生津，好不美妙。

然而一跨进那殿门，他便觉察到不对劲了。他做事的地方虽然凌乱，但东西摆放的位置，他向来记得清清楚楚，绝不该是眼下这幅光景。

殿内传出一阵翻箱倒柜的响动，没有半点儿遮掩，透着一股不耐烦和急切。他走时，殿内的烛火只剩了半根灯芯，眼下已经灭了，他只能现点一盏油灯向前望去。

这一次，他看清了那人腰间佩着的细窄软剑，格外眼熟。然而他那双久在黑暗中研习草药典籍的眼睛如今已有些昏花，他实在不敢确认自己所见。

“鹿中尉？”他试探着叫了一声。

那人动作一停，却没有转过身来。

郝白吞了吞口水，拎着油灯又凑近几步。

昏黄的烛火照在黑羽营细密的甲衣上，反射出如昆虫甲壳一般的光泽，像沾了一层油……或是血。

郝白蓦地停住了，怀里的烧饼、鸡蛋纷纷落地，噼里啪啦响成一片，仿佛是他的胆破碎了。

那人终于转过身，赫然就是鹿松平的样子，但那张脸上的神情分外僵硬，像有人戴着一张劣质的人皮面具在跟他讲话：“你把东西放在哪儿了？”

郝白眨眨眼，两条因为没用晚膳而有些发软的腿悄悄往后挪动着：“什么东西？”

那鹿松平没有说话，而是唰的一下拔出了佩剑。

郝白立刻恍然大悟般一拍大腿，声音也颤抖着提高了不少：“啊！想起来了，想起来了。就在那边。”他胡乱地往那旧书架间一指。

对方却没有动，剑尖向前一伸，仿佛银蛇吐芯：“你来拿。”

郝白僵了僵，盯着那明晃晃的剑尖，小心地往书架的方向挪着步子。

三四层旧书架上落满灰尘，只有最下面一层因为要放置东西而被清理出来，眼下上面盖着一块黑乎乎的皂布，瞧不见布下面的东西。

“快些。”那鹿松平开始催促。

郝白咽了咽口水，一只手去掀那盖了一半的皂布，另一只手却缩进袖间。随即他深吸一口气，猛地掀开那块布，与此同时，将袖间的东西一股脑地撒了出去。

一股细烟裹着黑布劈头盖脸地落在那鹿松平头上，郝白心中一喜，还没来得及庆贺两声，一道银光便从上劈下，将那黑布一分为二。他只来得及退开半步，便觉得左肩一凉，半边袖子已和衣裳分离。

白衣郎中吓得腿软，一边在地上爬，一边嗫嚅着：“杀人了，杀——”

他刚哼唧两声，突然听得身后一声重物撞击落地的声音，颤颤巍巍地回头一看，便见年轻和尚正气喘吁吁地立在门口。

地上一只巨大的木鱼滚着滚着停了下来，而那鹿松平正面朝下倒在地上，不知是那迷烟生了效还是木鱼立了功。

“一……一空？”郝白心有余悸，半晌才从地上爬起来，衣衫不整，很是狼狈。

眉目清秀的和尚瞥了他一眼，挂心的显然另有他物：“东西还在？”

郝白点点头，快步走到一旁煎药的火塘前，将那方方正正的东西摸了出来，赶紧揣入怀中。

一空挥了挥袖袍，试图驱散空气中那股细烟，但一开口还是咳了两声：“郝施主可是这几日大有所成，研究出了什么制胜秘药？”

郝白一顿，随即沉稳地开口道：“祖传方子，管用得紧。”

废话。那是他为了偷鸡专门配的迷药，一只鸡一般用二钱足矣，他为了多偷几只带了一两，方才全用上了，药翻十个人都不成问题。

语毕，他的目光落在地上那只巨大的木鱼上：“住持方才祭出的可是专为克制这邪魔外道的镇寺法宝？”

一空一顿，随即平静地开口道：“传寺之宝，有些加持。”

当然，那木鱼里塞的可是他攒了半年的香火钱，一个月少说也能有二三十两，半年就是一百多两，这重量砸下去，寻常人恐怕非死即伤。

旧怨仿佛一笔勾销，白衣郎中和年轻僧人沉默片刻，不约而同地上前一步，小心看了看那昏死过去的鹿松平，突然默契起来：“接下来怎么办？”

第一百五十五章

双城梦魇（中）

火光闪烁，影子在明暗交界处起舞。石阶还在向深处不断延伸，仿佛一场无限下行的噩梦。

细碎的人声从地底深处传来，听不真切，似有无数小鬼在细语。

丁未翔停住脚步，示意身后的两人顺着自己所指的方向看去。

百级之外的石阶上立着一道道影子，少男少女们依次面朝中央站在台阶上，除了口中念念有词，几乎一动不动，仿佛一群殉葬的泥俑。

旋转的石阶直通底部，没入这漏斗状洞窟底部的一潭黑水中。那潭黑水看起来不过一丈见方，出于颜色的缘故，显得幽深不见底，水中央半沉着一口透明晶石雕成的棺材，棺中亦是黑乎乎的一团，看不真切。

老妇站在最后一级石阶上，静静望着那口棺材。

棺材旁的黑水中站着两个人，却是换了洁白衣衫的沈林林与沈央央。两人一左一右地上前，将一具如同骷髅骨架的肉身从棺中扶起，又用一块素白的绢布小心擦拭他的皮肤、发丝，其间，眼皮都不敢抬一下。

起先，肖南回以为那棺中的人形是一具泡了很久的尸体，可过了一会儿，那尸体竟然转动着眼珠，醒了过来。

“恭迎家主！”震天的喊声从下而上冲上窟顶，带着喊叫者坚定无比的信念和一种近乎无知的盲目。

是了，这便是那沈石安原本的身体。

那老妇颤巍巍地跪下，膝行至水潭旁，从篓中取出放糖的罐子，恭敬地递到那沈石安的真身面前：“恭请家主赐血。”

那双嵌在干瘦头骨上的凸出眼球转了转，随即掀开眼皮，看了看面前的老妇，许久才缓慢地抬起左手，伸出那长着长长、尖锐指甲的食指，深深刺入右臂中。

预想中的鲜血并没有涌出，那副已经干瘪的皮囊中似乎早已不剩多少水分，那老妇等待许久，也才等来几滴混浊的黑血。但她的脸色依旧是欣喜的，她将那几滴血小心涂抹在那些饴糖间，生怕浪费掉一点一滴。

目睹这一切的肖南回胃中一阵翻腾，尽管没有吃下那颗糖，那种恶心的感觉却挥之不去。幸好……幸好她没有吃下那颗糖。

“既然来了，何不近前来？”苍老的声音自棺中响起，在粗糙的岩壁间碰撞，令人骨节生寒。

“那日听闻家主所言甚觉有趣，不过，今日亲眼所见，远胜言辞。”

“三日之约未到，公子不辞辛劳追到此处，可是已有定论，要迫不及待地与我交换所需？”

“家主曾言及，织锦中所言非其族中之人不能解答。家主既要以此作为交易筹码，又能否自证沈家便是那传说中织锦一族的后人？”

沈石安那张枯败脸上的纹路发生了变化，他似乎是在假笑，又似乎是在隐忍。过了一会儿，他轻轻闭上眼，沉入那水晶棺椁中。下一瞬，那个一直躺在黑水旁的矮胖娃娃突然浑身一僵，随即睁开眼，站起身来。

“果然还是这年轻身体的头脑用起来清醒一些。”纯真从那张圆钝的脸上褪去，转而变成一种死气沉沉的老成，“我若不能自证，你又当如何？百年旧事，你能交易的人不会太多。”

这是笃定他们别无选择？肖南回定定地望向那张圆脸，仿佛能够看到那个藏在肉体中的腐朽灵魂：“他这是千年妖怪当久了，忘了怎么说人话，何必跟他多费口舌？”

那沈石安眉头一皱，竟能用那样一张脸做出一副阴冷、嫌恶的表情：“你是谁，也配这样跟我讲话？”

肖南回还未出声，夙未已先她一步开口道：“她所想便是我所想，她所问便是我所问。”顿了顿，他又补一句，“这世间须得她俯首帖耳才能对话的人还不存在。”

这话若是别人说出来便有几分令人发笑，但由他说出来，便有种不容置疑的肯定。确实，他说不存在，那便是真的不存在吧。肖南回难掩脸上的笑意，而那沈石安终于开始正眼打量她。那令人不寒而栗的目光从头到脚缠绕着她，许久才移开。

“你没有吃糖，有些可惜。”他终于将视线转开，又看向夙未，笑得有几分狡诈，“看来我不该向你要那佛珠，应当向你要个人。”

“她，你要不起。”

“好一个‘要不起’。只是这世间本没有无价的东西，有需求就有买卖交易，否则，你们也不会冒险前来。”

肖南回抬眼望了望四周林立的沈家人，心中一阵盘算：“你料定我们今晚会来？”

沈石安又笑了，年幼的嗓音将那笑声衬得有几分尖细：“即便知晓我对你们别有所图，而这洞窟看起来又如此危险，可你们还是来了。因为没有人能够拒绝未知的强大以及……永生的诱惑。”

“这世间没有什么可以永生不灭。”

沈石安没有反驳：“或许吧。但对你我不过百年的寿命来说，千万年已算得上永生。而拥有此等永生之寿者，古来常被奉为神明。我曾说过，那烧骨的家族便是因为被那所谓的神明蒙蔽了双眼，致使人丁凋敝，残喘至今，却未曾告诉你个中细节。今日机缘已至，不如我说与你听，可好？”

“家主所言又是什么价钱？”

“一会儿，你自会知晓。”沈石安微微一笑，笑意就停在皮肉上，“上古有神灵，降临于深山河谷之尽头，无名无姓，存世百年而无人供奉。终于有一日，他等来了顺着洪水漂流至此的落难族人，拥有了它的第一批信众。

“起先，他许诺这个家族中人长生不老、强健体魄的妙法，用施舍血液的方法将力量传给供奉他的人，使得这一家族能驭天地之灵气，迅速壮大，借此奴役族中人上百年。他会在每年新出生的孩童中反复挑选，留下肉体无限接近完美的孩子作为容器，将那些有瑕疵的人毁去容貌，用作他在世间行走的工具。”

是仆呼那。巨大的碎片轰鸣着扭转拼合，在肖南回的心底构建出一幅匪夷所思的画面。

年幼的孩子们失去了属于自己的面容，就连至亲血肉站在面前也不能相认，他们被集中在一起培养杀人取物的技能，感情于他们而言是一种累赘，活着对他们而言只有服从。随着时间的推移，孩子变成了杀手。他们被奴役的同时，也在寻找接替他们被奴役的下一代。他们会在夜晚光顾那些偏僻的村庄，拐走村里无人问津的孩子，从中筛选他们认为合适的接班者，举行与神缔结誓约的仪式，将他们带入这无尽的罪恶轮回。

当年的伍小六便是漏网之鱼。

“然而借来的身体终究是借来的，便是再悉心培护、仔细筛选，也终究难承神意。时间久了，那被神借走的肉身便会因为失去灵魂而渐渐衰败、腐烂。慢慢地，人们开始抗拒这种侍奉神明的行为，但血液的联系已延续了一代又一代，岂是轻易可以摆脱的？有些意志坚强者能挣扎个一年半载，意志薄弱者不出半个月便会彻底沦为傀儡。这一族人中抗争最久的也不过挨了三年。”

诉说这一切的沈石安神情抽离，她随手拆下头上的一支钗子，拿在手里把玩，又用那钗尖随意在石壁上划着。

金铁与粗糙的石面剐蹭，发出刺耳的声响，而那些年轻的沈家后人就在这样的声响中沉默着。

“获得力量的同时，也必须付出代价。饱受神明折磨的家族终于领悟了这个道理，他们以此为信条，开始涉足商贸，从刚开始的木材转为生铁，又从生铁转为煤炭。不久之后，曾经的名门望族因改朝换代而面临灭顶之灾，神明也开始在这片大地上衰落。又过了几年，神祠消亡，佛法兴盛，南方有僧渡海而来，将这片土地上的最后一位神明放逐。神明带走了族中最后一具容器，自此消失不见，多年后仍没有下落。”

肖南回听到这里才明白，原来烧骨一族的后人就是沈家，南方来的僧人便是无皿，而那不知下落的神明便是仆呼那背后的“那个人”。

“既然你非织锦一族的后人，又怎能解答其中的预言？”

沈石安似乎十分喜欢这个问题，故意停顿了一番，才慢慢开口道：“听闻肖家上下除去青怀侯肖准，其余皆死于雨安兵变。那末了能解开预言的人自然已不在人世，你们能倚仗的只有我。毕竟人既往生，只能招魂以问之。”

肖南回愣住了，她全然没有预料到肖家就这样突然出现在她心底那块谜图中，断裂的痕迹渐渐吻合，最后一块拼图终于就要拼上。

“十几年前那封经由白鹤留之手送到青怀侯府上的信，究竟是不是你的手笔？”

沈石安想了想，点了点头：“信的确出自我手，但我并不认识肖家人。准确来说，那封信是要送给躲藏在肖府中的那个人。”

“哪个人？”肖南回的心怦怦跳起来，她不由自主地上前一步，“你休要胡说。我就是侯府出身，为何从未听说过你口中提及的那个人？”

“你既是侯府中人，竟然不知道肖黛并非朔亲王亲出？”沈石安故作惊讶地停顿片刻，随即点点头，“也对。窝藏乱臣反贼之后这种事，换了谁，都要小心些，最好是将秘密烂在肚子里，直到带进坟墓。”

肖南回狂跳的心瞬间停滞。她仍站在原地一动未动，内心却已掀起滔天巨浪。黛姨不是肖家人？怎么可能？他们生得那样相似，又相依为命地过了这么多年……

可是偏偏就是这般荒谬的设定令她回想起过往的些许疑惑和细节。比如为何黛姨在失了神志这些年一直在那偏院里没日没夜地织着带子；比如为何黛姨会在恍神间讲起出口成谶的故事；比如为何雨安之变时黛姨拼死护着那条带子存活下来，肖准却对那条带子一无所知，反而将其与血衣随意地锁在一堆旧物中；比如她为何会在那场诡异的梦境中见到黛姨……过去种种纷至沓来，令她错愕而迷茫。黛姨究竟是谁？肖准又是否知道这些事？还是说……这才是肖家被灭门的真正原因？

肖南回死死地盯着那沈石安，再开口时声音已有些沙哑：“你说清楚，谁是乱臣反贼？”

沈石安神情平和，他本就享受这种高高在上、把控全局的快感，有所保留的施舍于他而言带着一种无上的优越感：“她本该姓扈，与我一样出身北方最古老的四个氏族，是织锦一代最后的传人，于二十八年前参破天绶之中的预言，却仍要将其藏匿到最后一刻。后来我历尽千辛万苦找到了她，并向她提出了一项交易。但她最终选择了拒绝，而这拒绝导致的下场，你想必知道了。”

扈姓？那不是……有什么在她脑海中一闪而过，她暂且将它放下，追问自己还未得到的答案：“什么交易？”

沈石安一顿，目光落在她脸上：“自然是你我现下要谈的交易。”

现下要谈的交易？是指那条带子吗？等等，不对。她与夙未之所以会追到霍州，正是因为那条织锦上有北地黑木郡沾染的煤烟，这说明那条带子曾到过霍州，却又不知因何变故辗转去了赤州。从吴醒那张图纸来看，邹府便是扈家旧宅。如此家大业大，当年能够一夜之间销声匿迹，定是做了万全之策。可为何早不暴露晚不暴露，偏偏在很久之后的那一年被判定为乱臣反贼，被斩草除根？

或许有一种可能，扈家在遭受灭顶之灾前曾秘密回过霍州寻求昔日盟友的帮助，但有人背叛了他们，将他们连同那还未问世的预言一起出卖给了当时的天家。或许，沈氏能够掌管煤炭贸易这许多年，又豢养私兵把持水路，却从未招致倾覆之祸，就在于此。那沈石安在说谎。他是否一早便已知晓那天绶中的预言，而所谓交易不过是一场避重就轻的阴谋？

肖南回转头看向身旁的夙未，他也正看向她。两人视线相碰，竟不约而同地笑起来。

丁未翔就站在另一侧，思考了许久也没明白这笑到底从何而来。

肖南回再次望向沈石安那矮胖中透出憨厚的身体，由衷地感叹道："你说得没错，有些人说的话确实一个字也不能信。"

夙未点点头："道不同，多说无益，不如各从其志。家主以为如何？"

沈石安的神情瞬间凝滞，随即又堆上一层笑："此言差矣。从你踏入这里那一刻起，我便知晓你我是同路人。侍奉神明的天赋是深藏于骨血之中的，只是代代稀释，逐渐凋敝，如今能得几滴神血已十分不易，不要浪费这种天赋。"

肖南回上前一步挡在夙未身前："说得好听，不过为奴为仆而已，算什么天赋？"

"为奴怎样，为仆又怎样？人生在世，还不是被生老病死所役？"沈石安的神情开始发生变化，声音也变得低沉而轻柔起来，"星回于天，岁且更始。山河逆转，不过百年。人却如此渺小而脆弱，往往连这天地间的短短一瞬都不能挨过。但若能横亘这百年以上的荣枯往复，你便能拥有比常人更多的慧识、更多的财富、更多的选择。"

望着那黑水中陈腐的身体，肖南回只觉得那些字眼从她的左耳进入又从右耳滑出，半点儿痕迹也没有留下。

对方越是蛊惑，她脸上的表情就越是冷淡。她对长生之法根本不感兴趣，生命于她而言是如此沉重的负担，她能背着这块巨石走完一生已是耗尽力气，竟还有人想要她一直如此。

那沈石安有着百岁阅历，怎会看不出三人的表情？他当下便话锋一转："生死之间，尚有勾连。而其中机要唯有侍奉神明的一族人知晓。即便人已经死去，但灵魂还未消散，只要施以符文秘法，便能将其召唤过来。你们难道不想看看曾经的至爱亲友吗？这些愿望通通可以实现，只要与我为盟——”沈石安边说边向前走来，一步步逼近肖南回，脸上的神情变了，诚恳中又透出哀怨，配上那张与伯劳有七八分相似的脸，令人顿生错觉，“她是因你而死吗？你后悔过吗？先前你就没能救起她，眼下还要眼睁睁再失去她一次吗？”

多么阴毒的招数。肖南回后退半步，低下头去：“你不是她，你是沈石安。”

沈石安的影子在地面缓缓延伸，像魔鬼的触须，渐渐融入她的影子：“我是沈石安，可我也是你的好朋友，我还可以是你的爹娘、亲人。只要你愿意，我可以是任何人，我——”

砰，肖南回拼尽全身力气将手里的火把抡到了那沈石安的头上：“疯子。”

她抖了抖手，将已折成两半的火把扔到一旁。这一击，她下了狠手，用了十成力气，虎口都震麻了，足够对方睡个三天三夜。

“你可能不大了解我那朋友。她生前最恨别人说她矮，她便是做鬼，上了人身，也绝不会找个如你这般的矮冬瓜。”

是的，伯劳不会再回来了，没有人比她更清楚这件事。他选错人了。

一阵阴风呼啸而过，带着石壁上的火把纷纷摇摆晃动起来。那些原本低着头默不作声、一动不动的少男少女，突然间便将目光投向那三名闯入的不速之客。

“交易的东西，我已想好了，不如就留下你们的身体吧。”黑水棺中传出一个苍老的声音，低沉而毫无起伏，“没有人能拒绝沈家人的生意。扈家不能，你们也不能。”

“鹿松平”睁开眼，头顶是古旧殿阁的穹顶。天窗露出半个月亮，依稀是一轮弦月。他动了动手脚，发现四肢被牢牢地捆在柱子上。不远处破烂的蒲团上坐着两个人，正一眨不眨地盯着他。

“请问……这里是哪里？为何要绑着我？”

一空没说话，他身旁的郝白却摇了摇头：“别装了，你露馅了。鹿松平那厮说话从来不会带上‘请问’两个字，何况我还跟他有些旧怨。”

那柱子前的“鹿松平”一顿，随即低下头，声音沉沉地笑起来：“一空法师，好久不见啊。你何时开始跟瞿家人打起交道了？”

一空不答，手中的金锤落下，敲响那只古朴的木鱼。

“仆呼那，”“鹿松平”歪了歪脑袋，神情显得有些玩味，“包含众生，气象万千。你师父为我取的名字，我很是喜欢。”

一空的表情淡淡的：“不过是个名字。他当你是悟道修行才随手拈来，可怜你生来便没有名字，自然有些欣喜。”

“鹿松平”脸色瞬间阴沉下来，几乎毫不掩饰心底的怒火与怨气。

“我问一句，你答一句。若是有别的心思——”一空说到这里一顿，拿起一旁的降魔杵，摆在面前，“我们便换一种聊法。”

“你身为出家人，言语怎么如此跋扈，心思怎么如此歹毒？！”“鹿松平”故作惊恐地晃了两下，随即又迅速变脸，笑出声来，那笑声磔磔，犹如阴风吹面，藏经阁内的烛火顷刻间全部熄灭，“你该不会以为区区一根降魔杵就能奈我何吧？妖魔鬼怪，末流之末，怎能与我相提并论？我是神，我想怎样就能怎样！”

许久，一空清澈的嗓音才在黑暗中响起：“不管你究竟是什么，既在这人间行走，就要遵循这人间的法度。何况……从眼下境地来看，你也算不得想怎样就能怎样。”

一阵窸窸窣窣的声音传来，是郝白起身去找火折的动静。

月光从天窗中倾泻而下，照亮了“鹿松平”的头顶。他仍半垂着头，眉骨以下都湮没在阴影中：“你跟你师父很像，但你终究不是他。他都未能将我放逐，你又何必在这里浪费时间？”

一空摊开经卷，双手结印，立于胸前：“就算你不说，我也知道你究竟为何而来。这么多年过去，你还在四处找寻。只可惜，你永远也找不到他。”

语毕，年轻僧人轻声念起经文。

“无皿确实有几分智慧，懂得灯下黑的道理，但也就到此为止了。”柱子前的“鹿松平”终于抬起头来，两只巨大而空洞的眼睛定格在一空平和的脸上，“不要忘了，他注定属于我，而那些预言必会成真。”

片刻过后，火光亮起。郝白举着一盏油灯近前，却发现那鹿松平已经闭上了眼睛，身体也歪斜在柱子上：“他这是——”

“他已经离开了。”一空轻轻拂过经卷，长长地叹出一口气，“但他还会再回来的。”

第一百五十六章

双城梦魇（下）

肖南回曾听人说起，东南花州一带有种民间戏法很是有趣，说是那唱戏的能在台上用一眨眼的工夫换三四张不同的面孔，很是精彩好看。她向往已久，却因花州向来太平，她一直没有机会随军前往一睹究竟。如今眼前这一幕却让她觉得倒不需要再费一番周折跑去花州了。

瞧瞧那些前一瞬还神情虔诚的少男少女，这一刻便成了手握凶器、眼神麻木的杀手，她估摸着不会有什么变脸戏法能比眼前这种变得更快了。

丁未翔环顾四周，随口问道："你负责哪边？"

肖南回看了看右手边那老妇，又看了看左手边站着的那一排神情凶恶的半大孩子，非常自觉地将脚步挪到了右边。

她刚挪完这几步，那老妇便抬手摸向后背的竹篓，握住那根一直背着的"拐杖"，将它抽了出来。

"拐杖"另一端缓缓地从那篓中露出真身，肖南回瞪大了眼睛。那根本不是什么拐杖，而是一把巨大的镰刀。镰刀的刀刃雪亮得像晴夜里的一轮新月，刀背上是如纹路一般刻下的古老文字，看起来非常邪恶。

回想起对方先前那句"好大的头"，肖南回冷不丁地打了个寒战。那双手摸过多少颗脑袋，又收割过多少脑袋呢？她方才移过去的步子又移了回来，她十分庄重地拍了拍丁未翔的肩膀："我心软，实在不好苛待老人，还是你来吧。"

她话音刚落，熟悉的破空声便从四面响起，乍听之下，好像有蝠群从这山体中冲出。随后呼啸而至的银线逼得她连退几步，将将在石阶边缘站稳。

一回生二回熟，三回四回就见怪不怪了。她转过头去，刚想叮嘱夙未几句，却发现对方已然找了个不碍事的地方站好。

"你们来，我看着就好。"

真是懂事。肖南回笑了，就是还没笑够，便被劈头盖脸的一顿攻势打断了。

这些孩子的身手尚有些稚嫩，比不得先前她在霍州和岭西遇到的那几个，但眼下对方胜在人多势众，而这洞窟又是封闭空间，任何躲闪逃窜都受限。寻常人在这样的攻势下不出三回合便会被斩成几块，但眼下这洞窟内又有几个是寻常人呢？

肖南回见招拆招，开始在心中默记对方的招式变换与步法走位。先前几次对战都十分紧急、仓促，她未能静下心来细细研究对手，眼下也算得了些机会。

不论是仆呼那的飞线还是那老妇手里的镰刀，沈家独门的功法都专攻项上人头。早在北地沼泽的时候，她便见过那熊氏当家熊炳南的脑袋被割下来的情景。

武功路数本就千变万化，以攻要害为制敌之本，颈部以上都算得上要害部位，按理，攻击此处似乎并无不妥，但若招招都奔着斩首去，便显得有些诡异了。但联想到整个沈家对永生这一荒诞之事的追捧，便又不难明白其中缘由。古来人们相信灵魂的出入之径就在头顶，而斩首便是切断一个人灵魂羁绊的最快手段。那夜她在行宫遇到的那个宫人，便是被她踹断骨头也浑然未觉，最后被丁未翔斩去双手，似乎才停止了攻击。而沈氏的这种杀人之法是否便是为了对付类似的敌人才练就的呢？

肖南回思索间，漫天飞线已编织成网，倒扣下来，势要把她压在地上，卸成七八块。

应对这飞线，最怕对方成阵。一旦成阵，想要突围便难上加难。她左突右闪，不停地用手中的匕首格挡，却因为兵器太短而受制，不一会儿衣裳便破了几处。好在这一次她学聪明了许多，早早在衣里穿了软甲，尚不至于挂彩。

那些少男少女见她身形灵活，便又换了阵法，不停地切断她的退路，试图将她逼入石阶死角。

肖南回武功功法虽然未必精纯，但到底身经百战，挡了几下，便看明白了对方的用意，只觉得自己仿佛又回到了小时候在军营的时光。

那会儿，她是个女孩子，又生得瘦小，总被许束那帮半大小子围着打。打群架的时候有个不成文的规矩，那就是柿子找软的捏。从前她就是被捏的那个，现在终于轮到她捏别人了。

闪身躲过迎面飞来的细线，她拧身踏在岩壁上，脚底发力，自半空躲过那飞线的一波攻势，整个人向着水潭正中的沈林林而去。

沈林林正乐得清闲，显然没想到敌人竟这么快就将目标瞄到了自己身上，慌忙抽出兵器应战。而肖南回等的就是这一刻。她落地后故意踢碎石块，碎屑迎面飞向沈林林，这般情形若是有些经验、经历过几番生死的武者，是断然不会闭眼躲避的，定要用手中的兵器破了这一记障眼法才行。但沈林林显然尚且稚嫩，又是个不能受挫的孩子，当下便恼怒地抬袖去挡，就这一个空当，他便觉得手腕一麻，再一转身时，自己的鞭子已然到了那女人手中。

“看什么看？抢的就是你。”

肖南回迎面挥出一记老拳，那沈林林便直挺挺地倒了下去。

有这条鞭子在手，肖南回瞬间有了底气。沈林林的鞭子显然是什么动物皮革秘法鞣制的，竟能抵挡那无坚不摧的飞线，她的手脚都能伸展开来，招式也大开大合起来。她左卷一截胳膊，右缠一条腿，专挑那些身手有些瑕疵的少年杀手的下盘攻击，撂倒一个是一个。

那厢丁未翔也占了上风，将那老妇逼入死角。那老妇身形虽然狼狈，神情却毫无惧意，招式狠辣，杀气异常充沛。她趁着回合结束的间隙，冲那水潭旁的沈央央递了个神色，沈央央终于离开棺椁，随后拔出匕首划破掌心，用鲜血在自己腰间的铃铛上画下符咒。

伴随着一阵绵绵不绝的铃铛声，无数发丝般纤细柔软的影子从那面石壁上涌出，像黑暗长出了触须，触须向四周快速蔓延，向着肖南回三人而去。

肖南回鞭梢卷起最近的火盆甩了过去，燃烧的火油落下，火花在地面爆开，她一眼便瞧见了那“黑色发丝”的真面目。

那是一条条黑色小蛇，有尖尖的脑袋、柔软隆起的腹部、鲜红色的尾巴。她从前走过不少深山老林，也见识过许多毒虫蛇鼠，眼前这一种却闻所未闻，见所未见。但从那蛇诡异的体态来看，绝不要让其靠近半分才好。

与其对付这些蛇，不如去对付摇铃铛的沈央央。然而这姐姐显然没有她弟弟好对付，身段柔软，动作敏捷，占据着高位，以逸待劳，无数小蛇将她牢牢护在身后，竟是难以近身。

蛇潮已经逼近，肖南回飞身来到夙未身旁，那些蛇似乎忌惮他身上的气息，并不敢靠近。但沈央央的铃声越发急促，肖南回知道这局面维系不了多久。她一把揽住夙未的腰，左手长鞭挥出，缠在洞顶悬挂的巨大火盆上，借力飞向黑水潭前的那面石壁。

不远处的老妇显然洞察她的意图，手中镰刀一伸，瞬间斩断了沈林林的鞭子，提前失去牵引的肖南回连同怀里的人一同落地，险些栽入蛇窝。她连忙起身，推倒一旁的灯奴，以火退蛇，但只得半刻喘息的时间。之后，她拉起夙未退到石壁前，这才意识到那面石壁是一扇巨大的石门，方才那些小蛇便是从这石门的缝隙中钻出来的。

石门上有些阴刻纹做的浮雕，因为磨损，远看已分辨不出细节，近看依稀还有些模样。她突然发现，这面浮雕正中有一处与别处不同，是个向下凹陷的圆形小洞，隐约能够看到那洞里有一个尖锐的凸起，怎么看怎么眼熟。

她正要凑近查看，夙未的声音突然响起："别碰，有毒。"

她一愣，还没反应过来，一阵突如其来的灼热便从背后袭来。

肖南回凭借着本能护着那人翻身躲过，她本以为是有人用火把突袭自己，可回头时才发现身后并没有人。

一道猩红的火焰悬浮在半空中，宛如一条着了火的蛇，而那蛇身的尽头便是沈石安的手指。他已支撑起那具枯败的身体，从水晶棺中起身，平展双臂，五指微张，似乎有种看不见的力量在他指尖汇聚，那些岩壁石窟内的火焰仿佛都受到感召一般，起先是微小的火星，随后是被拉长扭曲的橙色火苗，最后变为一条条火蛇，缠绕在他四周。

火光照亮了黑水潭四周，也照亮了那扇巨大石门上的壁画全景。

那是一个身形巨大的多眼天神，单掌支撑于地面，俯视人间，那个向下凹陷的小洞正是它头顶正中的一只眼睛。

火焰从四面八方涌来，奇异地旋转、扭曲，汇聚在那扇刻有永生符咒的大门前，变成一道巨大且炽热的轮回之圆，噩梦一般盘桓不去，竟跟那幅巨大壁画上的情形那样相似。

又是一阵热浪迎面涌来，肖南回一跃而起，扑倒夙未，将他压在身下。灼热从背后一扫而过，她只觉得一股头发被烧焦的气味飘过，后颈的汗毛都要被烧光了。

她顾不得查看，狼狈地护着身下的人躲在那石门两侧的凹陷处，嘴上试图打破眼前的局面："说好的交易呢？你不要我们的身体了吗？"

沈石安的身影像一座神像立在那水晶棺上，双手还在操纵着那些仿佛可以吞噬一切的火焰："我要你们留下，可没说过如何留下。木成炭，炭作泥，泥生林，世间万物不过如此循环往复，阁下的性命亦是如此。能留便留，留不得也无妨，不如做了我这长生路上的泥炭，百年之后与我共看这人间盛世、繁华美景，岂不快哉！"

沈石安疯了。而跟一个疯子是讲不了道理的。

大敌当前，局势瞬间变得紧张起来。

丁未翔一刀将那老妇砍翻在地，一边寻机会赶来一边对肖南回喊道："想办法近他的身！"

近他的身？他怎么不说直接杀了沈石安？她要是能靠近沈石安还用得着他在这里指手画脚！肖南回气愤不已，但知晓眼下没有时间跟自己人计较。她一脚踹飞角落里那落地灯奴的脑袋，掰下它的半边脑壳做瓢，匍匐前进到黑水潭边，狠狠舀起其中液体，猛地向沈石安身上泼去："天干物燥，降降火气！"

她知晓杯水车薪的道理，但此刻已到了生死存亡的危急关头，能多拖得一刻是一刻。

满满一瓢的液体一滴都没浪费，从头到脚全部浇在沈石安身上，同时带来一股刺鼻的气味。肖南回还没反应过来，一股巨大的热浪便从正面爆开，将她掀翻在地。

耳边嗡嗡作响，肖南回踉跄地爬起来，只看见沈石安浑身上下都烧起蓝色的火焰，整个人的身影因为高温而扭曲，苍老而尖锐的嗓音在火光中咆哮着、咒骂着，几乎分辨不清言辞："臭婆娘，臭婆娘！我要杀了你，我要杀了你——"

原来那黑乎乎的液体并非潭水，而是一种黑色的清油。那油沾了火星，瞬间有种扑不灭的劲头，不仅吞噬着沈石安，也将先前沾了潭水的沈央央卷了进去。

当神的时间久了，便会忘记当人的感觉。神赐予他操纵火焰的能力，却没给他一副水火不侵的肉身。

不远处被击倒的老妇疯了一般向沈石安扑去，想要制止这自焚般的情形，但那具人身还是逐渐变得焦黑。

"不过凡人之躯，何必为神操劳？"肖南回静静望着那沈石安晃动的身影，眼前仿佛闪过仆呼那杀手们模糊的脸。

因果报应，大抵如此。

然而很快她便意识到，眼下沈石安的死似乎无法解开这可怕的困局。火势已经失去控制，将整个洞窟底部变成一片火海。燃烧的火焰迅速消耗着四周的空气，肖南回只觉得喉咙发干，呼吸困难，眼皮越来越沉重。

就算她和丁未翔有着独步天下的武功造诣，眼下被困在这土窑一般的洞里，也和烧鸡没什么两样。不能再拖了，再拖下去都得死，必须找到一条能够出去的路。

一只微凉的手轻轻抚上她的脸颊，夙未的声音仿佛带着一股清凉之意，落在她耳畔："别怕。这石门上有锁，献血便能开启。"

是的，她终于想起在何处见过这样的装置。他将秘玺托付给她保管的时候，她曾在那装玉玺的盒子上见过类似的刺。可是邹思防的下场，她是亲眼见过的，何况这短刺取血的原理似乎还另有一层隐情，否则秘玺早在邹思防献血后就被开启了。

她正挣扎在无解的思虑中，突然，一截衣袖从她眼前一闪而过，她便看到他的手掌牢牢地嵌入石壁。

她呆住了，片刻后才疯了一般将他的手拉出来，他滴着血的手从她掌心滑过，留下一片暗红色。

"你……你做什么？！"

跟她相比，他的神情实在太过淡然。他甚至并不在意手上的伤口，反而拉起她的手，用衣袖将她手心的血迹擦干净："我先前说过，有个猜想未来得及证实，眼下机缘已到，适合孤注一掷。"

空气片刻凝滞，随即一阵沉闷的响声自石壁深处传来，大地震动，眼前的景象开始剧烈晃动起来。

肖南回稳住身形，不可思议地抬头望去，那扇巨大的石门竟真的缓缓开启，露出一条漆黑的密道。

身后，沈石安的身影已栽入黑潭中，一股巨大的热浪自那水晶棺中央爆开，四散的碎石连同冲天的火光迅速向三人袭来，肖南回和丁未翔顾不得探清那石门中的情形，只能拉起夙未冲入其中。

烈焰自三人头顶呼啸而过，涌入石门处几丈远后才终于消散，化作一股黑烟，三人几乎是连滚带爬地跌入了石门深处。

永业寺偏殿后的碑廊中，两个小沙弥一左一右端着个大木盆，像两只被捆在一起的螃蟹一般向着后院的藏经阁挪动。

宝伞个儿高，瓶儿个儿矮，那木盆怎么也端不稳，两人又谁也不肯将就谁，就这么歪斜着一路走到了藏经阁，等跨入殿中的时候，盆里的水已洒了大半。

“师父，水来了！”

木盆砰的一声落地，飞出的水珠混着泥点子落在郝白撅着的屁股上。他正举着半本经书残卷在那儿扇火炼药，浑然不知衣服遭了殃，闻声起身转过头，指了指大殿深处的那根柱子：“那边那边。”

宝伞显然并不喜欢这装腔作势又天天喊着要吃鸡的郎中，端起那盆水经过的时候，又在对方身上留了几个泥点子，这才到了殿阁深处。

两人将木盆放下，有些好奇地盯着柱子上绑着的那人看了一眼，一空冷不丁地出现在两人身后，手中的降魔杵狠狠地敲在两人的光头上。

“做事毛手毛脚、拖拖拉拉，现在还东张西望。”他说到这里顿了顿，又语气平和地问道，“烛鱼回来了吗？”

宝伞和瓶儿摇摇头，又觉得脑袋瓜痛极，忍不住抬手去摸：“师父，你为何不准我们下山去找？反正大家在大殿闲着也是闲着——”

一空抬手摸了摸两人的光头：“他也许是忘了添灯油，回来的路上灯灭了，摸黑走得慢了些，你们去找，他反而会觉得没面子。回大殿去吧，告诉大家，可以睡了。”

两个小沙弥应下，互相推搡着走出殿门。

一空转过身看向被绑在柱子上的人，随后低头念了声佛号，又道了几声得罪，然后起身端起那木盆，一股脑地将水泼在那人身上。

冰冷的井水从头到脚地淋下，那人大喘一口气，猛地睁开了眼睛。

一空飞快地将木盆踹到角落，一脸关切，脚步却不上前：“鹿施主终于醒了，小僧好是担忧啊。”

鹿松平喘息了一会儿，空洞的眼神渐渐聚焦在眼前那和尚的大脸上：“一空法师？这里是……永业寺？”

“醒了？”殿门口的郝白听到动静，快步走了过来，他瞥一眼浑身湿透的鹿松平，语气不自觉地幸灾乐祸起来，“鹿松平，你也有今天。想当初，我带着夙平川和伍小六逃到晚城安道院，你三天两头地派人来恐吓我，生怕旁人不知道你是个州牧，拿着鸡毛当令箭——”

“瞿先生可是斋饭吃得有些上火？”鹿松平瞥一眼郝白，语气中自有一种浑然天成的刻薄，“不过，陛下召你入都城，你愣是走了大半个月，便是罚你去望尘楼扫茅厕，你也得受着。”

郝白气得那张黑脸黑里透红、红里透绿，半晌才恢复正常，他对一空摆摆手：“确实是这龟孙王八蛋没错。”

一空这才上前，将那拴着经幡的粗麻绳从鹿松平身上解下，口中不停歇地问道：“鹿施主可还记得先前发生了什么？”

鹿松平沉默了一会儿，迅速回想着数月前的事情：“春猎那天，我奉陛下指令于小路拦截肖姑娘，随后因为夜蝠的事而与她们兵分三路，追踪蝠群。我追寻的那一路向着东南飞入深山中，我追去后发现一个嵌于深山裂谷的地洞，夜蝠尽数消失于其中，我便下马进入探查。然后——”

鹿松平说到这里突然停住。

郝白不耐烦，连声催促：“然后呢？然后怎么了？”

鹿松平没有继续说下去，反而陷入漫长的沉思。许久，他缓缓起身，望向一空：“如今已是几月？”

“六月末。”

“陛下可在都城？”

“不在。”

“先前春猎——”说到这里，他罕见地停顿了片刻，“肖姑娘可还安好？”

郝白瞬间沉默了。

一空转了个身，只留了个背影：“小僧在这深山中，消息闭塞得很。鹿施主若想听故事，还是下山找个茶楼去听吧。”

“也罢。事出紧急，在下还有要事，只能改日再叙。”

说罢，鹿松平当真抬脚便走，然而下一瞬，一空突然再次开口：“鹿施主可知，你来的时候，是我寺中小僧去山脚迎你的？而他至今未归。”

鹿松平脚步一顿，眼角瞥见角落里那只大得过分的木盆。

那厢一空还在不紧不慢地念叨着，不知为何声音听起来有些阴恻恻的：“我那徒儿最会种菜，种出来的白菜绿莹莹、萝卜白胖胖——”

鹿松平没说话，唰的一下拔出剑来。郝白吓得一哆嗦，但对方只是借着烛火细细看了看剑上的血迹，随后便收了回去：“剑上血迹跟我身上的血迹一样，都是沉血，应当是我在那洞窟中斩杀蝙蝠时留下的。你寺里的人应当无事。”

一空终于转过身，和和气气地让出路：“既然如此，烦请鹿施主一会儿下山时跟他说一声，教他快快滚到我面前来。”

“好说。”鹿松平顿了顿，突然想起什么，“我是怎么来到这儿的？”

小沙弥烛鱼的身体就伏在石阶前的一片莎草中，一动不动。许久，有吃露水的小虫飞过，他实在没忍住，打了个喷嚏。

四周仍然静悄悄的，过了一会儿，他终于颤颤巍巍地睁开眼，看了看四周。

邹思防的尸体仍面朝下趴在地上，山门下的马车静静地停在那里，那匹瘦骨嶙峋的老马正立着打瞌睡，而它身后那辆破破烂烂的板车上木板钉成的棺材盖已经四分五裂，散落一地，棺中空无一物。

说起师父，年纪轻轻却是博闻强记，这些年也传授过他不少经文佛法，可都不及这一招“装死保命咒”来得有用。烛鱼摸了摸后脑勺上因为磕到石头而肿起的大包，正要从草丛中站起身来，突然见一个人影出现在山间小道上，步子飞快，顷刻间便要到跟前来。

烛鱼瞪眼一看，不禁有些欲哭无泪。不是已经走了？怎么又回来了？他不敢再瞧，连忙又躺回先前的位置。他躺下时因为动作太急，刚肿起来的包又磕了一下，疼得他龇牙咧嘴，险些控制不住表情。

脚步声渐近，那一身黑甲的鹿松平从他身旁飞快地掠过，直奔那辆马车而去。

“当真跟你那睚眦必报的师父一脉相承。”鹿松平的声音轻飘飘地落下，似乎还带着点儿鼻音，“草里蚊虫多，换个地方躺着吧。”

烛鱼张了张嘴，有些愕然。这人似乎跟他方才见过的那个不是同一个，但分明又是同一个。

他愣怔间，鹿松平已查看完邹思防的尸身，又将那匹老马从车上解下，取了辔绳，挽在手中，脚一蹬车辐，便已飞身上马：“若是躺够了，便快些回寺里去吧。你师父等你种菜呢。”

凌乱的马蹄声远去，烛鱼仍坐在草丛中，许久才拍拍屁股站起身来。他被今晚这一连串的事件搅得昏头昏脑，一边揉着脑袋，一边向山上走去。

不知走了多久，他回到了寺院前，夜色中站着他最熟悉的身影，似乎是在等他归来。

“师父！可算见着你了——”他开心地大叫着，又三步并作两步地扑上去，巴不得将自己如何遇险又如何机智脱险的事一股脑地倒出来。

可才刚吐出几个字，他便瞧见了一空身后不远处背着个大背囊的白衣郎中，大半截的话又咽了回去。这人怎么跟出来了？莫不是待够了，终于要走了？

烛鱼开心起来，可随即他发现一空手中也有个简简单单的行囊。

自他被捡来寺中并记事起，住持似乎就没有走出过永业寺。

小沙弥的眼神中透出些许迷茫：“师父这是要出远门吗？”

一空笑着点点头：“去把咱们寺中最快的马牵出来。”

烛鱼眼中的迷茫更深了：“师父，咱们寺中最快的……最快的是林婶送菜用的牛车。”

身后的郝白笑出了声，一空却收敛了笑容：“郝施主趁着眼下能笑便多笑笑吧，往后路途艰险，怕是再难有此情此景了。”

第一百五十七章

〖落子无悔〗

肖南回睁开眼，发现自己仰面倒在一段石阶的最下方。烈焰在巨大的石门后燃烧，火苗像怪兽不断试探的触须，时不时卷入门内，又飞快地缩回。她呆呆地瞧了一会儿，才恢复被摔得七零八碎的意识，挣扎着爬起来。

身后几步远的地方，丁未翔已将夙未扶起来。肖南回猛地扑过去，一把抓起夙未的手，细看那掌心被刺后的伤处。一点残存的血迹中依稀可见掌心中的那个黑点，像嵌在玉中的一点污迹。

肖南回紧张地看着他，声音比神色更紧张："你感觉怎么样？有没有哪里不舒服？有没有哪里痛？有没有——"

他静静地看着她，眼神中有一种孩子气的捉弄，故意等她词穷才缓缓开口道："没有。"

"可……可是为什么？"她有些结巴，仍抓着他的手翻来覆去地看，"你不是说那机关有毒？难道不是那邹思防中的毒？"

一旁的丁未翔一直没有说话，但她觉得他并不是没有话讲，而是他要讲的话已经让她问完了。

夙未沉思了片刻，随后认真地答道："许是因为那机关年岁久远，上面的毒已经失效了吧。"

失效？那装秘玺的匣子不知在北地沼泽中泡了多久，捞上来不也没见失效，照样让那邹思防半死不活地躺了半个月吗？

肖南回觉得他在敷衍自己，偏偏又没有证据，更不知该如何理论，一时间又气又委屈。

她这番心思摆在脸上，夙未自然看得明明白白，却故意不再提及此事，只示意丁未翔探察周遭情况：“此处不宜久留。我们将那沈石安当天灯点了，沈家不会善罢甘休。等火一灭，他们便会召集全部人马鱼贯而入，到时候便是一场恶战。”

丁未翔自知多问无益，撕了片衣摆，捆在木棍上做了火把，照亮四周。

这是一个阴暗的密道，空气潮湿、憋闷，丁未翔手中的火把暗了暗，变成了暗红色。

石门外的火焰还在吞噬着洞窟内的空气，周遭的温度不断升高。肖南回揉了揉酸痛的膝盖，心中那点儿死里逃生的喜悦渐渐淡了下来：“这看起来可不是什么好地方，像太久没有开启过，不是沈家的祖坟吧？”

“这里有些水汽，应当不是山腹中的死道，只要沿着走，定能——”丁未翔话还没说完，突然便顿住。

“怎么了？”她不解地凑过去，随即也定住了。火把微弱的光亮下，她明明白白地看到这密道在几丈远之后分成了两道。

她深吸一口气，在这短暂的沉默中率先对丁未翔开口道：“你带着他走这边，我去把他们引到另一边。”

丁未翔还没开口，身后的夙未已飞快下了定论：“不行。”这两个字，他说得很快，声音不大却带着不容置喙的决断，“若要分开，也只能是我跟她一路。”

许久，她听到丁未翔的声音一字一顿地传来：“属下恕难从命。”

肖南回长叹一口气。这是又回到了当初下这洞窟时的情景，三个人各有各的坚持，就像永远分不明白的橘子，扯来扯去，非要等到整个橘子都分崩离析为止。她不想这样。

“或许我们也可以一起走——”

丁未翔看了她一眼：“即便这道路与外界相通，多年未有人踏足，也未必条条通畅，若遇险阻耽搁，便会遇上沈家追兵。”

肖南回不甘心：“不然我先去探一下——”

这回换夙未看她一眼：“你怎知这条道往下走是否还会分岔？又怎知需要行多久才能探到尽头？”

她终于不说话了，密道内再次陷入一片死寂。

许久，丁未翔上前一步。他手中的火把映亮了他的脸，而肖南回从未在他的脸上见过这样的神色，像一瞬间赌上了身为刀客的全部荣耀，又像一瞬间输掉了一身的本领与骄傲。

“我给出过誓言，要伴主子左右，生死相随，绝不背弃，怎可食言？”

“你若跟着我，她必死。她若死了，我亦不活。”

肖南回愣住了。她曾幻想过会在何等情形下听到他的心声，真的听到的时候，内心深处却并无一点儿欣喜。

丁未翔也说不出话来，只能怔怔地望着掌心流血、神色淡然的夙未。

许久，夙未的声音才再次轻轻地在密道内响起，语气一如往昔：“你我主仆一场，形影不离多年，你最了解我的性子。我想做的事一定会做到，对已经做了的事绝不后悔。生死聚散，早晚而已。万般抉择，终要殊途同归。你身为武者，要长保锋锐之气，切莫因我生出牵绊，错失了出鞘的时机。”

丁未翔垂下头去，他的目光落在左手的刀鞘上。他还记得眼前的人赠刀赐名于他那一天对他说过的话——“猛禽将飞未翔之时最是警醒，利刃将出未出之时最是锋锐。”过往这些年岁中，他时刻谨记这两句话，将它当作言行举止的标准，深深刻入骨髓，却没想过有一天竟会觉得所谓“当斩立断”竟会如此艰难。如果可以，他希望眼下能有更多的时间来思考，抑或是留下什么，但他明白，命运往往不会留给那些做选择的人太多的时间。

“刀鞘相依，若无刀鞘，再锋利的刀也会有折损的一天。出刀必有归鞘，属下坚信与主子终有再见之时。”他说罢，横刀于胸前，郑重地行礼拜别，“未翔领命，就此拜别。主子多多保重。”

语毕，他站起身，将手中的火把递到肖南回手中，退后几步，运气于丹田，随后拔刀斩断石壁上那段用作支撑的梁木。伴随着巨大的轰鸣声，坍塌的石块与沙土倾泻而下，瞬间将分岔的通道处堵死。

夙未静静望着那片碎石许久，待那烟尘散去才转过身来：“走吧。”

肖南回拿起火把照了照前方那条不知通向何处的密道。走去哪里呢？她并不知道，但她知道他们已经没有退路了。

手中的火把又暗了暗，好在并没有熄灭，这说明丁未翔的判断没有错，这条道应当是能通到外面的。只是前方的路似乎永远没有尽头，对未知的不安在黑暗中悄然蔓延。

肖南回举着火把在前面走着，心里空落落的，难受，胡乱扯了个话头开口道：“你方才说……说——”她吭哧了一会儿，声音小了下去，“说我要是死了，你也不活了。这话……是当真吗？”

身后一片安静，无人回应。

她突然就有些后悔问了这个问题。她挑什么话聊不好，偏要挑这句？任谁说出这样肉麻的话都不能尽信，何况是他说出来的。

“我其实是觉得这话听着像戏文里的，顺嘴问问你究竟是哪出戏里的——”

她正往回找补着，身后突然传来了些动静，但不是说话的动静。只听一声沉闷的声响传来，她身后的脚步声消失了。

肖南回缓缓地转过头去，微弱的火光下，她只看见一点儿他跪倒在地的轮廓。长发从他肩头滑落到地面，苍白的十指紧紧抠着地，指尖不见半点儿血色。她几乎不知道自己是如何踉跄着跑到他面前的，只觉得那照亮的火光晃动起来，令她看不清眼前人的神色，到头来才发现，那是因为她握着火把的手一直在颤抖。

“无妨，莫怕。”夙未说完这一句便重重地咳了两下，一两点暗色落在她衣前和袖间，像他平日里批奏简牍后的那团朱砂。

她低头看自己手上那点儿红色，恍惚间又有水滴不断落下，将她困在雨中。伯劳在她手中渐渐冰冷的记忆不受控制地浮上心头，恐惧在她心底最深处疯狂地生长，挥之不去。她听到自己干哑的嗓子发出一阵颤抖的祈求：“不要死，你不能死——”

从前在战场上，大刀迎面从头上砍下来的时候，她也未像眼下这般恐慌、无措过，因为她自恃拥有得不多，所以不怕失去。但就在刚刚，就在她以为自己拥有了这世界上最美好的东西的时候，命运却要将他夺走。

“我不会死的。”他抬手擦去嘴角的血迹，又用另一只干净的手去擦她眼角的泪，随后轻轻摇了摇头，示意她不要再念叨那些毫无意义的话。

“我将瞿家人关在都城这么久，总不是为了故意结仇。”他从袖中取出一只精巧的扁瓷瓶，倒出里面的药丸端详一番，“本想着让瞿墨自己先吃吃看，现下倒是没机会了。”言罢，他不再犹豫，将那枚药丸吞下。

肖南回想起在穆尔赫时，郝白用那佛骨舍利做药引成功救活邹思防的过往，瞬间又觉得有了希望：“可是解药？”

他没有直接回答，反而牵起她的手：“此行在沈家所见所闻，你心中应当有些论断。如今于我而言，最糟的结局并不是死亡——”

微弱的火光中，她看到那双向来冷静清澈的眼睛变得目光涣散，只剩最后一丝清明残存其中。

“我与未翔早前约定过会合的地点，从这里出去后，去穆尔赫旧城十三巷子的冷斋找罗合先生，将我手上的佛珠拿给他看，他便会带我们离开霍州。”

“好。”她点点头，紧紧凑在他的脸旁。

“切记，不要走水路。路上不论发生何事，都不可停留，直到到达终天之地。”

“好。”

她感觉到他的气息渐渐在她的耳畔消失，那只紧握她的手慢慢松下来。

“不要怕，我们都会活下来的——”

阙城畿辅官道北段，赵友山正在一棵梓树下面躲太阳。

他连值了几天夜，终于轮上了白日里的差事，早早交代好做事的人，便寻了午后这点儿空当打起瞌睡来。眼刚闭上，一阵风便擦着他那汗涔涔的脖子而过，倒令他舒爽。

他惬意地眯起眼，刚要翻个身挠挠屁股，冷不丁一张薄纸贴上他的脑门，发出啪的一声脆响。

赵友山猛地睁开眼，暴起，大喝一声：“谁？！”

一身黑甲的不速之客不知何时已站在他面前，而他方才竟半点儿也没察觉。

赵友山直觉不妙，立刻拔出佩刀，而营中驻守的士兵闻声迅速赶了过来，将那不速之客团团围住。

赵友山情急之下拔刀，片刻之后才反应过来脑门上还粘着一张纸，连忙将那张纸扯下。

纸上是那叫作鹿松平的通缉要犯的画像。这些日子他白天瞧夜里瞧早已看腻，可当他的视线掠过眼前男子的脸时，他又几乎不受控制地将视线移回那张纸上，看完纸，又看人，看完人，又看纸。

眼见那赵友山额头冒汗，一言不发，周围那一圈兵卒更紧张了。众人面面相觑，都不知是否要对那男子出手。

许久过后，鹿松平终于伸出两根手指，从赵友山手中拿过那张纸：“不像吗？可能是神韵差了些。”

那赵友山回过神来，脑海中闪过军中严规四十四条，终于想起了自己的职责，找回了自己的嗓门：“拿下！把他给我拿下！”

众人终于得令，瞬间一拥而上。

一盏茶的工夫后，整个丁字六营便整整齐齐地聚在那棵梓树下，扶胳膊的扶胳膊，揉大腿的揉大腿，一片人仰马翻的景象。

鹿松平收了剑，从腰间解下腰牌，扔到了赵友山脸上：“事出紧急，我问，你答。事后若有人问责，你便说军令难违。”

赵友山点点头。他只能点头。

“先前是否有一辆拉棺材的马车从畿辅东边经过，赶车的只有一人？”

赵友山本就是个在军中混了多年的兵油子儿，见鹿松平的面相有几分阴柔，又没有伤人性命的意思，那含含糊糊的话便下意识地从嘴里蹦了出来：“或许有过，只是属下每日在各个关卡轮岗，其间，不知见过多少车马、小厮，莫说是个拉棺材的，便是达官贵人都见过不少，记不清也是常有的事。”

“好一个‘达官贵人都见过不少’。”鹿松平的语气变了，虽然仍是轻声慢语，却有种说不出来的阴冷气息，“不知那些贵人如果知晓朝中通缉的要犯是你亲自放入都城的，是否会想些法子为你开脱。”

这一句正中赵友山命门。以他的出身和能力，能在军中混到如今的地位已是不易，再熬几年便可领银子回家养老，可若是在这节骨眼上出了岔子，他这半辈子刀尖舔血、沙中求水的苦日子可就算白挨了。

“属下想起来了！是有些印象，那夜——”赵友山费力回想着两天前那个困乏的夜晚，努力让自己零零碎碎的记忆连成一条线，“那夜天光亮起前不久，有个黑瘦的老头儿赶车经过，他说是从焦松来的，去大围镇投奔亲戚，车上运的是他儿子的尸身，车子周遭臭不可闻，属下几个确认过他并非通缉要犯——”

赵友山说到这儿，突然打了个磕巴。他有些怯怯地看一眼面前人的神色，见对方并无恼意，这才低声将话倒干净：“便……便让他过去了。”

“可你并没有仔细查看那木板棺材里装的是何人。”鹿松平的声音凉凉的，简直比方才那一阵小风更令人下火。

赵友山捏紧了拳头，突然跪地行礼：“是属下疏忽，但属下愿意全力补救、将功抵过。”

他许久不行这样的大礼，腰带勒紧腹间肥肉，令他有些喘不过气来。

然而鹿松平似乎有意让他这么跪着，不知过了多久才出声道：“倒不完全是个蠢的。知我身份，没有退缩，也有些气魄。起来做事吧。”

赵友山松了一口气，扶着腰站起来：“鹿中尉有何吩咐？”

“选几个你手底下最机灵的人、最快的马，兵分两路去送信。一路往西寻光要营将领卫将军夙远修，请他传信给安道院，信中细节，我会亲自做密报。另一路北去寻雁翅大营，将我的腰牌呈给守将颜广，请他即刻带兵封锁斗辰岭至羽林别苑的山麓一带。”

赵友山一一应下，迅速做了排布，再一转头的时候，鹿松平在清点马匹。

不安在赵友山的心头生起。

下一瞬，鹿松平便将他的佩刀扔还给他：“你带上其余的人，随我前往羽林别苑。”

羽林别苑不是在雨安？雨安可不是个好地方，十几年前出过乱子，几个月前又出了乱子。赵友山不想去，但他心知肚明，这一趟他非去不可：“小的家中尚有七十老母和一对稚儿，敢问中尉此去是否凶险？如若有性命之忧，小的便留封家书与妻儿，免得来日再无开口之时。”

鹿松平牵出一匹黑马，银光出鞘，瞬间挑了那鞍子旁挂着的酒囊布袋：“你当知晓，从穿上这层皮那一刻起便会有这一天到来。与其留书一封，不如给我打起精神来，迈过这道坎，平安、富贵就都是你的了。”

第一百五十八章

〖黑暗尽头〗

肖南回总觉得，挨过饿的人总是比寻常人更能忍耐。她能孤身行千里路，走出沙海，翻过雪山，穿越绿洲。她以为，只要有信念，没有什么地方是不可抵达的。但她没有想到，原来比饥饿和干渴更难挨的是黑暗——无尽的黑暗。她的火把在一个时辰后就熄灭了，随之而来的是没有边界、看不到尽头的黑暗。

不见日月星辰，使得时间的流逝好像变得更加缓慢，像没有期限的刑罚，要将人心底最后一道防线也击破。

每当情绪濒临崩溃的时候，她便会抓起夙未的手，轻轻贴在脸上。他的掌心似乎比四周的岩壁泥土还要寒凉，但残存着的那一点儿清冷的气息总是能令她安心。

密道内的地面虽然略不平整，但与那斗辰岭上的山路相比还是平坦许多，只是她眼下身上还要负着一人，眼前又漆黑得伸手不见五指，她常常走着走着便撞上岩壁，擦破肩膀。

起先她觉得他很轻，似乎不比杜鹃重多少，慢慢地，她觉得他越来越重，似乎比攻城战中举大摆锤的马前卒还要重。

每当这时，她便会坐下来，一边喘息一边大声咒骂丁未翔那倒霉鬼，仿佛这样他便会为了回护他的主子而突然出现在眼前。

骂人骂得久了难免口干舌燥，她身上没有水囊，只能趴在石壁上，用舌头去舔岩缝中渗出来的水。可不论趴多久，她总觉得喝进嘴里的水还没有她流的汗多。

渐渐地，休整并不能很好地恢复体力了，有时她一停下脚步，双腿便好似灌了铅一般，再也不想挪动半步。但她不允许自己在原地耽搁太久，数着自己的脉搏，掐着时辰重新上路。

走前几里路时，她偶尔还会停下脚步，仔细听一听周围的动静，幻想着若能听到沈家与丁未翔厮杀的声音，心头也是宽慰的。然而从踏出第一步起，除了自己的喘息声和脚下与山石摩擦的声音，她便什么也听不到了。

她在这座大山的山腹中前行，一切声音和光亮都抵达不了这里，她能依靠的只有自己。她开始用入睡的时间来推算日子，从起先的浅眠到最后的长梦不醒，这种算法也渐渐失去了准确性。

就在她深陷于第五个长梦时，昏昏沉沉中，她隐约听到了一阵窸窸窣窣的声响。她睁开了眼，却并不肯定自己是在梦中还是在现实中。

眼前依旧是一片黑暗，那响动就在她手旁不远处，不一会儿变成一种毛茸茸的触感在她指尖上蠕动。许久都使不上力气的手腕猛地一扣，一阵尖锐的吱吱声在她手心响起。是只瞎眼的小老鼠，方才是贴在她手上舔汗吃。她放开了那个不停尖叫的小东西，听见那四只小爪子在地上爬来爬去的声音，她突然露出了久违的笑。有老鼠，说明这里离出口不远了。

她打起夙未，挣扎着起身，蹒跚着跟上那只老鼠。

她走了三四步，四周依然安静，时间与空间都在这化不开的黑暗中凝滞，唯一一点儿生气便是那只老鼠。它左挠挠右挖挖，时不时地吱两声，堪比这世上最动听的安慰。

终于，她的脚踝撞上一级石阶，随即那吱吱声便消失在前方，密道中再次陷入一片沉寂。

肖南回深吸一口气，慢慢蹲下，向前摸去，一级、两级、三级……总共七级台阶，尽头是一块坚硬、潮湿的木板，边缘有半掌来宽的缝隙，那老鼠便是从那里钻出去的。

她的腿开始哆嗦，长久以来积累的疲惫在这一刻开始向她袭来。她将身后的人放在石阶上，轻轻拍了拍他的脸："陛下，陛下！"

急促的呼唤声在密道尽头碰撞、徘徊，仍是没有回应。

她再次探查他的脉搏，虽然一切平稳，但人依旧是五感尽失，没什么反应。

先前她曾带他在荒漠的尽头逃亡，彼时情况或许更加危急，她心中不能说是不慌乱的，但不知为何，他若还醒着，她便觉得不那么孤立无援。

饥饿和疲惫侵袭着她的身体，却令她的头脑前所未有地清醒。她没有急着去推那扇木板，反而屏住呼吸，凑近去听那门板后的动静。

这条密道是从沈家挖通的，鬼知道密道的那头会有什么。别是方从狼口逃出，又入了谁家的虎穴，她眼下可没有半分力气去和谁打架。然而，她更没有力气顺着原路返回了。

木板那头静悄悄的，像花楼里叫价最高的姑娘，没到春宵前那一刻，就是教你瞧不出半点儿端倪。是生是死，就看门的那一边是什么了。

想到这里，她反而平静下来，抽出那把因为飞线而卷刃的匕首，插入那木板的缝隙，双手一拧，右腿拼尽全力狠狠向前踹。一阵沉闷的断裂声响起，她推开了前方的木板，一股腐朽、潮湿的气味连带着土灰劈头盖脸地落下来。

肖南回狂咳了一阵，有些不确定这劳什子地道是否当真是通到外面的。烟尘散去，她眨了眨眼，这才发现四周依然很黑，看不见一点儿星光或月亮的影子，空气也是不流动的。

她的心一点点沉了下去。这会是死路吗？

她握紧了拳头，将身后的人拉拽过来，刚要背起，腰还没直起来，头便狠狠地磕了一下。她吃痛地叫了一声，只得又蹲下，抬手去摸头，却摸到了一层木头搭的板子，板子上的裂痕跟方才那木板上的缝隙一样，有些有了一两指宽，一摸便知道有些年头了。

哪里的屋子？为什么会有这么低矮的棚顶？她该不会……该不会是在一口巨大的棺材里吧？

她想到前几天的所见所闻，一种毛骨悚然的感觉顺着她的背脊爬上后脖颈，一个人面对未知的恐惧被无限放大，她觉得自己身上的汗毛瞬间立了起来。

但她不能退缩。现在他只有她，如果她退缩了，他们可能都要死在这里，那天成可就没有皇帝了。不，不可以。他那样星斗相伴、彩云拥月的人，怎能死在这样一个无人知晓的角落里？而她一生向往温暖的阳光、自由的远风，人生的最后一刻怎能这般憋屈？

肖南回握紧了拳头。不论黑暗中究竟是什么，她都只能前进。深呼吸几次后，她终于弓着身子，鼓起勇气向前走去。刚迈出一步，她便觉得脚下碰倒了什么东西。咚的一声重响传来，一个圆滚滚、有些分量的东西在她脚下骨碌滚了几圈后停住了。她咽了咽口水，静静听了一会儿，确定那东西不动了之后，才敢慢慢伸出手去摸索。那个东西凉凉的、圆咕隆咚的，上面好像还有点儿扎手的毛毛。

肖南回一愣，不死心地又摸了一遍，脸上的表情渐渐从迷茫变为震惊。随后她连忙又往前走了几步，再蹲下来摸索一番。

这一回，她摸到个长圆柱状的东西，一头光溜溜，另一头有些疤。她一屁股坐回地上，发了一会儿呆，突然笑出声来。

一个冬瓜，一棵白菜。她似乎知道这是哪里了。

三日后，阙城西南一条沙土飞扬的小路上，一辆牛车吱吱嘎嘎地驶过。

烈日当空，那牛车的车顶只遮了半块破布，往左拉点儿，右边便露出来，往右一扯，左边便又露出来。

破布下并排坐着两个人，一灰一白。

车轮一颠，驶过路面上一个土包，又扬起一阵带着干牛粪气味的黄土。那白衣裳的沾了土和灰，几乎就要和那灰衣裳的成一个颜色。

一空摘下斗笠，抖了抖斗笠上的土，重新戴回脑袋上："还有几日？"

郝白面无表情，他口鼻以下都用一块布遮了个严严实实，整个人不动如山，竟生出一种生人勿近的气势："不知道。"

年轻僧人像完全读不懂身旁人的脸色，语气中不掩惊讶："你不是晚城人？怎么连回家需要多久都不知道呢？"

郝白终于动了，他眨了眨眼，便觉得有沙土扑簌簌地从眼睫上掉下来，随后又一把将系在口鼻上的布扯下来，扔到了牛屁股上："我只知车程需要几日、马程需要几日，哪里知道牛车需要几日？！"

年轻僧人不知从哪里摸出一把蒲扇，优哉游哉地扇起来："天干物燥，郝施主要学会清心静心。"

"上路有三日了，你连一块铜板都没出过，我身上统共只剩三十文钱，难道剩下这百里路是想一路乞讨要饭吗？"

一空的扇子不停，另一只手搭个凉棚望向远处："郝施主说话不要这样难听，这叫化缘。"

"化缘？！从前日到现在，你都化到了什么？若不是我临行前带了几个烧饼，怕是还没走出赤州就要饿死在路上了……"

郝白喋喋不休的声音在燥热的荒野中扩散开来，就连老核桃树下躲阴凉的老鸹都懒得搭理他。

空气因为高温而扭曲、波动，就连那条土路似乎也变得弯弯曲曲起来。远处的一棵大杨树在路中间投下一片阴影，猛地一瞧，像将那条路分成了两截。

一空眯起眼，不知看到了什么，起身拍了拍那老黄牛的屁股，牛车便吱吱呀呀地向那棵树驶去。

这短短一段路又走了半炷香的时间。等到离近了，两人才看清，那树下的阴影中停着两辆马车。马车的车顶新上了漆，树间的光斑落在上面，亮闪闪的。

一空的眼睛似乎被那光照亮了，他掸了掸身上的土，十分愉快地看向身旁烦躁的郎中："盘缠来了。"

郝白的唠叨声戛然而止。

他流年不利，仅有的几次远行经历，不是九死一生险些被割了脑袋，便是被骗进寨子给女土匪治腿，好心在路边救了匹马，结果还被关起来当了几个月的奴隶。他心中警铃大作，不安使得他的声音听起来都变了调："什么盘缠？你认识的人？"

一空没说话，只是淡淡地笑着。

他越是如此，郝白便越是紧张："有甚可笑？！我跟你讲，你一个深山里的和尚，没见过什么世面，这出门在外，行路途中，最忌随便停车。山匪都是这般劫车的，真要是遇上了，你可能扛个两三回合？"

"山匪？"一空的语气依旧是慢悠悠的，手下却催那黄牛催得正欢，"你我身上可有什么东西能供那山匪去劫？"

郝白一时语塞，但往日的屈辱历历在目，他很快便为自己找到了更可怕的设想："他们不光会劫财，还会抓男人回寨子里，交给女匪首玩弄享乐，你不要以为你是个和尚，他们就会放过你——"

说话间，牛车载着两人离那棵杨树又近了些，杨树下的马车连带着马车前立着的青帽书生都被看了个清清楚楚。

书生？这山匪劫车总不会还带个书生吧？郝白那颗提到嗓子眼的心终于稍稍放下了。

牛车在杨树的阴影下停稳，与那两辆马车相对而立。

空气瞬间凝滞，随即，一串响亮的鼾声从车内传出，顿挫一番后，又归于平静。

郝白有些惊疑不定，那马车旁的书生却因为羞窘而垂下了脑袋，凑近车窗狠狠地咳了一声，低声道："老师，人来了。"

马车内传来一声钝响，许久，才有人拉开车窗。

郝白望着车窗后的脸，不可思议地瞪大了眼睛。

一空显然已经知晓这结果，毕竟这些年上山的马车千千万万，哪家给的香火钱多一些，他总是记得的："丞相近来身体安和否？"

"一切安好。"柏兆予笑了笑，藏在车帘后的胡子跟着抖三抖，"就是夜里时常浅眠多梦，睡不踏实，想再去寺中讨几炷安神香，却被告知法师已经下山，我这才在此等候。"

"香是没有了，符倒是有一张。丞相若是不嫌弃，便收下吧。"一空说罢，从袈裟中取出一封薄薄的信。

柏兆予点了点头，马车旁的书生便恭敬地将那封信从一空手中接过，转交给自家老师。

拿到信，柏兆予却没有急着开启："常言道，多事之秋，无音信便是喜信。不知法师这张写的是平安符还是苦恶咒啊？"

一空沉吟片刻，脸上的笑瞬间收敛："小僧曾对师父有过诺言，却迟迟未能兑现。如今到了要完成课业的时候，有些感悟，倒谈不上是喜是悲、是吉是凶。不过，丞相若是少眠，便睡足之后再看吧。"

睡足之后？他从个把月前就没睡足过了。老丞相心中暗骂一声，不再多言，转身从车上取出一个匣子，教那书生转交给那年轻和尚："法师与瞿先生此去定是诸多辛劳。陛下曾叮嘱老臣，若遇远行者，定要倾力相助。这匣子和那边的马车便是一点儿心意，愿二位路途平坦、诸事顺遂。"

一空从善如流地接过，一经手那匣子便已知晓当中塞了几两银子，面上笑意更盛："小僧多谢陛下照拂，多谢丞相相送。路途遥远，这便上路了，愿丞相夜夜好眠。"

言罢，一空利落地跳下牛车，拖着郝白和行李飞快地上了那辆空着的马车。离开前，他又想起什么，微微探出半个身子："啊，还有一事。"

书生闻言抬头，柏兆予再次将车窗打开："何事？"

一空客客气气地往旁边一指："这牛和这车乃是我寺中镇寺三宝之一，还请丞相帮忙归还，小僧感激不尽。"

说罢，他不等对方有所回应，一抖辔绳便驾着马车飞快地离开了。新喂过草料的马蹄下飞快，一眨眼，便只留下一道烟尘。

书生望着那马车消失的方向，又看了看眼前的牛车，突然有些不忿："老师，为何总是有人要借用府上的马车？借了也就罢了，还总是不还，岂非厚颜无耻——"

"大胆！"柏兆予气呼呼地斥责一声，"那位岂是你能议论的？"

书生不说话了，委屈巴巴地去牵那啃草皮的黄牛。

"不过，你说得也对。"柏兆予收敛了神色，摸了摸一空留下的那封信，"下次总归得讨回点儿好处，连带那安神香的钱一起——"说到这儿，他突然顿住，随即狠狠地拉上车窗，"呸呸呸，没有下次了！"

第一百五十九章

冷斋罗合

天成灵微十六年，暑热最盛的六月末，霍州境内连出三桩怪事。

先是黑木郡起了山火，说是烧了三天三夜，浓烟遮天蔽日，仿佛末日一般。此等怪事先前从未发生过，要知道六七两月雨水最是丰沛，木润山滑，泉急潭深，山石滑坡是常事，山火却是从未有过。

有人笃定那山火乃是天火下凡。天有异象，百年难遇，人间必有一场大劫。可那劫究竟是什么又劫在哪里、何时应劫，又是众说纷纭，难有结论。

然而“山火天劫说”还没热几天，“水匪人祸论”又开始遍地开花，说的却是那昏河上的沈家船只横行霸道，四处骚扰渔船渡船，不知是在劫什么货，又或是找什么人。

沈家近百年来都是盘踞在霍州地界的一条土龙，可先前十分懂得戢鳞委翼、偏安一隅的妙法，虽说暗地里已捏紧了各条水路，各城中的商铺也占着大半，但从未在明面上做过什么逾矩之事，更不会让朝廷抓到把柄，这几日却不知怎的，突然变得疯狂起来。

大沨渡渡口停摆第三天，一直在河对岸看热闹的穆尔赫怎么也想不到，这热闹便到自己城中来了。自打半年前邹府上下一夜间不见踪影，邹家占了数十年的那座宅子便成了抢手货。谁都知道那是座难得的古宅，宅子里随便一处假山造景都够闽州的工匠琢磨个把月，更不要提那雕梁画栋下是否藏着无数奇珍异玩。

城中各路房牙齐心协力，先是请了一拨又一拨的法师高僧前来作法，为的是洗掉关于邹家无故搬走的种种猜忌，随后又买通城中各处酒肆茶楼的说书先生，将邹府描绘得神乎其神，只应天上有，人间哪得见，恨不得就连屋檐下的燕子下的都是金蛋。

邹府叫价最高的时候，买家只从偏门进去转一圈也得付数十两的“勘宅钱”。可谁也没想到，这宅子勘着勘着突然就出了岔子。因为看宅子的人太多，白日里排不开便排到了晚上，结果这一夜游不要紧，却撞了鬼。

起先是那恒福记老袁的外甥看见的，说那鬼就盘踞在邹府后院的庖厨附近，身形高大，迅捷如影，张开血盆大口的时候能一口气吞下五六个地瓜。听这话的人将信将疑，鬼不都是勾魂索命的嘛，怎么这个鬼竟如此不上道，还啃瓜？可紧接着南城赌坊的刀疤王也声称见到了那鬼。他还声称自己呼救未果后，被一股神秘的力量击倒，醒来后已身在邹府院墙外。

庙小妖风大，水浅王八多。小小边城穆尔赫已经太久没有这等趣事了，明明只是个闹鬼异闻，然而联想到前几日的“天灾人祸”，传着传着竟生生变成了怨灵现身，吐露天机。

指点江山的“世外高人”频出，谁也不服谁，至于究竟吐露了什么天机，这天机又和山火、沈家有何关联，根本没有人能说清楚，而最早的“恶鬼啃瓜”论更是早就没有人记得了。

南城人人乐得热议此事，当作消暑的乐趣，石桥以北的旧城区却很少有人谈论此事。对每日忙于生计、于红尘求生的人来说，起早贪黑的生活能磨去一切过于旺盛的好奇心。比起邹宅里究竟发生了何事，他们更关心明日的米价。

当然，少有人谈论，倒不是全然没有人谈起。

“听说官府的人今早已经过去了，大门上都贴了封条。只是可惜了那一府院的字画文玩，不知是否早就让人盗了个干净，又或是被那姓邹的老贼一把火烧了。”老书生摇了摇头，白胡子在污糟的桌面上拂过，又被他小心提了起来，塞进泛白的衣领里。

同桌的另一位青衫茶客欠起身子凑近些：“即便是这样，那院中假山置景、亭台水榭也不至于全被毁了。依我看，如今无人敢去问价，倒未尝不是一件好事。”

此话一出，周围那几个仰着脑袋听消息的潦倒书生纷纷点头应和：“就是就是，当初那邹思防拆了多少亭子阁楼，生生建了四个艳俗的园子，就为了装他那几房妾室，连那百年的棠梨都砍了好几棵，只因那树开的是白花，说是瞧着晦气。”

一片扼腕叹息声此起彼伏，大家纷纷再续一轮茶水。

茶壶肚很快便被倒空，白胡子老书生正要起身去拎那架在角落的铜壶，突然斜里伸出一只手，啪的一下将那壶按回炭火上。

“这都快两个时辰了，几位是续还是不续啊？不续的话，门口左转有个凉亭，爱待多久待多久。”说话的是个络腮胡子的中年汉子，腰带用的是粗麻绳，簪头发的是半根破茶瓢，一张嘴一阵酒气扑面而来，直教那几个茶客连连后退。

青衫茶客以布巾掩面，眉头紧皱：“茶还未喝完，续什么？”

“一壶三十文钱，你们都喝几壶了？”

读书人最恨别人用囊中羞涩的窘迫来侮辱自己，以往若是在别处也就罢了，今日却是在“自家地界”，尤其感到羞辱。茶桌旁其余几个布衣老书生脸色瞬间赤白交加，一个个撸起袖子，露出干瘦的胳膊，叉着腰理论起来。

“说好的三十文钱一壶茶，茶还未喝完，怎的就要赶人？”

“就是！况且我们都是常客了，少说三五年前便在此处喝茶，何时遇过你这样蛮不讲理、恶语赶客的店家？”

那醉醺醺的汉子冷笑三声，三声过后又是一声酒嗝：“常客？花钱才是客，几位屁股底下坐的是我店里的椅子，壶里泡的是我店里烧的水，可曾给过半个铜板？”

络腮胡汉子撩开跑堂布，露出腰间的一只竹筒，那竹筒包浆已经发黄，筒口刻着一只豆眼老鼋，筒底拴着根红绳，瞧着已经有些黑了。

“先前我这个店主不在，没人看顾也就算了，如今我回来了，各位自带茶叶也就算了，这烧水用的炭钱总得给吧？”

众书生本来是抱着舌战三百回合的气势站起来的，但心知多少是占了人家便宜，气势瞬间便矮了几分，又都坐回茶桌旁。

气氛一时有些尴尬，突然一道声音响起：“不就是炭钱，这个够不够？”

啪，一颗珠子滚落到那破木桌子上。

那可当真不是一颗普通的珠子，圆溜溜的，找不出半点儿瑕疵，光泽时隐时现，纹路如梦似幻。这怕不是寻常江河里能产出来的珠子，搞不好是那南海里捞出来的宝贝，虽说并没有人见过南海宝珠，但整个霍州的珠铺都找不出来第二颗这样的珠子。

真正美丽的事物总能在一瞬间一统所有人的审美，眼下那桌子旁围着的一圈人，包括那络腮胡汉子，视线都粘在那珠子上，挪不开。

放珠子的手一压桌板，那珠子便骨碌碌地向着一头滚去，所有人的眼珠子也都跟着那珠子滚向另一头。

络腮胡汉子顺着那珠子一路看去，只见一只虎口带茧的手一翻，便扣住了那颗珠子，手的主人却是个长发高束的女子。

肖南回挑眉看着眼前的人。酒气熏天的人不少，可为何在一个茶室里都能有这么大的酒气呢？

“一壶茶而已，倒不至于伤了和气。只是不曾听闻这冷斋何时有了店主，你们说，是不是啊？”

众书生直觉来了个撑腰的，方才矮了半头的气势又噌噌噌地长了回来，附和的声音一浪高过一浪。

“是啊，就是！莫要欺负我们读书人——”

“我们在这里已经好多年了，谁知你是哪里冒出来的野草？”

“说不定是跟前几日西市的那群无赖一个来处，嗓门粗些，就当自己是老大了——”

哐当一声响，打断了众书生的愤恨之词，那络腮胡汉子将腰间的东西解了下来，立在桌上，嘴里不屑地哼道：“这是什么？”

众人大眼瞪完小眼，又瞪那乌涂涂的竹筒子。肖南回也在不动声色地打量。

其中一个老书生清了清嗓子，大着胆子道：“这……这不是煮饭用的竹筒吗？欺负我们连这都没见过？”

“你们只知此处是茶馆，却连这筒是做什么的都不知道，更不会知道此处为何得名冷斋。”络腮胡汉子毫不掩饰眼底的鄙夷，说起话来竟少了几分醉意，多了一点儿轻狂，“冷斋前店后舍，当年之所以能成为霍州最有名的茶馆，是得益于后院中的一口冷泉。此泉甚怪，于岩石中开成，泉眼不及碗口粗细，却深不见底。是以第一任斋主便做了这筒作为打泉水的工具，历代斋主代代相传至今。谁若不信，自行去后院一看便知。”

此话一出，整个茶馆里都安静下来。没有人起身，更没有人去那后院看，仿佛这样便不用面对自己理亏的事实。

半晌，肖南回手指一抬，那珠子便骨碌碌地又滚到了桌子中央。

那汉子不客气地伸出手便要取珠子，却被肖南回拦住。

“不过一颗珠子，留给他们便是。”肖南回压低了嗓音，“店家是个妙人，何必跟他们一般见识？我这儿还有不少宝珠美玉，想不想看看？”

那汉子一愣，酒气熏染的颧骨又透出难耐的兴奋，他自我挣扎了一番，别扭道：“这是做甚？”

肖南回一脸真诚：“自然是瞧上此处风水宝地，有心谈些生意上的事情。不过，若是兄台并无此意——”

对方再难招架，卸下矜持：“怎会？快快带路。”

肖南回废话不多说，转身向店外走去。

身后，那几名书生可算找到了台阶下，都默契地不提方才失了颜面的事，纷纷研究起眼前的珠子。

“翠中透金、亮如星、坚硬如铁，究竟是何宝物？”

青衫茶客贴面细瞧，两只眼珠子都快居中挤在一起：“我怎么瞅着这珠子像檐上的铁马芯子呢？”

铁马算是檐角的风铃铛，风铃铛常见，可风铃铛里的芯子没几个人见过，风吹雨打数十年的风铃铛芯子更没人见过。那可是挂在屋檐上的玩意儿，谁会闲得没事爬到屋顶上去掰这颗珠子呢？

众书生连连摇头。

“怎会怎会？定是你老眼昏花，看错了看错了——”

“就是就是，依我看，就是南海宝珠——”

便是铁马芯子，那也是她费了九牛二虎之力踩破多少瓦片才摘下来的。要怪就怪那沈家吃绝的本事太狠，只肯留下些生瓜、白菜，而那赌坊的刀疤王更是个怕老婆的，身上连半块银子都没有。一门之隔的肖南回掏了掏耳朵，装作什么也没听见，带着那汉子直奔对街巷子里的马车。

那马车一看便是富贵人家的马车，讲究得很，气派得很。

络腮胡汉子摩拳擦掌，在对方的示意下，迫不及待地伸手掀开那车帘子。

然而车帘子后没有宝珠也没有美玉，只有一名面若美玉、沉沉睡去的男子，男子手腕上戴着一串佛珠。那汉子一见那串佛珠，前一瞬快要飞入鬓角的嘴角突然便耷拉下来，他撂下帘子，撒腿便要跑。

那双许久不跑堂的腿蹬了几步却没前进，他才发现自己的衣领被人揪住，整个人前进不了半步。

“茶钱收了，东西也看了，罗先生是不是也该表示表示了？”肖南回的声音阴恻恻的，有种说不出来的凉意。

罗合自知跑不掉，脸上却是惊疑不定，许久才吭哧出几个字："死……死了？"

肖南回有些控制不住地翻了个白眼："死了，我还找你做甚？"

"那是……喝多了？"

她实在听不下去，更不想在这个话题上浪费时间，直接上手在对方身上摸索起来："你身上可有解药？"

"解药？要解药做什么？"

肖南回深吸一口气，心底默念之后还要靠他带路，磨还没卸，驴不能杀，简短道："他中毒了，若是没有解药，恐怕——"

不行，恐怕之后的事情万万不能发生。肖南回不知眼前的人是真的不知还是在跟她装傻充愣。然而还没等她想出对策，下一瞬，罗合一把拉过夙未的两只手，像街头测字看手相的神棍一般翻来翻去查看一番，随后又不客气地一扔："他已经吃过解药了。"

"吃过了？"肖南回不肯相信，可随即想起在那密道中他曾吃过的那粒药，又有些疑惑，"若是已经服过解药，怎么会过了这么多天还没有醒？"

要知道，邹思防那把老骨头可是在郝白制出解药后第二天就活蹦乱跳了。他到底给自己吃了什么？

"这我就不知道了。不过，看他的样子，只是昏睡而已，短时间内没什么问题。"

肖南回敏锐地捕捉到了这话中没说透的另一半，紧张道："时间久了会怎样？"

"就和久病卧床的人一样，手脚筋骨容易萎缩，股下腰下容易生褥疮，一点儿风吹草动——"

"好了，不用说了。"反正她不会让时间拖得太久的，"终天之地，多久能到？"

罗合眯起眼，那股醉意又浮上脸来："少说八九十日，算上采买用度、收拾行囊的时间——"

肖南回冷笑，伸手拍了拍那拉车的马壮实的屁股："这南城赌坊的车马确实用料扎实，只可惜显眼了些，怕是招摇不了多久。这城中，我无人可信、无人可用，今日你若是不想法子带我出城，便一起坐在这里等着官府的人找上门吧。”

罗合色变，咬牙切齿：“你这是掐好了时辰，就等着在此暗算我。”

肖南回敷衍地挥了挥手：“夸赞的话出去再说，离城门关闭就还有不到一个时辰了，莫要啰唆，快快上路。”

罗合自知必须走这一趟，便愤恨地跺了跺脚，解下腰间的竹筒，藏进那冷斋门前半扇快要掉的门板后，又望了望门口柱子上刻着的两句诗，这才转身上了马车。

肖南回目睹他做完一切，这才缓缓地行了个抱拳礼：“肖南回，幸会幸会。”

罗合看了她一眼，似乎并不知这江湖的礼数，又或者还在气头上，没有还礼，只从牙缝里挤出一句话：“罗合是这店中历代管堂小二的名字，我已用了二十多年，你愿意叫便随你，不过——”他说到这里，回头看了看马车里沉睡的人，又扭头看了看肖南回，意味深长地停顿了片刻，“不过，论辈分，你该叫我一声‘从舅’。”

从舅是什么舅？肖南回愣在原地，随即反应过来一件事。这人该不会……是皇帝的亲戚吧？

羽林别苑边界山麓，斗辰岭一脉的大山在暮色中宛若一堵通天的高墙，能将人间分隔成两地。

盛夏之时，是山林最为丰茂、鸟兽最为肥壮的时候，所有生灵都在为入秋越冬做准备，便是在夜里也有不少动静。然而眼下这里的一切都静悄悄的。

太阳的光正一点点消失在山脊上，余晖将整条山脉勾出一道血红色的边。

七月初一，鬼月第一天，传闻地府会在这一天打开通往阳界的大门，若是生者思念故去之人，便可引路作法，祭奠亡魂。若是亡魂有执念未能化解，也要趁此机会重返人间，寻仇的寻仇，报怨的报怨。

七月鬼门开，眼下这黑漆漆的大山正中一道裂缝直通地心，瞧着可不就像那鬼门关一般？

赵友山脖颈僵硬，口舌乏津，后悔自己来之前未能绕道永业寺求道平安符，眼下真真是落入被动境地，进退两难啊。

“敢问鹿大人，我们究竟在等什么？”他本来想问他们等的究竟是不是人，但话到嘴边，他觉得有些蠢，便换了个委婉的问法。

鹿松平的回答却令他更加惶惑了："鬼知道等的是什么。总之，见到了就知道了。"

见到？真要是见到妖魔鬼怪索命，他就算知道了岂不是也晚了？赵友山心中酸楚，面上还要故作冷静，生怕自己身后跟着的几十个年轻手下看出端倪，乱了阵脚。

哀兵必胜，可若是哀过了头，势必会成为逃兵。而自古不论在何时何地，逃兵的下场都不会太好。

赵友山内心打着鼓，突然听闻侧方山林中一阵轻微的响动，回头望去的时候，竟看到一支近千人左右全副武装的兵卒。这些兵卒训练有素，脚下都绑了消声的厚布，盔甲也不似光要营那般笨重，在林中行军竟无多大声响。

打头的人骑在马上，身形高大、威严，正是雁翅营颜广。

颜广望了望那山中黑漆漆的一线天，既没看到白家流寇，又没看到肃北叛军，脸色当即有些不好看起来："鹿松平，你爷爷我可是冒着杀头的风险亲自带兵来此地，你究竟憋的什么屁，快快放出来！"

鹿松平不急不恼，发号施令的架势却半分都没丢："时辰到了，你自会知晓。让你的人原地待命，没有我的命令，不许靠近那山洞半步。"

颜广憋气得很，破口大骂的话就在嘴边，可想起对方腰间别着的那块腰牌，他又生生吞了下去。人是讨人嫌的人，腰牌却是黑羽营的腰牌。黑羽营仅有的那几块腰牌，分量跟柏丞相手里的笏板差不多，他不得不从。

颜广低声把军令传下去，另一边的鹿松平却点了几个先前守官道的小兵卒："你们几个，一会儿随我进去。"

赵友山怎么也没想到，到头来进鬼门关这差事竟又落回自己头上。他的困惑与惶恐写在脸上，声音都哆嗦起来："鹿大人，我和这几个小辈可比不得颜将军的手下，到时候若是出了岔子，我们可担待不起——"

他话音未落，颜广便很是不悦地说："鹿中尉这是何意？既然叫我们来了，又不让我们插手，执意让这几个软脚虾上阵，你当真不是在耍我？"

"软脚虾有软脚虾的好处，硬壳蟹有硬壳蟹的用法。"鹿松平的声音轻轻的，却在这个安静的夜晚显得格外响亮，"将军就是壳子太硬了，才会让我这条蛇钻了空子，这么多年虽立了不少军功，却还守在西北关那鬼地方吃土。"

"……你！"颜广气得美髯奓起，手里的缰绳被捏得咯吱作响，"今日你若折腾不出个名堂，我便亲自揭了那缉拿令，将你就地斩于马下，省得陛下再为此事烦心！”

鹿松平不理颜广，自顾自检查着身上的佩剑与匕首，最后从腰间摸出一只瓷瓶，倒出一粒药丸。

药丸黑漆漆的，瞧着有熟透的海棠果那么大。

年轻武将那张有些阴柔的脸上第一次显出毫不掩饰的嫌弃：“江湖郎中，手艺甚是粗陋。”然而刻薄归刻薄，他还是将那粒药整个咽了下去，“若是无用，回头定要你好看。”

第一百六十章

同出之剑

雨安多雨，常常从昏时下到深夜，天亮前才停歇。因此雨安的夜晚难见月色，斗辰岭的天空少见星辰。

今夜的斗辰岭却有月光，苍白的月光像深秋降下的寒霜一般，将整片山林覆盖在一片朦胧的白色中，唯有山麓的一角撕破了这柔软、宁静的画面，透出一种令人不安的杀机。

一棵木槿树轰然倒地，断口处平整得像被打磨了数月的桌面。

紫衣剑客反手一掌，那断木便像攻城的摆锤一般撞飞了十数名围攻的士兵，又压碎了雁翅营一早设下的拒马。他手中的剑在黑夜中划出一道道寒光，所到之处血肉横飞。

颜广早已拍马而上，几个来回才认出眼前的人正是日前被追缉的那紫衣剑客，眼中流露出不可思议："羽林别苑数日前已经封山，你竟然——"

燕紫负剑而立，身形如那日登顶长宓台时一般倨傲："荒野中的枯枝败叶、蛇蚁蠹虫也想阻挡我来去自如？"

鹿松平望着紫衣剑客身上还未干透的水迹，心中已经有几分了然："你晚了一步，他是从河道混进来的。"但他并非没有预料到眼前这一幕，"我已想过，若我要进山动这山中之人，你定会赶来。如今既然来了，便一并留下吧。"

燕紫讶异地歪头："就凭你？"

"凭我一人或许不行。"

燕紫的目光转了转，落在一旁气喘吁吁的颜广身上："加上他？一样不行。"

鹿松平诡异地一笑："我可没说只有我们二人。"

他话音未落，一道人影便从颜广身后的列阵中飞出，直奔燕紫而去。他手中拿着的是从雁翅守军处顺来的寻常长戟，却比鹿松平手中的软剑还要灵活，三两下便将那燕紫逼得退后半步。

年轻剑客右腿在地上发力站定，不露声色地卸去这一击杀招的力道，终于眯起眼好好打量起来人。

他棕褐色的袍子已经破旧不堪，面容也比先前还要苍老、灰败，只那双眼睛还透着无法熄灭的光，鹰隼一样牢牢锁住自己的猎物："动爻之剑，你还不配。"

燕紫望着老者，半晌终于想起什么："是你？你竟然还没死？"

宗颢面上毫无波澜，半晌才沉沉地开口道："肖家小子，你带去了哪里？"

燕紫轻轻皱眉："我为何要告诉你？"

宗颢冷笑："你不答也无妨，我自有办法让你说出来。"

宗颢话音落地，鹿松平突然拔剑而起，软剑角度刁钻，直奔燕紫肋下三寸而去。与此同时，颜广持刀迎面而上，而宗颢长戟支地，暴起至半空中。三人三路功法，此前虽从未配合过，眼下竟因强敌在前，空前地默契起来。

燕紫对此显然大为不满，拆招间不忘以言语挑衅这三人中最棘手的褐衣老者："大祭司安道院出身，竟要以多欺少胜之不武吗？"

江湖中高手对决，为了最后能赢个名正言顺，最忌不能公平切磋。只可惜，眼前这三人早算不得江湖中人，更是从未讲过江湖规矩，个个心狠手辣、求胜心切，压根儿没人在意是否以多欺少胜之不武。

宗颢不语，手中的长戟只攻不守，戟尖所过之处杀气溢散，却又灵活似野蜂尾针。颜广忙于接应，雁翎刀大开大合，一派虎啸龙吟之势。鹿松平则狡猾得多，见缝插针，不放过任何一个突袭补刀的机会。

那燕紫也不蠢，很快便看明白了这形势，不再浪费口舌，杀招频出。

四人出手都奔着你死我活而去，外人愣是插不进半根指头，只能在一旁看着高手们打作一团。

起先那燕紫路数奇诡，加上剑气极盛，竟能以一敌三还占得上风，但鹿松平他们三人手中的兵器各有长短，弥补了近攻远战中的各处不足，时间久了便显出优势来，隐隐有逆风翻盘的架势。

然而就在此时，山口缝隙处突然传出赵友山声嘶力竭的呼喊："鹿大人，大事不好！快……快趴下——"

鹿松平动作一顿，左肩便挨了一剑。他只来得及看到赵友山和其余几个兵卒稀稀拉拉地从那一线天中跑了出来，手中的火把已不知去向。随即，一股看不见的巨大力量从那深山中破体而出，瞬间便将跑在最后的几名兵卒碾了个稀碎。

燕紫似乎早有防备，借着颜广出刀的力道提气纵身一跃，在空中灵活地翻了个身，落在山体上探出的半截石壁上，嘴角带笑地看着脚下发生的一切。

尖锐的风声从那细细的山间缝隙里喷薄而出，像山怪的咆哮，夜色中仿佛有一把看不见的巨刃自那一线天中劈出，将正对山口的那片地面破出一道深沟，而那四溢的气流仍未消散，不断切割着周遭的草木砂石，直到清出一片百余丈宽的空地。

原本据守在一线天前的雁翅营士兵被这突如其来的恶力震飞，外围其余半数士兵皆惊魂不定，不知方才究竟发生了什么。

跟鹿松平一起摔出且滚进泥地的颜广也不知道，但他的脸上不曾露出半点儿畏惧和犹疑："怪力乱神，不足为惧！众将士随我以武退之！杀他个片甲不留！"

言罢，他抽出卡在碎石中的雁翎刀便要往前冲，被一旁的鹿松平拦腰拖住："急什么？！你都没瞧清楚对方是什么情况——"

"瞧他做甚？！你怕死就给我让开！看看你颜爷爷我如何揍得他哭爹喊娘。速速现出原形来！"

若非雁翅守备是离得最近的营地，鹿松平真真不想招惹颜家的人。他的无奈挂在脸上，只觉得自己仿佛抱住的不是天成的将军，而是这山野里一头准备上山的野猪。眼瞧着就要拖不住对方，他只能急急地开口："如今这情况，你我都难以近身，便不要强攻！只要将他围住，耗的时间久了，我们定有胜算。"

当真有胜算吗？鹿松平心中并不这么想。来这里前，他已经推论过可能会发生的最糟的情况，甚至不惜动了宗颢这步棋，然而眼下的情形还是大大超出了他的预期。

他突然想起先前色丘那些救回陛下的士兵曾经形容过的场面，四个字——天崩地裂。彼时他无法想象何为天崩地裂，只觉得那些兵卒还是阅历浅了些，说起话来也用词不当。如今他却懂了。

浮云遮月，山前被投下一片巨大的阴影，而那自山中走出的人黑乎乎的身影与周遭大山的轮廓模糊成一团，像一道没有实体的鬼影。

“你很聪明，这次特意挑了些不上道的家伙进来探察，又知道自己的身体已经与我定下契约，便跟瞿家后人联手对付我。可惜，终究只是凡人之力，赌上性命，也不过是蚍蜉撼树。”

风将浮云撕开一道口子，月光乍现，照亮了说话者那张如枯树一般的脸。原来，这便是黑暗中袭击过他的那东西的真面目。

鹿松平没有说话，余光轻轻瞥向身后那黑乎乎不见天日的丛林深处。

下一瞬，那骷髅一般的身体发出空洞的声音：“你在耗时间。”

那看不见的力量再次汇聚，搅碎了四周灌木树丛之后仍然没有停下，席卷的风刃将山上的石头和地上的砂土一并卷起来，在黑乎乎的山脚下腾起一股旋风，扶摇而上，好似狼烟一般。

“又来！”颜广抬起手臂抵挡飞起的碎石，“鹿松平，你到底瞧清楚没有？现在到底要如何？”

鹿松平没空解释，他的双目紧紧锁定混乱的战局。要避开那不断流转变换的妖风，他的机会只有千万分之一，他必须抓住。既然近不了身，那便想些别的法子。他突然贴着身后一棵高大的黄木松翻身跃起，左手深入树冠中，再落下时，手中便多了一张长弓和三支破云箭。

箭搭在弦上，他锁定那风刃中包裹着的身影，迅速射出了第一支箭。银白色的箭在月光下飞出，于黑夜中拉出一条长长的细线，却很快被那风刃斩断。

鹿松平手下不停，再次搭弓。

不远处石壁上的剑客已然察觉他的意图，飞身而下，直奔他而来，却与一直按兵不动的褐衣老者短兵相接。

第二支破云箭飞出，这一次箭近乎穿透那堵看不见的风墙，在最后一刻才被击落。

四周的疾风似乎在慢慢减弱，鹿松平敛气凝神，五感都集中在这最后一箭上。箭飞出，像一条银蛇钻入那风幕之中。

而下一瞬，紫衣剑客的利刃已从侧方袭来。

燕紫竟生受宗颢一掌，只为近身取他性命。

鹿松平备战不周，只能转身向对方盲区躲去，希望能得片刻喘息的机会再拔剑反击，却愕然看到那动爻之剑在对方右手腕神门处游走，越过肩胛，流光般落在左手中。这一刻，他终于明白肖南回身旁那矮个子刀客死于何故了。如此剑法造诣，竟还是个不分左右的双手剑，是他大意了。

“抓到你了。”年轻剑客沾了血的笑脸从他颈后露出半张，带着一种隐隐的兴奋，手中的白刃不停，向着他的后颈而去。

千钧一发之际，一道慢悠悠的声音凭空响起：“师弟，起开。”

那声音明明如此慢，却又仿佛瞬间便钻进了在场每一个人的耳朵。

鹿松平没反应过来，几步外宗颢的身影却一顿，随即一道黑影贴着他们二人的鼻尖飞过。

鹿松平是江湖草莽出身，早年间见识过不少阴毒的手段，那些拿钱取人性命的刺客有的是工夫琢磨些让人防不胜防的暗器。但像眼前这般连破空声也没有、只一阵风刮过似的暗器，他可从未见过。

那黑乎乎的一团转瞬间便来到燕紫面前，他被迫止了杀招，下意识去躲，那东西却似长出一根看不见的线一样钉在他印堂中间，不论他怎么退、怎么躲，还是没有逃过。

燕紫被正中面门，踉跄着退了三步。他突然意识到一件事情，即使是方才宗颢长戟相逼，他也只是退了半步。

鹿松平终于回过神来，定睛往地上一看，整个人愣住。

燕紫面前躺着的是一只鞋子——那种最普通、青面麻底、阙城晚市上贱卖二十文三双的鞋子。与此同时，那空地上的风终于停了。

一阵窸窸窣窣的声音从身后丛林里传来，随即一道巨大模糊的黑影渐渐显形，在月光下勉强能分辨出来者的面容。

那人瞧着甚是怪异，乌发垂肩，面容却已是耄耋老者的样子；一身粗布白衣，像浆洗过许多遍的丧服，却又收拾得分外妥帖。他那坐骑黑乎乎的，比寻常的军马都壮硕高大太多，从林中穿行而过时片刻都没有停留，那些茂密的灌木、带刺的荆棘顷刻间变得柔弱起来，纷纷为这巨大的身影让出路来。

直到那庞然大物从林中迈出脚步，走至空地上，众人才看清，那是一只巨角大青兕，身上光秃秃的，无鞍也无辔，而那白衣黑发的老者就稳稳地坐于其上，手中捏着一根插满各色羽毛的掸子，一只脚盘在身下，另一只脚跷着，脚上的鞋子不见了踪影。

鹿松平心中一块巨石落地，身形都利落了不少：“谢先生。”

谢黎磕了磕手里那五颜六色的掸子，笑着摆摆手：“不谢不谢。”

宗颢冷哼一声，声音中是毫不掩饰的轻蔑。

谢黎看一眼空地正中那披头散发、好不狼狈的棕衣老者，脸上的表情很是惬意：“你摆什么脸色给我瞧？若不是我出手，你现下已经死了。”

宗颢终于不再沉默，转而怪笑两声，声音磔磔：“与师兄多年未见，你仍是这般令人生厌。”

谢黎似乎懒得搭理宗颢，只抬头看看今晚的月色，又低头看看周遭这一片狼藉，半晌长叹一声：“都说雨安这地方曾经盛产桑桃，是块宝地，依我看，这里阴气确实重了些，不大吉利，是时候除除晦气了。”

空地正中，燕紫缓缓地擦去嘴边的鲜血，手中的长剑蓄势待发：“原来他们拖时间是在等你来。”

谢黎像这才注意到他，转头看向他：“那把剑用得还顺手吗？”

燕紫转腕一震，先前沾染的鲜血便顺着剑脊尽数滴落：“我用此剑杀过江湖中无数高手。算起来，上一个不过在数月之前，还是你们安道院中人呢。不知院长可曾去为她收尸？”

这番话透着难以忽视的恶意，谢黎却只是叹息：“昔日我将伯劳、燕紫这两个名字投入池中，是希望选中这两个名字的弟子能互补所短，共同精进。然而你们二人一直未能碰面。她负气入将军府在前，你窃剑遁走在后，确是动如参商、终难相见之命，相见必有一伤。”

“兵者相见，非死即伤，有何不妥？”

谢黎自袖中拿出两把短刀，掷在地上：“不错，但你千不该万不该断了她的兵器。”

燕紫的脸上再次流露出那种难以掩饰的傲慢。他自然是认得那对短刀。毕竟，能伤到他的人并不多，对那刀的主人，他多少还是有些印象的。从前，死于他剑下的人，他从来都记不清他们的脸，那些模糊的面孔太过平庸，无法令他从自己的世界中抽出半分精力。

“武者以胜败定论，弱肉强食，愿赌服输。她的武学不入流，兵器同样卑贱。”

“好一个‘不入流’。”谢黎仰天大笑三声，笑声中带着几分与年纪不符的轻狂，“那你可知你手中的动爻之剑为何会生出裂痕？”

燕紫明显一愣。他的剑，除他之外，无人能近，更无人能在他出鞘后近观。而那裂痕出现的时机甚是诡异，形状又极其微小，若非他日日与剑身相伴，甚至不能察觉，眼前的人又是如何知晓的？

他的面上显出一种不和谐的困惑与恼怒，就像他的剑上生出的裂痕："是我出剑时力度未收，震荡所致。"

"无知小辈，告诉你也无妨。"白衣老者看着紫衣剑客，眼底转瞬间归于平静无波，"动爻乃陨铁所制，只是少有人知，当时锻剑所用仍有所余，虽不足以再锻刀剑，但弃之可惜，安道院便将其打成一对短刀，存放在翰灵阁中，未曾向后人提起过其来历。因为刃短且是双刀，这副兵器百年来无人问津，直到伯劳入我院中。"

他山之石可以攻玉，同出之剑本无强弱，他以为的不入流之物实则与他同宗，他以为的卑贱原来与他并无分别。

谢黎缓缓地从那只大青兕身上站起，左脚平出踏在那巨兽肩上，众人这才发现这老者身形竟如此之高，周身气势压人，只是远观也令人不敢直视。

"兵者无贵贱，武学无高低。凡入我门者，第一课便是学习何为敬畏之心。如今看来，你这身修为还是差得紧哪。"

他话中最后一个字尚未落地，人已不在大青兕肩上。

他手中并无兵器，有的只是那个红红绿绿、花里胡哨的羽毛掸子。那个不过拂尘掸灰的物什却生生破空而来，迸发出巨大的杀气，其上每一根禽鸟尾羽仿佛在顷刻间变成了刀丛剑雨，锐不可当。

紫衣剑客下意识地凝神提剑去迎这一击，然而他听到了一声脆响，随后五彩的羽毛烟花般在他面前炸开来。只一击，他便震断了自己手中无坚不摧的利剑。还是这一击，谢黎敲碎了他双侧的锁骨。用剑之人肩胛与锁骨连接处最是紧要，他虽未伤及性命，却已跟废人没什么两样。

这是一场还未开始便已经终结的对决，快得让人心生困惑。

而这一切的终结者突然摆出一副脆弱的嘴脸，叉着腰在原地咳嗽起来："上岁数了，不中用了。这天气一热，就咳喘得厉害。"

饶是鹿松平这般阴柔、最会见风转舵之人，眼下竟也不知该接一句什么话。

而那自己便是个千年王八的宗颢显然已看透谢黎这只万年老龟，压根儿理都不理，径直上前提了燕紫转身便走。

颜广见状，连忙跟上。

鹿松平却另有事情需要确认，他径直走到那枯败老者面前，将那支破云箭从对方眉心拔出。眼下那副躯体已再无半点儿生气，一股混着恶臭的黑色液体自那尸体的七窍中流出，随即整具尸体便似熔化了的蜡烛一般，化作一摊烂泥。

不远处，燕紫疯癫的叫喊声断断续续地传来："不过一个腐败的容器罢了。神明是不朽的！你们永远也无法毁灭它，永远——"

鹿松平原地站了一会儿，今夜的一切都像一场光怪陆离的噩梦。他转而走向地上的那把断剑。动爻之剑，从铸成之日起便肩负日月江山，寄托着无数人的期盼和向往，如今却……

"可惜了。"

"可惜什么？若无能工巧匠，就是一块生铁罢了，还不如我这掸灰的掸子看着有用些——"

鹿松平瞄一眼谢黎，又不能真的当那剑是一块废铁，只得上前将那剑的碎片捡起。然而方才捡起一片，他整个人便顿住。

两截断剑之间夹杂着一小片灰白色的东西，坚硬而微凉，摸起来还有一些细微的凹凸不平。好像是……一片骨头？

"没想到啊没想到，"谢黎本已飘远的声音突然贴近，"此物看起来似乎是这晦气中的晦气，应当拿去给一空那奸僧瞧一瞧。"

鹿松平脸上的表情有些挂不住："一空法师此时应当已不在阙城了。"

"不在阙城？"谢黎挑起半截乌黑的眉毛，"那是去了何处？"

"晚城。"

谢黎了然："我前脚刚走，他后脚便去，当真是掐得好时候啊。你说是不是啊，鹿中尉？"

鹿松平不敢回话，眼前浮现出那和尚一脸真诚、祝他一路顺风的样子，突然便觉得今晚这晦气劲原来压根儿还没过去呢。

霍州西南境外三十里处，一辆马车在有些荒芜的乡间小道上飞驰着。

车是好车，坚实稳妥；马是好马，脚下生风。唯独那赶车的车夫似乎有些懒散，嘴里哼着听不清词的小调，胳膊下夹着已经半瘪的酒囊，似乎只要马车没有驶进沟里去，他就能一直这么优哉游哉地晃悠下去。

身后车帘猛地被掀开，一只手掌不客气地拍在那摇来摇去的后脑勺上。

酒后微醺和山间野趣瞬间被击碎，罗合怒而回首：“无礼小辈！竟敢如此……如此——”

“如此什么？”肖南回眉毛一竖，脸上连最后一丝体面也不想挂着了，“今日若再到不了，我可就不只是无礼了，我还可以无情、无义、无心、无肺——”

平白无故受人威胁，罗合很是不满：“找不准路岂能怪我？我都二十多年未曾回来过了，这树不是那棵树，石头不是那块石头，老张家的香火都能续两代了，谁还记得村头是朝东开还是朝西开的？！”

“少给我扯东扯西！我便是离开宿岩十几年，也找得到回城的路。”

罗合上下打量这半疯的女人，一股不屑伴随着不知从哪里冒出来的优越感扑面而来：“你当终天是什么地方？岂是你岭西那蛮荒之地可以相提并论的？”

肖南回生平最讨厌轻易瞧不起人的人，因为一个人的祖籍而瞧不起人更是讨厌。但她早已不是当初那个轻易便恼羞成怒的实在姑娘，如今的她可是不好惹的。

“你当你车里坐着的是什么人，岂是你一个茶馆跑堂的可以怠慢的？”

她一招泰山压顶，罗合果然结巴了：“我……我好歹也是这小子的从舅，你给我……给我放尊重一点儿！”

过去的几天里，这人只要一言不合便用这劳什子从舅的身份来压她。先前她每天忧愁夙未是否要睡死过去，心不在这上面，眼下却觉得是时候掰扯一番了：“从舅？我管你什么舅舅！这年头连皇帝的便宜竟也有人敢占。他母家的人早年便被屠尽，一个不剩，你又是哪里冒出来的？”

罗合的脸从脖子根开始涨红，他像一只求偶不成、血气上涌的蛤蟆，险些将自己憋死，半晌才吐出几个字：“不……不告诉你！”

肖南回气乐了，她懒得跟这一身酒气的棒槌多费口舌，从车帘子里钻出来，一屁股将那不好好干活儿的车夫拱到一旁：“不想掉下去就坐稳了！”

辔绳在空中抖出一声脆响，拉车的马加速向着灰蒙蒙的远方狂奔。

离天亮还有不到半个时辰，虽然还未到秋忙的季节，但晨起的农户已经在田间忙碌，放牛的牧户也早已吆喝着畜群出栏。

大地上终于零零散散地有了几分烟火气，肖南回驾车驶过小路，直到那小路到了一个三岔口。

“走哪边？”

罗合的嘴微张着，他环顾四周，面上一片茫然。

肖南回抬起腿，一脚将那还在犹豫的草包踹下了车，驾着马车直奔十数步外的一户小院。

那院子瞧着朴素、简陋，扎在泥里的篱笆都歪歪斜斜的，此处正对着那三岔路口，从家宅风水上来讲是大忌，处处能见主人家之粗糙。

肖南回勒马停车，望向院内。院子里，一名老妪正弯腰收拾鸡圈，不远处一个年轻的青衣男子背对着她正在帮衬。

肖南回沉思一番，尽量和善地开口道：“劳驾，请问此处——”

她话才说到一半，那头发花白的老妪突然原地蹿了起来，一手揪着那个青衣男子的耳朵，一手叉腰怒骂，气沉丹田，能传千里：“昨日便交代过你，和鸡食的时候少添些水，怎么今日还是这么稀？你是想吃死鸡还是想气死我啊？！”

那个青衣男子毫无还手招架之力，节节败退中还不忘认错认㞞：“这便少放些，少放些——”

咦？这人的声音怎么如此耳熟？肖南回心里嘀咕着，正犹豫是否还要上前问路，下一瞬那个青衣男子转过身，她惊得险些从马车上栽下去。

对方也瞧见了她，神色也是一愣，随即猛地转过身去，只留下一个顶着几根鸡毛、情绪十分复杂的背影。

肖南回判断，那是一种羞愤与尴尬交织的背影：“丁……丁未翔？！”

第一百六十一章

终离之地

夙未在黑暗中睁开了眼，头顶是交纵悬挂的巨大帷幔，青黑色的底上绣着纤细、繁复的云气纹，密密麻麻地从他视线所及一直延续至房间尽头的黑暗中。

空气中有一种深秋才有的寒意，月光如霜，从高而窄的窗棂中投下，照亮了地面上光滑如镜的黑色石板。石板正中的炭盆已经熄了，余烬中半点儿余温也无，寒意在石头与铜铁之间蔓延。

他从床上坐起来，想要伸手去摸地上的那盏油灯，却怎么也够不到。

突然，一阵金铁摩擦的刺耳声响从门外传来，一道黑影闯入那惨淡的月光中。他缓缓抬头望去，只见扇门雕花窗棂上映出一个异常高大的影子。

那影子一动不动，却似乎是在隔着门凝视他。

一种熟悉的不安从心底生起，他跌跌撞撞地从床榻上翻下，摸索着找到那盏油灯，手忙脚乱地去点那已经溺到油里的灯芯。

吱呀，冷风轻轻推开了他的房门。

他不记得自己为何没有关好门窗，更不敢抬头去看，只强迫自己快些将那油灯点燃。

咔嗒，咔嗒，咔嗒，沉重的脚步声伴随着金属撞击摩擦的声响，越来越近。

终于，他点亮了那盏灯。微弱的火光在黑色的地面上映出一小片暖意，然后他便看到了那双穿着带锈胫甲的腿，视线缓缓上移，那黑影就立在离他五步远的地方。

那是个胄甲披身、浑身是血的人，兜鍪压得低低的，面目一团模糊，盔甲上似乎还有水汽，水珠顺着他的枪杆滑落，带着一点儿血污。

可他记得今夜明明是个晴天，一整天都未曾落雨。他死死盯着那道人影，反复告诉自己，那只是梦境中的一个幻影。

“母亲？”他颤抖的声音在大殿内回响。

许久都无人回应。

下一瞬，那人影突然动了，拖着长枪向他奔来。他连忙将手中的油灯朝那人扔了过去，随后顾不得穿鞋子，光着脚跑出了大殿。

秋夜晴朗，天上半点儿云影也不见，只有一轮孤月挂在天上。

蜿蜒的回廊静悄悄的，听不见半点儿人声虫语。秋夜的寒霜在冰冷的石砖上蔓延，他踏过，那霜便化作水汽，将他的脚打得湿漉漉的。

他不敢停歇，直到望见那湖畔的亭子隐隐透出灯火，这才长舒一口气。她没走，他的母亲没有离开。

湖上冷风肃杀，那四角亭周围的纱帷却如此单薄，她的发丝似乎都结了霜，身形却很是慵懒，就半倚在探出的栏杆上，一半的发丝悬在空中，随着秋风晃啊晃。

她听到了男孩急促的脚步声和喘息声，缓缓睁开眼，双瞳比这秋夜里的寒星还要清冷，容貌比今晚的孤月还要皎洁：“可是又做噩梦了？”

他说不出话，哆嗦着拉住女子的手，想要得到一点儿回应，那双纤弱的手却像以往一样轻轻抽离。

“梦见了什么？”

他定了定神，终于恢复了几分冷静：“梦见……梦见一个浑身是血的将军。”

女子轻轻叹息，面容透出一种疲惫和无奈：“未儿莫怕，也不用理会他们。”

他努力做出沉着的样子：“母亲教诲，未儿都记得，但他们总是突然出现，有时还会大喊大叫——”

“那些是你一生中会遇见的人，日后定会相见。他们或许是你的仇人，但也有可能是你此生所爱之人。这般去想，你便会珍惜这种缘分。”

他不解，更不明白他的母亲为何总是对他说一样的话：“未儿最为敬爱之人就是母亲，那些人又怎会是我所爱之人？”

女子的语气温和下来，眼神里有来自往昔岁月的微光：“此时你并不认识他们，自然不知情深情浅，只觉得是无谓的相见。但往后你长大了便会明白，纵使是在梦里，能见一面也是件多么珍贵的事情，相知却不能相见才是这世间最大的遗憾。”

“可是——”可是他并不想去深究那些梦里出现的人，他只是希望能在夜里惊醒的时候有母亲温暖的陪伴。

女子的眼帘又轻轻垂下，指尖轻轻拂过他的脸庞：“快回去睡吧。若让你父亲瞧见了，又要罚你了。”

每次母亲提到父亲的时候，就是他们分别的时候。

若是以往，不论心中多么不舍，他都会安静地行礼退下，但这一次，他没有离开：“母亲为何不肯像奶娘一样，轻声跟我说话，在我睡不着的时候哼些小调安慰我——”

“因为人生有许多长夜需要挨过，不是每个夜晚我都能与你相伴的。”

他仍在原地一动未动。

女子睁开眼望着眼前的孩子，仿佛从他身后那道清冷的影子中看到了深埋骨血之中并且还在疯狂生长的欲望与执念。她轻声叹息：“你可知，母亲为何总是不提起也不写下自己的名字？”

他摇摇头。

“钟离一族，注定孤独。‘终离’二字是对这世上所有长相厮守之人的诅咒。无论情深几分、缘聚几时，终有分离之日。这就是你我的宿命，也是天下人的宿命。”

“我不信宿命。母亲也不要信。”

“我小的时候也是不信宿命的。”女子竟笑了起来，神情灵动的这一瞬间仿佛又回到了从前，“有人告诉我，花开娇艳又如何，它们注定会从枝头凋落。可我每日从家门前那些梨树下走过的时候，都觉得那些花是永远不会凋谢的——”

听到女子又说起了从前，他本能地往前凑了凑，她的话却戛然而止。

“只是不信命的人总要受些苦。我不想让你受苦。”说完这些，女子再没有开口。她只伸手将他揽到身前，握着他的手，在他手心随意写着笔画。

那是些不成文字的符号，既然母亲不会哼唱，他便把它们当作哄他入睡的安眠曲。晚风寒凉，他沉沉伏在母亲身前那张绣着并蒂曼陀罗花的软垫上，意识在女子轻缓的动作中渐渐模糊远去。

不知过了多久，黑暗中，他又听到了母亲年轻的声音：“未儿，醒醒。你做梦了。”

做梦？他不是已经从噩梦中醒过来了吗？

“醒醒，你该回去了。”

回去？回哪里去呢？

他身体很沉重，连勾一勾手指都很费劲，想要睁开眼却仍身处黑暗中。他感觉到自己已经清醒的灵魂在这死气沉沉的身体中拼命挣扎，直到黑暗中出现一道裂缝，透入一点儿光亮。

他在黑暗中睁开了眼，头顶是简陋的木梁，木梁上挂着一只破旧的纸灯笼，灯笼内的火光已经熄灭了。

晨光熹微，微凉的风从稀疏的窗栏间透进屋里，空气中有泥土和新鲜植物的气味。

他缓缓从那张简陋的床板上坐起，又着脚踏上吱嘎作响的陈旧木板，向着有光的地方一步步走去。

霍州西南、赤州东北、闽州东南的交会处，有一个人烟稀少、鲜有人知的小村子。

村子坐落在一片荒凉的山坳中，山坳底部有一小片平原，平原中被一道三岔口分作三块，这三块分属霍州、赤州、闽州。

村子里的人不知自己究竟是哪里人，村子外的人也不知这村子究竟属于哪边。

村子东北方有座不高不险的山，西南方有片寸草不生的地，西北方有座不知何时建起的古塔。这一山、一地、一塔便是这村子外的全部。

村子所在的山坳附近常年生着一种带刺的棘树，冬季接连数月被大雾笼罩，进那山坳的路口常常淹没在荆棘雾海之中，是以少有商队旅者愿意穿行而过，外乡人更是不愿在这穷山恶水扎根生活。

外面的人不愿进来，里面的人也不愿出去。

村子里的人向来很少到三岔口附近十里远的地方，更少与外界走动，靠着山坳底部的一点点耕地自给自足。这小小一片耕地是村中几代人辛勤开垦的成果，只因这山坳中盛产一种白色的石头，混在土中，遍地都是。这种石头说硬不硬，说软不软，既无法烧制打磨成石砖，也无法用作雕刻石材，只能勉强凿碎后铺设庭院，费时费工，利润微薄，从来无人开采。而这立在白色石头堆中的村子便被唤作白石村。

白石村有多小呢？一个五岁大的孩子能一口气从村子这头跑到村子那头。白石村有多没名气呢？三十里外的赤州小镇中生活了几十年的老人也叫不上来这里的名字。大家只知道，白石头堆里有个村子，为了说得顺口些，就叫它白石村。

对这样一个长年与世隔绝、自给自足的小村子来说，村里人消遣时光的方式实在是有限，日出开始便要辛苦劳作一天，日落后若能在家中掌一盏灯、喝一口小酒，便是最大的慰藉。

是以白石村中没有布店，没有茶馆，却有一家生意红火的酒肆。夏忙时酿的是米酒，冬藏时酿些果子酒，酒中杂质虽多，口感粗劣，却已是这山中最易获得的快乐之源。

酒肆虽小，客人却不少，店中又常年只有一人看店，做事的便要格外爽快、利落。

村里的人若是馋酒了，便要自己提着竹筒到村口那白石头垒起来的酒垆沽酒。

那垆后张罗打酒的妇人显然在这里做了很久的生意，垆上放着一排等着被填满的各色竹筒，她只需要看一眼那些竹筒的外观，便知道那是谁家的酒筒，喊起人来从来不会错，手下的动作也绝不会停顿半刻。

然而这一回她转身的时候，却不由自主地顿住了。这只竹筒，她绝没见过。

手腕一翻，打酒妇人不客气地将那竹筒扔了出去。

一道身影矫健地飞出，稳稳接住了那惨被抛出的竹筒，三两步走到垆前，声音中透着一种不解和愤然：“为何要扔我的筒？”

打酒妇人抬头瞥了一眼那年轻女子的面容，越发肯定这确实是张白石村里十数年没见过的生面孔：“我家的酒，只卖给村里人。”

肖南回的半边身子都要蹭到那垆案上去，她只想看清那酒缸里的东西：“什么酒如此宝贝？我倒要看看是不是比小福居的云叶鲜还要好——”

那打酒妇人身法却甚是矫健，一拉一推便护住那酒缸，又将肖南回挡在外面，显然没少驱逐过那些没钱却馋酒的酒鬼：“不卖就是不卖。莫要挡着我做生意，后面的人还等着呢。”

说话间，身后那一众拎着竹筒的老老少少顿时一阵不满，霍州方言夹杂着闽州土话吵得她脑仁疼。

肖南回不得不暂时退开，但她并不打算就此放弃。她可是天没亮就出发，走了足足十几里山路才到这里的，怎可无功而返？

眼见方才排在她身后的那中年矮胖男子已心满意足地打到了酒，她快走几步凑上前去，手掌一翻，露出半锭银子。

那男子一愣，目光便定在了那银子上。

“这些买你手里的酒，卖不卖？”

那男子有些不可思议，短粗的手指捏起那银子反复看了看，确认货真价实。

“卖。”男子生怕她后悔，又再三确认一番，“你自己开的价，可莫要反悔。”

依她的性子，花半锭银子买几文钱的酒，她确实得反悔。但这不是她的银子，是丁未翔的银子，那有什么好反悔的呢？

肖南回嘿嘿一笑，一手交钱一手提货：“万万不会。”

那人见她爽快，憨笑起来，露出一排缺了门齿的黄牙，话都多了起来：“其实方才也不是不卖你。我们这小地方酿酒，水都不大讲究，先前有吃坏了肚子的外乡人非要找麻烦呢。”

肖南回看了看那酒桶里的东西，确实有些混浊，但她根本不在意。比这粗劣的酒浆，她又不是没喝过，她对自己的肚子有信心：“我确实刚到此地，买些酒浆也算拜过这一方水土了。”

那人上下打量她和她身上那件过于随意的苎麻小衫：“姑娘是哪里来的？我们这里可不常有外人啊。”

她顿了顿，含糊道：“北边过来的。”

不料那人却还是察觉到了什么，一惊一乍道：“那你来的时候可经过了那座山？”

肖南回摇摇头。她没经过那座山，她是今天早上刚从那座山里走出来的。

“没去就好。别看那座山瞧着不高，也没啥稀奇，但千万莫要靠近，谷口为界，万万不可跨入半步。”那人神色紧张地交代着，一副苦口婆心的样子。

肖南回的好奇心被勾起，本来要迈开的腿又缩了回来：“为何？”

对方压低了嗓音，说话间咬字用力的缘故而有些漏风：“那山里住着一位性情残暴、凶神恶煞的地仙，寻常人若是靠近，必会被抓去做苦力，再也别想逃出来。”

性情残暴、凶神恶煞？做苦力？想到那老妪支使丁未翔喂鸡时的可怕气势，肖南回由衷地点了点头：“确实确实。”

那人显然已多年没能跟外乡人倾吐这些“村中秘闻”，一开口就停不下来了：“说起那地仙，我们都觉得是谁的冤魂成了精怪。要知道老早之前还有人住过那地界，后来还不是没一个落得好下场？如今大家都觉得那地方晦气，都没人敢提‘钟离’二字了。”

肖南回愣住：“你说什么？这里此前的地名叫作钟离？”

那人突然意识到自己说了晦气话，连着呸了几声，这才有些懊丧地嘟囔了几句：“说了，你也未必会信。我外祖还在的时候跟我讲过，说是很多年前钟离这一带连年大旱，村里人都逃得差不多了。当时突然来了一群外乡人，不知使了什么法术，便求来了一场大雨——”

“外乡人？”肖南回的心怦怦跳起来，有种说不明的猜想正在她脑海中迅速成形，“多少人？从何方来的？”

“百十来人吧，说是从霍州那边过来的。欸，这里外乡人本就少，像当时那样来了百十来人更是稀罕。”

“你说的那些外乡人后来去了哪里？”

中年男子有些奇怪地看了她一眼：“自然是遭了祸。不然你以为大家为何觉得那里晦气，还改了名字？”

肖南回愕然，手中的酒筒险些被她打翻。

“我外祖还说，那场大旱不是没来由的，或许此地注定不祥。钟离，终离，离别之地啊——”

那男子一边念叨着一边驼着背走远了，肖南回却还在原地站着，许久才拎着那沉甸甸的酒筒向着东北方向的那座山走去。

乡间的路比不得官道，却也是无数农夫挑着担子一脚一脚踩实的，走起来不累脚，只是要小心田间偶尔蹦出来的蛤蟆、田蛙。

这样的路走了几里，便连田埂那般宽的路也瞧不见了，只能望着远山轮廓上的那个豁口，在荒草和乱石中蹚出一条路来。

对肖南回来说，这也算不得什么难事，因为一个时辰前她就是这般摸着黑走出来的。

走了十里路，她终于入了山。

太阳慢慢升高了，金色的光从山顶缓缓落在山腰上，将整座山分隔成一冷一暖两部分。山中是一片寸草不生的稀烂泥地，泥地中有一条隐秘的白石头垫出来的小径，只要踩在石头上，便不会弄脏鞋。

穿过荒凉的泥地，转过几道迂回的山谷，眼前的景象便豁然开朗。

嫩黄的细草铺满了整个山谷，白石露出的山体上长满了奇松怪柏，岩壁间竟还有一眼热泉涌出，泉眼旁是一片笼罩在水雾中的梨树，树上缀满盛放的白花，像正月里落了雪一般。

真奇怪，明明已经是七月了，这里竟还有梨花。

肖南回这般想着，下一刻一抬眼，就看到了那人的身影。

他身上仍穿着她离开时为他换上的那件里衣，薄而透的衣料随风勾勒着他的身形，像庙宇中盖在神像上的布。

她愣了愣，随即很开心地举起右手向他挥了挥，又举起另一只手，摇了摇手中的酒筒。

他听到了她的声音，转过身望向她，突然加快了脚步。

一阵风吹过，将那萦绕不散的水雾拨开一瞬，落下的梨花大雪一样飞扬，她移不开眼，就那么定定地瞧着，等反应过来时，他已到了眼前。

“你终于醒了。怎的连鞋子都没穿——”她话刚说到一半，便被他拉入怀中。

他穿得很少，她身上的苎麻小衫也很轻薄，滚烫的温度迅速通过他的怀抱传递给她，像山火燎原，一发不可收拾。

“我以为你走了。”

她眨了眨眼，不知该说什么，半晌才抬起手，轻轻拍了拍他的背：“这不是回来了？”

她刚拍了几下，他的手臂便收得更紧了：“不要糊弄我，我又不是小孩子。”

这话说的，分明是个小孩子。她有些哭笑不得，轻轻拉开一点儿距离。

他始终低着头，披散的发丝遮住了半张脸，目光在半明半暗间闪烁，分不清是落寞还是无助。

她一定是看错了，那样的表情怎么会出现在他的脸上？

肖南回伸出手，将他凌乱的发丝从脸上拨开一点儿：“我没有走，我答应过你。”

他没说话，轻颤的睫毛轻轻扫过她的指尖，带着一丝不易察觉的脆弱。

她已经跟他走了一路，接下来的路也会跟他一起走下去。她不会离开他，但是怎样……怎样才能让他相信呢？

她想了想，揽过他的脖颈，慢慢靠近。鼻尖轻碰，柔软相贴，她终于如愿地看到最后一丝阴霾从那双眼睛中散去。

纵使离别是此地的宿命，但她愿意相信，击碎宿命往往只需要轻轻一吻。

第一百六十二章

解甲

罗合倒了倒已经空空如也的酒囊，早起后第十七次望向山谷中那条小路的尽头。

酒瘾得不到满足的困倦涌上头，不知过了多久，就在他要将视线移开的时候，一对人影终于穿过晨间泛青的雾气缓缓走来。他强撑着眼皮，正要大声抱怨几句对方姗姗来迟，话到了嘴边，又咽了回去。他望见那年轻女子轻轻握着男子的手，一步步穿过那片开着粉白花的梨树，笑着走入一片晨光中。他们穿着最朴素的衣衫，像这人世间再平凡不过的一对旅人。

体内多年沉积的酒气在这一刻发酵着，他不胜醉意，恍惚间想起从前的事。在很久很久以前，他也是这样伴着亲近的人，一遍遍走出这座山，又一步步沿着这条路回家。

肖南回望见了坐在柴火垛上发呆的罗合，正要拎起手里的酒喊他，他却突然起身，踉踉跄跄地走远了。她觉得有些奇怪，但没有追上前去。落花如雪，缱绻入心。如此良辰美景，她不愿意离开身旁的人半步。

原来人在快乐幸福到极致的时候是会想到死亡的。只有死亡能够定格一切，他们不必经历那些未知的生老病死、苦恨离别，可以永远留在这片下着花雨的草地上。

一阵谷风飘过，带来一阵花香。

肖南回打了个喷嚏，这才发现路已经走到了尽头。她仍拉着他的手，不想分开，开始自顾自地找话题："所以你到底为什么要光着脚跑出来？"

这话题实在是不怎么样，对方却低下头去，认真地研究起脚踝上沾着的泥土和草屑："起来得匆忙，忘了穿鞋袜。"

见他答得一本正经，肖南回一时有些想笑，但还是忍住了，故作疑惑：“你以前不这样的。我总感觉没有什么事能让你如此匆忙。”

她没笑，他却笑了，只是神色并没有多么轻松和愉悦：“也不是生来就如此。从前的时候，我也常常行色匆匆。只是后来我明白了，原来不论表现得多么慌张、匆忙，那些等不了你的终究不会等你。”

她见过这种神色，知道他又想起了以前的事，原本并不打算探究的问题此时却蠢蠢欲动：“我听村里的人说，这地方曾叫钟离。那不是你母亲的——”

她说到这里不由得顿住。先前在去往霍州的马车上，他便有意隐瞒了这段，或许她确实不该问。

还没等她想好如何结束这个话题，他却先开了口：“她和她的族人确实曾在这里生活过，只不过这并不是他们本来的家罢了。钟离这个姓氏出自地名，而我母家本来的姓氏是扈，曾是霍州最大的家族之一。”说到这里，他停顿了片刻，静静望向她，“但我体内有另一种血脉的影子，我那时还很年幼，母亲甚少提及，更不肯说出灭族的真正缘由。但此番你我经历了这么多，便是没有十足把握和证据，多少也能够猜到一些。”

眼前的人绝算不上是个真诚的人，此刻却给出了他最真诚的答案。

沈家洞窟里的大火和壁画闪电般在肖南回脑海中划过，她突然有些难受，不想在如此美好的早晨提起。

他睡了这么久，她本来是有诉说不完的心情要与他分享的，眼下却再难开口。沉默半晌，她望着那空空的柴火垛低声道：“不说这事了。话说，先前我按你说的去冷斋找了罗合，可他自称是你的什么从舅，以长辈的身份压了我一路，我追问，他却不肯多说，一副吞吞吐吐的样子，怕是有什么不可告人的秘密——”

“他确实是我母家的人，年轻的时候欠了我母亲一个人情，这辈子都还不清。我若开口，他还不敢放肆。”他顿了顿，又笑着看向她，“至于秘密，倒算不上。你若想知道，我可以一五一十地告诉你。”

方才亲过的那张脸眼下笑得如春风拂面，明媚醉人，肖南回突然有点儿不好意思了。当真不是她多想了吗？两家互相交底、告知父母家事，那可是戏文里谈婚论嫁时才会有的桥段。

她清了清嗓子，故作沉稳道：“也不是那么想知道……我只是担心他不大可靠。你若信他，我自然也没什么可疑的。”

“我跟他多年未见了，方才你所说倒不是完全没有道理。眼下时机正好，倒是应该和他好好叙叙旧了。”他说完，低头望向两人相握的手。

肖南回自知不可再厚脸皮下去，只得将手松开，又故作潇洒地摆摆手：“应该的应该的。我瞧着他方才往那边去了，你先回去穿上鞋袜再去找他也不迟。”

夙未轻轻退开，又静静看了她一眼，这才转身离开。

瞧着他走远，她拎起酒筒往远处冒着炊烟的石头房子走去。就在刚才她突然意识到，自己越来越不喜欢和他分别时的感觉了，这可不是个好兆头啊。

她心事重重地往前走着，路过柴火垛后的鸡圈时，她下意识地停下了脚步。这个鸡圈比山谷外那个农舍围得稍好些，规模也更大，想来常常有人打理。

丁未翔仍是那身青衣，衣摆挽起，系在腰间，守着陶盆里的一点儿粟米，正忙得满头大汗。

肖南回站在圈门口看了一会儿，越看越想笑：“先前不知道，丁中尉对喂鸡这件事竟如此情有独钟。”

丁未翔不语，脸色却很是难看，显然早就知晓她站在那里，手下动作却一刻也不敢停歇。

她又走近几步，望了望那陶盆里和了一半的鸡食，故作叹息地摇了摇头：“还是太稀了。照你这个喂法，这些鸡怕是活不了几天。”

丁未翔看她一眼，眼神中的怀疑不言而喻，手上的动作却停下了。

肖南回没说话，上前拿起菜刀熟练地剁起鸡食来。养鸡这件事情，她可谓个中高手。想当初，在碧疆那寨子里的时候，各式各样的土鸡、乌鸡、走地鸡，她可没少伺候，若不是郝白那偷鸡摸狗的郎中总是嘴馋，说不定她可以靠养鸡在碧疆发一笔横财。

她掺点儿粟米，又掺点儿碎白菜帮子，用力搅和起来，手上忙碌的同时，又想起方才的情形，随口问道：“你家陛下方才光着脚跑了出去，你怎么还有闲心在这儿喂鸡？万一沈家的人追过来，你怕是要后悔莫及。”

丁未翔轻哼了一声：“沈家的人还不敢追到这里。”

这回答似乎太过笃定了，然而肖南回暂时懒得追究，又问起她真正关心的事：“陛下先前到底吃了什么，为何要睡那么久？我还以为他中毒未解，吓得晚上不敢合眼，要爬起来三四次确认他是不是还活着。”

丁未翔听到这里，语气倒是缓和了些，只是言语间仍有些生硬："你当那秘玺上的毒解完就没事了？你忘了邹思防的下场了吗？"

所以，他果然是为了避免成为和邹思防一样的傀儡，才会干脆选择沉睡吗？可是……

"那眼下该怎么办？总不能再吃一颗药一直睡下去吧？而且他现在已经醒了，岂不是随时可能——"

"这便是要来这里的原因。"他说到一半戛然而止，竟卖起关子来。

肖南回再抬头一看，只见丁未翔已经找了个阴凉的地方舒服地跷起脚，一副地主婆子监工的架势。

肖南回顿时无名火起："这是你的活儿，我好心帮你，你倒悠闲了。"

丁未翔将刀横在腰间，振振有词："我看那些鸡对你很是喜欢，所谓能者多劳，你多操操心也好。"

肖南回立马将菜刀往菜墩子上一剁，抹了抹手，走到一旁："瞧你先前对那老人家如此卑躬屈膝、忍辱负重，莫不是做了什么见不得人的事，让人家抓住了把柄？"

这话一出，丁未翔果然坐不住了，脸色也有些难看："你胡说什么？我是心甘情愿做这些的——"

丁未翔这人向来清高，除了他那至高无上的主子，他对旁人向来不屑于表达、解释，做事也常常挑三拣四，对折损他刀客身份的事情绝对碰都不碰。

若有人跟她说，丁未翔丁中尉心甘情愿帮别人喂鸡，她定是要仰天大笑三声，再道一句"谬哉谬哉"。可现下，她竟然听到他亲口说出这样的话，这好奇心便再难压制："我今早刚去了山外的村子，虽说并无客栈，但你身上总归有些银子，找个吃饭、落脚的地方总是够用的，为何偏偏要窝在这山沟沟里寄人篱下做些苦力？"

"你懂什么？此处岂是客栈民舍可以比的？"丁未翔神色变得有些怪异，又是那副欲言又止、有些憋闷的模样，"再说，是陛下让我来此地等他的。我不在这里，还能去哪里？"

其实丁未翔只要说出最后一句，肖南回便一点儿也不会觉得奇怪了。她早该想到的，能让他如此委曲求全且心甘情愿的人，只有他那宝贝主子。可皇帝为何要约在这山中相见呢？或者说，为何要约在这老妪家中呢？她不禁想起白石村那打酒男子警告过她的话，若只是个脾气不好、喜欢抓人来帮忙喂鸡的老妇人，怎会被传成那般可怕的样子？

她正迷惑着，鸡圈的柴门被推开，当事人背着手，慢慢悠悠地走上前来：“酒打来了？”

肖南回还没反应过来，一旁的丁未翔听到这声音，就像刚出锅的肉丸一样弹了起来，迅速拿起她方才拌好的鸡食，勤快地干起活儿来。

肖南回看得啧啧称奇。即便是他那亲亲陛下交代过要在此地落脚，他也不必如此兢兢业业、鞠躬尽瘁吧？

下一瞬，她手里的竹筒被人捞了过去。

“酒打来了，还闲在那里做什么？我这里不养吃白食的。”

一个箩筐从半空中飞来，带着一种石破天惊的气势，吓得肖南回连忙双手去接。这老妪当真有七八十岁了，为何这身手、这力度堪比村中每日下地干活儿的壮汉？

肖南回抱着筐，心中想着某人眼下还寄人篱下，她实在不敢怠慢：“敢问前辈，需要我做些什么？”

老妪不客气地往外一指：“灶台旁的柴受潮了，你再去打些来。明后天怕是要落雨，要够用两三天的。”

肖南回点点头，不敢耽搁，又瞪了丁未翔一眼，这才背着箩筐向外走去。

绕过石头房子往后山去的路都半掩在荒草灌木丛中，她懒得记路，本来不想走得太远，但又担心就近打来的柴不符合那挑剔老妪的要求，只得又往深处走去。

她一路走一路拾柴，半炷香的时间过后，原本茂密的树林灌木丛突然稀疏起来，她低头查看后发现，这是有人故意砍伐修剪的结果。

地上散落的枯枝被踩断后咔咔作响，她小心落脚又走了几步，发现自己来到一小片空地上。空地正中有道不大不小、孤零零的土坡，坡顶有半截枯萎的树干，瞧着似乎是棵多年未能抽枝的梅树，周围的土看起来却很是松软，显然有人一直打理。

先前看到外面那开到七八月的梨花，她还以为这山谷里没有种不活的东西，眼下看来倒并非如此，又或许无心栽柳柳成荫，有心培花花却不开。

好奇心被勾了起来，她又往前走了几步，有什么东西在那半截枯树下闪了闪，她一愣，随即意识到一件事。

那是一把半截插入土中的剑。剑柄窄窄的，远看就好像那枯树长出的一截枝干。这原来是一个剑冢。

突然，一道苍老的嗓音在她身后响起，声音中有毫不掩饰的怒气："谁让你进来这里的？！"

肖南回愕然回头，便见那老妪气冲冲地向自己走来，脚下生风，快得吓人。她下意识退开，对方却只是停在那剑冢旁，小心查看那棵枯树。看来何人在打理此处已是不言而喻。

肖南回从惊讶中回过神来，小心开口道："前辈可是在缅怀这把剑的主人？"

老妪瞬间止了叹息，恶狠狠地瞪她一眼："我就是这把剑的主人。"

肖南回一愣，随即干笑几声："原来如此。"她不好再问那把剑的事，只能就近扯些别的，"我一位阙城的朋友家中种了许多梅树，他闲聊时曾告诉过我，梅树必须越冬才能长得茂盛，开出花朵。此地四季如春，只怕并非种梅树的适宜之地，前辈或许可以换个地方试试。"

那老妪却突然目光如炬地盯住她："你跟梅家是什么关系？"

这回轮到肖南回愣住了。她下意识地想说起平弦的事，但又觉得有些曲折，索性说出夙平川的事："我这位朋友的母亲是梅家人，而他是我在军中的同僚。小的时候——"想到过往种种，她脸上不自觉地带了几分笑意，"小的时候也算有些缘分。"

她本来只是随口一说，没想到对方感兴趣的点却跑到了别处："既是同僚，那有没有私下切磋过啊？"

某人穿着亵裤挥舞着树枝对她大喊大叫的情景在脑海中浮现出来，她勉强控制自己的表情，一本正经道："切磋倒是有过一次，只是比到一半出了些状况，只得以平局作罢。"

老妪冷哼一声，不知是否察觉到了她话中半实半虚的地方："那你以为他剑法如何？"

肖南回沉吟一番，回忆着当时的情景，一五一十道："清奇有余，刚正不足。剑一人敌尔，他一个要上战场与万人敌的将军，路数未免小气了些。"

她嘴快说完这一切便觉得有哪里不太对劲，抬头只见对方仍死死地盯着她瞧，心里那股惴惴不安就更明显了。

然而不知为何，老妪突然移开了目光：“是不是每个上过战场的人都似你这般又蠢又钝，看不懂眼色？”

对方似乎是在对着她说，但又似乎只是对着那光秃秃的剑冢自言自语。这番话虽然难听，语气却没有嫌弃、厌恶之意，反而有几分感叹。

而肖南回此时才留意到，对方那一头花白的发丝令她看起来比实际年岁要大些，面容只是因为表情紧绷而瞧着有些凶煞，但她的年纪实则并不是很大。

“枪是众士之勇，剑却是孤勇之气，孰高孰低本无定论，有朝一日真的对上，结局也未可知。”

这番话非武者不能参悟。如果说先前还有所怀疑，眼下肖南回几乎可以肯定这老妪绝非寻常村妇，甚至很可能是个不世出的高人：“敢问前辈是否认识平川——”

“劣徒！”

她话还没说完，便教对方一记暴喝喊蒙了。

“亏我破例收徒，辛辛苦苦教习他五载，他竟从未告诉过我种梅树还有这许多讲究！”老妪气哼哼地从那土坡上走下来，几乎是一脚踩烂一段小臂粗的树枝，“当真是随了他老娘的性子，忘恩负义得很！”

肖南回哑然，分不清自己究竟是不知说什么还是不敢说话。

她早该想到为何“终天”这两个字听起来如此耳熟。原来夙平川口中的终天桃止山并非只是门派称呼，而是当真有这样一座山，而她此时此刻就在这座山中。想了想，她跟上前去，小心行礼道：“晚辈肖南回，拜见折剑门门主。”

折剑门门主李元元仍在东一脚西一脚地踢着地上散落的枯枝，头都没回：“六刹如今只剩我一个老太婆，哪儿来的门主？”

肖南回跟在对方身后，一一拾起那些枯枝，放进身后的背篓：“哪怕只有一人，也有门派立足之地。前辈守在这里多年，不也是因为深谙此理吗？”

李元元又是一声冷哼：“我之所以还在这里，不过是因为上了岁数，走不动罢了。”

肖南回笑了，先前的拘谨反而散了些：“我看前辈日日在这剑冢与家之间奔走忙碌，身体康健得很。”

“你懂什么？不过是一把废剑，还不如这梅树值钱。”

“废剑？”肖南回将信将疑地看一眼那露出一半的剑身，并不觉得那是庸人之作。

“解甲之剑，可曾听过？”

世间名剑众多，肖南回不识得一百，也当有九十九，可唯独没有听过“解甲”这个名字。

肖南回摇摇头：“晚辈见识浅陋，未曾听过。”

“你没听过才正常。那是传说中的剑，没人见过它的真实模样。而你眼前这把剑便是依据传说铸成的，从铸成之日起，只杀过一人，自那以后，便埋于黄土之中。”

肖南回望着那棵枯萎的梅树，突然间明白了什么：“前辈虽是这剑的主人，却不是这梅树的主人，可对？”

李元元似乎有些累了，终于停下脚上的动作，找了个树墩子坐下，手还在拔着四周地面的野草，脸上的神情也变得柔和起来：“我初见她时，她不过是个比桌台高不了多少的小姑娘，可一手枪法已使得不错，对上我也没有怯阵。我俩脾性很是相投，很快便成挚友。我想让她跟我一起入折剑门，她却瞧不上我的剑法，只觉得自己的枪是最好的。”

如果说先前的一切只是猜测，听到这里，肖南回几乎可以肯定心中的那个答案了。然而想到那人的结局，她几乎不忍继续听下去。

李元元却似乎陷入了对过往的回忆，声音不曾停下：“有一日她突然找到我，说是不知从哪本古籍中看到一则铸剑录，说这世间最锋利的兵器名唤解甲，它由相爱之人的执念所化，能够卸下任何人的心防。她当了真，日夜想要铸成那剑送与我当作生辰礼。我笑她不懂文人的酸腐，那或许根本不是一把剑，只是痴男怨女写下的矫揉之词。

“可她不信，定要打出这样一把剑，一有空闲便守在铸剑炉旁。她要我帮忙的时候，我就换着法地推托。苍天可鉴，我对她没有半分敷衍，我只是不喜她为那把剑取名的缘由。

“这世间最经受不住考验的就是男女之情，刀剑何其坚固、牢靠，是习武之人可以仰仗一生的东西，怎能跟那虚无缥缈的情爱相提并论？”

说到这里，她突然停住，那种苦闷、烦躁如聚拢的乌云般再次回到她眉宇之间。

“我瞧不上的东西，她却视若珍宝。她终究还是放下了刀剑，为了所谓的心爱之人走进了深宅高墙之内。我生她的气，为此回到山里，不再与她往来，再想探寻她的消息时，她的枪已断，身已成一抔黄土。”

肖南回默然不语，拾起柴想要放入背篓时才发现背篓已经满了。

“我铸此剑，只为复仇。我花了五年时间研究杀她那人的兵器，以克敌为目的铸成此剑，又花了五年时间潜伏于岭西，终于找到机会杀了他。他不认识我，我也未跟他多说一句话。我所做的一切都不需要有人理解、有人明白。此剑铸成，哪怕只为这一次出鞘，也是值得的。”

对方的声音突然停住。

许久，肖南回都没有再听到动静，她回头望去时才愕然发现，那张冷硬、凶煞的脸上竟有一道泪痕。

任何安慰的话语在此刻都显得苍白无力，她不知该说些什么，只得站在原地，抬头望向剑冢上那把孤零零的剑。

或许那传说确有几分真实。只是解甲，解甲……解下的究竟是谁的心防呢？

第一百六十三章

〖拆魂〗

肖南回帮李元元将梅树移到了山谷前的一道山坡上。那是桃止山南坡一片迎风向阳的小山岗，坑挖在一片砂石中，旁边有几棵歪歪扭扭的小松，正对着入谷的大山入口。

梅树最好在秋末冬初的时候移栽，可李元元的这一棵已经半死不活，肖南回只得将死马当活马医了。

起先李元元觉得她选的地方不好，那块地是半沙半岩的沙土，又迎着风口，只怕到了冬天，北风会从这里灌进山谷。但她告诉李元元，梅树不怕土壤贫瘠、寒风吹拂，只怕肥伤积水、憋闷烂根，能挨过寒冬的梅树才能开出花来。

李元元认定这是夙平川不学无术灌输给她的歪理，但最终还是默认了这栽树的新址，只将剑留在了老地方。

桃止梅开，是好兆头。肖南回这样宽慰对方。她说，等到来年下雪的时候，就能知晓这梅树是不是活了。李元元却只是扛着锄头一声不吭地走下了山坡。肖南回跟上，又踏上回山谷的那条泥巴小径时，才发现太阳已经西斜了。

夕阳的光温暖而柔软，将山谷里的一切都照得金灿灿、毛茸茸的，罗合与丁未翔正在那石头房前的土灶旁忙活着，锅气一团团升起，在长了苔藓的石阶前聚着不散。

李元元只瞥了一眼，便冷哼一声："不堪重用。"

肖南回噤若寒蝉，不敢言语。

罗合，她是不大了解，至于丁未翔，常年跟他主子出门在外，做口吃食的手艺还是过关的吧？然而看眼下这架势，也入不了这老妪的眼。

“怎么？可是觉得我倚老卖老欺负后生？”

肖南回下意识地摇摇头，随后又不由得点点头。

对方也不恼，理所当然道：“我不是倚老卖老，你若早认识我几十年就会知道，我年轻的时候也是这般欺负前辈的。”

肖南回倒是信的，只不过丁未翔毕竟不是普通的后辈。

“丁中尉好歹也是安道院出身，若非前辈执意要他去喂鸡，他怕是宁可挨几刀也不愿意去做这种事。”

李元元熟练地将鸡圈的柴门关好，清点着回圈的母鸡：“这种事是哪种事？谢黎那老不死的向来很会那些沽名钓誉的把戏，他们安道院的刀客便比喂鸡的高贵吗？任他什么英雄好汉、个中高手，到头来不还是要吃喝拉撒睡？”

肖南回附和着干笑两声，转念一想，又觉得对方此话在理，就是不知怎的让人有些下不来台。

她不声不响地将拾来的柴火一一码放整齐，转身要去灶台前帮手时，却被李元元叫住：“干什么去？”

想起丁未翔的下场，肖南回连忙表态：“前辈不是说此处不养闲人？我这便去帮个手——”

“不急。”怪脾气的老妪嘿嘿一笑，招了招手，示意她凑近些，“你帮了我的忙，允许你提个条件。”

“帮忙？”肖南回语气迟缓，有些不明所以，“什么忙？”

“当然是那棵树！”李元元眉毛一挑，明明只是在嗔怪，看起来却好似生了气。

不远处的丁未翔在灶台后抬起眼皮看了肖南回一眼，她有些尴尬地缩了缩脖子，突然觉得自己有点儿像私下送礼走关系、结果被同僚现场抓包的阴险小人。

这可真是天大的冤枉。起先她并没有怀着什么目的，只是觉得对方那段故事听起来感人，而她作为平弦曾经的主人，也算跟已故的梅若骨有着一种说不清道不明的缘分，如今见到梅若骨的故人，若能为之纾解一二，也算尽了同为武者的一份心意，可到此刻她才发现，对方将那棵已经半枯的树看得比她想象中还要重要。

沉默片刻，她小心翼翼地开口道：“那树是死是活还不好说，前辈要不要先多留意一阵子——”

李元元却显然不想听这话：“你最好祈祷它能活，它若死了，我定要找你算账。左右你都赖不掉，不如现下提个条件，省得日后说我占你便宜。”

这是好心帮忙反而变成欠账？姚易说得对，管闲事的人总是容易死得早。

肖南回心中一阵泛苦，嘴上也不知该说些什么，总不能真的厚脸皮提要求，只能哼唧道：“晚辈倒没什么心愿——”

对方似乎打定主意不想让她说完，突然开口问道：“以前可学过剑法？”

肖南回一愣，没想到这对话竟向着她意想不到的方向发展。

行伍出身的，不像江湖中的武者贵精不贵博，须懂得随手提起一样东西便能杀敌的本领，所以不能说十八般兵器样样精通，但多多少少都会一点儿。可要她在折剑门老前辈面前说出学过剑这件事，她当真有些说不出口。

“略知一二。”

老妪不语，扔给她一把铁剑，又随手抽出一根差不多粗细长短的柴火棍，便示意她出招。

肖南回哭笑不得，想起那夙平川当初也是丢了一根树枝给她就要与她切磋，他当真是尽得这老妪真传，一脉相承：“请前辈赐教了。”

她话音还未落地，对方已然攻了过来，路数是跟夙平川相似的疾锐多变，却明显更为内敛，变幻莫测。她聚气凝神，刚拆了三招，便教对方一个转身斜掠追锋，将手中的铁剑挑落在地。

肖南回讪讪地抱拳，还未来得及认输，对方已然下了定论：“这水准，一二都谈不上。”

这话若是换个江湖中有些名号的人听了，定会觉得下不来台。莫说比武切磋本就是个交流的仪式，前辈大多会给后辈留些余地，便是高手之间对决，也常讲究一个“礼”字，否则便是赢了也容易落人话柄，得个“恃才傲物、不讲武德”的坏名声。可也有人压根儿不管这些，更不在意所谓名声。眼前这位便是。

肖南回整理一番，忍气吞声道：“是我学艺不精，让前辈见笑了。”

对方显然对她的认输没什么成就感，却也似乎并不打算就此放她离开。

“不过，若是让我调教几天，出去混也能自称是个用剑的。”李元元慢悠悠地说，边说边偷瞄她的神色，竟有种孩子气的探究。

肖南回还没反应过来，不远处的丁未翔突然咳嗽一声，飞快地朝她递了个眼色。她从来不知这面瘫、呆板的侍卫竟有如此灵活的眼神，随即明白了对方的意思。这李元元是要传她剑法。

她有些惊讶，更多的是迷茫。

从小到大，她想过学刀、学射，甚至学槊，唯独没有想过学剑。因为她太想赢了，要想在兵营中立足，她必须要赢。要想在战场上活命，她更加要赢。所以她使得最好的是枪，次之是弓箭。前者是肖准亲自教她的，后者是她私下下功夫最多的技艺。

剑不是取胜最快的兵器，而学成者往往也不以杀敌为目的，她以为自己此生都不会有想要学剑的一天。

李元元怎会瞧不出肖南回脸上纠结的神色，她上前几步，脚尖一挑，那落地的铁剑便又回到她手里，随后她手腕一转，那已经锈了的铁剑竟发出一声清脆的剑鸣，没入一旁的一棵樟树树干中。

"折剑门剑法以变幻为长，从入门到小成少说也要十年，便是童子功也十有九折，成材者寥寥无几。你并非我门中人，我也没收过你这个徒弟，只当还你人情，传你一套我自创的剑法，也不算坏了师门规矩。我这人耐心不好，就只等你十步，过了这村就没这店了，你自己想清楚吧。"说罢，李元元抬脚便向院内走去。

一步、两步、三步……肖南回握紧了拳头。

从平弦折断以来，她像失了羽的鹰隼、折了角的岩羊，没有了飞翔、跳跃的能力。或许剑并不是最适合她的兵器，但她的手中不能没有兵器。

四步、五步、六步……她的掌心沁出汗来。

那夜在斗辰岭的山路上，如果她能使出精湛绝伦的剑法，是否就能杀了那燕紫，为伯劳报仇？

她知晓伯劳、杜鹃、陈叔都不会再回来了，但她还有其他想要守护的人。如果有朝一日，她又遇到昔日的情形，难道还要眼睁睁地看着过往的悲剧再次发生吗？

七步、八步、九步……她合上双眼，内心却收获了长久的平静。

从此往后的每一日，她并不一定要伴剑而行，但此时此刻她需要有握剑的能力和勇气。握剑的理由不是为了杀戮，而是为了保护，她想要拥有保护别人的能力。

夕阳正好，小小石头房旁炊烟袅袅，吃了食的鸡在鸡圈里聒噪着，远方山坡上的羊群一片云一样缓缓而下……

肖南回上前一步，奋力拔出了那把插在樟木中的铁剑，郑重地用袖子擦去剑上的那层薄尘：“有劳前辈了。”

李元元终于停下脚步，意味深长地转过身来：“想好了？”

肖南回将手中的铁剑呈于胸前，眼神坚定：“想好了。”

老妪笑了，几步走到她面前，伸手在那把铁剑上轻轻一捻，那剑竟一分为二，成为一对剑身薄而锋利的双生剑：“此双剑无名，却是依照解甲之铸造法所造。解甲剑剑身二尺七寸，剑柄三寸五分，却只得十一两四钱的重量，剑锋薄如蝉翼，至刚至柔，未灌注气力时可依附于女子肌肤而不将其划伤，运气而动便可削金断石。”

李元元收了笑容，周身气场瞬间变了，那把平平无奇的铁剑在她掌中竟生生溢出一股迫人的杀气：“看好了，我只做一遍。”

“此剑法名唤拆魂，统共只有一十三招。一十三招中只有一招为杀招，是为魂之所在，须得以退为进，舍生而取义也。”

老妪说罢，提剑而舞。她身法越行越快，手中的剑越舞越疾，周遭闲散恬淡的田园野景似乎渐渐模糊、远去，取而代之的是如山川无极、河海无垠的磅礴气象。

短短一十三招，招招看似平庸无奇，却返虚入浑，大巧若拙，招式与招式之间首尾相衔，处处通络，剑气流转之通畅，近乎浑然天成。

肖南回看得目不转睛，心中暗暗惊叹。

李元元使的尚且不是折剑门中剑法，其招式就如此精妙，怕是夙平川那小子连她一成也没能学到。

行至最后一招，对方步法一变，转眼已行至肖南回面前。那把锈剑贴着她的颈下两寸、肋下三分、内股脚踝滑过，又沿脊骨往上，越过天顶，最终回到她手中，与那另一半铁剑合二为一。从疾行到静止，不过须臾之间。

李元元缓缓收手，顺便用衣摆擦了擦汗，又变回村野农妇的样子，找了个劈柴的墩子一屁股坐下，打起蒲扇：“来。”

肖南回敛气凝神，提剑而起。

她凭记忆飞快地舞起手中的剑，生怕一懈怠便将方才领悟到的精妙之处弄丢。她挥洒汗水间，已入无人之境。

不知何时，最后一丝暮光已沉入山间。

夙未的声音于剑鸣中低低响起："为何教她？"

李元元余光一瞥，便见他一身粗布衣裳立在柴火垛旁，明明也在这乡村野岭之中，却有种跟周遭格格不入的出尘气质。她讨厌这种气质，更讨厌对方的身份。

"都说天成的皇帝早慧而精于心计，竟连这点儿缘由都猜不到吗？"她知他是皇帝，语气中却无半点儿恭敬之意，也不比叫丁未翔去喂鸡时好到哪里去。

尽管她有意试探、挑衅，对方却无半点儿恼意，甚至连惊讶也无。起先她以为对方只是深藏不露，随后才发现，他是当真没有将她话中的情绪当回事，语气温和、平淡得就像在陪阿婆聊天的后生："前辈心意，晚辈怎敢妄自揣测？"

她终于收起带刺的语气，只眉间的褶皱还深深刻在那里，抚也抚不平："猜不到就对了，因为没有缘由。"她终于收回目光，懒散地用蒲扇拍打着身上的蚊子，"纵使她眼光差了些，资质也平平，但老娘我向来是想教谁便教谁，不想教的，便是磕破头也没用。"

夙未轻轻颔首，显然从中听出了什么："她并非有意对您不敬，只是自小在战场上磨砺，千军万马之中三尺锋芒毫无用武之地，远不如一杆长枪能够杀敌制胜，难免会对剑术有所看轻。"

"习枪有什么好？徒增暴戾之气罢了，关键时刻还不顶用，否则又怎会——"李元元说到这里猛地一顿，许久后才勉强压下怒气，恹恹地说道，"人得向前看。更何况，教她枪法的师父早死了吧？"

夙未难得一顿，随后才轻轻摇头道："他还活着，只是……跟死了也没什么分别。"

老妪粗哼一声，根本不探究这话中的深意："那便是了。瞧她虽犹豫了一阵，最终却并未抗拒，我便知她已拜别先前师门，是个没人护着的野鸽子。"

夙未眉梢轻抬，语气突然冷了下来："她是天成将士，自然有天成来护。"

李元元察觉对方的变化，转头迎上："我那徒儿也算天成将士，教人掳到岭西寨子里的时候，怎不见有人护他？"

夙未视线对上李元元，眸中是一片难以撼动的冷漠："那便要问，他是何等不济，竟让人算计，最终沦落到那步田地。"

空气安静了片刻，李元元先移开了视线："我李元元自始至终只有一个徒弟，便是夙平川。他就是再不济，也是我徒儿。你封他一个左将军，多半是看在他父亲的面上，可你当他是真的愚钝吗？"她说到这里轻笑一声，竟有种难以言说的无奈，"他是若骨的孩子，能差到哪里去？还不是因为他那老子藏了心思，要我以性命起誓，绝不能将所学尽数传授与他，否则以他的天赋，如今已是折剑门的门主了。"

夙未垂下眼眸，轻描淡写地翻过了这一篇："太锋利的剑是要出鞘的，总是比那钝些的先折断。只有刃开得差了些，才能让握剑的手生出计较，虽然不会是最得力的那一把，但总归能在剑鞘里安稳一生。这便是做父亲的道理，而不是做王爷的道理。"

李元元再次无声地笑了笑，咧开的嘴角有几分轻嘲。

"你倒是会讲话。"说罢，她顿了顿，又转过头去看不远处在樟树下练剑的肖南回的身影，"就是不知你这样会讲话的人是怎么看上那个又直又倔的丫头的。"

夙未不语，眉梢带了温和的笑意。他就静静地站在那里，望着在樟树下舞剑的肖南回，直到夜幕降临，星斗满天。

小院里，半干的艾草在炉膛里噼啪作响，溢出阵阵青烟，驱赶着夏末越发疯狂的蚊虫。

肖南回摸着肚子，意犹未尽地叹着气。她再次觉得李元元的话真的太对了，养鸡可真是门值得尊敬的手艺。什么宝刀名剑、绝世功法，都比不上这一锅现炖的菌子鸡汤。

罗合还在用那木勺子刮锅底，刮着刮着，似乎察觉到什么，抬头对上对面夙未的那双眼，不由自主地低下头去，手中的勺子也讪讪地放下。

这两人分明有些不对劲，只是不知白日里他们到底谈了什么。肖南回眯着眼揣测着，冷不丁面前又多了一碗鸡汤，几乎是满的。她诧异地抬头，对方轻描淡写道："我不喝，你喝吧。"

一旁的丁未翔见状，连忙把自己的汤推到夙未面前，还没来得及开口，便被李元元不耐烦地打断："一碗汤而已，推来让去的，给谁看？传出去，岂不是要说我折剑门苛待客人？"

丁未翔立刻低下头不说话了。李元元看一眼罗合，后者连忙起身，将先前镇在井中的竹筒拎了上来，倒出里面沉淀过后的清冽酒液。

李元元端起眼前的酒碗，碗中清亮的酒水映出头顶的星月。

“饮了这一巡，便算我李元元的客人了。往后途经终天，可以不必绕路，我借道给你们，可以省不少工夫。”言罢，她将碗中酒一饮而尽。

罗合见状紧随其后，肖南回也从善如流。丁未翔没动，局促、担忧的余光落在沉默的夙未身上。

李元元已皱起眉来：“有酒有肉，夫复何求？磨磨蹭蹭的，忒不爽快！”

丁未翔还在犹疑，肖南回已眼明手快，将身旁人面前的那碗酒挪到自己面前。

她还记得，当初在别梦窟是谁宁可渴死也不愿意喝那一坛果酒。况且眼下情况特殊，她又怎知他喝了酒是否会变得像那邹思防一般不受控制？便是丁未翔不受控制也好过他不受控制。

肖南回心下不由得点头。在色丘经历过的事，她可不想再经历一次。

“他酒量不好，我来代劳吧。”说完，她刚要凑过头去喝，冷不丁旁边伸过来一只手，将她手中那碗酒生生截住。

她愕然转头，夙未已将那碗中酒一饮而尽。

一旁的丁未翔大惊失色，罗合口中从她碗里偷的半截鸡翅膀也应声落地，唯有李元元丝毫不觉有异，反而大笑起来：“平川那小子从前总是嫌我这儿的酒难入口，愣是从未跟我这当师父的对饮过，我还以为夙家的男人都是这般挑剔，难伺候，眼下看来却也不是那么回事嘛！”

李元元的大嗓门震得肖南回脑子嗡嗡作响，她只觉得眼前一会儿是白石村里那简陋的酒垆，一会儿又是单将飞手里提着的那个验过八遍毒的食盒。

今晚真是邪门了，先是一碗鸡汤让来让去，眼下一碗劣酒抢来抢去，究竟是怎么了？她有些紧张不安地看了夙未一眼，小声问道：“你不是不能——”

那厢李元元还在拉着罗合大笑着说什么，似乎又要去挖地下埋的酒。

酒碗哐当一声落在桌上，夙未突然站起来：“今夜多谢门主美酒款待，日后定要回报，眼下先失陪了。”

这好好地喝着酒，他又要失陪去哪里？肖南回持续迷惑着，下一瞬已经被他一把拉起。她似乎看到自己百思不得其解的灵魂还留在杯盘狼藉的桌旁，身体却已经三两步跨出了院子，向着夜色中的山野走去。

“带你去个地方。”

她一会儿瞧瞧眼前人的背影，一会儿又扭头去看身后。不知过了多久，眼前的人还没有停下脚步，而身后丁未翔等人也没有追过来。

“去哪里？”

他没有说话，身影与远山和星空化为一体。

渐渐地，农家灯火消失，鸡鸣犬吠声远去，四周只有星月余晖、虫鸣唧唧。

她望见远处的山峦耸立在一起，而山前旷野中，有一座沐浴在月光下的古塔。

他终于停下，转过头看向她：“去我小时候待过的地方。”

她望着那双眼睛，确认它的主人确实是喝醉了。

她以为他会变得比平时简单些，甚至像伯劳那样酒一上头便话多，他却变得比平时更沉默了。

那副清冷、克制的身体似乎已经制不住他如风暴般复杂而动荡的灵魂，一种深藏于骨血中的黑暗透过那双瞳仁溢了出来，危险，带有侵略意味，像无形的手一般，撩拨着她的感知。

随即，他再次拉起她的手，走向黑暗尽头的那座古塔。

山野的晚风冷硬透衫，不知为何却在他们接近那座塔时突然停歇了。一股熟悉的丝丝入骨的花香渐起，将她环绕包裹其中。

肖南回低下头去，只见洁白的花苞沉重地低垂着，在没有风的夜晚轻轻晃动着。这是曼陀罗花铺成的花海，而她此刻便站在这川流中。

花海的尽头便是那座石头堆成的佛塔，风吹雨打之下，外层的浮雕已经斑驳、剥落，只剩光秃秃的塔身，缝隙处挤满了厚厚的青苔。塔身朝西的正中有一个黑黝黝的洞口，勉强只能挤进半个人身。

夙未走上前，轻轻拂过那洞口处的石砖，一声沉闷的声响过后，入口处的石板缓缓下沉，露出一道石门。

他站在黑暗中向她伸出手，月光在他左手的佛骨舍利上跳着舞，圣洁又妖冶，带着一种充满矛盾的诱惑力，引人向往。

肖南回抓住了那只手，跟着他走进阴暗、腐朽的前方：“这里到底是什么地方？”她的声音在黑暗中碰撞、回荡，盘旋上升，许久都没有落地。

他不说话，只有带着淡淡酒气的呼吸萦绕在她面前不远处。

下一瞬，月光从头顶上方遥远的小窗投下，照亮了脚旁的半张石台。那石台有些低矮，台面上放着一盏落满灰尘的油灯。夙未走向它，凝视许久，随即轻轻俯身吹了一口气，擦亮一支火折，凑近。

干掉、凝结的油脂在炙烤下熔化，最终亮起微弱的光。

肖南回顺着那光亮抬头向四周望去，整个人突然顿住。窄而破败的石阶顺着塔壁向上盘旋，直到那露出半个月亮的小窗，窗外的星河缓慢移动着，像遥不可及的另一个世界。

"我好像来过这里——"是的，她一定来过这里，否则她为何会对这里的一切都感觉那么熟悉？可如果她真的来过这里，又怎么会想不起究竟是在何时何地见过这般情景？

"你知道我为何要跟未翔约在此地相见吗？"

夙未的声音冷不丁地在她身后响起，他离得很近，近得让她有些不敢喘气，不敢大声说话："不是……不是因为折剑门的李元元吗？"

"自然是有她的原因。不过归根结底，是因为这个地方。"

模模糊糊地，有什么深藏的记忆从她脑海中翻涌出来。她恍惚间看到一些破碎的片段，七八岁的男孩子穿着有些不合身的衣衫，在一卷卷晦涩难懂的经卷中消磨着日夜……

"旁人修习佛法是在寺庙中，我修习佛法是在这里。"

对，她在梦里来过这儿，还在梦里见过他。

"我从小便要学会控制自己的情绪，酒这类令人失控的东西，他们从来不许我碰。但我也是人，也有控制不住的时候……于是他们想起了这座塔。"

"所以你带我跑来这里，是怕自己喝了酒会失控？"她的心轻轻悬起，不知是因为他此刻吐露心声还是为她冥冥中参破的那点儿缘分，"那你现下觉得怎么样？会不会——"

"现下不会，但接下来就不好说了。"他的声音在阴暗潮湿的空气中戛然而止。

随后，一副修长的身躯压了过来，将她抵在粗糙的石壁上。

时空似乎在这一瞬间扭曲、模糊了，她陷入了一种奇怪的境地，思绪还属于她自己，身体却进入了另一个世界。

他身上的气息是如此清冷，温度却那样炙热。这世上不该有如此矛盾的感觉，又冷又热，又疏远又亲密，令她又抗拒又渴望。

她想起从前在北郅当差，曾经在夜巡的时候发现孤山中有一眼热泉。腊月的北郅还飘着雪，她浸在那温热的泉水中，呼吸着冰冷刺骨的空气，身体却被温热、缠绵包围。

她又想起这座古塔外成片成片的曼陀罗花海，那些旋转盛开的花朵那样美丽，伸出的枝蔓那样柔软，却能逐尽其他草木，占据整片土地。若有生灵从中路过，它便要用最热烈的香气将对方留下，哪怕它能给的常常只是一场虚幻。

眼下，她便生出了这样的感觉。

头顶的星空渐渐远去，她只能听到他的低语，只能看到他的眉尖，只能感受到他的呼吸。

肖南回从没想过会有这样的一天。这一天，她的世界只剩下了他。

第一百六十四章

【梦谈】

正在打坐的年轻和尚猛地睁开了眼。

不远处，起夜的白衣郎中正抠抠搜搜地数着小匣子里的银子，冷不丁一抬头，吓了一跳，以为自己那点儿心思不慎暴露，一时语塞。

月黑风高，荒郊破庙，两个人就这么大眼瞪小眼地僵持了许久，郝白率先败下阵来："身为同行者，我除了为你指路，还要肩负起监督你的职责。这银子是柏丞相给的，柏丞相又是听单常侍交代的，单常侍自然是听陛下吩咐的。说到底，这也不是你的银子，是陛下的银子——"

一空不说话，只起身扑灭了还有余温的火堆，又将仅有的几件行李收拾起来。

郝白见状不由得一愣，随即凑上前去："还没到地方呢，你就急着要分家了？还是说你瞧上这破庙了，要在这儿建寺？我奉劝你，莫要把那套骗香火钱的把戏搬到这儿来，晚城的道士、和尚最多了，仔细有人找你算账——"

"不分家，准备上路。"

"上路？这三更半夜的，你不睡觉了？"

一空少见地叹口气，推开挡在眼前的人："以后有的是时间睡觉，眼下却没这个闲工夫了。"

郝白一脸费解，跟在那和尚身后转圈圈："城门至少还要两个时辰才会开启，你就是早早赶过去，也是进不了城的——"

"我们不去城中。"

"不去城里去哪里？"

一空终于停下动作，抬头瞥一眼对方，清澈的眼神中有一丝不易察觉的狡黠：“郝施主难道不好奇，我若只是去晚城，又何必拉你来做向导？”

郝白一顿，随即明白了什么，脸色变得无法掩饰地难看起来：“你算计我？！”

何止是算计，这简直就是吃干抹净！

从他被抓到庙里去炼药，到鹿松平出现，再到他一路陪同护送那玉玺，怕是步步都在这黑心和尚的算计之内。亏他还以为他们是一条船上的同路人，到头来，他其实只是个挨宰的船客。

抱臂叉腰，他鼻间冷哼一声：“你想去的地方，我未必知道在哪儿。更何况，难道你想去哪儿，我便要带你去哪儿吗？”

一空不急不恼，面露微笑：“我还没说要去哪儿，你紧张什么？”

郝白自知说不过对方，干脆破罐破摔，摊牌：“旁人不知、只有我知道的地方，除了步虚谷，还有哪里？”

“听闻瞿家已有多年未曾进过步虚谷，我猜定是有些顾忌，但如今你族中长辈应该都在都城做客，想来你若是迫不得已做些什么，倒也不会遇到什么阻拦。”

郝白气极反笑：“现下没什么，可不代表以后也没什么！我今日帮了你，你拍拍屁股走人了，我日后可是要受族规惩戒的，三年五载都无法再出门行医了。”

一空看向对方诚恳道：“小僧愿替郝施主出山五载悬壶济世。五载若不够，十载也无妨。小僧还年轻，身体还康健得很——”

郝白气得脸上青红交加，好不精彩。

“一空！你……你……你怎的如此不要脸？！”郝白的怒吼在破庙空荡荡的房梁间回荡。

许久，一空突然收敛了那人畜无害的神色，轻轻跪地，重重地拜下：“小僧恳请瞿施主为天下人发慈悲、发善心，就助我这一回。此番恩情，小僧愿以余生相报，全凭差遣，刀山火海、修罗地狱，但往无悔。”

郝白彻底傻了眼，他到底没有料到对方会走这步感情棋，一时分不清这步棋中是当真有要事还是只是这人不要脸的另一种境界。沉默了片刻，他咬牙切齿道：“你要我带你去步虚谷，总要告诉我为什么吧？”

一空望着方被扑灭的火堆，神色安静：“我方才做了个梦。”

“什么梦？”

“不好的梦。”一空利落地将经书一卷卷摆进马车内，又拿出一早便放进去却从未打开过的那只羊皮匣子。

郝白凑上前，语气已不像方才那般急躁，却还是难掩嫌弃："你不是自诩得道僧人，也信这些？我天天做梦，也没似你这般大惊小怪。"

"古来这大陆上便有卜卦入梦一说，梦境对修道人来说往往就是某种预兆。"一空说到这里顿了顿，轻笑着又接了一句，"当然，郝施主做的梦跟我说的梦并不是一回事罢了。"

郝白语塞，正要说些什么，目光却被那只打开的羊皮匣子吸引了。

那老旧、朴素的匣子里只装着两样东西，一样是用白色丝绢包裹着的经卷，另一样是黑布包着的降魔杵。

"这是什么——"

郝白方一开口才注意到，一空的眼神在这一瞬间发生了变化。那是一种很少会在普通人脸上看到的神情，疏离中带着淡漠，像极了这破庙中那残缺一半的神像。

"我佛慈悲，度化众生。若众生不度，便只能地狱相见了。"

肖南回在一个温暖的怀抱中醒来。

那盏昏暗的油灯还未熄灭，却只有豆大的一点儿火苗还在闪烁。

细小的雨滴尘埃一样透过那小窗飘洒下来，在地面中央的天井小池中积起一层浅浅的水痕。下雨了。

她居然睡着了，还睡得很香甜。她似乎又做了一个梦，但梦的具体内容在她醒来的一刻便飞速消散了。

"醒了？"

她抬头望向夙未那张近在咫尺的脸，恍惚间有什么一闪而过："我方才……做了个梦。"

她说的方才是昨夜情浓梦深之时。她没好意思说，夙未却明白了。他的额头轻轻抵在她的颈间，眼睫轻轻合上，声音中有浅浅的笑意："梦到什么了？"

肖南回冥思苦想起来，试图抓住最后一点儿记忆："我好像梦到你一个人坐在大殿上，披了一件白色的衣裳——"

白色衣裳？他除了那件月白的常服，好像很少穿浅色的。

然后呢？然后他好像还和她说了什么，然而记忆像流沙，她越是想要抓紧就越是什么也抓不住。不过片刻工夫，她便什么也回想不起来了。她的脸上显出几分迷茫，那是一种鲜活的、几乎不用怎么费心猜测便能教人看透的情绪。

许久不闻声响，夙未睁开眼，就静静看着她，片刻后，抬手轻轻取下她头上的簪子。她的发髻早就散了，柔韧的发丝散乱在石板地上，他便用手指轻轻将它们绾起。

她回过神来，下意识想要自己接过，却被对方轻轻按下："不要乱动，你簪发的手艺，我是见识过的。"

肖南回讪讪地收回手，有些不自在地任对方摆弄，开始没话找话："你住在这里的时候，每天就只看经书吗？"

他专注于梳理她微湿的发尾，没留意她话语中的细节："还要看些别的，大都是宫中太傅安排的，分类庞杂，数量众多，但和经书相比，实在算不得什么。"

"为何是经书？只是因为你与佛法有缘，无皿大师曾收你为徒？"

她感觉到对方轻柔的手停顿了片刻。

"我本与佛法无缘，成佛成魔不过一念之间，经文与舍利子都是约束。至于无皿，他便是降妖除魔做得厌烦了，想换种法子度我罢了。我是死是活，他怕是都未曾放在心上。"

无皿一介大师，四海佛道都尊崇有加的人物，怎么到了这人嘴里就成了不顾别人死活的王八蛋？

眼前闪过沈家洞窟中的壁画，她突然觉得世人对神佛的理解或许并不准确，而所谓传说未必只是妄谈："不悲不喜、不爱不恨便不会成魔吗？可人生在世，谁又能保证心如止水，永无泛起涟漪之时呢？"

她吹着眼前的几缕碎发，那人很快察觉，将它们一一理顺："遇到你之前，你口中的不可能就是我的一生。"

他轻轻将她的发尾绾起，指尖捏紧发簪，稳稳插入发间："初见时，只觉得你有那么一两分趣味，再见又觉得你有三四分愚蠢，再然后便又觉得你有七八分可怜。我本无心，是你偏要闯进来造次。你身上有我放下十数载的爱别离、怨憎会、求不得、五阴炽盛之苦。我半生修为毁于你手，肖南回，你说，你要如何才能补偿我？"

肖南回听着这近乎控诉的告白，只觉得这比话本上最露骨的情话还教人招架不住。是她大意了，她以为过了昨晚，他差不多该适可而止了。

她假装摸索着头上他插的发簪，实则低下头去掩饰自己因羞赧而燃烧的脸："你带我来这塔里，难道就是为了告诉我这些？"

"我以为，过了昨晚，你心里应该清楚我为何带你来这里。"

他的声音轻轻拂过她耳畔，明明很端正、清朗，却勾起了昨夜某段最颠倒磨人的回忆。她只觉得血顺着脑袋瓜子涌向四肢百骸。

下一瞬，他微凉的手握住她的掌心，随后他拥着她站起身来："不过，除此之外，确实还有些别的事。罗合说，这里可能藏了一本我母亲当年留下的手记。"

她就知道，他做事情都是有原因的。可不知为何，她就连他说笑的话也无法轻拿轻放，这样下去，日后她该如何是好呢？

夙未压下嘴角的笑，装作看不见她脸上的愁绪，一边端起油灯，一边逐块摸索着墙壁上的石砖。

借着那盏油灯，她终于看清了四周凹凸不平的墙壁。

这塔身所用的石块是闽州最坚硬的松江岩，岩层中混着陨铁，便是刀剑也难劈开，只能用同是松江岩的石凿一点点开采。

火光下，那墙壁上满是深浅不一的划痕，细微处犹如发丝勒入石体，粗深处好似被重斧劈过。这些痕迹交错纵横，遍布整个塔内壁，就好似之前这里曾经发生过一场折刀断戟的惨烈厮杀一般。

若是以往，她定会百思不得其解，眼下她却不难看明白。若是有人回到当初他们待过的那个色丘洞窟，恐怕会在周围发现同样的痕迹。

"你在这里待了多久？"

他的语气依旧淡淡的，仿佛他说起的是别人的事情："记不清了，有六七年吧。"

她愕然，虽然料想到答案会是很久，但没想到会是这么久："六七年？从来没出去过？"

"嗯。"

"半步也没离开过？"

"嗯。"

她望着他平静的侧脸，不知为何，突然有些难过："那你母亲……她可曾来找过你吗？"

"她不会回来这里。在这里待过的人都不会想要再回来。"他脸上没什么变化，手指却扣紧了她的掌心，“上古时，霍、赤、闽三地古国对这个山坳便都有记载，描述也大致相同，说神魔决定终结这一世界时会选一个荒蛮偏僻之处降临，传闻这隐蔽之处便在此山中。所以此地古来便被称作终天之地，终天是一山、一塔、一地的统称，山是终天桃止山，塔是终天离恨塔，地是终天埋骨地。”

桃止、离恨、埋骨，哪个听起来都不大吉利，路又难行，难怪从来没人愿意途经此地。

“山进过了，塔也见过了，这地又是——”她说到一半，突然意识到什么，声音戛然而止。

然而对方已然听到，并不打算避讳什么：“没错。埋骨地，埋的是我母亲一族人的尸骨。”他手上动作未停，仍仔细搜寻着石砖的缝隙，“早些时候，你不是问过我罗合和我母族的事情吗？现下我便讲给你听，可好？”

她沉默片刻，实在不知该如何宽慰对方，只得在言语上退半步：“你若不想提起，我也可以不听。”

是的，如果说起那些事会令他伤心，她宁可自己多费些功夫去寻找那些答案。

她没有言明心声，对方却已知晓她心中所想：“他们大都已不在人世，如今便是说起一百遍，也不会有人斥责我、喝止我。你跟肖准本无亲无故，但你长在肖家，他的执念早已渗入你心中，我愿意剖心取骨，将我所知晓的一切尽数告知于你，只希望你可以放下一二，不要再为他人的仇怨而仇怨。”

肖南回怔住，一时说不出话来。

这是他第一次在她面前提起她跟肖准的关系。从前姚易也会劝她莫要对肖家太过投入，说他们终究只是陌路人，但那并不能说服她。相伴十数年的情谊岂是一朝一夕可以放下的？眼下他夙未不过寥寥数言，却点明了她一切痛苦的根源。其实肖准从未要求她做过什么，不过是她一厢情愿地编织着那些羁绊，不肯轻易走出那个为她遮风避雨的家罢了。

过往岁月里，她捡起了太多东西。她将它们一件件穿在身上，一样也不肯丢弃，仿佛这样就能堆砌出属于她自己的盔甲，最后偏偏是这些东西将她拖入了几乎万劫不复的深渊。

“你说吧，我听着呢。”她纷扰的心慢慢平静下来。

夙未的声音刚好在古塔中响起：“很久以前，在北地边境的石头城里住着三户人家，他们各有通天的本领，过着相互扶持、低调平静的富足生活。然而一朝风云变，腐朽的王朝即将倾覆，亡国的公主在路过石头城的时候诞下了一个孩子。她自知命不久矣，却不忍孩子跟她一起赴死，于是冒着危险依次敲响了三户人家的门。

“追兵临城，人人自危。前两户人家都没有开门，公主到了最后一家门口的时候，那家的主人因为也有一个刚刚出世的孩子而心软，便收留了公主的孩子。次日，公主怀揣亡国玉玺逃入城外沼泽深处，引开了追兵，这户人家随后举家出城，寻找新的落脚处。

“迁徙途中，这户人家赶上了百年难遇的旱灾，一路艰辛，死伤惨重，幸亏族中人能够以梦作法，在预言中看到了一片雨水丰沛、梨花遍野的小山坳，最终历经千难万险找到了那个地方，改姓钟离，定居此处，从此过上了世代隐居的生活。

“公主的孩子长大了，爱上了钟离家的女儿。然而谁也不知道，公主的孩子身上流淌着前朝鬼神的血液。他虽然像普通人一般长大，像普通人一般娶妻生子，然而他的孩子没有一个能够平安出生，几乎全部夭折。他本已不抱希望，却在四十八岁那一年得了一个女儿。

“那女子天生一双明净的眼睛，清澈得能映出世间万物，遂取名为‘镜’。镜姿容甚美，在族中几个哥哥姐姐的宠爱中长大，却因常在深山中而单纯、莽直，天生胆大妄为，虽已年过二八，方圆百里竟无人敢上门提亲。

“一日，镜去村中打酒，被东巡回程的帝王偶遇。镜因为好心捧了一碗水递给了年轻的皇帝，却因此落入对方眼中，被强娶做帐中人。她将危险引入了那庇护族人数十年的山坳，目睹了血流成河的地狱之景。她曾有机会逃离，却在最后关头为了保护自己最后一个小哥而放弃了抵抗。她屈服于自己的命运，步入重重围墙中，被困在四四方方的高楼上。从进入那座楼那一刻，她就在想从那楼上跳下去那一天了。”

肖南回的心一紧，眼前闪过的是静波楼前那平整如镜的水面。

“我那父王生就凉薄，与我母亲激烈极端的本性南辕北辙。冰与火交融，终究是我母亲输掉了性命，最终落得凄惨的下场。父王爱过母亲，但他的爱在我母亲的生命面前不值一提。

“父王对钟离一族实施的是名为灭祀的刑罚，不仅诛尽亲族，甚至不许后人祭拜，不许史书中提及一笔。起先我以为父亲如此心狠是因为母亲身上那股无法控制的可怕力量，却不明白那股力量背后的含义，直到此番去了沈家。

“母亲身上有前朝皇室和钟离家的血脉，而父亲忌惮一生的前朝遗患不是旁人，正是他爱过的女子和她所出的那个孩子。”

他说到这里，终于停了下来。

下一瞬，一声轻微的响动从他指尖下的石砖中传来。他微微用力，那松动的石砖便被从那斑驳的石墙中抽出，露出半个巴掌大小的缝隙。

他下意识看向身旁的女子，女子也正抬头看向他。两人目光相对，顿了片刻，不约而同地笑了。他笑是因为瞧见她担忧的神情后有所释然，而她笑恰恰是因为瞧见了他的释然。

他终于不再犹豫，伸手将那石砖缝隙中的东西取了出来。

那是一本被卷起来的老旧笔录，封面上用一种暗青色的颜料随意写着四个字——梦谈杂录。字迹苍劲有力，全然不似寻常女子闺中小记的字迹。

而下一瞬，那笔录被翻开那一刻，肖南回才彻底傻眼。

那份笔录中一个她认识的字也没有，只有一些飘浮在白纸上、看起来毫无规律可循的横竖和墨点。

“这……这是什么？”

夙未没有立刻作答，又仔仔细细地比对了一番每一页上的内容，这才缓缓开口道：“经天纬地作画，编织而成的谶书，非族中人不能解读。这或许就是沈石安提到的织锦一族记录预言的方法。”

“你是说，这上面记录的是还未织成带子的梦境还是已经解出来的预言？”肖南回心痒难耐，却实在不得头绪，“可这究竟说了些什么？没有一个字能让人看懂啊。”

夙未想了想，从袖中摸出一样东西：“现下是看不懂，不过有了这册子，或许我们可以参透其中规律，解开这条带子上的信息。”

旁人说这话，肖南回断然是不信的，但眼前的人说这话，她仿佛已经看到那条带子上的信息被破解出来那一天。

夙未将那条最后的织锦小心夹入手记中，将将要合上时，一阵带着细雨的风吹过，掀起了那本手记中的最后一页。

“等一下！”肖南回眼明手快，一把抓住那翻飞的纸张，重新翻到沾了墨的最后一页。

那是一幅沾了些许墨渍的画像，寥寥几勾，似乎落笔十分匆忙，却意外地很是传神。肖南回盯着那画看了一会儿，终于说出心底的疑问："你觉不觉得……这画像上的人有些像我？"

夙未也看向那画，只是神色跟她相比过分平静："从哪里瞧出来的？"

"这里，这里，还有这里！"

肖南回有些着急地在那画上指点着，但其实那画的细节非常有限，越是细看越觉得像很多人，而不是某个人。

肖南回发现了这一点，不由得有些挫败，但她依然相信自己看到这画第一眼时的直觉："你不要不信我，当初邹思防的画像还是我最早瞧出端倪的呢——"

她还沉浸在自己的情绪中，夙未却留意到了另一件事："不过，有件事确实有些奇怪。"

"哪里奇怪？"肖南回随口问着，心思并没有从那画像上移开。在她看来，现在不会有什么比这幅画像更奇怪了。

"我印象中，母亲虽写得一手好字，丹青却极差。可这画——"夙未说到这里顿住，目光又落回那幅画像上。

这本手记封面上确是母亲的笔迹，内里记载的东西又十分私密，按理说，不大可能落到外人手中。可这画若不是母亲所作，又会是谁的手笔呢？

半筒凉酒下肚，罗合三更天便起了几次夜。

这白石村的酒实在是不好入口，可他其实不怎么在意。有的人喝酒是为了酒的味道，有的人喝酒只是为了醉而已，他便是后者。

石头屋前依稀可见很久以前铺的石板路，他不想走那条路，于是又绕到屋后，可屋后又有很久以前种下的满山梨树。

没来由的烦躁突然涌上心头，罗合狠狠地踹了一脚道旁的鸡圈。

李元元的栅栏虽然看着难看，却非常结实，他这一脚踹上去，栅栏纹丝未动，他自己却一屁股坐在地上。

他就这么坐在路中央，望着栅栏内那几只扑腾的母鸡，不甘心地喘着气，喘着喘着又冒出一个酒嗝。胃里火烧般灼热，像本该流出的眼泪都憋回了肚子中，在那儿反复发酵。

若非那人开口，他当真不想回到这个地方。所谓情景，不在景中，怎样都好；人在景中，难免伤情。

醒时忧丝缠绕，醉时噩梦侵扰，他喝的酒显然已经不大管用了。

他曾经不明白，如果上天认为苟且偷生的他才是罪人，为何不带走他，却要带走他的亲人。如今他才明白，或许这才是上天给他的惩罚。对有罪的人来说，死是一种解脱，活着才是无间地狱。

他又坐了一会儿，终于决定站起身来。起身那一瞬间，他突然感应到什么似的，猛地抬起头来。

月光穿过山谷，照在那条生出青苔的石板路上，隐隐约约地，一名女子正穿过细密的雨雾，从开满白色花朵的梨树下走来，一头乌发色如远山。

那窈窕的身影是那样熟悉，恍惚间令他想起多年前的日日夜夜，他就是这样站在路口，等他那一双年幼的妹妹打酒归来。

手中的酒囊轰然落地，罗合的眼神中都是不可置信，声音嘶哑而颤抖："阿杼？"

他的声音消散在雨雾中，一阵风飘过，又将那女子的身影隐去。

他慌忙揉了揉眼睛，又不自觉地往前迈了几步，四顾搜寻着那个身影："阿杼？是你吗——"

风骤停，蒙在他眼前的雨雾突然散开。

女子就站在他面前七八步远的地方，面无表情地看着他。风吹起方才挡住她半边面容的长发，露出一道触目惊心的伤疤。

"找到你了。"

第一百六十五章

〔命稿〕

阿杼还记得她与阿镜初识那天。

钟离一族，以织法入命，其中又数女子最有天赋。族中书写命稿的老人判定她天资最高，唯岁运压日，恐为伏吟之命。最终，她被赐名为杼，寓意穿梭往复、编织未来的人。而那个与她同辈、比她年长一岁的女孩则被取名为镜，寓意安放在屋瓦之下、妆台之前不染纤尘的存在。那一刻，她便明白族人对她们二人的期许是不同的，或许她注定要肩负责任，在奔波辛劳中成长，镜则会无忧无虑、平安快乐地老去。

然而命稿书成的结果往往不以人们的期许为转移。这一点，她是很多年之后才明白的。

彼时族中人丁并不兴旺，同龄人中男孩子多些，女孩子只得她和镜两人。从她记事起，她便和阿镜关系最好，走得最近。镜个性爽朗，爱哭爱笑，而她向来内敛，似乎天生便没有脾气，就连斥责的话也说得温和。她能跟镜成为最亲密的挚友，是因为她们是族中唯一可以彼此分享秘密的人。

秘密，是关于梦境的秘密。

她们常在夜晚聚在一起，挑灯将彼此的梦境记录在一本册子上，阿镜常称那本册子为“梦谈”。

她和阿镜并不相似，就连梦境的内容也大相径庭，唯有喝酒是两人相同的爱好。少时黄昏日落前，她们便会相约一同出山去偷酒，长大后也会挽着手一起去打酒，风雨无阻，岁岁如此。

但这样的日子到了尽头。

这一切都开始于那个可怕的梦。

那与其说是梦，不如说是地狱之景、一切的终结。梦中山火呼啸，河海沸腾，焦土遍野，瘟疫横行，男女老少都沦为奴隶，而王座上端坐的魔鬼无时无刻不在饮血啖肉，放声尖啸。

她动不了、醒不来，只能在无尽的绝望中哭喊，终于梦境开始下沉，她穿过破碎的山河与层层叠叠的时光，最后落在一座院子里。

睁开眼，她发现自己站在荒凉的将军府偏院中，一名身穿黑衣、头发高束的女子正站在月光下。

她的目光落在那个女子手中的那条带子上，她突然明白了什么，疯了似的向对方冲去，想要阻止这一切发生，那个女子却在下一瞬消失在原地。

她再次醒来，已是七日之后。她不知道这七天究竟发生了什么，只觉得族中人人自危，而阿镜也不见了踪影。

族中威望最高的姑母守在她的床前，询问她梦境的内容，随后告诉她，她要代表族人出使霍州，将那条带子连同梦境中预言的事情告知沈家，寻求所谓的救世之法。

年轻的阿杼并不情愿做这件事，她不明白为何如此沉重的责任要落在一个不足百户的家族中，甚至是她一个不过十几岁的女子身上。但她的姑母告诉她，只有这样做，她日后才能与族人相守，才能与阿镜相见。最终，她偷偷在《梦谈杂录》的最后一页画下了梦中女子的样貌，期盼着有朝一日能与阿镜分享一二，随后接下了姑母的嘱托，孤身一人带着那条织锦前往北地寻求昔日盟友的帮助。

然而她与钟离家都不知道的是，过往数十年间，沈氏早已独霸霍州内外，他们在扩张中尝到了甜头，自以为知晓了神明的秘密，滋生出了凡人难以想象的可怕野心。

沈家家主沈石安跟她说起了异史同贞的故事，希望她能将预言中人的线索尽数与他分享，并暗示所谓恶神并非不能为人所用，若是与其结盟，便可获得永生的褒奖，取代人们供奉了数百年的皇权，成为这片大地上名副其实的王。

虽然已经改姓钟离，但她没有忘记过族人传承的信念，更没有忘记族中长辈赐名于她时寄予的期望。年轻如她，根本不知何为权势与欲望，只凭着一颗赤诚的心做事。她拒绝了沈石安，从此转动了开启噩梦的锁匙。

沈石安假意接纳了她，实则决计不能允许一切隐患存在，暗中将关于预言的事情报给了天家，又将自己的野心嫁祸给了钟离一族。然而沈石安实在太过贪心，做完这一切仍反复向她试探预言的细节，终于引起她的警惕。在穆尔赫封城前一刻，她从祖宅的密道跑出，躲过沈家的看守，独自逃出了霍州。

她迫切期盼着能早日回到家中，回到家族的庇护中，一路上忍饥挨饿，小心隐藏着行踪，行到赤州边界时才敢在过路的驿站讨一口茶喝。然而就在她喝完那碗热茶那一刻，她听到了路过的兵卒收兵时的闲言碎语。

沈家为表忠诚，彻底出卖了曾经的朋友。帝王夙印因方士所言，对前朝之事很是忌惮，更无法容忍污蔑王之正义的存在。为抹杀这则虚无缥缈的预言，钟离一族被屠杀殆尽，昔日避世的小村庄从此成了连路人都不愿经过的埋骨地。

她不敢相信，不亲眼见到一切便不能说服自己这一切已成定局，她冒着死亡的危险想要重回钟离家，却因力竭落到山崖下，被过路的朔亲王救起。她这才明白，当初姑母选择让年幼的她去霍州是有原因的，或许从那时起，她的家人便知晓了自己命运的终点，而她直到此刻才看清这一切。

没有人知道那个一身黑衣、头发高束、手中握着一条带子的女子是谁，更没有人知晓她与那则灭世预言的关联。但她可以等，等到有人可以为她解答那一天。

她坚信，只要她一直守在那个地方，一定能够等到那个女子出现。

她孤身来到朔亲王府，将家族的秘密深埋心底，期盼着有朝一日那预言中的人能早早现身，她便可以从这无止境的诅咒中脱身，将那救世的虚无责任卸下。

也许是上天怜惜她的境遇，又许是她的命稿中合该有此福德，她没有想到，在朔亲王府的日子竟会是她人生中最幸福的时光。她的哥哥们待她如亲妹，老夫人也将她视如己出，他们将她当作寻常女子一般照料、呵护，差人教她琴棋书画、骑马射箭，为她千里寻姻缘，觅得一桩两情相悦的好婚事，最后亲手缝制金丝嫁衣，送她上了通往锦绣前程的花轿。

渐渐地，年少时的一切像退去的潮水一般远去。沐浴在白日的阳光下，她常常忘记自己血海沉浮的身世与家仇，仿佛自己生在这个温馨、宁静的大院里，有慈爱的父母、温厚的兄长、过不完的悠长岁月。可每当月光透窗的时候，她便会想起黑夜里呼号惨叫的族人、姑母最后对她字字泣血的嘱托和她隐姓埋名换来的苟且岁月。

她的心长久地被撕裂，她只能一遍又一遍地说服自己，或许王府里的日子才是她真实的人生，而那些挥散不去的黑色回忆只是她长久以来的一个噩梦。

只是她没有想到，沈家没有放过她，更没有忘记当初的预言，昔日的噩梦卷土重来，雨安之变将她再次拉入一场难以醒来的迷梦。梦中，她孤零零地守着一个空院子，又恍惚间看到一个面黄肌瘦的女孩走进了那个院子，怯生生地把怀里的梨递给她吃。她看到那个女孩一天天地长大，脸庞渐渐变得熟悉，但她已无法分辨这种熟悉究竟是因为朝夕相处的那些岁岁年年还是因为她曾在另一个遥远的梦境中与女孩相逢过。

如今梦醒时分，那团笼罩在她眼前的白雾终于散去。她这才明白，原来预言中的女子早已出现，甚至与她生活在同一屋檐下那么多年。

命运之可悲可叹可笑在于身处其中而不可窥其全貌，病时不知福祸，乐时不知烦忧。

当初离开家的时候，她只是个十六七岁的少女，烦恼于姑母的嘱托，以为自己月余便会回来，连告别都那样匆忙。如今她终于再次回到这里，却已是年过四十岁的沧桑妇人，在常人无法想象的混沌地狱中受尽折磨，心中只剩满满的痛苦与仇恨。

伏吟伏吟，反复呻吟。上天就是如此书写她的命稿的，硬是要让骨肉分离、生死永隔之痛在她身上上演两次。她曾以为自己摆脱了属于自己的命运，可到头来不过是脚踏其中而不自知罢了。

不远处的石头房子里透出灯光，警惕的刀客与剑宗已经有所察觉地醒来。

昔日的兄长罗合浮肿沧桑的面容就在她十步远的地方，他的眼神中有欣喜，有迷茫，还有一种令她感到厌恶的懦弱。

“阿杼——”他唤着她从前的名字，又说不出其他的话。他确实没有开口说话的立场，甚至连喊她的名字都不配。

肖黛望着罗合，缓缓抬起了左手。

豆大的火苗晃了晃，古塔内最后一盏油灯熄灭了。青烟在空中拉出长长一条细线，在夹杂着水雾的空气中扭曲、缠绕。

夙未收起那本册子，轻轻揉了揉眉眼。

肖南回凑过去，殷切地望着他：“怎样？可是解出来了？”

夙未睁开眼，意味不明地对上她的视线：“我在你眼中还比不上一本旧册子、一条破带子吗？”

肖南回愣住，脸上有种来不及闪躲的惶恐和尴尬，瞧着倒是令人心生愉悦：“我……我不是这个意思，这不是看你研究了许久，这眼瞅着天都要亮了——”

他似乎不想让她继续说下去，突然抬起左手拂过她鬓角的碎发。

她果然打住了话头，他的手却没有停下，将碎发拢到她耳后，又辗转停留在她的脸旁，轻轻摩挲着。他的脸上没什么表情，手下动作却极尽缱绻，那只方才撑在石台上的手有些凉，擦过她脸颊的一刻却好似起了火。

“怎么了？突然这样——”

横劈竖打不成曲，轻拢慢捻最传情。原来越是轻柔小心的动作越是令人心动。面对这样的亲昵，肖南回显得更局促了。这是她的缺陷，总是对一切太过亲密美好的东西望而生畏又心生向往。

夙未收回了手，却没有收回目光。他的神色很安静，声音也轻轻的：“没什么，只是想看看你。”

虽然外面已经亮起天光，但阴雨连绵，这塔内依旧黑漆漆的，肖南回不知道眼前的人是否能看清她的脸。但她仍能感受到那束落在她脸上的目光，他似乎是在看着她，又似乎穿过久远的时光，在记忆中描摹她的模样。

他张了张口，似乎想要说什么，突然一阵异响从塔外传来。

沉闷的声响乍听像雷声，细细分辨便能察觉出差异。这声音似乎是从地面传来的。

肖南回猛地站起身，向着塔外走去。

细雨迎面打湿了她的衣衫，略带一丝寒意的凉风吹过，灰绿色的大地已归为平静，放眼望去，满目的旷野景色一如昨日。

难道真的只是雷声？

身后传来脚步声，夙未也从塔中出来了。

肖南回下意识转过头去安慰道：“许是我听岔了，这山谷中打雷本就比平原上要沉闷些——”

她正说着，突然看见眼前人的瞳仁中升起两个光点。她后知后觉地再次转身，望见远处的那片光亮后面色有些迟疑。

“李元元今天怎么这么早就起灶了——”她话说到一半，突然察觉不对劲，“不对，是起火了！”

李元元已经在此地生活了数十年，断然不会犯打翻烛台之类的小错，更莫提她跟丁未翔都是机警之人，怎会察觉不到有异，让火烧得这么凶？一定是出事了。

是沈家的人？还是仆呼那？还是……肖南回的心一点点沉下去，嗓子眼一阵发紧，半晌，她才转过头对夙未疾声道：“李元元那边可能出事了，你不要落单，随我一同回去看看。丁未翔已经通知了最近的黑羽营守卫，天亮后再有一两个时辰便能到了。即便形势紧急，只要小心些，挨过这阵子——”

他打断了她一连串的话，抬手抚平她皱起的眉：“你带我一同前去恐怕不太方便。”

肖南回更着急了：“那我也不能把你一个人扔在这儿啊！万一要是有谁顺着摸进来——”

“我信你。”夙未轻垂眼帘，声音中有种一如既往的说服力，“况且我说过，这塔中是最安全的地方，那人找不到我。我便留在此地，你去看看再回来找我就好。”

她颇有疑虑地望着他，像在思考他说这番话是否有别的目的。但他毕竟不是她，他是坚硬、温润的一块圆璧，任她左瞧右看也看不出任何纰漏与破绽。

肖南回放弃了，她确实没有太多时间和精力再去纠结。

“那你好好待在塔中等我，哪里也不要去。”走出去几步，她又不放心地回头叮嘱道，“等我啊。”

夙未点点头，轻轻摆了摆手腕，肖南回这才转过头去，匆匆离开。

他静静站在塔前，望着女子的背影穿过花海，融入半人高的草丛中，再也不见踪迹。

雨依旧淅淅沥沥地下着，在如丝毯一般的细草间敲打出密密麻麻的声响，是这天地间最和谐的琴瑟之音。

不知过了多久，那声响中混入几缕杂音。

夙未低下头，轻轻掸去衣袖上已积了一层的水痕。颗颗水珠落地的一刻，带锈胫甲下的一双脚踏出草丛。

他没有骑马，而是选择带十几名高手轻装步行，显然经过一路厮杀，有备而来。雨水打湿了他的甲衣，又顺着枪杆缓缓滑落。他的枪尖点在地上，随着他迈向前的脚步在地上拖出一道长长的水痕，发出一阵刺耳的声响。

平地拖枪，这并不是什么枪法，而是一种威慑人的手段。

遥远的回忆涌上心头，夙未看着眼前的人，不由得笑了："此情此景，当真令人觉得有些恍如隔世呢。"

"你知道我要来，所以方才故意支走她？"肖准脸上的神情如石像一般冷硬，不过数月未见，他鬓间却已生出丝丝白发，本该是意气风发的年岁，眼神中却已有了苍凉之意，"这样也好，她确实拦不住我，她不在，也会省去你我不少麻烦。"

"麻烦？"雨中夙未的神色比远山看起来还要高远难测，声音中透着一股寒凉，"孤不似青怀侯那般家国大义，到了生死紧要的关头却要她来为自己挡灾。她被你伤害至此仍念旧情，你却从未顾及过她的感受，哪怕只是一点儿。孤不想让她再见到你，不论何时何地。"

肖准没有说话。

关于肖南回的一切指责，他都没有辩驳的余地。他也希望能够有个两全的结局，但从她在烜远王府中牵起夙未的手那一刻，他就再没有别的选择了。

不远处的山谷中再次传来一声沉闷的响声，肖准收敛神色，缓缓地抬起枪头："我要顾及的事情有很多，没有时间跟陛下叙旧了。陛下玲珑心窍，应当知道我为何而来，我们便不用浪费时间了。你是自己跟我们走还是要我来请你走？"

夙未上前三步，直直对上肖准的眼神："孤曾答应过父王要做三件事，如今便只剩这最后一件要了结。你有你的家仇要报，我有我的誓言要兑现，各取所需罢了。"

他身形本就瘦削，在那穿着甲衣的将军身前更显形销骨立，君臣之礼在此刻似乎崩塌，但只这轻轻一眼，他便将那远在元明殿的王座移到了这荒野之中："带孤去见它吧。"

肖南回踏入山谷那一刻，终于明白自己方才听到的声音是什么了。

原本炊烟袅袅、鸡鸣犬吠的小农舍眼下已变成一片废墟，半顷梨树在火海中变为焦木，昔日背靠的青山眼下被削去一角，破碎的石块连同沙土与荆棘将半个山谷都掩埋，到处片瓦不剩，寸草不留。

这里究竟……发生了什么？难道是地动吗？因为太过震惊，肖南回几乎一时挪不开脚步，直到一阵熟悉的破空声从不远处正中那块凸出的岩石上传来。

这声音，她最早在离开碧疆寨子时听过，安律得了跟沈石安手中一样的血液，便能在转瞬间操纵那股看不见的巨大力量。难道是沈石安亲自追来了？还是那个传说中的“它”……

可待她看清那人背影时，她又是一愣。那是个女子，半散着长发，背影没什么杀气，反而透着一种温婉。

她压下心头那种奇怪的感觉，强迫自己专注于眼下的局面，试图找到扭转一切的关键。

不远处，李元元左右手各持一把长剑，正与十几名仆呼那缠斗，而丁未翔则试图接近那操纵力量的人，却屡屡被击退。他从正面拖住了那个女子的攻势，而操纵这力量似乎令她难以分神，这便是肖南回最好的机会。

她安静地埋伏着，选好方位站定，缓缓从袖中取出臂弩，箭头对准了那人的心口，弓弦扣紧，杀意一触即发。

这是杀招，机会只有一次，一击未成，对方便会知晓她藏身的地方，再想击杀不仅难上加难，所在方位也会暴露，从而引来反扑，而她手上的兵器在近战和对抗中并无优势。她是抱着要一击杀之的决心射出这一箭的。

然而她怎么也没想到，就在箭离弦前千钧一发之际，那个立在岩石上的女子突然侧过半张脸来。

其实她们之间隔着百步，但有些熟悉感是日积月累深入骨髓的，肖南回还是一眼就认出了那个人，手下不由得一顿。只一瞬间的犹豫，下一瞬，那支飞出的短箭便失了准头，只擦着女子的鬓角飞过。

对方察觉到她的存在，缓缓转过头来。

手中的臂弩垂下，肖南回怔怔地望着对方，半晌才喃喃开口道：“黛姨？”

肖黛的神色也有些惊讶，她似乎没有想到会在如此情境下与肖南回见面。但她很快便恢复了肖南回记忆中的样子，依旧是温和的眉眼。

肖南回不由自主地向那道人影走去，心跳如擂鼓，思绪纷杂。

黛姨为何会出现在这里？她不是被燕紫带走了吗？是肖准没有护好她，让她跑了出来还是……

就在这一愣神的工夫，丁未翔已提刀杀了过来。肖南回第一次见对方使出十成功力，那把长刀快得连影子也瞧不见，在雨幕中生生破出一道缺口。

然而肖黛只站在那里，头也没回地挥出左臂，一道风刃便凭空而出，正对上刀客的杀招，令他生生退后几步。

一道风刃呼啸而过，另一道又接踵而至，竟令丁未翔寸步难行，困于原地。

肖南回的第一反应便是黛姨跟那邹思防一样中了那不知名的毒，被夺了心智："黛姨！你醒一醒，我是南回啊——"

围攻丁未翔的风刃并没有停下，肖黛的眼神依旧温和，只是温和中有种陌生的疲惫和冷意："南回，好久不见。我织的带子，你还留着呢吗？"

肖南回原本想要呼唤、倾诉的千言万语突然间便说不出口了。过往十数年，黛姨织过无数条带子，有些送给了伯劳扎头发，但多数都被她偷偷收了起来。这些事便是肖准也不知晓，更不要提沈家或是仆呼那的人。眼前的人不是借着黛姨躯壳的"它"，就是黛姨本人。

"为什么——"为什么要接受那个人的血，为什么要加入仆呼那，为什么要站在这里肆无忌惮地杀戮和毁灭？

不远处的山间传来一声细微的铃铛声响，破空声接踵而来，两名仆呼那先肖南回一步落在肖黛身旁，三道人影随即借着飞线的牵引凌空而起，穿过雨雾飞向半山腰。

肖南回抬眼望去，愕然发现原本平整的山壁破了一个洞，几名甲衣士兵就站在洞口，其中一人手执长枪，正是肖准，而肖准身旁那道瘦弱的身影是她方才叮嘱告别过的爱人。

她望着雨雾中那些飘摇的身影，恍惚间又回到了那夜大雨倾盆的斗辰岭。

无数她爱过的人走进她的生命中，又是这般匆匆离开。她总是想要抓住什么、留住什么，到头来却总是孤身一人。

她眼睛通红，声音中有压抑的哽咽："我要你等我，为何不等？！"

夙未望着山谷碎石中的身影，脚尖难以察觉地向前半步，但最终还是停住了。

他等过她。他等了她十数年，她才穿过悠长的岁月走到他面前。他又何尝不想相守，但诚如母亲所说，人这一生，本就是一场又一场的离别。

他曾对生感到疲倦，对一切的终结是那样迫切，迫切得从他在母亲坟前起誓那天起，无一刻不在祈求这一日到来。

但因为她的出现，如今的他对所谓终结又是这样不甘不愿，不甘到从他初见她那一刻起，便在心中默念着分离这一日晚些到来，不愿到只看她一眼，他便察觉到自己原本坚定的决心瞬间土崩瓦解。

如果他只是钟离竟，他会立刻从这半山上跃下，只为快些到她身旁，但他不只是钟离竟。

“这是我的宿命，我必须亲手将它终结。”他的声音并不大，他不知是说给她听，抑或只是说给自己听。

但肖南回听到了。

雨水混着砂石冲塌了半边山体，那洞口就要在轰隆中消失。她在滚落的泥石中艰难地向上走去，只想离他近一些，再近一些。

她给出过誓言，不会离开他。如今却是他先要离开了吗？不，不可以。

或许这就是她的命。但她有手有脚，还有一颗不曾死去的心。只要她的生命没有走到尽头，她便不会轻易认命。

“阿未！”她的声音穿过重重雨雾和万顷山林，最终不知落到了何处，但她已顾不上太多，“命来收你，你就要认命吗？！”她的嘶吼声在山石滑坡的巨响中徘徊，“不要认命！只要你不认，命就会来就你！你等我，你一定要等我！”

第一百六十六章

【孤勇】

仆呼那消失一个时辰后，雨终于停了。

又过了两三个时辰，鹿松平带着几名黑羽暗卫赶到了。

山石滑落的缘故，整支黑羽营又耽搁了许久才挖开泥石，进入山谷。整片山谷一片狼藉，雨水浇灭了灌木丛和林子里的火苗，也将疏松的山体泡了个透，不断有泥石滚落，将一早开出来的道路再次掩埋。

肖南回拎着昨日移栽梅树用的那把铁锹，在半山腰一锹一锹地挖着。她已经挖了整整三个时辰。雨停后，初秋的凉意在山间蔓延，她却满头大汗，几层衣衫都湿透了。

鹿松平就站在不远处一棵被泥石冲歪了的小松下，其余暗卫站得更远些，肃立在晨雾中，跟那些松柏没什么分别。

“别挖了。”鹿松平终于开了口。

肖南回却没有打算停下：“这里有个洞口，他们都是从这儿离开的。只要挖开，就能带人追过去——”

“人都走了几个时辰，你要如何追？”

“便是追不上，也是有线索的。知晓他们从哪条路出去，再派人在州界设卡堵他们。”

“既是如此，我直接排兵布阵去卡要道都快过你在这里挖土移山。”

肖南回被说得烦躁，猛地将铁锹插进岩缝里：“鹿松平，你闲得很啊！为何不去找丁未翔，还有那个什么罗合，硬要在这里缠着我？！”

鹿松平的表情依旧淡淡的，他分明学了那人七八分功力：“丁中尉另有要事，至于罗合先生……暂时还未寻到他。现下，我的任务是带你离开这里。”

“离开这里？”一声轻笑从她牙缝间挤出来，听着比哭还要难听，“离开这里去哪儿？你要带我去追他们吗？还是带我回黑羽营？”

“回阙城。”鹿松平从袖中取出一样东西，展开。

肖南回见过那样东西，那上面有三道玉扣，宣读的时候要一一拆开。那是皇帝的手谕。

“在下奉旨前来，请肖姑娘回城。”

肖南回一把夺过那手谕，掷在地上，不远处立着的四名黑衣暗卫见状纷纷低下头去。

“他都不在了，你又是奉谁的旨？！鹿松平，你这是欺君、欺上瞒下！”

鹿松平望着眼前女子气愤的脸，只弯腰将那手谕捡起，轻轻掸去上面的尘土：“见手谕如见陛下，你这行径已够砍头十次了。”

肖南回冷哼：“要砍我的头便直说，不必如此拐弯抹角。”

鹿松平手腕一转，那手谕的正面便直直送到她眼前：“手谕是一个月前写下的，上面有陛下的私印。你大可看个清楚。”

四周的空气突然安静下来。

肖南回不说话了，头缓缓垂下，握着铁锹的指间因为用力和摩擦已经渗出血，她却好像毫无察觉，只握得更紧，拼命使出更大的力气去挖那永远也挖不完的沙土、石块。

鹿松平在一旁静静看了一会儿，突然开口道：“肖姑娘，在下陪伴陛下十数年。他想做的事，没人拦得住。他想阻止的事，也总有法子不让自己陷入被动。”他停顿片刻，斟酌一番，终于说出最后一句，“他会随肖家人离开，是他一早便做出的决定，你明白吗？”

肖南回仍是不语，一锹一锹地挖着。

山石松动，轰然而下，一瞬间将她挖了一个早晨的缺口再掩埋。

她望着那无情山石铸成的壁垒，仿佛看到了在无情的命运面前挣扎的自己。

不远处的山脚下，几只幸存的母鸡仓皇地四处逃窜，远山却异常宁静，就连雨后那缥缈无形的雾气都散开，一副天朗气清的样子。

肖南回终于放下了手里的那把铁锹。

她虽迟钝些，但总归不是傻子，鹿松平说的话，她自然是明白的。若是他不想，便是十个肖准、一百个肖黛来，他也能算出机会，逃出生天。说到底，是他一早便想好了，这一次要独自去面对一切，做他口中所说的了结。

可为什么？为什么她会这样难受、这样沮丧、这样失望呢？

她还记得从色丘脱险离开后，在孙太守那水牢中审完安律的时候，他曾对她说过，天高水阔，怎会容不下与他并肩而立的人？可她终究没有成为那个和他并肩而立的人，在最关键、最后的时刻，他选择了向前一步，将她留在原地。

他也曾说过，人情若经不起考验，那便不要让它经受考验。可到头来，他还是将最严酷的考验丢给了她。

许久，她终于低声开口道："好，我跟你走。"

手中的铁锹狠狠插入土中，她一字一顿道："但走之前，我要取一样东西。"

已经坍塌的石头房前，李元元一掌拍碎了一块压住房梁的石头，又弯着腰将那些石块一一搬走。

冷不丁斜里伸出一双手，将那最重的一块推到一旁。

李元元拍了拍手，捶了捶背，掉头去另一边忙活了。那双手又如影随形地跟了过来。

如是这般反复了三四次，那手的主人终于开了口："晚辈有一事相求，请前辈应允。"

李元元眼皮子都没抬一下，她仍弯着腰清理压在鸡窝上的土块与岩石。

肖南回见状，退开几步，单膝跪地，行了大礼："晚辈有一事相求，请前辈应允。"

李元元动作未停，却开了口："我若不允，你待如何？"

她能如何？不过就是在这儿跪到昏天黑地、肝肠寸断。可若对方铁了心，她又能如何呢？肖南回心中过了一遍，突然开口道："前辈的梅树，难道不想要了吗？"

李元元果然回头，耷拉的嘴角抿得像一把弯刀，然后她道："你敢威胁我？"

"晚辈不敢。"她终于学会了那所谓的强词夺理、歪理邪说，"晚辈只是实话实说。前辈这次若不帮我，我十有八九会因为手无寸铁而被人乱刀砍死，到时候人都不在了，自然无法兑现承诺，照顾那棵树。"

她话音落地许久，也不见对方回应，自知可能还是出错了招数，只得爬起来。

转身离开，不一会儿又返回，怀里抱着几个灰突突的团子。她蹲下，将怀里的东西放下，那几只迷路的母鸡终于找到了回家的路，一溜烟地向李元元奔来。

一脸血污与尘土的老剑宗刻板的脸上终于露出一点儿笑容，但在瞥向肖南回时又冷下来。

“拿去吧。”李元元清点着幸存的几只鸡，将它们赶进临时的鸡圈，“我知道你第一眼就看上它了。”

肖南回愣住，几乎有些不敢相信自己的耳朵：“您知道……我求的是什么？”

李元元冷哼：“我老太婆在这穷山恶水中，除了一身武功谁也拿不去，便只有那把废铁了。或者难不成，你是看上了这几只受了惊的鸡？”

肖南回连连摆手，还要再说什么，李元元已经背着手向一片狼藉的后山走去，她只得跟上。

昨日还满是生机的林子眼下已是一片焦土，李元元一边走一边用脚踩灭余烬中的火星，神情越发冷硬。没了灌树丛与树木的掩映，此时的剑冢更显突兀，一眼看去就是一座孤坟。

“木主仁，可以削减剑锋之金的锐气。我在这林子里藏了它许多年，如今一场大火却要催它出山了。”

肖南回看一眼李元元有些沉默的侧脸，有心宽慰道：“有个疯子跟我说过，木成炭，炭作泥，泥生林，世间万物不过如此循环往复。”

“没了就是没了，疯子的话，你也信？”李元元踢开半截焦木，抱臂站在那剑冢前，“习剑者，大多孤寡。此剑更甚，从铸成之日起便靠孤勇之气驱使。俗话说得好，兵者如其人，你当真想好了吗？”

肖南回没有说话，她只上前几步，轻轻握住那在风吹雨打中已有些发黑的剑柄。剑柄细而窄，触手寒凉，确如李元元所说，带着一种孤注一掷的决绝之气。

都说武者与兵器间有某种说不清的因缘感应，就在她握住那把剑的某一刻，她仿佛听到了那剑身中无声的呼喊与振动。她一把拔出了剑。

八月，阙城风轻云淡，正是好时候。

肖南回从马车的车窗望出去，傍晚的丁禹路热闹而喧嚣，叫卖热汤鱼羹的小贩掀开锅，白气就跑到大街中央去了，红彤彤的灯笼像一串串熟透的柿子挂在檐下，映得每一个人脸上都暖融融的。春去秋来，他们的日子一直如此。时光在这里既流逝着，也停滞着。

如果可以，她多想跳下马车，拎上两壶酒奔向望尘楼，重回这样悠闲的岁月。但她知道，这一次，她不会在这里待太久。

马车又缓缓行了半炷香的时间，最后停在西鼓楼前的巷子里。不远处皇宫西南角的角楼上已挂起明月。撩开车帘，夜的凉意便缓缓袭来。

肖南回猜到她要去的地方是哪里了。

“肖姑娘还是将帽子戴好吧。”

肖南回顿了顿，随即才反应过来。鹿松平一早就为她准备了一件带兜帽的大氅，她起先以为是更深露重挡风用的，现下才看明白，那实则是给她遮脸的。

看来此刻的阙城并不像丁禹路上看起来的那样平静、祥和。

如今皇帝行踪不明，朝中是否已听到了风声？他离开的这段时间，是否又有人伺机作祟？如若他真的出了什么事，整个阙城是否要陷入一片腥风血雨之中……

她的心跳声在这宁静的夜色中显得更加纷乱，半晌，她才开口道：“眼下也到地方了，可以告诉我为何召我回城了吗？”

鹿松平的半边肩膀在车门外若隐若现，声音沉沉：“此次召肖姑娘回城，是有两样事情，其一是有一样东西需要转交，其二是有一个人需要见。不知姑娘是想先取东西还是先见人？”

肖南回简单想了想，淡淡开口道：“拿了东西再去见人似乎有些不大方便，那便劳烦鹿中尉带我先去见那个人好了。”

鹿松平缓缓侧身，将挂在车头的宫灯递给肖南回：“肖姑娘沿着西夹道一路向北，有人会在西路尽头等你。”

肖南回有些意外，她抬头看了看不远处夜色中静波楼的轮廓，还是接过那盏宫灯，跳下车来。

鹿松平驱着马车离开，车轮声在石板路上消失不见，肖南回提着那盏灯，沿着宫墙缓缓向北走去。

长长的夹道中，莫说宫人内侍，就连守卫也看不见。待行了百步远，她便见路的尽头站着一个人，待她走近了才转过身，却是夙平川。他今日穿着一身裁剪妥帖、分外精神的公服，头发好好地束进了冠里，跟上次见面时的样子判若两人。

他瞧见她来，眼底有遮掩不住的光，但下一瞬她唤他的时候，那光便熄灭了。

“左将军。”

夙平川定了定神，随即回礼道：“见过肖大人。”

她的官职变了又变，连她自己也有些搞不清楚了，但他还是宁可称她“肖大人”，也不肯唤她“肖姑娘”。

他在信守自己的承诺，那她也没有理由去打破：“听鹿中尉说，有人想见我。难道就是左将军？”

夙平川望着眼前女子坦荡的眼神，想要承认的话就在嘴边，最终还是咽了回去。

“不是。”他轻轻摇了摇头，“你要见的另有其人，我是来替你引路的。”

肖南回心中仍有疑惑，但他未主动表明，她也不愿追问。

两人一前一后地走着，一路无话。

穿过第一道宫墙，一路向着西北角的掖门守卫走去，直到看到地牢大门，肖南回才有了反应。

她方才还在纳闷，到底是去见何人，竟然需要烜远王府的公子亲自来引路，眼下却明白了。

是死囚，而且是关押在烜远王旗下光要营地牢内的死囚。此处地牢竟处于二、三道宫墙之间，关押的若非要犯，便是跟天家有关。

守卫见到夙平川，整齐地行礼，打开重重铁门，放两人一路深入那漆黑的地牢之中。

下到地牢层有二十级台阶，她走到第十九级，突然顿住了。她听到了一阵咳嗽声。

咳嗽的人并没有说话，即便如此，她还是认出了那个声音。那声音便是掺在数百人的闹市中，她也认得。

前方的夙平川察觉她的异样，也停住了脚步，顿了顿，才开口道：“他是宗先生亲自带回来的，陛下如今不在，又无人敢接手，现下便收押在父亲营下，该问的都问得差不多了，你若想知道什么——”

“你不该让我来见他。”肖南回的拳头握得紧紧的，声音几乎有些颤抖，“只要让我见到他，我就一定会杀了他。”

夙平川似乎一早便知晓她的反应，只接过她手里的宫灯："陛下一早便批了他的刑文，只要生擒，便交由你处置。是否要进去，你自己决定吧。"

他又先她一步安排好了这一切？这算什么？交代后事吗？肖南回站在最后一级石阶上，盯着地面上时明时暗的影子，一时沉默。无妨，就让她一步步走完他为她架的桥，再去跨越她自己要渡的河。

看守牢房的最后一个狱卒打开了锁匙，然后退下，经过肖南回身边时，她一把便抽出了对方的佩剑："借佩剑一用，稍后归还。"

那个狱卒一惊，随后偷瞧一眼夙平川的神色，连忙应声退下。

夙平川深深看一眼女子的背影，随后也离开。

偌大的底层地牢现在只剩两人。

肖南回终于走下石阶，穿过那些空牢房，踏过那唯一一扇透出火光的牢门，低头俯视端坐在石台上的人影。

燕紫终于不再是那一身令人厌恶的紫色衣裳，而是跟所有死囚一样，换上了粗麻织成的囚服。

肖南回冷冷地瞧着那张脸，本有千言万语想要控诉，到头来却什么也说不出，只觉得有股灼气憋在胸口，烧得她难以忍受。哐当，她将那个狱卒的佩剑丢到了他面前："捡起来。"

燕紫一动未动，甚至连眼皮也没有掀开。

那股怒火终于喷涌而出，一路从丹田烧到嗓子眼，她抽出腰间的解甲抵在对方喉间。

"我让你捡起来！"她声嘶力竭地大吼着，沙哑的声音在地牢中回荡着。

眼前的人终于动了，但他只是缓缓睁开眼，用那藏在乱发后桀骜的眼睛盯着眼前那寒凉的剑锋瞧："这等凡人刀剑，不配为我所用。你要杀便杀，能死于传说中的解甲剑下，又有何可惜？"

肖南回笑了，不知是为他那近乎愚勇的言论而发笑还是为他死到临头还执着于一把名剑而感到可笑。

她快步上前，一手揪住对方的衣领，猛地将他掼在地上，五指收紧成拳头，正要狠狠落下，拳风却停在对方面门前半寸的地方。她的视线落在他囚衣领口处，这才发现他双侧锁骨寸断，莫说提剑，就连握一只汤匙都难。

燕紫啐出一口血沫，斜眼瞧着她："你终究无法名正言顺地战胜我了，我也无法陪你演一出大仇得报的好戏。怎么？失望吗？”

肖南回满腔的怒火化作悲愤。她不明白这世上怎会有这种人，对他人性命无动于衷，对自己性命亦是毫不在意。

“在你眼里，除了胜负、武学、名剑，还有什么？！”

“这些还不够吗？”囚徒又咳了两声，继续说着，带着一种近乎偏执的认真，“身为武者，灵魂应当只属于手中的兵器。而你却将羁绊浪费在那些无关紧要的人身上，岂非愚蠢？”

一种无力感从心底生出，她咬紧牙关：“你只有效忠的人，却没有亲近的人，你不会懂。”

“你有过又如何？如今还不是跟我一样孤身一人？”燕紫笑起来，声音咯咯作响，似是畅快不已，“你资质不纯，粗莽有余而专注不足，唯独要杀我时那点儿孤勇之气还有些趣味。可如今看来，也不过是平庸之辈。”

风吹动地牢中摇曳的火光，地上的两团影子也随着晃了晃。

肖南回的侧脸藏在阴影中，她抬起的拳头却慢慢松开：“原来如此，这便是你最害怕的东西。”她顿了顿，随即一字一句道，“你害怕平庸。”

地上那人的脸色终于扭曲起来，他挣扎着想要起身，却被肖南回再次按回地上。

“平庸？我此生只会与卓绝相伴，怎会平庸？！”

“你若当真问鼎武学之巅，又怎会被人一招废了功法，沦落到如此地步？”

“那是……那是——”曾经孤傲、不可一世的剑客眼下就在那牢房肮脏的尘土中嘶吼着，“那是不公！何况他谢黎已是风烛残年，只须待些时日，他终究不是我的对手！只须待些时日，我定能杀了他——”

“你没有那些时日了。”肖南回终于松开了手，任那个人影原地挣扎着，“我确实希望能痛快地和你战一场，为伯劳、杜鹃、陈叔报仇。但杀你不需要理由，更不需要再等些时日。”

她缓缓将解甲剑收回鞘中：“死于解甲剑下，你还不配。”言罢，她脚尖一钩，将地上那把狱卒佩剑卷入手中，一招再普通不过的平扫，血之花在对方的喉间绽开，“就让这凡人之剑送你一程，下辈子记得莫要招惹我等平庸之辈。毕竟平庸之人心中没有你那么多卓绝的追求，只晓得杀人偿命的道理。”

鲜血沿着剑锋缓缓而下，她的心比以往任何时候都要冷硬。

燕紫说得没错，她确实没什么特别的，唯独这点儿孤勇之气可以傍身。

地狱之门已经开启，她爱的人就在门的另一边。纵使黑暗无边际，险路无尽头，而她手中只有一盏残灯、半刻光明，她也要独自走下去。

肖南回抬起袖子，擦去剑上的血迹，不再看地上那团蠕动的人影，转身向地牢外走去。

第一百六十七章

选择

地牢外，夙平川正来回踱着步子。听到身后的声响，他连忙转身。

肖南回的脸色在夜色中有些看不真切，她越过他，直直地向前走去，直到被他出声喊住："你的脸上沾了血。"

肖南回顿住，抬手抹了下额间，只见手心沾着一点儿血，应当是方才杀燕紫时飞溅出来的。其实方才从那间地牢离开的时候，她已经擦拭过手上的血迹，唯独脸上没有顾及。

人血特有的黏腻触感还留在指尖。从前出征剿匪的时候，血污对她来说是最经常打交道的东西，有时连着几宿闭不了眼，更没地方洗净，那血污便会一直粘在身上。但她从未像今天这样感到恶心。

夙平川察觉她的沉默，主动开口道："报了仇，心里可畅快了？"

她定定地站在那里，没有回头，身影透出一股秋意的肃杀："还不及从前跟伯劳喝一盅酒来得痛快。"

"会有的。"他顿了顿，声音低下来，"能陪你喝酒的人还会有的。"

他胸口憋闷的那口气吐出，在夜色中变成一团白雾，也不知是方才地牢里的污浊空气还是那夜斗辰岭上的哀愁。

肖南回转过身，见夙平川却正低着头盯着腰间。她终于留意到他从方才开始就一直低头查看腰间香囊中的燃香。

都城贵族子弟许多都会用香囊计时，只是这东西男子带着多少有些违和，是以她以为夙平川这样尚武又脸皮薄的人是断然不会带的。

不欲令他难堪，她主动收回目光："左将军若还有事，去忙便可。从这里到宫门的路，我还是认得的。"

夙平川不语，只定定地望着她，许久才将视线缓缓下移：“这是解甲剑？”

肖南回摸向腰间，点了点头。不知为何，她总觉得夙平川的询问中并无太多欣喜和惊讶，反而有些没话找话。

他凑近半步，似乎在细看那把剑：“师父竟将这把剑送给你了。我拜师多年，她连碰都没让我碰过。”

肖南回想了想，解下剑鞘，递了过去：“那……要不要试试？”

这回轮到夙平川愣住，他似乎确实想跟她再说几句话，却没想到她会提出这样的建议。

他们很久之前就见过面了，真正相识却是因为那场荒唐的比试。但诚如她对李元元所说的那样，她与夙平川之间并未分出过胜负。

年轻的王府公子终于松开了手中的香囊，迟疑着接过那把剑。就在此时，一道声音在不远处响起，却是烜远王身边的青衣小厮：“少爷，王爷在前面等您呢。”

肖南回看到夙平川的脸像入冬后枯萎的树叶一般褪了色，他随即垂下眼：“再容我一盏茶的时间。”

那小厮不说话了，但并没有回避，就静静站在十几步远的地方。

夙平川一手托住剑鞘，一手缓缓抽出了手中的长剑。

解甲在秋月下发出一声清吟，剑身雪亮，完全看不出曾埋于冢中多年。

“好剑。”夙平川由衷地赞叹一声，随即仗剑而起，凌空连击。

少年的脸上依稀还有江湖儿女的意气风发，他的眼睛很亮，那是一种没有经受过朝堂浸染、权势倾轧的浩然之气，他的身法跟李元元有七八分相似，大开大合间气息流转如江河奔腾不息，但又有两三分不同。

她私以为，那两三分便是夙平川独有的某种特质，一半稚气，一半真诚。

从前她对他有些成见，比武切磋的时候总想着赢他，是以从未好好欣赏过他的剑法路数。眼下真的好好瞧一瞧，她发现他的剑其实使得不错，李元元确实是个好师父。

最后一招行完，夙平川仍立在那里，手中的剑迟迟不肯归鞘。

不远处，青衣小厮又在低声催促。

他终于缓缓将剑送回剑鞘，雪亮的剑身一点点没于鞘中，直到最后一点儿光亮也消失不见：“多谢肖大人借剑。”

肖南回接过解甲，试图让眼下这点儿时光能够轻快些："左将军客气了，改日大可再切磋一二。"

夙平川看着她，半晌才轻轻点点头："好。"

从初见她，到与她重逢，再到之后的出生入死，他对她的感觉从懵懂变得明朗，诸多情感压抑在心中，却从未骗过她。但就在方才，他知道自己撒了谎。

再有三个月，他便要迎接自己二十岁的生辰礼了。

弱冠礼前，父亲要他做了选择，是继续留在军中还是转而投身朝堂。说是选择，其实对他来说并没有什么可供选择的余地。他的父亲太过了解他，知晓他孤独、叛逆的心底还有一丝难以割舍的家族羁绊。这份羁绊中，与王府纠缠的部分并不算重，与梅家的却是根深蔓绕。

如今的梅家早已在朝中失去了一席之地，而天家对武将的态度在碧疆平定后必然会变得暧昧，若不想落得兔死狗烹的下场，梅家需要尽快寻得新的庇护。而他便是最好的庇护者——一个急需成长且还不够强大的庇护者。

他最终答应了父亲。今日他见过她，便要收敛心思，结交世家，潜心为接手王府做准备。他的少年时光虽在行伍中度过，但他到底是自在的，遇见她更是最奇妙的一场梦。只是梦总要醒来，这样的日子终究要结束了。

他羡慕那望尘楼的掌柜，羡慕她那已经死去的婢女，羡慕她一路走来亲近过的每一个人。他希望自己是他们中的任何一个。可到头来，其实他们能一起走的路只有那么长。

"肖大人，告辞。"夙平川缓缓转身，终于踏上那条通往王宫深处的长廊。

肖南回望着他的背影消失在宫殿的巨大轮廓之下，仿佛注视着一只流萤就这样被黑暗吞没。

除去燕紫，今晚她与夙平川的相逢似乎再平淡不过，但她分明又在这平淡中察觉到了一丝不寻常。或许在那看不见的旋涡之中苦苦挣扎、求索的人不止她一个。

肖南回转身，向着与夙平川相背的方向走去。

她沿着来时的路出了宫墙，没走多远，便见高耸的宫墙侧门里走出一个光点，依稀是个穿着朴素、棕脸美髯的高大汉子。

宫中卫士令将许束换下去了？何时出了这么号人物？

可待她再走近些才发现，对方并未佩刀剑，手中只掌着一盏油灯。

肖南回停下脚步，并不确定对方是不是自己要找的人，正寻思着如何开口，那人却已自报家门：“在下瞿星子，姑娘唤我‘星子’便好。”

姓瞿？那岂非和郝白那家伙是亲戚？可眼前这人……当真跟郝白相去甚远，而瞿家说到底还是跟前朝乃至上古有关联。

想到过去月余经历的种种，对方越是亲和，肖南回反而越是拘谨：“星子……兄，不知我要取的东西现在在何处？”

对方爽朗一笑，让出一条路来：“东西没在我这儿，请姑娘随我来。”

这一回，肖南回终于又回到了静波楼。楼上秋风四起，她回望整个阙城，只觉得春雨绵绵和夏日蝉鸣仿佛不过是昨日之景。

瞿星子在回廊中前行。

肖南回突然开口问道：“敢问单常侍为何没在？以往出入这静波楼，都是他引路。”

瞿星子停下脚步，伸出宽厚的手指向栏杆外的三层宫墙。

肖南回顺着对方所指的方向俯瞰，只见元明殿前的光明甬道上稀稀拉拉地站了数十人，个个穿着朝服，无人掌灯，瞧着很是怪异：“那些是——”

瞿星子笑眯眯地收回手，说出的话却令人提心吊胆：“那是从今日上朝便未退朝的朝中元老们。姑娘方才问起的单常侍便是因此脱不了身。”

单将飞在元明殿？可那里不是皇帝上朝时才能进的地方吗？

一个模模糊糊的想法在脑海中生成，但她此刻另有担忧：“他们为何没有各回各府，反而聚在宫中，难道是听到了什么消息吗？”

这一次瞿星子没有再回答。

回廊也在这一刻到了尽头，高大汉子将手中的油灯吹熄，随后开启了一间石室：“肖姑娘要见的人就在石室内。在下便送到这儿了，请。”

一肚子话都到了嘴边，只得暂时咽下，待她再转头时，那瞿星子已跟那盏油灯一起消失在夜色中的回廊尽头。

她站了一会儿，然后抬脚向石室内走去。她方才迈入石室中，背后石门便翻转关上，空气瞬间安静下来。

肖南回摸着墙壁，向着不远处微弱的烛光走去。

光的尽头是一张简陋的小桌，桌上挖了个洞，洞里点着炭火，炭火上架着口铜锅，锅里似乎正煮着什么，咕嘟嘟地冒着热气。

小桌前盘膝坐着一名须发尽白、面膛黑亮的老者，两撇眉毛短又粗，蚕豆似的卧在眼窝上，瞧着平白失了老者气度，倒有些孩子气。这……或许就是那传说中不曾离开过晚城的瞿家长老吗?

肖南回盯着那两撇眉毛发呆，对方也不言语，上下打量她。

两人就这么盯着对方瞧了半天，直到汤汁从锅中溢出，发出一阵滋啦啦的响声。

老者回神，手忙脚乱地去揭那盖子，结果又被烫到，瞬间失态。他飞快地吹了吹自己的手指，随后瞥了一眼站在石室中央的女子："晚饭吃了吗？"

肖南回摇摇头："未曾。"

老者翘起胡子，用下巴指了指矮桌前的垫子："坐下一起吃个菌子锅吧。"

离奇的人和事见多了，人渐渐便会平和许多。肖南回只停顿了片刻，便走上前，在桌前坐下。

开锅、涮肉、下菜，这顿饭，两人吃得很是沉默。老者是因为吃得投入，根本无暇顾及其他，肖南回则是心中有事，有些难以下咽。她缓缓放下手中的竹筷子："老先生叫我前来，应当是有东西要转交于我，不知究竟是……"

"哦。"老者似乎这才想起那档子事，嘴里未停，左手在小桌下东摸西摸地翻找着。

半晌过后，一堆锅碗瓢盆中多了两样东西。左边是两片薄薄的玉简，简页对扣，八道玉封，两侧用金箔打了一对神鸟，一时也瞧不明白是何物；右边是个陶罐子，胖胖的肚子，细细的拴绳，贴着红纸的封泥还是新的，却是一坛云叶鲜。

肖南回望着那玉简和酒坛，困惑都写在脸上："这是……这是何意——"

"不是都给你，而是要你选一个。"老者咳嗽两声，慢悠悠道，"姑娘可知数月前陛下召老夫入都城所为何事？"

肖南回定了定神，谨慎道："应当是为了仆呼那的事。"

老者嘿嘿笑起来，几道皱褶在氤氲的锅气中看起来油亮亮的。

"那些事自有小辈去操心。至于老夫，自从上了年岁便只接手一样事务。"他边说边点了点桌上的东西，"就是为天家宗庙之事撰写祭祀卜辞。而其中能劳烦老夫亲自跑一趟的，除了新皇登基，便是后位有了人选之时。陛下叫老夫前来，本是要为你拟下封后的册子，但春猎之后，他便改变主意了。"

肖南回一时愣怔，说不出话来。她知道他安排了一切，却并不知道这“一切”都意味着什么。

老者终于放下了筷子，脸上笑容也慢慢褪去：“他自知此去必然凶险，今日叫你前来，便是要你在这两样东西中选一样。拿了这玉简，他归来之时便是这后宫入主之时；拿了这酒坛子，走出这楼便找个地方大醉一场，酒醒后便当跟他的一切只是大梦一场，去过你向往的天高海阔、自由的生活。如何选择，就看姑娘自己了。”

好一个大梦一场、许她自由，这话若是旁人听了，定要嘲笑她已被人始乱终弃，叫她最好不要再死缠烂打，给自己留最后几分颜面。但只有她自己明白，“自由”二字对她而言意味着什么。他果然比她想象中还要了解她。

她记得第一次进那皇宫的时候，管事的内侍官领着她穿过了整整三道宫墙。那些厚重、做了庄严装饰的宫墙里面有着一个她不熟悉的世界。

她曾经以为，自己永远不可能和那里的人有一丝一缕的联系。到头来，她却喜欢上了宫墙里坐得最高的那个人。

如今他几乎跟她说尽了往事和秘密，可她仍不能完全明白他的世界。

她是一个太过简单的人，她的一生也本该是一眼可以望到尽头的样子，但那个人不是。如果她想去陪他，就要离开她熟悉的世界。她也不太能想象莫春花说过的“失去自由”是什么感觉，她只是觉得，那高高的墙内并不属于她。她对于那样的未来心生迷惘，更担心他会因此为难。不，她不要那样。

铜锅里的汤汁已熬得浓稠，枣子大的气泡不断浮起又破碎，在石室中咕嘟咕嘟响。

肖南回盯着桌上那两样东西，终于伸出了手。她拎起了那坛酒。

老者眉宇舒展开来，他笑着敲了敲手中的竹筷：“姑娘果真是个通透人，日后若到了晚城，一定要来拜访——”

他正说着，却见坐在对面的女子一掌拍开了酒坛上的封泥，仰起头将那坛酒一饮而尽。

哐当，已经空了的酒坛子被重新撂回桌上。

“他未跟我对饮过，不知我的酒量。这一坛云叶鲜远不能令我大醉一场。要我忘了这一切，怕是将整个小福居搬过来也是不够的。”她一边擦嘴一边说着，突然笑了，“他的心意，我知晓了，但既然喝了酒，我便是自由身。是去是留，是进是退，脚长在我自己身上，如何走是我的事。”

她平生最不愿意看到的事情就是心爱的人因为她而为难，她要她爱的人永远遂心如愿，做自己想做的事。

所幸，眼下命运为她指出了一条路。她既可以为所爱之人做些什么，又不必担忧在未来的漫长岁月中他们之间的美好被身份的落差消磨殆尽。

他本来就是要风得风要雨得雨的人，她没什么珍贵的东西好赠予他，如果不能陪伴他左右，这或许便是她能为他做的最后一件事。

她只有一件事要做，她也只需要做好这一件事——杀了它，毁掉秘玺，将一切有可能威胁到他的事物全部铲除。

她喜欢他。她希望他们还有悠长的岁月可以一起走过。但相爱之人难相守，她已经比许多人幸运很多，因为她拥有了足以用余生去纪念的珍贵回忆。

老者不语，许久才叹息一声：“那是他的劫数。除了他自己，无人可替他应劫。”

肖南回盯着桌上的空酒坛，丝毫不打算退缩：“试都没试过，怎知行不通？”

“你又怎知你不是他的劫数本身呢？”似乎是怕她听不懂，老者一针见血地问道，“你是否入过钟离家人的梦？你自己应当清楚。又或者说，你是否梦到过他们？”

钟离家人？是他还是他的母亲？还是……黛姨？

肖南回愣了愣，随即握着酒坛的手不自觉地收紧。她想起来了，她确实梦到过黛姨。梦里的黛姨看起来却并不是她熟悉的模样，神态也古怪而凄厉。

所以，黛姨曾经梦到的人难道就是她吗？她在那场预言中究竟扮演了怎样的角色？

离恨塔里那本册子的最后一页似乎早就给了她答案。而聪慧如他，是否早就在那个飘雨的凌晨破解了那条带子上的预言，所以才会故意离开她，孤身随仆呼那离开？

如果这老者说的是真的，如果她才是将一切推向深渊的那个人呢？

第一百六十八章

千里单骑度君劫

日出后第一缕阳光率先投在高楼上。栏杆旁，几只出巢的新燕正抖着羽毛，叽喳着讨论南飞的旅途。要不了多久，天光就要大亮。

盘坐在软榻上的老者从瞌睡中惊醒，扇动了几下鼻翼："买来了？"

"买来了。"瞿星子将热腾腾的油酥抄手从食盒中拿出来，轻轻摆在软榻前的小桌上，"东城徐记开店后的第一锅，按您的吩咐，做了双份，加了浑汤。"

老者满意地点点头，拿起羹匙小口小口地吃起来。

不知过了多久，那棕脸汉子还是没有离开，老者终于开口道："还有事吗？"

瞿星子停顿片刻，如实告知："肖姑娘去黑羽营牵了匹马，半个时辰前从西城门出城了。"

老者点点头，嘴里片刻也没停下："还有吗？"

"一空法师带着瞿墨到了晚城，昨夜已过铭湖界碑。"

老者又点了点头："还有吗？不要总让我催你，一口气说完吧。"

瞿星子静默片刻，然后轻轻摇了摇头："没了。"

羹匙当的一声被丢回碗中，方才还满满的一碗抄手眼下已经见了底。

"既然无事，便出去散散心，莫要总是跟我这半死不活的老头子混在一起。你今年若再说不到好亲事，便干脆找那大成寺的住持剃度算了，也省得带坏瞿墨，要我瞿家背上孤独终老的名声。"

瞿星子无声地苦笑，自知不能跟老者争辩什么，但仍立在那里不走："星子还有一事不明，请祖父解惑。"

"说。"

高楼上的黎明静悄悄的，除了风声和那几只聒噪的燕子，再无其他声音。

但瞿星子还是小心上前半步，压低了嗓音："祖父既然不想插手此事，又为何要将那胥蛾给肖姑娘？"

"我当然不想管！可我不还是得管？！"老者吹胡子瞪眼，嗓门大得惊走了那一窝燕子，"夙家那老狐狸生了个狐狸崽子，说的比唱的好听，到头来还不是把我这棵老山参连根刨到了这儿来？"

瞿星子叹息，为老者续上一壶新茶："话虽如此，但祖父若打定主意不插手，陛下是不会为难我们的。您不是常常教导我们天命难违这个道理吗？"

老者盯着沸水中旋转的茶叶尖，声音突然沉了下来："屋将倾覆，尚能另择茅舍，寻一独善其身之所。天将倾覆，你我又能躲到何处去呢？"

瞿星子终于不说话了，四周安静下来，老者缓缓闭上眼。

昨夜那女子离开石室前说的话似乎还回荡在原处，她说，她不信所谓命中劫数，试都没试过，怎知不可为。不知是否因为饮了酒，她的话听起来分外放肆，瞧不出是无知无畏的愚蠢还是心志坚定的勇毅。

他作为比她多活了那么多年的长辈，理应是不跟她计较的，但他还是想要计较一下。

昨日是他第一次见她，但总有种许久不曾出现的预感弥漫在心头，她或许是个变数。

变数有时是转机，有时是麻烦。那跟他一样活了很久的"它"一定也知晓这个道理，所以先前才会借那宫人的身体想要杀她。她侥幸逃脱了，并在这关乎天下命运的旋涡中被裹挟至今。从那时起，他便意识到，或许她不仅仅是一个变数那样简单，她就是这段命数本身。

"我言尽于此，你仍要去寻他，那我无话可说。"老者将自己的结论告诉她，其实只是好奇她的反应，并不打算真的做什么。

肖南回确实被他的话难住了，但只是被难住了片刻："老先生的话，我已知晓。但我答应过他，不会离开他。"她的眼睛在昏暗的石室中闪着亮光，瞳仁深处映出的点点灯火生生不息地跳跃着，"命数或许天定，但还没有拼尽全力到最后一刻，怎知这便是所谓命数的全部呢？"

"只为见一面、道一句别，或许便要付出你难以想象的代价，即便如此，你也要去吗？"

"他跟我说过，相守本就很难。我不去想更遥远的事，就想眼前，眼前我要遵守我的承诺。”

她缓缓起身，望了望矮桌上的酒坛和玉简，拎走了那空坛子：“老先生若无其他事，南回这便告辞了。”

许久，他抬手触动机关，石室的门打开。然而等到对方就要迈出石室前一刻，他又懊恼地出声：“等一下。”

他急匆匆地起身，进了内室，不一会儿的工夫，提了个草编的小笼子走了出来，不由分说地塞到女子手中，又低声交代一番。

肖南回有些惊讶，但最终还是没有追问。临走前，她从怀里掏出一本卷了边的旧册子递给了他：“承蒙老先生相助，但来时匆忙，未来得及准备回礼，只有这样东西可以送。”

老者丝毫不客气，伸手便将那册子接了过来，翻开第一页，手指便顿住，随即一条陈旧的带子飘落下来，被他眼明手快地一把捞住。可紧接着看明白手里的东西，他瞬间便后悔接过来了。他自然是认得那条带子的，正因如此，他才后悔。

肖南回的眼睛瞧瞧那条带子，又瞧瞧他的神色，随即释然一笑：“果然，这东西还是跟老先生更投缘，放在我这里实在是没什么用处。这册子和带子便留给老先生，就当你我方才那番言论的见证吧。或许要不了多久，一切便能水落石出了。”她说完不再看他，转身走出石室。

又一阵凉风吹过，老者睁开了眼，猛地起身向石室内走去。身后，瞿星子亦步亦趋地跟了过去。

石室内的矮桌上，菌汤锅已不见踪影，取而代之的是纷乱的竹简古籍和厚厚一沓毛边纸。那些纸上弯弯曲曲地写着许多符文，满是墨点和涂改的痕迹。

混乱的桌面上依稀露出数条纤细的麻线和半片发黑的骨板，骨板前那一直空着的小竹板上赫然已有四行小字。

“点将红尘关，锈剑冢间埋。神憩三重天，致梦蜕骨台。”

瞿星子的脸上露出不可思议的表情：“祖父难道……难道已解出来了？”

三日未曾合上的眼皮跳个不停，老者按住眉心，颤巍巍地叹出一口气：“命之一论，本就无解。”

“明明已经解出，怎会无解？”瞿星子的神色变得更加困惑，他靠近那四行字，细细推敲起来，“三目关古称红尘，与‘碧疆’二字相对，点将应当是指天成挥兵而下夺回碧疆一事。冢间锈剑指的便是肖姑娘手中方才出山的解甲剑，蜕骨意为成仙，修道者羽化登仙之地正是晚城步虚谷，而这神憩三重天——”

他说不下去了。

老者伸出手指轻轻拈起那些细细的麻线，依次放在那块骨片上：“烧骨、织锦，上古秘术也，哪怕其一，都是难得，何况两象同出。天成建成以来，除了安道院那掌刑人，恐怕从未有人目睹过其一二。时间久了，他们将其传作神话，认为那本就是不存在于世间的东西。谶语谶语，本就是成谶之时才能令人有所顿悟。在此之前，便是圣人再世，也只会觉得毫无头绪，无从算起。”

瞿星子抿了抿嘴唇，将方才没能说出口的话吐了出来：“当真是无从算起还是算出却不敢明示？”

老者拿起那块骨片，连同其上的细麻一起，扔进一旁的火盆中：“很久以前，众神兴明，人们通过供奉各路神明来获得力量，此为‘祝福’。而作为交换，神明会在人们的血脉中留下印记，以便夺取他们的肉身，此为‘降神’。”

火盆中的火苗飞快地吞噬了麻线，又开始啮噬那块焦黑的骨板。骨板在烧灼中吱嘎作响，开裂，似有古老的灵魂在烈焰中呻吟、低语。

“出于某些不得而知的原因，有些人的血脉天生便具备接纳神明、获得力量的天赋，这些比寻常人更接近所谓神明的人构成了几大家族，曾互相牵制数百年。涅泫曾经的掌权者便是其中一支。”

飘起的火星映在瞿星子的眼中，光彩熠熠：“为上位者，便是没有鬼神加持，也掌有生杀大权，理应谨言慎行。”

“道理虽是如此，只可惜人有良莠，神有善恶，恶神若只是降临荒野之中，不过危害百里，可若转生于三重天之下，那便能把持天下，为祸苍生。”

骨板的最后一块碎片也消失在火光中，老者负手起身，望向石室外的天际线。

自古便只有九重天，从无三重天一说，可那解出的数偏偏是三而不是九。

静波楼侧，三重宫墙在晨光中静默着，不为春夏秋冬、王朝更替而动摇。

瞿星子望向老者的背影，向来清明的双目中露出些许隐忧：“肖姑娘……到底只是一人，她当真能扭转这一切吗？”

老者端起已经半凉的茶水一饮而尽：“古来群雄逐利，唯有孤凡者救世。更何况，她比你我二人都更得那一分赤勇之心，难道不是吗？”

长而笔直的平原大道上，只有一人一骑向着西南方行去。

萧瑟的秋风迎面起，带着烟尘飞舞一路。

吉祥吃胖了不少，跑起来的时候都能从鞍上看到那左右摇摆的肚腩。

黑羽营的草料肯定是差不了的，而这任性的马平日里惯会撒泼、闹脾气，那些伺候它的兵卒定是没少吃苦头，只能好吃好喝地供着它。加之又没她这个主人差遣、鞭策，这畜生便日日在那马场里养尊处优，直到肚子上的膘贴了三层，好好一匹战马生生有了几分肉畜的样子。

肖南回低叱一声，吉祥吭哧吭哧地加快了脚步，终于找回一点儿当初上战场的样子。

远方，巨大的日轮从地平线上升起，日与夜的交界正缓缓地在大地上移动着，向着前方沉寂的西界逼近。

阙城已远远地落在她身后，她一次也没有回头去看。临行前她想过要不要去趟望尘楼或者回趟肖府，可想了想又恍然明白过来，即便去了，会等她的人也没有几个。或许她在三更半夜唯一能吵醒的人只有姚易。但那没什么意义，她一点儿也不担心对方，她知道姚易是个不论何时何地都能自己活得很好的人。最后她哪里也没去，只路过小福居的时候从后院翻了进去，拎了两坛酒，灌满了酒囊，留下两锭银子。

她知道，自己并非对这座城毫无留恋，否则又怎会连等天亮起吃一碗汤面的时间都不愿留给自己呢？她知道，一旦她看到阳光照耀城池、人们再次忙碌生活的场景，一旦她坐在城东老郭的摊子前吃上一碗骨头汤面，她的心便会再次为之动摇。这样的日子是否还能再次属于她，就交由老天吧。

日升月落日又升，她的披风被露水打湿、结霜，又化为寒露，最后被日光烘干。她离开钟离之地的时候还是夏末秋初，待踏入晚城地界时已是深秋。

铭湖上渔船穿梭往复，水寒鱼肥，渔家们都赶着入冬封湖前捕捞最后一批河鲜。

肖南回放下筷子，有些后悔方才点那道鱼羹的时候没有再多加一条鱼。放下一点儿碎银，她牵着吃饱喝足的吉祥，向湖边码头走去。

铭湖大如西北高原上的海子，沿湖有很多个渡口码头，有些是走商船的大渡口，更多的是附近渔村自建的小码头，停不了大船。偶有落单的赶路人，出几个铜板便能搭艘小渔船渡湖，只是风浪大些的时候只能等了。

今日湖上算晴好，只是西边的云压得很低，远处的天际透着黑色，有经验的渔家已早早收了船。或许将要有一场大雨。

肖南回牵着吉祥停在码头张望，一艘正晒网的小船靠过来，船上的渔夫隔着几条船喊道："姑娘是要去哪里呢？"

她如实答道："步虚谷。不知船资几钱？"

谁知那人一听，船篙一撑，瞬间便划远了。

如是这般，她接连问了三四艘船，船家一听她要去的地方，不是摇头便是干脆不理。

肖南回有些意外，正寻思着要不要干脆劫艘船上路的时候，一道声音从不远处的小舢板上传来："您这样问是问不到船的。"

说话的渔夫瞧着不过三十出头的年纪，脚下那块破破烂烂的小舢板似乎比他们二人加起来的岁数都要大，只怕划不了几年便会散架。

对方见她不说话，又凑近些，压低嗓音："前几日那边过了好几艘官船，大家都不想惹事。加上要变天了，若非就等那几钱换把米下锅，谁会愿意冒这个险呢？"

看来确实是去步虚谷没错了。

肖南回想了想，从腰间解下袋子，数了数，抓出五个圆滚滚、胖乎乎的银锭子："这些钱应当能换不止一把米吧？"

那渔夫只瞥了一眼，眼神立刻不一样了："步虚谷那边水浅礁石多，暗流险滩更是不少，船越大越容易遭殃。"他说到这儿故意顿了顿，随即意味深长地拍了拍自己的舢板。

肖南回看了看吉祥肥硕的屁股，又看了看那摇摇晃晃的小船，心中有一万种可怕的预感闪过，最终还是硬着头皮上了船："麻烦快些，赶时间。"

"好嘞，您可坐稳了！"

摇橹一摆，小舢板灵巧地离开了码头，向着广阔无边的湖面划去。铭湖水凉，湖面上常年笼罩着一层雾气。舢板一路向北划去，迎面擦身而过的都是返航的船只，却少有同方向的。

肖南回一言不发，只守着那只草编的小笼子坐在船头，看着那水面不断被破开又愈合无痕。她并非真的不想说话，只是心中始终像压着一块石头一般。她的腿又隐隐痛起来，但那痛相比胸口那种憋闷的感觉，实在算不得什么。

船尾的渔夫瞧不见她的神色，偏偏生性又是个健谈的，一直有一搭没一搭地嘟囔着："往年这时候都没雨，今年也不知是怎的了，入秋开始就下个不停。你看那边的石亭子都淹了一半，你再看那边那块云，估摸着这雨今日不下便是明日下，一下至少又要有个十天半个月了——"

他说的是晚城这边的方言，肖南回只听得懂一半，知晓他是在抱怨天气，便只一耳朵进另一耳朵出。

一个时辰之后，整个湖面再不见其他船只的影子，四周静得只能听见舢板破水的声响。

前方依旧雾气茫茫。舢板的速度慢下来，肖南回察觉，盯着眼前的草笼子，头也没回地指了指左前方："那边。"

渔夫显然有些惊讶，愣了片刻，才将船向着她所指的方向划去："姑娘原来不是外地人。这步虚谷少有人来，您这是回来探亲啊，还是祭祖啊，还是——"

肖南回叹口气，摸了摸腰间的解甲："我家汉子跟人跑了。听说他就是跑到这儿来了，我提了剑来寻，打算斩了他的腿。"

唠叨了一路的渔夫瞬间不说话了，雾气中一时只有女子单调的指路声。

又过了小半个时辰，四周水流声变得纷杂起来。一阵微风贴着湖面而过，吹散些许雾气，显出片刻乱流密布的水面。

渔夫突然便不肯往前了，站在船尾望着天："天色不早了，我要返回去了。不然天黑了，怕是要翻船。"

肖南回起身，望向雾气深处，那里已能听到些许湖水拍打礁石的杂音："应当离岸边不远了。就几步路，通融一下。何况，你已收了银子，怎可食言？"

渔夫显然不想通融，身形钉在那里，一动不动。

旁人都能走回头路，她可走不了。肖南回的视线缓缓下移，渔夫察觉她的心思，将手中的摇橹握得更紧，连退了两步："这也没几步路了，要不……您游过去？"

"游过去？！"

真是怕什么来什么。

"我水性不好——"她的声音还未落地，也不知那渔夫是当真没有听见还是听见了装作没听见，下一瞬，脚下舢板一歪，她便连同吉祥一起扑通一声落了水。

刺骨又湍急的湖水瞬间将她没了顶，脚探不到底，她只能拼命挣扎着，另一只手还要护着手里高举的笼子，没一会儿便呛了几口混浊的湖水。

水里掺着泥沙，直冲得她鼻腔里火辣辣地疼。混乱中，她就近一把抓住了什么东西，再也不肯放手，直到那东西缓缓升起，将她顶出水面。

冷冽的空气吸入肺中，她一边大喘气，一边狠狠地咳了两声，然后抹一把脸上的水，她才看清屁股底下熟悉的马鞍。吉祥打着响鼻，只有半个马头和一对鼻孔露在水面上。

四周水流湍急，她方才险些被冲走，但吉祥肥硕的身子立在水中，竟还能迈开蹄子往前挪。好吧，她收回先前的抱怨。这马养肥些，还是有好处的。她回头望去，那艘小舢板早已不见踪影。

抓着吉祥厚实的鬃毛，肖南回在一波又一波的大浪中缓慢地向着前方行去。

云雾缥缈中，一道轮廓渐渐显出真面目。

肖南回抬头望去，神情不由得一顿。这里并非铭湖的对岸，而是仍在湖中央。

她怎么也没想到，传闻中的步虚谷竟然并非一座山谷，而是一座岛——一座坐落在铭湖湖心，随着潮涨潮落时隐时现的孤岛。难怪瞿氏如此神秘，就连历代帝王都甚少能够探访一二。

终于走出那片急流险滩，一人一马爬上了岸，肖南回狼狈地从吉祥背上翻下来，顾不上别的，第一件事便是查看那草笼子。笼子里只有一只灰白色的小虫蜷缩在笼底，早已溺死了。

她狠狠地一拳砸在碎石滩上，几乎将长久以来憋在心口的委屈与迷茫都发泄出来。就差一点儿，就差一点儿，她便能找到他了。

他先前在沈家密道中服下的丹药，是郝白花了些心思制出来的，除了可以令人陷入长久的沉睡，免去仆呼那的侵袭，还放了些许胥蛾的鳞翅粉。那是一种散发着独特香气的粉末，人无法察觉，胥蛾却能隔千里而知晓。

瞿家长老给了她一只胥蛾，她一路便是依靠这只比蜜蜂大不了多少的胥蛾找到这里的。她跟这只小虫有缘，当初，便是它救了她一命。

胥蚕吐丝织成的布料名唤蝶落，因其韧如蛛丝、着色牢靠而闻名，便是偷过蜜的蝴蝶落过脚，都能留下花蜜的清香。一只胥蛹千金难求，一尺蝶落有市无价。

传说，那胥蚕从出生那日起便在等待可以羽化破茧那一天。但胥蚕结茧须大旱、干燥，破茧却要雨水充沛，过程往往需要数载，实则百只也难有一只化蛾，成蛾后也难寻同伴，不得繁衍，只能郁郁而终。

先前她手上的那只是那样鲜活，一路都在不停地上下飞舞着。然而飞蛾不知道，它要见的另一只胥蛾早已不复存在，只留下一点儿翅粉在散发香气。它只是一个劲地向着香气的方向撞击着笼子，直到死亡来临那一刻。

说到底，一只小虫尚且活得如此艰难，生而为人，又有何底气说自己可以称心如意地过一生呢？

与君相逢，已是犹如困于茧中千年又破茧万载。结丝为报，丝纤细却坚牢，非放下执念不可断也。就让她一直向前、向前，直到撞破这命运的牢笼，抑或死亡来临，才算终结。

肖南回沉默地拧干滴水的衣摆，一只手拎起那只滴着水的小笼子，另一只手牵起吉祥，沿着碎石滩向岛上走去。

第一百六十九章

廿载离别在须臾

肖南回挖了个坑将那只胥蛾埋了，又喂了吉祥一些蕈子干。

这湖中岛远比她想象中要大，四顾茫茫，如何寻到他呢？

但她找不到并不代表别人也找不到。不论是先前鹿松平三缄其口，还是她出城前黑羽营内的异动，抑或是那渔夫口中的官船，都暗示着这座岛上眼下一定还有其他人。

按以往的行军经验，将领一般不会将营地选在低洼处，特别是行军任务需要隐蔽的时候。眼下这座岛的植被不算茂盛，碎石岩滩较多，若停留在低处，只要移动，就难免失去隐蔽，暴露行踪。

原地观察了一番方位，她一路沿着一条溪流向上，待到日落时分，她终于接近岛上的第一块高地。空气中隐隐约约有阵阵烧柴的气味，她顺着风向小心摸过去，不一会儿便看见了一点儿营地外围的火光。

吉祥嗅到了马槽里新鲜豆子的味道，有些没骨气地往前挣了两步，被她一把拉了回来。

她不认为丁未翔现在想看见她。她费了这么大的劲才找来这里，若是一不小心被打包送回去，岂非对不起风餐露宿的吉祥，还有那只死去的蛾子？

原地准备了片刻，她将吉祥拴在隐蔽处，独自向那个营地走去。先前在碧疆黑羽营挨的那箭记忆犹新，是以她走得十分小心，但又想着眼下情况与那时大不相同，她毕竟曾出入黑羽营一段时日，待靠近些看清营地情况，若遇上军中信得过的旧识，说不定可以行些方便。

可趴在暗处看了一会儿，她才发现，这个营地里的面孔个个都陌生得很，就连身上的装束看起来也十分眼生，既不是黑羽、光要，也不是雁翅和肃北。

整个营地人不多，却扎了数十顶营帐，营帐中黑漆漆的，都没有点灯，不知放了些什么。

她思索了片刻，想起雨安春祭时从白鹤留手上归降的岳泽军，似乎明白了，但心底仍有疑惑。她寻了个换岗的空隙偷偷潜进最近的一顶营帐，翻开油布边缘，小心地钻了进去。

营帐内黑乎乎的一片，却堆满了干草垛，扒开干草垛依稀可以看见其下一只只木桶。木桶半人高，四尺宽，一个挨一个地垒了两层。

犹豫了片刻，她抽出腰间匕首在那木桶上方扎了一刀，随后拔出，轻轻嗅了嗅刀刃上沾着的黑色液体。

一阵刺鼻的气味钻入鼻中，她的神色愕然一顿。是火油。

她又移到另一边查看，无一例外，整整一顶营帐内堆的都是火油。

此处只是一顶营帐，粗略望去便有数十桶之多。整片营地又有数十顶这样的营帐，加之整座岛上的其他营地，便是上千桶火油。

或许这些干草垛不是用来遮蔽这些木桶的，而是为了助燃。她突然明白了他要孤身入敌营，又秘密安排丁未翔来此地的真正原因。

若想将仆呼那彻底剿灭，首先需要锁定沈氏口中所谓“神明”的位置，而经过先前多次交手，“它”只会更加谨慎，若非必要关头，势必不会显出真身。而这必要关头必定与其要举行的最后一次降神仪式有关，而他便是降神的目标。

她还知道，“它”可借人形遁逃，又有仆呼那信众帮手，行此事已逾百年，行动隐蔽，狡诈难寻，天成犹如毡里寻虱，虽有数十万大军，却无用武之地。是以这是最后的机会，一击杀之则可令王朝永绝后患、天下免遭涂炭，如若失败，便做玉石俱焚的打算。只要无人能走出这座孤岛，那不论是仆呼那还是“它”，都势必无法再回人间，帝王之位尚有贤能任之，神的传说则会至此落下帷幕。

从踏上岛那一刻起，所有人就没有回头路了。而她就是这条不归路上最后一个同路人。

钻出营帐，小心放下油毡布，肖南回望着草地上结出的白霜，先是叹了一口气，随后又轻轻一笑。

尽管是条不归路，可到头来不止她一人要走，还有许多同路人，这样一想，似乎一切便没有那样沉重了。不只是她，还有许多心系于此的人做出了跟她一样的选择，并愿意为之献出一切。

她抬头看了看天色，月亮已近中天。远处那片黑压压的云就快要将星月挡住，空气中又泛起了秋雨前的湿冷气息。

他们会何时行动呢？等到天亮吗？

她不想坐以待毙，还是决定先探探消息。但营帐众多，她并不确定哪一顶才是主帐，正在寻思计策，冷不丁一个人影出现在不远处的小溪旁，她终于看见了上岛以后的第一个熟人。是罗合。

她看不清他的神色，只能看到他独自在小溪旁的石滩上踱着步子，时不时抬起手抓耳挠腮一番，看起来有些焦躁。她熟悉那种动作，那是酒瘾发作的人喝不到酒时特有的反应。

她低头看向腰间。或许冥冥中当真有天意在拨弄一切，将命运推向它既定的轨迹。她不知这轨迹将要通向何处，但只要想到他就在前方，她便一点儿也不怕。

肖南回只停顿了片刻，便将腰间的酒壶解了下来。她拧开壶嘴，云叶鲜特有的清冽酒香便幽幽地飘了出来。冷风吹过，将那香气吹向溪水下游。

果然，不一会儿，那个焦躁的影子便像被一只无形的手牵住了一般，不由自主地向着上游的方向走来，走走停停，直到看见那个立在树根旁的酒囊。

罗合两眼放光，搓着手走上前来，一把捞起那酒囊，心想是哪个官大的在这儿偷喝酒让他捡了便宜。结果他刚要往嘴上凑，冷不丁后颈衣领一紧，整个人已被提起来，拽到树后，一个压低了的嗓音在他耳后响起："说说吧，你都知道什么？"

偷酒不成反被擒的罗合拼命挣扎，刚要喊叫，便被人一把捏住了下颌骨。

"乱喊乱叫的话，我便卸了你的下巴。"

这声音有些熟悉，他使劲扭着脖子回头去看，便看到一张有些熟悉的脸："你……你……你怎么在这里？"

肖南回不答反问："他们何时行动？"

他努力挣扎着，想让自己的姿势看起来不那么狼狈，却半分也没挣动。这女人的力气怎么这么大？

"先前说的是今晚，要我在外面等着，现下应该已经——"

她疾声问道："去了多久？"

罗合答得迟疑："约莫……有半个时辰了。"

或许还有机会赶上去，她又追问道："从哪边离开、往哪边去的？"

罗合缓缓抬起手，指向那溪流的尽头："上游石门，过了石门，我就不知道了。"顿了顿，他又小声问道，"我看，咱们就不要凑这个热闹了吧？"

这馋酒的汉子看起来少说也有五十岁了，但那双带着几分怯懦和委屈的眼睛不知怎的便让肖南回想起了伍小六，也不知那胖子现在过得如何。

在军中做事是使命必达，总少不了要使些手段。若是放在以往，为保万无一失，又不暴露自己，押着罗合进山谷是最好的决定，可经历了碧疆那一遭，她如今做这些前总会多些考量。这不是心软，只是她学会了理解。他们就是普通人，不似她这般愿意以命相搏，实在不该被卷入这些刀光血影。

"若有机会，寻艘船离开这里吧。这里的事本就与你无关。"肖南回松开了手。

罗合应声落地，再抬起头来时，肖南回已拎着酒囊独自离开。许久，寂静流淌的小溪旁才传来一声叹息："倒也不是……没有关系。"

溪谷外，荒草没顶，怪石嶙峋。

肖南回伏在下风口的草丛中，静静看着前方不远处在谷口休整的天成军队。

那是一支不过百人的骑兵小队，但她只粗略望去便已看出不寻常之处。队伍中领头的正是丁未翔，而他身后紧跟着的十余人均是暗卫，瞧身手又比先前在黑羽营见识的那些要高深不少。除此之外，另有三名武弁带领的人各自带了十数好手，无一不是各营精锐，不少都是年纪轻轻便军功加身的小将。

想到这座岛今夜过后的下场，肖南回的视线忍不住从那些年轻的脸庞上一一滑过。他们的表情很平静，只是不知在遥远的某个地方，他们是否也有至亲至爱在几片老瓦下等着他们归家。

"丁中尉，石碑上有字。"

那暗卫的声音将她的思绪拉了回来。

她凝神向夜色中的谷口望去，这才注意到，那谷口的石牌楼下有一块光秃秃的方石碑，既无雕刻装饰，也无神兽相驮，风吹雨打之下，碑面已经斑驳，上面长了厚厚的苔藓。丁未翔点了火把靠近，肖南回只隐约看到石碑上两个残破的古体字——下乘。

这便是步虚谷的界碑吗？下乘又是何意？

守在石碑旁的几名将领在低声交谈着什么，显然起了争执。她使劲听了一会儿实在听不清，便将目光转向一旁。

那石牌坊下还停着一辆马车。

步虚谷本就少有人出没，更何况这荒无人烟的谷口。可除了诡异，那辆马车看着竟还有几分眼熟，似乎跟他们先前坐过的那种十分相似。

丁未翔见了那辆马车也是一顿，随即转头对身后的暗卫低声吩咐了几句，便有人上前查看一番，然后驾走了马车。

眼见马车向自己的方向驶来，肖南回连忙小心避开，回到拴吉祥的巨石后。

吉祥有些焦躁，她连忙低声安抚，摸着马屁股突然想到了什么，又回头看了看那辆空马车，随即更加肯定了心中所想。

百步开外，丁未翔等人已陆续下马，将马统一交给两人，其余人徒步向荒草深处行去。

肖南回自知没有时间再耽搁，转身将吉祥身上的东西一一卸了下来，最后犹豫了一番，抬手将马鞍与缰绳也一并除了，只留了自己在光要营时的腰牌。

胖了三圈的杂毛马身上一轻，先是开心地原地转了个圈，随后便突然安静下来，盯着它的主人一动不动。

她不敢看那双眼睛，伸出手在那摸过无数遍的屁股上拍了一下："去。"

吉祥毛茸茸、热乎乎的马屁股没有离开，反而往她身前凑了凑，屁股蹭完又掉转马头，它想要像以前一样啃她的头发。下一瞬，她一把抄起一旁的树枝，狠狠地抽在它身上："去！"

吉祥低叫一声，不由自主地退了半步，再想凑上来时又挨了一下。

她没有马鞭。从第一天见吉祥起，她就没有打过它。

吉祥终于不再上前，踟蹰着后退到百米开外的地方，躲在一丛枣子树后偷偷看她。

肖南回努力压下眼底的酸涩，最后冲它挥了挥树枝："去吧。"

扔掉树枝，她狼狈地转身，快步离开，再也没敢回头。

厚重的云层终于缓缓将头顶的星月吞没，离岛的风向变了，将铭湖上的水腥气带到了岛上。

前方的丁未翔等人就在黑暗中前行，有风吹过，荒草发出沙沙的声响，遮蔽了他们的脚步声，肖南回只能停下来查看地上的痕迹，分辨对方的路线。

她行了不过半里路，脚下突然一沉，昔日在北地沼泽的经验使得她立刻停住脚步，静静等了片刻，才缓缓抬起那只脚。

果然，她现在站在一块漂浮在沼泽中的草甸上，草甸中有些许柔韧的藤蔓植物纠缠编织在一起，像一张网一样浮在泥沼中，寻常人或小一点儿的牲畜进入不会有大碍，但若是马或马车进入，不论多么小心，最终都会深陷其中。这便是那块写着“下乘”的石碑的用意。

下一瞬，一阵微弱的呼救声在她左前方响起。她面色一凛，一边小心脚下，一边找了根趁手的树枝探了过去。

扒开枯枝与荒草，她在泥潭边缘看到了一名暗卫正在挣扎，一半身子已经沉入其中。

他力气越大，挣扎得越厉害，下沉得越快。冰冷、窒息、绝望，没有人比她更了解那种滋味了。她终究没忍住，快步上前，一把拽住那人的甲衣，用力将他拉了出来。

几乎与此同时，丁未翔的声音在她头顶响起：“跟了一路，不累吗？”

她松开手，叉腰喘着气，那个被救起的暗卫却是一脸平静。她这才明白，是自己中了计。

子肖父，仆肖主，顽师配劣徒，刁奴配恶犬。肖南回一句话也不想多说，拍掉靴子上的泥，深一脚浅一脚地往前走去。

身后的丁未翔低声吩咐了几句，随后跟了上来：“为何跟来？”

难道她想跟着？她瞥他一眼，哼哼道：“不认路。”

“没问你现在，问你为何跟到岛上来。”

她停下来，扭头看向那换上甲衣的刀客：“你又为何在这里？”

“自然是因为——”丁未翔话说到一半，看到她的眼神，突然反应过来他接下来要说的话是什么，生生咽下后半段自白，“算了。”

其实到了眼下这一步，有些话确实不必再说了。

气氛再次回归沉默。

夜色中，无数个黑影沉默着向溪谷深处行去，像一只只失去了冷火的流萤，义无反顾地扑向看不见的火光。

沼泽边缘，视线渐渐开阔。荒草退去，只留下一片巨石滩，更显荒蛮。灰白色的石滩正中立着一块青黑色的石碑，石碑与先前看到的那块制式相同，只是上面的字换了样子。

待看清那石碑上的字，所有人不约而同地沉默了。石碑上工整地刻着“弃金”二字。

有了先前“下乘”的经历，“弃金”便不难理解。

金者，兵也。相传古时每逢大祭，帝王都会入步虚谷参拜。即便是天子来此地，也是要走下车辇踏着泥巴一路步行的。不仅如此，到了此处还不得携带兵器。

这是这山谷给来者的下马威，是神对凡人近乎俯视的威压。

“若在此处便卸下兵器，岂非不战而退、任人鱼肉？”光要营已有小将提出异议。

随即雁翅营也有人附和道：“我看，说不定这破石头就是有人故意立在这里的，为的就是要我们自乱阵脚。万万不可中了敌人的奸计。”

“请中尉三思——”

众将领沉默。

肖南回看一眼丁未翔，对方却冷静得很：“卸甲。”

那十一名暗卫只停顿了片刻，便利落地解下身上的锁子甲衣。十余件甲衣齐声落地，在山谷间激起一阵回响。其余人一阵沉默，除雁翅营有少数人跟随效仿，光要与岳泽两营皆无动作。

生死关头，一丝一毫的妥协都有可能导致数十倍的危险，谁也不愿让步。

丁未翔自然是知晓的，遂不再多言，带着众人穿越碎石滩。

肖南回瞥一眼对方露出的那身熟悉的青色衣裳，飞快地说道：“还是这身顺眼些。”

丁未翔回头瞥她一眼，正要说些什么，前方突然传来一阵响动。

走在正三角形队伍前端的三名探路者突然应声倒地，肖南回一惊，起先以为是中了某种埋伏，可冷静下来，上前查看后才意识到那三人是自己倒下的，被自己身上的甲衣压倒的。

不只是甲衣，还有他们各自佩带的兵器，平日里可以驱使杀敌的兵器如有千斤重，而身着光要甲的十数人更是寸步难行，重甲瞬间将他们压得呼吸困难，无法站立。

她后知后觉地摸了摸腰间的解甲，心中飞速推算着这一切发生的缘由。

这石滩地有些古怪，似乎会对兵器与甲衣施加一种看不见的力量，使得它们比寻常时重数倍。但不知为何，解甲虽也是兵器，却并没有因此变得沉重。

一旁的丁未翔正费力地收回佩刀，看见她的神色，上前看了看解甲剑：“你手上这把是参照古法铸成的铜剑，跟其他人的兵器都不大一样，如今已少有人用。”

肖南回一愣，随即反应过来，这乱石滩是对铁器有作用。

李元元铸剑数载乃成，而铸剑录是在古籍中寻得的，说不定与这步虚谷建成之时相近。而仆呼那由来已久，所有人的杀器都是飞线。飞线虽然含铁，却纤细、轻盈，并不会如刀剑一般瞬间失去战力，相反，增加重量只会令其杀伤力大大增强。

今夜注定会有一场恶战。可是没有战甲，也没有趁手的兵器，又要如何与那险恶的敌人力战到底呢？

“这次任务与以往有所不同，若是有人不想继续往前，天成不会以军法追究。但求各位退守岛岸，坚守至最后一刻。”

丁未翔话音落地，半晌无人应答。

终于，第一个年轻小将动手解下了甲衣，拄着剑站了起来：“不退。”

一个个年轻身影紧随其后，纷纷卸去重甲。

“不退！”众人坚定的声音在石滩上回响。

丁未翔缓缓提起刀鞘握于手中，只淡淡点了点头：“出发。”

短短不到十里的碎石滩，天成最为精锐的小队却行了足足一个时辰。终于，石滩到了尽头。那股拖拽兵器下沉的力却没有消失。

众人艰难地爬上陡坡顶端，发现已置身于一片平坦的高地上。

四周黑乎乎的一片，只能看到高地正中立着一座古塔。待走近些方才看清，这座塔看起来跟钟离之地的那座离恨塔有七八分相似。不同之处在于，这座塔明显年代更加久远，外形却更加简朴，除却夯土与石块堆砌的塔身，只有塔顶一根灰突突的石柱能够看出一点儿塔的模样。

塔前十步远的地方立着入谷后的第三块石碑，碑上刻着“退凡”二字。

肖南回与丁未翔不约而同地沉默了。

退凡，凡者退散，唯神与信众方可通行。此界过后，便是祭坛。立这最后一块碑的人并不打算让人跨过这道界限，更不打算让人踏足祭祀之所。

可肖南回不能退。不仅是她，其他人也不打算退。

丁未翔抽出刀，一记利落的劈斩，那已近腐朽的石碑瞬间碎裂。这是决心，也是宣告，宣告他们摒弃了神对凡人最后的警示。

“宗颢没来？真是可惜。”一道声音蓦然在高地上空响起。

丁未翔原地未动，只转了转眼珠。

数十道黑影从四面八方缓缓靠近，先前说话的那个女子渐渐显出面目，未加修饰的面容上有一道刺目的伤疤。

丁未翔望着肖黛，却在暗自计算周围对手的数量：“他在斗辰岭时便问候过了，你不知道吗？”

肖黛冷哼一声：“不愧是安道院出身、天家的走狗，便是到了此时还能大言不惭地说出这种话。”

丁未翔没再说话，一旁的肖南回却有些怔然。她望着晚风中肖黛萧索的身影，恍然间又想起那无数个午后在秋千上荡来荡去的人柔顺的长发。她张了张嘴，声音有些涩然：“黛姨，让开吧。”

肖黛没有看她，声音毫无起伏：“为何要让开？我许下了承诺，不能放任何一个人进去。”

肖南回还未来得及再说什么，一个身影突然跌跌撞撞地冲出来，扑倒在地上，不知是因为醉意还是彷徨：“阿杍，是兄长对不住你。你随我回家去吧，随我回去后你想怎样便怎样，好不好？我跟他们都说好了，他们不会为难你——”

肖黛有些呆滞的目光缓缓落在那汉子脸上，声音中没有痛，只有疲惫：“你来得太迟了。我的奂哥儿再也不会长大了，我也没有家了，又能回到哪里去呢？”

罗合扯掉头上那不合适的弁帽，将整张脸露出来，有些不听使唤的舌头努力诉说着自己的期盼：“你还有我。我攒了不少银子，我带你回钟离之地去，我们重新栽些梨树，可好——”

“你莫要被他们骗了。”肖黛的双眼缓缓眯起，声音也渐渐冰冷，“都说鬼神难测，实则人才是谎话连篇、最不可信的。夙氏为保江山和子嗣，选择将知晓预言的人一并除去。他不仅利用了白家，还骗了仆呼那，让所有人以为肖家才是预言中的人。可天道好轮回，他的血脉终究逃不过属于自己的命运。”

肖南回听到这里，终于忍不住上前：“他在哪儿？”

肖黛无声地笑了笑，轻轻抬起双臂：“不如，你自己找找看。”

话音未落，尖锐的破空声已从四面八方袭来。这声音，她再熟悉不过，丁未翔也早已做好准备。

短暂的停滞过后，是整齐划一的利刃出鞘声，百名勇士按照先前排布的阵法散开，与肖黛和躲在暗处的仆呼那展开厮杀。

天地间混沌一片，所有人都杀红了眼。每个瞬间都有血光闪过、魂魄归天，不是你死便是我活，挥舞的刀剑永不停歇，直到另一方倒下。

肖南回挥舞着解甲，从五步杀到十步，又从十步倒回五步。人血将剑柄弄得滑腻不堪，险些令她握不住，她却来不及擦拭，只能等风将其吹干。

可旧血未凝，新血又来。恍惚间，漫天银光变得缓慢而凝滞，飞溅的血滴在半空悬浮，就停在她眼前。

方才呼啸而过的每一个瞬间，她都离死亡如此近。如果……如果她二十余载的人生就要在今夜结束了呢？她是否已做好准备跟这人世间的一切告别？

“肖南回，右边！”

熟悉的声音响起，她本能地一闪，一道银光从右侧斜斜掠来，将将擦着她的脑袋飞过。

她运气凝神，手中的解甲找准时机猛地挥出，锵的一声砍断了那条飞线，她随即借力而上，将那纵线之人踹翻，一剑封喉。

先前出声的白色身影连滚带爬地凑到她身边，死死抓住她的衣摆：“谢天谢地，我的姑奶奶，你可得睁大了你那双招子，就算你昨夜没睡好，也别在这会儿打瞌睡！”

肖南回大力推开郝白，气急败坏道：“谁教你来这儿的？！还穿得这样显眼，莫要缠着我！”

杀机从头顶飞过，郝白一缩脑袋，干脆趴在了地上，手臂一伸，又从石头后拉出一个人。

一空抱着个羊皮匣子，跟郝白一个姿势趴在地上：“小僧和郝施主不同，来这里是因为家师无皿法师便葬在你身后的那座窣堵婆中——”

无皿？沈家洞窟中的壁画、钟离家的预言及瞿家那古老的传说同时在肖南回脑海中闪过，令她转瞬间意识到一个事实。

这一切都不是巧合，无皿法师圆寂后选择埋骨此处，正是因为这步虚谷中藏有乾坤。而一空之所以会出现在这里，恐怕是早就知道什么。

不远处一名暗卫被飞线割断手臂，她还未来得及上前搭救，那惨叫的人影便被随即而来的风刃撕成了碎片。

一股怒气压抑不住地上涌，她转头怒视一空：“你早就知道仆呼那最终会来这里，却什么也不肯说？！你到底是哪边的人？是信佛还是信那些妖魔鬼怪？！”

年轻僧人的目光依旧坦荡，声音也依旧不急不缓：“小僧绝非有意隐瞒，只是碍于家师嘱托，不到最后关头不敢轻易相信他人。更何况，小僧不似诸位勇士身手矫健，一个不慎，便要提前去见佛祖了，是以虽早早便到了此处，不等到各位，那是万万不敢现身的。郝施主可为我做证，先前为了帮你们，我那大殿上的木鱼至今还瘪着一块——”

肖南回气极反笑：“他自顾尚且不暇，还为你做证？”

不远处，肖黛的身影在古塔前摇摇欲坠，似乎到了某种极限。想到先前安律的下场，肖南回不由得心弦一紧，但还是示意不远处的丁未翔速战速决。

丁未翔会意，带着余下的几名暗卫撕开一道缺口直奔肖黛而去。肖南回一剑砍翻一名仆呼那，狼狈地躲避四处的飞线，余光只见年轻僧人抱着那匣子一路匍匐前进，当真是什么风度、形象都不要了。她算知道那永业寺地处穷山恶水，是如何在阙城那几座大寺中苟活下来的了。住持如此精明而不要脸，真不知当初无皿是如何收他为徒的。

古塔前，黑色血液从肖黛的口鼻中流出，她抬手擦去，十指上青筋毕现，仍做拼死一搏。

周遭的风刃已不如先前那样密集，丁未翔提刀杀到，寻准空隙挥刀砍出。

刀锋化作流光在肖黛的瞳孔中放大、逼近。安道院最快的刀客使出了窦氏刀法中杀气最重的一招来对付她，她的嘴角勾起一丝温和的笑。人世浮沉数十载，解脱不过一须臾。

下一瞬，斜里冲出一道人影，猛地抱住了她，随后她便看到那张有些浮肿、熟悉又陌生的脸在她眼前缓缓闭上了眼。

“阿杼，是兄长不好。你不要气我了，好不好——”

罗合安静下来时依稀还有些许当初的模样。只是他终究没办法再像从前一样，拉着她的手穿过山野间的田埂，笑着捡一朵梨花插在她耳畔，只为哄骗她那几文酒钱。

丁未翔的刀飞快地抽出，罗合的身影轰然倒地。

“收手吧。”

低垂着脑袋的肖黛发出一阵似哭似笑的声音，随后仰起头，两道殷红顺着她的眼角滑落，不知是血还是泪：“兄长，阿杼这便来寻你。”

她仰天厉声大笑，一股巨大的力量伴随着无数风刃喷涌而出，只将离得最近的几名暗卫瞬间腰斩成两段。

十步开外，肖南回只来得及扑倒在一旁的洼地中。强风中，她艰难地睁开一只眼，只看见那座石塔旁还立着一道身影。

一空终于爬到了那座石塔旁。他的袈裟已破烂，脸上也血污不堪，那双清澈的眼睛却显得异常平静、坚定。他从羊皮匣子中取出一样东西，踩着那座石塔一步步向塔尖爬去：“请师父助小僧一臂之力，完成这最后的课业。”

乌黑的降魔杵与那石刹相接，发出一声清脆的咔嗒声，像这天地间最后的声响。充满杀气的风声瞬间止息。

随即，大雾从四面八方涌来，几乎是顷刻之间便将肖南回包裹起来，她眼睁睁地看着郝白的脸消失在自己五步开外的地方，好似被什么东西抹去一般，再也寻不到丝毫踪迹。

与此同时，所有人的呼吸、脚步声也消失了。她的喘息打在那雾气上又返回来，她像被困在一个看不见墙壁的屋子中。

她抬头向天上望去，只觉得夜空也泛了白，她低头看向脚边，便连地面也无从分辨。她从未见过这样诡异的天气，似是日月同辉，昼夜不分，又四处茫茫，不见天地。

四周明明安静得只能听到她自己的呼吸与心跳，但她分明能感觉到有什么正在无声地靠近。那已被粉碎的石碑上的字梦魇般在她脑海中徘徊。退凡，到底怎么个退法？

努力平复胸口的剧烈跳动，肖南回用袖子抹去解甲上的血污，闭目凝神而立，耳听八方。

不知过了多久，一阵微弱的气流从她斜后方袭来，无声却带着一股沉沉的杀气。她抿紧嘴唇，腰腹一拧，右臂成夹角持剑回挡，只听一声尖锐的击鸣，一股大力将她逼退三步。

肖南回猛地睁眼，视线却在下一刻僵住。站在她面前的不是别人，正是肖准。

第一百七十章

〖你一生的答案（上）〗

都说人面对曾经伤害过自己的人时会产生难以压抑的愤怒和悲伤。在过往数月中，每当夜深人静回想起斗辰岭上那一幕，肖南回也是这样的。

可眼下肖准真的站在她面前，她反而不像当初见不到他时那样难以自已了，或许是她的许多疑问已经有了答案，又或许是她的控诉其实已失去了意义，又或许他只是站在那里，就勾起了她许多回忆。

他身上穿的是一身再普通不过的靛蓝衣裳，从前他回府后都是这么穿的。他手中那杆长枪金为锋、木为柄，枪杆是一段白蜡木，唯有枪头是她熟悉的那铜色底暗纹白钢。很久很久以前，他初教她枪法时用的就是这种枪，甚至方才那一招回马枪，也是他最得意、教她最久的一记招式。可过往的回忆有多充沛，眼前的一切便有多荒凉。

她想活动一下手指，这才发现解甲上的血已经凝固了，紧紧贴着她的皮肤，将她的手指粘在剑柄上。

“他在哪儿？”

布衣将军横枪而立，许久才开口道：“你的武功是我亲授的，你不可能赢过我。”

“我的枪法确实拜义父所授，剑法却不是。”语毕，她手中的解甲清吟一声，化作白光，直取对方要害。

面对肖准，决计不可轻敌，除了要使出十分力气，还要专注于每一次吐纳与拆挡，计算后招，才有可能争取到些许胜算。但她多少已有情绪上头，理智早已燃烧殆尽，每一次挥剑都没有留下一丝一毫的余地。

她知道，她想要证明什么。她想要证明他的错误，证明他已成过往，证明她已变成了更好的自己，但她就是挥不出那足以证明这一切的一剑。

“以短搏长，以浅搏精，你还没有做好准备。”

她确实没有做好准备，但等她做好准备，一切就都太迟了：“告诉我他在哪儿！”

他挡开她的攻势，反手便将她置于险地：“今日之事已成定局。潜龙勿用，败军之计也。昔日教你的道理，你如今还不明白吗？”

“兵法军律、胜败输赢，难道都比不上人命吗？”一招未成，一招又起，她将手中的剑挥出了残影，“即便你不再是天成将领，他们却还是天成将士——你亲自带出来的将士，你忍心看着他们这样去送死？！”

剑锋被震开，她抚着酸麻的手腕看向对方。

黑白混沌之中，一袭布衣的将军站在雾气中，好似一道鬼影：“此处没有青怀侯，亦无肃北大将军，只有肖家未亡人。说到底，你也是肖家人，眼下这般兵刃相向，又是以什么身份、什么立场？”

“从你在斗辰岭抛下我那一刻，我便不是肖家人了。”她努力将这一切说得冷酷、肃杀，但声音还是无法抑制地带着几分哽咽，“就算我已经没有了自己的家，但天成还在。家国天下的道理是你教给我的，如今是你背叛在先，又有何资格来质问我的立场？！”

她话音落下，空气一时凝滞。

许久，站在对面的人才沉沉地开口道：“彼时我以家国安危为重，肖黛以天下存亡为先，可最终我们落得怎样的下场？家破人亡，生离死别。而这一切不过都是因为他夙家为保自己千秋大业而生的一点儿猜忌！是天成背叛肖家在先，又有何颜面来指责我的背叛？！”

肖南回自知无法辩驳，但仍心绪起伏，难以平复。她想说“可你不仅背叛了天成，也背叛了我”，可望着那张痛苦与悲伤遍布的脸，她终究说不出口。

她握紧手中的剑，血与汗粘在一起，拧得掌心生疼：“你说的这些，他当时并不知情。这一切也并非他所为，他没有做错什么。”

“那肖家又做错了什么？！”说完这一句，肖准的声音突然低了下来，“他身上流着夙家人的血，最是无情帝王家，昨日情景若是重现，你怎知他不会做出同样的选择？”

他不会。他做事向来狠绝，他的心思，她从来都捉摸不透，可她下意识便有了这样的答案。

她还来不及回答，肖准便再次挟枪而来。这一回，他显然不再留情，要将这一场决斗速战速决。

肖家的枪法，肖南回再熟悉不过，可唯有一招没有习过，便是截杀。她已在这招中败过一回，平弦也因此折断。这一杀招对她来说，心理上的畏惧远大于招式上的劣势。

枪，至刚至强之物也，大开四方，临敌不退，水泼不能入，石矢不能摧。而她手中之剑只有两尺七寸，习得剑法也不过数天而已，她越是强攻越是败退，越是急于破枪法越是处处受制。

又是三招虚实连击，她应接不暇，只得横剑挡下一击。解甲单薄的剑身正面迎上，她硬是靠着一股意念生生扛住了这一击。

铜与铁对抗摩擦的吱嘎声带着震颤从剑柄传递至她的腕骨、大臂、上身，令她想起当初平弦被斩断那一瞬间的感觉。

虎口开裂，鲜血如注，她紧紧握着剑柄苦苦坚持着。血顺着剑身缓缓淌下，在光滑、朴素的剑身上留下一道红色的细线，仿佛剑身开裂了一般。

恍惚间，她又想起了伯劳。不知在那寒冷彻骨的夜晚，伯劳落败前一刻看见的是否是同样的情景、经历的是否是同样的心情，力竭而战，却步步绝境。

她突然记起李元元教她剑法最后一式时的神情，那是一种可以斩断一切的决绝，不留退路，也绝不后悔。以退为进，舍生而取义也，若要挥出一记重击，往往需要先后退半步。或许一切的解脱不是抓牢不放，而是学会放手。

她双膝屈下，右腿后撤，苦苦维系的平衡在这一刻打破，枪头带着千钧之力向她袭来，而这一回，她没有再抵挡。银色枪头带着锋锐险势袭来，重重地嵌进她的右肩。鲜血瞬间湿透半边臂膀，钻心的疼痛令她呼吸一窒，随即与心底揭开的疮疤混为血肉模糊的一团。

从命运书写他与她的羁绊，用她的成长去补偿他失去亲人的痛时，这羁绊便注定会有被斩断的一天。

握剑的手一松，解甲应声而落，顷刻间被另一只手抓牢。左手剑逆势而起，扶摇而上，游走出拆魂的最后一式，从肋下三分、内股脚踝划过，最后沿脊骨向上，越过天顶，薄而寒凉的剑锋贴着将军的背脊钻出，直奔他颈间去。

原来拆魂的精髓便在于此，越是决绝不留余地，剑锋便越是流畅、迅疾。

原来剑可以这般快，快到她还来不及反应，便已成生死定局。

她已杀红的眼在这一刻突然清明。剑锋堪堪停在他的后颈处，运气流转时的清啸声仿佛还在剑尖。

“你输了。”剑锋下的人沉肩欲挣脱，被她又逼近三分，“你若再动，我便只能废了你的胳膊！”

肖准嘴角轻轻扯动，声音坚定：“肖家满门英烈，岂有不战而降之人？”

“面对敌人才有降不降一说，对着自己人，怎能算是降？！”

他半侧过头，她却不敢看他的神色。

“那便杀了我吧。”

她的手微微一抖，不知是力竭还是彷徨。解甲的剑刃就悬在他颈侧，顷刻便能见血。

“杀了我，我让你杀了我——”他缓缓闭上了眼，可语气中的决绝不比她少半分，“事到如今，你我都已进退不得。我长你十几岁，便由我替你上前半步，做这了断之人吧。”话音未落，他已凑上她的剑锋。

她猛地抽手，解甲移开，他落了空。

“寻死便能了断一切吗？若是这般，活着的人岂非可笑？”她深吸一口气，努力将话说得诚恳，“你跟我说过，每一次上战场前都要回想一些好事，这样才能让自己好好活下去。你比我年长十几岁，难道心中牵挂还不及我吗？”

肖准睁开眼，眼中却无光亮：“将军百战死，壮士十年归。念及父母长兄，莫说边疆十年，便是炼狱数十载，也耗得起、熬得住。只是如今府中空落，已无人盼我归期。”

肖南回俯身，与他平视：“府中怎会无人？我还在，我还愿做义父的家人。只要你愿意，我们永远都是一家人——”她疾声说着，迫不及待地等待他的动摇、他的回心转意，可她再没有听到那个答案。

噗的一声闷响传来，她缓缓低下头去。带血的箭头、纤细的箭杆就这样穿透了将军的胸口，鲜血从空心的箭杆中流出，溅进了她的眼睛。

“不好意思，打扰你们叙旧了。”细细弯弯的白角弓缓缓垂下，握弓的手白皙、瘦弱，带着一股无辜，“只是一个祭坛上可不能有两样祭品，你能理解我吧？”

握剑的手颓然垂下，手腕上的颤抖传遍全身，她只觉得有什么被击碎、瓦解，正如流沙般从指尖溜走。

“南回——”

她眨了眨干涩的眼，僵硬地凑近他，只听到那熟悉的声音在她耳畔留下最后一声长叹：“对不起——”

将军的身体变得沉重，像有什么轻盈的东西在这一刻离开了他，但她仍没有松手，只低头看着手中沾满血污的剑：“是我不好。若上一次我手中有剑，我是不是就能留住你了？那样的话，现在一切是不是就都不一样了——”

“即便从头来过，结果也是一样。他的命运早在十几年前便已经注定，不管曾经分出多少支流、经过多少曲折，最后终究要汇集在一起，走向同一种结局。”说到这儿，白允停顿片刻，有些惋惜地望着地上被一箭穿胸的肖准，“他太懦弱了，不配站在我身旁。”

臂弯中的身体渐渐冷掉，肖南回缓缓起身，转头望向身后的白允。

不知是不是她的错觉，四周的雾气好像淡了一些。她方才不过能见方寸之地，现在却已经可以模模糊糊地看见数十步开外的人影了。

“他为你抛弃了一切，眼下却只得到‘懦弱’二字吗？”

“他不是为我，他是为他自己。”那道身影又近了些，依稀是那张凄美中透出些许倔强的脸庞，“不论是家门之仇还是故爱之恨，都是他一人命运的沉浮，他既心怀仇恨，便会为我驱使。眼下你亦如此。”

肖南回努力压下心头想要将对方撕碎的欲望，告诉自己一切还没有结束，必须冷静下来，随后提剑割断半边衣摆，包扎肩膀上的伤处：“你是否忘记了，你那幼弟仍在天成手中。听闻他已被送去天牢，你若一意孤行，他的下场恐怕不会好过。”

“这便是你的底牌？”白允低下头，半边长发遮住脸庞，她似乎有些泫然欲泣，可再开口时声音中竟还有几分笑意，“我那父亲愚蠢又固执，生前总是对他寄予厚望，认为白氏一族的厄运可以在他身上终止。可人果然不能太过贪心，他既已有了聪慧、隐忍、任他摆布的长女长子，便不该去奢望年老得来的幺子能比他的兄姊还要优秀。那孩子便是他的报应——他如此残忍地对待他的子女的报应。”

肖南回死死盯着那道模糊的身影，许久才慢慢开口道：“你不是白允。她虽然心狠，却对义父有过真心，更视家族荣耀高于一切。你是谁？”

“我若伏诛，白家将永世不得翻身，她就算活着，也不过是叛臣逆贼之后，连阙城最卑微的乞儿都能踩在她头上。肖准亦是如此。这样活着有何意义？他们一个是都城世家后人，一个是将门忠烈之后，又岂能那般活着？”女子后退几步，声音在雾气中有些飘忽，“我是白允，白允就是我。你以为我用了她的身体便是将她驱逐出去？我还不屑于此。”

肖南回不动声色地向那道人影逼近：“自私自利而已，何必说得如此冠冕堂皇？”

雾气中的身影一顿，随即察觉到了肖南回的意图，转身跑开。肖南回疾行几步追上前去，却只能看到一点儿模糊的影子在前方晃荡。

女子清脆的笑声从雾气中传来，萦绕不散：“在焦松行宫的时候没能杀了你，实在可惜。眼下看来，你确实是个麻烦，难缠得紧。”

肖南回一言不发地追上前去，只觉得身处巨大迷宫的中央，四处茫茫不见尽头，而她要寻的人亦不见踪影。

脚下飞速倒退的地面由平缓转为倾斜，她意识到自己正向一个低洼的深坑中走去。若说方才是她步步紧逼，对方不战而退，现下却有几分请君入瓮的意味。心跳得越来越快，肩上的伤口从火辣变得麻木，一种说不清道不明的预感令她有些头晕目眩，直到脚下的斜坡终止，前方显出那道熟悉的身影。

夙未身上依稀还是离开时那件深色衣裳，他盘膝而坐，神色平静，好似那次在碧疆横渡七数之渊后在裂谷悬崖旁打坐时的样子。

肖南回急切地快行几步，想要过去，白允的身影突然出现在夙未身后。

一身白衣的女子极尽缠绵地攀附在黑衣男子身上，像一条缠绕在菩提树上的白蛇：“你这样坐了三天三夜了，难道不累吗？”

心头的怒火与仇恨再也压抑不住，肖南回恶狠狠地喝道：“放开他！”

白允像完全听了反话一般，非但没有退开，反而贴得更紧，一双纤细的素手从夙未的脸庞滑到颈间，又从颈间挪移到胸口。

只是那双手下的身体依旧没什么起伏，令那始作俑者好不挫败。

“无皿将毕生所学传给了他，又让他闭塔数年苦修，想来是知晓日后必会跟我有这一战，要他守住最后的底线。”白允边说边转动眼珠，看向那持剑而立一身血污的肖南回，“只可惜，他费尽心思培养的弟子最后还不是落入这凡尘？我虽用尽方法也不能动摇他，令他心甘情愿地走出这定境，可你就不一样了。你不如再多唤几声，说不定他便要应你了。”

白允说罢又笑起来。

肖南回不语，对方越是猖狂，她反而越冷静：“神血的威力，我是见识过的。不过，正因如此，我倒是有一两点疑问。”她环顾四周，确认并没有仆呼那埋伏在附近，“方才在第三块石碑处，便是黛姨也能在百步之外逼退数百人，为何你从方才开始便一直没有出手，就连杀义父用的也是弓箭？你自负信徒众多，不屑亲自出手，可从方才开始，便没有见过你那些飞来飞去的爪牙。”

白允的笑声慢慢停下来，她终于缓缓抬头看向一身狼狈的肖南回，眼睛一眨不眨地审视着：“你想说什么？”

“我猜，是这雾气令你现下无法使用你的神力，而且你并不想让其他人接近这里。我说得没错吧？”

她话音未落，一道年轻的声音突然在身后响起：“肖姑娘，莫要跟她废话，快些擒住她！”

她愣神间，另一道身影从左后方疾行而来，手中的长刀在雾气中拖出一道残影：“傻站着做什么？！”

肖南回终于回神，来不及多想，提起解甲紧随丁未翔身后。

五十步远的距离，顶尖武者也须七八个起落方能近身。而与此同时，一名黑羽营最普通的弓箭手也能将移动的靶子射穿三回，何况对方不是寻常的弓箭手。

白允张弓搭箭，眯起眼，锁定在雾气中快速移动的两个影子。

嗖，黑色的箭贴着肖南回的头皮而过，她丝毫不浪费力气在躲闪上，身子速度不减，将彷徨四顾的工夫省下来，用在疾速行进上。

嗖，嗖，又是两箭。一箭擦破肖南回的右臂，一箭险些射穿丁未翔的肩胛。然而两人都铁了心，不退反进，不约而同地分作两路而上，赌这雾气会是最好的掩护，也赌这五十步内他们可以赢取这最后一线生机。

不知是否上天眷顾，抑或是时机恰到好处，待白允将最后一支箭搭上弓弦之时，刀、剑双双而至。锋芒从白允肋下穿过、肩胛绕出，最终交叉横在她的颈间。

长弓应声落地，白允长发披散，厉鬼一般想要抬头起身，转瞬间便被刀客与剑客毫不手软地按了回去。两人下手都极重，仿佛手下不是一具弱女子的身体，而是北夷恶汉。

胸腔被挤压，艰难的喘息声从白允牙缝中挤出来，仍带着一股蔑视：“无皿那贱骨头，死到临头，还费尽心机摆弄这些雕虫小技。”

“坛高起为阳，坎下陷为阴。封土为坛以祭天，扫地为墠以祭地。你既已搭好戏台，小僧怎有不来唱戏的道理？”年轻僧人拖着半条伤腿走上前来，片刻也不耽搁地从怀中取出经卷，小心拂去上面的尘土，走到盘坐在地上的夙未身后，与他背靠背席地而坐，“我那蠢徒儿总说《大悲心陀罗尼经》念起来最好听，可今日出来得匆忙，只顺手带了这大《正降服陀罗尼经》，出口晦涩难听，也就诛神伏魔还有些奇效。你说应景不应景？”

白允目光落在那经卷上，嘴角冷冷地勾起：“无皿都奈何不了我，你又能如何？伏魔阵不过半个时辰，半个时辰过后，你又当如何？”

“半个时辰足够了。”一空说罢，向不远处正在地上蠕动的白衣郎中伸出了手。

郝白咒骂一声，却还是哆嗦着从那快要被压烂的药篓里取出布包，破烂的粗布散开来，露出里面的一抹翠绿。

“小僧向来是不杀生的，倒不是非要你魂飞魄散，只须将你关回这盒子中，小僧今日的课业便算完成了。”

四四方方的美玉辗转数人之手，重归大地泥土之上。一空徐徐展开经卷，轻声诵起。

一股腐烂的气味开始从那具妙龄女子的身上散发出来，黑色的血液从她七窍中溢出，将她的神情勾勒得更加凄厉。

“一块破石头也想永远困住我？论大千世界，我见过的远比你这凡人广博得多。白泽祝由，云阳人语，苍龙潜渊，骖御云间。我还从未见过什么牢不可破之物。山峦可平，河海可覆，无皿算出我最终会来到这里，赌上一切布下此阵又如何？！人算终究抵不过天算，而我便是天！”

肖南回望着剑下的女子近乎癫狂的神色，试图说服自己这只是对方最后的虚张声势。

一切应该已经尘埃落定了，对吗？可为什么……为什么她觉得有哪里不太对劲呢？或许是这自称神却太过轻易便伏诛的敌人，或许是这四周仍在不断稀薄的雾气，又或许是方才她几次躲过箭时的侥幸——

她猛地回头，但一切都太晚了。

更加稀薄的雾气中隐隐约约显出那座佛塔的轮廓，只见塔身上赫然插着三支黑羽箭，每支箭都分毫不差地没入石塔每层的衔接处。

她看不见那裂痕从箭没入处开始蔓延，却听得一阵细微的断裂声。须臾之间，整座石塔的上半截轰然倒塌，石塔上的降魔杵也随之跌落。

与此同时，雾气转瞬间便消失。头顶上方的夜空显露，翻滚的厚重云层夹杂着雷声与闪电，在整个步虚谷上方汇聚成巨大的旋涡。

肖南回下意识地扭转手腕，想要将手中的长剑刺入对方的喉咙，可一股巨大的看不见的力量随之而来，她手中的锋芒竟近不得半寸。

一脸血痕的白允缓缓抬起眼，两只放大的瞳孔闪着兴奋的光："这回该轮到我了。"

第一百七十一章

你一生的答案（下）

细碎如虫蚁噬叶的声响溢出，所有人只来得及后退，扑倒在地，下一瞬，尖锐的风鸣声以白允为中心迅速向四周扩散开，接踵而至的是仿佛能够吞噬一切的黑色火焰。那火焰向巨坑的四周蔓延，随即向上包围，变成遮天蔽日的燃烧的穹顶，滚动的热浪四处翻涌，到处是地狱之景。

或许是过了很久，又或许只是过了一瞬，肖南回在耳鸣与晕眩中艰难地睁开眼，一张熟悉的脸映入眼中。火焰与风刃似是被一堵看不见的墙挡住了，只在夙未周遭疯狂地碰撞着，拂动他漆黑的长发。他的瞳孔大张，眼角沁出血，但神色依旧平和。

她望着那双沾了血的眼睛，原本诉不尽的愤怒、埋怨突然原地消散了。她欠起身子，紧紧抱住了他："为什么不等我？"

他静静地看着她，许久后只是抬起手，轻轻拨开她耳边凌乱的发丝："你这不是来了吗？"

她又气又急，声音都有些哑了："我丢下了一切，连吉祥都不要了，跑来找你，你就跟我说这个？"

他不说话了，神情中似有千万重的疲惫。

瞿家老头儿转交的东西，为什么不亲自给她？为什么连告别的机会也没有留下？不是要她永远不要离开他，为何又要自己先走？她还有好多好多问题想要问他，但眼下她没有那么多时间。她匆忙擦去眼底涌上来的眼泪，艰难地起身，去拾落在一旁的解甲："你不许再骗我。我会保护你，我们一起离开这里，好不好？"

他没说话，只有呼吸轻轻在她耳畔起伏，温柔得如穿过夏秋的风。

她的动作一顿，方才擦干的眼睛又湿了：“为什么不说话？为什么不说你会和我一起离开——”

他依旧不语，唇小心地落在她的脸颊，将最后一滴泪拾走。

她愣住，等到再反应过来时，掌心便多了一样东西——一颗又一颗坚硬的珠子，还带着他的体温。

下一瞬，一只青白泛紫的手从混沌的火焰中穿出，一把从夙未背后扼住了他的喉咙，一张脸随即鬼魅般贴近：“你终于不装死了。”

那副面容已看不出白允的模样，青紫交加，浮肿溃烂，黑气弥漫，仿佛从地狱爬出的恶鬼一般。

她将那方碧绿的玉玺举到他面前：“你就这点儿能耐吗？莫要敷衍我，在色丘的时候，你可比现下中用得多呢。”

面对这般可怖的情景，夙未清俊的面容却只是因为窒息而微微蹙了蹙眉：“‘起心动念，皆是凶险。’这八个字已刻入我的骨血，只要我不动念，就什么都不会发生。”

“好一个‘起心动念，皆是凶险’。那我便掏出你的心来看看如何？”白允瘦如枯骨般的手轻而易举地将他单手提了起来，另一只手放下秘玺后再次抬起，五指微张，猛地掏向他的心窝。

肖南回瞳孔一缩，心头猛地一颤：“不！”

她听到自己撕心裂肺的喊叫声。她挣扎着想要靠近，却被轻易地掀翻在地。

白允的笑声此起彼伏地夹杂其中，有种说不出的病态。笑够了，她终于停下，随即猛地抽出手，带出他身体上的一小块血肉，鲜血顺着他血肉模糊的伤口滴滴答答地流出，顷刻间将他脚下那方碧绿色的美玉染成了红色。

眼珠一斜，她看着尘土中挣扎着爬向不远处那把铜剑的肖南回：“急什么？他死不了。”她轻轻将手抬到嘴边，伸出舌头舔舐着上面的腥甜，餍足地将眼睛眯起，“这般宝贵的血肉，学什么佛、念什么经，简直是浪费。”

夙未四周的空气开始扭曲、震颤，血不再从伤口中淌下，而是变成丝丝血线伸向半空。疼痛令他额角沁出冷汗，将他漆黑的眉眼打湿。他抿了抿苍白的嘴唇：“秘玺中藏着什么，你不会知晓。贪欲生起，必行自害。你会后悔的。”

咔嗒，包裹着翠绿玉玺的外层机窍化作两半裂开，一阵柔和的绿光从四四方方的玉玺深处射出。

“后悔？凡俗无知，竟敢妄言至此。裘家人自掘坟墓，明明可以御神天下，却弃之不用。现下我只须打开封印，诸天神明便与我同在，天地之间再无人可与我抗衡！万千血肉供我享用，我便得永生！”

空气短暂地凝滞，年轻帝王终于缓缓抬头，目光中带着近乎漠然的睥睨之色：“我若身死，便无人能做你的容器，不知你口中的诸天神明又要到何处落脚呢？”

肖南回低头看向腰间，原来她的匕首不知何时已消失不见。她抬头怔怔地望去。

不，不要……她不要再经历这样的情景了，她不要。

解甲飞出，锵的一声，击飞了夙未正要送入心口的匕首。

面目全非的白允仰天大笑：“无皿自负聪明，却低估了人心。这便是凡人的狭隘、凡人的懦弱、凡人的目光短浅与不堪一击！”咯咯声从她的喉咙深处传出，她一手拾起玉玺，一手将奄奄一息的夙未拖向巨坑的中央，“现下你连求死的机会都没有了，你输了。”

剑再次被捡起，踉跄的脚步声从背后袭来，白允头也不回地挥了挥手，身后的肖南回便似一只破败的风筝飞了出去。如是这般数次，那打不死的女子终于一把抓住了白允的脚踝。白允踢她、踹她，她都不松手。

肖南回死死抱着那具躯体，誓要将每一根骨头、每一条血脉都拧成绳，牢牢捆住对方。

“你当初留不住你义父，现下也留不住他。不过是血肉之躯，也想困住我？做梦。”

紧攥在手中的舍利子将掌骨硌得生疼，像是要这么嵌进肖南回的骨头一般。她留不住他了，但她可以救他出这地狱。

浑身是血的肖南回用尽平生力气提起了手中的剑。解甲化作一道白光，转瞬间将她与白允的身体贯穿。

白刃从白允胸口刺入，又从肖南回自己的背脊穿出，远远看去，两个身影叠在一起，竟分不出哪个是哪个。

“是你自己说的，祭坛上不能有两个人。”

被利刃贯穿身体的白允似乎明白了什么，拼命挣扎着，胸骨摩擦剑锋的声音在耳边吱嘎作响：“放手！”

肖南回笑了，尽管笑中咯血，却笑得前所未有地洒脱、坦荡：“自诩神明却惧怕寂灭，凡人之身又如何？”她狠狠地啐一口在白允脸上，“我唾弃你的永生。”沉重的眼皮缓缓合上，她仍死死握着剑柄，连带着另一具身体一起，缓缓向深坑中央倒去，“一起下地狱吧。”

坠落，又是无尽的坠落。剧烈的疼痛从后颈席卷至全身，肖南回感觉自己的脑袋快要从内部裂开。

无数影子从黑暗中钻出，哀号的灵魂和高大的神明从四面八方向她拥来，千百年来无数人的爱、欲望、誓言、祈祷如潮水般将她吞没。

她看到无数双眼、无数张口、无数副面孔、无数道身影，那些身影争相扑向她、贯穿她，想要占有她。她成了很多人，又仿佛她本身就是那些人的合体。她开始忘记自己的面容，忘记自己的名字，忘记自己来到这里的原因……

突然，一阵若有若无的清冷气息从她鼻间飘过，随即一股力量拉住了她的左手，将她拖向寂静中。她睁开眼，发现自己站在一座高楼上。

四周寂静无风，远处流霞似火，夕阳沉沉。她低头看着自己狭长的影子，再抬头的时候，一个女子不知何时已站在她面前：“你来了。”

她冷冷地看着那个女子：“你是谁？”

那女子没有回答，只向她走近。

她又看了看四周宛如静止的景色，肯定地下了结论：“这是梦，你是钟离一族的预言者。”

那女子停住了脚步，随即摇了摇头：“这不是梦，这是你的记忆。”

她的记忆？她何时有过这样的记忆？要知道，神明从来不会保留这样平淡的记忆。

“即便如你所说，这记忆也没什么特别的。”说罢，她转身想要离开。

身后的女子没有追上来，她便沿着长长的回廊向前走去，可拐过一个转角，她又看见了对方。她不语，越过那女子继续向前，可又在下一个转角过后与那女子再次相遇。

这一回，对方轻轻拉住了她的衣摆：“只要你心中还有他，你就一定会回到这里。”

她转过头，蹙着眉：“他是谁？”

“你不记得他了吗？你爱他，他是你生命中最重要的人。”

她挥开了对方的手，再次开口时有种近乎麻木的淡漠：“我见过的人太多了，来来往往，生生死死，少说也有千万，我怎会记得他是哪一个？”

那女子再次摇头：“不，你才满二十一岁，你见过的人并不多，他是你见过的人中最特别的，你一定记得他。”

她望向栏杆外，疾行几步，便要从那栏杆处一跃而下，可那女子突然从身后不管不顾地抓住了她。

她怒而转身，一掌挥出，对方不躲也不闪，生生挨了这一下，另一只手却不停地掰她的手指，在她掌心比画着什么，似乎是在写字，两横一竖一撇一捺。

她并不打算去看那个字，只想从这里离开：“放手。”

那女子充耳不闻，仍做着同一件事。她近乎粗暴地想要推开对方，那女子却似感觉不到痛一般怎么也推不开，只一遍又一遍地在她手上重复写下那个字，两横一竖一撇一捺，两横一竖一撇一捺……

“放手！不要写了！我让你不要写了——”她失控般咆哮着。

突然，有什么画面在她脑海中一闪而过——一支笔、一只手、一点红。

她闭上眼睛，疯狂捶打着自己的脑袋，想让那不受控制涌出的画面消失。那些画面却越来越清晰，画面中是一支蘸着朱砂的笔、一只戴着佛珠的手、一点落在她掌心的红色，两横一竖一撇一捺。

“孤的名字，你可记住了？”

是谁？是谁在说话？

她脑海中的画面又变了，荒原中黎明时分，有个身影在风沙中逆着光转过身来：“肖南回，你怕孤吗？”

风沙将那人的发带吹走，她下意识伸手去抓，一根手指却点着她的胸口。

“这里才是这世上最复杂的东西。”

在晦暗的大殿上，她看到一张熟悉又陌生的脸缓缓靠近，她无处可逃，无处可避。

一呼一吸之间，有什么贴得更近了，她能感受到他的身体在黑暗中似火烧一般。

“如果爱难以开始，那恨也无妨。”

黑夜仍在蔓延，她在一个亲密而令人窒息的怀抱中，清冷的气息吹散了老藤树的花香。

“肖南回，此生此世，你都不可离开我，我亦永远不会离开你。”

不，这不是真的。这不是她的记忆，这也不是她。可如果不是她，又是谁呢？

五指猛地攥紧，那个写字的女人和纷扰的景象终于消散，她如愿地离开了那座阁楼，原本呼啸、喧嚣的成千上万张脸却变得静默。然后，她在那万千身影中看到了他。

一切都停止了，她缓缓走向了世界的尽头……

肖南回缓缓睁开了眼。

风鸣声停止了，黑色的火焰也消失了。

白允的尸体就躺在不远处，丁未翔与一空则伏在百步之外，不知生死。

肖南回面无表情地起身，似乎费了很大的力气才站起来，随后身体僵硬地向前移动着，全身上下每一处筋脉都在颤抖。

深坑边缘，瑟缩着的白衣郎中虚弱地抬起头来，他望着那道熟悉又陌生的身影，眼中渐渐浮现出彷徨和恐惧：“肖……肖南回？”

肖南回没有回答他，仍行尸走肉般走向佛塔的废墟，不一会儿又折返。终于，她停住了脚步，站在重伤昏死过去的夙未身前。

她眼中的泪早已枯竭，扩张的瞳孔似乎也失去了焦点。她缓缓张开自己的左掌，那串佛珠就安静地躺在她的掌心。有什么东西在她的眼底渐渐化开，她眨了眨眼，光终于再次回到她眼中。

肖南回轻轻将佛珠戴回夙未的手上，随后轻轻俯身，无声地张了张嘴。她好像没有发出声音，又或许是发出了声音，她却听不到了。

再次起程，前往霍州的路上，她曾问过他，是否后悔没有杀她。他的回答是：“有些答案要很久之后才能知晓。”

她那时觉得这答案是那样敷衍，可眼下她才明白“很久之后”的含意，有些答案要走完一生才能知晓。

二十岁生辰那一天，她遇见了他，此后她的人生便全然变了模样。

如果有人问她是否后悔遇见了他，她的答案也是直到此刻才渐渐清晰明了。

她从未后悔遇见他，如果时光可以倒流，风再次吹起永业寺大殿中悬挂的幢幡，她依然愿意从那双手中接过那张签文纸。

她没有后悔过，即便要他做她一生的终结，她也没有后悔过。

她从怀中掏出那根漆黑的降魔杵，轻轻扬起，重重地落下："不要怕，我会永远保护你。"

尘土中，那方荧绿剔透、如有生灵寄居其中的玉玺突然间便变得灰败不堪，如一块再普通不过的石头一般。

风吹散了乌云，黎明前的天地一片宁静。

第一百七十二章

〖邪魔妖怪，速速退散〗

夜晚的枢夕山静悄悄的。

今年的冬天似乎比往年来得都要早些，立冬未至，山上的叶子却已落了大半，怕是等不了几日，便要落下初雪了。

香客赶在日头落山前便下了山，行路的旅人也早早寻了落脚的地方，便是有零星几个落单的，也都快马加鞭地往山下驿站赶去。

山腰上，几辆牛车却仍往山上爬去。

那车是包镶过金银的车，牛是插鲜花戴铃铛的牛，就连赶车的小厮、随行的丫鬟也是貌美仙姿，冬日里个个轻纱羽冠，一路走一路撒下些掺了金的香粉。远远望去，好似一支为山精鬼魅送亲的仪仗队。

“别撒了。这荒郊野岭的，撒给哪个看？”

漫天的金粉终于停了。

扶丘伸出一根手指头钩着车帘子，一边打着喷嚏，一边往外瞅。

窗外黑漆漆的一片，连个鬼影子都瞧不见，也不知是到了枢夕山的何处，更不知那永业寺又在何处。他果然不该走这一趟。

听闻前些日子晚城步虚谷那边天象有异，乌云压顶，天雷滚滚，奇光通天，也不知是何方精怪飞升度劫，又或许真是末日之景，可折腾了一宿过后，又风平浪静，到底也没人说得清那里究竟发生了什么。可没人知道不代表什么都没发生过。事出反常必有蹊跷。何况多事之秋，凡事都该小心为妙。

撂下车帘子，扶丘使劲喘了一口气，又拿起一旁半湿的帕子擦汗。明明已是入冬时节，可偏偏他脑门上的汗珠就没停过。

“烧的什么炭？这样憋闷。”

随车的道童不敢怠慢，连忙将盆中炭火翻了翻，又低声催促赶车的小厮。

奈何牛车比马车慢许多，山路又是上行，车行更是慢。待那盆中的炭火烧得已发白，车子才停下。

扶丘扶着那道童爬下车。他以为到地方了，可勉强直起僵硬的脖子一看才发现，这只是山门而已。不仅如此，这山门跟方才那山野也没甚两样，不仅连个守山门的小厮小僧都瞧不见，甚至连盏长明灯也不挂。这哪里是座庙，分明是个鬼地方。

扶丘望了望那看不见尽头的石阶，重重地咳嗽了一声。

身后立着的几名道童立刻会意，从后一辆牛车上取下一架步辇，三两下铺上毛皮褥，置好小暖炉，迅速收拾妥当。

不一会儿的工夫，步辇便托着老天师扶丘，在三五徒子徒孙的簇拥下向着山上行去。

夜深人静，山路崎岖，步辇一步三晃，直晃得辇上的人瞌睡不已。扶丘努力撑着直打架的眼皮，勉强维系着最后一丝清明。

一炷香的工夫过后，四周终于见了平地，平地之上、山缝之间隐隐约约矗立着一座寺庙。

这寺庙说小倒不小，只是门口迎客的寺门实在有些破落，一看便是许久未修缮过，连匾额都缺损了一块，处处透着一副缺香火钱的模样。不仅是个鬼地方，还是个穷地方。

扶丘摆了摆手，示意左右落轿。

暖炉烘得屁股底下暖融融的，他不情愿地伸出一只脚，脚尖刚落到地上，一道声音便在那寺门下响起："来者何人，还不下轿？"

在外行走多年、阵仗素来很大的扶丘已经很久没有听到过这样的喝问了。他心一横，从步辇上翻下来，左右立刻便有道童搀扶，一群人颇有气势，浩浩荡荡地向那寺门下的人影走去。

寺门旁的火把照亮了那出言不逊者的样貌，依稀是个一身黑衣、侍卫打扮的年轻男子。他眉眼细长，轮廓阴柔，眼底的光也冷得很。

可那打头的道童也不是个好相与的，年纪虽不大，却已有几分方脸牛鼻的面相，他哼出两道白气，鼻孔扬得老高："我等乃北弘济门护法与道友，这位乃门主扶丘天师。我家门主连夜赶路，很是辛劳，岂是你能讯问一二的？还不快快进去通报一声。”

鹿松平眉毛一挑，声音阴恻恻的：“扶丘？哪个扶丘？”

此话一出，四下顿时静了片刻。

那扶丘从未被问过这样的问题，当下踉跄着退了半步，险险被人扶住。

他身后那一众道童仙姑突然间成了当街泼皮、恶妇，一个个仿佛多长出三四张嘴，七嘴八舌地开始围攻那个侍卫。

“大胆奴才，怎敢如此无礼？！”

“若非你这破庙求爷爷告奶奶地差人来请，我家门主岂会放下做了一半的法事，屈尊来你这穷山恶水？”

“莫忘了年初的大祭还是我家门主一力担起的呢，他日若是在圣上面前提起今日之事，你便是有十个脑袋也不够砍——”

“门主何等功德，兼济天下，多少人等着他救苦救难，你们不感恩戴德也就罢了，难道就是这样对待远道而来的恩人的吗？！”

一通乱飞的唾沫星子过后，鹿松平这才慢悠悠地看向正中的扶丘：“你们门主难道没有说起他是受了何人邀约才赶来此处吗？”

那厢扶丘方才稳住身形，正打算撩开自己那五颜六色、七缠八裹的袍子，露出那块御赐金牌，听到这话，手一顿，突然觉得四周冷飕飕的。

三日前他收到一封手写书信，落款是这寺中住持，印却是宫里的官印。现在回想起来，他接到的其实不是邀约，而是诏令。

这破庙内藏的到底是哪尊大佛还未可知，他可不能因小失大，得罪了背后的人。想到这儿，扶丘的神态瞬间变得慈祥起来：“我这些徒儿都是修行中人，许久不闻世事，人情世故上难免有些欠妥，还望见谅。”

那侍卫片刻都没犹豫，当即从善如流，换上了一副好说话的面孔：“方才是在下眼拙了，还请天师大人大量，不要与我这粗人计较。天师如此年岁还愿不远万里冒着生命危险前来相助，在下须得替这寺中人多谢天师——”

扶丘脑中警钟大作，眼睛睁开一道缝：“危险？什么危险？”

鹿松平一笑，又客套起来：“啊，天师除妖伏魔已出神入化，日夜见识这些，想必已经心如止水了。是在下见识短浅又遣词不当，让天师见笑了。”

对方说来说去等于没说，扶丘心中惊疑不定，还未来得及追问，便听得那寺庙偏门处一阵响动，走出几个人。

他余光瞥去，这一瞥不要紧，正见两名僧人抬着一名身穿灰袍、生死不明的道士出来。

那侍卫想必也瞧见了，一阵叹息：“唉，这几日来的第九个了。听说是嵩灵山的观长，年岁很高，胆识也是极好的，只可惜——”说到这里，他恰到好处地一顿，随即望向扶丘，“不过，好在天师及时赶到，这等惨剧想来不会再发生了。”

扶丘当下大惊，腿肚子转筋，却还有几分面不改色的功力，只假意擦汗道：“哎呀，本座方才想起，这个……这个驱魔用的法器落在辇上了，这便去取。”

语毕，他便要迅速撤退，腿还没迈到寺门外，便被一道声音喊住：“敢问阁下可是扶丘天师？天师亲临鄙寺，小僧有失远迎，实在是愧疚啊！”

扶丘转过半个脑袋，便见一个细皮嫩肉、白白净净的和尚正笑眯眯地瞧着他：“小僧来迟几步，正路过天师步辇。辇上并无他物，天师可是记错了？”

哪儿来的妖僧，素未谋面，非要跟他过不去！扶丘额角抽搐，勉强定下心神：“阁下是……”

年轻僧人和气地笑：“小僧便是写信的一空，天师不记得了吗？”

记得，他当然记得。瞧着眼前人年岁并不大，扶丘立刻拿出辈分压人的气势。他往旁边挪了几步，示意对方近前说话：“先师当年跟老夫也算有些交情，本座问你几句话，你当如实回答。”

一空点点头：“天师请问。”

“寺内妖邪乃何物？”

“小僧不知。”

“那妖邪来自何方？”

“这个，小僧也不知。”

扶丘大怒，声音都高了起来：“那这管事的是谁、又是何人被那妖邪所害，你总知晓吧？”

一空一脸难色，直看得那扶丘额角青筋狂跳。片刻，年轻僧人终于犹豫着勾了勾手指，扶丘连忙凑过去听。

一阵旁人听不清的轻声细语过后，在不远处张望的道童只见自家门主那两只眯缝眼瞬间大睁。

一空意味深长地退开一些，最后委婉道：“天师今日前来是受任于危难之际，只要留下，日后定是福报多多，可倘若改变了心意，匆匆退场，失了这北弘济门的脸面不说，日后在赤州一带恐怕都会不好行走啊。”

扶丘还是跟着永业寺里的小沙弥进了寺中。他不是当真信了那油嘴滑舌的和尚，他是信了那封信上的印。左右他是见识过些风浪的，一般人还真收不走他这把老骨头，何况此处也算皇城脚下的寺庙，总不至于出些太过离谱的事吧？

他心事重重地随那小沙弥向大殿走去，一路顾不上看左看右，就埋头盘算心事，突然听得一阵琴声。

那琴声似乎是从大殿的方向传来的，隔了几重幡，又穿过几条回廊，偏生还能辗转落在他耳中，足以看出抚琴者功力之深厚。而那琴曲音律清微淡远，八音克谐，仿佛只有清修数十年的得道老僧才能奏出那样的音色。可不知为何，细听之下，其中又灌注了无尽的愁苦、哀绝、悲凉、肃杀，直比冬日里那望尘楼老伎弹的琵琶还教人肝肠寸断，当真有说不出的矛盾感。

“到了。”

前方小沙弥停下脚步，扶丘这才回神。抬起头来，他发现自己身在大殿后院中。这院子不大，却已七零八落地挤了十几个人。

都说同行相见分外眼红，眼红倒是不至于，但在人群中一眼分辨出彼此还是轻而易举的。扶丘只抬眼瞥了一下，便认出其中三四个，剩下的实在不须多看，左右都差不到哪里去。

一空究竟写了多少封信？又为何要找这么多道士、高僧、天师聚在一起？不会是哪个魔头的阴谋诡计，试图使些手段一锅端了他们这些名门正派吧？他突然有些彷徨，不停地向大殿的方向张望着。

不远处那盏孤灯下站着一名佩着长刀的青衣侍卫。他正抱臂站在大殿后门处，闻声望了过来。

扶丘正探头探脑，试图拾级而上，却被对方拦住：“还请天师在此候着。”

他也想乖乖候着，可他实在坐立难安哪。他哽了半刻，压低嗓音道：“敢问壮士，今夜究竟是要做些什么？”

“壮士”看了他一眼，客气地指向他身后：“天师要做的便是在那边候着。”

扶丘将信将疑：“就这样？仅此而已？”

“若无异样，仅此而已。”

异样？能有什么异样呢？扶丘摇摇头，只得回到那院子里。他抬头望望天色，漫天星斗乱如芝麻，他实在参不出所以然，干脆混入同行中攀谈起来，总归比干等着要好受些。

昏暗的大殿内，琴声依旧未断。

一曲将尽，还差最后一组梵音，弹奏的人却再也支撑不住，一口鲜血喷在琴弦上。

"陛下！"一直立在门口的影子终于待不住，快步冲上前来，向来温和的面容上满是哀痛，"陛下莫再弹了，小的承受不住啊！"

跳动的千盏油灯透过幢幡投在大殿深处，依稀可见年轻帝王的衣襟前透出血色来。那鲜红像盛夏初绽的花朵一般妖娆地盛开，用疼痛折磨着它之前扎根的血肉之躯。可皇帝仿佛失了痛觉一般，只抬起手擦了擦嘴角，又抬手拂去琴弦上的血，起手便要再奏。

单将飞俯身在那琴案上，声音悲切："陛下伤了心脉，昏了七日才从鬼门关走回来，眼下怎可这般糟践自己？"

皇帝苍白的脸上不见怒气，只有无尽的萧索，昔日那双如古井般沉静的眸子眼下已似深渊一般，只瞧一眼便教人喘不过气来："普安咒曲意高远，最是清心定神。孤若停下，怕是再难回头。"

内侍官声音带着几分哽咽，不知又回想起了什么，许久才慢慢道："过往二十多年，陛下都是这般熬过来的。这一回，陛下一定也可以。殿外丁中尉带人候着了，陛下再等等，只要再等等——"

等？他已经在这无间地狱中等了太久了。他不知道，原来时间是这样折磨人的东西。

以前他从未觉得那刻漏中滴下的水珠有何煎熬可言，更不知何为光阴寸金，他在塔中的那些年最擅长的事情便是与那无穷尽的虚无岁月抗衡。可眼下，他看着那血珠在弦上缓慢地滚动着，就如同他的心在刀尖上剐过。

"瞿墨那边可有进展了？"

"今日已炼了第三炉，嵩灵山的观长方才也熬不住了，眼下只剩下他一人。陛下若想知道详情，小的这便差人去问。"

"不必了。"皇帝几乎顷刻间便拒绝了，他不问便不会听到那可怕的结果，"出去吧。"

单将飞将那已经冷得彻底的药碗撤下，重新换上新热的汤药，数次欲言又止，最终还是什么也没说。临走前，他将一早备下的干净外裳披在皇帝身上：“陛下要的衣裳，小的差人找到了。”

月白的衣料轻盈、柔软，早已不适合眼下的时节，可眼下哪怕只是多一件薄衫能遮一遮皇帝胸口刺目的血迹也是好的。

单将飞不敢再停留，低头退下。

琴声再次响起，只是这一次换了调子。抚琴的人自己也不知是怎的，指尖落下，弹出的却是他从未抚过的曲子，甚至不是任何一首有名字的琴曲。那曲调甚是熟悉，似乎是段民间小调。只是这小调中缺了几句，只重复着前面几段旋律。

抚琴的手一顿，夙未终于想起为何这曲调只有几句了，因为他并不知道整个调子。在那个寂静、只有萤火相伴的沼泽地的夜晚，肖南回在他面前哼过的那首小调便只有那几句。

他笑了，那笑却随即凝在那里，最终化作无法掩饰的悲凉。

他一遍又一遍地重复着那段音律，三日未合眼的困乏与麻木交替侵蚀着他的意志，恍惚间他已伏在琴案旁，昏昏沉沉，难分昼夜。

不知过了多久，一阵细微的脚步声在殿外响起。那声音时重时轻，时急时缓，最终停在他身前不远处。

琴弦上的手指一动，钩响一声琴音，夙未睁开眼，撑起身子向前望去。

晃动的幢幡下露出一双赤着的脚，那双脚徘徊着、犹豫着，终于靠近了些。下一瞬，古老的幢幡被轻轻分开，肖南回就那样猝不及防地探进头来。

她的眼睛依旧是他熟悉的神采，见到他那一刻几乎放出光来：“我听到有人弹琴，调子有些耳熟，便摸黑走过来看看，没想到真的是你。”

他没说话，他说不出话来。

她见他不语，瞬间便有些局促，站在那条晃动的幢幡下面，左手摸摸幡上的金线，右手挠挠散乱的头发。她只穿了一件中衣，头发也是披散的，但身上处处整洁，素净的脸上生气勃勃地透着血色。

她醒了？她已无恙了吗？单将飞是如何当差的，为何没人来报？为何是她一人跑了过来……

可他突然明白过来，几乎是踉跄着站起来，一步步向她走去。可临到最后一步，他又停住了。伸出的手就那么停在那里，他不敢再上前，更不敢触碰她。因为他知道，眼前的一切不过是幻影。

但她显然没有察觉，一个劲地盯着他瞧："怎么了，你不开心吗？"

他终于开口了，嗓音沙哑得像掺了沙子："你怎么……会在这儿？"

她似乎想起什么，脸上一红："我怎么会知道——"她似乎急着岔开话题，围着他转了一圈，抬头看大殿顶上的图案，又扭头去看殿外的天色，"现在是什么时辰了？你在这里做什么？"

他抿了抿干涩的唇，轻声道："方才子时刚过，我在弹琴。"

"你先前不是说手伤了，再也弹不了了？难道是说来搪塞我的？"她又凑近些，脸上有毫不掩饰的偷笑与得意，"这次被我抓住了，你算躲不掉了。不如弹一首来听听呗？看看那《南亭手记》上写的究竟是不是胡说八道。"

他怔怔地看着她，一瞬也不愿意移开视线："好。你想听什么？"

她似是没料到他会答应得如此痛快，面上明显一滞，随即心虚地别开脸，想将那副绞尽脑汁的模样藏起来，半晌，终于回想起那首曲子的名字："就弹《圯桥进履》。"

"好。"他几乎是拖着脚步回到琴案前，做过无数回的转身、落座、起案，他却仿佛第一次做一般艰难。

盯着那琴弦上干掉的血迹，他迟迟无法落下第一个音。

他不知道自己为何要坐在这里奏《圯桥进履》。他们的相见如此不易，他们本该有许多许多别的事要做，可她想听他抚琴，他便坐在这里。心尖上的利刃又开始拉扯厮磨，他已分不清那是伤口引发的疼还是灵魂深处的痛。

然后，她隔空抓住了他颤抖的指尖："好了，我骗你的。我其实也听不明白，你别为难了。"

这一次，他却始终低着头。他不敢抬头，但他知道她正用怎样真诚又小心的眼神望着他。他不敢看那张脸，因为他知道只需要一眼，他便会瞬间自溃难抑。

她察觉他神情中的绝望和伤痛，指尖轻轻落在他的眉间："你定是有什么烦心事。不要担忧，无论发生什么事，我都会跟你在一起。你若有危难，我定不会坐视不管。你且放宽心，一切都会好起来的。"

只要她在，一切都会好起来。可如果她不在了呢？他抬起头来，只来得及捕捉到她最后一次匆匆回头的画面："好像有人在叫我，我可能要离开这里了。你莫要不开心了。"

她的身影交错在那翻飞的幢幡间，在光影中渐渐模糊远去。

“不——”他猛地推开琴案，疯了般向她扑来，“不，你不能走——”

琴额落地，岳山破碎，弦断音绝。

他惶然四顾，大殿上却只剩下他一人。大殿上从来只有他一人。

原本寂静的殿门前突然起了风，千盏油灯顷刻间熄灭。

白衣郎中孤零零地立在大殿门口，白色的衣衫上满是烟熏火燎的痕迹，不知已站在那里多久了：“陛下，草民已尽力了——”

喑哑的声音从大殿深处传出来，只闻其声，不见其人，又令人平白生出许多不安：“是生是死？”

殿门前的身影闭口不答，也许是不知该如何回答。

“孤问你，她是生是死？”

“一息尚存，但——”话头戛然而止，郝白只觉得接下来的几句话说得比吞针还要煎熬，“人固有生死一劫，不过早晚而已。陛下一心向佛这么多年，这些道理想必更加通透，不如趁她音容尚在，去见她最后一面吧。”

黑暗中那人发出一声轻笑。

什么劫难，不过是苦命的人安慰自己的借口，因为他们避无可避，所以只能承受，又宽慰经历劫难的自己，挨过这一次便能得到飞升。可旧劫一去新劫又来，他们便又说生死最大，于所有人而言最是公平。

可对他来说，死亡根本算不上劫难。秘玺、白氏、众生相、神魔预言……那些腐朽的前尘旧事通通不是他的劫难。他的劫难是失去她。

大殿上原本轻轻晃动的幢幡突然静了下来，似乎有什么可怕的东西正在那幢幡之后酝酿着，聚集着。

“你不是自诩医术高明、非死不救吗？你不是药到病除、能通鬼神吗？你不是连邹思防那混账东西都能救活吗？为何救不了她？为何？”

白衣郎中嗫嚅着不敢开口，这一次是因为他本就没有答案。

四周是死一般的寂静，直教人连呼吸都感到困难。

然后，他听见那黑暗中传来一声清响，细细的，像什么东西断裂的声音。随即是一阵噼噼啪啪摩尼坠地的清脆声响。

他呆呆地望着脚下，只见一颗珠子从幢幡后滚出，缓缓停在他脚边。他认得那珠子。当初他便是用其中一颗做药引，救了邹思防。

“陛下——”他再次开口，只觉得声音暗哑、带着颤抖，“陛下，草民惶恐——”

他的声音回荡在大殿中，突然似被那幢幡深处的黑暗吞噬了一般，四周安静得几乎令人产生耳鸣的错觉。

片刻停滞过后，虫蚁啮噬一般的细碎声响逼近。先是那些幢幡，然后是木梁藻井，再然后是大殿正中那尊佛像，他看到一切都从轮廓开始化作尘埃，被看不见的力量吞入那黑暗中。

他转过身，想要叫喊，突然一阵巨大的推力从他身后袭来，侵蚀着他后心衣裳的布料。他只来得及踉跄几步，便跌出殿门。

夜色中，看不见的风刃像夜行的恶鬼一般从永业寺的大殿中钻了出来，不断旋转着，膨胀着，吞噬着周遭的一切。

一道月白色的人影缓缓走出殿门，胸前疯狂生长的血线似树枝叶脉一般萦绕在他周围，将他整个人衬托得更加惨白。他捂着心口，站在那旋涡的中央，低垂的眸子缓缓睁开，两个漆黑如洞的瞳孔扫过院中草木石瓦和错愕不定的人群，声音空洞、飘忽：“孤想见她，她为何要走——”

他每向前一步，风鸣声便更盛一分。三步过后，院中那棵三人合抱的苍天巨柏连同大殿前种下的一片金茶梅顷刻间被那风刃搅碎，化作尘埃，飘散在空中。

可怜那院子里的一众除魔卫道之士，实则大半辈子都未见过一个货真价实的妖魔鬼怪，今日得以亲眼所见，当场便晕过去四五个，其余的像被吓傻的狍子一般呆立在原地，直到丁未翔抽出刀来，怒吼一声：“都愣着做什么？上啊！”

众道士、法师慌忙掏出各自的法器，诵经的诵经，写符的写符，念咒的念咒。一通乌七八糟、手忙脚乱的应付之后，所有人已被逼到院墙底下，再无路可退。

一空独自抱着经卷，仍不屈不挠地念着《藏棺经》。

周遭人连连败退，哀号声不断。

“一空法师，我等……我等实在是挺不住了啊！”

肆虐的风刃将年轻僧人的衣袍切割得破烂，他却跛着脚上前一步，挡在所有人面前：“今日便是小僧往生、永业不存，也不能让他离开这里！”

“放屁！”扶丘扶着头上的金冠，一边撒米撤退，一边破口大骂，“你要往生，莫要拖着旁人一起投胎，快开寺门！快开寺——”

他话说到一半，突然瞥见四周寺墙上寒光一闪，原来不知何时，那上面已架上数百支弓箭。

他进寺门时见过的那个黑衣侍卫就端坐在偏殿的屋脊上，目光森凉地扫过院中人：“今日重金请各位前来，业障未消时，无人可以离开。非常时刻，所有人须得共进退。”

局势顷刻间见了分晓，扶丘心中一凉，不得不低头缩了回来。

一众七老八十的天师、老道聚在年轻僧人身后，纷纷拿出了看家本领，为保自己的小命做着最后的顽抗。

谁也没有留意到，一道小小身影从院墙上一翻而过。他腿短一截，怎么也够不到地面，落下时摔了个屁蹲，发出“哎哟”一声惊叫。

一空余光扫去，只见烛鱼不知何时冲了过来，手里还举着什么东西。

小沙弥一脸正气，顶着四散的风刃与乱流，拼尽全力将手里的东西对着旋涡正中的男子扔了出去。

一道金绿交加的光在半空中一闪而过，却是只不知盛过多少油米、经过多少风霜的铜碗。

“邪魔妖怪，速速退散！”

那只破烂的铜碗在空中飞出一道长长的抛物线，竟突破那密不透风的风幕直入其中，奔着正中男子的身影而去。

当。

第一百七十三章

水与茶的难题

当，一声闷响，脑门上传来一阵钝痛。少年努力压下心头的烦躁与恼意，尽量让自己看上去一如既往地平和、淡漠。

他身前那团破败得棉絮已经外露的蒲团上坐着一个天生笑面、胡子乱糟糟的老人。老人手里端着只铜碗，方才那声闷响便是这铜碗和少年脑袋亲密接触发出的声响。

“阿未喜欢茶水还是清水？”

又是这简简单单的问题，却已经数不清是今日第几次被问起了，少年不动声色地攥紧拳头，尽量平静地答道：“清水。”

当，又是一记毫不客气的敲击。

少年终于忍无可忍，压抑已久的情绪如出栏的猛兽一般呼啸而出：“选不喜欢的也不对，选喜欢的也不对，你究竟要我怎样？！”

老人不急不恼，依旧是那副面孔。只见他伸出左手，三指并拢指向正上空。上方黑暗的尽头有一扇小窗，窗外是混沌的白日与黑夜。

“阿未喜欢白日还是黑夜？”

当然是黑夜。黑夜是如此安静、隐秘、包容、不动声色，令他可以不用多费力气便能藏起自己的一切不堪与恶念。

见他不语，老人收回食指，做莲花状环向四周。黑暗中若隐若现的边界是无数块古老的石砖，石砖内是孤零零的自己和不通人情的师父。

“阿未喜欢一个人还是跟母亲在一起？”

当然是跟母亲在一起。母亲是他身在长夜中唯一能看见的那道光，只要那光在，他便能通过影子将自己剥离出那吞噬一切的黑夜。

他依旧不语。

老人收回左手，拿起一旁的两个泥壶，重新将石台上的水和茶斟满："茶水还是清水，白天还是黑夜，一个人还是一群人，都是一样的。你何时想明白这个道理，何时便能走出这座塔。"

道理？这是什么道理？他更加不明白的是，为何偏偏是这个道理？

数载苦修，不知多少个日日夜夜，他便是在这黑暗中独自对抗整个世界的。他熟读经书典籍，对佛法要义倒背如流，怎会连这样一个简单的问题都寻不得答案？或许，这些问题本就没有答案；或许，他的师父从未想过要他走出这座塔；或许，一切无上妙法、智慧开悟不过都是设下这四方囚牢的借口、一个禁锢他一生的诅咒。

他突然拂向石台，台上的水与茶顷刻间被打翻，泼洒一地："茶怎会是水？白昼怎会是黑夜？孤独怎会和有人陪伴一样？"

他的师父对世人向来宽容、慈悲，唯独对他格外严苛。似乎他并不是师父的弟子，而是师父要费尽心思、穷尽一生对付的魔鬼。

他自认擅长忍耐，与肉体上的折磨不同，在这狭窄、黑暗、不见天日的虚无中探索虚无远比世间最残忍的酷刑还要令人崩溃，但他一直做得很好，直到现在。这是他第一次在师父面前失态，他当然知道这意味着什么。

数载隐忍、磨砺一夕间便付诸东流，他是否永远也无法走出这座为他量身而造的囚笼，永远无法通过师父的考验？即便如此，他也要求一个答案。如果那答案就是虚无，他便弃了这一身修为，撕破这困住他的虚无，彻底放出心底的那只猛兽。

水向石台四周漫延，滴滴答答地落在老僧破旧的僧袍上。

老人望向少年。少年冷硬起来已有那人当年的神韵，唯有那双眉眼的形状随了他的母亲，不论做何表情，都还残存着几分纯净、柔和。只是这表象之下常有危险、躁动，那双漆黑的眼睛深处似乎总是可以藏下惊天骇浪、骤雨风暴。

老人半合上眼，面上依旧带笑，摩挲着铜碗的手指却动得越来越快："茶与水都从天地间来，也都将向天地间去。白昼总会转为黑夜，黑夜也终将迎来白昼。你独自从虚无中来，又终将独自向虚无中去。你从来都是孤身一人，又何来孤独一说呢？"

少年说不出话来，论辩经，论法相，他从来不是老师的对手。可他的老师既然如此通透、博学，又花费诸多心血传他衣钵，为何偏偏不肯告诉他这个问题的答案？

“若人欲了知，三世一切佛，应观法界性，一切唯心造。”

是他的心还不够坚定吗？还是说，他的心境便到此为止了？他以为虚无之外还有世界，但其实他的世界穷尽一生就止步于这座古塔而已。

“心生则种种法生，心灭则种种法灭。”

不，不是这样的。不该是这样的。

翻倒的茶杯仍歪在那里，洒了半桌的清水与茶汤缓慢融合，混杂在一起，似是再也分不出彼此。

他盯着那细微流淌、缓缓前行的水渍，凝在瞳孔深处的镜像突然间静止。

“困住你的从来不是这座塔，而是你心中的选择。”老者的声音似真似幻，时而男声时而女音，时而苍老时而年轻，“你既爱水，选茶便会心生怨怼；你既爱黑夜，白日便会令你惶惶不可终日；你既爱至亲，失去时便会因苦痛而生执念。可偏偏你生来爱恨痴念便比常人要多些，常人哭丧三日，于你便要凭吊三年。常人不过忧伤数载，于你便犹如天崩地裂、世界终结。反之，你若从未做出过选择，则怨怼、惶惑、执念都将不复存在，你内心的平静方能长久。”

少年的睫羽轻轻垂下，再抬起时，眼底的混沌之象骤然改变。

石台上，清水与茶汤各自回流，泾渭分明。石塔内，光影切割，白日与黑夜转瞬间分合。

蒲团前，端坐的老僧面目化作一团变幻的光影，时而像他那久未相逢的母亲，时而像那出现在塔中三日的幽灵。

“我既降生于此世，便要生受此世之苦。未尝水之甘洌，怎知茶之苦涩？未贪长夜之酣甜，怎知白昼之辛劳？未尝人情冷暖悲喜，又怎知孤寂为何物？”

倘若从来孤独，众生又在何处？不知众生之苦，何来慈悲之心？世人若无爱恨离别苦，他便是成佛又能度谁？清水与茶汤本就不同，既不会因他的选择混而为一，也不会因他放弃选择而不再交融。

他已知晓这一切的答案。他要做出抉择。他会做出抉择。他愿做出抉择。

蒲团上的身影渐渐远去，唯有苍劲的笑声还在黑暗中回荡：“且记住你今日的答案。来日若再遇这道难题，可要记得自己当初是如何抉择的。”

当，铜磬发出最后一记声响，天地再次归为虚无。

夙未再次睁开眼时，入眼已是高悬的夜幕和万里星河。

冷风拂过，他坐起身来，回首望向身后那片废墟。昔日的大殿只剩一点儿地基，若非周遭院墙，怎么也分辨不出这里曾经的样貌。碎石与木梁的尘埃中，孤零零地置着一张旧蒲团，蒲团上坐着一个人，脸上有一道深深的伤痕，血迹还未干。

夙未站起身来，细小的微尘从他的发丝间滑落。他一步步向那蒲团上的身影走去。

一空仍盘腿坐在原地，手中似乎握着什么东西，听到动静那一刻便抬起头来，又将紧握的手心缓缓打开："我方才寻得这最后一颗，穿好那一刻，你便来了。"

夙未脸上的伤口有些可怖，眼神却一如既往地清澈、温和。他望着僧人手中那串熟悉的佛珠，许久没有伸出手："不必了。囚牢破碎，虎兕出柙。既已缺了一颗，不戴也罢。"

"缺一颗而已。陛下若是不嫌，小僧愿舍生取义，献身做这第二十一颗舍利子，如何？"

夙未叹息，漆黑的眼眸深处涌动着摸不着看不清的情绪："住持可是宁愿以身殉法也要将我送回囚牢中吗？"

僧人摇摇头，面上一片坦然："陛下脚踏山河、坐拥天地，身想去哪里便去得哪里，心欲至何境便至何境。不知囚牢何在？"

夙未纤长的手指捏起那串佛珠，随后又轻轻放下："既无囚牢，那此物有何用？"

一空终于站起身来。他常做谦卑的姿态，眼下第一次挺直了背脊，瞧着竟跟面前的帝王一般高。他脸上时常带着的那和气笑容眼下褪去，竟跟那大殿上供奉的护法明王一般威严，细灰自他身上青灰色的僧袍上跌落，在两人脚下盘旋。

"师父生前云游四方得来的十八颗舍利子分别来自十八名得道高僧，加上他圆寂后的三颗，总共是二十一颗佛骨舍利，尽数赠予师弟。其中蕴含的力量与你血脉中的力量相制衡。他的苦心，你不会不明白。"

僧人虽然年轻，却总是以油滑、婉转的面目示人，此前与面前的男子接触频繁，却从未逾矩，今日不知为何突然便不再称"陛下"，而是论起师兄弟来，言语间又是一种压迫。

可他对面的人非常人，从眼尾到眉梢没有因此动摇半分："师兄先前携降魔杵前往步虚谷，可是动了杀心？"

年轻僧人不答反问："师父倾尽一生教给你的道理，师弟可是都忘记了？明知远离红尘才是解脱，偏偏要往红尘中去，明知众生会因此遭难，却还是不肯回头，行至绝路，仍要往深渊中行。"

夙未明白一空口中的"红尘"为何物，对他来说，红尘便只有那一人："你应当感谢她。若是没有遇见她，孤便不懂何为爱惜与牺牲。孤不爱众生，又如何去度众生？"

四周飞舞的尘埃星星点点地落在那人眉宇间，像初雪落入还未冰封的湖水中。那双眸子沉静如初。

一空终于收敛了目光，他轻轻垂下头，似是在说给自己听："为何偏偏要弄丢那一颗舍利子？若是没有少那一颗，或许如今便不会是这般局面。"

对面的人轻哂一声，推脱起来不露痕迹："师兄若要责怪便责怪那霍州城的邹思防吧。孤曾在母亲墓前向父王承诺，必终结前朝旧患。邹思防是秘玺唯一的线索，而当时能救他的人只有孤。若不救他，一切或将永无终结之日。'机缘'二字大抵如此。"

年轻僧人也笑了，他抬手摸了摸脸上的伤痕，后知后觉地皱起了眉头："若非少了那一颗，陛下或许便并不会对肖姑娘动情。那日陛下问起仆呼那一事，小僧有所察觉，是以违背了师父的嘱托，未尽告知。可须知筑堤防水，终有决堤的一天，如今这一切便是小僧应当承受的业障。'因果'二字不过如此。"

被风搅动起来的尘埃渐渐落定，夜色中一片沉寂。

许久，年轻帝王才转过身去："孤要去见她了。"

年轻僧人掸了掸衣袍，似乎并不打算跟随："寺中还有许多事情等着小僧去善后，便不送陛下了。不过，有样东西——"

前方的身影一顿，随即转过头，正对上那只金中透绿的铜碗："这钵在寺中供了许多年，上个月瞿老先生来寺中请香的时候瞧见了，却说这钵放在此处有碍风水。陛下真龙之身，想必不忌这些，便送与陛下，留作一点儿念想吧。"

夙未摸了摸额头上的包，少见地在僧人面前笑了笑，从善如流地接过："如此，便多谢师兄了。"

年轻僧人双手合十，又恢复了谦卑的模样："前路漫漫，师弟多珍重。"

永业寺挨着庖厨的西偏院里种着一棵金茶梅。这是棵晒不到太阳、枝叶细弱的病苗，方才入冬，叶子便落尽了。

可这是永业寺如今最后一棵金茶梅了。

年轻的内侍官就站在梅树前，他望着那道立在偏房门前的身影，心中突然涌出些许离别前的萧索。

岁岁年年花别枝，总道春来又缠头。可谁又能知晓，春天再来的时候，那些经历过寒冬的枝条一定能够再开出花朵呢？

年轻帝王换上了干净柔软的黑色常服，在里屋的纱帐外安静地站了一会儿，不知过了多久才迈出那一步。

候在床榻旁的女医官们听到声响，慌忙转身，上前行礼。

一阵风钻进来，轻薄的纱帐被带得在空中翻飞，而他的目光就这样穿过那些纱帐，瞥见了肖南回。

她静静地躺在那里，像睡着了一般。或许她真的只是睡着了，是因为入了一个太过真实、美好的梦，所以才不愿醒来。

她身下的那张卧榻是他差人从青怀侯府搬来的，连头顶的缠枝纹帷幔，还有那床杜鹃绣的荷花褥子也一并搬来了。

他想，她或许只是因为睡不惯这寺里冷硬的板床，所以才故意赖着不起。他又想，若她醒来那一刻望见的不是光秃秃的梁顶而是自己熟悉的一切，会不会笑着对他说些什么呢？

那阵风走了，纱帐落下，她又消失在视线中。年轻帝王就这样沉默着，既没说什么，也没做什么。

可也许是听说了大殿里发生的事情，跪地的宫人们无不忐忑着、惶恐着，低伏的身子开始发抖，压抑的呼吸声在室内回响着。

终于，那人开口说话了，声音一如既往地平和："诸位辛苦，先退下歇息片刻吧。"

宫人们呆愣在原地，直到立在门口的内侍官低声催促，才挪动起僵硬的身体，匆忙退下。

屋内安静下来，夙未一步步走上前，穿过纱帐，来到肖南回身旁。

她散着头发，只穿了一件中衣，跟他在大殿上见到她时一般模样，只是看起来太过安静了。她向来是鲜活的、明快的、温暖的，说话时情绪总随着眉梢跳动，沉默时心事都写在脸上。

他想再看一眼那样的情形，可她学会了他的神态，平静得像一潭湖水，看不出丝毫泛起过涟漪的痕迹。

“肖南回，你答应过我的事情可是忘记了？”

她不说话，就连眼睫也安静得一动不动。

他俯下身，唇轻轻在她眉眼间落下：“你怎么如此懒惰，宁可赖在床上也不来寻我？”

她还是不说话，唇轻轻抿着，即便睡熟了，也留着几分倔强。

他叹息着，吻又在那唇畔落下：“无妨，你既不来寻我，这一次便换我去寻你。从今日起，我们一时一刻都不分开，你说好不好？”

她没有回答。他便将沉默当作她的回答，最后的吻落在她额间，轻柔而珍重，许久才分离。

他起身，靠在床榻旁，轻轻闭上眼：“先前让你准备的册子可拟好了？”

纱帐外，单将飞静默片刻，还是点了点头，应声道：“回陛下，一早便拟好了，一直带在身边。”

“拟好了便拿过来吧，再附些字，你来代笔。”

不多久，内侍官的声音便再次响起：“陛下请讲。”

帝王沉沉的声音一字一句地回荡在屋内：“孤生就薄情寡义，难察他人之苦，在位十数载，从未有过与民同乐之心，于座下之江山亦未生过欣慰、感佩之意。名为王，实为囚也。岁岁年年，孤寡入命，红尘难渡，药石无用矣。今有春风入怀，去腐朽而生血肉，每自相伴远行，得以动情感应，方觉病除——”

黎明前的天泛着青色，衬得室内一片冷清。

屋内的烛火熄了，也无人续上。内侍官和他服侍一生的帝王就这样隔着纱帐从黑夜守到了天亮。

太阳渐渐升起，纱帐内的声音终于停止，那盖着三枚符玺的册面上已多了三四行密密麻麻的小字。

单将飞放下笔，静待墨痕干掉。

“孤要出趟远门，归期未定。三个月内若未归来，便按先前说过的安排吧。”

他的陛下总是出远门，这些话，他已听过千百回，但这一次似乎跟以往都不大一样。

单将飞顿了顿，少有地主动开口问道：“陛下要去哪里？”

“只要是能救她的地方，孤都会去看看。”

他盯着那渐渐成形的墨迹，声音中有些压抑的颤抖：“陛下……还会回来吗？”

这一回，帝王没有回答。

就在此时，屋外传来些响动，却是丁未翔的声音：“陛下在里面，你不能进去。”

“我就是来寻陛下的——”

郝白仍在争论着什么，冷不丁，屋内的人发话了：“让他进来吧。”

白衣郎中急匆匆地跨进屋，待看到那人身影，腿肚子又不由自主地哆嗦起来。

“孤不会追责于你，不代表现下想看见你。”

天可怜见，他也不想此时见皇帝啊。若未曾蹚过这摊浑水，他现在可能还在哪个边关小城做着风流快活的闲散郎中呢。

郝白努力收起自己的愁眉苦脸，低声道：“曾祖方才来信，有话要草民转告陛下。”

纱帐内的人明显一顿，随即摆了摆手，单将飞瞥一眼郝白，收起那册子，起身退下。

“说吧。”

白衣郎中向前一步，一字不差地复述道：“肖姑娘虽心脉已绝，却因伤处混入神血，故尚有一息未散。陛下有一个月时间，或可往西北高地一试。”

“西北？寻谁？”

“寻瞿家后人。”郝白说到这里一顿，意识到自己话语中奇怪之处，踟蹰片刻，才低声道，“她……她其实已经不算瞿家人了，曾祖也与她多年未见，连姓名也不肯告知，只说是瞿家后人。”

帝王对这莫名其妙的解释并不想多加追究，声音依旧冷冷的：“瞿家家主尚且束手无策，此人又能有何办法？”

“草民不知。曾祖只说，若这天下只剩一人能救肖姑娘，或许便是她了。只是——”

“只是什么？”

“只是此人在格勒特高原上，那里是暄城地界，若要寻她，陛下只可带肖姑娘独自前往。北地苦寒，路途遥远——”

“酷暑严冬，行路万里，也好过眼下每时每刻坐在这里苦熬。”纱帐后的人淡然一笑，轻轻牵起卧榻上女子那双带茧的手，“就孤与她二人刚好，前路通阻，是生是死，都不后悔。”

第一百七十四章

白头峰下共白头

永春酒坊的老汪推着小板车正往千秋客栈走去。

小板车吱吱呀呀地响，车上的酒坛子乒乒乓乓地撞，馋酒的人一听这悦耳的声音便知是好酒，个个都垂涎三尺，眼巴巴地望着。

可惜啊可惜，这小宛镇入冬以来到的第一批云叶鲜竟一口气都教人买了，真是一点儿盼头都没给旁人留下。

七拐八拐，老汪到了地方。他今日心情好，步子都轻快不少，比昨日还早到一刻钟呢："酒来了！"

千秋客栈的掌柜正猫着腰缩在柜台下面用糨糊贴着假胡子，闻声起身，转过头，稀疏的几缕胡须耷拉下来一半："喊什么喊？就数你嗓门大。"

老汪哈哈一笑，迈开一双罗圈腿开始卸货，边折腾边压低嗓音问道："那钟公子今日还是老样子吗？"

掌柜听到这里，连粘了一半的胡子也不管了，声音低了下来："可不是嘛。又是一整天都未出门，实在是怪得很。"

老汪不以为然："付得起翻倍的酒钱，怎会是个怪人？定是个有钱人。"

一谈到银子，掌柜的神情瞬间了然："我说你今日怎的这样勤快，原来是得了好处。不过，提前知会你一声，他应当不会再待多久了。我昨日差人去找了伍老大，说的是今日便过来一趟。"

老汪抱着酒坛的手一顿，飞扬的心情突然便折了一半："莫要诓我，你找了伍老大？他不是前些年便不干这进山的活计了吗？"

掌柜终于摆正两撇胡子，啪的一声将铜镜扣了回去："许是赌瘾又犯了，缺银子了吧。"

老汪不解又心急："可他若是接了这一单，你这尊财神爷可就要走了。"

"我倒是希望他多待些时日，可他那小娘子可等不了了啊，昨儿夜里老孙去送炭火，说瞧着像不行了。"掌柜一番感慨，顿了顿，又嘟囔了几句，"再说，他早就付了一年的房钱。喏，契纸还在这儿摆着呢。"

"我说你怎么有空发善心了呢，原来是早就占够了便宜。"

老汪轻嗤一声，并不打算真的仔细看那柜台上盖了印的契纸，他将最后一坛酒拎到架上，把木盘子里一早便放好的几个胖银锭子一股脑揽进布包里，临走前不忘碎叨一句："这眼瞅着天就要黑了，伍老大怕是不会来了。"

他当然不知晓，自己前脚刚掀开客栈的厚毡帘子，后脚一个敦实的身影便走了进来。

掌柜瞥见来人，头也不抬便指向二楼："生意在二楼。"

伍老大不语，一把抓过桌上凉透的壶灌了口茶水，正要上楼时，掌柜又塞给他几坛酒："把这个带上去，仔细别磕了碰了，你可赔不起。"

伍老大依旧沉默，抱着几坛酒便直奔二楼天字客房。

二楼唯一的套间客房内烛光闪烁，并非那房中人舍不得添油点灯，而是这偏远小镇上本就没什么好烛火。昏黄的光影下，只见一个戴玉簪着素衣的年轻公子坐在床榻旁，他面相本就柔和，被如此温软的光线一衬，整个人都变得如梦似幻。

伍老大突然没来由地有些不自在，生硬地将酒撂在桌上："你的酒。"

夙未淡淡瞧他一眼，抬手将就近的那一坛拎了起来。他并没有急着斟酒，只是将那拍开泥封的云叶鲜放在床头旁的小几上。

酒香飘了一屋子，伍老大闻得着却喝不着，只觉得在这房间多待一刻都是折磨，干脆开门见山道："那条道，我许久不走了。今日这单接不了，公子另寻旁人吧。"

夙未听了他的话不急也不恼，手上动作不停，等了片刻，才缓声道："在下的妻子病重，急着用药，须得尽快进山。天寒地冻，先生仅凭掌柜的口信便愿意来这一趟，说明远不似你嘴上说的这般不仁厚，倒是个热心的人。在下并非有意要陷先生于不义之地，只是孤身在外，别无他法。还望先生能够伸出援手，车资好商量。"

他话说得周到，态度也到位，可不知为何，那张脸看起来就是没有求人的神色，反而带着一种说不出的冷清，像那衙门口的石狮子，再怎么雕琢、装扮也没有几分热乎气。伍老大不由自主地撇了撇嘴。

从年少时养家带大几个弟弟妹妹到娶妻后走南闯北地跑生意，大官他可是没少见，哪个不是将不耐烦和鄙夷写在脸上？眼前这个人分明神态祥和，架子却不比那些大官的小。他虽对那车资有些心动，但到底还是坚定了自己来时的想法，摆了摆手："不是银子的问题——"

他话才说了一半，夙未却自顾自地拿过一旁的漆盒，当着他的面打开了上面的铜锁。

小小一个漆盒，里面放着工工整整、厚厚一沓小梅庄沾着红泥的银票。

"要几张，请先生自取。"

看来确实不是银子的问题，而是银子够不够多的问题。

伍老大傻眼了。他见过出手大方的，可没见过出手像这般大方的，大方得令人不安，大方得令人生疑。莫不是这镇上新来了骗子，私刻了印章，冒充钱庄的银票，想使什么坏心眼吧？

伍老大觉得自己得看清楚点儿，于是往前凑了半步，踮了踮脚。

就这一踮脚的工夫，他不仅瞥见了那沓银票真真的泥印，还瞧见了那银票后榻上的女子。那个女子面容并不柔弱，相反，眉眼有几分英气，若非缠绵病榻，定是那种能跑能跳的主儿。可不知怎的，他就是瞧着那个女子有几分面善，越看越不忍心就这么走了。当然，银子，他也是舍不得的。

"算了算了，勉强送你去山脚下。"他有些烦躁地揉了揉腰间的赘肉，末了，又找补道，"可丑话说在前头，那山可有阵子没人上去过了。"

这话言外之意便是要撇干净自己，是这付银子的非要上山，出了什么岔子，他这个带路的可不担责。

"无妨。山就在那边，旁人没有上去，许是就在等我上去呢。"

伍老大挑了挑眉。真没看出来，这般清秀的脸，竟藏着一颗秤砣心。也罢，天气这样冷，说不定他走到一半受不了，自己便回来了，这年头，还能有人生生把自己冻死不成？

"何时起程？"

夙未轻轻敲了敲那坛酒："现在。"

凛冬时节，格勒特高原上疾风骤雪。荒原小道早被风雪覆盖，只能倚仗有经验的赶车人小心辨别方向。

天地间白茫茫的一片，不见来路也不见去路，风雪令路途更显乏味，若是碰上一位话少的同路人，这漫漫长路便更加难熬了。

伍老大不死心，硬是要拉着车上那位说个不停。他得了银票心气正高，恨不能将自己知道的那些没边的见闻抖个底儿掉，似乎是想告诉对方，那几张银票花得是值得的："公子是听何人提起这平头峰的？这些年知道的人可是不多了呢。"

"听一个长辈提起的。"车上的人一直淡淡的，既不主动问话，也不会让他的话头落在地上。

伍老大要求不高，对这个反应已很是受用，又卖起关子来："那公子可知那平头峰从前不叫这名字，而是叫白头峰？"

"为何？"

对方只应了两个字，伍老大却滔滔不绝起来："先前的亭长改过名字，觉得'白头'二字听着晦气。可这里的人从前都是这么叫的啊。公子可知，那座山上的城之所以叫作暄城，是因为那里原本是个四季如春般温暖的地方？"

窗外风雪不停，鹅毛大的雪花滚作一团，走哪儿挂哪儿，几乎要将这天地都覆盖。

夙未移开视线，低头将肖南回的手捧在手心，小心呵着气："现下倒是看不出。"

坏了一半的车帘在冷风中晃荡着，透出车内半明半暗的光影。

伍老大收回余光，心中莫名有些不是滋味，嘴上倒是没停："都是一百多年前的事了。这高地上的城池并非从来就这般坚固，传说化家第二十九任城主的夫人是位神仙，是她和城主将这石头城一块一块地垒起来的。有她镇守的每个冬天，暄城都不会下雪，唯有山头那一点儿白，所以才叫白头峰。只可惜前朝皇帝害死了她，暄城的冬天便又回来了，这山也变回了平头峰。"

车厢内安静了片刻，夙未的声音才又响起："原来如此。"

这次的回答依然简短，但分明和之前的有些不同，只可惜伍老大闲扯到一半，并未听出什么，自顾自地又补上一句："哦，对了，若是山上的人问起，公子可不要说自己是从何处来的。"

夙未的声音低了些，不仔细听，几乎便要被吹散在这风雪中："为何？"

"公子有所不知，这白头峰上住着的人对都城来的客人向来不太欢迎。"

"是吗？"

这话其实不是个问句，充其量就是个回应，伍老大却接得飞快："可不是！前些年有位都城来的贵人上山求药，说是腿都被打断了呢，若非教寻羊群的猎户发现，怕是要饿死在这山里了。"说到这儿，他有些不自然地铺垫道，"话说，现下可不是进山的好时候啊，上山的路难走得很，这风雪很快便又要起了，连脚下都看不清，一不小心便要跌到山崖下面去。我也是好心，瞧你在这客栈已经守了三日都没人愿意接你的活儿，只是咱们可要提前说好了，到了山脚，剩下的路恐怕就要公子自己走了——"

这话说得看似好心叮嘱，实则又是在撇清关系，他只是个无辜的向导罢了，天气好天气坏，这人是生是死，他说的不算呀。

夙未无声地笑了笑，声音前所未有地释然："无妨。只要有路，便行得通。"

北风呜咽，摧人心肝。夜已到了最深之时，寒气已渗入每寸土地。

伍老大搓着手，望着不远处那道负着一人前行的背影，直到那道身影消失不见，他才驱车掉头离开。

或许他应当再劝劝那个年轻人。可方才对方离开的时候，他只瞥了一眼便又隐隐明白，那是个劝不回来的人。也罢，人各有要走的路，有时候实在没有必要强求。

车轮声远去，风雪顷刻间便将纤细的车辙印盖住。高山白雪间只余一个孤零零的影子，向着雪山深处走去。

他的背脊不够坚实，甚至从生来到现在他都没有背过任何人。他的双腿也不够有力量，越过的山并不是很高，走过的路并不是很长，但他坚信自己可以走下去。

就这样不停歇，不停歇地向前，哪怕即将走向的是无尽的冰冷与黑暗，只要她的手环在他颈间，她的心跳还能透过他的背传递过来，他便能一直如此坚定地走下去，直到看见尽头。

一身红袄红披风的少女就蹲在石崖上观察着那道身影。那显然不是个习武者，身板甚至远不如那些猎户厚实，穿的那身素衣虽然用料讲究，却不挡风寒，一看便是没经受过这北地极寒之苦。

他走得很慢，每落下一步便要喘息许久。雪快要没他的膝盖，他步子迈得艰难，身形也摇摇晃晃，却宁可自己栽倒再爬起，也不肯让背上的人沾上一点儿雪水。

他将身上的厚重狐裘和大氅全部披在那女子身上，自己只着单衣。呼出的水汽凝结在他的眉睫上，一层一层的，想要压垮他，但他始终是那般神色，淡淡的，却有着不容撼动的执着。

见到他之前，她倒是没想过，他会是这样的人。若是就这么赶他下山，他会不会冻死在半路上呢？最好是他自己知难而返，那便省得要她去当这个坏人了。少女托着腮盘算着，可她的盘算落了空。那道身影始终没有停下，就这么一点儿一点儿地挪到了石崖下面。

那男子并非习武之人，却有着某种令人害怕的直觉。只见他轻轻抹了抹脸上的雪沫，既未抬头望向山崖上，也未环顾四周，他问道："瞿家后人何在？"

那少女眉毛一横，她清了清嗓子，开口时声音脆生生的："格勒特高原不欢迎裘家后人。"

男子终于抬起头来，面孔出尘般好看，却黑发披散，神情冷厉，仿若恶鬼："孤跋山涉水几千里，不与尔等计较'欢迎'二字。家主何在？出来见孤！"他的怒吼在山间回荡，带着与生俱来的压迫感。

那石崖上的少女却丝毫不惧怕，双手叉腰，凌厉地挑眉，神情很是傲慢："好一个嚣张跋扈、孟浪之徒，竟敢在暄城地界撒野。听闻天成君王是个修心礼佛之人，今日一见，分明是个疯子。"

俗话说，无知者无畏。可眼前这个少女分明知道得不少，她既知他的身份，还能如此张牙舞爪，才是真的无畏。

夙未收敛了神色，声音却依旧带着不可动摇的威严："你既以血缘为由拒孤于门外，便当知晓有些事情并非可以轻易斩断。离了瞿家、出了步虚谷便忘记自己从何处来又站在谁家的江山之上了吗？"

少女笑起来，笑过之后，神色比先前更加肆意、难驯："这白头峰不归天成管辖，你便是一国之君、九五之尊，也无权命令我，更不能对我这般说话！"说罢，她一翻身，利落地从那石崖上跃下。

她本欲直接逐客，可瞥见对方怀中那脸色青白的女子，不由得多说了一句："来人，给她取个新添好的手炉再带下山去吧，莫要再来烦我。"

几名披着熊皮的汉子从隐蔽处走出来，正要上前，一声清脆悠长的撞击声在雪夜中响起。

少女的身影顿住，随即转过头去，竟看到年轻帝王缓缓俯身跪在雪地中，郑重地行礼道："还请姑娘救救她。"

少女的目光随即落在对方手中的铜碗上，飞扬的两撇眉毛皱了皱："无皿法师是你什么人？"

"是我师父。"

少女面上先是一愣，随即浮上一层疑惑和不信："一空是个僧人，你又是什么身份？竟敢当面撒谎欺瞒我？！"

雪地中的帝王神色未变，淡淡道："一空法师是我师兄。"

"我倒是从未听说无皿还收过第二个徒弟。"

"你这般年纪，没听说过的事情应当还有很多。"

"你！"少女显然有些生气了，霍的一下站起来，转身七八步便消失在石崖旁，只在雪地上留下一行歪七扭八的脚印。那些着熊袄狐裘的汉子也顷刻间消失不见，风雪中茫茫一片，只剩下呼啸的北风愈吹愈烈。

一身素衣的夙未没有起身离开，他将身前的肖南回紧紧拥入怀中，试图将身上仅存的一点儿温暖传到她身上。可不论他如何努力，那具身体还是渐渐冷掉。

他一遍又一遍地拂去她头上的雪花，视线始终望向那石崖之下。就在他以为风雪就快要将那行足迹掩埋之时，那个红色的身影又急匆匆地出现在雪雾中："算你命好。带上她跟我过来吧。"

平头峰的山脚只有白色，而山顶石崖上只有漆黑的岩石和灰蒙蒙的天际线。

风从山口呼啸而过，将落雪吹得四散。

风雪似乎小了些，窄而陡峭的黑色石阶上，红衣少女在前一言不发地走着，许久突然想起什么，扭头看向身后的男子："你是无皿的弟子，她又是何人？"

夙未顺着少女的目光望向一旁小輂上的肖南回，淡淡道："她是我的妻子。"他依旧是那张脸，神情却跟方才在风雪中狠戾怒斥的模样判若两人。

原来他平静下来是这番模样，眉眼的线条柔和、流畅，好似那些神庙中供奉的神像。他若方才也是这般神情，她想必也不会怀疑他是无皿的弟子。

少女掸了掸辫子上的雪花，招呼那抬辇的汉子们先行一步，免得那辇上的人受不住这风口的寒意。

夙未沉默地跟在后面。

少女瞧着那过于安静的背影，心中突然涌出些许好奇："我见过的来求药的人没有上千也有数百。女子看似柔弱，却最是坚忍不屈，男子却少有似你这般果决、坚定的。他们想得更多，总以为自己站得更高、看得更远、更有智慧些，向来是不肯吃亏的，最终只能两手空空而去。"

前方的夙未终于停下脚步，微微侧过半张看不出表情的脸："不知姑娘准备让我吃什么亏呢？"

少女冷哼一声："现下倒是想起来问了？瞧你方才那般神气的样子，还以为多么孤傲不屈，转眼便就这么跟来，不怕我是要骗你、有意害你，或者再寻些法子折辱你？"

夙未没有正面回答她，只抬头望向不远处小辇上的肖南回："只要姑娘有心救她，便是骗我、害我、折辱我又如何？"

少女语塞，随即收敛了神色："你现下看起来倒是有几分像无皿的徒弟了。"

她一跃三两步，跳到了夙未身旁，抬手指向灰蒙蒙的远方："你看那山峰如何？"

夙未顺着少女指尖望去，雪雾缥缈间，隐约露出一座挺拔陡峭的孤峰，峰顶似是被齐齐截去，却高耸着，显得分外荒凉，正是那传说中的白头峰。他收回远眺的目光，如实道："鬼斧神工，非千百年难成也。"

少女得意地一笑，毫不掩饰脸上的飞扬之色："那里本没有山峰，是我高祖开悟神术之时劈出来的。你是裘家后人，又是无皿的徒弟，悟性应当极高，从方才那一番话来看，心性也是不凡，说不定用上几年也可开悟。只可惜，你没这个机会了。"少女说完，不再看他，快步向石阶上走去。

夙未最后看一眼那轮廓时隐时现的孤峰，随即没有半点儿流连，沉默地离开。

石阶的尽头是块石头平地。整个山头也只得这一块平地，平地上也只得那一间石屋，石屋正中是座用黑石头垒成的巨大火炉，炉膛内红光闪闪，热气腾腾，直将整间屋子烘烤得如盛夏一般。

少女解下披风，穿过那一排排柔软翠绿的花草叶蔓，径直来到一潭碧水玉池前。她咬破食指，轻轻放在池水旁，不一会儿，一只灰白色的脑袋便顶着几株铜钱草冒了出来。

少女伸出手，那团白色东西便如有灵性般跳上她的手掌，是只浑身雪白、头上带角的蛙。

夙未盯着那只怪模怪样的蛙，许久才慢慢开口道：“这便是那千百人来求过的药吗？”

“这只是普通的高原雪蛙，它救不了你的心上人。”少女说完顿了顿，然后伸出手指轻轻捏住那只蛙的头，“能救她的是这个。”

雪蛙的头被抬起，夙未这才注意到，那只蛙的喉咙上有一个半透明的囊袋，里面隐约涌动着暗红色的液体，看起来有几分诡异：“这是什么？”

“瞿九黎的血。此血蕴含灵气，若遇死物，很快便会流失殆尽，所以，必须用活物承载。”

“瞿九黎又是谁？”

“她是神的传说在这片大地上的终结，也是涅泫王朝土崩瓦解的缘由。世间万物终是荣衰往复、阴阳相通的，绝处总能逢生，盛极必然衰落。人是如此，神明亦是如此。”少女手指轻轻搔着那蛙的肚子，那雪蛙便惬意地眯起眼，“她的血对神血后人而言是洗髓伐骨的剧毒，对普通人来说却是起死回生的灵药。过往百年间，她留下的血救了无数人的性命。如今，便只剩下这些。”

夙未清冷的眸中一片了然：“说吧，你的条件。”

“天成的皇帝果然是个玲珑心窍的妙人。今天这夜值得委实有些辛苦，早些跟你交代完，我也好回去补眠。”少女笑了，她掌心那只娃竟也跟着咧了咧嘴，脖子下面的红色囊袋宝石一般亮晶晶的，“这血不多不少，刚好是两个人的分量。你若想救她，便要跟她一起服下。”

石室内安静了片刻，她预想中的沉寂并没有太久。

“好。”

少女有些惊讶：“你……你都不问我为什么吗？”

“我已厌倦了追寻那些因果与真相。何况即便寻到了，眼下的结果又会有何不同？”

他说得没错，不仅没错，而且通透。少女心中突然有些不忍：“莫说我没有提前告诉你。伐骨洗髓，九死一生，即便侥幸活下来，你与任何女子所得子嗣也将必定夭折，此生都将不能延续血脉。”

“如此而已？”

少女停顿片刻，随即点了点头：“如此而已。”

夙未那张有些淡漠的脸上突然显出一种如释重负的笑意。少女不知该如何形容对方那一瞬间的表情，只觉得这一室的花草在此刻才得了春风，焕发出无限的生机。

“如此甚好。”

天亮时分，风雪渐渐停了。

方才升起的日头爬上孤耸于天际之下的峰顶，照出炽热、金黄的一片。连日的大雪将天空洗成蓝紫色，不远处的绝壁上，一座山城的轮廓渐渐变得清晰而明媚。

这座横亘于秘古山口、安眠于纳加湖臂弯中的古老城池正是暄城。它坐拥天堑，四季汲风，坚如磐石，牢不可摧，就如同这高原上的黎明一般亘古不变。

石头城最东方的石崖上，少女坐在石屋前，仍托腮对着那只雪蛙发呆。雪蛙脖子下面空荡荡的，两只豆眼中也透着迷茫。

当初祖母交代她等那个人的时候，她还以为她会因此守一辈子山呢。谁承想，这一天竟然就这么突然到来，又在眨眼间结束了。

祖母说，天神血脉将会断于解甲之剑，可她没瞧见什么剑，甚至连把带刃的匕首都没瞧见。祖母还说，时候到了，他自然会带着他的诉求亲自前来，到了那时便要一诺换一诺，绝不能妥协。可她还没说什么，那人便应了她的条件。她不懂那些预言，也不关心那些事。她只是有些感慨，那个男子终于救了他的心上人，可他们能够相守的时日是否只有即将到来的这一个黎明呢？

晨光终于洒满整个山顶，一棵老松下依偎着一双人影。许是朝阳太过刺目，夙未睁开眼，缓缓站起身来。

他赤着脚站在雪地中，鸦黑的长发散乱地披在肩上，身上只穿着一件单薄的长衫。他似乎感觉不到冷，就静静地立在那里，衣衫在风中猎猎作响，有种别样的飘逸，仿佛下一瞬便要羽化飞升。

“神仙？你是神仙吗？”一道稚嫩的声音在他背后响起。

夙未转过头去，瞧见两个矮墩墩的孩子。

女童稍矮些，气势却要高半头，上下打量他的样子像个大人：“他怎会是神仙，你瞧清楚没有？”

男童不服，吸溜着鼻涕：“祠堂玄关那幅画上就是这副模样，那画上画的就是神仙。”

“那才不是神仙，只是个活得久了点儿的普通人罢了。”女童说罢，胖手往远方一指，语气十足地肯定和骄傲，“那才是神仙。”

许是有那点儿无聊，夙未微微侧头，顺着那个女童所指望了过去，只见远方山间石阶转角处正走出一位佝偻着身子的耄耋老人。老者须发尽白，皱纹满面，一身粗布衣裳外套着一件简单的夹袄，做北地农户的打扮，根本就是平凡人的模样。

他面上一顿，随即轻叹，正要掉转视线，突然那转角处又走出一人。那是一位看起来更老、更虚弱的老妇，肩上盖着厚厚的貉子毛，腰似乎都要被压弯了。

行在前面的老者每走三步便回过头，将手递给老妇，老妇便颤巍巍地握住，随即跟上去。那长长的百十来步石阶，他们便是这样一步步走过来的。

“那不是曾祖和曾祖母嘛？你骗人！”男童一着急，鼻涕又流了出来。

那个女童瞧见了更是嫌弃：“谁骗你了？在白头峰下是不能说谎的。阿娘说了，曾祖母生来便是当神仙的命呢，就是因为舍不得曾祖，这才在人间留下来。”

“她若真是神仙，怎的没有见过她飞上天去？她若真会变幻御风，怎会没人见过？！”

“没人见过，不代表没有过！”女童急了眼，迫切地想要寻个人来说理，“你来评评看，我们到底谁说得对！”

她气哼哼地叉着腰，有些不满地回过头去，却见那个男子不知何时已回到那个沉睡的女子身边，就靠在那棵老松下的石头旁：“喂，你听见我说话了吗？”

“听见了。只可惜，我没见过神仙。”夙未的声音有些滞缓，他像才从一场大梦中醒来，又要沉沉睡去一般，“可有一样，你阿娘说得没错。世间人情最难长久，好事最难成双，凡人生来孤独，若神仙确如书中所写那般具有神通，或许是能携手到老的吧——”

女童听得似懂非懂，但有信心对方是站在自己一边的：“听见了吗？他也认为我说得对呢。”

男童根本不服气，嘟嘟囔囔道：“你才多大？没有灶台高的矮豆子，懂什么情啊爱啊的——”

“我不小了。再有两个月零四日，我便七岁了——”

两个孩子争论不休，嗓门一个赛一个地高起来。

松树下的夙未长叹一声，将身旁的人揽入怀中：“原来孩子这般吵闹，你不喜欢也是对的——”说着说着，他便倚在那石头旁，轻轻合上了眼。

两个小童争到一半，突然觉得四周安静下来，面面相觑后又齐齐凑上前来。

可夙未再也没有睁开眼。他的面容十分平静，连那松枝梢头落下的积雪也没有惊扰到他。他终于没能再拂去肖南回发丝上的落雪。风吹落的雪花轻柔地落下，慢慢染白了他与她的头发。

第一百七十五章

春天再来的时候

二月初九这天天气很好，太阳高挂中天的时候，枢夕山上最后一点儿积雪也融化了。

山中比城里还要冷些，背阴的檐角殿门前常常结着一层霜，人走过，一不注意便要打滑。

往年出了正月，来寺里进香请愿的人便不多了，寺中人手不足，哪有闲心去清理这些，各个走路小心些便是。今日这院子里却显然与往年大不同，别说地上的薄霜，就连叶子上的一层灰，寺中人都恨不能擦个干干净净。

李素鱼蹲在一大丛丁香中，绣鞋踮在一小块手绢上，两只手小心提着裙摆。

“小姐，您都在这儿蹲了快一个时辰了，一会儿太阳落山咱还回不去可是会被老爷骂的。”圆眼细眉的小丫鬟苦着脸守在一旁，蹲得两只脚早就发麻了。

“再等等。我方才定是没有瞧错，就是他们两人。”李素鱼急得直咬指甲，眼珠转来转去，望着外面，“好不容易跟来了，不看明白他俩到底是怎么回事，我是不会走的！”

这阙城的早春远比想象中要冷些，早上出门时添过炭火的手炉早就凉了，摸起来像个冰坨子。小丫鬟搓了搓冻得有些僵硬的手，既心疼自己，又心疼自家小姐：“要我说，人家也不是个傻的，真要跟谁幽会，又岂会选在今天这种人多眼杂的日子？”

李素鱼盯梢盯得投入，冻僵了半边身子也浑然不觉：“你懂什么？这叫浑水里好摸鱼，就是来的人多才不容易教人发现。”她说到一半，突然觉得自己这话好似已经坐实心上人与旁人幽会，又连忙找补几句，“当然，鹿中尉才不是那样的人——”

小丫鬟暗暗翻了个白眼。她是真的不知那细眼窄脸的鹿中尉究竟哪里好，让她这太常卿府出身、自小便习礼守礼的大小姐如此屈尊地追来这荒山野岭。

今日陛下借新庆王夙远修得封之喜特意在这寺中设下赏梅宴，山门前停了不少各家车马，也算一种掩护，否则给她千把个胆子，她也不敢就这么带着小姐溜出来。

现下是梅花正盛的时候，再有几日，天气真正暖起来，便要开始落花出叶了。粉白、藤黄、淡墨、紫红的花枝交错在一起，当真比这寺中最宝贝的秘宝都要招摇、烂漫，惹人流连。

只可惜李素鱼并没什么心情赏花。她守着不远处那棵盘根错节、枝头却红艳似血的梅树，视线却没落在那花朵上，只在梅树四周徘徊。

梅树众多，映水重楼却就这一棵。她还不信了，若是公子佳人当真要来场密会，难道会不来瞧瞧这梅树吗？

不远处隐隐有人走动的声音渐渐靠近，她连忙瞪大眼，立起耳朵。

不一会儿，一个须发尽白的老者从月门后走出，身后还跟着两名武将装扮的中年男子。

李素鱼的脸上难掩失望，她示意自家丫鬟莫要出声。

打头的老者不察四周有“埋伏”，直奔映水重楼而去，时而观花赏色，时而轻嗅梅香，脸上很是惬意、满足：“此花甚是难得，两位将军却离得那般远，上战场都不怕，还怕这花不成？”

孙灼跟颜广对视一眼，都还有些拘谨。

“回丞相的话，在下是个粗人，不懂赏花，站着看看就好。”

“赏花分什么粗细？心悦而已。”柏兆予的身子已然不如从前挺拔，瞧着却比前两年还要神清气爽，他有意压低了嗓音，硬生生拉过那两道僵硬的身影，神秘兮兮道，“此花整个赤州恐怕只得两棵，这棵先前在烜远王府上，听说是陛下生生让人从王府里挖过来的呢。这梅树刚移栽过来都是会伤些元气的，没想到第一春便开了花。你们说，是不是难得？”

颜广径自点着头，没太放在心上，却也看了那棵树两眼。

孙灼却不知怎的多想了些，眉宇间有了疑惑：“既然如此珍贵，怎舍得捐给这样一座破庙？莫不是梅家那边有了什么动静，这是在提前吹风？”

老丞相嘿嘿一笑，显然并不打算深聊：“谁知道呢？如今这位的心思可不比先前那位的好猜啊。”

花园里一时静默，许久，柏兆予才又挑起话头：“颜将军府上的几位明珠应当都过了及笄之年吧？听闻昨日黑羽营的鹿中尉又去府上走动了，不知是不是——”

柏兆予话还未说完，便教颜广气哼哼地打断了：“不是！”

一想到那一脸阴阳怪气、一肚子阴谋诡计的阴人要打他女儿的算盘，他这股火气便要冲上头来，可当着老丞相的面，他又实在不能说得太难听，只得化作一声冷哼：“他如今可是陛下身边的红人，我雁翅营怎敢与黑羽营攀亲？”

老丞相却乐了，分明从这耿直将军的反应中捕捉到些许不同寻常的意味。但眼下他并不想再逼问什么。对小辈们来说，来日方长。

他左右瞧瞧无人，便抬手摘了一朵映水重楼，藏在袖中，然后轻咳一声，示意身后二人不要声张。

孙、颜二人面面相觑又哭笑不得，原地踟蹰了一会儿，只能跟上去。

待那三人走远，李素鱼再也按捺不住，几乎要从那丁香丛中蹿出来：“他怎么又去找颜春花了？！”

“没有没有，小姐，你小声些！”小丫鬟使出了吃奶的劲才将自家小姐按回去，“不是说只是去了颜将军府上吗？兴许只是去找颜将军的呢，他们都是行伍出身，互相走动不是很正常？”

“你瞧方才颜将军的反应，定不是这么回事。”李素鱼不知回想起什么，声音都有些不对劲，“你懂什么？那日马跃原亲口跟我说的，说他俩兴许早就认识了，定是当初还在碧疆的时候纠缠上的，如今是说不清楚了。”

她正胡思乱想着，冷不丁一个声音在她头顶响起：“施主蹲在那里做什么呢？”

小姐和丫鬟齐齐吓了一跳，抬头只见一个脑袋光溜溜的小沙弥正探头望向这里。

见对方是个小孩子，李素鱼瞬间找回了气势，脸也板了起来：“我可是贵客。贵客逛个园子都不行吗？你们永业寺就是这般待客的？”

“我见过不少贵客，可没见过踩坏花丛还蹲着不出来的贵客。”

李素鱼平日本不是这样跋扈的人，顿时脸上一红，不欲与对方多做纠缠，谁知那小沙弥晃了晃脑袋，眼睛突然一亮，故意小声问道：“可是寻不到茅厕了？”

李家小姐的脸瞬间便因为羞愤交加而红透了，她三两下从丁香丛中钻出来，也顾不得身上那件金贵的生丝小袄是不是被剐坏，匆匆带着小丫鬟离开了那个院子。

这院里的僧人怎的个个瞧着都有些狡诈，眼下这个又如此难缠，当真不是故意要跟她作对吗？

李素鱼愤愤不平地想着，脚下急着撤退，转过回廊前一个没留意，冷不丁撞上一个厚实的身子，对方纹丝未动，她却已整个飞了出去。她从小就金贵，小时候莫说摔跟头，就连划破一根指头都要哭半天，如今长大了也怕疼，眼下顿时觉得委屈不已。

晚来一步的小丫鬟大惊失色，扶起自家小姐，两人怒目望向那“罪魁祸首”，却见是另一对主仆。

那是两名年轻男子，个个生得一张圆脸，却偏偏配了一双鼠目，平白透着种面厚心黑的奸猾，衣衫虽然用料不菲，配色却十足艳俗，从头到脚弥漫着一股市井气。李素鱼打眼一瞧便知他们不是什么大户人家出身，定是城里哪户发了横财的商贾。

李素鱼收回了目光，将因疼痛而泛出来的两朵泪花生生憋了回去，起身的一瞬间已经恢复了大小姐的气度：“这里是寺院，怎么走个路还如此横冲直撞？下次撞了旁人可就没我这般好说话了。”她说完，不再看那一对神情怪异的主仆，甩了甩袖子，快步离开。

“小姐！等等我，咱们现下是不是该回去了——”小丫鬟步履匆匆地跟在后面，实在不知眼下算个什么情况，刚开口便被自家小姐顶了回去：“回什么回？！来都来了，怎能就这么回去！”

李素鱼只觉得心中憋闷，一身狼狈，她望向不远处大殿的方向，有些不甘心道：“你说，这寺问姻缘灵不灵？”

小丫鬟一愣，下意识便觉得有些不妥：“小姐，听闻这大殿乃是年初才修的呢，现下不知是否开放。您别瞧那新上的瓦金光灿灿的，定是不如以前那老旧的灵验，法力也要不如许多，是以这姻缘签，咱还是不求了吧……”

她苦口婆心说了这么多，可自家小姐越听越拧巴，总觉得就得在今日为自己讨个说法，哪怕是佛祖给的说法：“今日过后，没一年半载，我怕是出不了府了。你就当我昏了头，让我求一次，好不好？”

小丫鬟面露惧色。求签这事，是否灵验另当别论，这结果若是好的也就罢了，若是不好，回头岂非又要一番鸡飞狗跳？

李素鱼望着自家小丫鬟，怎会不知她的心思，当下握住她的手，真诚道："金荷，你从小便跟着我，府上我也就能跟你说说心里话。今日这事，换了旁人，定是不会帮我的。你就说，你还是不是跟我一条心了？"

小丫鬟望着自家小姐单纯又急切的眼神，不由自主地狠狠点头："我自然……我自然是跟小姐一条心！"

"那就好。"李素鱼见目的达成，二话不说，拉起金荷便向着大殿的方向走去。

她们穿过禅房，又沿着游廊走了百十来步，一座新修的金顶宝殿便显出来。

只是那殿门虽处处修得圆满、宏伟，四周却空空如也，瞧着有些荒凉，不知是不是因为受了灾后还未重新建好，抑或是本来风水就有问题，否则好好一座寺庙大殿怎的就受了灾让雷给劈了呢？

李素鱼呆呆地望着那殿门入口，正要拾级而上，冷不丁面前突然出现一个青衣男子，他抬臂便拦住了二人："这大殿里的佛像还未贴金身，姑娘不如改日再来。"

对方来得悄无声息，将李素鱼跟她的丫鬟齐齐吓了一跳，半晌才回过神来。

"无妨，本小姐不计较这些。"自古好事多磨，李素鱼的倔劲上来了，竟有种天不怕地不怕的气势，她抬脚便要往前闯。

眼见那侍卫眉头一皱就要出手，金荷从斜里一个箭步便扑了过来，一把便将那个青衣侍卫抱个满怀："大壮！大壮，是你吗？这么多年没见，你咋长这么高了——"

那侍卫的手按在刀上，手背上的青筋都暴了出来："放手——"

谁知那小侍女又㞞又倔，松开胳膊的一瞬间又转而扑向他的大腿："不……不放！你不能离了乡就不认我了呀，说好要等我拿了身契后娶我呢——"

青衣侍卫无法，只得铁青着脸连拖带拽地将她往外撵。

金荷机智地冲李素鱼眨眨眼，后者心领神会，连忙提起裙摆向着那半掩着的殿门跑去。

半掩着的高大殿门吱呀一声被推开，一阵细小的尘土迎面而来，她咳了两声，四下张望着。大殿内正中金丝檀木雕就的佛像还未完工，四周幢幡倒是已经挂满，香案上无人供奉，油灯也不见人点。

她吸了吸鼻子，疑惑地皱起眉。

这大殿上，除了一股木头味，怎的还有股云叶鲜和那新恒记烧鹅的味道呢？不是说庙里的和尚个个吃素、不近酒色吗？怎么会……

她还没想明白这个问题，视线便被那香案下面的东西吸引了。那是一只新漆过的签筒，里面的竹签子码得整齐，看着像新放进去的。

李素鱼心跳快起来。佛像还没塑好，签筒却已摆上了，这摆明了就是要她求呀。听闻这永业寺消业最灵验，算姻缘应当也不差。鹿松平跟颜春花莫不是就在这里问的姻缘吧？

她回想起方才看见的那两人身影似乎就是从大殿方向来的，她心底的猜测便越发肯定了。

捏着裙角的小手攥紧又松开，又攥紧，她最终下定决心，上前拿起了那签筒。

她没求过签，只看人求过，摇了半天才摇出一支，迫不及待地捡起来一看。简洁的签面上就刻着几个小字——第四十九签，下下签。

李素鱼原本挺喜庆的两撇眉毛瞬间便没了生气，脸也跟着拉得老长。如今的寺庙都将吉凶直接刻在签面上吗？

“金荷这死丫头，方才为何不拦着我！这下可好，平白无故中了支下下签——”

求到了凶签怎么办？李素鱼恨不能腾云驾雾回到城中找个算命师父好好开解一番，可眼下她只能捏着那竹签干瞪眼，既不愿再捏着，又不敢这么丢掉。

“这下下签统共只有这一支，倒是教姑娘给抽中了。”一道声音蓦地在幢幡后响起，是个微微沙哑的女声，听着有些中气不足。

李素鱼没想到这空空的大殿上居然还有旁人，先是一惊，随即又觉得有些丢人，低着头不说话了。

“求的什么？”

李素鱼顿了顿，低声道：“求姻缘——”

“姑娘若是不介意，可将那签拿来让我瞧瞧。”

李素鱼又别扭了片刻，这才犹豫着将手中的竹签递了过去。

一只手从那幢幡后伸出来，将东西接了过去。

李素鱼瞥了一眼，那是一只骨节硬朗、修长有力的手，真是不明白，有着这样一双手的人声音怎么会是那个样子。

“你是这殿上的僧人？不对，尼姑？”李素鱼似乎短暂忘了方才的不快，娇脆的声音不掩好奇，“你都瞧出什么了？”

下一刻，回应她的是竹签入签筒的清脆声响，那支竹签就那么从幢幡后飞了出来，分毫不差地落回签筒中。她没想到那人声音听着虚弱，动作倒是透着一股利落。

“糟心的玩意儿，瞧它做甚？”

李素鱼一愣，随即有些恼怒：“你这人，怎么没经过我允许就将它扔回去了？若是落了凶运在我身上，我又该到何处说理去？”

“急什么？”那声音透着一股悠然自得，不急不缓道，“求签这档子事，信则有，不信则无。”

李素鱼将信将疑：“这么说，是不准了？”

幢幡后静默了片刻，那声音再响起来的时候，又恢复成有气无力的样子：“姑娘不是要解签？我送姑娘几句话，如何？”

李素鱼犹豫了片刻，又左右四顾一番。那个青衣侍卫仍不见踪影，大殿上再没有旁人。她小心向前凑了凑，声音压得有些低：“你说说看。”

那声音的主人清了清嗓子：“出了这破庙，你便直奔你心上人那里，中途遇见什么人都莫要搭理，见着那人后第一句便问他是否喜欢你。他若答‘是’，你们便择吉日成亲，他若答‘否’——”

李素鱼一脸急色，连声追问：“他若答‘否’，我当如何？”

“你便彻底断了这心思，他日若有机缘，再寻一个值得托付的人。”

李素鱼脸一垮，显然对这答案是十二万个不满意：“真情实意，怎可能说断就断？你不懂其中冷暖，当真是站着说话不腰疼。”

“我现下是躺着跟你说话，腰自然不疼。”那声音不急不恼，反而带了几分笑意，“有些事的答案就摆在那里，你一日不去翻看，一个月不去翻看，十年不去翻看，它也不会变。真的假不了，假的真不了，莫要自欺欺人。”

李素鱼又垂下头去，声音也低低的：“可是我真的好喜欢他。他若拒绝我，我此生都不会再爱上别人了。”

“你才多大，便要论起此生？何况人生不如意十之八九，若当真寻不到命定之人，自个儿也要好好活着。要坦然面对自己的心，对身边的人好一些、耐心一些，珍惜他们在你身旁的每一日，莫要等来日失去了再后悔。”

李素鱼一愣，下意识又望向殿门外，外面依旧不见那个青衣侍卫和自家小丫鬟的身影。

那幢幡后的人声音低了些，似乎已有些困乏："还有最重要的一点，日后千万不要随便找人解签。"

随便？她哪里随便了？难道这人并不是寺中人？她先前似乎确实未曾听闻过这永业寺还有尼姑……李素鱼疑心顿起，正要上前撩起那幢幡，一阵急促的脚步声便从殿门外由远及近。

"施主留步。"

她停住，转过身来，却见一个眉清目秀的和尚正快步向自己走来。

这和尚长得很是白净，比方才在院里遇见的那个小沙弥瞧着顺眼多了，只是脸上有一道疤，看起来有些吓人。

"在下一空，是这寺中住持。不知姑娘有何需要小僧帮忙之处，不妨说来听听。"

李素鱼想了想，将方才的事飞快地状告一番。

谁知那和尚的关注点却在别处，询问那支签的细节后脸上的神情不由自主地一顿，随即有些感慨："上次有人抽中这支签还是三年前呢。"

原来不只是倒霉，还是三年才得一次的倒霉。李素鱼有气无力地问道："那人后来如何了？可曾应了这签文？"

"那人后来啊——"

突然，幢幡后传来一声咳嗽，这次却是个男子的声音。

一空那欲言又止的神情就顿住了，他再一转头，已换作寻常神色："这……小僧就不知道了。"

李素鱼一脸失望，心中忧思宛如千斤重，回望那大殿上的佛像又若有所思。

一空见状，上前低声劝慰，陪着李素鱼缓缓离开大殿。

大殿中又安静下来。不知过了多久，男子的声音才在幢幡后慵懒地响起："你何时竟然懂得解签了？"

女子讪笑几声："略懂略懂。"

男子顿了顿，意味深长道："你若知道她是哪家的，怕是不会这般和颜悦色了。"

女子果然追问道："谁家的？"

"她父亲是太常卿李鲤，便是当初要我新开采选、广纳良人那位。"

男子说完，好整以暇地等着女子回应，不料对方反而来抓他的痛脚："怎的谁家女儿你都认得？哼，当初定是没少要纳入宫中。"

男子叹气。陈年旧账，翻起来定是没完没了，真要算起来，当初那崔星遥还是她一手送进城的呢。他好冤，真的好冤。

可他最懂那女子心性，眼见"挑拨"不成，突然换了策略，语气中带了一股哀怨："昨夜逛院子的时候，你只顾着看花，一眼都未瞧过我。"说到这儿，他的声音不由自主地沉了下去，"早知如此，那日便不该告诉他你会来这儿。"

女子果然语塞。她还没挑几句理，竟反被埋怨了，真是贼喊捉贼。史书上到底是谁评价他风光月霁、兼怀天下的？分明是个厚脸皮又小心眼的死鬼。

她清了清嗓子，故作正经道："今日见了诸多旧友，唯独他来不了，你便不要苛责他了。"

"苛责？我若真的苛责起来，你怕是受不住。"

男子说罢，只听一阵织物摩擦、重物落地的声响，女子不由得惊呼一声，随即又是两人低低的笑声。

"回来这一趟开心了？满意了？"

女子没说话，不知回应了什么，那男子分外满足地喟叹着："车已备好了，咱们今夜便出发——"

"欸，对了，怎么没见白家那孩子？"

男子被打断，显然有些不满："我让将飞带人丢去安道院了。宗颢做他师父，一个古板，一个痴傻，合适得很。"

"还有郝白那边——"

"你若再寻借口，我便将吉祥套了送去营里拉车。"

眼瞧男子似乎真有几分生气了，女子便收敛了许多，笑嘻嘻地哄道："好了好了，不说了。一空这烂茶涩得很，你也一口没动，不如我去找烛鱼讨些水来——"

一只手半撩起那幢幡，红衣束发的女子就要走出，突然被身后那道修长的身影揽入怀中。

幢幡轻轻落下，又将一切遮了起来。

"急什么？"那道沙哑的男音带着几分笑，顷刻间便有了暖意，就像这早春时节初融的冰雪化在空气中，"你我的时日还长着呢。"

番外

沉舟侧畔（上）

娄县县役李四酉拎着半只烧鸡、二两黄酒向地牢走去。今日不该他当差，但听闻昨日抓着的那两个倒卖宫中御品的小贼还未认罪，他便有心来瞧一瞧。他当了二十几年的差，杀人放火的，他不好对付，还对付不了几个毛贼吗?

地牢内，看守老王正守着油灯打瞌睡，见他来了，连忙搓着手迎上去。

李四酉知道他并非真心迎自己，而是迎自己手里那半只鸡，便笑着啐他一口："问这半天也问不出个名堂来，还有脸来吃鸡？"

老王脸皮厚得很，也不还嘴，憨笑着接过那半只烧鸡，撕下一根鸡腿递给李四酉，自己啃了个鸡脖子，边啃边压低嗓音汇报："我已托人去问过了，那确实是宫里才能有的东西。别看那两人瞧着白净，不像那偷鸡摸狗之徒，可保不准是在揣着明白装糊涂呢。听闻他们落脚客栈时也很是低调，都是去了那望尘楼落座后才露出来的，说不定他们也知道这赃物的来历，心虚作祟——"

李四酉听得不耐烦，吐出半根骨头："认了吗？"

"只说那东西就是他的，不肯认呢。"

"哼，这铁证如山，还有什么不认的？"

"许是在憋什么坏招呢。"

李四酉冷哼一声，在衣摆上抹了抹手上的油星，抬手拿起一旁架上的柳条鞭，示意老王不要出声，自己悄悄靠近那最里间的牢房。

他有些对付宵小的经验，知道有时将犯事的贼子关在一起会有意外收获。才靠近那牢房没几步，他便果然听到了些动静。先开口的是个女子，对答的是个男子，竟还是"雌雄双盗"。

“单将飞这次怎么办事如此之慢？咱俩在这儿待馊了倒是不要紧，耽误了事可怎么办？”

“急什么？既来之则安之。”

女子摇摇头，随即又有些稀奇地看了看身旁的人：“你倒是挺喜欢这里的啊，瞧这乌漆墨黑的样子，是不是跟你那元明殿有点儿像啊？”

“元明殿吗？”一旁的男子不知回想起什么，突然笑了起来，“倒是有些相似。当初许治私下编派过这事，说上早朝像去地牢探监。当时倒是没想到有朝一日还真能来体会一番——”

不远处，李四酉站在牢门外抱臂偷看。他见过不少囚犯，撒泼的、装傻的、哭丧的，什么样的都有，唯独没见过这般谈笑风生的。

那女子更是一副有恃无恐的样子，吹着脸上散着的两缕头发，趴在那男子耳朵旁不知又说了什么，两人一起低声笑起来。这是把他的地牢当什么了？当茶楼了吗？

李四酉气不打一处来。他今日来这地牢本不想管这档子事，可眼下觉得不管不行了，噌噌噌走了几步拿了钥匙，开锁进了牢房。

两人说话的声音戛然而止，那女子抬头看向李四酉的眼神无辜得很：“这位兄台，不知误会何时解除，又何时才能放我俩出去啊？”

李四酉将那一早扣下的“赃物”摊在两人面前：“误会？你说这是误会？”

肖南回乐了，边乐边有些悲从中来，想当年，她就是被当成南羌探子扎了一箭的时候也没觉得这么冤过：“老兄，那确实是我俩的东西，你不还给我们就算了，怎么还押着不放人呢？”

李四酉拎起那把剑来：“这剑是你的？”

肖南回忙不迭地点着头：“是我的。”

“你从何处得来的？”

她想了想，如实答道：“师父送的。”

李四酉又拎起那块玉佩来：“这玉佩是你的？”

一旁的夙未跟着点头：“是我的。”

“你又是从何处得来的？”

夙未想了想，也如实答道：“祖传的。”

“我呸！”李四酉拍案而起。他自恃见过不少不要脸的，可没见过这般不要脸的，偷也就罢了，怎么还能脸不红气不喘地说出这么些胡话？

“这剑是六齐混天铁铸成的，莫说现下非官家已无人能开炉，便是这铜料也千金难得。还有这玉佩，虽说缺了一半，但分明是块韘形佩。你当这是东市集上的白菜，还祖传？你祖宗是谁？”李四酉越说越气，气极反笑，两片厚嘴唇噼里啪啦，飞出一嘴唾沫星子，“这东西是你的？你咋不说那阙城金顶的皇宫连带那宫里的皇帝也是你呢？！”

肖南回正要开口辩驳，听到最后一句瞬间一哽，被自己的口水狠狠呛了一下，咳嗽不止。

身旁的夙未默默顺了顺她的背，两人似乎无言以对。

李四酉心中痛快，自认句句在理、一针见血，所以才将那二人驳斥得无话可说，颇有成就感地抱起手臂：“你们两个给我老实交代，或许还能少受点儿罪。”

肖南回沉默。她真不是故意沉默，她只是不知道该交代什么。

浸了油的柳条鞭子啪的一声打在地上，李四酉耐心耗尽，恶狠狠道：“敬酒不吃吃罚酒！”

他抬起鞭梢那一刻，一直坐在地上的肖南回眼神瞬间变了，只是那鞭子终究没能落下来，她听到一阵急促的脚步声，握紧的拳头才缓缓松开。

“住手！”牢房门被人推开，一个穿着赤底官服的男子急匆匆走进来，冲着李四酉劈头盖脸就是一通数落，“上次罚你三个月薪俸，你仍不长记性，倒是不把我这个县尉放在眼里了，说过的话，你听进去几个字？！查明一切之前不得动用私刑。你是听不懂官话还是上了年岁耳朵不中用了？”

李四酉老脸有些挂不住，僵在那儿说不出话。

那年轻县尉往牢门外一指：“出去。”

李四酉闷头行礼，退了出去，离开牢门三五步又停下，不甘心地转头偷看。

牢房内一时安静，可方才要挨鞭子都没什么动作的肖南回突然站了起来，瞪大一双眼，直勾勾地看着那县尉。

许是混迹官场的缘故，他那张脸看起来世故了不少，但那双忧郁中又有些许单纯的眼睛倒是没变。她犹疑着开了口：“贾公子？”

贾翰愣住了。这县衙的地牢光线昏暗，地上的两个人又坐在阴影中，起先他有些不敢认，可举过火把来一瞧，随即便激动起来：“恩公？”他的声音都有些抖了，他怎么也没想到会在这里遇到多年前沙漠里那来去无踪的女子。

下一瞬，手中的火把往旁边一挪，看见那男子的脸后，他又是一顿："大恩公？"

肖南回不乐意了。怎么这恩情到了她这儿就缩水了呢？他是大恩公？难道她的恩情就小？她哪里小了！

夙未显然察觉到了她的情绪，觉得有些好笑地看了她一眼："贾公子确实与我相识在前，是戈壁里觅得的知音呢。"

她终于回想起来那日贾翰跟她说起的"沙漠奇闻"，心知这人当初对那琴声很是向往、崇拜，便懒得再追究了："田薇儿呢？可还好？"

"好，可好了。"贾翰忙不迭地点头，眼角已生出的纹路因喜悦而变得弯曲、柔和，"她前些日子还在府上办了周岁宴，热闹、开心得很。多亏恩公，才能有我二人的今日！是我对属下管教不严，才让二位平白受了委屈——"

肖南回望着贾翰那张圆润不少的脸，看得出他这几年仕途之路还算平坦。他是商贾出身，能混得如此一官半职也算勤勉了，除了勤勉，多少也是有些抱负的，假以时日，未必不是栋梁之材。

她身旁的夙未显然跟她想的一致，只轻描淡写回礼道："县尉言重了。或许你只是命不该绝，合该另有一番作为。今日一见，确实如此。"

那贾翰心中早存敬佩，也一时未察觉对方礼数上的奇怪之处："话说二位为何会出现在这里——"

终于要提起正事了，肖南回拉过那贾翰，一通耳语道："先前我们去了那新开的望尘楼，本来是想打探点儿事情——"

她越说，声音越低，牢门外的李四酉使劲立着耳朵也听不清半个字，只看到自家县尉的脸色一会儿红一会儿白，变幻莫测，好不精彩。

"……总之，是因此才误会了我二人身份。"肖南回终于阐述完毕，轻描淡写地总结道。

那贾翰却如遭雷劈一般立在原地，半张着嘴看了看她，又看了看夙未，膝盖有些发软，眼瞅着就要跪下，被她眼明手快一把捞了起来："县尉大人，小心脚下啊。"

贾翰终于回过神来，心中也明白对方身在牢中也未向旁人表述身份的缘由，只是说话的声音难免紧张了些："那……那不知下官有什么可以帮到二位的，请尽管开口。"

"确实有个事得向你打听一下。"

"恩公请讲。"

肖南回示意对方凑近些，随后半遮着嘴，压低了嗓音："你能带我去见见那沮水河的河神吗？"

蠡州娄县，鱼米之乡。

缓丘青峦，湖泽密布，和风细雨年年呵护着这块土地，哪怕只是一个小乡、小村，人人过得闲适、富足。

日头西斜，从沮水河返回的小舢板熟练地拐进四岔的水道，挨家挨户地贩卖新打上船的鱼虾，成群的水鸟呼啦啦地跟着船跑，一个个吃得满足。

肖南回眼向窗外望着，手又狠狠地落下一筷子。那刚出锅没多久的鲈鱼脍瞬间便没了一半，这已经是这顿饭的第三条鱼了。

贾翰在一旁看得愣神，正犹豫着要不要再叫一条，肖南回终于放下了筷子，意犹未尽地擦了擦嘴："这身子到底是不如从前，实在没什么胃口。话说，我也算去过不少州县，怎的竟不知道还有这般滋润的地方？"

贾翰不知该如何接话，一旁的夙未倒是神色自若，抬手轻轻将肖南回嘴旁的半根鱼刺拿掉："蠡州多年没有战事，你没来过倒也正常。"

肖南回心思在别处，显然还有些烦躁。

不远处河上那艘画舫又掉转了方向，船上四周挂着的彩布纸花随风晃来晃去，让人瞧不清船里的情况。

"这都盯了小半个时辰了，怎的还没有动静？"

贾翰闻言正色汇报道："我听探子说，日落后这画舫便会沿着这水道两侧的客栈招揽生意，只是除了偶有醉酒的船客落水，并无异样，要等到天彻底黑了才会带贵客去见那河神。"

跟姚易混了那么多年，肖南回瞬间嗅到一丝不同寻常的味道："招揽生意？什么生意？"

她问得如此直白，倒把那贾县尉问得有些不好意思了："就……那种生意。"

肖南回明白了，看了看贾翰又觉得有些想笑，想笑之余又有些羡慕那田薇儿。她转头看向身旁正慢条斯理剥虾的人，故作不解道："你知道是什么生意吗？"

夙未将一碟剥好的虾放在肖南回眼前，面不改色心不跳地答道：“烟花柳巷、风月之所，男欢女爱，酒肉生意。”

肖南回不说话了，哼了一声扭过头去。

剥虾的人无辜地眨眨眼，慢悠悠地推卸责任：“我从前也没见识过，都是你带我开了眼界。”

不知想起了什么，肖南回那扭过去的半边脸染上一抹尴尬的颜色，好在下一瞬不远处的画舫慢悠悠地靠了过来，解了她那莫须有的困局：“总算来了。”

天色将将擦黑，河水的颜色似乎渐渐变得混浊，连着天灰蒙蒙的一片。

那画舫七拐八拐地停在楼台旁，艞板放下，一双少女一左一右出现在船舷一侧，看着不过十六七岁的年纪，竟是对孪生姐妹。两人神态不似一般风尘中人那样谄媚，反而透着一股清冷、疏离，更引人好奇、探究。

肖南回从衣襟中掏出一早就准备好的纸花和银票递了过去：“我们有要事想要请教先生，不知先生今日可愿见客？”

两名少女上下打量了三人一番，不着痕迹地收下东西，又上前细细检查了一番，没有发现兵器，这才恭敬地让开身后的那段木楼梯：“恭请三位贵客入二楼雅座。”

沉舟侧畔（下）

袁三娘已经盯着二楼雅座外那个叫老郑的杂役小半个时辰了。

老郑一脸麻子，兴许不到五十岁的年纪，瞧着却有六十好几岁。那张总是有些邋遢的脸今日格外呆滞 正撑着两只肿眼泡一眨不眨地盯着不远处的雅座瞧。这老郑虽说是半年前才来船上的，但自称从前是做过这门生意的，待人接物也挑不出什么毛病，不像没见过世面的样子，怎么今日瞧着竟有些露怯呢？要么是惦记上了赏钱，要么是惦记上了人家的私财，就这些小心思。

袁三娘这般想着，迈腿上了二楼，不等老郑反应过来，一把揪住他便往旁边隐蔽处退了两步："瞧你这眼皮子浅的，怕是都没见识过比县尉大的官吧？竟能没出息成这样，我这船上要是哪个都似你这般又贪又懒，我这生意还做不做了？！"

老郑低着头不说话，只偶尔抬一下眼皮，仍是望着那雅座的方向。

袁三娘气乐了，扭头望向身后："我倒要瞧瞧，是什么大罗神仙值得你如此——"吐了一半的话蓦地打住了，她的神情也顿住了，两只眼睛一眨不眨地望着不远处靠窗的第二个雅座。

那雅座中的男子一身月白衣裳，穿得很素雅，浑身上下除了头上那一支玉簪，再无别的装饰，修长的手臂半支着身子，微侧着头，目光并不落在正中那些舞姬妖娆的身姿上，左手在琴案上随意拨弄着，弹出的声音却教人不由自主地丢了魂。

她瞧得出神，冷不丁一张脸缓缓移到她的视线正中，却是那男子身旁的女子。那女子面无表情地看着她，用一对塞得鼓鼓囊囊的腮帮子将那男子的脸挡了个严严实实。

袁三娘莫名有些心虚，正要收回目光，下一瞬，那男子一把将女子拉入怀里，又指了指自己的嘴唇，似乎示意那女子将桌上剥好的蜜橘喂到他口中。女子笑嘻嘻地掰开一瓣汁水饱满的果肉，却在离对方半寸远的位置停住了动作，一转头尽数塞进了自己嘴里，随后拉下脸推开那男子，拍拍屁股站起身来。那男子见状将琴案推开，也起身跟了过去，河上的晚风吹起他月白的衣衫，衬得他的身姿比那两岸的细柳还要柔软、飘逸。

两人离开雅座，去了甲板上。袁三娘的视线便像粘了蛛丝一般跟了过去，从里挪到外，又从一边挪到另一边，直到那两道身影消失在船头的夜色中，她这才一激灵清醒过来。她狠狠拍了拍自己的脸。怎么回事？莫不是那沮河的河神当真显灵了？想她做这行当也有十数年了，什么样的人没见过，怎还会如此失态？定是晚上那桂花酿喝多了一盅，才教人昏了头。

袁三娘摇摇头，再转身的时候，那老郑早就不见了踪影。她低声骂了几句，匆匆往船上小厨的方向走去。今晚的事可不能出岔子。

甲板上，肖南回余光瞥见那袁三娘离开的身影，这才丢了手中已经捏瘪的蜜橘，小心地四处查看起来。

夙未的声音在她背后响起："生气了？"

"别闹。"她故意不去看他，一副正当紧要关头无暇分心的样子。

可她身后的人显然没那么好打发，将扮苦装惨、期期艾艾的功力发挥到了极致："她要看我，我能怎么办呢？你要是不乐意，下次我便将脸遮起来。若再不行，你便将我锁在客栈吧——"

肖南回知道她再不做点儿什么，对方就要彻底"构陷"她于不仁不义之地了。她飞快地转身，抬手覆上夙未的嘴唇，示意他噤声。

不知怎的，热闹喧嚣的丝竹声、鼓乐声、谈笑声通通不见了，周围瞬间安静下来，只余河水拍打船身的声响。

肖南回小心从那飘荡的纱幔后探出头去，只见方才还歌舞升平、人声喧闹的雅座厢房已不见一名乐师与舞姬，宴饮的宾客纷纷倒伏在案前，似乎上一瞬还在畅饮酣乐，这一刻便陷入沉沉的睡梦中。

她下意识掩住口鼻，可细细嗅了嗅，又并未察觉什么异样。

雅座角落里随即传来些动静，却是一名腰缠玉带的大肚子男人和一位戴着帷帽的少妇。她望着那二人，这才明白过来，原来这雅座与雅座也是有分别的。只有那些给了纸花的贵客喝的是清清白白的佳酿，而其余人喝的怕是掺了东西。

肖南回正寻思着，贾翰突然从船舷另一侧小心地靠过来："这是要开始了？"

她刚要说什么，突然意识到自己还捂着某人的嘴，连忙放下手。夙未瞧她一眼，并未说话，却抬起一根手指摸了摸嘴角。

贾翰看看她，又看看安静的夙未，突然间似乎明白了什么，不由自主地踉跄了半步。

那两人此刻却异常默契，一左一右绕开他，并排走向前。

"要开始了，我们走吧。"

贾翰深吸一口气，半晌才跟上前。

画舫不知何时已经停在河面，四周黑漆漆的，几乎分不清水面与河岸，只船头一盏孤灯跟天上的圆月相映。

油灯下，那对孪生少女跟在袁三娘身后，两人抬着一只半人高的纸船，小心放入河中。

今夜无风，河水平缓。纸船随着河水晃荡着，却并未漂远，船上隐约露出半盏油灯，黑乎乎的，跟那河水一般颜色。

袁三娘带着几名披蓑戴面具的杂役对着那河水念念有词，随后又是一番听不真切的吟唱。

肖南回一脸莫名地瞧着，终于忍不住低声询问身旁的人："她念的是什么？经文？咒语？还是祭词？"

夙未停顿片刻，如实回答道："听不明白。"

他都听不明白，还有谁听得明白？八成是瞎念的了。她心中的紧张放下了三四分。

一旁的贾翰却不知其中门道，仍忧心忡忡："这几艘画舫上的人都是登记在官府的私妓，此前倒未出过什么乱子，若非两位恩公提起，当真不知跟那河神一事有关。今日一瞧，真真令人后怕——"

肖南回摆了摆手，示意贾翰不必多说，只须静观其变。她是蹲了几天才跟到这儿来的，定不能在最后一刻功亏一篑。

那让人摸不着头脑的仪式终于结束了，袁三娘示意那第一位贵客上前："不知贵客有何心事想请教先生？"

只见那大肚子男人对紫衣少女耳语一番，粉衣少女则提笔在一旁血红的信笺上落下一行簪花小楷。

大肚子男人语毕，在那对少女的示意下，从身后的匣子里取出三个布袋，依次放入那水中的纸船里。

肖南回眯起眼仔细瞧着，不意外地看到那袋子内露出的一点儿金光。

她身旁的人显然也看见了，原本一直紧握着她的手终于慢慢松开。

没人比他们更了解那些隐秘之事了。甭管是山里的、河里的还是哪里的神，都是不喜欢金子的，他们想要的东西远比金子贵重。而眼前这个显然不是这样的。

大肚子男人退下，那神秘兮兮的少妇又上前，如是一番操作，出手更是阔绰，那纸船越来越沉，已吃水一半，不由自主地在河水中打转。

终于，那紫衣少女示意下一位上前："不知贵客有何心事想请教先生？"

肖南回想了想，几步走到对方身旁，一脸客气地问道："我想请教一下……这位河神先生是哪里人啊？"

紫衣少女没动，她身后的粉衣少女也没动，两人都瞪着一双乌黑的眼盯着肖南回。

终于，袁三娘动了。只见她一把抓过船头的油灯，准确无误地扔向那纸船。油灯碎裂，船身遇火，连带着火油一起烧起来，瞬间便成了个火团，火团发出一声爆响，便有火星子四溅开来。

肖南回一把揽过身旁的人俯身躲过，贾翰无人照应，晚了半步，衣袍被燎着一点儿，连忙扑打灭火。

趁着这混乱，那袁三娘瞬间便不见了踪影，余下那对少女和杂役各自奔逃，可无奈为了装神弄鬼，没了那盏油灯的画舫一片漆黑，惊叫、踩踏声此起彼伏。

混乱中，肖南回护着自己人退到船舱里，交代贾翰按先前计划行事。

贾翰赶去船尾，呼喝一声，一早埋伏在河边的县役官差都点亮了火把，几艘快船从河边的芦苇荡里钻出来，迅速向着画舫靠拢。

开船至河上行事自然隐秘，但出了岔子同样难以脱身。此时此刻那袁三娘便是这瓮中的一只鳖，只消静待片刻，不愁抓不住人。

可不知为何，肖南回心底总觉得有些不对劲。她正径自寻思着，突然脚下一晃，整个船身跟着一斜，一声巨大的断裂声自船舱深处传来，随后是更多慌乱的声音。

不是吧？这是要同归于尽啊？她再也坐不住了，起身便要去查看，冷不丁被人一把抓住。她回头，一身月白的清俊公子正眼神沉沉地望着她："你要做什么？"

她看向夙未的脸色，意识到什么，宽慰地拍了拍他的肩："我觉得有些不对劲，去看看是谁凿了船。你在这里不要动，贾翰的人马上就来了。"

但夙未显然意不在此，声音里的温度跌到谷底："贾翰带了三四十人来，差你一个吗？你熟悉这画舫上的布局吗？你水性很好吗？当初过大沨渡的时候是不是就该干脆让你泅过去？"

她有些语塞，但看夙未疾言厉色的样子又觉得有些莫名其妙，她只是下意识想速战速决，弄清楚事情原委，并没有想太多。

"我没有那般不济，当初从碧疆逃出来的时候，我还背伍小六蹚过冰河呢——"远处的火把还未靠近，她瞪大眼睛疾声说着，却看不见他快要跟黑夜融为一体的脸色。

沉重的断裂声再次响起，地板倾斜得更厉害了，先前那些不知躲去哪里的乐师与舞姬呼啦一下子拥上甲板，混乱中整个世界都跟着左摇右晃起来。

抓着肖南回胳膊的手没有松开，反而握得更紧。她也没料到这画舫看着唬人，实则如此不堪一击，她有些担心身旁的人，决定先将他送去安全的地方再做下一步打算。她拉起他的手，一路踹开四散滚落的小几等陈设，又粗暴地推开混乱的人群，往高处转移。

眼看快到船尾了，贾翰的身影就在不远处指挥调度，她刚要出声呼喊，冷不丁底舱的窄门里钻出来一个人。

对方似是极匆忙，一出门走了几步才抬头，看见肖南回，整个人一愣。

这画舫四周出船舱的地方修得极窄，只能一人通过。

狭路相逢，其实只要其中一人退开半步便能皆大欢喜，而肖南回此刻其实并没有什么心思为难这船上的小厮与杂役，只一心想着和贾翰会合，于是率先跨出一步准备越过对方。可谁知那麻脸杂役不知怎么回事，突然便从衣摆下掏出一把杀鱼刀，直奔她身后去。

肖南回闻声而动，险险拉着夙未躲过这一招，可谁知对方又不顾死活地扑上来。这一回，她没留余地。解甲藏在她的背上都快焐热了，是时候见见风了。薄而窄的剑锋从她后颈衣领内钻出，干净利落地切断对方的攻势，随后她掉转剑锋，剑柄击在对方肋下三分处。

那人踉跄着退开半步，咳了几声，抬起头来，目光却再次落在她身后的人身上。

察觉对方意图的一瞬间，一种许久不曾出现过的狂躁突然冲上她的天灵盖。她熟悉那种感觉，那是她的杀心。

经历过许多事，她已变得宽容、平和，但唯有一件事仍不能容忍，就是有人对夙未刀刃相向。他们能走到今天是很不容易的，若有人想要破坏这一切，她便留他不得了。

对方再次向她冲来的瞬间，解甲化作一道流光贯穿他的喉咙。

那杂役捂着脖子，踉跄着退到栏杆旁，两只灰白的眼仍死死瞪着她。下一刻，水花声响起，河水瞬间便将尸体同那栏杆一起吞没了。

贾翰的船终于到位了，袁三娘和她那些犹豫着不肯弃船逃脱的手下一并被逮了个正着，众人回到岸边时，那艘画舫大半已沉入河水中。

贾翰的手下还在河面上巡视着，他坚信那“河神”定不会放着纸船里的金子不管。可眼瞧着天已蒙蒙亮，众人还是一无所获。

黑乎乎的河面上看不出什么异样，就连一条露背换气的鱼也瞧不见。就在贾翰已准备下令返回的时候，河面上终于传来动静。

“逮到了！”

一时间所有人都望向河面，只见三两个官差押着一个黑不溜秋的人影往岸边游来。

沮水河的“河神”上岸了，像那落了网的河虾、上了钩的鲈鱼、翻了盘的王八，被毫无尊严地五花大绑，扔到了码头上。

袁三娘起先一口咬死不知道河神的事，后来见最后的尾巴也被捉住便㞞了，只是仍不承认畏罪弃船逃跑，只说自己是做偏门生意，没干伤天害理的事。

所有人折腾了一宿都疲惫不堪，唯有肖南回精神抖擞，看样子还能不眠不休地奋战三天三夜。

“你给我老实交代，兴许还能少受点儿罪。”她这些时日在地牢潜心修学，颇得李四酉真传，审起人来一套一套的。

矮个子蓄着八字胡的“河神”已萎靡不振，再也不想重复那已重复无数遍的自白：“姑奶奶，我说了你也不信，你放过我吧，让我被那官差抓走，不好吗？”

肖南回自有打算，不问清楚怎敢放人：“那你先前要那些男娃娃女娃娃做什么？说，是不是把他们——”

“冤枉啊，女侠！”“八字胡”就连求饶都没什么力气了，几乎是在哼哼，“总共就三个小叫花子，都是我花了三两碎银雇来搭戏的，一根手指头都没碰过啊。”

“搭戏？你一个装神弄鬼的大骗子，还需要三个奶娃娃来搭戏？”

“是真的，不信，你差人去找那三个小兔崽子问问就知道了。虽说这河神不是啥有名有姓的神仙，但好歹也是个神仙，我若不来点儿真格的，谁会信我的、听我的呢？”

肖南回抱臂打量对方。除了水性确实不错，她实在瞧不出对方有什么本事。可正因如此，她心底的疑问就更深了：“你若办不成事，便是活人祭搞得再红火也不会有人信你。”

“八字胡”心虚地眨眨眼，许久才小声道：“不是我……是旁人。”

肖南回的手臂慢慢放下，声音沉沉：“什么人？”

“沈家，你知道吧？那当年何等风光啊，谁承想去年开年便遭了祸，都说是宫里那位的意思呢。他说自己是从霍州沈家逃出来的家仆——”

肖南回脸色一变，神色也变得凌厉起来：“他人呢？”

“八字胡”吓得有些结巴，半晌，伸出一根手指指向身后的河面：“人方才……方才让你一剑杀了呀！”

肖南回脑海中闪过方才那麻脸杂役和其怪异的反应，终于有些明白过来其中原委。可不远处的河面上，那艘歪斜的画舫已尽数被河水吞没，只留几片破碎的纸花还漂在水面上。

她与夙未对视一眼，夙未已然明白她的心思，道：“你说是他帮你做这河神，又是如何帮的？”

“八字胡”瞧一眼那个问他话的文静公子，下意识就想胡扯两句，随即便被他一旁那凶神恶煞的女人瞪了回去，半晌，不情不愿地交代道：“怎么帮的，我也不清楚，只是他好像有点儿未卜先知的本事，给人算些小事都准得很。他不喜欢抛头露面，又想赚点儿大的，就叫我代劳，我就出了扮河神这么个主意，他也觉得行——”

“那他……有没有藏着什么东西，不让你瞧见的那种？”

“好像是有的。就手掌那么大一只破瓷瓶子装着，可他从来都贴身带着，死活不肯让旁人沾手，我就远远瞅过一眼，真不知道装的是啥。”

肖南回打量着那狼狈的“河神”，觉得他应该没有说谎。沈家人是什么样的人，她再清楚不过了，他们若是想藏什么秘密，断然是不会让一个外人知道的。

只是可能永远也不会有人知道那瓶子里面装的究竟是什么了。

日头升起，沮水河畔又是一片忙碌的景象，瞧不出与往日有何不同。

北上湖陵的大船今日启航，不少船客穿梭往来，一旁的市集生意正红火。

肖南回照例采买了不少东西，临上船前突然想起来什么，匆匆交代夙未几句，便又冲回市集。半刻钟后，她返回码头，却不见了那人身影。

起先她以为他是闲得有些无聊，四周去转转，可细细回想，其实他向来对旁的都没什么兴趣，便是赶百里路，他都能一个人在马车里端坐着。会不会是……他遇到了什么麻烦？

虽说这一路走来暗中一直有人护卫，但难保不会万中出错，被逮进县衙地牢就是前车之鉴。

他虽然远比她冷静、聪慧，但并不了解江湖险恶，更没多少混迹其中的经验，若只是遇到寻常小贼也就罢了，就怕……

她不敢往下想了，脚下的步子越迈越大，越迈越急，一头扎进那集市里，挨家挨户地寻觅着。

不知过了多久，她额头已沁出汗来，终于在回头张望的时候看到了他。三四条巷子外，他就静静地站在一个算卦的摊子旁，月白的袴角已湿了一半。

她推开人群，艰难地走到他跟前，一把抓住他的胳膊，急声道：“你一个人跑出来怎么也不告诉我一声？叫我好找！”

他没有立刻回答她的问题。他其实早就看见她方才四处奔跑一脸焦急的样子了，但他就是没有出声。

他安静地看了她一会儿，才缓缓开口道：“其实方才你经过那杀鱼的摊子时，我便看见你了。”

肖南回一愣，一时有些没反应过来。但她心性简单、直率，只一眨眼的工夫便给自己寻到了一条非常合理的解释。她挑起半边眉毛，将手里方才买好的蜜橘塞到对方手中："我懂——"不就是先前在河上的时候，她因为那赌气，不肯喂他吃那蜜橘嘛。

然而夙未漆黑的眼睛望着她，有种许久不见的隐痛。

她还没来得及看清那痛究竟是什么，便被他拉入怀中。

"不，你不懂。"

数年前那长达月余、如同炼狱一般的煎熬，令他至今仍常常深夜从梦魇中惊醒，他仓皇地握住她的手许久才能平息。

这不公平。他曾遭受的煎熬，她不懂。他也想看一看她因为寻不到他、害怕失去他的样子。

她确实迷茫，迷茫中又觉得有些好笑，下意识伸出手拍了拍他的背："你又怎么了——"

可下一瞬，他便松开了她，再看向她的时候已恢复如常："未翔那边又来信了。"

他一打岔，她果然便忘了计较，急急接过信，熟练地拆开，一目十行地看着。

"漳州那边又有三个线报，说乌溪山下有狐仙化作人形，夜行千里，专掳貌美少妇。这个我瞧着不像，倒像采花贼。还有这个——"她说着说着觉察出对方过分安静，便抬起头来，"你到底有没有在听我说话？"

他剥开她买的一个蜜橘，神情自若地点了点头："听着呢。"

肖南回又低头念了一会儿，对方径自吃得起劲，半点儿没有要搭理她的意思。

她实在忍无可忍，一把夺过那剩下的半个蜜橘，一股脑塞进嘴里："到底你是裘家后人还是我是裘家后人？！皇上不急太监急——"她说到一半突然觉得不对劲，连忙止住话头。

但他已经笑了，眉眼生动、飞扬，蜜橘橙红色的汁水染亮了唇角："皇上是谁？太监又是谁？"

她气昏了头，口不择言起来："皇上是你，太监也是你！"

他不以为耻，反以为荣："夫妻本是同船渡，偏偏你水性又不好，怕是没的选了。为夫倒是不介意，就怕娘子你喊得这样大声——"

“你……你……你！”论脸皮的薄厚程度，她确实还有很大的修行空间。

“船要开了。”

她酝酿了许久的反击只得不了了之，拉着他打码头匆匆而过。水波中掠过一双紧紧嵌在一起的人影，惊得瞌睡的水鸟呼啦啦地飞起一片。

沉舟侧畔，白帆徐徐而过。船在水波中就这样行远，直到消失在天光水色的尽头。

出版番外

安道天下（上）

晚城郊外，山野村舍，炊烟袅袅。

暮春时节，天气还没完全热起来，是赶路的人一年之中最喜欢的时节。

村口茶馆生意不错，店家赚的正是流水钱。茶汤三文钱一大碗，虽说味道寡淡，但解渴，十个路过的有七八个都要讨上一碗，一天下来也能赚不少钱呢。

门口又传来些动静，店里的伙计都在其他桌前招呼着，店主老唐瞬间便从台子后面蹿了出来，抬眼一看，进店的是个不过十岁出头的少年。

老唐显然认识对方，一句话没多说，从台子后面拎出一早就准备好的一摞烧饼。

少年却没接手也没看他，只低头扒拉着掌心的铜板，嘴里嘟嘟囔囔的，不知在说什么。

老唐凑过头去一瞧，只见对方今日拿的烧饼钱不是正好的数目，须得凑个有零头的数才好找钱。

左右不过三四五六的算法，村头四五岁的小娃娃都能张口就来，面前这孩子却算不明白。老唐暗暗摇头，却不打算欺对方那几文烧饼钱，自己上手挑好了铜板，又将找零还给对方，转头往店面里间走去："这是二十个烧饼，剩下的还得有一会儿，你坐门口等会儿吧。"

少年木讷地点点头，一声不吭地走到店门口那道塌了一半的破门槛前，正要坐下，啪，一颗石子击在他右半边屁股上，力度不小，隔着两三层布料还有些疼。

他摸着屁股转过身去，便看见门口茶桌前一个布衣束发的女子正盯着他瞧。

女子怀里抱着个大盒子，面前的茶汤一口未动："你的铜板掉了。"

他茫然四顾一圈，最后在角落找到了那枚铜板，小心地捡起来，塞回袖子里，又坐回那门槛上，开始发呆。

那女子也不再说话，停顿片刻后，打开怀里的盒子，拿出里面的一样东西，擦拭起来。晨起时的光斜斜照进来，正打在她手里的东西上，发出一片明晃晃的亮光。

那亮光终于吸引了少年的注意力。他慢慢地站起身来，一步步走到女子身前，又缓缓蹲下。

他在这村野中待久了，已经很久没有见过这等精细、闪亮的东西，眼中似乎有什么过往的记忆被唤醒："这是什么？"

那女子慢条斯理地擦着那盒子里的东西，声音倒是平静得很："这是都城银楼打的银篦子。"

少年那双眼睛疑惑地眨了眨。他见过木篦子、竹篦子、牛骨篦子，应当是没见过银篦子的，可为什么他会觉得有些熟悉呢？

他伸出一根手指想要摸一下："这银篦子……也是抓虱子用的吗？"啪，伸出去的手背挨了一巴掌。

那女子有些气哼哼地将东西收进盒子里："这是送朋友的，一点儿灰都沾不得。她最爱干净，哪里会有虱子？"

少年摸着手背，眼珠一转，又看到那盒子里的一块红不红绿不绿的石头，方才挨过的打就忘记了，整个人又凑近："这又是什么？"

女子轻哼："这是暖玉。"

他更疑惑了："石头怎会有暖和的？"

"世间奇石众多，你没见过的不一定就不存在。"

女子声音笃定，他却依旧半信半疑。目光移到旁边，他看到了一个大琉璃罐子："这个……又是什么？"

女子沉默了一会儿，才开口道："这是水。"

许是被先前那些稀奇的珍宝吊足了胃口，少年的脸上显出几分失望："水有啥稀奇的？竟还要用这么好的罐罐这么小心地装起来。"

女子一时没说话，再开口时声音有些疲惫："这是海水，泊玉海的海水，若是洒了，我还要跑千里路回去装。"

少年迷茫地张了张嘴。他不知道女子口中的泊玉海是哪里，也不明白为何水洒了还要回去装，他只觉得从未遇到过这样奇怪的人，迷迷糊糊又有些害怕。

他望着女子那张不怒自威的脸，突然觉得似曾相识。

下一瞬，老唐的声音在身后响起："阿岂，你的烧饼包好了，快些回去吧。晚了，你师父又要骂你了。"

少年回过神来，连忙起身，几步上前拿了油纸包好的烧饼，转身离开的时候险些被门口的破门槛绊个跟头。

老唐早就见怪不怪，上前一脚将那被撞歪的门槛踢正，一转头才发现方才坐在门口的女子已不见了踪影。

这人来得快去得也快，真是个急性子啊。老唐伸手将桌上的几枚铜板塞进袖子里，转身就去招呼新一茬客人了。

山间，那拎着烧饼的瘦小身影跌跌撞撞地走远了，先前消失的女子突然从茶馆一旁的竹林里钻了出来，原来并未离开。

肖南回身旁还站着一身鸦青色长衫的夙未，他见她眼神有些发直，轻轻拉了拉她的小指："人都走了，还瞧什么？"

肖南回叹了口气："你瞧他的样子，哪像学过几年武的呢？"

夙未若有所思："许是他天资不好。"

她不以为然："他脑袋确实不大灵光，可习武又不看这些。"

夙未将目光移到她身上："确实。"

她斜了他一眼，冷哼一声，自顾自走开。

他不急也不恼，靠着那丛老斑竹笑得春风荡漾："后山应该往这边走。"

肖南回的背影顿住，她似乎实在拉不下脸就这么转过身来。

"祭扫宜早不宜迟，莫要耽搁了。"

抱着盒子的身影又原地站了一会儿，这才转身随着他步入那一片竹海。

遮天蔽日的青绿色中，零零星星有几处灰白色。那是些不愿被人找到的无名冢，有些是衣冠冢，有些是刀剑冢，有些碑文都懒得刻，只摆了些好看的石头，种了几丛小花，大抵只有这样才能收获真正的宁静。

肖南回在这静谧中清了清嗓子，在那三块石碑前慢吞吞地打开了怀里的箱子，将那抱了一路的东西一样样拿出来："天又要热起来了，我刚从南边回来，顺路来看看你们。”

四周无人回应她的自言自语，就连鸟雀都懒得哼一声。她也不在意，先取了那银篦子，小心用红绳拴在第一块碑前的小树上：“冬天的时候，我去看过义父和黛姨了，府里还是老样子，颜将军在对街设了习武的学堂，现在偶尔会有人去府里坐坐，还是习惯用咱们当初东院那几把老藤椅子。我看，要不了多久那椅子就撑不住了，到时候我定会敲他们一笔，顺带把那张石台子换了。吉祥最近身子不如以前了，脾气还是那样倔，我将它放在望尘楼让姚易照看了，也能和花虬做个伴——”

安置好那银篦子，她又取出那块暖玉，挖了个小坑埋在第二块碑前。

“陈叔说过的这玉，我还真找着了。只是那卖玉的是个奸商，看我想买就抬了两次价，气得我一夜没睡好觉。东西摸着确实是暖的，只是未必有他说的那祛风寒的奇效，反正前些日子我带在身上，腿该疼还是疼。”

将埋玉的土拍实了，她终于抱起那个琉璃罐子。

罐子里的水晃荡了一阵才平静下来，她小心撕开罐口的蜡封，将罐子里的水一滴不剩地洒在第三块碑前。

“城里憋闷，又怕你们分开会寂寞，这才求了丁未翔那厮将你们请来这里。现在才觉着我这是没事找罪受。你们隔得这样远，还不是要我每次都跑来跑去？”

罐子里的水溅出来一点儿，落在脸上，咸咸的。

“这些日子在外面待久了，有时候会不记得年月时辰，下次若是来迟了，也莫要责怪我，反正早晚都是要相见的。”

一阵风在竹林间穿过，红绳拴着的银篦子在枝头晃啊晃，肖南回抱着空罐子坐在地上，再没什么事可做。

安道院的洒扫弟子将这块地方收拾得一尘不染，连一根杂草都看不见。

肖南回盯着远方虚无的绿色开始发呆，听风穿过竹林发出的声响，看那泥土上的水痕渐渐淡去。

不知过了多久，熟悉的声音在背后响起：“你来看她，费这番工夫做什么呢？兴许还不如新恒记的一只烧鹅来得实在。”

肖南回转过头去，不意外地看到了郝白那张涂了粉的脸。似乎因为这些年在外行走，他瘦了许多，轮廓分明了不少，眉眼间有了瞿家人那“不可说”的超脱气质，就只那层白粉还不曾舍弃，竟让人生出些亲切感。

她拍拍手，在那三块石碑前站起身来：“烧鹅是买了的，只可惜来的路上没忍住——”

她没再说下去，郝白愣了愣，两人互相瞥了对方一眼，不约而同地笑了。

“什么事这么好笑？”夙未的声音从竹林另一边飘过来。

郝白一听那声音，脸上便显出一种抓心挠肺的焦虑来：“那个，我突然想起来谢老头找我还有事，我就先——”

“药呢？”夙未已走到两人中间，依旧是那张似笑非笑的脸，温和得挑不出一点儿瑕疵。

郝白擦了擦手心的汗，从药篓里取出三只小瓷瓶，飞快地递给夙未：“我换了方子，有几味药不好找了，先试试看吧。”

肖南回来了精神，凑上前扒着夙未的手左看右看：“是吗？那吃起来可会好吃些？之前的实在是太难下咽，吃一颗要费十碗甜汤——”

郝白的脸色黑如锅底，就连那层粉都要遮不住了：“整整三钱的野馥子，便是十两金子都买不来，你竟然嫌难吃？！”

夙未清点完毕，将药收了起来，不咸不淡地看了那郎中一眼：“谢先生不是找你有事吗？还赖在这儿做什么？”

郝白的怒斥戛然而止，显然是想起了什么烦心事，飞快地嘟囔着：“今日院里选人，需要观礼。我那叔父被曾祖安排去城里相亲了，只能我来凑数。”

他不过随口抱怨，肖南回却来了精神：“选什么人？谁要选人？”

郝白嘴里发干，飞快地瞄一眼身旁夙未的神色，只觉得肖南回的两个问题一个比一个烫嘴，他实在没法回答。

“没什么事我就先走了，去晚了，谢老头又要告我的状。”说完，他一把拎起一旁的药篓，脚底踩了轮子一般飞快地消失在竹林尽头。

肖南回看向夙未，后者一脸平静地看着她，看不出有什么不妥：“你知道选人的事吗？”

他温柔地摇摇头：“不知道。”

肖南回冷笑，她信他个鬼：“既然不知道，那就去看看吧。”

晚城南山盛产山核桃，可晚城人偏偏不喜欢吃山核桃，所以没什么人种核桃。

每年到了核桃落地的时节，村里就会有半大孩子去山里捡核桃，捡满一筐就卖给路过的商贩，也能换几个买糖瓜的钱。

除了半大孩子，再没有人关注山里的那些核桃树了，只除了一个院子。

那藏在南山竹海深处的院子建成好些年了，院子里的山核桃树被照料得甚好，却个个都是怪脾气，风调雨顺十几年也不开花，旱涝交替的时候却偏要结一树果子给人看。

怪树配那院子里的怪人，真是一模一样的性子。

眼下这些老核桃树下正站着一群半大孩子，一众少男少女举着刀枪剑戟站在那里，有种说不出的怪异。

可若细看那些孩子的眼神，便没有人敢轻视这些还未长成的武者。他们的眼神是如此认真，说出的话也毫不含糊。

“今日选人出师，我赢定了！”佩刀的少年胸有成竹地给出了自己的宣言。

他的同门却不以为然：“上个月你也是这么说的，最后还不是丹歌出了师？”

少年刀客有些恼怒：“上个月是她用鞭子取巧，今日是硬碰硬，我才不会输！”

“你懂什么？我听人说了，今日来的贵人喜欢习枪，你这刀耍得再好看，到头来也是选不上的！”

“你胡说！我们天成上一位皇帝身边带的就是使刀的！”

几个少年吵得面红耳赤，却没人敢真的动手，就只能一个个干瞪着眼。

一阵压抑的笑声突然从那核桃树的树冠上传来，所有人不约而同地闭了嘴，目光唰的一下投向树顶。核桃树树枝后，老楠木搭的旧阁楼上，半遮半掩着一张女子的脸。

“你笑什么？有什么可笑的？！”

阁楼上的肖南回用力板起脸来，神情严肃，可嘴里塞着的半个杏还在嘴里一鼓一鼓的：“我没笑。”

一众半大孩子不依不饶。

“没笑？我都看见了！”

“你不是院里的人吧？莫不是混进来的刺客？”

“来观礼的客人都去前院了，你在这里鬼鬼祟祟，可疑得很——”

眼看肖南回招架不住，她身后的夙未终于冒出头来：“我们是来观礼的，似乎是宗先生指错了路，这才走到这儿来。你们若是不信，去问他好了。”

那一院子气焰嚣张的少年武者瞬间不说话了。谁也不想去那宗先生的柴院，既不想去见他，更不想跟他说话。

许久，先前使刀的少年先开了口：“试炼就要开始了，莫要耽搁了。”

想到一会儿的要紧事，一众少年立刻忘了这段插曲，一个个摩拳擦掌、神情亢奋地向院门外走去。

走在后面的几个人嘀咕着，似乎是因为方才提到的宗先生想起了什么。

“阿岂呢？有谁看见他了吗？”

“他一早又被他师父支去山下买烧饼了，一时半刻怕是来不了了。”

有人叹气：“就算回来了，也定是被关在柴院。也不知道他是真傻还是假傻，他那师父摆明了不想让他好过。”

又有人疑惑：“可宗先生说是要将毕生绝学都传给他呢，这也不算好？”

“今日这么好的机会连脸都不让他露一下，哪里好了？”

“就是，都入院这么多年了还未赐名给他——”

终于有人出声提醒：“小心说话，教谢先生听见了，又要罚你去后山捡核桃了——”

一众人推推搡搡地走远，声音也渐渐远去。

核桃树后的肖南回安静了片刻，拉着夙未的手站起身来：“走吧，去看看。”

他没动，握着她的手指原地推拉着：“我不认路。”

她斜他一眼：“你不是来过吗？”

“很多年没来了。不信，你去问未翔。”

肖南回瞬间不说话了。她可不想去找丁未翔，既不想见他，也不想同他说话。

什么叫屡试不爽，她今日算见识了。眼见这人故技重施还得逞，她有些气不打一处来，同时更加坚定了先前的想法：“我反正是要去看的。”

她侧过身去，言下之意便是“你若不去，就自己在这儿待着吧”。

身后那人一直没有动静，但拉着她的手没松开。在一起这么久，她觉得自己在他这里似乎永远都讨不到便宜，实在有些挫败。

“来都来了，当初我求爷爷告奶奶都没能让伯劳带我来看一眼——”她说到这里不由得一顿，再开口时声音就小了许多，“眼下好不容易来了，就看一眼吧。”

她没再说什么坚决要去或赌气的话，但他只看到了她眉梢的一点儿伤感便站起来了：“这里不大，四处转转应当能找对路吧。”

她眼底瞬间亮起来了，连带着说话的声音也飞扬起来：“当真？那还不快些？去晚了，观礼席怕是没位子了。”她又想起什么，有些抱怨，“早知道要来，应当提前让谢老头留个好位子的。”

若非要找那郎中取药，他又何必带她走这一遭呢？他抿了抿唇角，拉着她的手向着旧阁楼的尽头走去。

依山势而修的阁楼一座接着一座，阁楼间栈道相连，栈道又在竹海中穿梭起伏，直到没入竹林深处。

风不间断地穿过竹林，竹叶摩擦的沙沙声有些单调。但若仔细分辨，便能从那绿竹深处听得一两点不一样的声音。那是竹叶轻轻落下又被利刃斩成两片的声响。

刀入鞘中，竹海正中空地上立着的少年抱拳行礼，等待一旁的选拔礼官击鼓示意后，便要在下一场继续施展自己的雄心壮志。

整个选拔过程很是安静，参与试炼的名单一早便被递到观礼席各家手中，是以无人报上姓名，更无人慷慨陈词诉说抱负。那些少男少女一一站上台，行礼过后便开始展露身手，一招一式无不倾尽所学，一呼一吸都调配得恰到好处。

他们独自展示过后，若那竹海正中纱帐后的贵客还算满意，便会派一名江湖高手上台与其切磋，不限兵器，不限路数，以制伏为胜出标准，便是要考验武者随机应变、以弱胜强的能力。这两关若都过了，最后一关便是要回答那贵客的问话。谁也不知道那纱帐后的人会问什么，只因试炼过了小半天，还没有一人能撑到这第三关。

观礼席众人已有些疲惫，但个个还要打起精神，履行自己的职责。

来安道院观礼是件苦差事。说是观礼，其实是来做参谋的。

每次有要紧的贵客来院中选人，各方官要贤能都是不能缺席的。这选人的过程多时要耗三天三夜，少时也要一天一夜，过程中须得多方督着，若是选得好，倒好说，若是选不好，来观礼的所有人都要担责任。

所幸这样的苦差事并不是年年都有。院中也平静了几年，只不过这该来的还是来了，这一次的阵仗可是比以往几次都要大，足见那“贵客”的身份非比寻常。

七八座阁楼中设了上百余席位，晨起刚过，便已几乎满席，所有入席者都摆出一副要点灯熬油、日夜苦战的架势，神情也有几分苦大仇深。

观礼席角落，一袭鸦青色长衫的夙未一脸平和地拿起一旁的山核桃，开始专心地剥那脆嫩果仁上的核桃衣。这世上不会有人比他更能在纷乱的人群中专注于一件事了。

核桃皮上的青黑染了他的指尖。这不该是一双剥核桃的手，但过去几年间，这双手剥过太多的东西了，区区几个山核桃，实在是不在话下。

小山一样的核桃仁堆在小几上，看着有几分愁人。可他身旁的肖南回显然很有信心将它们一扫而空，她抓一把核桃仁，再挑几块新渍的笋干，嘴上一直没停下来过，眼睛却盯着数十丈开外的试炼场，挪不开。

场上，下一位试炼者已走到了正中。那是个身量还未长成的少女，圆脸大眼，两撇眉毛长得很有气势，鬓角那撮卷毛梳不进发髻里，好似两只耳朵支棱在脑袋旁，瞧着有些怪异又有些好笑。当然，这些比起她手中的兵器都算不了什么。

礼官击鼓声落，那少女气沉丹田，低喝一声，一阵沉重的风声呼啸而起，将竹海四周观礼席的帐幔掀飞一片。

四周一片惊呼声，肖南回却乐了：“这个有点儿意思。”

一旁剥核桃的男子动作未停：“怎么？功夫不错吗？”

“天生神力，功夫底子也尚可，虽然没到高手的水准，但胜在很有气势。”

他似乎想起什么，摇了摇头：“气势有用吗？关键时刻还是要见生死、分高下的。”

她抓起一把核桃仁塞进嘴里，一脸认真地看向他：“要我说，这来安道院选人的，选的不是武功路数，而是那股生死关头不怕死、不认输的劲头，你说，对不对？”

他停顿了片刻，笑着点点头：“对。”

一套路数三十九招行完，少女手中的兵器戳地而立，发出回响悠长的沉重击鸣。四周观礼席间一阵窸窸窣窣，众人低头，开始在各自的竹簿上落笔疾书，控诉不妥。

守在场边的礼官早已见惯这院中各式“妖魔鬼怪”，自始至终都面无表情，正要击鼓宣示下一道程序，突然，那纱帐后传来一道沉沉的男声：“用的是什么兵器？”

记忆中已有些遥远的声音就这么毫无预兆地响起，肖南回抓核桃仁的手一顿。原来是他要选人。

安道天下（下）

肖南回自顾自地惊讶着，身旁的夙未却没说话，显然早就知道这一事实。他半垂着的视线向肖南回的方向偏了偏，捏着核桃的手指突然用力，尖锐的核桃壳碎开，深深嵌进指尖。

他轻哼一声，肖南回果然回过神来，飞快地拉起他的手查看："怎么了？扎到了？"

指尖上涌出刺目的鲜红，肖南回小心地将那片核桃壳挑出来，丢到一旁："算了，别剥了。这山核桃吃多了上火，回头郝白知道了又要数落我——"

夙未一动不动地任肖南回摆弄手指，视线越过她的头顶望向场中。

那试炼场上的少女正喘着气，似乎未料到会被问话，站了片刻，才提气大声道："使的是七十三斤的偃月刀！"

纱帐后的声音静默了片刻，又响了起来："刀耍得不错，只是不知道是不是个中看不中用的假把式。"

少女显然对自己的身手、刀法很有信心，实在禁不起对方如此质疑："你若不信服，上来试试不就知道了！"

此话一出，全场死寂。

那纱帐旁立着的玄衣内侍官最先反应过来，当即怒斥一声："放肆！你当面前的是什么人，竟敢如此——"

"罢了。"

控诉被打断，年轻的内侍官面上一阵情绪涌动，他纠结一番，才斟酌着开口道："你这无知、蠢钝之徒，到底知不知道今日是来做什么的？"

"当然知道。"场上那少女显出本性，原来不仅气势了得，性子也傲气得很，“要当我的主子，得有点儿真本事才行。”

真本事？他的本事，她怕是承受不起啊。

观礼席间一阵低叹细语，又和竹林间的风声混在一起，四散开来。

年轻的内侍官心中已在这人选簿子上画了个大大的叉，奈何还未来得及开口驳斥，一直坐在角落不语的老院长却突然发话：“这孩子自三四岁起便从未走出过这院子，见识少、说话直，倒不是有心的。”客套完，突然话锋一转，又绕了回来，“昔闻终天桃止山的剑法可算名家，只是可惜如今已没多少人见识过了，不知今日有没有这样的机缘啊。”

这话若是换个人来讲，少不得要被扣上以下犯上的大不敬罪名。可开口的人是谢黎，还真没有人愿意代替纱帐后的那位去治他的罪。

内侍官偷看一眼那位的脸色，谁知对方竟已站起来。

场中少女也有些意外，抬头望去。

那“贵客”的身量很高，他一站起来，便从那纱帐后露出头来，依稀是一张年轻的脸：“无妨，就依你所言。你若能在我手下过十招，今日这出师的名额便是你的了。”

一旁内侍官的脸色看起来比深秋里最后一茬苦瓜还要苦，他压着嗓音低声道：“陛下，这恐怕不合适吧——”

席间观礼的众人也一阵低语、摇头，没人觉得此举合时宜。可到底要选人的是“贵客”自己，旁人便是再上心也说了不算，只能眼睁睁地看着那道身影提剑走出，站在那试炼台上。

“让你三招。”

少女气势正足，提刀而起：“不需要！”

金铁击鸣声在竹海间激荡开来，剑鸣与大刀沉重的呼啸声交织在一起，竟是今日对战最为激烈的一场对决，所有观礼的人都忘了方才的不妥，不约而同地屏住了呼吸。

他似乎太久没有用剑了，起先招式还有些滞涩，但渐渐便找回了昔日的影子，身形如流水般变幻起来。

折剑门剑法灵动，内力灌注于招式与兵器中，起落流转皆雄浑、绵长。那少女刀法路数则大开大合、劈天裂地，面对强敌只攻不守，越挫越勇。本是一场互相试探底细的试炼，最终却发展成了一场相生相克、难分高下的对抗，实在有些玄妙。而这玄妙又只有深谙武学精髓之人能够体会。

肖南回看得聚精会神，两眼放光，身侧的人却不开心了。

当然，夙未面上绝没有半分不愉快，只是那只被核桃皮刺破的手却抽了回来。她到底还是对这些刀光剑影的东西最感兴趣，只可惜他虽能陪她做许多事情，唯独这件事做不到。他轻轻抬起眼眸，扫过观礼席的时候心中已有了主意。

腰间一痒，观战正在兴头上的肖南回头也不回地推开他的手："戳我做什么？这女娃娃实在是有趣，我还要再瞧一会儿热闹呢——"

下一刻，夙未凑近她耳畔，气息吹在她颈间，带着几分玩笑和亲昵："终天桃止山来人了，再有十几步便要入席。当然，你要是觉得无所谓，那便——"

肖南回一听这话，腾地便站了起来，往远处一瞧，果然如此。

李元元那道熟悉的暴躁身影正快步入席，似乎是因为什么事耽搁了，看上去心情很不好。

场上夙平川与那少女正拆招拆到激烈处，李元元的目光一时被牵扯住，没往肖南回的方向看过来，她便又生出侥幸心理。

身侧的人看了她一眼，若有所思道："听未翔说，山里那棵梅树今年不大好。"

肖南回面色又垮了下来。

她在李元元那儿欠了债，当初说好要回去帮李元元照看梅树的，还信誓旦旦地说这棵梅树一定能活，如今一晃几年过去了，她都没回去过，也不知那病恹恹的梅树是不是已经死透了。李元元何许人也？这要真与她对上了，她不死也得脱层皮。可是……唉，刚有些看头，竟然就要走了。

"留得青山在，不怕没柴烧。"夙未轻声提点道。

她自知是这个道理，何况今日这热闹也看了一半，不算亏，切莫贪小失大。

"嗯，来日方长。"语毕，她不再久留，拉起夙未的手便往帐幔后撤退。

她身后跟着的夙未终于露出笑容，挑衅般瞥了眼武场正中剑法超群的男子，任由自家娘子牵着离了席。

试炼场中，局势愈演愈烈。

少女虽年轻气盛，但终究身法稍显稚嫩，被人以逸待劳探了底，疲于应对中露出破绽。千钧一发之际，对方仗着身法优势，找准机会使出一招"四两拨千斤"。剑锋直直对上刀柄失力处，持刀者瞬间便觉得虎口一麻、手臂大震，外力加之刀自身重量形成的巨大惯性向斜后方扯去，少女眼看刀便要离手。武者对决，兵器离手是莫大的耻辱，何况在众目睽睽之下，是以她不肯认输，更不肯松手。下一刻，七八十斤的长刀连带她整个人一起飞出，直将一旁的兵器架和礼官队列撞了个东倒西歪。

武者比试，讲究点到为止，何况今日在“贵客”眼皮子底下，怎能将场面弄得如此难堪呢？

观礼席众人又是一阵惊呼，随即纷纷摇头。无故遭殃的礼官们颤抖着扶正帽子，神情凄楚地望向场中那个已收了长剑的男子，眼神中的控诉呼之欲出。

夙平川的目光却落在那烟尘中：“你叫什么名字？”

少女从一片狼藉中爬起来，尚没意识到脸上的狼狈，迅速骄傲地摆好造型，持刀而立，声如洪钟：“我叫长离！”

欸，名字听着也晦气。玄衣内侍官再次摇头，正要开口让人带她退下，亲自下场的“贵客”却突然开了口：“甚是神勇。”那声音顿了顿，随后他下了结论，“就是她了。”

观礼席再次陷入死一般的沉寂。

“贵客”今日是山核桃吃多了心火过旺糊了眼睛吗？众人一阵惶恐。

可这孩子若是他自己选的，是不是代表之后不论是好是坏，跟他们这些来观礼的都没什么关系呢？众人又一阵侥幸。

年轻内侍官的心却还战战兢兢地悬着：“可是……这孩子的兵器实在有些特殊，平日里怕是不好出入左右，若是入了朝堂更是不合礼数——”

何止是不合礼数，简直就是荒谬！皇帝身边的近卫又不是仪仗队，难道每日要举着一把七十多斤的偃月刀在宫里溜达吗？元明殿那些老臣要是知道了，还不得用唾沫星子将他脱一层皮？

内侍官左右为难，可那人似乎已经打定了主意：“礼数是人定的，莫要太死板。”

“可是——”

“还有什么可是？”

内侍官心中尚有千言万语，憋了半天，才凑近对方，艰难地开口道：“陛下，元和殿的殿门不过一丈来高——”

方才使剑的剑客面上这才恢复了帝王仪容，他沉思片刻道：“无妨。教少府那边将门框修得高一些吧。”

肖南回停下脚步，掏了掏耳朵。

她已经走出来挺远了，怎么好像还能听到身后试炼场传来的那奇怪声响呢？那似乎不是兵器相击的声音，而是一阵阵嘈杂的抱怨声。

选拔结束了吗？最后到底选了谁呢？是不是她想的那个呢？她心里头怪痒痒的，又想起方才离场时说过的“来日方长”，她踟蹰着开口道：“罗合一个人埋在李元元那山沟沟里，会不会觉得寂寞呢？”顿了顿，她又有些不自然地补充道，“要不你将他也挪来这里吧。我瞧着这地方风水挺不错的，他们凑在一起，说不定还能做个伴——”

夙未瞥她一眼，瞬间看穿她那点儿心思，两句话便将她的念头压了回去：“他怎会寂寞呢？那山沟沟里埋的都是他的旧相识。”

“倒也是。”她后知后觉地干笑两声，又有些不好意思地找补道，“我就是觉得每次让你跟着我过来有些过意不去，要不下次我自己来好了——”

“不行。”不同于方才的推拉、暧昧，他斩钉截铁地下了结论。他耗费了多大心力才带她离开了那个旋涡，如今没有理由再任她重蹈覆辙，即便她的本意可能并非如此。

她脸上又浮现出那种熟悉的倔强，抿着嘴没说话。

她还没说什么，他便又后悔了。

清风自竹林深处而来，似乎能抚平人心底的每一道褶皱。终于，他的神色平静下来，他慢慢牵起她的手：“我不嫌麻烦。你若想来，我便陪你来。你若年年来，我便年年来。”

她笑了，握紧了他的手。

明亮的天渐渐变为淡青色，空气中有雨前的潮湿气味。

竹林里落了厚厚一层叶子，有去年的旧叶，也有今年的新叶。落叶遮蔽了林间小道，林间携手而去的那双背影却走得很坚定，自始至终都没有改变前进的方向。

原本以为要三天才能结束的出师试炼竟然在第一天就结束了，院中少男少女们都有些失望和不解，走出试炼场没多远，便忍不住激烈地讨论起方才的情形。

滴答，滴答，酝酿了许久的雨水终于淅淅沥沥地落下，打在林间，又是一片嘈杂。

众人的脚步快起来，他们叽叽喳喳的，从竹林间的小道上跑过，雨水似乎将所有人的情绪都浸润得忧愁起来，没有人注意到那小道一旁柴门缝隙中露出的一双眼睛。

柴门内的少年眼巴巴地望着，直到那脚步声远去，这才垂着头回到柴院中："师父，你为何不让我去试试？是我还不够好、不够强吗？"

柴院一角，一身褐衣的老者正立在雨中，不紧不慢地劈柴。他动作缓慢，却一直没有停下，柴垛上的柴已经有房檐那么高，全都一般长短、一般粗细。

"那不是你要走的路。"

少年的脸上写满迷惑和不解。他要走的路是什么路？自从他来到这院中，除了下山去买烧饼的路，他几乎没有走过别的路。他真的会有属于自己的那条路吗？还是说，他其实并没有别的路可走，余生都要在这柴院中度过？

"弟子……弟子只是想出去看看——"

老者劈柴的手终于顿住，他抬眼的一瞬间，眼中有锋芒闪过。

"收起你那点儿心思。"他的声音冷冷的，语气中没留半点儿余地，"你便是在这院中学成这天下第一宗师，出师后去到这天下最高之处，也是见不到你阿姊的。"

少年不可思议地瞪大了眼睛："师父，你……你骗我？你先前不是这么说的——"

"我没骗你。"老者一字一句，声音顿挫有力，"我从未说过你能见到你阿姊，只说会告诉你真相。"

什么真相？他并不想要知晓，他只想见他阿姊。他是为了阿姊才留在这里的，他是为了阿姊才愿意日复一日地走那条去买烧饼的路。少年委屈地垂下头，几乎是哽咽着跑出了柴院。

"你这是何必呢？"清澈的声音在背后响起。

宗颢没回头，仍挥着那把锈了的斧子，一下又一下地劈柴："他全家因一个谎言而受难，如今难道还要他为一个谎言搭上一生吗？"

那声音又近了些，一袭青灰色的僧袍缓缓出现："你不怕他知道一切后杀了你吗？”

“出师之后，要杀要剐，悉听尊便。”宗颢说到这里停顿片刻，低声笑了笑，“何况我还不一定能活到他出师呢。”

一空也笑了，随手将包袱里包着的酥油灯放在柴垛上。

他身后跟着的小沙弥心领神会，上前取了一盏往柴门处走去。

柴门上悬着一盏干枯已久的油灯，灯上的蛛网结了厚厚一层，看起来已有数年没有亮起过了。

“他虽心智不足，心性却简单。习武者，入门容易而登峰造极难，越是集大成者越是容易为心魔所牵绊。他是个难领进门的，可日后未必会让你失望。”

宗颢看一眼一空，冷哼一声：“老夫已半截身子入了土，没那日后。”

年轻僧人摸了摸脑门，声音轻快：“那不如将他给我，正巧我那新修的藏经阁还缺个帮手。我是不嫌人蠢笨的，反正再蠢也蠢不过我殿上那几个——”

不远处，小沙弥正踩着柴垛踮着脚去换那柴门上的油灯。

将将点燃灯芯，因为身量不足而动作勉强的小沙弥便脚下一滑，整个人从柴垛上摔了下来，正落在门前的泥坑里。

宗颢冷眼瞧着，嘴角勾起一抹讥笑：“你留着你的蠢人过日子去吧，莫要惦记我的人。”

一空大笑几声，拎起自家落在泥坑里的弟子，扬长而去。

缥缈无形的云雾间飘着小雨，雨虽不大，却足以打湿一切。

一对师徒出了柴院，踏上小路，没走多远便听到那压抑的哭声。

一空恍若未闻，正要从那篱笆墙边的身影前走过，不过一抬眼的瞬间，脚步却又突然停了下来。他的目光落在少年握刀的手上，整个人一时说不出话来。

身后的小沙弥正抠着脑门上的泥巴，见状不由得小声催促道：“师父？”

一空没有理会他，下一刻径直走向了那个少年：“小施主手上缠的是什么？”

少年茫然地抬起头来，一双黑瞳仁格外大的眼睛直直看向那脸上有疤的僧人：“这是师父帮我缠的带子，他总说我，说我握不好刀，还说，若是再握不好就不要练了——”说着说着，他的声音低了下去，露出一个沮丧、低落的脑袋顶。

一空看了看少年手上已磨得有些破烂的素麻带子，又看了看身后那扇半隐在烟雨中的柴门，突然便笑了：“他已到了这个年岁，我本以为他不会放下了。”

冒雨前来的蚊虫不断侵扰，烛鱼左右拍打躲避着：“放下什么？”

一空一掌拍在他那好徒儿的脑袋瓜上，声音甚是响亮：“放下他的使命，放下他的因果。”

年轻住持说罢，笑着走远了，那背影看起来心情甚好。

小沙弥摸了摸红肿的脑门，又看一眼墙根下那抱着刀茫然的“傻子”，忍不住走上前：“你师父骂你了吗？”

沮丧的少年仍一言不发地低着头。

“你师父定是骗你的。”

握刀的少年眼里有光亮了起来：“真的？”

“当然是真的，那都是气话，我师父也总是这么跟我讲。”烛鱼一脸真诚，随后又压低了嗓音，学着一空那高深莫测的样子缓缓道，“你若再背不出那《优昙婆罗经》，以后就不要在寺里混饭吃了。”

少年将信将疑：“可是我师父……向来说一不二。”

小沙弥一巴掌拍死一只落在脑门上的小虫，十足认真道：“你师父又有什么不同？天下之大，殊途同归，就像人在很久很久以后总会相见的。”

少年似懂非懂，却听进了最后一句话，终于笑了：“我信你。”他随即想起什么，猛地站起身来，“今日课业要做不完了，我得……我得回去继续练了！”

烛鱼摆摆手，竟有几分他那师父的模样：“去吧去吧。”

少年离开，向着那扇亮着昏黄油灯的柴门跑去。

不远处，年轻住持正停下脚步催促自己的好徒儿。

雨还在下着，烛鱼撩起半边衣摆，向着泥泞却安宁的小道快步走去。

图书在版编目（CIP）数据

解甲：大结局：全二册 / 八条看雪著. — 北京：北京联合出版公司，2024.3

ISBN 978-7-5596-7328-2

Ⅰ. ①解… Ⅱ. ①八… Ⅲ. ①长篇小说—中国—当代 Ⅳ. ①I247.5

中国国家版本馆CIP数据核字(2023)第241419号

解甲：大结局：全二册

作　　者：八条看雪

出 品 人：赵红仕

责任编辑：刘　恒

特约监制：殷　希　穆　晨

封面设计：商块三

出版监制：辛海峰　陈　江

特约编辑：王苏苏　丛龙艳

产品经理：陈隽萱　谢佳卿

内文排版：任尚洁

北京联合出版公司出版

（北京市西城区德外大街83号楼9层　100088）

北京联合天畅文化传播公司发行

天津中印联印务有限公司印刷　新华书店经销

字数 563千字　710毫米 × 1000毫米　1/16　34.25印张

2024年3月第1版　2024年3月第1次印刷

ISBN 978-7-5596-7328-2

定价：79.80元（全二册）
